BASTEI
LÜBBE

Über die Autorin:

Die englische Bestsellerautorin Susan Sallis hat sich mit Romanen wie *Töchter des Mondlichts* oder *Jenseits des Meeres die Sehnsucht* auch in Deutschland einen Namen gemacht. Susan Sallis, Mutter dreier Kinder, lebt mit ihrem Mann in Sommerset. In Cornwall besitzt die Autorin in dem malerischen Städtchen St. Ives ein Cottage.
Susan Sallis hat bei Bastei Lübbe zahlreiche Bücher veröffentlicht. Zuletzt erschienen: *Die Halbschwestern* (14574), *Schmetterling und Sommerflieder* (14643), *Sommer in Cornwall* (14748) und *Ein Fest voller Wunder* (14817).

SUSAN SALLIS

Das Cottage hinter den Feldern

Roman

Ins Deutsche übertragen von
Hartmut Huff

BASTEI LÜBBE

BASTEI LÜBBE TASCHENBUCH
Band 14 884

1. Auflage: April 2003

Bastei Lübbe Taschenbücher ist ein Imprint der Verlagsgruppe Lübbe

Deutsche Erstveröffentlichung
Titel der englischen Originalausgabe: *By Sun and Candlelight*

Einbandgestaltung: Tanja Østlyngen
Titelbild: LOOK/Karl-Heinz Raasch
Satz: hanseatenSatz-bremen, Bremen
Druck und Verarbeitung: Elsnerdruck, Berlin
Printed in Germany
ISBN 3-404-148884-3

Sie finden uns im Internet unter
http://www.luebbe.de

Der Preis dieses Bandes versteht sich einschließlich
der gesetzlichen Mehrwertsteuer.

Ich liebe dich so wie die
stillen täglichen Begleiter,
Wie Sonnenlicht und Kerzenschein.
Ich liebe dich so unbeirrt, wie Menschen
nach dem Rechten streben,
So wie sie beten, tugendhaft und rein.
Ich liebe dich mit jener Leidenschaft,
die meinem alten Gram entsprang,
Und mit dem Glauben, der mir blieb aus
meinem Kinderleben.

Elizabeth Barrett Browning

1

Im Winter 1940 entdeckten sie das leer stehende Farmarbeiter-Cottage. Gelangweilt wateten sie im Gänsemarsch durch den knöcheltiefen schlammigen Bach, der sich über die Heide bis nach Kings Norton schlängelte. Halb verfallen, zeichnete sich das Haus vor dem frostigen Winterhimmel ab, mit schrägem Schornstein, die Fenster im Erdgeschoss von Dornengestrüpp überwuchert. Die Gartenpforte und die Tür hingen schief in den Angeln. Hier fanden die Mädchen alles, was sie brauchten – ein Dach, das den kalten Nebel fern hielt, Ruhe und Stille, während ihre Füße und die hoch gerafften Unterröcke trockneten, und vor allem eine geheimnisvolle Atmosphäre.

Carol, eben erst elf Jahre alt geworden und die Jüngste des Quartetts, aber die Größte, spähte mühelos über die hohe Uferböschung hinweg. Dann schaute sie mit ihrem langen, von widerspenstigem braunem Haar umrahmten Gesicht auf die anderen hinab, die zitternd hinter ihr standen. »Im Garten wächst Kohl«, verkündete sie, entzückt über die unerwartete Entdeckung. »Und ich glaube, das Häuschen da drüben ist eine Toilette.«

»Interessiert mich nicht.« Myrtle war die kleinste von ihnen, und ihr Rock und die Unterhose waren völlig durchnässt. »Lasst uns einfach hineingehen.«

Monica und Liv schwiegen. Aber ihre grimmigen Mienen

sprachen Bände. Von Anfang an hatten sie nicht hierher kommen wollen und vorgeschlagen, man könnte sich während der Weihnachtsferien die Langeweile mit einem Schaufensterbummel in Birmingham vertreiben, bevor die abendlichen Bombenangriffe beginnen würden. Die hübsche blonde Liv schwärmte bereits für Jungs. Über die wusste Monica mit den schwarzen Zigeunerhaaren schon seit ihrer Geburt Bescheid.

Entschlossen grub Carol ihre nackten Füße in den Schlamm der Böschung und zwang sich, nicht an Blutegel oder Frösche zu denken. Sie ergriff die Wurzel eines Baums und zog sich daran hoch. Dann reichte sie Myrtle eine hilfreiche Hand und ignorierte die beiden anderen Mädchen. Wenn sie nicht verstanden, dass es viel aufregender war, durch einen Mini-Zambesi in unbekanntes Terrain zu waten, als im Bull Ring alberne Jungs anzustarren, verdienten sie ihren Beistand nicht. Keuchend kletterten sie hinauf und beschmierten dabei ihre Regenmäntel mit Schlamm. Fröstelnd standen die vier nebeneinander und musterten das Haus.

»Sollen wir uns wirklich da hineinwagen?«, fragte Liv skeptisch. Ihre Eltern gehörten einer Freikirche und nicht der Staatskirche an, und was sie von dieser Eskapade halten mochten, ließ sich unschwer erahnen. Gegen einen Schaufensterbummel hatten sie nichts einzuwenden, und wenn Liv Briefe von einem Schulkameraden bekam, lächelten sie nachsichtig. Aber sie würden ihr niemals erlauben, durch einen Bach zu waten und in fremde Häuser einzubrechen.

»Also hast du tatsächlich eine Stimme!« Myrtle kicherte und wrang den Saum ihres Mantels aus. »Um Gottes willen, schaut euch das an! Mutter wird mich umbringen. Letzten Monat hat sie meine Kleiderbezugsscheine gegen Benzin eingetauscht, um Daddy zu besuchen. Verdammt!«

»Fluch nicht«, mahnte Liv halbherzig. »Wahrscheinlich

können wir unbesorgt reingehen. Wenn jemand drin ist, behaupten wir einfach, wir hätten einen Hund vor dem Ertrinken gerettet und müssten uns trocknen lassen.«

»Lügnerin! Du wirst nie in den Himmel kommen, Livvie Baker!« Als sich Livs Miene wieder verschloss, bereute Carol ihren Spott. Sie war ein heiß geliebtes Einzelkind und mochte ihre Mitmenschen, und an diesem Tag hatte sie Liv und Monica mühsam zu diesem Ausflug überreden können.

Monica schob die bloßen, nassen Füße in ihre derben Schuhe und hinkte voraus, an einer Reihe von Weidenbüschen vorbei. »Ehrlich gesagt, mir ist's egal, ob wer da drin ist oder was wir sagen!«, fauchte sie über die Schulter. »Wenn ich dran denke, dass ich gestern Abend meine Haare um Pfeifenreiniger gewickelt und damit geschlafen habe ... Heute Morgen sah ich wie Rita Hayworth aus, und jetzt ...« Triefnass und schlaff hing ihr schwarzes Haar auf die Schultern. Die anderen trugen ihre Baskenmützen von der Schuluniform, aber sie hatte die unzähligen Locken nicht zerdrücken wollen. Die Mädchen drängten sich in die winzige Diele. Um die nassen Füße in die Schuhe zu zwängen, hüpfte Carol auf und ab.

Offensichtlich stand das Cottage leer. Am Boden häufte sich stinkender Kaninchenkot. Aber hier drinnen war es wenigstens trocken und halbwegs warm. Allmählich entspannten sie sich und rümpften die Nasen. Die Räume im Erdgeschoss waren von Einbrechern oder Tieren verwüstet worden. »Diese Kratzer muss ein Stier mit seinen Hörnern gemacht haben«, meinte Carol. Sie las sehr viel. Soeben hatte sie Zane Grey, den populären Romanschriftsteller, entdeckt.

»Du würdest nicht mal einen Stier erkennen, wenn du so ein Vieh auf einer Party triffst«, spöttelte Liv, die gerade genug las, sodass ihre Englischnoten über dem Durchschnitt blieben.

Umso eifriger las Monica, weil sie oft einsam und verängstigt war. Doch das würde sie niemals zugeben.

Im Oberstock sah es etwas besser aus. »Jetzt gehört das alles uns!«, jubelte Carol und tanzte einen breiten Flur mit Fenstern an beiden Seiten entlang.

Myrtle schaute hinaus. »Von hier aus würde man jeden Eindringling sofort bemerken!«

»So hell und luftig ... Wenn wir nächstes Mal herkommen, nehme ich meine Geige mit und übe.« Liv ignorierte das theatralische Stöhnen. »Im Ernst, Mädchen, das könnte unsere private Zuflucht werden, ein Stützpunkt für ...«

»Für einen Geheimbund«, hauchte Carol.

»Haben wir's euch nicht gesagt?«, triumphierte Myrtle. »Das macht viel mehr Spaß, als im Bull Ring herumzustolzieren.«

»Gibt's hier irgendwelche Möbel? Ich muss mich endlich setzen, meine Strümpfe anziehen und mein Haar in Ordnung bringen.« Monica öffnete eine Tür. »Da! Ein altes Bett und eine Truhe!«

Neugierig betraten sie ein Schlafzimmer. Als sie auf das Bett sanken, quietschten die Federn. Versuchsweise stieg Carol, stets die aktivste der vier Mädchen, auf die zerschlissene Matratze und sprang umher. Die anderen zogen sie herunter und drückten sie auf die Truhe. Nachdem Liv ein paar Klemmen in ihrer Manteltasche gefunden hatte, erbot sie sich, Monicas Haar hochzustecken.

»Wenn wir einen Geheimbund gründen, brauchen wir Satzungen und ein Programm.«

»Ich nehme meine Geige mit, und wir veranstalten einen musikalischen Abend.«

»Eine Soiree.«

»Nein, einen Après-midi, wegen der Verdunkelung.«

»Sei doch ernst!«

»Wir könnten debattieren.«

»Worüber denn, um Himmels willen?«

»Über den Krieg. Warum wir eine zweite Front brauchen.«

»Nicht schon wieder der Krieg!«

»Oder wir denken uns Spiele aus – Wahrheitsspiele.«

»Wenn ihr glaubt, ich erzähle euch was über Denzil McIntyre, irrt ihr euch gewaltig!«

»Dabei geht's nicht um Jungs. Immer denkst du nur an Jungs. Wie langweilig!«

»Aber die Welt dreht sich nun mal um Jungs.«

»Nein, um die Liebe.«

Herausfordernd wandte sich Monica Carol zu und schaute sie mit ihren schönen dunklen Augen an. Sie liebte das Mädchen und wünschte verzweifelt, ihre Gefühle würden erwidert. Deshalb musste sie Carol zwingen, gewisse Dinge zu akzeptieren, sonst würde Carol sie eines Tages hassen. Bedrückt dachte Monica an zu Hause, wo sie nur ein bisschen Wärme fand, wenn ihr Bruder Gil da war.

Liv steckte ihr die letzte Klemme ins Haar. »Fertig.«

»Hört zu streiten auf, ihr zwei!«, schimpfte Myrtle, und Carol schenkte ihr ein besänftigendes Lächeln.

»Wir streiten ja gar nicht. Mon, du siehst fantastisch aus. Ganz anders. So erwachsen.«

Voller Genugtuung hielt Liv einen winzigen Spiegel, auf dessen Rückseite Walt Disneys Schneewittchen abgebildet war, vor Monicas Gesicht.

»Ich bin so wie immer.« Grinsend zog Monica die Klemmen aus ihrem Haar und ließ die feuchten Strähnen wieder auf ihre Schultern fallen. »War das eigentlich eine Debatte oder ein Wahrheitsspiel?«

»Undankbares Ding!«, fauchte Liv. »Ich frisiere dich nie wieder!«

»Schon gut«, mischte Carol sich hastig ein, um die Wogen zu glätten. »Wie wär's mit einem musikalischen Nachmittag nächste Woche? Okay, Liv? Ich bringe meinen Plattenspieler mit, und ihr zwei übernehmt das Schlagzeug.« Nun stöhnten sie noch dramatischer. Die Harmonie war wiederhergestellt. »Übernächste Woche stellen wir fest, ob sich die Welt um Jungs dreht.« Sie sah Monica nicht an. »Vielleicht passt auch das Wahrheitsspiel dazu.«

»Klingt interessant«, lobte Myrtle. Auch sie liebte Carol, würde aber viel lieber Liv und Monica gleichen. Unglücklicherweise war sie klein und übergewichtig und hatte widerspenstiges braunes Haar.

»Ich spiele das Lied, das wir im Chor singen«, kündigte Liv begeistert an. Das alles kannte sie von der Sekte her – musikalische Nachmittage und Diskussionsgruppen. Sogar Liv fand, dass die Anziehungskraft dreizehnjähriger Jungs gewisse Grenzen hatte.

»Warum nicht ›In the Mood‹?«, entgegnete Monica. »Lern doch mal was anderes, Liv. Gefällt dir die Stelle nicht, wo die Musik aufhört und alle weitertanzen, weil sie wissen ...«

»Großer Gott, seht euch das an!« Als Carol aufgestanden war, hatte sich ihr Mantel am Rand der Truhe verfangen und den Deckel gehoben. Es war keine Truhe, sondern ein Aufsatz oberhalb des Treppenhauses. Durch die Öffnung konnte man in die Diele und die Küche hinabschauen.

»Wenn jemand reinkommt, beobachten wir ihn von hier oben«, sagte Monica.

»Und wenn er die Stufen raufsteigt, springen wir da hinein und flüchten«, ergänzte Myrtle.

Liv steckte ihren Schneewittchenspiegel und die Haarklemmen ein. »In der Tat, ein perfektes Hauptquartier!«

☆

Das Cottage erfüllte alle Hoffnungen in einer Welt voller Kriegsnachrichten. Hier konnten sie albern und selbstsüchtig sein und ganz offen miteinander reden. Im Sommer war die Gegend nicht so einsam, und die Mädchen fürchteten, ein paar Schuljungen auf ihren Streifzügen oder Wanderer würden das Haus entdecken. Sie reparierten die Gartenpforte und schrieben auf den Querbalken: »Vorsicht, bissiger Hund«. Nur im Winter konnten sie ihr Refugium ungestört genießen, an Samstagnachmittagen auf dem alten Bett sitzen, den Vormarsch der Alliierten in Afrika erörtern, über Jungs diskutieren, die mit Liv und Monica flirteten. Oder sie spielten das Wahrheitsspiel und sprachen über immer neue Dinge, um die sich die Welt drehen könnte.

Es stellte sich heraus, dass Liv sich ein Haus wünschte, mit Teppichen in jedem Zimmer und einer Maschine, die das Geschirr spülte. Myrtle wünschte sich ein angenehmeres Schicksal, als es ihrer Mutter beschieden war, und eine fabelhafte Karriere für ihren kleinen Bruder Boris. Auch Monica stand einem ihrer Brüder sehr nahe und erzählte ständig, was »Gil gesagt« und wie »Gillie die Einberufungsbehörde mit einem vorgetäuschten Beinleiden zum Narren gehalten« habe und wie »witzig« er immer sei. Carol hoffte, ihr invalider Vater würde genesen und die Familie könnte ein »interessantes« Leben führen.

»Cass, du bist ein typisches Einzelkind«, spöttelte Monica. Aber es war ein gutmütiger Spott. »Wir alle malen uns aus, wie wir mal heiraten und glücklich sein werden. Willst du für immer bei Mummy und Daddy bleiben?«

»Da bin ich mir nicht sicher«, erwiderte Carol überrascht. »Aber falls wir immer noch die Wahrheit gestehen müssen: Ich will nicht heiraten. Wir drei – Mutter und Dad und ich – kommen sehr gut miteinander aus.«

»Bei uns geht's anders zu«, seufzte Myrtle. »Wenn Pa Urlaub hat und heimkommt, streitet er dauernd mit Ma, und der kleine Boris brüllt. Grauenhaft!«

»Ich finde, Mam und Da sind okay«, bemerkte Liv. »Aber ich will nicht länger bei ihnen wohnen als unbedingt nötig und einen reichen Mann heiraten ...«

»Das wissen wir, Liv«, fiel Monica ihr verächtlich ins Wort. »Myrtle und ich möchten uns wenigstens verlieben. Daran denkst du gar nicht.«

»Was für ein Unsinn, Monica Cook!«, fauchte Liv. »Für die Liebe interessierst du dich gar nicht. Du willst nur mit irgendeinem Kerl ins Bett steigen. Seit du deine Periode bekommen hast, bist du völlig verändert. Meine Schwester findet, du hättest Schlafzimmeraugen.«

Wider Erwarten errötete Monica bis in die Haarwurzeln. Carol, noch nicht ganz dreizehn, hinkte den anderen in manchen Dingen hinterher. »Wie kannst du so was sagen, Liv! Du bist eine Christin, und es ist eine *Sünde,* so zu reden.«

Lachend schüttelte Myrtle den Kopf. »Diese Freikirchler sind doch alle ganz verrückt nach Sex. Neulich blätterte ich in Daddys Notizen. Da könnte ich euch einiges erzählen ...« Die Mädchen erwarteten, sie würde weitersprechen. Aber sie schwieg. Plötzlich wurde ihr bewusst, in welche Gefahr sie sich mit ihrer Schnüffelei brachte. Nach einer Weile fügte sie etwas lahm hinzu: »Jedenfalls wird der Sex gewaltig überschätzt. Daheim wird immer nur über Sex gestritten. Davon will ich nichts mehr hören. Ich möchte mich verlieben. Und der Mann soll mich mehr lieben als alles auf der Welt.«

»Das wünsche ich mir natürlich auch«, verteidigte sich Liv. »So wie alle Menschen.«

Weil Carol nichts von solchen Dingen wusste, sagte sie nichts.

»Natürlich muss es der Richtige sein«, betonte Monica, und alle nickten weise.

☆

In einer Mainacht 1944 holten Carol und Myrtle, so wie die ganze Nation des Krieges überdrüssig, einen Farbtopf aus dem Schuppen des Schuldieners. Samstagnachts um halb zwölf Uhr malten sie an die Mauer des Postamts von Northfield die allgemein bekannte Forderung: ERÖFFNET SOFORT EINE ZWEITE FRONT! Wegen der doppelten Sommerzeit wurden sie von einem Polizisten entdeckt, durch eine Hintergasse und über die Bristol Road gejagt, bis zur alten Lagerhalle, ehe sie ihn endlich abschütteln konnten. Vor Angst und Schrecken den Tränen nahe, vermuteten sie, der Mann hätte sie erkannt, und versteckten sich im alten Geisterhaus – wie sie ihr Refugium mittlerweile nannten.

Dort wurden sie am Sonntagnachmittag, hungrig und immer noch verängstigt, von Monica und Liv aufgespürt.

»Diesen Slogan malt doch jeder irgendwohin«, versuchte Monica die beiden Mädchen zu beruhigen. »Deshalb werdet ihr nicht im Gefängnis landen! Deine Mutter glaubt, du bist bei mir, Myrtle. Aber deine Eltern spielen verrückt, Cass.«

»Oh – das ertrage ich nicht!« Wegen seiner Herzschwäche war Carols Vater vom Kriegsdienst befreit worden. »Je länger ich wegbleibe, desto schlimmer wird's. Was soll ich ihnen sagen?«

»Irgendwas. Die Wahrheit. Aber möglichst schnell. Heute wollen sie zur Polizei gehen.«

»Was habt ihr ihnen erzählt?«

»*Liv* hat gar nichts gesagt«, erklärte Monica in ihrem gewohnten verächtlichen Tonfall. »Natürlich darf sie nicht lügen. Aber ich habe ihnen eingeredet, du hättest mit Myrt eine Expedition unternommen. Und dann versprach ich ihnen, ich würde dich nach Hause bringen. Ich wusste ja, wo du bist.« Stöhnend verdrehte sie die Augen. »Als sie dich heute Morgen nicht in deinem Bett fanden, riefen sie bei uns an. Ihr seid völlig übergeschnappt!«

»Irgendwas mussten wir doch tun«, entgegnete Myrtle. »Wäre der Polizist nicht aufgetaucht, hätten wir um Mitternacht in unseren Betten gelegen.«

Nun brach Liv ihr missbilligendes Schweigen. »Und warum seid ihr nicht ins Bett gegangen?«

»Weil er uns gesehen hat. Er könnte uns identifizieren.«

»Wie melodramatisch ...«

Plötzlich begann Carol zu schluchzen. »Ich habe ganz furchtbares Heimweh.«

»Geschieht dir recht.«

Alle waren verlegen. Mit fünfzehn weinte man nicht mehr, und man gab auch kein Heimweh zu. Schon gar nicht, wenn man nur zwei Meilen von zu Hause entfernt war.

»Für mich ist's viel schlimmer«, warf Myrtle ein. »Mein Vater kämpft für unser Land.«

»Hinter einem Schreibtisch, in Wiltshire«, wurde sie von Liv erinnert.

»Immer noch besser, als auf der Reserveliste zu stehen – so wie *dein* Vater!«, konterte Myrtle.

Carol starrte zu Boden. Wenn jemand etwas Abfälliges über *ihren* Vater sagte, würde sie vollends zusammenbrechen.

Um die Schmach der Freundin nicht mit ansehen zu müssen, schaute Monica aus dem Fenster. »Da kommt jemand.«

Sofort bildeten sie wieder eine Einheit und drängten sich am Fenster. Ein Mann überquerte die Wiese. Vorsichtig umrundete er die Maulwurfshügel. Also war er kein Farmer – der hätte die kleinen Erdhaufen niedergewalzt wie ein Traktor. Dieser Mann trug eine Khakihose mit breitem Gürtel, ein graubraunes, am Kragen offenes Hemd und ein Tweedjackett. Seine Krawatte hielt er in der Hand.

»Mein Gott, ich wette, das ist ein Deserteur«, wisperte Monica.

»Und ich wette, das ist ein Deutscher«, murmelte Liv.

Myrtle spähte unter Carols Arm hindurch. »Sicher einer von diesen ekligen Typen – ihr wisst schon ...«

Inzwischen hatte Carol die letzten Tränen hinuntergeschluckt, und ihre Augen fühlten sich staubtrocken an. Sie wandte sich ab und öffnete den Deckel des Aufsatzes über dem Treppenhaus.

»Sei nicht albern!«, schimpfte Monica. »Er ist allein, und wir sind zu viert.«

Nun blieb der Mann stehen und musterte das Haus. Hastig traten alle außer Myrtle vom Fenster zurück. Da sie so klein war, konnte er sie nicht sehen. »He, Mädchen, ich glaube, das ist Mussolini«, flüsterte sie.

Nur gedämpft bekundeten sie ihre verächtliche Skepsis, obwohl ihre Stimmen wohl kaum durch das geschlossene Fenster dringen würden, solange sie nicht schrien.

»Nun, immerhin ist er verschwunden, oder? Seit er im letzten Juli verhaftet wurde und danach untertauchte. Und wo kann er sich am besten verstecken? Im Feindesland! Wahrscheinlich ist er bewaffnet und wird uns alle erschießen.«

»Beschwert euch nie wieder, dass nichts passiert!«, stieß Monica grimmig hervor.

»Hört mal zu!«, befahl Carol. »Wenn er reinkommt, warten wir, bis er unter der Öffnung steht. Dann springe ich auf ihn drauf, halte ihn fest, und ihr lauft möglichst schnell runter. Myrtle, du holst die Polizei.«

»Jetzt öffnet er die Gartenpforte«, verkündete Myrtle, und danach dauerte es lange, bis sie wieder sprachen.

Sie senkten den Deckel, bis sie nur noch durch einen

schmalen Spalt spähen konnten. Angespannt lauschten sie den Schritten, die zum Haus tappten. Als die Tür aufgeschoben wurde und der Stein, den sie davorgelegt hatten, über den Boden scharrte, hielten sie den Atem an. Der Mann stapfte herein und murmelte Flüche, die ziemlich englisch klangen. Auf seinem Schädel sahen sie eine kreisrunde kahle Stelle, und unter seiner Nase ein vorstehendes Kinn voller Warzen. Er drehte sich zur Tür um, entdeckte den Stein und beförderte ihn mit einem Fußtritt zur Treppe. Da erklang ein splitterndes Geräusch, Bodenbretter zerbarsten, und der Stein verschwand. Verwundert bückte sich der Mann und starrte durch das Loch hinab. Über seinem gebeugten Rücken rangen die Mädchen ganz vorsichtig nach Luft.

Eine Zeit lang schien das Loch den Mann zu verwirren, und es hinderte ihn vermutlich auch daran, die Treppe hinaufzusteigen. Schließlich inspizierte er die Räume im Erdgeschoss. Die Mädchen wechselten einen kurzen Blick. Dann schauten sie wieder nach unten.

Als der Mann in die Diele zurückkehrte, redete er mit sich selbst. Auf Deutsch oder in irgendeiner anderen Sprache. Er schaute erneut durch das Loch, dann warf er die Krawatte über eine Schulter und öffnete die Hosenknöpfe. Den Mädchen stockte wieder der Atem, und Carol schloss die Augen. Das plätschernde Geräusch, das der Mann erzeugte, klang so unanständig, dass sie sich beinahe abgewandt hätte. Aber die Bewegung hätte sie alle verraten. Eine Zeit lang geschah gar nichts – bis Monica ihren Oberarm umfasste. Zögernd hob Carol die Lider. Der Mann tat etwas Unaussprechliches, und sie kniff blitzschnell die Augen zusammen. Plötzlich grunzte er wie ein Schwein, jaulte ein paar Sekunden lang wie ein Hund, danach hörte Carol ein Rascheln, ein gedämpftes Murmeln.

»Jetzt ist er weg«, wisperte Myrtle. »Schaut mal raus!«

Vorsichtig richtete sich Liv auf. »Ja, jetzt öffnet er die Gartenpforte. Die müssen wir wieder schließen – und einen Stein vor die Tür schieben.«

»Wir brauchen dringend Netzvorhänge«, meinte Monica. »In unserem Schuppen liegen ein paar herum. Die benutzt Dad, um die Himbeersträucher abzudecken. Nächstes Mal bringe ich sie mit.«

»Habt ihr gesehen, was er gemacht hat?«, fragte Myrtle. »Ich dachte, er müsste noch mal – aber ...«

»Er hat gewichst«, erklärte Monica gleichmütig.

»*Was* hat er?«

»Gewichst. So nennt man's, wenn sich die Männer selber aufgeilen und ejakulieren.« Das letzte Wort sprach sie in hohem Falsett aus, eine schlechte Imitation der Biologielehrerin, die quietschte, wenn peinliche Themen erörtert wurden.

»Wieso weißt du das?« Indigniert runzelte Liv die Stirn. In sexuellen Dingen war sie die anerkannte Expertin. Schon sechs Jungs aus dem Gymnasium hatten gefragt, ob sie's mit ihr machen dürften. Für jeden hatte sie ein Kreuz in ihr Notizbuch gemalt. Wie die Jagdflieger, wenn sie eine Maschine abgeschossen hatten.

»Immerhin habe ich zwei Brüder«, erwiderte Monica lakonisch.

»Und ich habe eine Schwester, die praktisch verlobt ist«, meinte Liv.

Carol ließ die Hände sinken, die sie vors Gesicht geschlagen hatte. »Um Himmels willen!« Tränen zogen helle Spuren über ihr schmutziges Kinn. »Wie könnt ihr so ruhig darüber reden. Es war schrecklich. Wie – wie ein Hund ...«

Besänftigend legte Monica eine Hand auf ihre Schulter. »Vergiss es. So was passiert nun mal. Dagegen können die Männer nichts tun.«

»Du regst dich nur auf, weil du hungrig bist, Cass«, meinte Myrtle. »Vor Hunger sind wir beide ganz schwach. Wenn ihr zwei gewusst habt, wo wir sind – warum habt ihr uns nichts zu essen gebracht?«

»Weil wir über was anderes nachdenken mussten!«, zischte Liv. »Zum Beispiel, wie wir euch dummen Gänsen aus der Klemme helfen sollen.« Sie wich Carols Blick aus. »Je schneller wir euch daheim abliefern, desto besser. Wo habt ihr den Farbeimer hingestellt? In der Schule wird's einen Riesenwirbel geben, weil er gestohlen wurde ...«

»Den haben wir im Garten vergraben!«, fauchte Myrtle erbost. »So blöd sind wir nun auch wieder nicht.«

»Nein?« Liv strich so lässig und herausfordernd durch ihre Naturlocken, dass Myrtle sich wütend auf sie stürzte. Da Carol – normalerweise die Friedensstifterin – keinen Finger rührte, schob Monica die beiden auseinander.

»Geht mir bloß nicht auf die Nerven!«, mahnte sie. Dass sie unsanft geschüttelt wurden, überraschte sie nicht. Monica war nicht gerade für ihre Geduld und Selbstbeherrschung bekannt. »Myrt, du müsstest es besser wissen. Carol war schon immer eine Idiotin. Aber du solltest vernünftiger sein. Die Mauer des Postamts mit Schulfarbe zu beschmieren! Also wirklich! Das ist verrückt, kindisch – und einfach öde!«

»Außerdem bist du ein Jahr älter als Carol, Myrt«, fügte Liv vorwurfsvoll hinzu.

Drohend hob Monica eine Hand, und Liv zog den Kopf ein.

»Gehen wir.« Carol stand auf. »Kommt. Zum Glück ist nichts Schlimmes passiert. Wir haben niemandem was angetan – außer meinen Eltern. Vergessen wir diesen Tag. Reden wir nie wieder drüber.«

Ohne ein weiteres Wort verließen sie das Cottage.

☆

In diesem Sommer begann die Landung der Alliierten in der Normandie und verlief sehr erfolgreich. Deshalb glaubten die Leute, der Krieg würde bald ein Ende finden.

Myrtle, die älteste der vier Mädchen, war bereits sechzehn. Die Liste der Abenteuer wuchs. Als die ganze Schulklasse Tollkirschen für das Krankenhaus pflückte, gab Myrt vor, sie hätte an ihren giftigen Fingern gelutscht, warf sich zu Boden und zuckte heftig. Ein Zeit lang schaute die Lehrerin seelenruhig zu, während Myrtle ihre schauspielerischen Fähigkeiten bewies. Dann fragte sie: »Alles in Ordnung, meine Liebe? Wenn du dich wieder besser fühlst – können wir weitergehen? Auch wir müssen unseren Kriegsdienst leisten.«

Auf den Tanzfesten mussten sich Carol und Myrtle mit Männern begnügen, die ihre Väter sein könnten, während Liv und Monica die hübschen Jungs anlockten.

Im Sommer übersiedelten sie in ein Erntelager, und zwischendurch lernten sie für die Abschlussprüfungen. Deutsch und Französisch, Geografie und Mathematik. Praktika in Chemie, Physik und Biologie. Manchmal schleppten sie ihre Bücher ins Geisterhaus und erweckten den Eindruck, sie würden eifrig büffeln.

»Mein Gott!« Carol, die ein Universitätsstipendium anstrebte und zusätzliche Prüfungen ablegen wollte, interessierte sich ernsthaft für einige Fächer. »Habt ihr das gewusst? Wenn ein Atom gespalten wird, entsteht so viel Energie, dass sich alle anderen Atome auf der Welt spalten und unser ganzer Planet auseinander bricht.«

»Zumindest hat Miss Edgeworth das behauptet«, warf Monica ein.

»Die ist wirklich sehr intelligent, Mon«, erwiderte Carol und schüttelte ihr Haar aus dem Gesicht. »Immerhin hat sie in Cambridge summa cum laude promoviert.«

»Eine alte Jungfer ...«

»Spielt das eine Rolle?« Carol runzelte die Stirn. »Wenn du sie für eine Jungfrau hältst, ist das wichtig?«

»Das meine ich nicht. Man kann dreimal heiraten und trotzdem eine alte Jungfer bleiben.«

Eine Zeit lang schwieg Carol. Liv lag auf dem Bett, die Augen geschlossen, und murmelte französische Verben vor sich hin. Und Myrtle kämpfte hoffnungslos mit einem Theorem. Wahrscheinlich würde Liv alle Prüfungen mit Bravour bestehen. Der Stolz gestattete ihr keine unterdurchschnittlichen Leistungen. Dann würde sie möglichst schnell einen reichen Mann heiraten. Auch Myrtles Zukunft war gesichert. Dank ihrer wohlhabenden Eltern würde sie eine gute berufliche Ausbildung genießen. Also blieben nur Carol und Monica übrig. Carol wollte ihren Eltern Ehre machen. Und Monica war ein stilles Wasser – eine unbekannte Größe.

»Also gut ...« Carol zögerte, aber letzten Endes akzeptierte sie Monicas Behauptung und schlug die Beine übereinander. Jetzt lagen fadenscheinige alte Teppiche auf dem morschen Boden des Schlafzimmers. »Und wie ist's andersrum? Ich meine – muss eine Jungfrau automatisch eine alte Jungfer sein?«

»Natürlich nicht.« Prüfend schaute Monica das große, dünne Mädchen an, das mausbraune Haar, die unregelmäßigen Züge, den Mund, der so verletzlich wirkte. Und dann verzog sich ihr eigenes schönes Gesicht zu einem liebevollen Lächeln. Sie beugte sich vor und strich über eins der nackten, gebräunten Knie. Normalerweise zeigte sie keine Gefühle. Aber hin und wieder berührte sie Carol, um sie zu besänftigen. »*Du* kannst nie eine alte Jungfer werden. Liv schon, wenn sie nicht heiratet. Aber du niemals.«

»Besten Dank«, unterbrach Liv die gemurmelte Litanei ihrer Vokabeln.

»Was ich von *dir* halte, sage ich lieber nicht.«

Krampfhaft schluckte Carol. »Ich – ich wäre gern eine Mutter. Und ich möchte ein ganz gewöhnliches Leben führen.«

»Lass dir Zeit, Kindchen«, mahnte Monica, die so viel wusste.

»Dieses Gerede!«, warf Myrtle ein, die gar nichts wusste, aber fest entschlossen war, das alles viel früher herauszufinden als die anderen. »Ihr zwei ...« Erbost starrte sie Liv und Monica an. »Ihr glaubt, ihr wärt so großartig. Zwei Filmstars. Aber vielleicht werdet ihr feststellen ...« Voller Stolz straffte sie ihren Rücken. »... dass ich die Einzige bin, die einen richtigen Busen hat.«

Darüber sprachen sie nicht gern. Im letzten Jahr hatten sich Myrtles Brüste wie langsam aufgeblasene Luftballons vergrößert.

»Was machst du damit, Myrt?«, fragte Monica. »Trägst du einen BH?«

»Dafür haben wir keine Bezugsscheine«, erwiderte Myrtle bedrückt. »Ma hat gesagt, in diesem Sommer gibt sie mir einen von ihren BHs. Wenn wir die Schuluniform loswerden.« Die Sommerschuluniform bestand aus steifem Popelin. Wenn die Mädchen ihre Ferienkleider anzogen, meistens zwei Jahre alt und an den Säumen zweimal verlängert, wurde der Mangel an Unterröcken abrupt offensichtlich. Niemand verschwendete die kostbaren Kleiderbezugsscheine für Unterröcke.

Neidisch runzelte Liv die Stirn. »Mam sagt, wenn man gute Muskeln hat, braucht man keine Stütze.«

Allem Anschein nach hatte Myrtle keine guten Muskeln, und Monica fühlte sich bemüßigt, auch ihre runden Knie zu berühren. Sofort zuckte Myrtle zurück. »Wenn du tanzen gehst, musst du deine Brüste mit einem Pflaster festkleben.

Irgendwo habe ich gelesen, dass Betty Grable das macht, bevor sie tanzt. Dann musst du dich nicht um BH-Träger sorgen, die Dinger wippen nicht auf und ab, und du kriegst ein interessantes Dekolleté.«

Nun kicherten alle, sogar Livs Laune besserte sich. »Zeigst du uns deine Brüste mal, Myrt?«, bat sie vorsichtig.

Carols Beinmuskeln spannten sich spürbar an. »Hör nicht auf sie, Myrt! Typisch! Nur weil sie keinen Busen hat ...«

»Natürlich musst du's nicht tun.« Livs Wangen färbten sich feuerrot. »Tut mir Leid, dass ich gefragt habe.«

»Schon gut. Deshalb bin ich nicht verlegen. Und Ma sagt, ich sollte stolz auf mich sein. Kleine Frauen würden sich immer durchsetzen.«

Schweigend dachten sie an Myrtles Ma, die einsfünfundfünfzig groß war und ihren Ehemann anbetete, einen Arzt. Ebenso wie alle anderen wusste auch Myrtle, dass ihr Vater mit allen Luftwaffenhelferinnen auf seiner Station »herumspielte«, und sie fügte hastig hinzu: »Tut mir wirklich Leid für dich und Liv, Carol.«

»So groß wie Carol bin ich nicht«, bemerkte Liv. »Ich hab mich halb totgelacht, als du von diesem kleinen Iren zum Tanz aufgefordert wurdest, Carol. Wieso um alles in der Welt hast du nicht Nein gesagt?«

»Weil sie keiner Fliege was zu Leide tun kann«, erwiderte Monica, »und einem Menschen schon gar nicht. Los, Myrt! Wenn du strippen willst, bringen wir's hinter uns«, schlug sie vor und ignorierte Carols entsetzten Blick. »Klar, du bist uns um einiges voraus. Das wissen wir alle. Aber du solltest es beweisen.«

Myrtle öffnete die Knöpfe ihres Hemdblusenkleids aus blauem Popeline, und die Brüste fielen ihr in den Schoß. Dort blieben sie liegen, als würden sie auf irgendetwas warten.

»Mein Gott!«, hauchte Liv ehrfürchtig. »Die sind ja riesig.«

Carol schaute zu Boden, und Monica verkündete: »Damit ist der Beweis erbracht. Myrtle ist ein Jahr älter als wir und uns allen um vier Jahre voraus. Gute alte Myrt. Und jetzt muss ich euch was erzählen. Spitzt die Ohren, Mädchen! Seit der letzten Nacht bin ich keine Jungfrau mehr.«

Automatisch schob Myrtle ihre Brüste ins Kleid zurück, während sich alle Augenpaare auf Monica richteten. Wie vom Blitz getroffen, war Carol zusammengezuckt, und Liv schnappte nach Luft. »Meinst du – du hast einen Mann an dich rangelassen?«

»Ja.«

»Das glaube ich dir nicht.«

Gleichmütig zuckte Monica die Achseln. »Deshalb werde ich mich nicht von einem Arzt untersuchen lassen.«

»Verdammt noch mal, wer war's?«

»Wenn du fluchst, kommst du nicht in den Himmel, Liv.«

»Sag's uns!«

»Nein. Tut mir Leid, aber das ist nur *meine* Sache. Es ist passiert, ich hab's euch gesagt, und das war's.«

In plötzlicher Wut stieß Liv hervor: »Wie verdorben du bist! Wie kannst du einfach da sitzen und sagen, du hättest es getan? Du bist eine Sünderin, eine Hure!«

Wortlos lächelte Monica.

»Und – wie war's?«, fragte Myrtle stockend. »Hat's wehgetan?«

»Darüber will ich nicht reden. Hätte ich euch bloß nichts erzählt!« Monica stand auf und schlenderte zur Tür. »Ich gehe. Kommt jemand mit?«

Sofort sprang Liv auf. »O ja. Warum wir uns immer noch hier treffen, werde ich niemals begreifen. Zum Teufel, wir sind doch keine Kinder mehr!«

»Jetzt hast du zum zweiten Mal geflucht, Liv.«

Hochrot im Gesicht, erhob sich Myrtle. »Kommst du, Carol?«

Als Carol immer noch die Bodenbretter betrachtete, wiederholte Myrtle ihre Frage.

Widerstrebend schaute Carol auf. »Noch nicht ...«, würgte sie mühsam hervor. »Ich muss noch was lesen.«

»Oh ...« Myrtle folgte den beiden anderen die Treppe hinab und sprang etwas schwerfällig über Mussolinis Loch.

»Wo ist Carol?« Ungeduldig drehte sich Monica um.

»Die bleibt noch hier.«

»Hol sie!«, befahl Monica ärgerlich. »Sie darf nicht ganz allein hier rumhängen. Geh schon!«

»Von dir lasse ich mich nicht herumkommandieren. Hol sie selber!«

»Auf mich hört sie nicht.«

»Auf mich auch nicht.«

»Aber sie *erträgt* dich, du dumme Gans. Geh endlich!« Während Myrtle die Stufen hinaufstieg, sah Monica, dass die Falltür über dem Treppenabsatz offen stand. Also hatte Carol alles gehört. »Und wenn schon!«, rief Monica. »Das ist mir egal. Warte auf mich, Liv!« Von heißem Zorn erfüllt, stürmte sie aus dem Cottage.

☆

Carol ging am Tag des Alliiertensieges allein ins Geisterhaus. Abends würde sie sich mit den anderen in Northfield amüsieren. Da ihr Vater vor drei Tagen gestorben war, würden sie alle sehr nett zu ihr sein. Sie spürten, wie verzweifelt sie war. Vielleicht würde auch ihre Mutter für eine Stunde mit einem starren Lächeln die tanzenden Flammen des Freudenfeuers beobachten und dann sagen: »Bleib hier, Darling.

Unterhalt dich gut. Ich habe Kopfschmerzen. Deshalb gehe ich lieber nach Hause und lege mich hin.« Und die Einsamkeit würde wie ein Messer in Carols Herz schneiden und die Zukunft wie eine dunkle Wolke vor ihr aufragen – die Zukunft, der sie so erwartungsvoll entgegengeblickt hatte. Sie saß am Fenster des Schlafzimmers. Während sie die vertraute Aussicht betrachtete, tropften heiße Tränen von der Spitze ihrer langen Nase und dem ebenso langen Kinn. Mit monotoner Stimme murmelte sie vor sich hin: »Das ist Selbstmitleid. Keine Trauer um Daddy, weil ich an Gott und den Himmel glaube. Warum sollte ich um meinen Vater trauern?«

Immer schneller flossen die Tränen. Wie durch einen feuchten Schleier sah sie den Bach und die Weiden, die Wiesen, wo manchmal anonyme Kühe grasten, und die lange Reihe der Ulmen, hinter der sich die ferne Straße verbarg, verschmolz zu einer gelbgrünen Masse. Die Aussicht glich einem Ölgemälde, auf dem sich Wülste und Rinnen bildeten, wenn man zu nahe herantrat. Das erinnerte Carol an ein ständig bewegtes Atom. Gab es da draußen genug Atome für eine Reinkarnation ihres Vaters? Warum konnten ihre Mutter und sie selbst keine Teile ihrer überfrachteten Körper abgeben, um seinen verwesenden Leib zu reparieren? Wieso war der Tod »das Ende«? Warum musste man so etwas hilflos mit ansehen? Viele Dinge im Leben vermochte man zu ändern, wenn man's wirklich wollte. Warum nicht auch den Tod?

»Ja, ich glaube an dich, lieber Gott«, sagte sie laut. »Trotzdem hasse ich dich. Okay, du hast uns einen freien Willen geschenkt, das weiß ich alles. Aber wenn du's wirklich wolltest, könntest du den Lauf der Dinge ändern. Das hast du nicht getan, verdammt noch mal. Darum haben wir dich gebeten, Mummy und ich. Aber du hast uns nicht geholfen.«

Nach langer Zeit trockneten die Tränen, und sie sah ganz deutlich, wie Monica die Wiese überquerte. Carol ging ihr nicht entgegen. Einerseits war sie erschöpft von ihrer Trauer, andererseits ... Den zweiten Grund kannte sie nicht. Viel zu leicht stellten sich Monica und Carol aufeinander ein, und das war nicht immer gut.

Jetzt öffnete Monica die Gartenpforte. Dass jemand im Cottage war, konnte sie nicht wissen, denn Carol hatte die Pforte mit der Schnur festgebunden und die Haustür geschlossen. Monica schaute nicht zum Fenster hinauf. Sorgfältig wickelte sie den Strick um den Torpfosten und ging den Weg entlang. Sie sah wundervoll aus, zweifellos für die abendliche Feier herausgeputzt. In zahllosen Löckchen umrahmte das schwarze Haar ihr Gesicht. Über einem Auge hing die Krempe eines Schlapphuts. Sie hatte das geblümte Kunstseidenkleid vom Vorjahr mit einer kontrastierenden Schoßjacke modernisiert, und die Handschuhe stammten aus der Vorkriegszeit. Als erstes Mädchen in der Schule protzte sie mit amerikanischen Nylonstrümpfen. Davon musste sie eine ganze Menge besitzen, denn sie ignorierte die Haustür und kletterte durch das Küchenfenster, ohne Laufmaschen zu befürchten.

Leise teilte sie der hochgeklappten Falltür mit: »Carol, ich komme rauf!«

Schritte hallten durch den Flur, und Carol wandte sich vom Fenster ab. »Wieso wusstest du, dass ich hier bin?«

»Wer sollte denn sonst da sein? Das ist unser Haus.«

»Ach ja«, seufzte Carol müde. »Das Geisterhaus.« Mit einem gezwungenen Lächeln fuhr sie fort: »Als wir es entdeckten, hat's uns gehört. Damals waren wir Kinder. Zwölf Jahre alt. Wäre es nicht großartig, wieder zwölf zu sein?«

Monica schloss die Falltür und setzte sich vorsichtig darauf. »Ja«, stimmte sie zu, was Carol verblüffte.

Vergeblich suchte Carol diesen plötzlichen Enthusiasmus mit der herausfordernden, schicken Eleganz ihrer Freundin in Einklang zu bringen. Eine Zeit lang erwiderte Monica den forschenden Blick. Dann sprang sie auf und wischte den Staub von ihrem Kleid. »Wir hätten Stühle aufstellen sollen. Irgendwelche Möbel.«

»Immerhin haben wir die Teppiche hierher gebracht. Und da steht das Bett.«

»Darauf setze ich mich auch nicht in diesem Kleid.«

»Aber das Haus sollte verlassen aussehen. Falls jemand rumschnüffelt.«

»Ja. Nun ...« Monica trat ans andere Fenster und kehrte Carol den Rücken. »Wahrscheinlich werden wir nie mehr herkommen. Also spielt's keine Rolle.«

»Natürlich werden wir wieder herkommen.« Carol versuchte zu lachen. »Oh, ich weiß, für euch ist die Schule vorbei, und ihr glaubt, ihr wärt erwachsen. Aber das ist nicht so wichtig. Immer wieder werden wir dieses Haus besuchen.«

»Du vielleicht – ich nicht. Ich gehe weg, und ich bin nur hergekommen, um mich von dir zu verabschieden.«

»Aber heute Abend treffen wir uns bei der Siegesfeier.«

»Nein, dann bin ich schon in London und feiere auf dem Trafalgar Square oder sonst wo.«

Noch nie war eines der Mädchen nach London gefahren. Jahrelang hatte man die Hauptstadt, ein Kriegsgebiet, konsequent gemieden.

Carol schwieg ungläubig, und Monica hob irritiert die Schultern. »Okay – möglicherweise in zwanzig Jahren. Wenn wir alt sind. Vorher nicht. Keine von euch will ich wiedersehen, bevor ich wirklich alt bin!«

»Das meinst du nicht ernst, Mon. Was ist passiert?«

Tiefe Stille erfüllte den Raum, und Monica wartete auf einen Tadel, der nicht erfolgte. Schließlich entspannten sich die verkrampften Schultern, und Monica erklärte ausdruckslos: »Letztes Jahr fand ich heraus, dass ich – adoptiert wurde.«

»Oh.« Carol fragte sich, wie sie selbst auf eine solche Enthüllung reagieren würde. »So schlimm ist doch das gar nicht, oder? Ich meine, deine Eltern haben dich ausgesucht. Also bist du was Besonderes.« Da Monica nicht antwortete, gab sie ihr genug Zeit, um über ihre eigenen Worte nachzudenken. Einmal hatte sie ihren Eltern erklärt, die Cooks würde Rangierlokomotiven gleichen, die ihre zwei Söhne hin und her schoben und sich vergeblich bemühten, ihre eigenwillige Tochter auf die gewünschten Gleise zu bugsieren. Monicas Neuigkeit erklärte die Hintergründe – sie passte nicht zu ihrer raubeinigen Familie. Auch sie war ziemlich hartgesotten, wirkte aber kultivierter. Carol räusperte sich. »Offensichtlich wollten sie dich unbedingt zu sich nehmen. Ich meine, sie hatten doch schon Gus und Giles.«

»Ja, sie hatten Giles«, bestätigte Monica leise. »Und natürlich Gus.« Ihre Schultern spannten sich wieder an. »Aber *mich* wollten sie nicht – nur das Geld, das ihnen meine leibliche Mutter anbot. Ein fabelhaftes Geschäft. Das kann ich ihnen nicht verübeln. Nach dem Ersten Weltkrieg war Dad wegen seiner Brustschmerzen arbeitslos. Deshalb mussten sie was – tun.«

»Oh ...« Carols Gedanken überschlugen sich. »Irgendwie verstehe ich, wie du dich fühlst – ziemlich seltsam, nicht wahr? Aber du liebst deine Eltern trotz allem. Und sie lieben dich. Du darfst nicht einfach weglaufen.«

»Wer soll mich denn dran hindern?«

»Suchst du deine richtige Mutter?«

»Die ist vor langer Zeit gestorben. Als ich zehn war. Den Namen meines Vaters hat sie Mom und Dad – den Cooks – nicht verraten. Vielleicht wusste sie gar nicht, wie er hieß – weil sie eine Prostituierte war.«

»O Mon ...«

»Nun, möglich ist alles.« Monica drehte sich um und versuchte zu lächeln. »Da ich sie nicht kannte, will ich nicht um sie trauern. Ist dir eigentlich klar, wie glücklich du sein müsstest, weil du um deinen Dad trauern kannst? Richtig trauern? So dass alle Bescheid wissen und deine Gefühle respektieren?«

»Nein, darüber bin ich nicht glücklich.«

»Tut mir Leid, Carol. Welchen Unsinn ich rede ... Dabei wollte ich mich nur verabschieden.«

»Bitte, geh nicht weg! Zieh zu uns. Das würde Mummy gut tun. Sie mag dich. Ehrlich. Sicher ist sie einverstanden.«

Monicas Blick glitt an Carols Kopf vorbei, in eine Zukunft voller fremder Menschen. »Aber ich muss fortgehen. Ich erwarte ein Baby. In London fange ich den erstbesten reichen Yankee ein. Der wird mich heiraten und nach Amerika mitnehmen.« Herausfordernd stemmte sie ihre Hände in die Hüften. »Ich sehe doch wie dreiundzwanzig aus. Nicht wahr, Carol?«

»Oh, mein Gott ...« Carol sprang auf und eilte mit ausgestreckten Armen zu ihr. »O Mon ... Wer ... Wieso?«

»Rühr mich nicht an!«, befahl Monica in scharfem Ton. »Du würdest meine Frisur ruinieren und mich zum Weinen bringen. Bleib mir vom Leib!« Entmutigt wich Carol zurück. »Hätte ich dir bloß nichts erzählt! Wie dumm ich bin! Furchtbar dumm! Du warst immer lieb und sanftmütig. Um Himmels willen, das ist nicht das Ende der Welt. Andere Mädchen kriegen auch ...«

Unglücklich fiel Carol ihr ins Wort. »Kannst du ihn nicht heiraten? Ich weiß, Miss Edgeworth sagt, danach würden die Männer einen nicht mehr respektieren, aber ...«

»Nein, ich kann ihn nicht heiraten.«

»Dazu würde ihn dein Vater zwingen, Mon! Dieser Mann

muss seine Pflicht erfüllen. Wie kann er dir so was antun und dich danach im Stich lassen?«

»Okay, er ist nicht besonders nett. Das bin ich auch nicht. Wenn Dad davon erfährt, würde er mich ohnehin rauswerfen. Also gehe ich lieber von selber.«

»Sei nicht albern, Mon! Als würde dein Dad dich jemals rauswerfen!«

Monica holte tief Luft und starrte ihre Freundin an. Obwohl sie im gleichen Alter waren, wirkte Carol um Jahre jünger, weil es ihr an Erfahrungen mangelte. »Also gut. Warum soll ich's verheimlichen. Wenn du's weißt, wirst du mich gar nicht mehr sehen wollen. Ich war immer ehrlich. Das musst du zugeben, Cass. Nicht klug, aber ehrlich. Es war Giles. Gillie. Den ich immer am liebsten mochte.«

»Dein – Bruder?«

»Genau. Dads Liebling.«

»Wie konntest du, Mon? Ist es passiert, als du – von der Adoption erfahren hast? Du hast ihn immer geliebt. Und nachdem du herausgefunden hattest, dass ihr nicht verwandt seid, wurde dir klar, welche Art von Liebe ...«

»Um Gottes willen, Cass, halt den Mund!« Monica schluchzte leise und wandte sich wieder zum Fenster. »Glaub bloß nicht, irgendwelche romantischen Gefühle hätten uns zueinander getrieben. *Er* war's, der mir von der Adoption erzählte. Dass meine Mutter mich verkauft hat, dass niemand zu mir gehört. Und dann sagte er, ich könnte jemanden finden. Sogar ganz einfach.« Plötzlich schlug ihr Kopf gegen den Fensterrahmen, und der Hut verrutschte. »Ja, du hast Recht. Von Anfang an liebte ich ihn. In der Kindheit haben wir uns dauernd gebalgt. Das war widerlich. Dann wurde ich älter und merkte, wie eklig es war, wir hörten auf damit, und schließlich – ist's passiert. Ich wurde verführt, weil ich wieder einen Bruder haben wollte. Hätte ich ihn für meinen Bruder gehalten, wär's nicht geschehen. Oh, es ist so kompliziert. Und ich bin so müde, Cass.« Jetzt ließ sie sich von Carols langen Armen umschlingen. »Gib's doch zu – du findest das alles schrecklich! Ich erinnere mich sehr gut, was in dir vorging, als Mussolini ins Haus kam. Und letztes Jahr, nachdem ich euch erzählt hatte, ich sei keine Jungfrau mehr. Was du davon hältst, weiß ich. Und ich wollte dir nicht sagen ...«

»Du hast es mir erzählt, weil wir Freundinnen sind.«

»Aber die anderen dürfen nichts erfahren. Liv und Myrt. Bitte, Cass, verrat ihnen nichts.«

»Kein Wort. Wenn's eine von uns weiß, genügt's vollkommen.«

»Ausgerechnet dir habe ich mein Herz ausgeschüttet – obwohl du's nicht verkraftest ...«

»Früher wär's unerträglich gewesen. Aber jetzt ist es – anders. Irgendwie hat's mit den Atomen zu tun, mit dem Leben, das man wieder zusammensetzen müsste.«

»Wovon redest du?« Nun schluchzte Monica noch lauter.

»Von meinem Vater. Gegen seinen Tod bin ich machtlos. Verstehst du das, Mon? Mit dem Leben lässt sich immer was anfangen. Mit dem Tod – gar nichts.«

Monica lachte unter Tränen. »Mit *diesem* Leben kann man auch nichts anfangen, Cass. Ich hab's mit Schnaps versucht. Mit heißen Bädern. Und ich bin meilenweit gelaufen. Das Baby ist immer noch da.«

»O Mon, so was darfst du nicht tun.«

»Das musste ich versuchen. Armes kleines Ding ...« Monica befreite sich aus der Umarmung. »Jedenfalls ist's besser, wenn ich verschwinde. Um vier Uhr vierzehn geht ein Zug. Den will ich nicht verpassen. In der nächsten halben Stunde muss ich mit einem Bus in die Stadt fahren.«

»Nein, Mon, bitte ...«

»Hör mir zu, du Unschuldslamm, ich weiß, was ich zu

tun habe.« Als Carol den Atem anhielt, schüttelte Monica den Kopf und tippte sich an die Stirn. »Da drin ist schon alles geplant. Um acht Uhr komme ich in London an, suche mir den nettesten Amerikaner aus, den ich finde, und dann tanzen wir. Wer weiß, vielleicht wird er ein wunderbarer Ehemann und ein guter Vater für Gillies Baby.« Jetzt verflog ihre Zuversicht wieder, und sie zog ein Taschentuch hervor. Die Netzhandschuhe waren schon ganz schmutzig. »Cass, niemals werde ich dieses Haus und unsere glücklichen Zeiten vergessen.«

»Daran musst du dich nicht erinnern. Weil du zurückkommen kannst. Ich habe eine wundervolle Idee. Okay, du willst fortgehen. Das verstehe ich. Aber du würdest bald Heimweh kriegen. Meine Mutter wäre so gut zu dir. Vor allem Daddy zuliebe. Wenn ich's auch nicht erklären kann ... Ich weiß, du hältst mich für prüde und steif ...«

»Nein, ich finde Liv prüde und steif. Dich nicht.«

»Bitte, komm mit mir nach Hause. Mummy wird alles verstehen. Und wir haben genug Geld. Daddys Versicherung ...« Nach einer kurzen Pause räusperte sich Carol und fuhr in entschiedenem Ton fort: »Dauernd fragte Mummy, was wir tun sollen. Sie würde gern verreisen. Jetzt können wir alle irgendwohin fahren. Da wird ihr schon was einfallen. Jedenfalls braucht sie irgendwas – einen neuen Sinn in ihrem Leben.«

Diesen fantastischen Vorschlag lehnte Monica nicht sofort ab. Sie betupfte ihr Gesicht mit dem Taschentuch, schluckte mühsam und starrte die Freundin entgeistert an. Schließlich schüttelte sie den Kopf, aber ohne die übliche Überzeugungskraft. Carol ergriff ihre Hand und führte sie die Treppe hinab. Leise und beschwörend sprach sie auf Monica ein.

2

Mary Woodford hörte ihrer Tochter zu. Hin und wieder betrachtete sie Monicas blasses Gesicht. Bis sie ihr Schweigen brach, dauerte es sehr lange. Sie sah Monicas starres, trotziges Lächeln, und irgendetwas begann in das Vakuum zu fließen, das Johns Tod hinterlassen hatte. Es war Mitleid. Und Mary wusste, dass Mitleid kein besonders hilfreiches Gefühl war.

»Mummy, wir können ihr helfen, nicht wahr?«, flehte Carol. »Sie muss nicht nach London fahren und einen reichen Amerikaner heiraten ...«

»Natürlich nicht.« Von ihrem heißem Mitleid erfüllt, fand die Mutter ihre Sprache wieder. »Niemanden muss sie heiraten, solange sie's nicht will. Wir helfen ihr.« Aber wie? Bis vor kurzem noch ein Dorf, war Northfield jetzt ein Vorort von Birmingham, mit all den Nachteilen einer kleinen Gemeinde. Wenn Monica Cook hier blieb, würde ihr Leben ziemlich unerfreulich verlaufen. »Was empfindest du für Giles, Monica?«, fragte Mary vorsichtig. »Liebst du ihn?«

»Nein!«, erwiderte Monica prompt.

»Hast du ihm gesagt, dass du ...« Mary war zu gehemmt, um sich klar und deutlich auszudrücken. »Weiß er Bescheid?«

»Das konnte ich ihm nicht erzählen, Mrs Woodford. »Er würde ...« Krampfhaft schluckte sie. »Er würde mich zurückweisen. Und wenn nicht? Er arbeitet in Longbridge. Was anderes kennt er nicht. Wir müssten hier bleiben. Stellen Sie sich vor, wie peinlich es wäre ...«

Mary nickte. Das akzeptierte sie. »Eins nach dem anderen. Erst mal rufe ich deine Mutter an, erkläre ihr, Carol und ich würden Gesellschaft brauchen und frage, ob sie dich für etwa eine Woche entbehren könnte.«

»Tut mit Leid, wir haben kein Telefon ...« Aber Monicas verkniffene Lippen entspannten sich ein wenig.

»Dann werde ich ihr schreiben.« Mary lächelte voller Zuversicht und glaubte zu spüren, dass John ihre Absichten guthieß. »Übrigens, in diesem Sommer wollen Carol und ich eine Urlaubsreise machen, vielleicht nach Wales. Es wäre nett, wenn du uns begleiten würdest.«

»O Mrs Woodford ...« In Monicas Augen glänzten Tränen, und Marys Mitleid wurde von einem anderen Gefühl verdrängt – Zorn gegen den leichtfertigen dummen Jungen, der dem Mädchen so viel angetan hatte. Ausgerechnet Giles Cook. Um der Army zu entrinnen, hatte er ein Beinleiden vorgetäuscht. Und er sah nicht weiter voraus als bis zur nächsten Woche.

»Jetzt schreibe ich den Brief«, erklärte sie, »und ihr beide holt Monicas Sachen aus Turves Green. Wenn ihr zurückkommt, trinken wir Tee. Heute Morgen habe ich Räucherheringe im Dorf gekauft. Was hältst du davon, Monica?«

»O Mrs Woodford ...«, flüsterte Monica wieder, zog das Taschentuch aus ihrem Ärmel und wischte ihre Tränen mitsamt der zerronnenen Wimperntusche von ihren Wangen. Sie sah genauso aus, wie sie war – schön und ramponiert.

Mary stand auf und setzte sich an Johns Schreibtisch. »Wenn ihr Lust habt, Mädchen, gehen wir später zum Dorfplatz und schauen uns das Freudenfeuer an«, schlug sie in beiläufigem Ton vor. »Ich habe gehört, dass eine Hitlerpuppe verbrannt wird, und danach gibt's ein großes Feuerwerk.«

»O Mrs Woodford ...«, hauchte Monica zum dritten Mal, und Carol lächelte mit bebenden Lippen.

»Vielleicht können wir den Tag des Sieges doch noch genießen.«

☆

Im August fuhren sie für zwei Wochen nach Rhyl. Dort hatten Carol und ihre Mutter zu Beginn des Krieges einen kurzen Urlaub verbracht, als der Ort mit Evakuierten überfüllt gewesen war. Jetzt trafen sie trotz des siegreichen Sommers nur wenige Touristen an. Im Fernen Osten tobten immer noch Kämpfe, und die Soldaten würden vorerst nicht heimkehren. An Lebensmitteln herrschte ein bedenklicher Mangel. Die Tage verbrachten sie am Strand, und abends saßen sie mit ihrer Vermieterin vor dem Radio und hörten Nachrichten. In diesem plüschigen Salon erfuhren sie, dass eine Atombombe auf Hiroshima gefallen war. Die beiden Mädchen wechselten einen kurzen Blick, und Carol fragte sich, was Miss Edgeworth nun von der Kernspaltung halten würde, während Monica ironisch überlegte, dass nun wieder einmal eine Errungenschaft des männlichen Geschlechts zu unrühmlichen Konsequenzen geführt hätte. Entsetzt und dankbar zugleich, sagte sich Mary, der Krieg sei endgültig vorbei. Jetzt konnte sie Monicas Zukunft planen.

Sie schrieb einer alten Freundin, die zusammen mit ihrem Mann eine Pension im Londoner Stadtteil Paddington besaß. Erstaunlicherweise waren sie nicht ausgebombt worden. Miss Drake war eine angesehene Damenschneiderin in Selly Oak gewesen. Jahrelang hatte sie für Grannie Woodford gearbeitet und auch Marys Brautkleid genäht. Da sie zu Carols Taufe eingeladen wurde, erwartete sie, für den Rest ihres Lebens der Familie anzugehören. Dann lernte sie auf einer »ihrer« Hochzeiten George Gosling kennen, und die beiden traten wenig später selbst vor den Traualtar. Mrs

Gosling vertraute Mary an, es sei tatsächlich Liebe auf den ersten Blick gewesen, und sie führe eine sehr glückliche Ehe mit George.

Im Lauf der Jahre blieben die Woodfords und die Goslings in Verbindung. Als Mary nach London gefahren war, um eine alte Schulfreundin zu besuchen, hatte sie in der Pension Albion gewohnt, einem hübschen, komfortablen Haus. Da Dilly Gosling bei ihrer Hochzeit über fünfzig gewesen war, musste sie jetzt fast siebzig sein. Mary berichtete ihr von Monicas Problem und fragte, ob das Mädchen im Albion unterkommen könnte.

... Natürlich will ich dir keine Unannehmlichkeiten bereiten, meine Liebe, schrieb sie. *Und ich bezahle selbstverständlich Kost und Logis für Monica. Aber ich hoffe, du kannst ihr nach der Niederkunft eine dauerhafte Stellung anbieten. Sie ist hübsch und anpassungsfähig. Wenn sie bei dir in die Lehre geht, könnte sie eines Tages eine tüchtige Hotelmanagerin abgeben. Dieses Thema haben wir noch nicht erörtert. Also glaub nicht, du würdest Monica enttäuschen, wenn dir mein Vorschlag missfällt. Was das Kind betrifft – bisher haben wir nicht über seine Zukunft gesprochen. Vermutlich will Monica ihr Baby zur Adoption freigeben.*

Voller Optimismus gab Mary den Brief auf. Seit sie an jenem Nachmittag vor sechs Wochen aus der Isolation ihrer Trauer gerissen worden war, spürte sie neue innere Kräfte, und sie fragte sich, ob das vielleicht mit der Atombombenexplosion zusammenhing. Nein, sicher war das lächerlich. Sie verstand nichts von Physik.

Aber wenn alles Leben und die Liebe Energie erzeugten, musste Johns Liebe sie immer noch begleiten. Sie kämpfte mit ihren Gedanken, so wie Carol damals im Geisterhaus.

Gut gelaunt und ermutigt kehrte sie in die Pension am Strand zurück.

Zwei Tage später traf Dilly Goslings Antwort ein. Bevor Mary ihre Tochter und Monica informierte, wartete sie bis zum üblichen Monopoly-Spiel am Abend. Wenn man für jemand anderen Pläne schmiedete, durfte man nicht immer mit begeisterter Zustimmung rechnen. Sie würfelte, bewegte ihren Spielstein zum Ziel, und die Mädchen jubelten. Wie jung sie waren – Carol immer noch unschuldig, Monica zweifellos erfahrener –, aber unleugbar eng miteinander verbunden. Vielleicht würde das Baby die Freundschaft noch festigen.

»Natürlich musst du ein Hotel kaufen, Monica, obwohl das Spiel eben erst begonnen hat«, seufzte Carol und wandte sich zu ihrer Mutter. »Du wirst's schon sehen, sie gewinnt wieder und treibt uns in den Ruin.«

Als Mary in schallendes Gelächter ausbrach, blickten beide Mädchen erstaunt auf. »Womöglich gefällt's dir nicht, Monica – aber dass du ein Hotel kaufst, passt großartig dazu ...« Und dann erzählte sie von den Goslings, ihrer glücklichen, aber bedauerlicherweise kinderlosen Ehe und der unbeschädigten Pension inmitten eines zerbombten Londoner Stadtteils. Da beide über siebzig waren, würden sie eine Hilfskraft brauchen. »Ich habe Mrs Gosling geschrieben und von deinem Problem erzählt, liebe Monica. Nun bietet sie dir ein Zuhause und eine Lehrstelle an. Was hältst du davon?«

Monica erblasste, dann errötete sie heftig. »Also weiß sie Bescheid über mich ...«

»Nur keine Bange. Dilly Gosling ist seit vielen Jahren mit der Familie meines Mannes befreundet, und sie wird dich wie eine Tochter aufnehmen. Und im Gegensatz zu den meisten Müttern ...« Mary versuchte den beiden angespannten Gesichtern ein Lächeln zu entlocken. »... wird sie dir keine Vorwürfe machen.«

»Natürlich bin ich Ihnen sehr dankbar, Mrs Woodford, es ist nur – ich wollte noch nicht an die Zukunft denken. Bei Ihnen und Carol fühle ich mich so wohl. Aber ich weiß, so kann's nicht weitergehen.«

»Doch, Monica, wenn das dein Wunsch ist ...«

»Nein, es wäre Ihnen gegenüber unfair. Außerdem lebt meine Mutter hier ... Und Gillie ... Ich ziehe nach London, in diese Pension. Vielen Dank, dass Sie das für mich arrangiert haben ...« Monica schluckte krampfhaft. »Werden Sie mit mir kommen und mich dieser Dame vorstellen?«

»Selbstverständlich begleiten wir dich!«, erwiderte Carol.

»Und wenn du dein Baby zur Welt bringst, stehen wir dir bei«, versprach Mary.

☆

Anfang September quartierten sie sich in der Pension Albion ein. Glücklicherweise schlossen die Goslings und Monica – die immer noch zu halsstarrigem Stolz neigte – einander auf Anhieb ins Herz. Mrs Gosling hatte ihren Birmingham-Akzent beibehalten, was Monicas Vertrauen weckte. Und Mr Gosling, ein hoch gewachsener, überaus höflicher und anspruchsvoller Mann, schien einem anderen Zeitalter zu entstammen. »Die meisten Situationen meistert er brillant«, erklärte Dilly den drei Frauen. »Aber in Notfällen ist er nicht zu gebrauchen.«

Monica wusste sofort mit ihm umzugehen. Immerhin hatte sie in den Sozialwohnungen von Turves Green gewisse Erfahrungen gesammelt. Man musste nur dafür sorgen, dass er pünktlich seine ordentlich gefaltete Zeitung bekam, seine

Schuhe spiegelblank putzen und einen ausreichenden Vorrat an sauberen Hemden bereithalten. Und natürlich durfte man ihm niemals widersprechen.

»Nettes Mädchen«, sagte er an Mary gewandt. »Offensichtlich wurde die Ärmste missbraucht. Was ihr Vater dazu sagt, kann ich mir denken.«

»Er hat keine Ahnung. Wegen seiner angegriffenen Gesundheit möchte sie ihn schonen.«

»Und ihr Stolz spielt sicher auch eine Rolle. Ich mag Frauen, die sich stets ihren Stolz bewahren. So wie Sie, Mrs Woodford. Dilly hat mir erzählt, Ihr Stolz sei immer unantastbar gewesen«, fügte er hinzu und hielt ihr seine Tasse hin, um sich noch etwas Tee einschenken zu lassen. Während er mit Mary plauderte, zeigte Dilly den beiden Mädchen das Haus. »Wie ich gestehen muss, brauchen wir dringend eine Hilfskraft. Jetzt, wo der Krieg vorbei ist, möchte ich um die Lizenz für ein Privathotel ansuchen – das würde viel mehr hermachen. Die junge Monica muss sich nicht überanstrengen, meine Liebe, nur das Silber putzen und die Wäsche kennzeichnen. Und sie hat genug Gesellschaft bei uns, das wird sie von ihrem Kummer ablenken. Ich werde sie den Gästen als meine Nichte vorstellen. Zur Sicherheit.«

»Oh, Mr Gosling, ich bin Ihnen so dankbar. Wenn ihre Zeit gekommen ist, bringe ich sie natürlich in ein Entbindungsheim. Und danach müssen Sie mir bitte offen und ehrlich sagen, wie Sie sich Monicas Zukunft vorstellen.«

Lächelnd beugte er sich vor. »Falls sich die Dinge so entwickeln, wie wir's erhoffen, wird Ihre junge Freundin nach der Adoption ihres Babys eine gute Stellung in unserem Hotel bekommen und wie ein Familienmitglied bei uns leben. Leider haben wir keine Kinder. Bei unserer Hochzeit war die liebe Dilly schon über fünfzig.«

»Das weiß ich.« Mary nickte mitfühlend und behielt ihre Meinung für sich. Was mit dem Baby geschehen würde, sollte einzig und allein Monica entscheiden.

☆

In Northfield und Turves Green sprach sich bald herum, Monica würde eine Ausbildung im Hotelgewerbe absolvieren. Nachdem Mary die Cooks über die Einzelheiten informiert hatte, ärgerte sich die Mutter, weil sie vor vollendete Tatsachen gestellt wurde. Aber Giles musterte die Besucherin nachdenklich und meinte: »Wir sollten Mrs Woodford dankbar sein, Ma. Wie du weißt, hat unsere Mon keinen grandiosen Schulabschluss. Wir hätten sie in einen Kurs für Sekretärinnen oder so was Ähnliches schicken müssen.«

»Genauso gut könnte sie irgendwo als Verkäuferin arbeiten, mein Junge«, erwiderte Mrs Cook mit scharfer Stimme. »Aber unsere Mon war schon immer zu groß für ihre eigenen Füße.«

»Mein Mann mochte sie sehr«, betonte Mary. »Sicher hätte er ihr gern zu einem guten Job verholfen.«

»Nun, wenn Sie's so ausdrücken ... Ich bin eben einfach zu weichherzig, das war schon immer mein Fehler.«

»Also – vielen Dank, Mrs Woodford«, murmelte Giles, und Mary registrierte, dass er sich nicht erkundigte, ob er Monica sehen könnte. Er fragte nicht einmal nach ihrer Londoner Adresse. Während des ganzen Gesprächs schlief Mr Cook in einem Lehnstuhl vor dem Feuer. Das überraschte Mary nicht. Oft genug hatte Monica ihn verspottet – der »Ernährer, der sich nicht für seine Familie interessiert«.

»Diese Chance sollte sie wirklich nutzen. Eine alte Freundin erwähnte die Stellung in einem Brief, während wir in Rhyl Urlaub machten, und ich wies Monica darauf hin.«

»Sie hätte herkommen und mit uns drüber reden sollen«, klagte Mrs Cook. »Aber sie war schon immer ein undankbares kleines Ding.«

»So sind die jungen Mädchen nun mal«, bemerkte Mary. Hastig wich sie Giles prüfendem Blick aus.

»Bald wird sie uns besuchen, Ma«, versuchte er seine Mutter zu trösten, »und mit ihrem Geld angeben. Würde mich nicht wundern, wenn sie dir sogar ein Geschenk mitbringt.«

»Mal sehen«, murrte Mrs Cook.

☆

Liv und Myrt waren viel neugieriger. Kurz bevor Myrtle ihre Ausbildung zur Osteopathin begann, trafen sie sich mit Carol im Geisterhaus. Obwohl der Oktober eben erst begonnen hatte, war es im alten Schlafzimmer eiskalt.

»Wenn nur wir beide übrig bleiben, Cass, komme ich nicht mehr hierher«, jammerte Liv. »Welchen Sinn hätte das? Jetzt arbeite ich im Postamt, und ich will nicht mehr über die Schule reden. Damit ist dieser Lebensabschnitt wohl beendet.«

Carol nickte. »Vielleicht treffen wir uns alle noch mal im Geisterhaus, wenn wir vierzig sind.«

»Irgendwie kann ich mir nicht vorstellen, das Mon London verlassen wird, um uns auf einer schlammigen Wiese wiederzusehen.« Myrtle war in düsterer Stimmung. »Könnte ich doch bloß in London studieren! Dann würde ich mit ihr in Verbindung bleiben. Ihr zwei habt's wirklich gut, weil ihr nicht fortgehen müsst.«

»Hast du etwa Angst?«, fragte Liv ungläubig. Nur zu gern würde sie Northfield den Rücken kehren.

»Ja, verdammt noch mal.«

»Du und deine Flucherei! Wahrscheinlich bildest du dir ein, das wäre chic. Aber du solltest dich nicht aufregen. Bald wirst du dich in Wales eingewöhnen. Obwohl's mir da nie gefallen hat.«

»In Rhyl war's sehr schön«, sagte Carol träumerisch. »So ruhig und einsam.«

Verblüfft hob Myrtle die Brauen. »Du hast dich verändert. Und ich dachte immer, du wärst so wie ich und willst was erleben. Nun, du hattest ja Mon zur Gesellschaft. Übrigens war ich ziemlich erstaunt, weil du sie zu diesem Urlaub eingeladen hast. *Mich* hast du nicht gefragt – obwohl wir immer besonders gute Freundinnen waren.«

»Tut mir Leid, Myrt, aber du bist im Urlaub immer weggefahren. Mon war nur im Ferienlager der Schule. Und du weißt ja, wie widerwärtig die Cooks sind – bevor sie zu arbeiten anfing, wollte sie sich ein bisschen erholen.«

»Sei nicht albern, deshalb bin ich dir nicht böse. Ich war nur verwirrt ...« Myrtle runzelte die Stirn. »Natürlich haben Liv und ich uns Gedanken gemacht. Ist irgendwas mit Mon passiert? Wurde sie von ihren Eltern rausgeworfen? Das alles kam so plötzlich.«

Mit großen Augen starrte Carol ihre Freundinnen an. »Eigentlich nicht. Im Juni gingen wir von der Schule ab, und ihre Ausbildung im Hotelgewerbe begann erst letzten Monat.« Wie leicht es ihr fiel, um Monicas willen zu lügen ... Sie wurde nicht einmal rot.

»Ja, ich weiß. Genau genommen war's Liv, die behauptet hat, da wäre was faul.«

»Klar!«, fauchte Liv. »Schiebt's nur auf mich! Ich sagte nur, sie hätte sich wenigstens verabschieden können ...«

»... und dass da was faul ist«, beharrte Myrtle unerbittlich.

»Wie eine Ratte hat sie das sinkende Schiff verlassen.

Schaut mich nicht so an, ihr zwei! Es ist doch ein sinkendes Schiff. Und wir alle gehen von Bord.«

»Ich bin immer noch da«, murmelte Carol.

»Sobald du deinen Highschool-Abschluss hast, wirst du auch verschwinden und mich ganz allein lassen. Hier passiert überhaupt nichts. Dieses Nest gehört nicht zu Birmingham. Nirgendwo kann man hingehen, nichts gibt's zu tun.«

»In absehbarer Zeit wirst du heiraten, Liv.«

»Und wie soll ich jemanden treffen, der dafür infrage käme? Die Jungs hier kenne ich schon alle.«

»Was heißt das – du *kennst* sie?« Myrtle biss die Zähne zusammen, sonst wäre sie in Gelächter ausgebrochen. »Hast du sie schon alle ausprobiert? Großer Gott, dann musst du dich jede Nacht mit einem anderen Typ eingelassen haben ...«

»Halt den Mund! Nur weil du keinen kriegst ...«

»Hört mir mal zu!« Myrtles Augen verengten sich. »Jetzt sag ich euch was. Ich werde noch vor euch allen heiraten. Sogar vor Mon. Das schwöre ich euch.«

Spöttisch verzog Liv die Lippen, und Carol erwiderte in sanftem Ton: »Ich wünschte, du würdest die Ehe nicht als einzig erstrebenswerte Lebensform betrachten, Myrt. Mon will Karriere machen. Das hast du auch vor. Also musst du gar nicht heiraten.«

Ungläubig schüttelten beide Freundinnen den Kopf. Dann erkannten sie, dass es unmöglich war, Carol die wahre Natur einer Ehe zu erklären. »Ganz sicher wird Mon heiraten«, meinte Liv. »Einen reichen Amerikaner.«

Carol lächelte und schwieg. Diesen Plan hatte Monica zweifellos aufgegeben.

☆

Anfang November fuhr Mary Woodford nach London, um sich zu vergewissern, dass Monica regelmäßig zur ärztlichen Untersuchung ging und sich bei der Arbeit im Albion nicht überanstrengte.

Zum ersten Mal seit John Woodfords Tod trennte sie sich von Carol, und eine sorgte sich um die andere. Die Mutter schlug der Tochter vor, Liv sollte für einen Monat ins Haus ziehen.

Aber Carol fürchtete, Liv würde irgendetwas über Monica herausfinden, und wollte lieber allein bleiben. »Am achtundzwanzigsten komme ich dir nach, Mummy. Dann habe ich die Geschichtsprüfung hinter mir, und fürs Englischexamen lerne ich in London.«

»Also gut, Liebes. Ich nehme mir ein Doppelzimmer. Dann kannst du entscheiden, ob du bei mir oder Monica wohnen willst. Wenn's irgendwelche Probleme gibt, wende dich an unsere Nachbarin, Mrs Trent. Und ruf mich jeden Tag an.«

Darüber mussten sie beide lachen. Carol war sechzehn, und Mary hatte John Woodford mit siebzehn geheiratet.

☆

Während der Bahnfahrt nach London konnte Mary kaum fassen, wie viel plötzlich mit ihr geschah. Vor einem Jahr war John noch bei ihr gewesen. Wegen seiner angegriffenen Gesundheit hatten sie ein sehr zurückgezogenes Leben geführt. Carol, das Haus, der Garten – sonst nichts. Nicht einmal der Krieg war in ihre begrenzte kleine Welt eingedrungen. John interessierte sich für Carols Schulabschluss ebenso wie Mary. Aber alles andere blieb vor der Haustür. Wenn sie einkaufen ging, fühlte sie sich wie eine Außenseiterin. Oder außerhalb der Zeit. Rhyl mit seinen verlassenen

Stränden und Stacheldrahtzäunen hatte ihr gut getan. Dort hatte sie nachdenken und Pläne schmieden und überlegen können, wie sie die Verantwortung für die beiden Mädchen verkraften sollte. Sie wusste, dass die Last auch auf Carols und Monicas Schultern lag.

In ihrem Zugabteil, im Niemandsland zwischen Birmingham und Euston, traf sie eine Entscheidung. Im Hintergrund ihres Bewusstseins lauerte der Gedanke schon eine ganze Weile, manchmal unterdrückt, aber stets vorhanden. Als sie jetzt die wellenförmigen Bewegungen der Telegrafendrähte beobachtete und die wundervolle Landschaft von Warwickshire betrachtete, wurde ihr Herz von innerem Frieden erfüllt. Es war so offenkundig, das nächste Kapitel ihres Lebens: Wenn Monica keine Einwände erhob, würde sie das Baby adoptieren.

☆

Bevor sie das Thema anschnitt, wartete sie auf Carols Ankunft. Inzwischen genoss sie einen weiteren Urlaub, eine ganz andere Erholung als die Tage in Rhyl, aber genauso therapeutisch. Morgens wanderte sie mit Monica durch den Hyde Park. Dort wimmelte es von amerikanischen Soldaten, die immer noch den Sieg bejubelten, aber die Heimkehr ungeduldig herbeisehnten. Auch die Kindermädchen waren zurückgekehrt, mit hochrädrigen Kinderwagen und widerspenstigen kleinen Kindern. Alte Damen führten ihre Hunde aus. Nach dem Lunch ruhte sich Monica aus, und Mary schlenderte allein durch die Stadt. Die Bombenschäden schockierten sie. Aber der normale Alltag war nicht zerstört worden, und sie glaubte, eine Lektion im Überleben zu lernen. Nun fühlte sie sich wieder wie ein Teil der größeren Welt. Sie blickte der Realität ins Auge, erkannte die Vorteile ihrer inneren Kraft und Gesundheit. Immerhin war sie noch keine vierzig. Die einzige Arbeit, die sie kannte, war die Betreuung einer Familie.

Ende November traf Carol in London ein, und da gehörte der Entschluss, den Mary auf der Bahnfahrt gefasst hatte, bereits zu ihrem Leben. Wenn Monica ihr die Zustimmung verweigerte oder Carol nachsichtig den Kopf schüttelte, wäre sie – todunglücklich.

Eines Abends, während sie Papiergirlanden für die Halle flochten, erklärte sie den Mädchen, was sie vorhatte. Monica trug inzwischen eins der Umstandskleider, die sie aus alten Schuluniformen angefertigt hatte. Rund um den Kragen hatte sie rosa Gänseblümchen gestickt, und sie sah erstaunlich hübsch aus. Cass – die liebe Cass – glich immer noch kompromisslos einem hoch aufgeschossenen Schulmädchen. In diesem Augenblick wünschte Mary wieder einmal verzweifelt, John wäre bei ihr. Und wie üblich wurde die fast unkontrollierbare Gefühlsaufwallung wunderbarerweise gedämpft. Als würde er ihr erstaunt zuflüstern: »Aber Mary, Darling, ich bin immer bei dir. Das weißt du doch.«

Und so klang ihre Stimme ruhig und sanft, als sie zu sprechen begann. »Monica, Carol – ich habe sehr lange über die Zukunft nachgedacht. Über die Zukunft des Babys und deine eigene, Monica.«

»Bitte, machen Sie sich keine Sorgen mehr um mich, Mrs Woodford«, erwiderte Monica und blickte von einem bunten Chaos aus Krepppapier auf. »Da Mr Gosling mir einen Job versprochen hat, bleibe ich hier. Nach Weihnachten will ich mich an eine Adoptionsagentur wenden.« In ihre dunklen Augen trat ein entschlossener Glanz. »Versuchen Sie nicht, mir das auszureden. Gewissermaßen wiederholt sich die Geschichte. Diese Agenturen bemühen sich ernsthaft, ein gutes Zuhause für die Babys zu finden ...«

Energisch fiel Mary ihr ins Wort. »Gar nichts will ich dir ausreden, Monica. Aber ich habe einen Plan, der dir gefallen und dem Baby zugute kommen könnte. Mit Cass habe ich noch nicht darüber gesprochen. Vielleicht wird sie dagegen protestieren. Und womöglich haltet ihr mich beide für verrückt.« In plötzlicher Nervosität begann sie zu lachen.

Carol faltete eine weitere chinesische Laterne. »Niemals würden wir dich für verrückt halten, Mummy. Erzähl uns doch, was du dir ausgedacht hast.«

»Nun ja ...« Mary legte ihre Schere beiseite. »Würdest du mir erlauben, dein Baby zu adoptieren, Monica? Mit anderen Worten, Carol und mir. Aber ich würde die offizielle Verantwortung übernehmen. Dieses Kind würden wir innig lieben – um seiner selbst willen und weil du's geboren hast. Und falls du's irgendwann für dich haben möchtest, würden wir gewiss nicht auf ein Blatt Papier pochen. Verstehst du, was ich meine? Du würdest uns das Baby anvertrauen, und es wäre uns eine Ehre. Wie Carol darüber denkt, weiß ich nicht. Jedenfalls würde ich's als eine Auszeichnung und ein Privileg betrachten – und ...« Sie räusperte sich. »... als eine lohnende Aufgabe.«

Schweigend starrte Monica in ihre Augen, als wäre sie ihr nie zuvor begegnet. Dann holte sie tief Luft und wandte sich zu Carol, die ebenfalls kein Wort hervorbrachte und ihre Mutter fassungslos ansah.

Nach einer langen Pause fragte Mary leise: »Nun?«

»O Mon – das – das wäre wundervoll ...«, stammelte Carol. »Wenn du einverstanden wärst ...«

Da verzerrte sich Monicas schönes Gesicht. Zum ersten Mal seit Monaten begann sie wieder zu weinen. Zur totalen Kapitulation bereit, senkte sie den Kopf. Mary und Carol knieten zu beiden Seiten ihres Stuhls nieder, umarmten sie, zerquetschten Papiergirlanden und chinesische Laternen.

Hastig wischte Mary mit ihrem Taschentuch über Monicas Umstandskleid, als die Farbe aus dem tränennassen billigen Krepppapier in den Stoff drang.

»Schon gut ...«, schluchzte Monica. »Die Flecken sind rosa. Wie die Gänseblümchen ... O Cass, etwas Besseres könnte mir gar nicht passieren ... Ich müsste mir niemals Sorgen machen. Natürlich würde ich mich nicht einmischen ... Aber ich wüsste, wo das Baby ist. Da, wo ich früher gelebt habe ... Wo wir gelebt haben, Cass. O Mrs Woodford ...« Schwerfällig versuchte sie sich aufzurichten. »Aber – was wollen Sie den Leuten daheim sagen?«

Auch in Marys Augen brannten Tränen. Monica war so tapfer gewesen. Niemals hatte sie gezeigt, welche Ängste sie quälten. »Irgendwas«, erwiderte Mary hastig. »Ich behaupte einfach, das Baby sei eine Kriegswaise. In den Flüchtlingslagern gibt's viele kleine Kinder, die adoptiert werden ... Also gefällt euch meine Idee?«

Ihr Versuch, ein Lächeln hervorzurufen, löste einen Tränenstrom aus. »Oh, es ist einfach fantastisch«, schnüffelte Carol, und Monica betupfte ihre Lider mit dem Taschentuch, das mittlerweile der Allgemeinheit gehörte.

»Jetzt komme ich sogar in Weihnachtsstimmung, und ich kann mich endlich auf mein Baby freuen.«

☆

Mary ließ ein Bett in einem Entbindungsheim reservieren, das ihr Monicas Gynäkologe empfohlen hatte. Was den Geburtstermin betraf, bestanden einige Zweifel, weil Monica sich nicht mehr an ihre letzte Periode erinnerte, und Dr. Martin wollte an einer so jungen werdenden Mutter keine inneren Untersuchungen vornehmen. Wenn sie aufstand, hing das Umstandskleid immer noch gerade herab. Obwohl es die älteren Frauen geflissentlich vermieden, in Monicas Gegenwart über die Schwangerschaft zu reden, meinte Mrs Gosling vorsichtig, sie besitze zwar keine Erfahrung, vermute aber, vor Neujahr würde das Baby nicht zur Welt kommen. »Wahrscheinlich im Januar neunzehnhundertsechsundvierzig. Dann haben wir einen neuen Geburtstag zu feiern.«

Zögernd nickte Mary. »Bei einer Erstgeburt kann man's nie wissen ...«

☆

Eine Woche vor Weihnachten besichtigten sie das Entbindungsheim Denham Lodge. Es lag in einer ruhigen von Bäumen gesäumten Straße in St. John's Wood. »Mit dem Taxi fünf Minuten«, wie Mary betonte. Jeder einzelne Architrav und alle gelb gefleckten Platanen rings um das Haus, die gekieste Zufahrt und die dicken Teppiche in der Halle und im Salon kündeten von vornehmer Diskretion. In komfortablen Lehnstühlen saßen junge Mütter, mit seidenen Morgenmänteln bekleidet, erholten sich von den Strapazen der Niederkunft und plauderten über die verschiedenen Methoden, die sie beim Stillen anwandten, und Strickmuster. Mary trug einen weit geschnittenen Mantel, und alle, die im Salon saßen, hielten sie für die werdende Mutter. Lächelnd musterten sie die beiden Schulmädchen. »Wie nett! Nun bekommt ihr bald ein Brüderchen oder Schwesterchen, um das ihr euch kümmern könnt.«

Carol wandte sich unbehaglich zu Monica und atmete erleichtert auf, als sie ein mutwilliges Funkeln in den dunklen Augen sah. »Ja«, antworteten sie wie aus einem Mund, unterdrückten ein Kichern, und Mary freute sich, weil sie die Kindheit noch nicht restlos überwunden hatten.

In diesem Entbindungsheim gab es keinen Kreißsaal.

Wenn man nicht mit Komplikationen rechnen musste, wurden die Babys in den Schlafzimmern ihrer Mütter geboren. Für Notfälle stand ein spezieller Raum zur Verfügung, den man ihnen nicht zeigte. Die Zimmer waren in Rosa, Hellblau oder Zitronengelb gehalten. Wenn es der Andrang zuließ, durften sich die jungen Mütter ihre Zimmer aussuchen.

»Für mich Zitronengelb«, flüsterte Monica ihrer Freundin zu. »Schrill und bissig. So wie ich.«

»Dumme Gans!«, wisperte Carol zurück. »Ich würde mich für Blau entscheiden, das passt zu meinen Augen.«

»In einem rosa Zimmer würde ich mich am wohlsten fühlen«, bemerkte Mary.

Die Empfangsdame, die sie durch das Haus führte, erklärte: »Im Augenblick kann ich Ihnen ein rosa oder ein gelbes Zimmer anbieten. Aber wer weiß, was in den nächsten Tagen auf uns zukommt?«

Nun mussten die Mädchen erneut ihren Lachreiz bekämpfen, und es dauerte eine Weile, bis Monica dramatisch wiederholte: »Wer weiß, was in den nächsten Tagen auf uns zukommt?«

☆

An diesem Abend begannen Monicas Wehen.

Weil sie beim Dinner eine Mulligatawny-Suppe, eine Spezialität aus Südindien, gegessen hatte, glaubte sie zunächst, an Blähungen zu leiden. »Darauf verzichte ich lieber und warte auf meinen Pudding, Mrs Woodford«, erklärte sie, als eine Platte mit Dosenfleisch und Dosenerbsen serviert wurde.

»Kein Wunder! Sieht nicht besonders appetitlich aus ...« Mary legte eine dünne Fleischscheibe auf ihren Teller. »Wenn du hier arbeitest, solltest du dich mal um die Speisepläne kümmern. Gewiss, einmal pro Woche müssen wir uns mit Dosenfleisch begnügen. Aber man müsste es wenigstens zwischen Pfannkuchen verstecken.« Da sie keine Antwort bekam, wandte sie sich zu dem geistesabwesenden Mädchen. »Was ist denn los, meine Liebe?« Ihre Sorge steckte Carol an, die sich über den Tisch beugte.

»Mon! Doch nicht das Baby?«

»Unmöglich! Nicht vor Weihnachten. Wahrscheinlich sind's Blähungen.«

Carol und ihre Mutter wechselten einen kurzen Blick. Dann schaute Mary auf ihre Uhr.

»So, jetzt geht's mir wieder gut.« Monica atmete tief durch und griff nach ihrem Wasserglas. »Am besten esse ich nur mehr ein dünn geschmiertes Butterbrot und gehe früh ins Bett.«

Beruhigend lächelten sie einander zu. Aber als Monica sich fünf Minuten später über ihren Teller neigte und die Augen zusammenkniff, stand Mary auf. »Ich rufe Dr. Martin an.« Entschlossen hob sie eine Hand, um alle Proteste abzuwehren. »Sicher ist's ratsamer, ihn schon jetzt zu verständigen – nicht erst mitten in der Nacht.«

Monica widersprach nicht. Nach einer knappen Stunde traf der Arzt ein und untersuchte sie auf ihrem Bett, in Marys Anwesenheit. Carol und Mrs Gosling warteten angstvoll vor der Tür.

Endlich kam der Doktor aus dem Zimmer und bat das Mädchen, ein Taxi zu bestellen, was nur teilweise eine gewisse Erleichterung bewirkte. »Wir bringen sie ins Denham Lodge. Vor morgen Früh wird das Baby nicht zur Welt kommen. Aber wenn sich Monica in professionellen Händen befindet, werden Sie sich besser fühlen.«

»Ist sie okay?«, fragte Carol und packte Dilly Goslings Hand viel zu fest. »Wir haben befürchtet, sie würde ...«

»Alles normal.« Dieses eigenartige weibliche Trio faszinierte den Arzt. Und jetzt schien auch die Pensionswirtin eine Rolle in dem Drama zu spielen. Plötzlich grinste er. Das Kind mochte unehelich sein, aber an einer Familie würde es ihm nicht mangeln. »Das Baby ist höchstens ein oder zwei Wochen zu früh dran. Rufen Sie ein Taxi, Miss Woodford. Ihre Mutter wird Monica begleiten.«

»Ja, natürlich – ich komme auch mit ...« Endlich ließ Carol die Hand der alten Frau los, die sich erschöpft an den Treppenpfosten lehnte, und rannte zum Telefon.

☆

Schaudernd dachte Mary an die unachtsame Behandlung, die sie bei ihrer eigenen Niederkunft erfahren hatte. Keine Sekunde lang würde Monica allein bleiben.

Dieses Erlebnis hätte Mary ihrer Tochter lieber erspart.

Aber davon wollte Carol nichts wissen, und Monica klammerte sich an sie, mit der Verzweiflung aller werdenden Mütter. Die Tortur dauerte die ganze Nacht und den nächsten Tag. Zwischen den Wehen sammelte sie neue Kräfte, befolgte Dr. Martins Anweisungen, indem sie tief und gleichmäßig atmete, und keuchte immer wieder: »Cass – geh nicht weg ...«

Und Carol verlagerte ihr Gewicht auf der Bettkante nur geringfügig, um ihre schmerzenden Gelenke zu entspannen, und beteuerte: »Nein, ich verlasse dich nicht. Keine Bange ... Nach dieser Kontraktion trinken wir Tee, und Mummy wird deinen Rücken massieren ... O Gott, lieber Gott, hilf ihr!«

Manchmal wurde sie von Mary abgelöst, die Monicas zitternde Hände festhielt und lächerliche Trostworte murmelte. »Mein liebes Mädchen, jetzt dauert's nicht mehr lange ... Ein kleines bisschen musst du noch durchhalten ...«

Während die abendliche Dunkelheit hereinbrach, verlor Monica den letzten Rest ihrer Selbstkontrolle und schrie: »Warum bin ich hier? Wieso werde ich nicht operiert? Wenn ihr wüsstet, wie das ist – ich und der Schmerz – ich und der Schmerz ...«

Glücklicherweise erschien Dr. Martin in diesem Augenblick mit einem Atemgerät, um ihr eine Narkose zu geben. Mary und Carol wurden in den Salon verbannt.

»Bald haben wir's überstanden, Darling.« Mary versuchte das Ereignis kühl und klinisch zu betrachten. »In dieser zweiten Phase muss Monica pressen und das Baby rausstoßen.«

»Wären wir doch bei ihr geblieben ... Warum haben sie uns weggeschickt?«

»Carol, nun müssen sie alle hart arbeiten. Nicht nur Monica. Da wären wir im Weg. Sicher wird sie's verstehen.«

»In einer amerikanischen Zeitschrift habe ich gelesen, die Ehemänner müssten dabei sein, wenn ihre Frauen Babys bekommen. Da Monica nicht verheiratet ist, sollten *wir* ihr beistehen.« Carol war leichenblass, und ihre blauen Augen hatten eine seltsame steingraue Farbe angenommen.

»Darling, das alles ist zu viel für dich. Hätte ich dich bloß nicht mitgenommen ...«

»Ich wäre auf keinen Fall im Albion geblieben, Mummy. Oh, ich wünschte, ich könnte wieder bei Mon sitzen ...« Carol schüttelte den Kopf, als wollte sie irgendwelche Nebelschleier aus ihrem Gehirn verscheuchen. »Seit wir sieben Jahre alt waren, sind wir Freundinnen. Wir vier – Liv und Myrtle und Mon und ich ... Immer waren wir zusammen.«

Beinahe wurde Mary von Neid erfüllt. »Ich weiß, Liebes. Aber so nahe wir anderen Menschen auch stehen mögen – gewisse Dinge müssen wir allein schaffen.«

»Wie Daddy?«, fragte Carol und sah auf. »Müssen wir allein sterben?«

Mary zwang sich, den Blick ihrer Tochter zu erwidern. »Ja. Im Grunde erfordern Geburt und Tod absolute Einsamkeit.«

Langsam nickte Carol und versank in tiefem Schweigen. Sie tranken wieder Tee und aßen Sandwiches. Aus dem Oberstock kam keine Nachricht.

»Ich muss auf die Toilette«, gestand Carol. »Was glaubst du, wie lange es noch dauern wird?«

»Etwa eine Stunde. Sicher ist alles okay, Cass. Wäre Monica auf die Intensivstation gebracht worden, hätten wir's erfahren.«

»Ja, natürlich.«

Carol eilte den Flur entlang zur Toilette. Von oben drang ein animalischer Schrei herunter, der durch geschlossene Türen und Vorhänge gedämpft wurde. Abrupt blieb sie stehen und lauschte. Noch ein Schrei. Sie stürmte zur Treppe und nahm immer zwei Stufen auf einmal. Lautlos betrat sie das Zimmer ihrer Freundin. Monica lag auf der Seite, das linke Bein von Dr. Martins Schulter gestützt. Mit einer Hand hielt die Hebamme das Atemgerät fest, mit der anderen reichte sie dem Arzt eine Zange.

Über der Maske begegnete Carol dem verschleierten Blick des halb betäubten Mädchens. Hastig kniete sie neben dem Bett nieder, schob ihre Finger unter das schweißnasse schwarze Haar und flüsterte in Monicas Ohr: »Hör mal – das Baby ist schon fast da. Dr. Martin wird eine Zange benutzen. Und das wollen wir nicht, wenn wir's verhindern können. Hol ganz tief Atem – ich atme mit dir. Jetzt!«

Der Doktor beobachtete die beiden über seinen Atemschutz hinweg. Halbe Kinder. Aber mit kindlichem Instinkt wussten sie, was geschah und was zu tun war. Er schob die

Zange beiseite und drehte Monica auf den Rücken. Nicht allzu sanft packte er einen Fuß und bedeutete der Hebamme, den anderen zu ergreifen. Dann stemmten sie Monicas Knie gegen ihre Schultern und umfassten je eine Hand. »Presst ganz fest, Mädchen!«, befahl Dr. Martin. »Alle beide!«

Aus welcher Kehle das atemlose Stöhnen kam, ließ sich kaum feststellen. Carol drückte die Maske auf das Gesicht ihrer Freundin, entfernte sie und umklammerte die Schultern, die sich aufbäumten. Dabei ächzte und keuchte sie im selben Rhythmus wie Monica.

Dreimal pressten sie mit aller Kraft, dann stieß Monica einen gellenden Schrei aus, unabhängig von Carol, und die gewaltige Anspannung verebbte.

»Da ist der Kopf, Monica«, verkündete der Arzt. »Jetzt müssen Sie noch mal pressen, aber etwas sanfter. Gleich haben wir's geschafft.«

Wie in Trance begann Monica wieder zu stöhnen. Dr. Martin steckte seine Zeigefinger in winzige Achselhöhlen, und ein kleines Mädchen rutschte in seine Hände, das einem Äffchen glich. Unter lockeren Hautfalten schimmerten blauschwarze Augen – Nase, Wangen und Ohren schienen in dem Köpfchen mit dem dichten schwarzen Schopf zu versinken. Perfekte Hände und Füße tasteten nach dem neuen Element, in das der Säugling geraten war. Die Hebamme umschlang ihn und säuberte mit einem fachkundigen Finger den Mund. Während der Doktor die Nabelschnur durchtrennte, holte das Baby zum ersten Mal Atem und fing zu brüllen an.

»Ist es vorbei?«, fragte Monica.

»Ja, meine Liebe«, erwiderte die Hebamme, »Sie haben eine wunderschöne Tochter bekommen.«

»O Mon, wie süß sie ist!«, hauche Carol. »Schau dir diese rosa *Fersen* an!«

»Nun müssen Sie noch ein kleines bisschen pressen, um die Nachgeburt loszuwerden, Monica«, erklärte Dr. Martin. »Aber Sie werden keine Kontraktionen mehr spüren. Alles okay.«

»Ich will sie nicht sehen«, murmelte Mon, »ich will sie nicht lieb haben.«

Lachend schüttelte Carol den Kopf. »Sei nicht albern, Mon, du weißt doch, was wir vereinbart haben! Ich fühle mich ganz beschwipst. Du auch? Hör ihr mal zu!« Die Hebamme wickelte das Baby in ein Tuch und hielt es Monica hin. Aber es war Carol, die danach griff. »Nicht weinen, Schätzchen, wir werden alle gut für dich sorgen.«

»Wie schrecklich es sein würde, wusste ich nicht«, wisperte Monica. »Ich will nie wieder ein Kind kriegen. Niemals!«

»Das sagen sie alle, meine Liebe«, entgegnete die Hebamme fröhlich. »In ein paar Monaten haben Sie's vergessen. Glauben Sie mir.«

Das winzige Bündel im Arm, schüttelte Carol entschieden den Kopf. »Wie könnte man so etwas vergessen?« Schmerzlich lächelte sie Monica an. »Auch wenn ich's nicht selber durchmachen musste – ich werde niemals ein Baby bekommen.«

In diesem Augenblick betrat Mary auf der Suche nach ihrer Tochter das Zimmer und hörte voller Bedauern die letzten Worte. »Alles in Ordnung, Doktor? Tut mir Leid, sie ist einfach weggelaufen ... Oh, was für ein zauberhaftes Baby!«

Dr. Martin zog seine Gummihandschuhe aus und ging zum Waschbecken. Für ihn war es ein Tag wie jeder andere. Noch ein junges Mädchen in Schwierigkeiten, noch ein Baby, das adoptiert werden sollte. Aber er grinste unwillkürlich.

☆

Nach der Geburt fühlte sich Monica eine Woche lang elend. Dr. Martin verabreichte ihr hochwirksame, neu entwickelte Medikamente und versicherte Mrs Woodford, es bestehe kein Grund zur Sorge. »Vor ein paar Jahren wär's gefährlich gewesen. Jetzt nicht mehr.«

»Was genau ist es denn, Doktor? Eine Blutvergiftung?«

»Eine Infektion in den Eileitern. Aber da uns Penicillin zur Verfügung steht, müssen wir nichts befürchten.«

Und er sollte Recht behalten. Ein paar Tage später ging Monica ins Bad, ohne sich auf Carols oder Marys Arm zu stützen, und sah wieder fast so aus wie vor einem Jahr. Doch sie konnte ihr Baby nicht stillen. Das hatte sie ohnehin nicht beabsichtigt, und sie war froh, weil ihr die Infektion alle Diskussionen erspart. Sie weigerte sich sogar, einen Namen für ihre Tochter auszusuchen. »Okay«, seufzte sie schließlich, von Carol bedrängt, »Elizabeth, nach der Prinzessin. Du weißt ja, Cass, ich wollte immer so sein wie sie.« Blicklos schaut sie aus dem Fenster. »Aber zur Taufe komme ich nicht.«

Mary runzelte bestürzt die Stirn.

»Vielleicht besinnst du dich anders«, meinte Carol, die genau wusste, wie man mit Monicas Kummer umgehen musste. Man durfte ihn nicht verdrängen. Wie eine offene Wunde brauchte er frische Luft. »Vorerst lassen wir das Baby nicht taufen. Nicht wahr, Mummy?«

»Nein, ich werde mich nicht anders besinnen, und ich will sic nicht sehen. *Ihr* seid ihre Familie – und *meine* ebenso wenig wie die Cooks.«

»Hin und wieder wirst du nach Hause kommen«, wandte Mary ein.

»Wohl kaum. Ich will hart arbeiten und den Goslings vergelten, dass sie so gut zu mir waren. Eines Tages werde ich ein Haus kaufen und ein Hotel aufmachen ...«

»Dann besuchen *wir* dich«, sagte Carol.

»Bitte nicht. Zumindest nicht in nächster Zeit. Lasst mich mein eigenes Leben führen.«

Sie waren so lange zu dritt gewesen, und die Trennung erschien Carol ebenso schmerzlich wie Mary. Aber nach der Geburt des Babys konnte Monica die beiden gar nicht schnell genug loswerden. In aller Eile erledigte sie die Formalitäten und unterschrieb die Adoptionspapiere, ohne sie durchzulesen. Elizabeth war ein kleiner Schreihals und musste unentwegt betreut werden. Mary und Carol kümmerten sich abwechselnd um sie. Als sie eine besondere Milchsorte entdeckten, die ihr zu schmecken schien, war das erste Problem gelöst.

Wenig später beschlossen sie nach Hause zu fahren. Monica begleitete sie nicht nach Euston. Aber nachdem Carol das Baby vorsichtig ins Taxi gehoben und auf Marys Schoß gelegt hatte, gab die Freundin ihr einen unerwarteten Kuss. »Du wirst nichts ausplaudern, das weiß ich. Aber vielleicht erraten Liv und Myrt die Wahrheit, weil das Kind mir so ähnlich sieht. Irgendwie musst du's ihnen ausreden.«

»Keine Bange, keiner außer uns weiß Bescheid, und keiner wird's erfahren.«

Monica schüttelte Carols Hand, so feierlich, als hätten sie ein Abkommen getroffen. Ohne ein weiteres Wort wandte sie sich ab und floh die Eingangsstufen der Pension hinauf.

3

Da die Dennings zu den respektabelsten Bewohnern von Northfield zählten, war die Kirche bis auf den letzten Platz besetzt. Nach Dr. Dennings Heimkehr aus dem Fernen Osten, wo er sich an den letzten heroischen Kriegsabenteuern beteiligt hatte, verfügte er über die längste Patientenliste des Nationalen Gesundheitsdienstes weit und breit. Bei der Hochzeit würde er die Galauniform tragen, obwohl nicht feststand, ob er dazu berechtigt war.

Liv und Carol warteten im Vorraum der Kirche, die kleine Bessie zwischen sich. Durch bunte Glasfenster fiel gedämpftes Sonnenlicht auf die Versammlung. Am liebsten wäre Liv im New Look erschienen, aber Myrtle bestand auf traditionellen Brautjungfernkleidern. Nach tagelangem Schmollen hatte Liv ein Modell gewählt, das die Braut in den Schatten stellen und an Carol lächerlich wirken würde. Aber wie sie nun feststellte, war es völlig egal, was sie anhatte, denn Bessie Woodford stahl ihr so oder so die Schau. Fast sechs Jahre alt, war sie bildhübsch – mit schulterlangem schwarzem Haar, leuchtenden dunklen Augen und olivenfarbenem Teint. Die Lippen schienen ständig zu lachen. An diesem Tag wurden die Ohren von einem Blumenkränzchen enthüllt, das die Haare aus dem Gesicht hielt. Perfekte Ohren, registrierte Liv. Rosige Muscheln, die wie Perlmutt schimmerten.

»Was für ein verdammtes Glück Myrtle hat!«, seufzte Liv. »Diesen fabelhaften Chirurgen einzufangen. Ausgerechnet *Myrt!*«

»Er ist kein Chirurg, sondern Osteopath. Und sie ist Osteopathin. Natürlich verdient sie ihr Glück.«

»Ach – du! Myrt verschwindet nach Bournemouth, du

gehst nach Paris. Von Mon haben wir seit ihrer Ausbildung in dieser Londoner Pension nichts mehr gehört. Alle lassen mich in diesem trostlosen Nest zurück.«

»Arme Liv«, erwiderte Carol mitfühlend. »Aber ich komme bald zurück.« Lächelnd schaute sie auf Bessie hinab. »Ich kann doch Grannie und dich nicht so lange allein lassen, nicht wahr, Baby?«

Strahlend rieb Bessie ihre Wange an Carols Hand. Alle wussten, dass die beiden unzertrennlich waren, dass das Kind Mrs Woodford »Grannie« nannte, obwohl sie seine Adoptivmutter war. Seit jenem Abschiedstreffen im Gästehaus hatten Liv und Myrtle nicht viel von Carol gesehen. Deshalb spielten sie mit dem ungeheuerlichen Gedanken, Carol wäre Bessies Mutter. Hatte sie ihre seltsamen Hemmungen nur geheuchelt? Natürlich wollten beide die Wahrheit herausfinden. Bisher hatten sie nicht gewagt, indiskrete Fragen zu stellen.

Aber nun konnte sich Liv, plötzlich provoziert, nicht länger zurückhalten. »Merkwürdig – als Bessie noch so klein war, hast du sie allein gelassen und an der Universität von Bristol studiert. Jetzt ist's nicht mehr so schlimm, weil sie schon zur Schule geht.«

Erstaunt hob Carol den Kopf. »Sie hatte Mummy. Und du weißt ja, wie gut sich die beiden verstehen.«

»O ja.« Liv verdrehte die Augen. »Das habe ich vergessen. Grannie ...«

»Wo ist Grannie?«, fiel Bessie ihr ins Wort. »Sitzt sie neben Mrs Denning? Geht's ihr gut?«

»Wenn du willst, schauen wir mal rein.« Carol führte das Kind zur Kirchentür. In der Mitte des Raums saß Mrs Woodford bei den Bakers. Wie eine Eule drehte sie den Kopf nach hinten, um die Brautjungfern zu betrachten. Bessie winkte ihr, und Grannie winkte entzückt zurück. Nach

Carols Ansicht sah ihre Mutter mit den Jahren immer jünger aus. Mary Woodford war nicht so groß wie ihre Tochter, aber genauso unscheinbar. Nach dem Tod ihres Mannes vor sechs Jahren war sie über Nacht zu einer gebeugten alten Frau geworden, aber das hatte Bessie geändert.

»Sie soll vorn bei Mrs Denning sitzen«, wisperte das Kind. »Dann ist sie in unserer Nähe.«

Liebevoll drückte Carol das kleine Mädchen an sich. Fast alles in Bessies Leben drehte sich um Grannie.

»Mein Gott, schau ihn an!«, flüsterte Liv. »Wie fantastisch er aussieht!«

Carol wandte sich zur rechten Seite des Kirchenschiffs, wo Malcolm Chester Lennox seine Braut erwartete. Zweifellos hätte ihr Vater diese allzu blendende äußere Erscheinung, die glänzenden Locken und den Zahnbürstenschnurrbart missbilligt. Aber vielleicht wäre das unfair gewesen. In seinem Job musste der Mann repräsentieren, auch außerhalb der regulären Medizin, außerhalb des neuen und allseits anerkannten Systems Nationales Gesundheitswesen musste er alle seine Vorzüge nützen. »Ja, er ist wirklich attraktiv.«

»Nun, zu meinem Leidwesen hat Myrtle ihn eingefangen. Aber der Trauzeuge gehört eindeutig mir.« Als würde ihr Blick wie ein Magnet wirken, drehte sich der Trauzeuge zu ihr um und lächelte. So gut wie der Bräutigam sah er nicht aus, er war blond und unscheinbar – bis er lächelte. Da strahlte er etwas ganz Besonderes aus.

»Mir gefällt er viel besser«, verkündete Bessie.

In diesem Moment fuhr der Brautwagen vor. Die Leute, die am Tor warteten, jubelten entzückt, als Dr. Denning ausstieg und einer duftigen weißen Wolke, unter der sich seine Tochter verbarg, die Hand reichte. Fürsorglich geleitete er Myrtle zu den Brautjungfern, dann stand sie reglos da, während Liv die Schleppe und den Schleier ordnete und den Blumenstrauß in den Händen der Braut zurechtrückte.

»Weißt du, was du zu tun hast?« Jetzt war Liv ganz in ihrem Element. »Der Schleier wird nach hinten geschlagen, über die Kämme hinweg. Dadurch wirkst du größer. Und lass dir Zeit! Diese Plateauschuhe sind mörderisch. Gib mir das Bukett, wenn der Pfarrer sagt ...«

Mit ruhiger Stimme mischte sich Dr. Denning ein. »O ja, wir erinnern uns sehr gut an die Probe gestern Abend. Nicht wahr, Schätzchen?«

Myrtle nickte stumm, während die Orgel ertönte. Im Lauf der Jahre hatte sich das plumpe, rundliche Mädchen zu einer vollschlanken begehrenswerten Frau entwickelt. Als sie mit drei anderen Studentinnen in Malcolms Praxis erschienen war, hatte sie sein Verlangen sofort bemerkt. Aber sie wollte heiraten. Zwei Jahre lang hielt sie durch und lächelte sanft, wenn er mit seinen anderen Eroberungen prahlte. Letzten Endes hatte er ihr notgedrungen einen Heiratsantrag gemacht.

Etwas mühsam hob sie den schwer beladenen Kopf, um ihre beiden Freundinnen zu betrachten. Sie entsann sich, wie neidisch sie auf Carol gewesen war. Unvorstellbar, die zurückhaltende Cass und eine heimliche Affäre, ein illegitimes Baby ... Und dieses sagenhafte Glück ... Während ihres Studiums sorgte die Mutter für das Produkt der Sünde. Dann hatte sie auch noch einen grandiosen Job bei einem Verlag bekommen, der sie jetzt nach Paris schickte. Aber jetzt war Myrtle froh, dass sie sich Zeit gelassen hatte und trotzdem noch vor Liv heiratete. Carol und sie selbst mochten die hässlichen Entlein des Quartetts gewesen sein. Aber sie hatten's vor Monica und Liv geschafft.

Gute Carol ... Liebevoll streckte Myrtle ihr eine Hand entgegen, die sie nicht ergreifen konnte, weil ihr Vater den einen Arm festhielt und der andere den üppigen Blumenstrauß umklammerte. Aber sie lächelte gerührt. »Wenn Mon bloß hier wäre ...«

Carol nickte, und Liv wandte sich zu Bessie. »Du gehst voraus, Schätzchen.«

»Okay, die große Show kann beginnen«, bemerkte Dr. Denning. Feierlich setzte sich die Prozession in Bewegung.

☆

Der Teufel schien Malcolm zu reiten. Das spürte Myrtle, als seine Lippen nach der Zeremonie ihre Wange streiften. Dann flüsterte er ihr ins Ohr: »Jetzt verstehe ich, was du mir von deiner sexy Freundin erzählt hast – geschmolzene Lava hinter der Fassade des guten Kumpels.«

Aber sie ließ sich die Freude nicht verderben, warf einen Blick auf Bessie, die wie ein kleiner Engel dastand, und wisperte: »Geschmolzene Lava brennt. Wie du siehst.«

Vielleicht hatte es wie eine Warnung geklungen, denn er reichte ihr seinen Arm, ohne zu lächeln. Während sie in der Sakristei warteten, um die Heiratsurkunde zu unterzeichnen, schaute er immer wieder zu Carol und Bessie hinüber – mit jenem forschenden Blick, den er normalerweise für interessante Patientinnen reservierte.

Im Auto war alles wieder in Ordnung. Eine Glaswand trennte die Fahrgäste vom Chauffeur und erzeugte die Illusion ungestörter Zweisamkeit. Herausfordernd ergriff sie Malcolms Hand und zog sie unter ihren Schleier, zum glatten Satin des Brautkleids. »Spürst du, wie mein Herz schlägt?«

»Nein.« Mit unsanften Fingern umfasste er eine ihrer Brüste und schob sie fast bis zum Kinn hoch. Und dann brach sich die unterdrückte Leidenschaft endlich Bahn. Pausenlos küsste er seine Braut, bis der Wagen vor dem Hotel hielt. Ganz langsam stieg der taktvolle Fahrer aus, die Augen vom Rückspiegel abgewandt.

»Malcolm – Darling – wir sind da ...«, keuchte Myrtle.

»Noch nicht ...« Begierig presste er sein Gesicht an ihren Busen. »O Baby – mein Häschen ... Weißt du, was die beiden mir bedeuten?«

Myrtle lächelte. Vor zwei Jahren hatte ihr seine Begeisterung für ihre Brüste geholfen, wieder den Rücken zu straffen. Bis dahin hatte sie viel zu oft an die Schmach im Geisterhaus gedacht. »Sobald mir das auffiel, habe ich mich in dich verliebt.« Zärtlich küsste sie seine Locken, die erstaunlicherweise immer noch in Form blieben.

Nun wurde der Wagenschlag von ihrer indiskreten Mutter aufgerissen, und Myrtle fiel – von Malcolms schwerem Körper behindert, der auf ihrem lag – beinahe in den Rinnstein. Die Situation wurde keineswegs gerettet, als Mrs Denning versuchte, die Szene ins Lächerliche zu ziehen, indem sie ihrer Tochter die Schuld gab. »Komm schon, Myrt! Lass den Unsinn! Den Hauptgang darfst du erst heute Nacht verspeisen!«

Das war furchtbar geschmacklos, aber wie sollte Malcolm wissen, dass ihre Mutter seit Jahren zu solchen Manövern gezwungen wurde, weil Daddy ein notorischer Schürzenjäger war? Nicht sonderlich um eine würdevolle Haltung bemüht, kletterte Myrtle aus dem Auto und wartete, bis ihr frisch gebackener Ehemann seine Krawatte zurechtrückte und mit einem weltgewandten Lächeln auftauchte. Ohne sie zu beachten, schaute er sich um und beobachtete die Ankunft der Brautjungfern.

Myrtle sah ihre Eltern die Eingangsstufen des Hotels hinaufsteigen. Offensichtlich waren sie ältere Visionen von ihr selbst und Malcolm. Mrs Denning, klein und dick, klammerte sich krampfhaft an den Arm ihres Gemahls, als könnte er sie jederzeit abschütteln. Daddy trug ein charmantes Lächeln zur Schau, das nicht seiner Frau galt.

All die Jahre hat Mutter das ertragen, dachte Myrtle erbost. Dazu bin ich nicht bereit – niemals ... Strahlend wandte sie sich zu Malcolm. »Schau mich an, Liebling. Nur mich. Sonst niemanden.«

☆

»Also wirklich, Darling«, seufzte Mrs Woodford. »Es missfällt mir, wenn Bessie wie eine kostbare Puppe herumgereicht wird. Das tut ihr sicher nicht gut.«

Nachdem Carol möglichst schnell eine Runde durch den Saal gedreht hatte, saß sie bei ihrer Mutter und trank Tee. »Köstlich ... Wie hast du diesen erstklassigen Tee organisiert?« Über den Rand der Tasse hinweg hielt sie nach Bessie Ausschau.

»Ich kenne eine der Kellnerinnen. Vor vielen Jahren waren wir zusammen bei den Pfadfinderinnen.« Die meisten Kellnerinnen mussten über vierzig sein. Heutzutage arbeiteten die jungen Mädchen in den Fabriken, wo sie wesentlich mehr verdienten.

»Also kennst du mehr Leute, als ich dachte. Und alle Leute glauben, du wärst so still und zurückhaltend ...« Hastig stellte Carol ihre Tasse ab. »Ah, da ist sie. Schau doch, Mutter, sie ist so *hübsch*!«

»Wie eine Puppe?«

»Nun ja ... Nur dieses eine Mal ... Sie amüsiert sich köstlich.«

»Was sollen wir schon dagegen machen? Und sie war so süß, als sie die Schleppe hielt – fast ehrfürchtig. Beinahe wäre ich vor Stolz geplatzt.«

»Bessie hat unser Leben völlig verändert, nicht wahr?«, bemerkte Carol leise.

»O ja, sie ist ein Geschenk des Himmels.« Mary Woodford verstellte sich niemals. »Buchstäblich ...« Ihr Lächeln schien sie um Jahre zu verjüngen. »Allein wäre ich niemals zurechtgekommen, Cass. Wie wir dieses erste Jahr überstanden haben, weiß ich noch immer nicht. Du warst einfach wundervoll.«

»Für *mich* war's wunderbar. Ich wollte gar nicht in Bristol studieren, weil ich fürchtete, sie würde mich vergessen. Und dich zum Wahnsinn treiben. Aber – sie ist ziemlich schnell erwachsen geworden – gewissermaßen.«

»Du bist ja oft genug nach Hause gekommen.« Jetzt nahm Marys Lächeln einen wehmütigen Ausdruck an. »Wäre Bessie nicht bei mir gewesen, hätte ich die Trennung von dir wohl kaum ertragen.«

»Dann wäre ich auch nicht fortgegangen. Sonderbar – die Leute glauben, wir hätten uns mit Bessie in einem selbst gewählten Gefängnis verkrochen. Dabei war's genau umgekehrt.«

»Da hast du Recht, manchmal frage ich mich, wie Mon jetzt darüber denkt.«

»Bessie gehört zu uns, Mutter.«

»Natürlich, das weiß ich, Darling.«

☆

Ernsthaft schüttelte Bessie dem zehn- oder elfjährigen Bruder der Braut die Hand. Obwohl sie nicht weit voneinander entfernt wohnten, sah sie ihn nur selten, und er flößte ihr beinahe Ehrfurcht ein. Er trug eine lange Hose und eine lose Jacke mit Gürtel, und sein Haar war mit Brillantine an den Kopf geklebt. Um keinen Ton herauszubringen, war er noch nicht alt genug – und Bessie zu klein, um ihn einzuschüchtern. »Du bist sehr hübsch«, bemerkte er offenherzig. »Eigentlich wollte ich gar nicht herkommen. Aber jetzt gefällt's mir gut.«

»Du siehst auch nett aus«, entgegnete sie höflich.

»Nur weil mich Ma eine halbe Ewigkeit lang herausgeputzt hat. Die Jacke ist geliehen. Aber die Hose gehört mir«, fügte er voller Stolz hinzu.

»Oh.« Bessie verstand nicht, wie wichtig lange Hosen waren. Doch sie fand es wundervoll, den Saum ihres Kleids an den Fußknöcheln zu spüren. »Wirst du Tante Myrt vermissen?«

»Wahrscheinlich nicht. Sie war ohnehin fast nie daheim.«

»Wenn Cass weggeht, fehlt sie mir immer ganz schrecklich. Im September fährt sie nach Paris.«

»Ich weiß. Deshalb ist Myrt furchtbar neidisch.«

»Quatsch, sie sind Freundinnen!«

»Das macht alles noch schlimmer. Wenn Myrt von dir oder Paris träumt, knirscht sie nachts mit den Zähnen.«

Darüber musste Bessie lachen. Vermutlich war's ein Scherz oder eins von den seltsamen Komplimenten erwachsener Leute. »Paris liegt auf der anderen Seite des Meeres.«

»Klar, in Frankreich.«

»Cass wird weit weg sein.«

»Ja.« Mehr fiel ihm zu diesem Thema nicht ein, und so fragte er: »Warum wird sie Cass genannt?«

»Das ist eine Kurzform von Carol.«

»Wenn du Mrs Woodford Grannie nennst – wieso sagst du dann nicht Tante zu Cass?«

»Weil sie meine Schwester ist.«

»Ah ...« Bessies Erklärung ergab keinen Sinn, aber so interessant war's nun auch wieder nicht. Als er die Stimme seines Vaters hörte, schaute er sich um. »O Gott, die Tische sind schon abgeräumt. Weißt du, was das bedeutet?«

»Was?«

»Jetzt wird getanzt. Ich hasse das Gehopse.«

»Reg dich nicht auf. Wenn du willst, tanze ich mit dir.«

»Wirklich? Vielen Dank, Bessie.«

Da erinnerte sie sich an einen Satz aus einem Märchenbuch. »Oh, es ist mir ein Vergnügen, Boris.«

☆

»Also, Mädchen, was haltet ihr von ihm?«

»Ein toller Typ«, erwiderte Liv großzügig, »attraktiv, erfolgreich ...«

»Und ich finde es wundervoll, dass ihr denselben Beruf ausübt«, ergänzte Carol. »Einer versteht die Probleme des anderen, ihr könnt über alles sprechen ...«

»Allzu viel redet er nicht«, kicherte Myrtle. »Er ist eher ein Mann der Tat. Im Taxi hätte er mir fast das Kleid vom Leib gerissen.«

Brennend stieg das Blut in Carols Wangen, und Liv meinte: »Dann muss er ja ganz verrückt nach dir sein ... Jedenfalls bist du die Erste von uns vier Mädchen. Wer hätte das gedacht?«

Da Myrtle den Stachel in diesem Kompliment spürte, gab sie's hastig weiter. »Vergiss nicht – die Erste war Carol.«

»Meinst du – die Erste, die von zu Hause wegging?«, fragte Carol verständnislos. »Nein, das war Mon. Als sie ihre Lehre begann, lernte ich noch fürs Abschlussexamen.«

Liv lachte schallend, und Myrtle stöhnte: »Komm schon, altes Mädchen! *Uns* kannst du's doch gestehen.«

Immer noch ahnungslos, runzelte Carol die Stirn.

»Wir sollten uns mal wieder im Geisterhaus treffen, zu einem Wahrheitsspiel«, schlug Liv vor. »Mein Gott, Mon sagte, du würdest nie eine alter Jungfer sein – nicht einmal, wenn du niemals heiratest. Und sie hatte Recht. Du bist ein stilles Wasser ...«

Erschrocken schaute Carol zu Bessie hinüber, die mit Boris Denning tanzte. »Ihr meint doch nicht – *Bessie?*«

Nun wollte Myrtle die Sache auf sich beruhen lassen. Immerhin hatte sie sich mit Carol verbündet, während Liv und Mon hinter den Jungs her gewesen waren. Aber in diesem Augenblick näherten sich Malcolm und sein Trauzeuge. Zu Myrtles Verblüffung eilten sie schnurstracks auf Carol zu.

Hastig stellte sich Myrtle vor ihre Freundin und strahlte ihren Mann an. »Schon gut, Darling, wir wollten nur noch ein letztes Mal tratschen, bevor uns das Schicksal auseinander reißt. In der Schule waren wir unzertrennlich, nicht wahr, Mädchen?« Ohne eine Antwort abzuwarten, ergriff sie Malcolms Arm. »Komm, tanzen wir.«

Der Trauzeuge verneigte sich vor einer verwirrten Carol. »Sicher haben Sie meinen Namen vergessen – Reggie. Und sie sind Carol, Myrtles gute Freundin. Wollen wir tanzen?«

Unschlüssig schaute sie in Livs ausdruckslose graue Augen. Diesen Blick kannte sie nur zu gut. »Würden Sie mit Liv tanzen? Ich muss mich um meine Mutter kümmern ...« Während sie davoneilte, wusste sie, dass sie Liv keinen Gefallen getan hatte. Der elegante Lockenkopf passte perfekt unter das Kinn des Trauzeugen. Aber Carol hatte ihn Liv *überlassen,* und das war unerträglich.

Carol fühlte sich elend. Statt ihre Mutter aufzusuchen, floh sie in die Toilette.

☆

»Also wirklich, Myrtle, was soll das Getue?«, klagte Malcolm. »Ich wollte einfach nur mit deiner Freundin tanzen.«

»Den ganzen Tag hast du sie angestarrt. Aber du bist mit

mir verheiratet. Erinnerst du dich?« Obwohl Myrtle merkte, wie zänkisch ihre Stimme klang, konnte sie sich nicht zurückhalten.

»Offensichtlich wirst du dafür sorgen, dass ich's niemals vergesse. Soll ich zum Eisenwarenhändler gehen und eine Kette kaufen?«

»Sei nicht kindisch.«

»*Du bist* kindisch. Und drück dich nicht so an mich. Dafür ist es viel zu heiß.«

In Myrtles Augen brannten Tränen. »Ich dachte, meine Brüste gefallen dir ...«

»Ja, natürlich. O Darling, ist das unser erster Streit?«

»Ich glaube schon.«

»Küss mich!«, flüsterte er und neigte seinen hübschen Kopf. Als er seinen Mund voller Glut auf ihren presste, applaudierten ein paar Leute, und Myrtles Laune besserte sich sofort. Mochte er auch ein Schürzenjäger sein – er würde stets zu ihr zurückkehren.

☆

Liv verdrängte ihre plötzliche Abneigung gegen Carol. Wie idiotisch und kleinlich ... Sie versuchte sich an alle jene erotischen Phrasen zu erinnern, die das männliche Geschlecht so charmant fand. »Reggie? Gehört noch ein anderer Name dazu?« Das klang lächerlich. Als würde sie sich mit dem Kanarienvogel ihrer Großmutter unterhalten. Sie legte den Kopf in den Nacken, damit er ihre wundervollen, blendend weißen Zähne sah.

»Reggie Bradbury.«

Wirklich, er sah gut aus. Nicht so auffallend wie Myrts Malcolm, aber er machte einen nachhaltigeren Eindruck. Bei der Trauung hatte er sofort ihr Interesse erregt. Und es war so unfair, dass er sich zu Cass hingezogen fühlte. Die wollte doch gar nichts von ihm wissen. »Reggie Bradbury ...« Langsam ließ sie die Silben über ihre Zunge gleiten und bemühte sich, jeder einzelnen eine besondere Bedeutung zu verleihen. Reggie Bradbury. Olivia Bradbury. Noch besser – Olive Bradbury. Sie verband ihren Vornamen sehr gern mit den Nachnamen neuer männlicher Bekannter. Und Olivia Bradbury gefiel ihr.

»Genau«, bestätigte er, als wäre sie dumm oder schwerhörig.

»Klingt nach einem Filmstar.«

»Malcolm meint, es würde sich eher nach einem Möbeltischler anhören. In Wirklichkeit arbeite ich als Auktionator. Für die Firma meines Vaters.«

Großartig ... Aber es könnte noch besser sein. Immerhin war Myrtle mit einem Osteopathen verheiratet. Und Cass würde einen Job in Paris antreten.

»Und ich bin nur eine kleine Angestellte. Im Postamt.«

»Also eine Staatsbeamtin. Eine gute Stellung.«

»O ja, aber es hört sich so langweilig an.«

»Keineswegs.«

»Leider bin ich eine typische Landpomeranze. Myrtle und Malcolm ziehen nach Bournemouth, Cass geht nach Paris. Und ich will einfach nur hier bleiben und heiraten.«

»Was stört Sie daran? Ich finde das sehr – weiblich.«

Jetzt schaute er sie etwas genauer an. O ja, er war der Mann, für den sie ihn hielt, seit sie ihn zum ersten Mal gesehen hatte. Züchtig senkte sie die Wimpern. »Tut mir Leid, das hätte ich nicht sagen sollen.«

»Warum sollten Sie mir nicht erzählen, was Sie empfinden? Damit machen Sie mir ein wunderbares Kompliment.«

»Irgendwie habe ich das Gefühl, Ihnen könnte ich alles anvertrauen.« Sie lachte atemlos. »So war mir noch nie zu

Mute ...« Verdammt noch mal, das stimmte sogar. Deshalb ärgerte sie sich über Carol. Weil *ihr* dieser Mann etwas bedeutete. Vielleicht war er der Richtige.

Er räusperte sich. »Außerdem würde ich Birmingham nicht als Kleinstadt bezeichnen.« Nun versuchte er die Konversation in unverfängliche Bahnen zu lenken. »Die zweitgrößte Stadt in diesem Land.«

»Trotzdem ist Northfield immer noch ein Dorf.«

»Gewiss, ich verstehe, was Sie meinen ...« Sein Gelächter klang genauso atemlos wie ihres. Dann fügte er leise hinzu: »Sie sind so – einfach. Oh, so wollte ich's nicht ausdrücken ...« Das ging viel schneller, als sie's erhofft hatte. Langsam hob sie die Lider und ließ ihn sekundenlang in ihre schimmernden grauen Augen schauen, bevor sie den Blick wieder senkte. »Sie sind so *süß*!«, verbesserte er sich.

»*Und* dumm.«

»Nein, ich meine etwas ganz anderes. Einfach im Sinn von elementar – und gut.«

»O Reggie ...«

☆

Carol saß in einem kleinen Nebenraum und rang nach Fassung. Am liebsten wäre sie aus dem Hotel gelaufen, in ein Taxi gestiegen und nach Hause gefahren, zu dem alten Garten hinter dem hohen, von Efeu überwucherten Spalier. Die drei Jahre an der Universität waren schwierig gewesen. Mit brillanten Leistungen konnte sie nicht aufwarten, und für das gesellschaftliche Leben fehlten ihr Zeit und Lust. Unzählige Stunden verbrachte sie in ihrem kleinen Zimmer in Bristol und kämpfte mit alten Historikern, die weltbewegende Ereignisse aus völlig verschiedenen Blickwinkeln betrachteten. Manche Kommilitoninnen hatten versucht, Carol mit Studenten bekannt zu machen. Das hatte sie abgelehnt. Ihr Herz musste frei bleiben. Für Bessie. Sie liebte dieses Kind mit einem übermächtigen Beschützerinstinkt, der sie selbst überraschte. Wie eine Mutter.

Was Liv vor einer Stunde angedeutet hatte, schockierte Carol zutiefst. Ebenso wie Mummy betrachtete sie die Adoption als Verantwortung. Bessie war ihnen anvertraut worden. Warum und bis wann, wollten sie gar nicht wissen. Das Oberhaupt der kleinen Familie war ihnen genommen worden. Nun stand Bessie im Mittelpunkt ihres Lebens. Das Schicksal wollte es so. Um den Rat des Vikars zu befolgen, hatten sie dem Kind schon vor langer Zeit erklärt, es sei »ausgewählt« worden. Nun wusste Bessie, dass sie etwas Besonderes war. Nur darauf kam es an.

Kurz vor der Geburt des kleinen Mädchens hatte sie mit ihrer Mutter in einem Raum voller Rosenduft gewartet. Um den Geruch der Desinfektionsmittel zu übertünchen, hatte man im ganzen Entbindungsheim Blumenvasen aufgestellt. Auch hier, in diesem Zimmer, verbreiteten Rosensträuße einen angenehmen Duft. Und Carol hatte Bessie zuerst gesehen – noch *vor* Monica. Kein Wunder, dass sie sich wie die Mutter des Kindes fühlte. Und während der Schwangerschaft war sie so oft mit Mon zusammen gewesen. *Alles* hatten sie geteilt.

Nicht ganz. Zweifellos war es Monica, die Bessie empfangen und geboren hatte. Sie zwang sich, an Monica und Gil zu denken. Eine Erinnerung, die sie stets verdrängt hatte. Monica und der Sohn ihrer Adoptiveltern hatten Bessie gezeugt. Eine Zeugung und eine Adoption – zwei völlig verschiedene Vorgänge. Die Augen immer noch geschlossen, runzelte Carol die Stirn. Irgendetwas stimmte nicht mit ihr. Manchmal spürte sie, dass ihr ganzes Wesen von Liebe beherrscht wurde – nicht nur von Liebe zu ihrer Mutter und

Bessie und Mon, sondern zur gesamten Menschheit. Und dann – dann stand sie plötzlich vor einer Ziegelmauer. So als würde die übergroße Liebe zu ihr zurückspringen – unerwünscht und lächerlich. Nur ihre Mutter und Bessie erwiderten diese Gefühle. Und jetzt haftete ein Makel an Bessies Existenz.

Abrupt stand sie auf und trat ans geöffnete Fenster, um ihren eigenen Gedanken zu entrinnen. Die Gerüche sommerlicher Hitze wehten in den kleinen Raum, heißes Gras und heiße Blätter und heiße Autos. Und heiße Körper, wie ein sinnliches Geschützfeuer. »Ich hasse den August«, sagte sie laut, »weil er so aufdringlich ist ...« Und dann wich sie verlegen zurück. Liv und der Trauzeuge wanderten den Kiesweg entlang, wahrscheinlich in Hörweite.

Aber Liv redete gerade. Also konnte sie nichts gehört haben. »Gehen wir irgendwo in den Schatten ... Schauen Sie doch, diese Trauerweide. Wie ein kleines Haus!«

»Sicher ist sie nur für Sie gewachsen«, erwiderte der Trauzeuge.

»Wie rustikal ...«

»Eher pastoral. Und unschuldig.«

Sie überquerten den Rasen, und Carol lächelte. Offensichtlich hatte Liv das »Geschenk« angenommen und den Mann erobert. Erleichtert atmete Carol auf. Nun konnte sie wieder vernünftig mit Liv sprechen und ihr klar machen, Myrtles Vermutungen, die Bessie betrafen, seien einfach nur albern. Nicht dass Myrtle ernsthaft daran glaubte. Natürlich nicht. So etwas sagte sie nur, um sich aufzuspielen. Sie war überaus loyal. Im Gegensatz zu Liv, die nicht zögern würde, einen solchen Verdacht vor anderen Leuten zu äußern. Carol spürte wieder, wie ihr das Blut in die Wangen stieg.

Plötzlich verriet ihr ein Luftzug, dass die Tür geöffnet

wurde. Sie drehte sich um und sah Myrtles Ehemann auf der Schwelle stehen, die Klinke in der Hand. Einen verrückten Augenblick lang erwog sie, aus dem Fenster zu klettern. Doch das wäre zu kindisch gewesen. Und so lächelte sie.

Schwankend betrat er das Zimmer. »Da sind Sie ja. Den ganzen Tag habe ich Sie gesucht. Warten Sie auf mich? Hier?« Offensichtlich war er betrunken.

»Wo ist Myrtle?«, fragte sie.

»Die redet mit Mumsy. Während sich die widerwärtige Mrs Baker an Dadsy ranmacht. Also droht uns keine Gefahr.«

»Jetzt sollten Sie sich umziehen«, mahnte Carol und strich ihren langen Rock glatt. »Ich muss gehen – ich habe Myrtle versprochen, ihr zu helfen. Oben liegt alles bereit. Ihr Kostüm. Und ihr Hut.«

»Fürchten Sie sich vor mir? Ihre Wangen sind so rot wie Rosenblätter. Ja, Sie erinnern mich an eine Rose – eine Knospe. Noch ungeöffnet und voller Dornen. Aber wenn sie sich öffnen würde ... Wow!«

»Natürlich fürchte ich mich nicht vor Ihnen. Sie sind mit meiner besten Freundin verheiratet. Warum sollte ich Angst haben?«

»Aber Sie zittern. Wie eine Rose, wenn's zu regnen beginnt.«

»Wirklich, Malcolm ...« Sie wollte ihm vorwerfen, er rede Unsinn wie ein sentimentaler Filmheld. Aber solche Worte brachte sie nicht über die Lippen. Malcolm nahm ihren prüden Protest für bare Münze. »Ja – in der Tat. Sie sind anders. Etwas Besonderes. Und verdammt interessant.« Als er näher trat, wich sie zur Wand zurück, und das war ein Fehler. Auf unsicheren Beinen blieb er vor ihr stehen und stützte seine Arme zu beiden Seiten ihres Kopfs gegen die Mauer. Er roch nach Whisky und Brillantine. Gepeinigt schloss sie die Augen. »O Carol ... Cass – so werden Sie genannt, nicht wahr? Wie alt waren Sie? Sechzehn? War's ein gottverdammter Yankee? Hat er Ihnen wehgetan? O Cass ... Cassie ...«

Als sie die Augen aufschlug, schwebte sein Gesicht wie ein Albtraum vor ihr. Und dann beging sie einen noch größeren Fehler – sie öffnete den Mund und wollte um Hilfe schreien.

Sofort schob er seine Zunge zwischen ihre Zähne. Mit beiden Händen stemmte sie sich gegen seine Schultern. Aber er war ein großer, starker Mann. Mühelos presste er sie gegen die Wand, und seine Zunge bohrte sich fast in ihren Hals. Noch nie hatte sie einen so qualvollen Ekel empfunden. Sie versuchte seinen Hals über dem steifen Hemdkragen zu zerkratzen, beide gaben animalische Laute von sich.

Dann ließ er sie plötzlich los. Offenbar wurde er nach hinten gezerrt, und sie hörte ein grausiges Geräusch – als würde der Stöpsel aus dem Abfluss einer Badewanne gerissen. Unter seinem Arm, der wild umherschlug, tauchte Myrtles wütendes Gesicht auf.

Schluchzend wollte Carol ihr für die Rettung danken. Aber Myrtle schien ihr die Schuld an der grässlichen Szene zu geben. »Du – du – *Biest*!« Ihre schrille Stimme drang durch das offene Fenster nach draußen und erschreckte Liv und Reggie, die unter den pastoralen Weidenzweigen standen. »Elendes Biest! Nicht einmal an meinem Hochzeitstag kannst du die Finger von Malcolm lassen ... Heiliger Himmel, ist denn kein Mann sicher vor dir? Aber ich hätte es schon damals wissen müssen – im Geisterhaus. Was für eine widerwärtige Heuchlerin du bist! Ich will dich niemals wiedersehen. Nie wieder! Hörst du? Nie mehr will ich ...«

Abrupt ernüchtert, schüttelte Malcolm die Hand seiner Frau ab. »Halt endlich den Mund! Im ganzen Hotel kann man dich hören. Was zum Teufel ist los mit dir? Ist es nicht das Recht des Bräutigams, die Anführerin der Brautjungfern zu küssen?«

»Das Recht des Trauzeugen. Nicht deines! Habe ich dir nicht von Carol Woodford erzählt? Du musstest doch wissen ...«

Endlich fand Carol ihre Sprache wieder. »Hör auf, Myrtle! Bitte! Malcolm war betrunken – er wusste nicht, was er tat!«

Das war ihr größter Fehler. Damit verscherzte sie sich Malcolms ritterlichen Beistand. Nun protestierte er nicht mehr und erlaubte seiner Frau, Carol zu beschimpfen – vor all den Hochzeitsgästen, die das Geschrei herbeigelockt hatte. Den Kopf gesenkt stand er da, während sie die alte Freundschaft in Fetzen riss. Als ihr die Luft ausging, herrschte tiefe Stille. Und in diesem Augenblick verflog die groteske Atmosphäre, die irgendwie über dem ganzen Hochzeitsfest gehangen hatte.

Zweifellos hatte Myrtle ihre Würde verloren, den ganzen Reiz ihrer rundlichen Erscheinung. Jetzt wirkte sie nackt – fast unanständig. Und Malcolm, aus dessen zerkratztem Hals Blutstropfen quollen, war sichtlich betrunken. Aber Carol, die den verächtlichen Zorn ihrer Freundin stumm über sich ergehen ließ, wirkte kein bisschen lächerlich. Keine tragische Figur, kein Opfer. Vor Verlegenheit schien sie einfach nur ein bisschen zu schrumpfen, sodass ihr Brautjungfernkleid – von Liv ausgewählt – schlecht saß.

Doch sie war zum ersten Mal in ihrem Leben schön. Wie eine Gloriole umrahmte ihr Haar, von Malcolms groben Händen zerzaust, ihr Gesicht und ließ es kleiner erscheinen. Ihr Make-up war längst verblasst, doch die rosigen Wangen und wunden Lippen betonten das intensive Blau ihrer Augen. Sie starrte Myrtle an, als versuchte sie, dieses Bild für die Nachwelt festzuhalten. Hin und wieder zuckte ihr Hals. Aber sie brachte kein Wort hervor.

In dieser beklemmenden Stille trat Mrs Woodford mit einem verständnislosen Lächeln ein. Ihr Blick streifte ihre Tochter und das Brautpaar. Dann umfasste sie Carols Arm. »Darling, Bessie ist müde. Jetzt sollten wir heimfahren.« Zu Myrtle gewandt, ließ sie ihr Lächeln ersterben. »Vielen Dank für das schöne Fest.«

Entschlossen führte sie Carol an den Gaffern vorbei zum Orchester, das immer noch spielte. Bessie und Boris tanzten Polka, fröhlich und verschwitzt. Erstaunlicherweise war es Livs Vater, Mr Baker, der ihnen in die Mäntel half und sich erbot, sie nach Hause zu fahren.

»Wie nett ...« Mrs Woodford lächelte wieder, einen Arm um Bessie, den anderen um Carol gelegt. »Leider sind solche Festivitäten für kleine Kinder und alte Leute ein bisschen zu anstrengend.«

Lachend protestierte Bessie. »Grannie, du bist nicht alt. Und so klein bin ich auch nicht mehr. Weißt du was, Cassie? Boris Denning sagt, ich bin das schönste Geschöpf, das er jemals gesehen hat. Und er will mich fotografieren.« Sie kicherte entzückt und sank wohlig in die Lederpolsterung von Mr Bakers neuem Armstrong-Siddeley. »Heute war ich zum ersten Mal auf einer Hochzeit. Sicher ist Tante Liv die Nächste, die heiraten wird.«

Carol gab keine Antwort, und Mr Baker, der am Steuer saß, lachte laut auf. »Soll ich dich als Brautjungfer für unsere Liv vormerken?«, fragte er mit seinem schwachen walisischen Akzent. Dann fügte er mit deplatzierter Galanterie hinzu: »Wahrscheinlich wird deine Tante Cass noch vorher heiraten.«

Unter Mrs Woodfords Fingern spannten sich Carols Schulter an. Aber Bessie erwiderte unbefangen: »O nein. Wenn ich erwachsen bin, wird Carol *mich* heiraten.«

☆

Wütend über Myrtles unerklärlichen Befehl, »um Himmels willen abzuhauen«, eilte Mrs Denning zu ihrem Ehemann und Mrs Baker. »Ihr Sektenleute seid alle gleich!«, fauchte sie und schwenkte entrüstet ihre umfangreichen Hüften. »Wenn man euch nur eine winzig kleine Chance gibt, greift ihr tief in eure Trickkiste!«

Welche Tricks sie meinte, verriet sie nicht. Aber Mrs Baker erhob sich indigniert und ergriff wortlos die Flucht.

»Also wirklich, Sylvia!«, seufzte Dr. Denning gelangweilt. »Noch mehr melodramatische Possen? Ich dachte, inzwischen hätte Myrtle dieses Fach übernommen.«

»Halt den Mund, Ivan! Das ganze Fest ist ohnehin schon verdorben.«

»Bin ich etwa schuld dran?«

»Ausnahmsweise nicht. Carol Woodford hat mit Malcolm geflirtet, und die arme Myrtle ...«

Dr. Dennings schallendes Gelächter unterbrach seine Frau. Den markanten Kopf in den Nacken gelegt, konnte er gar nicht zu lachen aufhören.

☆

Verblüfft lauschte Reggie Bradbury der gellenden Stimme, die Carol Woodford verunglimpfte. »Wie peinlich ... Ausgerechnet am Hochzeitstag ...«

»Nun ja, vielleicht ist Carol ein bisschen zu weit gegangen.« In diesem Stadium ihrer Aktivitäten wollte sich Liv nicht stören lassen. Aber die Ereignisse missfielen ihr keineswegs. Vielleicht würden sie die Dinge sogar beschleunigen. Im Lauf des Abends hatte sie den Eindruck gewonnen, Reggie Bradbury wäre nicht abgeneigt, in die Fußstapfen seines Freundes zu treten – nämlich vor den Traualtar. Offensichtlich fand er sie hinreißend. Vor ein paar Jahren wäre er nur ein Kreuzchen in ihrem Notizbuch gewesen. Sie wartete, bis Myrtles Stimme verhallte, dann lehnte sie sich an Reggie, als würden die Beine sie nicht mehr tragen. Wachsam spähte sie zwischen den Weidenzweigen hindurch, um rechtzeitig festzustellen, ob jemand in den Garten kam.

»Jetzt sollten wir hineingehen«, meinte Reggie unbehaglich. »Das hat sich so angehört, als müsste eine heikle Situation gemeistert werden. Und da ich der Trauzeuge bin ...«

»Also gut, Reggie«, seufzte Liv. »Lieber Reggie – so hilfsbereit ...« Sie schmiegte sich noch fester an ihn. »Das wusste ich von Anfang an – Sie sind absolut verlässlich, stets bereit, Ihre Mitmenschen zu beschützen. Was ich allerdings *nicht* wusste – wie leicht es Ihnen fallen würde, mich aus dem Gleichgewicht zu bringen ...« Lachend schwankte sie, und er musste sie wohl oder übel festhalten. Als sie sich nach hinten neigte, quollen ihre Brüste beinahe aus dem Ausschnitt des Brautjungfernkleids. Atemlos küsste er ihren Mund.

Und dann geschah etwas Unglaubliches. Eine Brise hob den Vorhang der Weidenzweige, und Liv erblickte ihre Mutter, die zielstrebig den Rasen überquerte. Als Mrs Denning die beiden Gestalten entdeckte, blieb sie sekundenlang stehen, bevor sie weitereilte. »Olive! Was treibst du denn da? Wie kannst du es wagen! Mein Gott, dein Vater ist mit – mit dieser Frau weggefahren. Und jetzt du ...« Empört packte sie Livs Arm. »Was Sie betrifft, junger Mann – wenn Sie sich an allen jungen Mädchen vergreifen, die Ihnen über den Weg laufen, werden Sie jede Menge Ärger kriegen!«

»Oh – Mrs – eh – Baker ...«, stammelte Reggie. »So etwas habe ich noch nie in meinem Leben getan – das schwöre ich ...«

Schluchzend schlug Liv die Hände vors Gesicht.

»Dann will ich hoffen, Ihre Absichten sind ...«, begann Mrs Baker.

»Ma – *bitte*!« Stöhnend ließ Liv die Hände sinken.

Aber Reggie beteuerte: »Selbstverständlich hege ich ehrbare Absichten.«

»Nun, in diesem Fall ...«, murmelte Mrs Baker.

Wie eine Falle fiel der Vorhang aus Weidenzweigen herab. Liv schluchzte etwas leiser, und schließlich war nur mehr Mrs Bakers Stimme zu hören.

4

1951 kam Bob Gallagher aus den Staaten nach Großbritannien. Während des Kriegs hatte er einige Zeit in London verbracht, und er erinnerte sich an das Albion, wo einige seiner Offizierskameraden gewohnt hatten. Also quartierte er sich dort ein.

Gegen Ende des Kriegs war sein Vater gestorben, und seine Mutter versuchte das Unternehmen weiterzuführen, das sie ohnehin gegründet hatte. Bei seiner Heimkehr stieg Bob in das Geschäft ein, und innerhalb von sieben Jahren war Ideal Patterns zum Marktführer in den USA avanciert. Nun wollte er international expandieren.

Der alte Gallagher war bei seiner Familie in der Bronx aufgewachsen und wäre am liebsten bis zu seinem Tod dort geblieben. Aber er ging mit einer kräftig gebauten, hässlichen Schottin tanzen, weil seine Mutter ihre Mutter früher gekannt hatte. Als er sie nach Hause brachte, verführte sie ihn in ihrer winzigen Speisekammer. Prompt wurde sie schwanger, und er meldete sich sofort freiwillig zum Kriegsdienst, um in Europa gegen den deutschen Kaiser zu kämpfen. Es nützte ihm nichts. Ihr Vater war ein riesengroßer rothaariger Mann und die Familie Gallagher trotz ihres irischen Blut viel zu träge, um sich zu wehren. 1917 heirateten Kirsty Donaldson und Liam Gallagher, kurz bevor er an Bord des Schiffs ging, das ihn nach Europa brachte. Sechs Monate später erblickte Robert das Licht der Welt.

Sie wären ihr Leben lang arm geblieben, so wie alle Gallaghers, hätte Kirsty nicht die Begabung und die Energie ihrer schottischen Ahnen geerbt. Sie besaß ein besonderes Talent für die Nähkunst. Nachdem sie bei einer Kundin flüchtig Maß genommen hatte, konnte sie ein Kleid zuschneiden, das perfekt saß, und sie brauchte erstaunlich wenig Stoff dafür. Sie besserte das Familieneinkommen beträchtlich auf, bis Hildie und bald danach Leone geboren wurden. Da wurde ihr die Schneiderei ein bisschen zu viel, und sie spezialisierte sich auf Schnittmuster, die wie warme Semmeln weggingen. Die Gallaghers zogen nach Queens und dann nach Connecticut. Dort besuchten die Kinder gute Schulen. Bob heiratete, ließ sich scheiden und hatte viele Affären. Zusammen mit ihrem Mann Gordon kaufte Hildie eine Farm in Connecticut und begann, eine Familie zu gründen. Leone heiratete einen Industriellen, mit dem sie in Detroit lebte. Unterdessen zog Bob in den Krieg und hatte weitere Affären.

Nach seiner Heimkehr brachte er seine Mutter in die Bronx zu dem alten Dr. Murdoch, dem einzigen Arzt, dem sie vertraute. Er bestätigte den Verdacht ihrer Angehörigen – sie litt an Leberkrebs. Bei ihrem Tod hielt Bob die Zügel der Familie bereits fest in der Hand. Was er in seinem bisherigen Leben erreicht hatte, erschien ihm plötzlich belanglos. Er stürzte sich in die Arbeit, und Ideal Patterns entwickelte sich zu einer der Erfolgsstorys des Jahrzehnts.

Die Sparsamkeit seiner Mutter hatte er ebenso geerbt wie die Sinnlichkeit seines Vaters, und er beschloss, im Albion zu wohnen, weil das Hotel sein Geld wert war. Die erste Person, die ihm in der Eingangshalle begegnete, war Monica. Sie war nun zweiundzwanzig und hatte gelernt, ihre zigeunerhafte Schönheit zu kultivieren. Sie erinnerte ihn an Fotos von Winston Churchills Mutter, die er einmal gesehen hatte, und der Gedanke, ein englisches Mädchen in die amerikanische Gesellschaft zu verpflanzen, gefiel ihm. Davon abgesehen, musste er sie unbedingt erobern. Die Goslings lebten immer noch im Albion, sonst hätte er Monica vermutlich sofort verführen können. Doch die beiden nahmen ihre Pflichten als Anstandswauwaus sehr ernst. Und obwohl sie das Hotel praktisch leitete, war sie ihnen treu ergeben. Außerdem wirkte sie trotz ihres südländischen Aussehens eiskalt. Das faszinierte ihn. Ein Paradoxon. Ein Rätsel. Eine Anomalie.

Er vereinbarte einige geschäftliche Termine. Bei Harrods und Liberty erreichte er nichts. Aber es gab andere Betriebe, die seinen Ruhm begründen konnten. Wenn er das nächste Mal nach London kam, würden ihm auch andere Manager die Tür einrennen. Er konzentrierte sich auf kleine Läden in der Kensington High Street, wo man sehr gern Verbindung zu einer großen amerikanischen Firma aufnahm. An den Abenden, nach dem Dinner, erzählte er Monica von seinen Ambitionen. Aufmerksam hörte sie, und er glaubte zunächst, sein Geld würde sie interessieren.

Das störte ihn nicht. Immerhin teilte er dieses Interesse. Sie berichtete der Besitzerin des Albion, die vor dem Krieg Schneiderin gewesen war, von International Pattern, und wenig später profitierte er von den guten Kontakten der alten Dame.

Indem er Mr und Mrs Gosling diskrete Fragen stellte, informierte er sich in groben Zügen über Monicas bisherigen Lebenslauf. Sie war ein Adoptivkind und vertrug sich nicht mit ihrer Familie – in Bobs Augen ein entscheidender Vorteil, weil es ihm widerstreben würde, zahllose Verwandte durchzufüttern. Nach der Schule war sie von gemeinsamen Freunden mit ihren Arbeitgebern bekannt gemacht worden, und die Goslings hatten beschlossen, Monica auszubilden, damit sie das Hotel übernehmen konnte, wenn sie in den Ruhestand treten würden. Wenn sie sich auch für Bobs Geld interessierte – sie war nicht darauf versessen. Ein Auge halb geschlossen, pflegte der alte Mr Gosling auf ganz besondere Art Andeutungen zu machen und gab ihm zu verstehen, Monica wäre wahrscheinlich die illegitime Tochter eines Dukes. Oder vielleicht ist der Wunsch der Vater des Gedankens, überlegte Bob. Jedenfalls besaß Monica Stil und Anmut. Wenn Ideal Patterns weltweit expandierte, brauchte er eine repräsentative Ehefrau. Und eine gute Mutter für seine Erben. Monica erschien ihm geradezu ideal.

Mühelos widerstand sie ihm. Alle Männer, die im Albion abstiegen, versuchten sich an sie heranzumachen, und sie wahrte Distanz, ohne sie zu beleidigen. Wenn sie später wiederkamen, hatte sie keine Schwierigkeiten mehr mit ihnen. Sie wurde respektiert, und das war ihr sehr wichtig. Welch gute Arbeit sie leistete, wusste sie.

Vor einiger Zeit hatte sie George Gosling vorgeschlagen, nach den langen, tristen Kriegsjahren einen Teil des

Gewinns in die Einrichtung des Hotels zu stecken. Nun zeugten die neu ausgestatteten Zimmer von Monicas gutem Geschmack, der auch ihrer eigenen äußeren Erscheinung zugute kam. Niemals kräuselte sie ihr Haar mit der Lockenschere, nie mehr schminkte sie sich so auffällig wie früher. Ebenso dezent wirkten die Farben der Räume, die sie umgestaltet hatte. Auf ihren Vorschlag hin beschloss George, die Halle zu vergrößern, sodass sie bis zum lang gestreckten ummauerten Garten hinter dem Haus reichte, in den eine breite gläserne Schiebetür führte. Nun konnten die Gäste auch an windigen Tagen in der Sonne sitzen, geschützt und komfortabel. Während der Bauarbeiten bestand Monica darauf, dass die Goslings eine Woche in Brighton verbrachten.

1952 stieg Bob wieder im Albion ab. Diesmal verabredete er sich mit einem Direktor von Harrods zum Dinner. Er lud ihn ins Hotel ein und besprach mit Monica das Menü. Nach der Mahlzeit machte er sie mit seinem Gast bekannt. »Miss Cook – sie leitet dieses Haus. Eine ganz besondere Atmosphäre, nicht wahr?«

Der Direktor stimmte zu. Als er sich verabschiedete, nahm er eine Visitenkarte vom Albion mit. Die Goslings waren tief beeindruckt, und Monica schenkte Bob ein kühles Lächeln. Aber seine Strategie imponierte auch ihr. Vor seiner Rückkehr nach Amerika gingen sie zusammen ins Theater und schauten sich »Oklahoma« an.

Im nächsten Jahr kam er nach London, um die Krönungsfeierlichkeiten am 2. Juni zu beobachten. Er buchte zwei Fensterplätze an der Strecke, der dem Festzug folgen würde, und bat Monica, ihn zu begleiten. Zu seiner Bestürzung lehnte sie die Einladung ab. »Für ein so grandioses Ereignis können Sie sich sicher Zeit nehmen.« Er hatte erwartet, sie würde ihm freudestrahlend für einen der begehrten Fensterplätze danken. Zum ersten Mal fragte er sich, ob er sie jemals erobern würde.

»O ja, aber ich möchte mich unters Volk mischen. Zweifellos kennen Sie genug Damen, die Ihnen bei der Krönung nur zu gern Gesellschaft leisten würden.«

»Da haben Sie verdammt Recht.« Als er in ihre dunklen Augen blickte, verflog sein Ärger sofort. »Aber es gibt nur eine Einzige, mit der ich dieses besondere Erlebnis teilen will. Und nennen Sie mich bitte Bob.«

»Dann müssten Sie mich Monica nennen«, entgegnete sie lächelnd. »Begleiten Sie mich doch zum Straßenrand. Das ist viel lustiger, als an einem Fenster zu sitzen.«

»Also gut ...« Er verkaufte die Fensterplätze für die doppelte Summe, die er dafür bezahlt hatte. Von einem Teil des Profits erwarb er einen Seidenschal für Monica. Dagegen protestierte sie natürlich – eine britische Lady erkannte er stets an ihrer Weigerung, Geschenke von einem Mann anzunehmen. Bob versicherte, es sei eine amerikanische Sitte, Leute zu beschenken, die keinen Geburtstag hatten. »Das nennen wir Antigeburtstagsgeschenke«, erklärte er ernsthaft. Darüber musste sie lachen, und er schöpfte neue Hoffnung.

Später sollte er seine Schwestern mit dem Geständnis schockieren, er habe seine Ehe schon vor der Hochzeit vollzogen. In Monicas Anwesenheit verkniff er sich solche Bemerkungen. Diese Art von Humor missfiel ihr. Vielleicht hätte er an ihrer Begeisterung für die große Familie gezweifelt, die er möglichst bald gründen wollte, aber als die Kutsche mit der frisch gekrönten jungen Königin vorbeifuhr, warf Monica die Arme um seinen Hals, und ihr Kuss sprach Bände. Verwirrt wollte sie zurückweichen. Aber er umschlang ihre Taille und zwang sie, sein Verlangen zu spüren. Damit stärkte er ihre Verteidigungsbastionen. Nachdem er sie drei Tage lang leidenschaftlich umworben hatte, gab er sich geschlagen und machte ihr einen Heiratsantrag. Ihre Antwort enttäuschte ihn, um es milde auszudrücken. »Unmöglich, Bob.«

»Warum? Du kannst nicht leugnen, dass wir uns großartig verstehen ...«

»Gewiss, ich mag dich, sogar sehr. Aber – du bist Amerikaner.«

»Willst du nicht in den Staaten leben? Schätzchen, da wird's dir gefallen. Und ich verdiene eine ganze Menge. Also können wir jedes Jahr ein paar Monate in London verbringen.«

»Darum geht es nicht. Es ist etwas anderes. Das würdest du nicht verstehen ...« Trotzdem versuchte sie, ihren Standpunkt zu erklären. »Nach dem Krieg haben viele Mädchen Amerikaner geheiratet und das Land verlassen – so genannte G. I.-Bräute.«

»Um Himmels willen, der Krieg ist seit acht Jahren vorbei.«

»Fast hätte ich auch einen G. I. geheiratet – nur um von hier wegzukommen. Dann boten mir die Goslings diesen Job an, und da ging's mir besser.«

»War's so schlimm?« Er legte einen Arm um ihre Schultern und spürte, wie sie sich versteifte. »Armes Kind ... Aber du willst mich doch nicht dafür büßen lassen, dass du eine Zeit lang mit einer verrückten Idee gespielt hast?«

»Ja – nein ... Ich meine – ich habe mir vorgenommen, immer für mich selbst zu sorgen und niemals zu erwarten, ein Mann würde mich ernähren.« Mit einem verlegenen Lächeln fügt sie hinzu: »Du bist einfach zu reich, Bob. Wenn du keinen Penny hättest ...«

»Genau deshalb will ich dich heiraten. Die meisten Mädchen wären nur hinter meinem Geld her. Hör mal, Schatz. Du legst großen Wert auf deine Unabhängigkeit, und meine ist mir ebenso wichtig. Können wir nicht zusammen unabhängig sein?«

»O Bob, du bist unverbesserlich. Kannst du kein Nein akzeptieren?«

»Wenn ich's könnte, wäre ich niemals Millionär geworden.«

Monicas Atem stockte. »Millionär?«

»Klar. Ich könnte im Ritz oder im Savoy wohnen. Aber ich habe mich für das Albion entschieden.« Schweigend schaute sie ihn an, und er fragte sich plötzlich, warum er vor diesem kleinen Mädchen, das nichts war und nichts besaß, praktisch auf den Knien lag. Wofür zum Teufel hielt sie sich eigentlich? »Okay, Schätzchen«, fauchte er, »ich werde dich nicht mehr belästigen.«

Er ging aus und vergnügte sich mit einem anderen Mädchen. Am nächsten Tag kam er nur ins Hotel zurück, um sich zu verabschieden. Monica war leichenblass und schrecklich eifersüchtig. Das verriet ihm ihre Hand, als er sie schüttelte.

»Kein Kuss, Schätzchen?«, fragte er.

»Da Sie sich viele Küsse kaufen können, brauchen Sie meinen nicht, Mr Gallagher.«

»Ganz recht, Miss Cook«, bestätigte er und lachte gezwungen.

☆

Vier Monate blieb er in den Staaten. Er würde nicht nach London zurückkehren und zu Kreuze kriechen. Und dann tat er es doch. Es war gar kein so weltbewegender Entschluss. Eines Morgens ging er einfach in sein Büro und bat seine Sekretärin, einen Flug zu buchen. Drei Nächte verbrachte er im Ritz, erholte sich vom Jetlag und ersuchte um eine spezielle Heiratserlaubnis an. Am vierten Abend ging er ins Albion. Monica veranstaltete gerade ein Guy-Fawkes-Fest. In Amerika war der Held der Verschwörung gegen König Jakob I. unbekannt. Aber Bob freute sich, weil sie sich in Feiertagsstimmung befand. Da würde sie ihm etwas sanftmütiger begegnen.

Im Garten loderte ein helles Feuer. Als sie ihn im Flammenschein entdeckte, leuchteten ihre Augen sekundenlang auf. Er ging zu ihr, ergriff ihre Hand und führte sie in den Schatten an der Mauer. Weil sie in Hörweite der Hotelgäste keine Szene machen wollte, wehrte sie sich nur halbherzig, und er küsste sie, bis sie kapitulierte. Dann schob er sie ein wenig von sich. »Ich habe einen Ring und eine Heiratserlaubnis«, verkündete er leise. »Wenn du mich nicht heiraten willst, sag mir's, und du siehst mich nie wieder.«

»Bitte, Bob!«, erwiderte sie bedrückt. »So schnell möchte ich mich nicht entscheiden ...«

»Liebst du mich?«

»Ich glaube schon. Zumindest habe ich dich vermisst.«

»Diese Antwort wollte ich hören.«

»So einfach ist das nicht. Damals hast du dich mit einer anderen getröstet. Gib's zu.«

»Okay. Aber wenn du mich heiratest, wird's keine Frau außer dir geben.«

»Wie kann ich das wissen?«

»Indem du mich glücklich machst«, entgegnete er, zog sie an sich und küsste sie wieder. Er hatte sich nicht getäuscht – unter dem Eis brannte ein wildes Feuer.

»Du versuchst mich zu bedrängen.« Mit beiden Händen stemmte sie sich gegen seine Brust.

»Ja. Jetzt oder nie. Das meine ich ernst, Monica. Ich bin es nicht gewöhnt, um irgendwas zu betteln.«

In der Finsternis glühten ihre Augen wie schwarze Kohlen. »Das musst du auch jetzt nicht tun. Ob ich dich heiraten soll, weiß ich nicht. Aber du musst nicht darum *betteln.*«

»Das begreife ich nicht.« Verwundert hob er die Brauen. »Die meisten Frauen *wollen* heiraten.« Leidenschaftlich, fast wütend küsste er sie. »Ich wünsche mir eine Frau und Kinder ...«

»O Bob, das weiß ich.« Tränen verschleierten ihren Blick. »Aber – ich muss meine Familie sehen.«

»Wieso, um Himmels willen? Mit diesen Leuten hast du nichts mehr zu tun.«

»Trotzdem will ich mit ihnen reden.«

»Dann begleite ich dich ...«

»Nein, ich muss allein hinfahren.«

»Morgen?«

»Ja. Wirst du auf mich warten, Bob?«

»Bis morgen Abend.«

»O Bob, die Fahrt nach Birmingham dauert drei Stunden. Wenn ich mit ihnen spreche ...«

»Bis morgen Abend.«

Nach der Party führte sie ihn in ihr Zimmer. Dass sie keine Jungfrau mehr war, enttäuschte ihn ein bisschen. Nun, er hatte ebenfalls seine Erfahrungen gesammelt, aber nie zuvor eine solche Frau gekannt. Er glaubte, er würde sie im Sturm erobern und als Sieger aus diesem kleinen Kampf hervorgehen. Aber sobald sie im Bett lagen, drehte sie den Spieß um. Eine ganze Woche würde er warten – sogar ein Jahr, wenn sie darauf bestand.

☆

Monica machte sich keine Illusionen über Bob Gallagher. Gewiss, er war attraktiv, charmant und ein guter Liebhaber. Aber sie wusste, dass seine Energie und sein Optimismus einer angeborenen Oberflächlichkeit entsprangen. Wenn alles gut ging, würde sie ein wundervolles Leben an seiner Seite führen. Wie würde er auf einen Notfall reagieren? Hinter seinem Versprechen, solange sie ihn glücklich mache, würde er sich nicht mit anderen Frauen einlassen, hatte eine versteckte Drohung mitgeschwungen. Niemals konnte sie ihm von Elizabeth und Carol erzählen, von den Cooks und Gillie. Er wäre unfähig, solche emotionalen Verwicklungen zu begreifen, und würde davonlaufen. Und seine Anziehungskraft bewog sie zu schweigen.

An seinem Geld lag es nicht. Seltsamerweise hatte sie keine materiellen Ambitionen. Natürlich wollte sie Geld besitzen, aber nicht, um Macht auszuüben, sondern um sich vor der Macht anderer Menschen zu schützen. Sie sehnte sich verzweifelt nach Liebe, nach einer Familie, und sie wünschte sich einen guten Vater für ihre Kinder. Diese Bedürfnisse würde Bob befriedigen, und die Entscheidung sollte ihr nicht schwer fallen. Aber es gab immer noch Gillie.

In letzter Sekunde erreichte sie den Zug von Euston nach Birmingham. Sie hatte sich nicht von Bob verabschiedet, der immer noch in ihrem Bett schlief. Dafür würde sie ihn entschädigen, wenn sie abends zurückkehrte, so wie er es verlangt hatte. Wenn nicht, würde es keine Rolle spielen, denn dann hätte sie festgestellt, dass Gillie sie immer noch liebte und mit ihr leben wollte – und mit Elizabeth. Er wusste nichts von seiner Tochter. Vielleicht war es unfair gewesen, ihm seine Vaterschaft zu verheimlichen. Als sie plötzlich zu Cass und Mrs Woodford gezogen war, hatte er wahrscheinlich geglaubt, er würde ihr nichts mehr bedeuten. Deshalb hatte er vermutlich nie versucht, sie wiederzusehen und Mrs Woodford nicht nach ihrer Londoner Adresse zu fragen. Gekränkt und verletzt war er in tiefem Schweigen versunken. Wenn er die Wahrheit erfuhr, wäre alles wieder in Ordnung, und sie würde Bob Gallagher danken, der sie zu dieser Reise gezwungen hatte.

Sie steckte den Seidenschal, den Bob ihr im letzten Sommer zum Antigeburtstag geschenkt hatte, in den Ärmel ihres neuen braunen Mantels, faltete ihn sorgsam zusammen und legte ihn ins Gepäcknetz. Dann stellte sie ihre kleine Reisetasche daneben, die sie für alle Fälle gepackt hatte. Was immer auch geschehen mochte, sie würde Mrs Woodford besuchen. Und möglicherweise bei ihr übernachten. Sie setzte sich und beobachtete die Telegrafendrähte, die am Fenster des Zugabteils an ihr vorbeiglitten. Vorerst wollte sie nicht an die Zukunft denken, und so befassten sich ihre Gedanken mit Mrs Woodford und Cass. Und mit Elizabeth.

Nach der Entbindung hatte sie betont, Elizabeth würde zu den Woodfords gehören, und sie wäre keinesfalls bereit, die Rolle der mysteriösen, allgegenwärtigen »Tante« zu übernehmen. Die Geschichte durfte sich nicht wiederholen. Von Anfang an sollte Elizabeth wissen, dass sie adoptiert war, dass Mary Woodford sich aus Liebe für sie entschieden hatte – nicht aus Gewinnsucht.

Seufzend straffte Monica die Schultern auf jene herausfordernde Art, die ihr immer noch anhaftete. Sie erinnerte sich an einen ihrer seltenen Besuche in Northfield. Damals hatte Mrs Woodford zögernd gefragt: »Meine Liebe, würde es dich stören, wenn wir Elizabeth von jetzt an Bessie nennen? Sie sieht wie eine Bessie aus.«

»Rundlich und lustig«, ergänzte Cass. »Und sie kichert dauernd.«

»Hört mal, sie gehört zu euch beiden«, erwiderte Monica. »Im legalen und im moralischen Sinn. Falls ihr's vergessen habt – ich wollte nicht einmal einen Namen für sie aussuchen.« Sie schaute Cass an. Liebe Cass, so angstvoll, mit geröteten Wangen ... »Bessie? Das gefällt mir. Aber selbst wenn ich den Namen abscheulich fände – es wäre egal.«

Darauf gaben sie keine Antwort. Vielleicht hatten sie gewusst, dass es ihr niemals gelingen würde, die Nabelschnur endgültig zu durchschneiden. Sie seufzte wieder. O Gott – sie hasste den Namen Bessie.

Der Kontrolleur öffnete die Tür des Abteils, und sie kramte in der Handtasche nach der Fahrkarte.

»In New Street müssen Sie umsteigen, in den Zug nach Bromsgrove«, erklärte er. Sie nahm die gelochte Fahrkarte entgegen, und ihr Herz schlug schneller. Nun reiste sie nach Hause. In die unmittelbare Zukunft ...

Während der Zug an der Universität vorbeifuhr, stand sie auf, schaute in den Spiegel und überprüfte ihre Frisur. Seit einiger Zeit steckte sie ihr Haar hoch. Sie zog den Hut etwas weiter nach vorn. In den schwarzen New Look-Kleidern, die sie im Hotel trug, glich sie einer Ballerina, und der neue braune Mantel verlieh ihr eine dezente Eleganz, auf die sie stolz war. Als verängstigtes Schulmädchen hatte sie Northfield verlassen, zu stark geschminkt, mit viel zu vielen Locken. Jetzt kehrte eine reife, geschmackvoll zurechtgemachte Frau zurück. Sie zog ihre Handschuhe an, hängte die Handtasche über eine Schulter und ergriff die Reisetasche. Verdammt, sie wollte heiraten, eine Familie gründen, und sie hatte zwei Eisen im Feuer. Darum würden sie die meisten Mädchen beneiden. Der Zug hielt in New Street. Hier war es kälter als in London, und es hatte geregnet. In der Luft hing der vertraute Schwefelgeruch, der Monicas freudige Erregung noch schürte. Seit Jahren hatte sie sich nicht mehr so glücklich gefühlt. Sie liebte London und ihren Job im Albion. Aber hier hatte ihr Leben begonnen.

Sie stieg in den Zug nach Bromsgrove und wählte einen Platz, der ihr einen Ausblick auf den Kanal und danach die

Schule bieten würde. Während sie vom Bahnsteig die Stufen hinabstieg und Turves Green erreichte, hatte sie den Eindruck, niemals weg gewesen zu sein. Die Asche des Guy-Fawkes-Feuers hatte das Gras verkohlt, und die Häuser vom sozialen Wohnungsbau bildeten ein kleines Dorf. Ihr war jeder Baum vertraut, der Friseursalon, in dem Giles jeden Monat seine Haare schneiden ließ, der Bach, der sich über die Heide wand und am Geisterhaus vorbeifloss. Kinder rannten die Straße hinauf und hinab und sammelten die leeren Feuerwerkskörper vom Vortag ein – dick vermummt, mit alten verschlissenen Schals und schmutzigen Handschuhen. Irgendwo hatte Monica gelesen, der Stadtrat von Birmingham würde eine neue Siedlung für die Slum-Bewohner aus der zerbombten Innenstadt planen. Trotz der spärlichen Kleiderbezugsscheine hatten die Kinder zu Monicas Zeiten besser ausgesehen.

Auch das Haus Nummer einunddreißig wirkte baufälliger als in ihrer Erinnerung. Die Gartenpforte stand offen, weil eine Angel fehlte. In der Zufahrt parkte ein zwiebelförmiger Standard Vanguard, der ein Rad verloren hatte. Schlamm bedeckte den Rasen im Vorgarten, und an der verkümmerten Stechpalmenhecke, die Monica so geliebt hatte, hing keine einzige Beere. Zögernd schaute sie auf ihre Uhr. Wen würde sie daheim antreffen? Wenn ihre Mutter immer noch im Café an der Bristol Road arbeitete, hatte die Vormittagsschicht schon begonnen. Würden der Vater und beide Jungs in der Longbridge-Fabrik sein? Das wäre ungewöhnlich. Meistens übernahmen sie verschiedene Schichten, damit sie das Haus für sich allein hatten, wenn sie heimkamen. Aber es war Samstag, und an den Wochenenden besserten sie ihren Lohn mit Überstunden auf.

Um herauszufinden, wer sich zu Hause aufhielt, gab es nur eine einzige Möglichkeit. Vorsichtig ging sie in ihrem neuen Mantel am Vanguard vorbei und klopfte an die Tür. Der Anstrich blätterte ab, die Schwelle knarrte unter ihren Füßen. So wie im Jahr 1945, als sie Turves Green verlassen hatte.

Nichts geschah. Nach einer Weile klopfte sie wieder und hörte ein leises Husten, das wie Hundegebell klang. Schritte polterten die Treppe herunter, die Tür öffnete sich, und Gil stand vor ihr. Verwirrt starrte er Monica an und erkannte sie nicht. Vielleicht hätte sie den Mantel aufknöpfen oder den Hut abnehmen sollen. Selbst dann hätte ihn das hochgesteckte schwarze Haar und das diskrete Make-up wohl kaum an jene schrille, blutjunge Rita-Hayworth-Imitation erinnert. Sie zwang sich zu einem Lächeln. »Hallo, Gillie.« Auch ihre Stimme hatte sich verändert. Aber nur sie nannte ihn Gillie. Für alle anderen war er einfach Giles.

»Großer Gott!« Er wich zurück, als hätte sie ihn geschlagen. »Wenn das nicht ... O Gott, unsere Mon! Verdammt, wo kommst du her?« Unverhohlene Freude erhellte seine Miene, und er sah wieder so jung aus wie damals. Aber seine Augen waren kleiner. Hier erschien ihr alles viel kleiner als damals. Ihr Lächeln nahm einen natürlichen Ausdruck an. Seltsamerweise tat er ihr Leid.

»Aus London. Ich hab Mum die Adresse geschickt.«

»Komm doch rein, gib mir dein Gepäck.« Er beugte sich vor und nahm ihr die Reisetasche aus der Hand. Sekundenlang berührten sich ihre Schultern. Durch ihren Mantel und das Kleid hindurch glaubte sie, die Hitze seines Körpers zu spüren. Schon immer war er ganz warm gewesen. Im Krieg hatten sie nur wenige Decken besessen, und Mrs Cook hatte Wärmflaschen für dekadent gehalten – eine Extravaganz im Hitler-Stil. Mit zehn Jahren war Monica zitternd zu Gillie ins warme Bett gekrochen, voller Angst vor den dröhnenden feindlichen Bombern. Später, nach dem Beginn ihrer Periode, hatte sie den Abstellraum allein bewohnt, und Gillie war zu ihr gekommen.

Nun trug er die Reisetasche ins Wohnzimmer, das stets aufgeräumt war und sauber gehalten wurde, für etwaige Besucher. »Willst du länger dableiben, Mon?«

»Hast du deshalb die Tasche genommen? Um festzustellen, wie schwer sie ist?« Sie versuchte einen scherzhaften Ton anzuschlagen. Aber die Worte klangen bitter.

»Ich hab mich nur gewundert. Jetzt bewohne ich dein Zimmer.« Er schaute sie an, und sie erwartete, er würde sie voller Wiedersehensfreude umarmen. Das tat er nicht. Stattdessen räusperte er sich. »Also besuchst du uns endlich, kleine Schwester. Wie geht's dir?«

»Gut. Und dir?« Sie ging um den Tisch herum zum Fenster. So grauenhaft hatte sie sich die Heimkehr nicht vorgestellt.

»Auch gut. Ich arbeite so oft wie möglich in doppelten Schichten. Da kriege ich zwanzig Pfund pro Woche.« Diese Erklärung hörte sich nicht prahlerisch an. Wollte er andeuten, mittlerweile könnte er sie ernähren? Würden sie zusammenleben – mit Elizabeth? Und dann lachte er. »Das Geld kann ich gut gebrauchen. Ich hab's schon immer mit beiden Händen ausgegeben. Nicht wahr, Mon? Das Auto da draußen gehört mir. Sobald ich neue Räder dafür kriege, fahre ich jeden Samstagabend weg. Vor lauter Staub würdest du mich gar nicht sehen.«

Blind, die Augen voller Tränen, lächelte sie das Fenster an. Wirklich amüsant, wie sie sich selber zum Narren gehalten hatte ... »Hört sich amüsant an. Offenbar hast du dich nicht verändert, Gillie. Du wolltest schon immer deinen Spaß.«

»Klar«, bestätigte er eifrig. »Mein Gott, was haben wir zusammen gelacht, kleine Schwester! In diesen letzten Jahren habe ich dich schmerzlich vermisst. Weißt du noch, wie Dad mir den Job in der Munitionsfabrik verschafft hat, damit ich nicht einrücken musste? Und wie wir mein Beinleiden geübt haben?« Als er in schallendes Gelächter ausbrach, fragte sie sich, was daran so komisch gewesen war. Bob hatte in Europa gekämpft, was sie plötzlich mit Stolz erfüllte.

Aber sie nahm Gillie in Schutz. »Damals warst du erst vierzehn.«

»Trotzdem hätte es mich erwischt, ohne das Beinleiden und die Munitionsfabrik. Bei der ärztlichen Untersuchung wurde ich kaum beachtet.«

»Ja ...« Sie erinnerte sich noch gut an ihre Erleichterung. In jener Zeit hatte sie ihn noch für ihren Bruder gehalten. Ohne ihn hätte sie nicht leben können. Durch das schlechte Gewissen, in gemeinsamen Nächten geteilt, war eine noch engere Bindung entstanden. Als er ihr verraten hatte, sie sei adoptiert worden, hatte sich das Schuldgefühl verringert – und vielleicht auch jene Bindung.

Grinsend begann er, im winzigen Wohnzimmer umherzuhinken. Er schob eine Körperseite vor, um Alfie Crump zu imitieren, der sich eine Hüfte ausgerenkt hatte und wie ein schaukelndes Boot durch Northfield gewankt war. »Siehst du? So was verlernt man nie. Genau wie's Rad fahren. Und der Krieg ist schon seit acht Jahren vorbei!« Sie beobachtete ihn, versuchte zu lachen, und er sagte hastig: »O Gott, du bist immer noch schön, Mon. Zuerst dachte ich, du hättest dich verändert, zu deinem Nachteil. Aber ich hab mich geirrt.«

Dieses Kompliment durfte sie nicht ernst nehmen. Das wusste sie. Vielleicht sollte sie den Hut abnehmen und beweisen, dass die Rita-Hayworth-Mähne verschwunden war. Oder sie könnte knicksen und gurren: »Oh, besten Dank ...« Doch sie tat weder das eine noch das andere. Stattdessen schien sie zu versteinern. Wie unreif er immer noch wirkte ... Und wahrscheinlich war er ein Feigling. Sie erinnerte sich an die Wärme und Sicherheit seiner Arme, an sein Gelächter in ihrem Ohr, an die dichten Locken unter ihrer Hand.

»Jesus Christus – unsere Mon ...«, stammelte er heiser.

Und sie brachte noch immer kein Wort hervor. Sie fand es nur natürlich, dass er ihr Schweigen für Zustimmung hielt. Es war ja auch nichts anderes. Sogar noch mehr – eine Einladung. Er nahm sie in die Arme, und sein Gesicht presste sich an ihres, der Hut landete am Boden, die Nadeln lösten sich aus ihrem Haar, und die schwarzen Locken fielen auf ihre Schultern. Und obwohl der Schutzwall, hinter dem sie sich seit ihrer Schwangerschaft verschanzt hatte, so schockierend beiseite geschoben wurde, ließ sie es geschehen. So wie eh und je erlaubte sie ihm, sie zu besitzen. Als würde sie ihm von Rechts wegen gehören. Sie erwartete, seine linke Hand würde ihren Hinterkopf festhalten, und er enttäuschte sie nicht. Und dann wartete sie auf die rechte Hand, die eine ihrer Brüste umfassen würde, durch die dicke Winterkleidung hindurch, und sie musste sich nicht lange gedulden. Begierig teilte seine Zunge ihre Lippen. Das alles war so vertraut, ein Teil ihrer Vergangenheit. Nichts erschien ihr fremd. So wie immer schmolz sie an Gillies Brust dahin. Deshalb war sie nach Birmingham zurückgekehrt.

Und dann erklang im Nebenraum ein Husten, so wie vorhin, als sie an die Tür geklopft hatte. Gillie hob den Kopf und lachte über ihre Verlegenheit. Jetzt waren sie gleich groß. Also musste er geschrumpft sein. »Das ist Gus«, erklärte er. »Geh lieber zu ihm. Sonst sagt er irgendwas zu Mum, was sie nicht hören dürfte.«

Halb benommen starrte sie ihn an – unfähig, die Leidenschaft so schnell zu vergessen wie er.

»Komm schon, Mon!« Er hauchte einen Kuss auf ihre geöffneten Lippen. »Reiß dich zusammen.« Beim Anblick ihrer geröteten Wangen lachte er triumphierend. Und dann stieß er die Tür zum Hinterzimmer auf. »Da ist unsere Mon!«, verkündete er. »Mittlerweile erwachsen, aber schön wie eh und je!«

Sie kannte seinen älteren Bruder kaum. Wenn sie daheim gewesen war, hatte Gus meistens gearbeitet. Und im Gegensatz zu seinem cleveren Bruder war er dem Krieg nicht entronnen. Zum Zeitpunkt ihrer Schwangerschaft hatte er auf der malaiischen Halbinsel gekämpft.

Nach den alten Fotos, die ihr irgendwann in die Hände gefallen waren, hätte sie ihn nicht wiedererkannt. Wie ein fetter, unförmiger Buddha saß er da, einen schütteren Haarkranz um den runden Schädel. Während sie seine Hand schüttelte, rechnete sie rasch nach. Jetzt musste er über dreißig sein. Doch er sah viel älter aus. »Hätte ich gewusst, dass du's bist, Mädchen, wäre ich an die Tür gegangen. Ich dachte, einer von Gils Kumpeln würde ihm helfen, das Auto zu reparieren. Tatsächlich, du bist erwachsen geworden. Was für ein kleines Ding du mal warst ... Jetzt bist du fast so groß wie deine Freundin.«

»Carol Woodford«, ergänzte Gillie. »Die ist gerade in Frankreich. Also wirst du sie nicht sehen, Mon.« Er musterte sie, als wollte er ihre Reaktion auf diese Mitteilung beobachten. Wusste er Bescheid über Elizabeth?

»Oh, ich habe ohnehin keinen Kontakt mehr zu meinen früheren Freundinnen«, erwidert sie leichthin. »Und ich war nie eine gute Briefschreiberin. Außerdem hatte ich alle Hände voll zu tun.« Sie holte tief Atem. »Übrigens, ich werde wahrscheinlich ins Ausland gehen. Das könnte – ein Abschiedsbesuch sein.«

»Ins Ausland?«, wiederholte Gus. »Fabelhaft! Also ist was aus dir geworden. Wohin genau?«

»Nach Amerika.«

»Ist ja toll!« Gillie verdrehte in spöttischer Bewunderung die Augen, und Gus nickte wehmütig.

»Offensichtlich gehörst du nicht zu uns, Mädchen. Erstens bis du groß und schlank, zweitens hast du was im Kopf.«

»Du redest nur von dir selber.« Jetzt scherzte Gillie nicht mehr. »*Mir* geht's großartig, besten Dank! Schau mal aus dem Fenster, da steht mein Vanguard. Außerdem bin ich größer als du. Und das hier sind alles Muskeln.« Wie Tarzan klopfte er auf seine Brust.

Hilflos starrte Monica ihn an. Obwohl er sich so grässlich benahm, liebte sie ihn immer noch. »Jetzt gehe ich zu Mum. Ich muss mir ihr reden. Arbeitet sie im Café?«

»Aye. Komm, wir begleiten dich.«

Gus stapfte in die Diele. Als er den Schrank unter der Treppe öffnete, quollen mehrere Kleidungsstücke hervor, und er suchte zwei Mäntel aus. Einen davon gab er Gillie. Auf der Straße wurde sich Monica fast schmerzlich ihrer Eleganz bewusst. Wenn sie sich bloß besser an ihre Familie erinnert hätte, dann würde sie jetzt höhere Absätze, eine kurze Jacke und Modeschmuck tragen.

Beklommen folgte sie den beiden Brüdern in das kleine Café. Hätte sie Aufsehen erregen wollen, wäre sie angesichts der vielfältigen Emotionen, die Mum bei der unerwarteten Begegnung mit ihrer verloren geglaubten Adoptivtochter zeigte, hoch zufrieden gewesen. Erst Bestürzung, dann Staunen und tränenreiches Entzücken, schließlich Empörung. »Warum bist du nicht schon früher gekommen? So viel Undankbarkeit kann ich nicht verzeihen. Tut mir Leid, Monica, so bin ich nun mal. Wie unser eigenes Fleisch und Blut haben wir dich aufgezogen, Charlie und ich. Hätte dieser Idiot den Mund gehalten, wüsstest du's gar nicht ...« Erbost schwenkte sie ein schmutziges Geschirrtuch in Gillies Richtung, und er zog in gespielter Angst den Kopf ein. »Und wie lohnst du's uns? Indem du nach der Schule einfach abhaust! Sechzehn Jahre lang habe ich mich für dich abgerackert. Das Gymnasium ... Ja, ich weiß, Gil, sie hat ein Stipendium gekriegt. Aber die Schuluniformen und all die anderen Sachen, die sie unbedingt haben musste, um ihren versnobten Freundinnen nicht nachzustehen ...«

Sie sank auf einen Stuhl und tastete in der Tasche ihres Kittels nach Zigaretten. »Wenn ich Mrs Woodford mit ihrer adoptierten Tochter durch Northfield gehen sehe, würde ich ihr gern einiges erzählen. Nein, Gil, das muss mal gesagt werden.« Mit bebenden Fingern entzündete sie die Zigarette, hektisch zog sie daran. Dann hob sie den Kopf und lächelte die drei an. »So, jetzt habe ich mir Luft gemacht. Reden wir nicht mehr drüber, Mon. Du bist wieder daheim. Nur darauf kommt's an.«

Nun entstand ein kurzes Schweigen, während die zwei Brüder auf Monicas Geständnis warteten, sie würde nach Amerika auswandern. Aber sie schwieg.

Mrs Cook grinste noch breiter. »Wie wär's mit Würstchen und Chips auf meine Rechnung? Obwohl mein halber Wochenlohn draufgeht – ich kann nun mal nicht anders. Und Brot und Butter. Und eine Kanne Tee.« Lachend drückte sie die Zigarette aus und stand auf. »Mein Gott, Cookie, sei nicht so verdammt großzügig, du alte Närrin!«, stöhnt sie und eilte zur Küche. »Und wenn schon – eine verlorene Tochter kehrt nicht alle Tage heim.«

»Völlig übergeschnappt«, meinte Gillie voller Stolz. »Hast du vergessen, wie verrückt sie ist, Mon?«

»Kein Wunder, dass sie manchmal durchdreht«, bemerkte Gus, »nachdem sie mit unserem Dad zusammenleben muss ... Wenn du ihn heute Abend siehst, wirst du nicht viel aus ihm rauskriegen, Mon. Heutzutage macht er nur den Mund auf, um sein Essen in sich reinzustopfen. Keine Ahnung, wie sie das aushält.«

»So ist er schon immer gewesen«, seufzte Gillie. »Du warst bei der Army. Also kennst du ihn nicht so gut wie Mon und ich. Wenn die beiden vor dem Kamin saßen und stumm und reglos in die Flammen starrten, kamen wir uns wie in einer Irrenanstalt vor. Verdammt lustig war das – was, Mon?« Er grinste verschwörerisch, und nach kurzem Zögern ließ sie sich ein Lächeln entlocken.

Dann wurden die Würstchen mit Chips serviert. Mrs Cook setzte sich und schaute ihnen bei der Mahlzeit zu. Wie vertraut das alles war ... Monica glaubte zu spüren, wie ihre Füße in alte, abgetragene Pantoffel schlüpften. Gillies Arm um ihre Schultern und Mum, die pausenlos schwatzte, als hätte sie Angst vor der Stille; fettiges Essen, fettige Gerüche; Gillies Grinsen. Nur eins war neu: Gus' sonderbare onkelhafte Ausstrahlung.

Mühelos könnte sie ins alte Leben zurückkehren. Ihre kultivierte Sprechweise, in der Schule erlernt, würde sich in den nasalen Birmingham-Akzent verwandeln, sie würde Brot in die Sauce tunken, in den Tee blasen und die Finger ablecken, wenn sie Chips in den Mund gesteckt hatte. Und die Cooks würden sie wieder akzeptieren, einen Platz für sie finden. Mit Gillie würde es da weitergehen, wo es aufgehört hatte. Kein Aufhebens, kein Streit. Keine Hochzeit.

»Warum schaust du so ernst drein, Mon?«, fragte Mrs Cook. »Was denkst du?«

»Oh, ich erinnere mich nur an alte Zeiten«, erwiderte Monica und lächelte gezwungen. Dann ergriff sie einen Kartoffelchip, verspeiste ihn und leckte ihre Finger ab.

»Wie nett, dass du wieder da bist. Ich stelle ein Bett zu Gus. Da kann Gill schlafen, und du hast wieder dein eigenes Zimmer.«

Monica schaute Gillie nicht an. Langsam und unerbittlich drehte sich die Uhr zurück.

☆

Danach verließ Gus das Café, um sich ein Heimspiel von Aston Villa anzuschauen, und Mrs Cook verschwand in der Küche.

»Gehen wir nach Hause«, schlug Gillie vor. »Bei dieser Kälte sollten wir nicht herumlaufen. Und stell dir mal vor, wir würden den Bakers oder den Dennings begegnen ...«

Monica wollte weder Liv noch Myrtle sehen. Nur Mrs Woodford. Das hatte sie halb und halb geplant, aber dafür war jetzt nicht der richtige Zeitpunkt. Andererseits graute ihr vor dem schäbigen kleinen Haus in Turves Green. »Hab ich dir mal das Geisterhaus gezeigt, Gillie?«

»Das – *was?* Moment mal, Mon, du bist jetzt ein großes Mädchen.«

»Es ist kein richtiges Geisterhaus. Wenn du willst, zeig ich's dir.«

In der festen Überzeugung, sie würde bald mit ihm schlafen, stimmte er gelassen zu. Und so wanderten sie durch das Dorf, vorbei an den Lagerhäusern und der alten Kirche zur West Heath Road. Gillie griff nicht nach Monicas Hand. Aber am Zauntritt, der zum Bach führte, schlang er einen Arm um ihre Taille und hob sie hinüber.

»Da sind wir entlanggewatet – Liv Baker und Myrtle Denning und ich.« Carols Namen wollte sie nicht erwähnen. »Um diese Jahreszeit. Es war eiskalt, und wir freuten uns, dass wir das alte Haus entdeckt hatten.«

»An Liv Baker erinnere ich mich sehr gut. Ihr zwei wart oft zusammen. Fast jeden Samstagnachmittag ein Schaufensterbummel. Oder habt ihr was anderes gemacht?«

Das hörte sich so an, als wären sie auf den Strich gegangen. Aber hatten sie sich nicht herausgeputzt, um an den Auslagen vorbeizustolzieren und die Aufmerksamkeit der Jungs zu erregen? Trotz ihrer Liebe zu Gillie hatte sie hin und wieder eine andere Eroberung gebraucht, um ihrem Selbstwertgefühl zu schmeicheln. War das alles, was sie in Bob sah? Eine weitere Eroberung?

Bevor sie das alte Farmarbeiter-Cottage zwischen den Weiden und den Sträuchern des verwilderten Gartens erreichten, schien eine halbe Ewigkeit zu vergehen. Jetzt sah es völlig verfallen aus. Die Haustür existierte nicht mehr, einige Dachziegel fehlten. Neugierig ging Gillie hinein und testete mit einer Fußspitze alle Bodenbretter, bevor er darauf trat. Sie inspizierten die Räume im Erdgeschoss. Um sich vor dem modrigen Gestank zu schützen, hielten sie ihre Nasen zu. Ganze Türrahmen waren herausgerissen und vermutlich als Brennholz verwendet worden.

In die Diele zurückgekehrt, schaute Monica nach oben. Mittlerweile hatte irgendjemand die Falltür über dem Treppenhaus entfernt, und sie sah die vertraute Decke des Schlafzimmers. Sie stieg die Treppe hinauf, nahm immer zwei Stufen auf einmal und eilte durch die offene Tür. »Genauso wie vor neun Jahren, Gillie! Wie am Tag des Alliiertensieges, als ich hierher kam und Carol sagte ...« Abrupt verstummte sie.

Gillie starrte durch die Öffnung zu ihr herauf, und plötzlich lag die Wahrheit fast greifbar in der Luft. Damals hatte er die Augen davor verschlossen und so getan, als wäre nichts geschehen. Jetzt wusste er offenbar Bescheid. Sie wartete atemlos und hoffte, er würde sie umarmen und erklären, sie würden mit Elizabeth fortgehen und irgendwo ein neues Leben beginnen.

Und dann lachte er. Dieses besondere Gelächter hatte sie immer für zuversichtlich und heiter gehalten. »Also ein Baby ... Deshalb bist du abgehauen. Du hast es Carol Woodford erzählt. Und ihre alte Lady hat sich um dich gekümmert. Und um das Kind ...« Nun klang das Lachen stolz und triumphierend. »Gut gemacht, Mädchen! Natürlich hätte ich mir denken können, dass du dich da irgendwie rauslavieren würdest.« Er kam die Stufen herauf, und sie hielt sich am Rand der Öffnung fest. Würde sie sich übergeben? Die Szene erinnerte sie an Mussolini, und sie wusste, wie Carol sich damals gefühlt hatte. Als sie die alten Bettfedern unter Gillies Gewicht knarren hörte, wandte sie sich ihm zu. Er grinste breit und erwartungsvoll. »Komm her, Mon, wir haben's lange genug hinausgezögert.« Sie rührte sich nicht, versuchte ihre Kräfte einzuschätzen, und er spürte ihren Rückzug. »Keine Bange, Mon. Inzwischen bist du älter und weißt, was zu tun ist. Also wird's kein zweites Baby geben, das du loswerden musst.«

Damit schlug er dem Fass den Boden aus. Jetzt entsann sie sich, dass sie ihn manchmal gehasst hatte. Liebe und Hass. Untrennbar. Sie lächelte gezwungen. »O Gillie, du hast dich kein bisschen geändert. Vielleicht fehlen nur ein paar Ziegelsteine ...« Das Lächeln erlosch. »Ja, ich bin älter geworden – und klüger. Und ich weiß, was zu tun ist.« Sie nahm den Hut ab und schlang ihr Haar auf dem Oberkopf zusammen. Die Nadeln zwischen den Zähnen, begann sie den Knoten festzustecken. »Glaubst du, ich hätte *mein* Baby in dieses elende Nest zurückgeschickt?« Sie schüttelte den Kopf. »So naiv, wie du dachtest, war ich nicht. Was ich tun musste, wusste ich schon damals. Und ich hab's getan. Da gab's kein Baby. Nur Langeweile.« Vehement stach sie die letzte Nadel in den Haarknoten, als wollte sie Gillie damit verletzen. Dann schwenkte sie lässig ihren Hut. Elizabeth ... Mit aller Macht würde sie Elizabeth schützen. »Was glaubst du, warum ich zu Carol zog? Natürlich, um ihr hin und wieder ein Alibi zu verschaffen – und aus der Nummer einunddreißig wegzukommen.« Sie seufzte dramatisch. »Vielleicht ist's besser, wenn ich dir die Wahrheit gestehe. »Ich werde einen reichen Amerikaner heiraten. Deshalb übersiedle ich in die Staaten. Ich bin nur hergekommen, um mich zu verabschieden. Oder ich wollte mich zum letzten Mal ein bisschen austoben. Aber die alte Magie ist verflogen. Nicht einmal hier, im Geisterhaus, spüre ich den einstigen Zauber.« Sie schlenderte an ihm vorbei und stieg die Treppe hinab. »Klar, du hast Recht – ich bin älter. Und viel klüger. Gehen wir heim. Bevor mein Zug abfährt, habe ich noch Zeit für eine Tasse Tee.«

Er protestierte nicht. Seltsamerweise tat ihr sogar das weh. Am Gartenzaun holte er sie ein. Bis sie die Straße erreichte, folgte er ihr im Abstand von einem halben Schritt.

☆

Die Goslings kamen zur Hochzeit. Aber Monica lud weder ihre Eltern noch Mrs Woodford und Carol ein. Bob nahm an, sie hätte mit den Cooks wegen der Heiratspläne gestritten, und sie klärte ihn nicht auf. »Hör mal, Schätzchen, wenn du eine Familie brauchst, ritzen wir uns die Handgelenke auf und werden Blutsbrüder«, schlug er vor. »Wie die Indianer. Würde dir das gefallen?« Sie lachte, und er rieb seine Nase an ihrer.

»Bitte, Bob, ich wünsche mir eine eigene Familie. Was hältst du von Kindern?« Das wusste sie bereits, aber sie staunte über seinen Gefühlsüberschwang.

»Wir werden ihnen so ein wundervolles Leben bieten, meine Süße. In einer Stadtwohnung und auf dem Land, vielleicht in der Nähe von Hildie und Gordon. Dann können unsere Kinder mit den Jungs angeln. Die beiden haben zwei Söhne. Oscar und Leo. Habe ich dir schon mal erzählt ...« Sie berührte seine Hand. Wenn er von seinen Schwestern sprach, erschien er ihr besonders nett, und sie hatte ein schlechtes Gewissen, weil sie so wenig für ihn empfand. Aber sie würde ihn für seine überwältigende Liebe belohnen.

»Klingt großartig, Darling. Natürlich möchte ich auch Töchter haben. Wie wär's mit drei Mädchen und zwei Jungs?«

»Nein, mehr Jungs finde ich besser, Baby. In meiner Familie war ich der einzige Junge und musste durch die Hölle gehen. Also – vier Söhne und ein Mädchen.«

Wieder einmal ließ sie sich in eine der albernen Diskussionen verwickeln, die ihm so viel Spaß machten. »Ich hatte zwei Brüder. Deshalb bestehe ich auf mindestens drei Mädchen.«

»Freches Ding!«, schimpfte er und küsste sie.

O ja, sie wollte ihm alles vergelten. Im Bett war sie zweifellos gut, und sie würde eine fabelhafte Mutter sein, Elizabeth vergessen und noch einmal von vorn anfangen.

Aber auf dem Standesamt erkannte sie, dass sie sich irrte. Wenn sie sich später daran erinnerte, musste sie lächeln. Gerade sie wusste, wie leicht sich alles in Ordnung bringen ließ, wenn man einfach nur sein Ziel verfolgte.

5

Es war Frühling in Paris. Und es regnete. Carol fragte sich, ob man den März als Frühlingsmonat betrachten konnte. In vier Monaten, kurz vor Ostern, würden ihre Mutter und Bessie nach Frankreich kommen. Dann würde der Frühling richtig beginnen.

Lächelnd schaute sie zum grauen Himmel auf. Jetzt klappte alles großartig, und sie erinnerte sich kaum noch an den Kummer vor drei Jahren. Ihren ersten Auftrag in Paris hatte sie erfolgreich erledigt. Und als der Verlag eine Zweigstelle in Paris gegründet hatte, war sie mit der Leitung betraut worden. Diese Stelle hätte sie niemals angenommen, wäre Myrtle nicht so grausam gewesen. Carol war davongelaufen, das gestand sie sich ehrlich ein. Es war zwar nicht der beste Grund, einen Job anzutreten, aber sie bereute es keine Sekunde lang.

Sie schaute zum Schreibtisch hinüber, an dem Gaby saß und eifrig tippte. Auch Gaby war ein Glücksfall. Für diese Stellung hatte sie sich als Erste beworben. Sie war das gerade Gegenteil von Carol, zierlich und hübsch. Und sie guckte dauernd auf die Uhr. Aber sie arbeiteten gut zusammen. Jeden Morgen um neun trafen sie im Büro ein, und um halb sechs trennten sich ihre Wege, denn auf eine engere Freundschaft legte Carol keinen Wert. Gabys weiterer Vorzug war: Sie war mit Jean-Claude Durand verheiratet, einem Auslandskorrespondenten von *La Planète,* der sich auf die französischen Kolonien spezialisiert und Carol die Werke zweier interessanter afrikanischer Schriftsteller empfohlen hatte.

An diesem Nachmittag wollte er ihr das Manuskript eines Mannes, der bereits auf ihrer persönlichen Liste stand, bringen. Sie hatte Clive Hubert bei einem Dinner im Gebäude des

British Council kennen gelernt. Damals war er auf dem Weg zu den algerischen Salzsümpfen gewesen, wo er die Araber dazu bringen wollte, ihre auf Viehzucht basierende Landwirtschaft um den Ackerbau zu erweitern. Carol hatte ihm vorgeschlagen, ein Buch darüber zu schreiben. Er hatte nur zögernd zugestimmt, doch jetzt war das Werk fast vollendet.

Um vier Uhr, als Carol gerade ihren englischen Tee trank, betrat Jean-Claude Durand das Büro, der soeben aus Algier zurückgekehrt war. Wie üblich wurde seine Ankunft von Gaby ignoriert. Er ging zu ihr, drückte einen Kuss auf ihren Bubikopf und ging lächelnd zu Carol. »Da!« Er stellte seine Aktentasche auf ihren Schreibtisch und reichte ihr die Hand, die sie wie gewohnt nur ganz kurz drückte. Dabei wich sie dem Blick seiner klugen schwarzen Augen aus. »Ganz fertig ist es noch nicht. Das letzte Kapitel bringt er Ihnen nächsten Monat persönlich.«

Sie dankte ihm förmlich. Würde er nicht so gut aussehen, könnte sie ihm etwas ungezwungener begegnen. Vielleicht aber auch nicht, weil Gaby am Fenster saß und mit überflüssiger Vehemenz auf ihre Schreibmaschine hämmerte. Einen Monat lang hatte sie ihren Mann nicht gesehen. Sein Auftrag – eine Reportage über die algerischen Unabhängigkeitskämpfer – war gefährlich gewesen. Trotzdem schenkte sie ihm keine Beachtung.

Als hätte er Carols Gedanken erraten, grinste er plötzlich und pirschte sich von hinten an seine Frau heran.

»Ja, ich weiß, dass du da bist«, sagte sie lakonisch. »Ich habe zu tun. In einer Stunde sehen wir uns. Geh bitte nach Hause, mach den Ofen an, gieß die Drinks ein und warte.« Carol zuliebe sprach sie Englisch, mit einem starken, beinahe komischen Akzent. Jean-Claude sprach akzentfrei Englisch, Deutsch und Italienisch – wahrscheinlich auch Arabisch.

In ausdrucksvollem Französisch gab er seiner Frau eine Antwort, die Carol nicht zu verstehen versuchte. Dann wandte er sich wieder zu ihr. »Dieses Buch wird Sie faszinieren und überraschen.« Nachdenklich runzelte er die Stirn. »Obwohl ich keine Ahnung habe, wie gut Sie über die algerische Situation informiert sind ...«

»Ich weiß nur, was ich in den Zeitungen lese.« Vorsichtig zog sie das schwere Päckchen aus der Aktentasche. Wann immer sie ein Manuskript berührte, wurde ihr bewusst, dass sie das Gedankengut eines Menschen in den Händen hielt – in diesem Fall die Arbeit eines ganzen Jahres. Lächelnd fügte sie hinzu: »Und Ihr Zeitungsleute erzählt uns nur, was wir nach eurer Meinung erfahren sollen.«

»Oder was wir veröffentlichen *dürfen*«, erwiderte er und zuckte die Achseln. »Sie haben erwähnt, man müsste Clive aus Algerien herausholen. Gibt es da – einige Schwierigkeiten?«

»Möglicherweise. Dieses Land ist ein Pulverfass. Und ein Mann wie Clive Hubert könnte die Zündschnur in Brand stecken.«

Carol öffnete ein Schubfach, schob Bleistifte, Radiergummis und einen Fahrplan beiseite und legte das Manuskript behutsam hinein. Als Jean-Claude zur Tür ging, rief sie ihm nach: »Da Clive den Algeriern zu landwirtschaftlichen Fortschritten verhelfen will, müssten sie ihm eigentlich dankbar sein.« Den Zeitungsartikeln des Auslandskorrespondenten hatte sie seine politischen Ansichten entnommen: Er war immer noch ein Kolonialist. In seinen Augen gehörte Algerien zu Frankreich. Mit ihrem Einwand hatte sie ihn nicht provozieren wollen, aber der Wagen von Gabys Schreibmaschine quietschte missbilligend. Also war Carol vermutlich in ein Fettnäpfchen getreten.

»Natürlich«, entgegnete Jean-Claude gleichmütig. »Es

wird ihm schon nichts passieren. Aber da drüben geht's ziemlich emotional zu. Und nach Indochina, Afrika ... Vielleicht sind wir überempfindlich, was Algerien betrifft. Wenn die Konferenz in Genf stattfindet, wird unser Nationalstolz vermutlich ...« Uncharakteristischerweise suchte er nach einem passenden Wort und entschied sich für »befriedigt«. Er öffnete die Tür und drehte sich noch einmal um. »Wenn Clive zurückkommt, sollten Sie ihm einen weiteren Aufenthalt in Algerien ausreden. Falls Sie's schaffen. Zu seinem eigenen Wohl.«

Während Carol die geschlossene Tür anstarrte, tippte Jean-Claudes Frau hektisch weiter. »Tut mir Leid, Gaby.«

»Was denn?« Das klappernde Stakkato verstummte nicht.

»Nun ja – wahrscheinlich habe ich mir einen Fauxpas geleistet.«

Gaby zog das Blatt Papier aus der Schreibmaschine, wirbelte den Drehstuhl herum und legte den Brief ihrer Chefin zur Unterschrift vor. Obwohl sie älter war als Carol, sah sie so kindlich aus wie Brigitte Bardot. »Jean-Claude lebt immer noch in der Vergangenheit.« Dramatisch warf sie sich in Positur. »Die freie französische Armee, das Hauptquartier, Algier ... Er hätte während des Krieges hier sein sollen, im besetzten Paris. Es war nicht so schlimm. Ich bin Realistin. Für mich bedeutet das Wort Ehre gar nichts. Nur aufs Überleben kommt's an.« Sie drehte den Stuhl wieder herum und stülpte einen wasserfesten Schonbezug über die Schreibmaschine. »Aber Jean-Claude ist nicht so fanatisch, wie Sie glauben. In seinen Artikeln muss er nun mal einen patriotischen Ton anschlagen. Trotzdem denkt auch er realistisch.« Graziös stand sie auf, ging zum Spiegel und zog einen Schmollmund. »Wahrscheinlich bildet er sich ein, er hätte mich geheiratet, um mich vor dem sicheren Tod zu retten.« Stöhnend verdrehte sie die Augen. »O ja, manche Leute hielten mich für eine Kollaborateurin. Nur weil ich am Leben blieb und was zu essen hatte. Also gab mir Jean-Claude – der tapfere Befreier – seinen Namen und beschützte mich.« Lachend und herausfordernd fuhr sie fort: »Schon damals ist er ein Realist gewesen – ich war neunzehn und er begehrte mich.«

Als sie Carols Verlegenheit bemerkte, hob sie die Schultern. »Nach seiner Ansicht muss Algérie bei Frankreich blieben. Aber er weiß, dass das unmöglich ist. Irgendwann brauchen alle Menschen ihre Freiheit.« Nun konzentrierte sie sich auf ihr Make-up und ließ Carol genug Zeit, sich zu fassen – oder die unwillkommenen Bilder zu verdrängen, die sie in der Fantasie ihrer Chefin heraufbeschworen hatte.

Endlich war Gaby mit ihrer reizvollen äußeren Erscheinung zufrieden. »So, jetzt gehe ich, und Sie können in aller Ruhe Monsieur Huberts Manuskript lesen.« Sie schlang den Riemen ihrer Handtasche über die Schulter. »Bitte, Carol, malen Sie sich kein leidenschaftliches Wiedersehen aus. Jean-Claude wird mich gar nicht in unserer Wohnung erwarten, sondern in einem Café am Montmartre sitzen und stundenlang mit anderen Journalisten diskutieren. Dann habe ich wenigstens Zeit, sein geliebtes Coq au Vin zu kochen und zu baden, nicht wahr?«

»Ja, gewiss, Gaby. Gehen Sie nur. Und vielen Dank.« Carol beobachtete, wie die Sekretärin hinauseilte.

Als sie sich zurücklehnte, streifte ihr Blick den Spiegel. Im Gegensatz zur hübschen Gaby sah sie völlig unscheinbar aus. Mit ihrem langen Gesicht und dem widerspenstigen Haar ließ sich einfach nichts anfangen. Und sie hatte es längst aufgegeben. Die Pariserinnen trugen ihr Haar kurz, und auch die Engländerinnen waren zu dieser Mode übergegangen. Das hatte sie in ihrem letzten Urlaub daheim festgestellt. Rita Hayworth war out, Jean Simmons in, und Carols einziges Zugeständnis an die Mode bestand aus einem mausbraunen Knoten, der alles andere als chic wirkte. Doch das störte sie überhaupt nicht. Mit ihrer Frisur und ihrer ebenso unauffälligen Kleidung hielt sie sich alle Gefahren vom Leib.

Sie schaute sich in ihrem kleinen Büro um. Es war nicht besonders luxuriös, aber eine gute Adresse nahe der Avenue Foch, mit einer imposanten Eingangshalle und einem väterlichen Concierge. *Ihr* Büro. Sie hatte Gaby eingestellt. Wenn sie wollte, konnte sie die Sekretärin jederzeit entlassen. Aber das würde sie nicht übers Herz bringen, und sie wollte es auch gar nicht. Es sei denn, Gaby würde einen Scheck fälschen und sich dabei erwischen lassen. Aber das war es nicht. Sie, Carol Woodford, war sechsundzwanzig Jahre alt, und sie hatte es trotz ihres reizlosen Aussehens, ihrer Bescheidenheit und der mangelnden Ambitionen ziemlich weit gebracht. Immerhin repräsentierte sie Universal Publications in Frankreich. Wie es dazu gekommen war, wusste sie eigentlich gar nicht.

Noch eine Selbsttäuschung – natürlich wusste sie's. Wenn sie an die Szene auf Myrtles Hochzeit dachte, wurde ihr immer noch heiß und kalt. Sie hatte Northfield verlassen müssen, selbst wenn ihre Flucht wie Feigheit vor dem Feind wirkte. Das hatte ihre Mutter verstanden. »Nimm den Job an. Bess und ich kommen schon zurecht. Wenn wir alle verschwinden, wird sich das Gerücht noch verstärken. Aber wenn wir hier bleiben, wird bald Gras drüber wachsen. In den Ferien können wir uns sehen – und an manchen Wochenenden kommst du nach Hause.« Ralph Morrison war entzückt gewesen, als sie die Übersetzungsrechte für die Werke von Sartre und de Beauvoir erhalten hatte. Niemals gab es auch nur den geringsten Zweifel an ihrer Kompetenz.

Mittlerweile übte sie einen beträchtlichen Einfluss in der

literarischen Szene aus. Und Bessie war fast zehn. Es gab keinen Grund, warum sie nicht in Frankreich zur Schule gehen sollte.

Lächelnd dachte Carol an ihre geheimen Pläne. Seit einiger Zeit verhandelte sie direkt mit ihren Autoren, und viele von ihnen lebten in Südfrankreich. Wenn sie Universal veranlassen konnte, ein weiteres Büro in Marseille zu eröffnen, würde sie eine Villa am Rand der Provence kaufen, an den Ausläufern der Alpen, wo die Blumen blühten. Dort gab es mehrere Klosterschulen. Im Lauf der Monate hatte sie einige besucht. In den meisten wurden andersgläubige Kinder aufgenommen, und man respektierte ihre Religion. Eines Tages hatte sie mit Bessie Nonnen beobachtet, die mit ihren Schülerinnen einen Naturlehrpfad entlanggewandert waren. »Wie Schmetterlinge!«, hatte Bessie fasziniert festgestellt. Die ausladenden Nonnenhauben, die zwischen den Blumen schwebten, hatten tatsächlich wie Schmetterlingsflügel ausgesehen.

Carol stand auf und trat ans Fenster. Eigentlich müsste sie ihren Gedanken Einhalt gebieten, das Schubfach öffnen und Clive Huberts Manuskript lesen. Aber noch nicht jetzt. Womöglich war es schrecklich, und das würde sie nicht ertragen. Es regnete. Was für ein wunderbarer Pariser Frühling ... Das Fenster ging auf einen Luftschacht hinaus, in dem eine dicke Wolke wie ein Korken steckte. Bei diesem Anblick erinnerte sie sich an den Tag, als sie mit Liv und Myrtle und Monica das Geisterhaus entdeckt hatte. Es hatte nicht geregnet, aber es war eiskalt gewesen, und das winterliche Dunkel hatte der Heide eine abgeschiedene, private Atmosphäre verliehen. Wie einfach ihr das Leben in jener Zeit erschienen war ... Trotz des Kriegs hatte ihr eine unerschütterliche Zielstrebigkeit beinahe zu innerem Frieden verholfen. Sie spielte mit dem Gedanken, der Krieg könnte eine Projektion persönlicher Kämpfe sein, eine Verallgemeinerung von Gefühlen, die eine einzige Seele nicht verkraften würde. Wie Begräbnisse. Wie Hochzeiten. Doch sie hatte den Krieg nur aus der Ferne miterlebt. Von seinem Elend wusste sie nichts.

Ungeduldig verdrängte sie diese Reminiszenzen und ging zum Schreibtisch. Seit dem Tag des Alliiertensieges, als sie versucht hatte, den Tod ihres Vaters physikalisch zu betrachten, war sie kein bisschen reifer geworden. Nur eins wusste sie jetzt besser: Mit solchen Gedankenspielen wollte sie sich immer wieder von anderen Spekulationen ablenken, zum Beispiel über Gabys und Jean-Claudes Ehe. Und über Jean-Claude.

Sie setzte sich und zog das Schubfach mit überflüssiger Vehemenz auf. Eine Zeit lang bemühte sie sich erfolglos, den Knoten der Schnur zu lösen, die das Paket umwand. Schließlich ergriff sie eine Schere. Das braune Papier war ein steifes Ärgernis. Doch sie wagte nicht, es zu zerreißen, sonst würde sie womöglich kostbare Manuskriptseiten beschädigen. Endlich lag das gestapelte Kanzleipapier vor ihr. Sie erinnerte sich, wie Clive skeptisch gefragt hatte: »Falls ich jemals was schreibe, darf ich Papier im Kanzleiformat verwenden? Davon habe ich noch eine ganze Menge übrig – aus der Zeit, als ich in der Schule unterrichtet habe.«

»Natürlich«, hatte sie ohne Zögern geantwortet. »Welches Papier Sie benutzen, ist mir egal.« Obwohl es der armen Gaby schwer fallen würde, ein solches Manuskript abzutippen. Aber Clive brauchte ein bisschen Zuspruch. Er war ein brillanter Lehrer, und das British Council hatte ihn schon mehrmals mit dem Auftrag nach Afrika geschickt, die Bevölkerung bei landwirtschaftlichen Projekten zu beraten. Aber er hatte noch nie ein Buch geschrieben.

Nun las sie die ersten Zeilen. *Bei unserer Ankunft war es*

fast dunkel. In diesem weiten, flachen Land zeichneten sich die Silhouetten einzelner winziger Lehmhütten ab. Da wusste ich, dass wir im Himmel waren. Er wölbte sich nicht mehr über uns, er schwebte überall. Atemlos lehnte sie sich zurück. Alles okay – der Mann konnte schreiben.

Etwas später, als die Leselampe einen gelben Lichtkreis verbreitete, läutete das Telefon. Ohne ihren Blick von Clives Manuskript abzuwenden, griff Carol nach dem Hörer. Wahrscheinlich würde sich ihre Haushälterin melden und fragen, warum sie noch nicht heimgekommen sei.

Aber es war Jean-Claude Durand. »Also sitzen Sie immer noch im Büro. Das dachte ich mir. Sie lesen gerade das Manuskript. Fantastisch, nicht wahr?«

»O ja.« Kannte er Clives Werk? Oder war das nur eine höfliche Vermutung?

»Heben Sie sich den Rest für morgen auf. Essen wir zusammen.«

Sie runzelte die Stirn. Hoffte er tatsächlich, sie würde Gabys Wiedersehen mit ihrem Ehemann stören? Offenbar rechnete er mit ihrer Ablehnung, denn seine Stimme nahm einen beschwörenden Klang an. »Bitte, Carol, ich muss mit Ihnen reden. Es ist wichtig.«

»Aber Gaby ...«

»Damit hat sie nichts zu tun. Es geht um *Ihren* Job.«

»Wie Sie wissen, arbeiten Gaby und ich zusammen«, betonte sie. »Was immer Sie über unseren Job zu sagen haben, sie sollte es hören.«

Diese Antwort schien er für eine Zustimmung zu halten. »In zehn Minuten hole ich Sie ab. Bitte, verwahren sie das Manuskript in einer verschlossenen Schublade auf – es ist ein wichtiges Dokument.«

Ihr Herz schlug wie rasend. Plötzlich wusste sie, dass dem Autor irgendeine Gefahr drohte. Weil er auf *ihren*

Wunsch ein Buch geschrieben hatte. »Ich würde es lieber nach Hause mitnehmen und zu Ende lesen ...«

Aus dem Hörer drang ein unpersönliches Summen. Seufzend legte sie ihn auf die Gabel. Sie wollte diesen Abend nicht mit den Durands verbringen. Sicher würde Gaby nach ihrem Bad verführerisch duften und sich anmutig auf einer Couch rekeln, einen reizenden Schmollmund ziehen und sich kein bisschen für die Arbeit im Verlag interessieren. Und wahrscheinlich würde Jean-Claude nur über de Gaulle und den französischen Imperialismus reden.

Aufs Geratewohl blätterte sie in Clives Manuskript, las hier und da ein paar Zeilen. Überall die gleiche atmosphärische Dichte – die Beschreibung einer anderen Welt. Und obwohl Clive sich bemühte, die Position eines objektiven Beobachters einzunehmen, wurde seine proislamische Haltung offenkundig. Statt den Arabern unerreichbare Ziele zu stecken, schloss er sich ihnen an, folgte den Ziegenherden jeden Tag, viele Meilen weit, behandelte Krankheiten an Ort und Stelle und erklärte, wie man die Milch über einem offenen Feuer pasteurisierte. Einige Sätze sprachen Bände. *Die alten Traditionen aufzugeben, wäre der falsche Weg. Wir müssen sie der neuen Zeit anpassen, aber ihre immanente Harmonie und ihren Rhythmus beibehalten.* Das war typisch für Clive. Vor seiner Reise nach Algerien hatte sie ihn nur etwa fünfmal getroffen. Sie wusste, dass diese Worte seiner Philosophie zugrunde lagen. Er engagierte sich für die Landwirtschaft, weil er seine eigene Harmonie und seinen inneren Rhythmus suchte.

Schließlich packte sie das Manuskript wieder in das braune Papier und verstaute es im Schubfach. Sie wusste, sie konnte niemals heiraten. Für die »physischen Aspekte« der Ehe war sie nicht geschaffen. Natürlich wünschte sie sich eine Familie, und die hatte Monica ihr geschenkt. Aber falls sie jemals eine Heirat in Betracht ziehen sollte – Clive Hubert wäre genau der Richtige. Unscheinbar, in sich gekehrt, fast geheimnistuerisch, aber mit reichem Seelenleben.

Sie versperrte die Schublade, löschte das Licht und ging in den Korridor. Knarrend stieg der Eisenkäfig des Lifts den Schacht herauf. Auf dem Weg nach unten ächzte er noch lauter. Carol betrat das Foyer mit den Marmorwänden.

Beflissen hielt ihr der Concierge die Haustür auf und folgte ihr auf die breite Eingangstreppe. Es regnete immer noch. »Ein Taxi für Madame?«, fragte er höflich. »Ah, Madame haben schon wieder keinen Schirm bei sich.«

»Ich liebe den Regen, Henri. Außerdem wird Monsieur Durand jeden Augenblick eintreffen.«

Bereitwillig erwiderte er ihr Lächeln. Normalerweise zeigten französische Concierges keine Gefühle. Aber Carols schneeweißen englischen Zähnen konnte er nicht widerstehen und er wartete mit ihr unter der Markise, bis Jean-Claudes Renault mit quietschenden Reifen aus der Avenue Foch bog und viel zu abrupt vor den Stufen hielt. Als Carol hinunterrannte, fiel ein großer Tropfen in ihren Mantelkragen. Sie drehte sich um, winkte Henri zu, und das Letzte, was sie von ihm sah, war ein gallisches Achselzucken.

Jean-Claude raste zur Place de la Concorde, als könnte er sich nur mit halsbrecherischem Tempo in den unaufhörlichen Kreisverkehr einordnen, und das gelang ihm auch. Um sich nicht mit einem Schreckensschrei zu blamieren, schloss Carol die Augen und öffnete sie erst viel später wieder. Nun folgten sie zwischen Akazien dem Boulevard Saint-Germain. Die Dunkelheit war hereingebrochen, und es regnete nicht mehr.

»Wohin fahren wir?«, fragte Carol. »Wir sind schon an der Rue Dauphine vorbeigekommen, nicht wahr?«

»Zur Reine Blanche. Da gehe ich am ersten Abend nach

einer Reise immer hin.« Sekundenlang wandte er sich ihr zu, und sie sah seine schwarzen Augen.

Wäre er doch klein und unscheinbar wie Clive Hubert ... In Clives Gegenwart würde sie sich nicht so unwohl fühlen. »Wartet Gaby in diesem Lokal auf uns?«

»Keine Ahnung. Vielleicht.«

»Sie wollte ein Coq au Vin kochen. In der Wohnung.«

»Ah, ihre Lieblingsspeise. Aber heute brauche ich eine Zwiebelsuppe, eine klare Brühe mit ganz vielen Zwiebeln. Ohne Ziegenmilch.«

Darüber musste sie lachen. Trotzdem ließ ihr Unbehagen nicht nach. »Ich dachte, Sie laden mich in Ihre Wohnung ein, Jean-Claude. Eigentlich wollte ich im Büro bleiben und das Manuskript lesen. Aber Sie sagten, Sie müssten dringend mit mir reden.«

»Allerdings. Aus diesem Grund gehen wir nicht in die Wohnung und essen kein Coq au Vin, meine englische Caroline.« Er schenkte ihr ein flüchtiges Lächeln. »Bitte, verkriechen Sie sich nicht in Ihrem Schneckenhaus. Heute Abend ist mir Ihre Gesellschaft sehr wichtig.«

Jetzt konnte sie nicht länger Gleichmut heucheln. Wie würde sich Monica in einer solchen Situation verhalten? Carol räusperte sich. »Ehrlich gesagt, das ist mir sehr unangenehm. Gaby ist meine Kollegin und Freundin ...«

Lachend warf er den Kopf in den Nacken. Vor dem Seitenfenster zeichnete sich die Silhouette seines bebenden Adamsapfels ab. »Glauben Sie mir, Gaby ist nur ihre eigene Freundin. Das müssten Sie wissen, weil Sie eine gute Menschenkennerin sind. Mit ihren blauen englischen Augen schauen Sie in alle Seelen. Deshalb finde ich Sie so beängstigend – und liebenswert.«

»Bitte, Jean-Claude ...«, protestierte sie mit schwacher Stimme.

»Da sind wir.« Er fuhr im Rückwärtsgang in eine Seitengasse. Im Licht der Straßenlampen glänzte das nasse Pflaster, die regenschweren Akazien dufteten nach Frühling. Plötzlich merkte Carol, wie empfindsam ihre Sinne auf die Umgebung reagierten. Vielleicht lag es an der Lektüre von Clives Buch. Die feuchte Luft auf ihrer Haut verstärkte alle Wahrnehmungen. Hastig zog sie ihre Handschuhe an, als versuchte sie eine Gefahr abzuwehren. Aber ihr Gesicht konnte sie nicht verschleiern, sie trug keinen Hut, und die Ohren ließen sich nicht verschließen. Das Geräusch der Tropfen, die von den Zweigen fielen, klang einzigartig, und Carol stellte sich vor, wie sie langsam an den Blättern hinabglitten und sich zitternd an den Spitzen sammelten.

Verlor sie den Verstand? Wie konnte sie solche akustischen Eindrücke registrieren, während die Geräusche klirrender Eisenstühle und Pernodgläser aus dem Lokal drangen? Wieso spürte sie die Strömung des dunklen Flusses unter dem Pont Neuf?

Jean-Claude führte sie zu einem Ecktisch am Fenster. Wie er ihren Mantel nahm und ihr den Stuhl zurechtrückte – das wirkte sehr französisch. Darin lag das Problem. Abgesehen von seinem guten Aussehen war er auch noch Franzose. Erfolglos versuchte sie, an Clive Hubert zu denken. In England würde sie sich allmählich in ihn verlieben und seinen Heiratsantrag annehmen. Aber in Frankreich? Niemals ...

»Wirklich, Jean-Claude, das ist nicht richtig. Gaby erwartet Sie.«

»O nein«, erwiderte er entschieden. »Sie ist immer ganz verblüfft, wenn sie mich sieht. Natürlich würde sie's niemals zugeben. Als ich heute Nachmittag ins Büro kam, haben Sie den Gleichmut meiner Frau sicher bemerkt. Und doch – als ich ihre Schultern berührte, waren sie ganz verkrampft.« Er setzte sich ihr gegenüber. »Seien Sie versichert, Gaby rechnet nie mit mir, weil sie glaubt, irgendjemand würde mich umbringen. Eines Tages wird das zweifellos passieren. Heute noch nicht.«

Obwohl er lächelte, wusste sie, dass er es ernst meinte – ein Imperialist in einer Republik. Imperialisten waren aus der Mode. Bedrückt dachte sie an ihr eigenes Land, die problematische Unabhängigkeit Indiens. Aber viel wichtiger als alle politischen Überlegungen waren Gabys Schultern, die Jean-Claude verkrampft gefunden hatte. Mühsam schluckte sie und wich seinen hypnotischen dunklen Augen aus.

Als ein Kellner die Bestellung aufnahm, fragte Jean-Claude nicht nach ihren Wünschen. Er bestellte sechs Teller Zwiebelsuppe, was keineswegs ungewöhnlich war, wie Carol wusste. Lächelnd entfernte sich der Kellner und brachte zwei Gläser Pernod. Dieses Getränk schmeckte ihr nicht, doch sie hoffte, der hohe Alkoholgehalt würde ihre sonderbaren Gefühle verscheuchen. Vorsichtig nippte sie daran.

»Sie trinken Ihren Pernod wie Medizin«, meinte er grinsend, »und lassen ihn gar nicht richtig an ihre Zunge heran. Finden Sie ihn so abscheulich?«

Unwillkürlich erwiderte sie das Lächeln. »Nun, ich bin nicht begeistert ... Aber ich wüsste nicht, was ich sonst trinken sollte. Allerdings – die Zwiebelsuppe, da bin ich mir nicht sicher.«

Zum ersten Mal sah sie ihn bestürzt und verlegen. »O Gott, ich habe drei Teller für jeden bestellt!«

»Nun, wenn Sie fünf schaffen ...«

»Nein, nein, nein. Suchen Sie sich was anderes aus. Verzeihen Sie mir, Carol. Ich dachte – ich glaubte es in meinen Knochen zu spüren, dass Sie süchtig nach Zwiebelsuppe sind.«

Als er den Kellner herbeiwinken wollte, hielt sie seine

Hand fest. »Nicht, bitte ... Ich möchte Ihre geliebte Zwiebelsuppe kosten.«

Seine Finger erstarrten unter ihren, und das beeindruckte sie viel stärker als alles, was er gesagt oder getan hatte. Rasch zog sie ihre Hand zurück und tastete in ihrem Ärmel nach einem Taschentuch.

»Noch nie ist mir eine so englische Person begegnet wie Sie, Carol«, erklärte er leise. »So gelassen und sicher ruhen Sie in sich selbst, in Ihrem englischen Wesen. Trotzdem sind Sie sehr verletzlich – ein Paradoxon.«

Brennend stieg das Blut in ihre Wangen. Sie hasste es, im Rampenlicht zu stehen. »Und Sie sind ein typischer Franzose, trotz Ihres kosmopolitischen Flairs und Ihrer Fremdsprachenkenntnisse.« Sie lachte, putzte sich dic Nasc und schob das Taschentuch in den Ärmel zurück. Aufmerksam beobachtete er alle ihre Bewegungen. »Bitte, Jean-Claude, hören wir auf mit diesen Analysen. Warum wollen Sie mich sprechen?«

»Ihretwegen – warum sonst? Wegen Ihres Virginia Woolf-Gesichts, Ihres englischen Rocks mit dem passenden Pullover und des Taschentuchs im Ärmel, wegen Ihrer blauen Augen und des großen Munds ...«

»Jean-Claude!« In strengem Ton brachte sie ihn zum Schweigen, verärgert über ihn und sich selbst. Sie hätte ihn nicht begleiten dürfen. Immerhin war er der Prototyp des Schürzenjägers. Sie erhob sich halb. Diesmal hielt er ihre Hand fest und sie kapitulierte.

Sorgsam stellte der Kellner die sechs Suppenteller und einen überquellenden Brotkorb auf den Tisch. »Ah ...« Jean-Claude schob vorsichtig einen Teller zu ihr hinüber. »Passen Sie auf, die Suppe ist glühend heiß. Am besten essen wir viel Brot dazu. Den nächsten Teller werden wir etwas leichter verkraften.«

Der Kellner lachte. Entweder verstand er Englisch, oder

er hatte diese Prozedur schon oft mit angesehen. Carol tauchte ein Stück Brot in die Suppe und spürte, wie ihr Groll verflog und von einem Gefühl grenzenloser Einsamkeit verdrängt wurde. Flüchtig dachte sie an Clive.

Mehr als Freundschaft würde niemals zwischen ihnen entstehen. Wegen jener Angst ... Sie war frigide. Für ihre Emotionen gab es kein anderes Wort. Schon damals im Geisterhaus hatte sie es gemerkt – und später, als der betrunkene Malcolm Lennox über sie hergefallen war. Unablässig wurde sie darauf hingewiesen, wenn sie sich Filme anschaute oder Bücher las. Irgendetwas in ihrem Innern schreckte vor sexuellen Mechanismen zurück. Aber sie konnte ihrer Mutter und Bessie *Liebe* schenken. Vielleicht war diese Liebe stärker als Sex. Für Bessie würde sie stehlen, sogar morden. Doch dieses Gefühl schützte sie nicht vor der grenzenlosen Isolation. Wie sie einigen Büchern entnommen hatte, vermochten Mann und Frau der Einsamkeit zu entrinnen, wenn sie sich körperlich vereinten.

»Wenn Sie irgendwas – sezieren, sehe ich's Ihnen immer sofort an.« Jean-Claude neigte sich über seinen Teller hinweg – in der zwanglosen Attitüde aller Franzosen während einer Mahlzeit – und biss in sein triefendes Brot. »Bitte, vergessen Sie alles außer der Zwiebelsuppe. Im Augenblick gibt es nur Sie und die Zwiebelsuppe – sonst nichts.«

Da musste sie wieder lachen. Während er weiteraß, nickte er ihr immer wieder aufmunternd zu und animierte sie zu einem albernen Geplänkel. Jetzt dachte sie nicht mehr an ihre Ängste und die Einsamkeit. Flirtete sie mit Jean-Claude? Wenn ja, fand sie es gar nicht so unangenehm.

»Bitte sehr, Miss Woodford, der nächste Teller. Keine Pause! Genießen Sie in aller Ruhe Ihre Suppe. Das *Tête-à-tête* beginnt erst beim dritten Teller.« Wann immer er glaubte, sie würde es nicht bemerken, musterte er ihr Gesicht.

»Köstlich – aber den dritten Teller schaffe ich nicht.«

»Versuchen Sie's.« Nun klang seine Stimme nicht mehr scherzhaft, sondern sanft und flehend. »Bitte, Carol. Es würde mir gefallen, wenn Sie richtig – satt wären.«

Aus unerfindlichen Gründen erfüllte sie seinen Wunsch. Die Löffel hoben und senkten sich. Inzwischen aßen sie kein Brot mehr.

»Was wollten Sie mir sagen, Jean-Claude?«

»Erst die Suppe, danach reden wir.«

»Wenn Sie mir wirklich etwas mitzuteilen haben, sollten Sie sich beeilen. Ich möchte wieder ins Büro. Also?«

»Finde ich bei Ihnen ein offenes Ohr – eine Schulter zum Ausweinen? Schreiben Sie eine Kolumne in einer Zeitschrift für einsame Herzen?«

Plötzlich war sie nicht mehr in der richtigen Stimmung für seine albernen Witze. Wenn er ihr nichts über Clives Manuskript erzählen wollte, musste es um Gaby gehen. Entschlossen rückte sie ihren Teller beiseite. »Falls Sie private Probleme haben, kann ich Ihnen keinen Rat geben. Sie haben sich die falsche Vertrauensperson ausgesucht.«

»Das glaube ich nicht.« Er hielt ihr ein Päckchen Gauloises hin, und als sie den Kopf schüttelte, steckte er es wieder ein. »Eine Tasse Kaffee?«

»Nein, danke. Ich möchte ins Büro.«

»Jetzt? Warum?«

Mit übertriebener Geduld erklärte sie: »Weil ich Clive Huberts Manuskript holen will. Dann fahre ich mit einem Taxi nach Hause.«

»Lächerlich! Es ist spät geworden. Wollen Sie heute Nacht nicht schlafen?«

»Danke für die Suppe.« Sie schob ihren Stuhl zurück und erhob sich. »Gute Nacht.«

Sofort stand er auf und half ihr in den Mantel. Es hatte

wieder zu regnen begonnen. »Gehen wir bis zur Seine«, schlug er vor und klappte seinen Kragen hoch. »Da ist es bei diesem Wetter besonders schön – wenn sich die Lichter im Wasser spiegeln und wie Derwische tanzen.«

Sie fragte nicht, ob er in Algerien Derwische gesehen hatte. Vermutlich würde er jedes Ablenkungsmanöver ignorieren. »Tut mir Leid, ich habe keinen Schirm bei mir, und ich will nicht bis auf die Haut nass werden«, erwiderte sie kühl. »Fahren Sie mich zum Büro, oder soll ich ein Taxi bestellen?«

»Selbstverständlich fahre ich Sie hin. Aber ich bitte Sie, Carol, gehen Sie mit mir zum Fluss.«

»Nein. Ihre Eheprobleme interessieren mich nicht.«

»Mit Gaby hat es nichts zu tun. Das schwöre ich.« Zögernd fügte er hinzu: »Es handelt sich um Ihre Arbeit. Also nichts Persönliches ...«

Sie wollte ihn fragen, ob sie im Auto darüber sprechen könnten, doch da ging er bereits den Boulevard hinab, an der Statue Diderots vorbei, und Carol folgte ihm. Es war ein kalter Abend. Von der Zwiebelsuppe erwärmt, fror sie trotzdem nicht. Sie kamen an seinem Appartement in der Rue Dauphine vorbei, und sie schaute nach oben. Würde Gaby hinter einem der erleuchteten Fenster auf ihren Mann warten? Oder hatte sie es aufgegeben und war ausgegangen?

Beim Pont Neuf blieb er endlich stehen. Auf die Brüstung gestützt, schaute er zum Fluss hinunter und holte tief Luft. Nach einer Weile folgte sie seinem Beispiel. Wie Maschinengewehrfeuer peitschte der Regen das Wasser, und das Flutlicht, das den Tour Saint-Jacques vergoldete, erinnerte sie an Suchscheinwerfer in Kriegszeiten. Jean-Claude hob den Kopf. »Sehen Sie das Palais de Justice?«

»Nein.« Sie wischte ihr nasses Gesicht mit einem Ärmel ihres Mantels ab. »Wo ist es?«

»Dort – aus dem Gebäude scheint die Sainte Chapelle emporzuragen.« Sekundenlang lag seine Hand auf ihrer Schulter, und die Berührung elektrisierte sie.

»Haben Sie mich hierher geführt, um mir das Herz Frankreichs zu zeigen?«, fragte sie heiser. »Um mich auf die Grande Nation hinzuweisen? Nicht nötig. Ich liebe Frankreich ebenso wie Sie. Und ich weiß, dass Clive in seinem Buch die Unabhängigkeit Algeriens propagiert. Irgendwann wird es dazu kommen. Deshalb ist jeder Protest überflüssig.«

»Das ist mir klar. Die Menschen stehen immer an erster Stelle.« Nach einer kurzen Pause fuhr er fort: »Lieben Sie Clive Hubert?«

»Nein, natürlich nicht! Warum fragen Sie?«

Mit harten Fingern umfasste er ihre Schultern und drehte sie zu sich herum. »Weil ich es wissen muss. Carol – Clive ist tot.« Fassungslos starrte sie ihn an. Kaltes Entsetzen nahm ihr den Atem. »Ein paar Stunden, nachdem er mir das Manuskript übergeben hatte, wurde er erschossen. Ich schmuggelte das Buch in meiner Schreibmaschine aus dem Land. Da meine Sympathien bekannt sind, war es in meiner Obhut sicher.«

»Aber – warum?«, würgte sie hervor.

»Weil er aus seinem Herzen keine Mördergrube machte. Er war der europäische Repräsentant des FLN, der Front de Libération National.«

»Das glaube ich nicht. Dafür war er zu – besonnen. Niemals hätte er sich offiziell auf die Seite der Algerier gestellt.«

»Inzwischen haben Sie genug von seinem Buch gelesen. Sie wissen, wie leidenschaftlich er für die Ziele der Algerier eintrat.«

»Gewiss, er dachte, Algerien müsste den Algeriern gehören. Er glaubte, sie sollten ihre traditionelle Religion praktizieren, und er sprach von der Harmonie ihrer Erde ... O Gott!«

Sie schlug die Hände vors Gesicht und plötzlich lag sie in Jean-Claudes Armen. Zärtlich drückte er ihren Kopf an seine Schulter und flüsterte tröstende Worte. Warum sie weinte, wusste sie nicht genau. Wahrscheinlich ging es nicht nur um Clive, sondern um die schreckliche Verschwendung eines Lebens, um alle Menschen, die sie kannte und die gelitten hatten. Sie vergaß ihre intensiven Gefühle für Jean-Claude. Jetzt war er einfach nur ein Mitreisender, in universeller Trauer mit ihr vereint. Sie klammerte sich an ihn, spürte seine Lippen an ihrem feuchten Hals, roch den Regen in seinem Haar. Als sie den Kopf in den Nacken legte, um ihn anzuschauen, rannen auch über sein Gesicht Tropfen – Regen oder Tränen, sie wusste es nicht.

»Carol ...« Beinahe brach seine Stimme. »Das wollte ich nicht. Nichts von alldem wollte ich. Angeblich heiligt der Zweck die Mittel, aber das stimmt nicht. Ich mochte Clive Hubert – er war ein guter Mann, und er hielt sehr viel von Ihnen. Deshalb hatte ich Angst, Sie würden ebenfalls ...«

»Auch mir hat er sehr viel bedeutet. O Jean-Claude ...« Sie verstummte und schaute zu ihm auf. Über sein Gesicht glitt ein Schatten. »Nun muss ich das Manuskript holen.«

»Nein!« Seine Hände pressten sich in ihren Rücken, stark und eindringlich. »Nein, Carol, das dürfen Sie nicht.«

»Doch – verstehen Sie das denn nicht?«

»Carol, ich liebe dich. Das ist alles, was ich weiß – alles, was mich interessiert. Bitte, bleib bei mir.«

Trotz der Emotionen, die sie auch in ihm gespürt hatte, staunte sie über sein Geständnis. Liebe ... Was hatte Liebe mit dem atemberaubenden Zauber zu tun, der sie an diesem Abend beherrschte? Liebe bedeutete Freundschaft und

Loyalität und Selbstlosigkeit. Was sie für Jean-Claude empfand, war rein körperlich. »Es wäre egoistisch. Bedenk doch – Clive ist tot, Gaby wartet auf dich. Dir zuliebe nimmt sie ein duftendes Bad ...«

Lachend schüttelte er den Kopf, dann neigte er sich zu ihr und küsste sie. Seit Malcolm Lennox es auf Myrtles Hochzeit »mit ihr probiert« hatte, wie ihre Mutter es ausdrückte, war sie nicht mehr geküsst worden. Vor Angst erschauerte sie. Aber er versuchte seine Zunge nicht in ihren Mund zu schieben. Er küsste nur ihre Lippen, ihre Lider, und ihr Körper fühlte sich schwer und sinnlich an. Von wohliger Wärme erfüllt, verschränkte sie ihre behandschuhten Hände hinter seinem Rücken und lehnte sich an ihn. Er küsste ihr Gesicht und ihren Hals, bis sie ihm wieder ihre Lippen bot und seine Küsse erwiderte.

Dann hielt er inne und schaute in ihre Augen. »Alles okay, Carol?« Seine Stimme klang unsicher, und das passte nicht zu ihm. Damit gab er ihr die Chance zu einem Rückzug, der weder ihren noch seinen Stolz verletzen würde. Ehre und Integrität würden gewahrt bleiben.

Doch sie entschied sich anders. »Ja, Jean-Claude, alles in Ordnung«, wisperte sie.

Nach langen Minuten wanderten sie zurück, die Rue Dauphine hinab, eng umschlungen wie ein Liebespaar. Was mit ihr geschah, konnte sie kaum glauben. Soeben hatte sie von Clive Huberts tragischem Tod erfahren. Und sie hatte sich längst mit ihrem frigiden Wesen abgefunden. Aber nun wanderte sie ohne erkennbares Ziel durch das regnerische Paris, mit einem Mann, dem sie misstraute, dessen Verhalten sie missbilligte, der mit einer charmanten, verführerischen Frau verheiratet war und zweifellos schon viele Herzen erobert hatte. Schließlich erreichten sie den Renault.

»Fahren wir ein bisschen herum.« Fürsorglich half er ihr

auf den Beifahrersitz. »Und dann gehen wir ins Appartement.«

Verwirrt hielt sie den Atem an. Er setzte sich ans Steuer, nahm sie in die Arme und küsste sie leidenschaftlich. Im Licht der Straßenlampen schauten sie sich an. Nach einem letzten Kuss startete er den Motor. »Wir können nicht in deine Wohnung gehen, Jean-Claude. Da ist Gaby ...«

»Zweifellos wartet sie nur bis Mitternacht. Dann geht sie weg. Kennst du sie noch immer nicht?«

»Trotzdem ... Fahren wir zu mir.«

Er warf ihr einen kurzen Seitenblick zu und berührte ihre Hand. »Vielen Dank, mein Liebling, aber das möchte ich nicht«, entgegnete er und bog in den Boulevard Saint Germain. »O Carol Woodford, wie ich dich liebe ...«

Er überquerte den Fluss, fuhr am Louvre und am Pont des Arts vorbei. Und dann wurde der Himmel hinter der Place de la Concorde plötzlich erleuchtet. Carol wurde gegen Jean-Claude geschleudert, als er abrupt auf die Bremse trat. Die Explosion riss die Türen des Autos auf und beide flogen, aneinander gepresst, hinaus. Schockiert lagen sie im Rinnstein, während die Flammen den Arc de Triomphe und das gigantische Gebäude des Louvre beleuchteten.

»Mein Gott, die Avenue Foch! Da muss ich hin!« Vergeblich versuchte sie aufzustehen. In ihrem Kopf schienen Glocken zu dröhnen. Mit heulender Sirene raste ein Streifenwagen vorbei, dann eine Ambulanz. Mühsam erhob sich Jean-Claude und zog Carol auf die Beine. »Alles in Ordnung?« Seine ruhige Stimme bewahrte sie vor einem hysterischen Anfall. »Antworte doch!«

»Ja – ja ... Die Avenue Foch – wir müssen nachsehen ...«

»Nein, es wäre zu gefährlich.«

»Aber – Henri wird sich sorgen.«

»Henri?«

»Der Concierge. Hättest du mich doch früher hingebracht ...«

»Sei nicht albern! Die Polizei wird uns wohl kaum in die Nähe dieses gewaltigen Feuers lassen. Komm mit mir in die Rue Dauphine.« Sie konnte ihre Tränen nicht zurückhalten. Wo war seine Zärtlichkeit geblieben? Hastig verfrachtete er sie in den Renault und stieg auf der anderen Seite ein. Mit einiger Mühe startete er den Motor. Die Flammen loderten hoch empor. Aus allen Stadtteilen näherten sich Sirenen. Ein Gendarm trat aus dem Dunkel und hob die Hand. *»Merde!«*, murmelte Jean-Claude und sprang aus dem Auto.

»Frag ihn nach Henri!«, rief Carol. »Frag ihn, ob der Concierge ...«

Ein Krankenwagen schlitterte vorbei, der Gendarm sagte etwas, und Jean-Claude unterbrach ihn. Aber nicht schnell genug.

»Großer Gott ...« Sie stöhnte gequält, lehnte ihre Stirn an die Windschutzscheibe und erinnerte sich an die letzte Begegnung mit Henri. Achselzuckend hatte er ihre englische Extravaganz akzeptiert. Und das Büro – verschwunden ... Das Schubfach mit Clive Huberts Buch.

Nach einer Weile fuhren sie weiter und hielten in der Rue Dauphine.

»Du wusstest, dass sie hinter Clives Manuskript her waren«, sagte Carol tonlos. »Bitte – ich will nach Hause ...«

»Da wärst du nicht sicher.« Mit sanfter Gewalt führte er sie die Treppe hinauf zu seiner Wohnung.

Halb benommen saß sie auf einem Sofa und trank den Tee, den er für sie zubereitet hatte.

»Nachdem ich von Huberts Tod erfahren hatte, wusste ich, dass sie sein Buch vernichten wollten«, erklärte er. »Wärst du im Büro geblieben, würdest du nicht mehr leben. Also musste ich dich von diesem Manuskript loseisen.«

»Du hättest den Anschlag verhindern können. Dann wäre Henri noch am Leben.«

»Von Henri wusste ich nichts. Immerhin habe ich dich rechtzeitig rausgeholt.«

»Darf ich dein Badezimmer benutzen?«, fragte sie und stand auf.

Er zeigte auf eine Tür. Steifbeinig verschwand sie im Bad. Später führte er sie in ein kleines Gästezimmer und sie kroch ins Bett. Unter der Decke lag eine Wärmflasche. Carol drückte sie weinend an ihre Brust und schlief ein.

☆

Noch ehe die Nachricht von dem Bombenanschlag den Rest der Welt erreichte, traf sie in Northfield ein. Bessie war in der Schule. Mary Woodford öffnete die Tür und wusste sofort, dass irgendetwas nicht stimmte. »Du bist krank!«, rief sie anklagend und ergriff die kleine Reisetasche, die Jean-Claude für Carol gepackt hatte.

»Nur die üblichen Halsschmerzen. Nichts Besonderes.«

»Nein, diesmal ist es schlimmer. Du bist wirklich krank. Und völlig erschöpft.« Mary führte sie ins Wohnzimmer, wo ein helles Kaminfeuer loderte und der Teetisch gedeckt war. Prüfend musterte sie das Gesicht ihrer Tochter.

»Ehrlich, Mutter ... Ich bin okay ...« Carol versuchte zu lachen. Fröstelnd trat sie vor den Kamin. »Wen erwartest du zum Tee?«

»Natürlich Bessie. Heute ist es kalt genug, sodass man den Tee am Kamin trinken kann. Und sie hat es gern gemütlich.« Mary stellte die Reisetasche auf den Boden. »Weinst du?«

»Nur weil es so wundervoll ist. Du und Bessie – Tee vor dem Kaminfeuer ...« Unaufhaltsam rannen die Tränen über

Carols Wangen und tropften auf die Hand, die das Kaminsims umklammerte. »Zu Ostern ist es immer so kalt, nicht wahr?«

»Noch haben wir nicht Ostern, Darling.« Mary zog ein Taschentuch aus dem Ärmel und gab es ihrer Tochter. »Wein dich nur aus. Dann setz dich, und wir trinken Tee, bevor Bessie nach Hause kommt. Einen Augenblick, ich hole die Kanne ...«

Sie griff wieder nach der Reisetasche, eilte in die Küche und wünschte, sie würde sich so zuversichtlich fühlen, wie ihre Stimme klang. Auf dem Gasherd siedete das Wasser, und sie schüttete noch einen zusätzlichen Löffel Tee in die Kanne. Ausnahmsweise hoffte sie, Bessie würde etwas später aus der Schule heimkommen. Wenige Minuten später trug sie das Tablett ins Wohnzimmer und stellte es auf den Tisch. Carol saß auf dem Brennholzkasten und starrte ins Feuer. Wenigstens mit trockenen Augen.

»Bist du gekündigt worden?«, fragte ihre Mutter.

»Nein.« Mit einem flüchtigen Lächeln blickte Carol auf. »Aber ich wünschte, es wäre so.« Sie seufzte und hielt ihre Hände über die wärmenden Flammen. »Ich habe mich zum Narren gemacht. Und einer meiner Autoren wurde in Algerien erschossen. Bald danach verfielen ein paar verrückte Nationalisten auf die Idee, unser Bürogebäude in die Luft zu sprengen.« Erschrocken schnappte Mary nach Luft, und Carol lächelte wieder. »Ich bin froh, dass ich es dir erzählen konnte, bevor Bessie nach Hause kommt. Vor ihr sollten wir nicht darüber reden.«

»Mein Gott, Cass! Warst du in der Nähe, als es passiert ist?«

»Nein, aber ich hab es gesehen. Und gespürt. Keine Bange, ich war nicht in Gefahr. Bedauerlicherweise ist ein wertvolles Manuskript verbrannt, das in einer Schublade lag.«

»Tut mir Leid, Darling. Doch so tragisch das auch sein

mag – du bist mit dem Leben davongekommen. Nur das zählt.«

»Ja«, bestätigte Carol tonlos, »ich bin davongekommen.«

»Zweifellos hast du einen Schock erlitten. Wann ist es passiert?«

»Letzte Nacht. Um halb eins.«

»Und du hast die Explosion beobachtet?«

»Ich war mit Jean-Claude Durand essen. Einige Stunden davor hat er mir dieses Manuskript aus Algerien gebracht.« Mit bebenden Fingern nahm Carol die gefüllte Tasse entgegen, die Mary ihr reichte. »Vielleicht hätte ich es verhindern können, wenn ich mit dem Manuskript nach Hause gefahren wäre, statt Jean-Claudes Einladung anzunehmen. Dann würde Henri noch leben. Erinnerst du dich an den Concierge?«

»Natürlich. Um Himmels willen – ist er tot?«

Carol nickte bedrückt. »Irgendwie habe ich das Gefühl, dass ich benutzt wurde. Und ich fürchte, ich bin teilweise für den Anschlag verantwortlich.«

»Unsinn! Wovon redest du?«

»Ich stellte eine Sekretärin ein, und ich hielt es für einen fabelhaften Glücksfall, dass sie mit einem äußerst kooperativen Auslandskorrespondenten verheiratet ist. Inzwischen nehme ich an, das alles war von langer Hand geplant. Seit das Buch über Kambodscha erschienen ist, weiß alle Welt, wie gern Universal internationale heiße Eisen anpackt.«

»Was in erster Linie *dein* Werk ist«, warf Mary ein.

»Und da erschien Gaby auf der Bildfläche, meine Sekretärin.«

»Glaubst du, sie wurde auf dich angesetzt? Von diesen Nationalisten?«

»Keine Ahnung, was ich denken soll ...«

Nun entstand eine längere Pause, dann meinte Mary: »So

schrecklich das alles auch ist, du darfst keine voreiligen Schlüsse ziehen, Darling.«

»Natürlich nicht ...«

Vor dem Fenster erklangen Kinderstimmen.

»Kommst du nach Tinas Party zu mir?«

»Ich gehe gar nicht auf die Party«, erwiderte Bessie. »Die ist am Karsamstag.«

»Aber du musst nur am Karfreitag und am Ostersonntag in die Kirche gehen. Nicht am Samstag.«

»Grannie und ich fahren Ostern nach Paris«, verkündete Bessie voller Stolz.

Seufzend wandte sich Carol zu ihrer Mutter. »In diesem Jahr nicht. Vielleicht kann ich der Polizei bei ihren Ermittlungen helfen. Aber ihr müsst daheim bleiben.«

»Mal sehen.«

Carol hielt entsetzt den Atem an. »Versprich mir, Bessie nicht nach Paris zu bringen, Mutter! Das meine ich ernst.«

Auf dem Gartenweg näherten sich schnelle Schritte und erreichten die Hintertür.

»Also gut, ich versprech's.« Beruhigend drückte Mary die Hand ihrer Tochter. Dann eilte sie ihrer anderen Tochter entgegen.

6

Myrtle sah in der Übersiedlung von Bournemouth nach Cheltenham einen neuen Anfang. In dem hohen Regency-Haus mit Ausblick auf die Imperial Gardens gab es mehrere Kinderzimmer. Im Erdgeschoss hatte Malcolm seine Praxis eingerichtet. »Hin und wieder könnte ich einen Patienten übernehmen«, schlug sie vor. Ein prüfender Blick streifte ihr Umstandskleid mit den Milchflecken vom letzten Babyfläschchen.

»Das hast du schon in Bournemouth gesagt.«

»Ja, aber da sind die Babys so schnell hintereinander gekommen. Diesmal machen wir eine kleine Pause, nicht wahr, Darling? Dann kann ich mich auf die Praxis konzentrieren.«

»Wie du willst«, entgegnete Malcolm gleichmütig. »Ich wollte nicht aus Bournemouth wegziehen. Aber du hast es offenbar für die Lösung aller Probleme gehalten.«

»Darling, in Bournemouth wimmelt es von Osteopathen Da hätten wir keine Chance. Und du hast immer für Wales geschwärmt ...«

»Vor unserer Heirat«, betonte er.

»Du meinst, als du deine Patientinnen noch etwas intensiver behandeln konntest!«, fauchte sie und vergaß ihren Vorsatz, stets diplomatisch zu bleiben. Als er nachsichtig lächelte, fuhr sie rasch fort: »Streiten wir nicht. Beginnen wir noch mal von vorn. Ich weiß – du glaubst, ich würde dich behindern. Aber ein Arzt mit Familie wirkt viel respektabler – vor allem, wenn seine Frau vom Fach ist und in der Praxis mitarbeitet. Darling, ich gehe in eine Pränatalklinik, knüpfe Kontakte mit Ärzten und Schwestern ...«

»Hör mal, Myrtle, *ich* streite nie. Damit fängst immer nur du an. Und du wiederholst dich. Das alles hast du mir in Bournemouth auch schon erzählt.« Grinsend kitzelte er sie unterm Kinn. »Sei doch ehrlich! Du wolltest nach Cheltenham ziehen, weil es hier genauso exklusiv ist wie in Bournemouth, weil wir ein komfortableres Haus bewohnen und weil die Bahnfahrt nach Northfield zu deiner Familie nur eine Stunde dauert.«

»Wie gut du mich kennst, Darling ...« Sie lächelte schelmisch. »So wie ich dich ...« Sie wollte ihn küssen, aber er wich abrupt zurück.

»Um Himmels willen, Myrtle – soll ich nach saurer Milch riechen, wenn unsere erste Patientin kommt?«

»Es ist *deine* Schuld, dass ich nach saurer Milch rieche, Malcolm Lennox!«

»So?« Herausfordernd starrte er sie an.

»Glaubst du, ich habe Zeit, um dauernd meine Kleider zu wechseln?«, stieß sie erbost hervor. »Mein Gott, schon bevor wir von der Hochzeitsreise zurückkamen, war ich schwanger!«

»Und seither bin ich entweder schwanger oder ich stille ein Baby. Kinder sind ein Ganztagsjob, Malcolm!«

»Und du wolltest sie unbedingt haben.« Plötzlich erlosch sein gelangweiltes, nachsichtiges Lächeln, und er geriet ebenfalls in Wut. »Gewiss, ich habe sie gezeugt – auf deinen Wunsch.« In hohem Falsett versuchte er, sie zu imitieren. »Mindestens zwölf Kinder will ich haben!« Als sie nach ihm schlug, umklammerte er ihre Handgelenke.

»Das habe ich nur gesagt, um dir eine Freude zu machen«, verteidigte sie sich, den Tränen nahe.

»Okay, ich freue mich drüber. Aber nicht immer. Wenn ich so was höre, gewinne ich manchmal den Eindruck, ich wäre an dich gekettet.«

Sie senkte den Blick. Solche Dinge sagte sie meistens nur dann, wenn sie hinter einen seiner Seitensprünge gekommen war. Auf diese Weise kettete sie ihn an – damit hatte er völlig Recht. Seine Finger fühlten sich warm an, und die Art, wie sich sein Griff lockerte, verriet ihr seine Begierde. »Tut mir Leid, Darling«, wisperte sie.

Aber der Geruch von saurer Milch war nicht so schnell vergessen. Er schob sie von sich und bemerkte jovial. »Oh, es liegt nur daran, dass ich daheim arbeite. Würde ich von neun bis fünf in einem Büro sitzen, wäre das anders. Wir sitzen einfach zu eng aufeinander.« Während er zur Tür ging, folgte sie ihm, schob eine Hand in seine Hosentasche, und er lachte heiser. Zweifellos hätte er sie umarmt, wäre der Türklopfer nicht mit lautem Krach gegen das Holz gefallen. »Mrs Herron!« Hastig riss er sich los und nahm seinen weißen Kittel von einer Sessellehne. »Verdammt, sie ist viel zu früh dran ...« Er eilte in die Halle und trat dem neuen Dienstmädchen in den Weg, das auch als Sprechstundenhilfe fungierte. »Um Gottes willen, Gilda, warten Sie – lassen Sie die Patienten erst herein, wenn ich in der Praxis bin!«

Myrtle schloss die Wohnzimmertür bis auf einen schmalen Spalt und spähte hindurch. Diese Mrs Herron musste sie sich anschauen. Und Gilda? War sie auch eine Gefahr? Sie trug einen modisch langen Rock, hatte eine schlanke Taille und kleine runde Brüste. Entschlossen sagte sich Myrtle, Malcolm würde große Brüste vorziehen.

Nun öffnete Gilda die Haustür und zuckte verblüfft zurück. Anscheinend nicht Mrs Herron ...

Sekunden später stürmte Myrtle mit ausgebreiteten Armen in die Halle. »Borrie! Kleiner Bruder! Wie wundervoll! Komm her!« Liebevoll umarmte sie den vierzehnjährigen Jungen, und der Milchgeruch störte ihn kein bisschen.

»Hi, große Schwester. Mutter hat gesagt, jemand müsste dein neues Heim gebührend bewundern. Also hab ich mich freiwillig gemeldet.«

»O Darling, ich bin so froh ...« Das meinte sie ernst. Früher, in ihrem Elternhaus, hatte sie sich oft über Boris geärgert. Aber sie war so stolz gewesen, als er auf ihrem Hochzeitsfest mit Bessie Woodford getanzt hatte, und seither verstand sie sich immer besser mit ihm. Gewiss, es war ärgerlich, dass er nach dem attraktiven Daddy geriet, während sie der Mutter glich. Aber er gehörte zu ihrem einstigen Leben in den Midlands. Sie drückte ihn wieder an sich. Im selben Augenblick dröhnte der Türklopfer. »Ah, das wird Mrs Herron sein. Gehen wir nach oben, Borrie. Schau dir deine Neffen an. Sie sehen dir ein bisschen ähnlich.«

☆

Boris erzählte ihr alle Neuigkeiten von zu Hause. Er befand sich gerade in einer erfreulichen Entwicklungsphase – jung genug, sodass er den Wunsch empfand, Erwachsene zu amüsieren, und alt genug, um zu wissen, wie man das machte. Manchmal benahm er sich wie ein typischer superschlauer Schuljunge, und sie behandelte ihn meistens wie eine ihrer engen Freundinnen – die sie nicht mehr hatte. »Ach, Borrie, du ahnst nicht, wie schmerzlich ich Cass und Liv und Mon vermisse ... Wir waren unzertrennlich.«

»Als ob ich das nicht wüsste! Erinnerst du dich, wie du mich jedes Mal angeschrien hast, wenn ich an die Tür deines Zimmers klopfte und ihr alle drin wart?« Grinsend strich er durch seine widerspenstigen Locken. »Dabei hätte ich euch einiges erzählen können.«

»Großer Gott, Borrie, damals warst du noch ein Baby!«

»Falls ihr euch über den männlichen Körper informieren wolltet, wäre ich ein hochinteressantes Anschauungsobjekt gewesen.«

»Verdorbenes kleines Biest! Du hast dich kein bisschen verändert.« Voller Zuneigung musterte sie ihn. Seine Augen waren größer als ihre und leuchteten in einem viel intensiverem Grün. »Pass bloß auf dein schönes weißes Gebiss auf, Bruderherz. Damit wirst du es noch weit bringen.« Knurrend fletschte er die Zähne. Im Nebenraum erwachte das Baby und begann zu brüllen. »Da siehst du, was du angerichtet hast!«, schimpfte sie, eilte ins Kinderzimmer und hob ihren jüngeren Sohn aus dem Bettchen. Er war neun Monate alt. Da sie wieder schwanger war, durfte sie ihn nicht mehr stillen. Nun rülpste er dauernd und spuckte die Flaschenmilch auf ihre Umstandskleider.

Boris beobachtete, wie sie den Kleinen hin und her wiegte. »Lass ihn doch mit Nicholas spielen.«

»Dummkopf! Martin ist noch nicht einmal ein Jahr alt ...«

»Und Nicholas nur ein Jahr älter. Sicher hätten sie viel Spaß miteinander.«

»Wenn wir am Esstisch sitzen, kann Malcolm beide auf einmal nicht ertragen. Mit Nicky allein habe ich's schon schwer genug. Wenigstens muss ich mich nur mit ihm befassen, während Gilda den Kleinen füttert.«

»Die schiebt nur eine Flasche in seinen Mund und liest Zeitung. Das habe ich vorhin gesehen. Kein Wunder, dass der arme Martin so viel schreit.«

»Würdest du besser mit ihm zurechtkommen, du Schlauberger?«

»Das wirst du gleich sehen.« Boris nahm ihr das Baby ab. »Leg dich in die Badewanne und danach zieh deinen seidenen Kimono an. Vielleicht siehst du dann ein bisschen exotischer aus.« Verwirrt blinzelte Myrtle und fragte sich, ob er etwas zu altklug war. Er hob Martin hoch, schaute in das zornrote, verzerrte kleine Gesicht und fragte: »He, kleiner Neffe, willst du Onkel Borrie einen Gefallen tun und dich ordentlich benehmen?«

Unglaublich – das Geschrei verstummte sofort und das Baby gluckste.

Myrtle verschwand im Bad.

☆

Beim Dinner hielt er Martin auf dem Schoß. Zunächst runzelte Malcolm unwillig die Stirn, entspannte sich aber allmählich, während Boris' unaufhörliches Geschwätz das Baby ebenso fesselte wie Nicholas, der in einem hohen Kinderstühlchen saß.

»Siehst du, wie brav dein großer Bruder sein Fleisch und die Möhren isst?« Boris hielt Martin hoch und ließ ihn auf Nicholas' Teller schauen. Prompt schob der ältere Junge einen gefüllten Löffel in den Mund und das Baby lachte. »Cleverer Nicky! Und jetzt zeigen wir ihm, was *wir* können.« Boris nahm einen Löffel Kartoffelbrei von seinem eigenen Teller und steckte ihn in Martins Mund.

»Dafür ist er noch zu klein, Borrie ...«, begann Myrtle.

»Unsinn!«, fiel Malcolm ihr ins Wort. »Boris macht das großartig.« Anerkennend zwinkerte er seinem Schwager zu. »Und ich kann endlich mal in Ruhe eine Mahlzeit genießen.« Er hielt ihr seinen Teller hin und ließ sich noch etwas von dem geschmorten Rindfleisch vorlegen. »Heute Abend siehst du reizend aus, meine Liebe. Dieser Mandarin-Kragen ist ein perfekter Rahmen für dein Gesicht.«

Errötend gab sie ihrem Mann eine viel zu große Portion, die ihm gar nicht zustand. Aber das Fleisch wurde nicht mehr rationiert.

Boris' Anwesenheit erfreute Malcolm nicht nur, weil der Junge so gut mit den Kindern umgehen konnte. Was noch wichtiger war: Er hielt Myrtle vom Behandlungszimmer fern. Sie hatte nämlich die schlechte Gewohnheit entwickelt, den Patienten eine Tasse Tee zu bringen, wenn Malcolms sensitive Finger gerade verspannte Muskeln im Nacken oder zwischen den Schultern ertasteten. Natürlich war das für alle Beteiligten etwas peinlich. Nun ging sie lieber mit den Kindern und ihrem Bruder spazieren.

Auch Gilda war dem jungen Besucher gewogen. Zwei Tage nach seiner Ankunft wurde sie von der langweiligen Pflicht entbunden, Baby Lennox das abendliche Fläschchen zu geben. Außerdem musste sie nicht mehr beide Kinder beaufsichtigen, während Mrs Lennox im Behandlungsraum ein und aus ging.

Und Boris schien sich wohl zu fühlen. So wie Myrtle in früheren Jahren überlegte er, wie bald er von daheim fortgehen könnte, wo der Vater die Mutter als Fußabstreifer benutzte, wo es keine anständigen Mahlzeiten gab und die Putzfrau – Boris war ein begeisterter Fotograf – Zigarettenasche in die Dunkelkammer schnippte.

Diesen Besuch bei seiner Schwester betrachtete er als die erste von vielen Chancen, dem Elternhaus zu entfliehen. Zum Glück lag Cheltenham nicht weit von Northfield entfernt, mit der Bahn in einer Stunde zu erreichen, und er fand Myrtles neues Domizil hinter der Promenade großartig. Zudem hatte er gewisse Zukunftspläne geschmiedet.

Dafür stellte er die Weichen, während sie den Montpelier hinaufwanderten, um die ersten Schneeglöckchen zu bewundern. »Zu Ostern sind diese Parkplätze sicher rammelvoll«, meinte er beim Anblick der Rotunde beim Queen's Hotel, die von der Statue König Williams bewacht wurde. »Die Ferien in der Mitte des Trimesters sind so kurz, dass man sich kaum was anschauen kann. Darf ich im April noch einmal zu dir kommen und etwas länger bleiben, Schwesterchen? Wenn ich kein verdammtes Ärgernis bin ...«

»Hüte deine Zunge, Borrie! Ich bin zwar ziemlich hart im Nehmen, aber *pas devant les enfants,* bitte! Außerdem bist du erst vierzehn.«

»Bald fünfzehn. Und das ist noch gar nichts. Du solltest mal die älteren Jungs in der Schule belauschen. Hast du zum Beispiel schon mal das Wort ›Wichser‹ gehört?«

Myrtle blieb stehen, dachte an das Geisterhaus und erschauerte wohlig. »Zufällig ja. Aber damals war ich älter, als du es jetzt bist.«

»Nicht viel, darauf wette ich.«

»Nein, nicht viel. Mein Gott, wie lange ist das her ...«

Sie überquerten die Straße und betraten die Gärten. Zwischen den kahlen Bäumen rings um die leeren Tennisplätze wehte ein kalter Februarwind. Boris zog seine Mütze tiefer in die Stirn, und Myrtle schob das Verdeck des Kinderwagens weiter nach vorn, um Nicholas zu schützen.

»Letztes Jahr, kurz vor Weihnachten, kam Monica nach Hause«, sagte Boris. »Hat sie es dir erzählt?«

»Nein.« Erstaunt wandte sich Myrtle zu ihm. »Seit sie die Lehre in diesem Londoner Hotel begann, habe ich nichts mehr von ihr gehört. Ein paar Mal schrieb ich ihr. Aber sie hat nie geantwortet. Eigentlich dachte ich, sie würde sich nie wieder in Northfield blicken lassen.«

»Einige Leute haben sie gesehen. Sie blieb nur einen Tag und aß in dem grässlichen Café, wo Mrs Cook arbeitet, Würstchen mit Chips. Dann ging sie auf der Heide spazieren.«

»Hast du sie von deinen Spionen beschatten lassen?«

»Ich wusste es ja – das würde dich interessieren.«

»Natürlich. Ein Spaziergang auf der Heide? Ich wette, sie hat Cass im Geisterhaus getroffen.«

»Carol Woodford? Nein, die ist in Paris. Monica war mit ihrem Bruder dort.«

»Tatsächlich? Ich nahm an, Cass würde mit ihr in Verbindung stehen – und hätte ihr von meiner Hochzeit erzählt. O Gott, wenn ich daran denke! Damals warst du noch zu klein, um das alles zu verstehen, Borrie. Ich muss verrückt gewesen sein. Cass zu beschuldigen, vor all den Leuten ... Als hätte es eine Rolle gespielt. Ich schicke ihr jedes Jahr eine Weihnachtskarte.«

»Und von ihr hast du noch keine gekriegt?«

»Keine einzige. Nur Liv schreibt mir regelmäßig. Malcolm ist mit Reggie befreundet. Also stehen wir uns immer noch nahe. Aber von Cass und Mon hat Liv auch nichts gehört.« Den Kopf gesenkt, schob sie den Kinderwagen weiter. »So was kannst du nicht nachempfinden, kleiner Bruder.«

»Nun ja ...« Diplomatisch blieb er einen Schritt hinter ihr. »Es läuft wohl darauf hinaus, dass ihr früher zu viert wart, dann habt ihr euch in zwei Paare geteilt. Und das missfällt dir.«

»Ja ...«, gestand Myrtle zögernd und rollte den Kinderwagen hinter einen Stechpalmenstrauch, der Nicholas gegen den Wind abschirmte. Dann stellte sie den Kleinen auf den Weg.

Tollpatschig tappte er zum Grasrand und versuchte mit seinen Fäustlingen ein Schneeglöckchen zu pflücken. Boris zog einen Tennisball aus der Tasche und warf ihn zu seinem Neffen hinüber. Während die beiden lachend nach dem Ball traten und ihm nachrannten, setzte sich Myrtle neben den Kinderwagen ins feuchte Gras und umfasste die Lenkstange. Mit düsterer Miene beobachtete sie ihre Anverwandten. Nur Männer – schrecklich. Wie gern würde sie sich wieder einmal mit einer Frau unterhalten ... Natürlich, sie hatte ihre Mutter, und ein paar Heuchlerinnen taten ihr Bestes, um sich mit ihr anzufreunden und an Malcolm heranzukommen – sogar Gilda. Von diesen falschen Schlangen wollte Myrtle nichts wissen. Am liebsten würde sie wieder im Geisterhaus am Boden kauern und mit den drei anderen Mädchen schwatzen, die alles über sie wussten und ihre Fehler mit ätzender Kritik, aber ohne Sadismus akzeptierten. In gewisser Weise war Malcolm ein Sadist.

»Weinst du, Schwesterchen?«, rief Boris erschrocken, warf den Tennisball etwas weiter weg, sodass Nicholas hinterherlaufen musste.

»Natürlich nicht!«, fauchte Myrtle. »Dieser verdammte Wind treibt mir das Wasser in die Augen.«

»Oh – du fluchst!«

»Fahr zur Hölle!« Immerhin brachte er sie zum Lachen. »Setz dich für eine Minute zu mir. In den nächsten zweiundfünfzig Sekunden wird Nicky nichts passieren. Dann gehen wir nach Hause und essen heißes Teegebäck mit Butter, deine Lieblingsspeise.«

Er sank neben ihr ins Gras und schlug fröhlich vor, als wär es ihm eben erst eingefallen: »Hör mal, Myrt, du könntest Mrs Woodford schreiben und fragen, ob Bessie euch zu Ostern für ein paar Tage besuchen darf. Sicher ist sie ganz verrückt nach Babys. Und vielleicht wirst du auf diese Weise deine Probleme mit Cass lösen.«

»Aber – damals ging es auch um Bessie – unter anderem ...«

»Wenn du was Schlimmes über Bessie gesagt hast und sie jetzt einlädst, beweist du doch, dass es nicht ernst gemeint war.«

»Ja – sicher ... Und sie ist so süß. Das weißt du, nicht wahr? Auf meiner Hochzeit hast du mit ihr getanzt.«

»Ab und zu sehe ich sie im Park. Oder in der Kirche.«

»Wie alt ist sie jetzt?«

»Neun. Im Dezember wird sie zehn.« Als sie ihm einen scharfen Blick zuwarf, erklärte er verlegen: »Manchmal rede ich mit ihr und frage sie nach Carol.«

»Und was hast du rausgefunden?«

»Nichts Besonderes. Nur dass sie einen tollen Job in Paris hat. Nun will sie ein Haus in Südfrankreich kaufen. Mrs Woodford und Bessie besuchen sie sehr oft. Wenn sie für immer zu Cass ziehen, hast du keine Chance mehr, um alles wieder gutzumachen.«

»Dann werden sie auch zu Ostern nach Paris fahren.«

»Nein.«

»Warum nicht?«

»Das weiß Bessie nicht so genau. Ich glaube, Carol hat berufliche Schwierigkeiten. Deshalb macht sich Mrs Woodford Sorgen.«

»Hat sie ihre Stellung verloren? Oder gibt's Ärger mit einem Mann? Vielleicht kommt sie nach Hause, um ihr gebrochenes Herz zu heilen. Dann sollte *sie* mich zu Ostern besuchen.«

»Vor allem, wenn Bessie hier wäre.«

»Okay, ich schreibe Mrs Woodford ... Aber was rede ich da? Cassie und ihre Mutter werden Bessie niemals erlauben, hierher zu kommen.«

»Doch, wenn sie ihnen auf die Nerven fällt. Das schafft sie ganz bestimmt.«

»So? Aber was sollte sie veranlassen, uns zu besuchen? Sie kennt mich gar nicht – nicht so gut wie Liv. Nicht, dass Liv ein Kind in der Nähe ihres Hauses dulden würde ...«

»Wenn ich Bessie sage, ich würde die Ostertage bei euch verbringen, hätte sie vielleicht auch Lust dazu.«

Myrtles Augen verengten sich. »Bist du ihr romantischer Held? Was geht da eigentlich vor, Borrie? Du führst doch was im Schilde. Wie Malcolm. Großer Gott, sie ist erst neun!«

»Beruhige dich, Schwesterchen. Was ist denn los mit dir? Ich schlage dir vor, Bessie einzuladen. Dir zuliebe. Und ich erkläre dir, ich würde im Park mit ihr reden. Dir zuliebe. Und du springst mir an die Gurgel.«

»Schon gut.« Sie stand auf und ging zu Nicky. »Wahrscheinlich liegt's an meiner Schwangerschaft. So was verstehst du nicht. Niemand kann's verstehen ... Nur Cass – vielleicht ... O Borrie, warum hast du ihm diesen Ball gegeben? Jetzt ist er drübergestolpert und sein Mantel ist ganz schmutzig.«

Sofort eilte Borrie zu ihr und half ihr, den Matsch vom Mantel des schreienden kleinen Jungen zu wischen.

Myrtle hob ihren Sohn lächelnd in den Kinderwagen. »Okay, ich schreibe Mrs Woodford. Und wenn du Bessie nächstes Mal im Park triffst, sag ihr, du würdest mich über Ostern besuchen.«

»Gute alte Myrt!«, lobte Boris, hochzufrieden mit sich selbst. »Wie könnte Cass dir widerstehen?«

☆

Malcolms Begeisterung hielt sich in Grenzen. Myrtle informierte ihn erst über ihren Plan, nachdem sie eine Antwort von Mrs Woodford erhalten hatte. Dann betonte sie, es wäre doch nett, wenn Boris Gesellschaft hätte.

»Eigentlich dachte ich, er sollte uns besuchen, um sich mit den Jungs zu beschäftigen«, erwiderte Malcolm und runzelte die Stirn. »Dazu wird er keine Lust mehr haben, wenn seine Freundin hier ist.« Die Praxis florierte – nicht zuletzt, weil Mrs Herrons erster Termin so erfolgreich verlaufen war. Welche Fähigkeiten er besaß – nicht nur in osteopathischer Hinsicht –, hatte sich rasch herumgesprochen. Nun musste er seinen guten Ruf verteidigen, und er hatte gehofft, Boris würde ihm Myrtle wieder eine Zeit lang vom Leib halten.

»Darling, das ist keine richtige *Freundin*.« Myrtle legte eine Hand unter ihren runden Bauch, um ihn zu stützen. Dabei sah sie bedauerlicherweise sehr unvorteilhaft aus. »Erinnerst du dich an die kleine Bessie Woodford? Sie war auf unserer Hochzeit. Seither schwärmt sie ein bisschen für Boris«, fügte sie kichernd hinzu. »Sicher kann sie großartig mit unseren Jungs umgehen und sie wird mit Borrie Mummy und Daddy spielen.«

»Armer alter Boris«, seufzte Malcolm. »Nein, Myrtle, das gefällt mir nicht. Wir würden eine gewisse Verantwortung auf uns nehmen. Jetzt ist er in diesem Alter ...«

»Er ist vierzehn. Außerdem werde ich die beiden im Auge behalten.«

»Oh, das ist natürlich was anderes. Tut mir Leid, Baby.« Er saß neben ihr auf dem Sofa, streichelte ihren Bauch, und dann küsste er sie. Als sie stöhnend die Lider senkte, warf er einen Blick auf die Wanduhr. Die Zeit würde noch reichen. Hastig schob er ihr Umstandskleid hoch.

☆

»Wie nett von dir, mich einzuladen, Tante Myrtle!«, sagte Bessie höflich. »Nun kann Grannie zu Cass nach Frankreich fahren und muss sich nicht um mich sorgen.«

»Hallo, Darling!« Von echter Zuneigung erfüllt, küsste Myrtle das Mädchen. Irgendetwas erinnerte sie an die eigene Kindheit – vielleicht Bessies Seelenverwandtschaft mit Cass. An einer äußeren Ähnlichkeit konnte es nicht liegen. Mit ihrem schwarzen Haar sah die Kleine wie eine Zigeunerin aus. »Ich wollte dich schon immer mal wiedersehen. Aber das war schwierig – die Praxis, die Familie ... Aber seit einiger Zeit wohnen wir näher bei Northfield und Boris kann uns öfter besuchen. Jetzt ist er auch hier und wird dir Gesellschaft leisten.«

»Darüber freue ich mich sehr«, erwiderte Bessie förmlich, als wäre Boris ein älterer Onkel.

Obwohl Myrtle das Kind nicht aushorchen wollte, konnte sie der Versuchung nicht widerstehen und schnitt das Thema an, das sie am allermeisten interessierte. »Deine Grandma hat mir geschrieben, in diesem Jahr willst du zu Ostern nicht nach Frankreich fahren. Hoffentlich hast du nicht mit der lieben Cass gestritten.« Myrtle schlug einen scherzhaften Ton an und hoffte inständig, das Mädchen würde nichts über die Szene am Hochzeitstag wissen.

Davon wusste Bessie tatsächlich nichts. Ihr aufrichtiger Blick erinnerte Myrtle erneut an die Cass in jener fernen Vergangenheit. »Das musste ich Grannie einreden. Sonst hätte sie mich nicht hierher geschickt, und sie würde nicht nach Paris fahren. Dorthin kann sie mich ohnehin nicht mitnehmen. Es wäre zu gefährlich. Und wenn sie mir zuliebe auf die Reise verzichtet hätte, wäre die arme Cass zu Ostern ganz allein.«

»Gefährlich?«, wiederholte Myrtle bestürzt. »Was meinst du?«

»Hast du's nicht in der Zeitung gelesen? Diesen Artikel hat Boris mir gezeigt – das Haus, in dem Cass gearbeitet hat, ist in die Luft geflogen.« Sorgsam hängte Bessie ihren Mantel und den passenden Hut in den Schrank des Gästezimmers. »Boris sagte, ich soll mir nichts draus machen und ich könnte ihn nach Cheltenham begleiten. Das würde er für mich regeln. Und er hat's ja auch getan.« Lächelnd wandte sie sich zu Myrtle. »Wirklich, es war so nett von dir, mich einzuladen.«

Mühsam verbarg Myrtle ihren Ärger. Wenn es auch keine Rolle spielte, warum das Mädchen hier war – sie würde ein ernstes Wort mit Borrie reden. Hinterlistiger kleiner Kerl! Genau wie Daddy. Aber im Augenblick war die Geschichte von Cass' Büro wichtiger. »Auf dieser Welt geschehen so viele schreckliche Dinge ... Wie ich zugeben muss, habe ich diesen Artikel nicht gelesen ...« Myrtle legte einen Stapel marineblauer Unterhosen in eine Schublade. »Kann Cass nicht nach Hause kommen?«

»Doch, ich denke schon. Aber das will sie nicht. Sie möchte in Paris die Stellung halten.«

»Oh ...« In letzter Sekunde schluckte Myrtle einen Fluch hinunter. Also war Cass noch immer nicht erwachsen geworden. Sie benahm sich so sonderbar wie eh und je. »Um Himmels willen, warum hat jemand das Büro in die Luft gesprengt? Ich dachte, Cass würde für einen kleinen Verlag arbeiten, Übersetzungen und so ...«

Bessie wandte sich vom Toilettentisch ab, den sie soeben bewundert hatte und der sehr »erwachsen« aussah mit einer Puderdose, Haarbürsten und Kämmen, einem Gestell für Ringe und Spitzendeckchen. »O nein, Tante Myrtle, Cass arbeitet für einen großen, berühmten Verlag. Sie leitet die französische Zweigstelle ganz allein und ist sehr tüchtig. Alle Leute mögen sie. Sogar die Franzosen.«

»Aber – wer würde denn Bücher in die Luft jagen?«

»Grannie sagt, manchmal ist die Feder wichtiger als das Schwert. Außerdem ist nicht nur Cass' Büro explodiert, sondern das ganze Haus. Und so war's vielleicht nur ein Zufall ...«

»Ah, ich verstehe.« Plötzlich fühlte sich Myrtle bemüßigt, das kleine Mädchen zu umarmen, und beide lächelten verlegen. »Ich bin so froh, dass du da bist, Bessie. Irgendwie erinnerst du mich an meine Kindheit. Das findest du wahrscheinlich albern, Darling.«

»O nein. Cass hat mir oft von ihren drei Freundinnen erzählt. Und Boris erinnert sich ganz genau, wie oft ihr euch alle heimlich in deinem Schlafzimmer getroffen habt. Das kann ich mir gut vorstellen.«

Unbehaglich fragte sich Myrtle, ob Boris damals am Schlüsselloch gelauscht hatte. »Nun, meine Liebe ... Wenn du deine Sachen ausgepackt hast, komm ins Kinderzimmer. Ich ziehe die Jungs an und dann gehen wir spazieren.«

☆

Bessie beobachtete, wie Tante Myrtle die Tür hinter sich schloss. So ein riesiger Bauch ... Was immer da drin sein mochte – wie sollte es nächsten Monat herauskommen? Und warum war es nicht schon längst rausgefallen? Jedenfalls war Tante Myrtle sehr nett. Grannie hatte erklärt, sie sei ganz besonders eng mit Cass befreundet gewesen. Früher hätten die beiden viele Abenteuer in der ländlichen Umgebung von Northfield bestanden. Und das gefiel Bessie. Sie trat ans Fenster und genoss den vertrauten Geruch alter Netzvorhänge, diesen Duft des Sonnenscheins, der jahrelang das Zimmer erhellt hatte. Auch die Aussicht war wundervoll – die Straße mit majestätischen Bäumen, die Imperial Gardens. »Imperial Gardens«, flüsterte sie. Irgendwie klang das russisch. Nicht nach dem Russland der Erwachsenen, die über das »Veto« jammerten, sondern nach Schlitten und dicken Pelzmänteln und Winterpalästen. Wie schön wäre es, einen Winterpalast und einen Sommerpalast zu besitzen ...

Jetzt blühten Narzissen in den Imperial Gardens und rings um den Brunnen wuchs Goldlack. Im gemähten Rasen entdeckte Bessie kein einziges Gänseblümchen und keine Butterblumen. Die Augen zusammengekniffen, spähte sie hinab. Wenn sie sich auf Butterblumen und Gänseblümchen konzentrierte, würde sie nicht an Grannie denken, die ganz allein nach Frankreich fuhr, und an Cass, die den Bombenanschlag so tapfer überstanden hatte.

☆

Myrtle beobachtete die muntere kleine Schar, die vor dem Kinderwagen die berühmte Promenade von Cheltenham entlangwanderte. Sogar Nicholas schien den Schaufensterbummel zu genießen. Der Gehsteig war so herrlich breit, hinter den Bäumen konnte man Verstecken spielen, und die Erwachsenen hatten es nicht eilig. Wie seine neue Tante Bessie ihm nachrannte, gefiel ihm besonders gut – nämlich so, dass sie ihn nur einholte, wenn er zwischen die Beine eines Spaziergängers geriet oder über einen Hund stolperte oder wenn er aufs Pflaster fiel. Dann hob sie ihn hoch und übergab ihn Borrie, der fast schon ein Mann war. Und sie sah sehr hübsch aus in ihrem blauen Mantel mit dem passenden Hut.

Als Myrtle die Gedanken ihres Sohnes las – so mühelos wie ihre eigenen –, lächelte sie zufrieden. Es war richtig gewesen, Cass' Tochter einzuladen. Nur flüchtig entsann sie sich, dass Boris sie auf diese Idee gebracht hatte und dass Bessie die Ostertage in Frankreich verbringen würde, wäre Cass' Büro nicht in die Luft geflogen. Allmählich glaubte Myrtle, sie allein hätte das alles arrangiert, um den schrecklichen Zwist mit Cass beizulegen. Nächsten Monat würde ihr Baby zur Welt kommen. Wenn es ein Mädchen war, wollte sie es Carol nennen.

Bessies helle Stimme wehte zu ihr. »Wollen wir Nickys Eltern spielen, Boris?«

Zum Erstaunen seiner Schwester stimmte Boris, der ein solches Ansinnen normalerweise entrüstet von sich weisen würde, sofort zu. »Okay. Am besten nimmst du meinen Arm. Oder sollen wir ihn zwischen uns herumschwenken?«

»Letzteres, Darling«, flötete sie, »Letzteres ...«

Sie krümmten sich vor Lachen.

Und nachdem Myrtle sich von ihrer Verblüffung erholt hatte, beugte sie sich kichernd über den Kinderwagen. »Glaubst du, aus den beiden wird ein Paar, Martin?«, flüsterte sie und küsste das süße Gesichtchen des Babys. »Da würden Cass und ihre Mutter Augen machen ...«

Als der wunderbare Frühlingsnachmittag abkühlte, gingen sie nach Hause. Myrtle sehnte sich nach ihrem Kaminfeuer und einer Tasse Tee. Gerade fuhr der letzte Patient in einem Taxi davon, was bedeutete, dass Gilda nicht mehr Malcolms Sprechstundenhilfe spielen musste. Vielleicht hatte sie sogar schon das Teewasser aufgesetzt und ein gemütliches Feuer im Kamin des Wohnzimmers entzündet.

Myrtle zog ihrem Baby den warmen Mantel aus und legte es in Boris' Arme. »Seid so nett und bringt die Jungs nach oben. Ich bin völlig erschöpft.«

»Keine Bange, Schwesterherz, wir kümmern uns um die beiden.« Boris war viel feinfühliger, als sie es erwartet hatte. Vielleicht konnte er sich deshalb mit einem kleinen Mädchen wie Bessie anfreunden. »Ruh dich bis zum Dinner aus und leg die Beine hoch.«

»Du bist ein Schatz.« Sie seufzte, warf ihm eine Kusshand zu und Bessie eine zweite. »Und du auch, meine Liebe.« Sie schob den Kinderwagen in den Schrank, der in der Halle stand. Dann betrat sie die Küche. Keine Gilda. Natürlich.

Resignierend füllte Myrtle den Wasserkessel und zündete den Gasherd an. Neuerdings arbeitete Gilda immer seltener im Haushalt. Vergaß das verdammte Mädchen, dass es in erster Linie *ihr* helfen und nur *nebenbei* die Rolle der Sprechstundenhilfe übernehmen sollte? Myrtle bereitete den Tee zu, schenkte sich eine Tasse ein und trug sie ins Wohnzimmer. Kein Feuer. Nicht einmal Brennholz lag im Kamin. Tränen kitzelten ihre Nase. Einfach grauenvoll. Und das nach diesem schönen Spaziergang ...

Unsanft stellte sie die Tasse aufs Kaminsims, Tee schwappte in die Untertasse. Voller Selbstmitleid kniete Myrtle nieder und machte Feuer. Wenigstens standen ihr Boris und Bessie bei. Wo zum Teufel steckte Gilda?

Vermutlich räumte Malcolm das Behandlungszimmer auf. Sie könnte ihm eine Tasse Tee bringen, er würde sich freuen. Mühsam erhob sie sich und schaute in den Spiegel. Den Kohlenfleck auf ihrer Nasenspitze würde sie nicht wegwischen. Der sah süß aus und würde ihn hoffentlich veranlassen, Gilda eine Lektion zu erteilen. Entschlossen ging Myrtle in die Küche. Mittlerweile war der Tee lauwarm und Malcolm trank ihn am liebsten glühend heiß. Also goss sie ihn in einen Topf und erhitzte ihn auf dem Herd. Nun würde Gilda etwas mehr spülen müssen. Geschah ihr nur recht.

Als sie den dicken Teppich in der Halle überquerte, drangen die fröhlichen Stimmen der Kinder aus dem Oberstock herab. Sicher würde Malcolm glauben, sie wäre bei ihnen, und ihr für die gute Idee danken, Boris und Bessie zusammen einzuladen. Sie öffnete die Tür des ganz in Weiß gehaltenen Behandlungszimmers.

Abrupt blieb sie stehen. Ungewöhnliches Halbdunkel erfüllte den Raum, die schweren Samtvorhänge waren zugezogen, obwohl der schöne Apriltag um halb sechs noch genug Licht spendete. Trotzdem vermochte sie die Ereignisse richtig zu deuten. Malcolm lag in seinem weißen Kittel und der Sergehose auf dem Behandlungstisch. Aber der Hosenschlitz musste geöffnet sein, denn Gilda saß rittlings auf ihm, in ihrer schwarzweißen Kleidung – und ganz offensichtlich ohne Unterhose.

Im Licht, das durch die geöffnete Tür in den Raum fiel, brauchten sie nur zwei Sekunden, um die Gefahr zu erkennen. Allerdings dauerte es zwei weitere Sekunden, bis sie sich voneinander lösten. Vielleicht wäre sogar noch etwas mehr Zeit verstrichen, hätte die Teetasse Gildas Schulter nicht so zielsicher getroffen. Der kochend heiße Tee, der auf nackte Schenkel, Hände, Gesichter und andere Körperteile rann, beschleunigte die Aktivitäten geradezu dramatisch.

Schreiend landete Gilda auf dem Boden und Malcolm setzte sich auf. Mit einer Hand umfasste er seinen hüllenlosen Penis, mit der anderen berührte er seine verbrühte Wange. »Verdammt, Myrt, was treibst du denn?«

Da verlor Myrtle die Beherrschung, stürmte ins Zimmer und trat mit aller Kraft nach Gilda. »Verschwinden Sie aus diesem Haus! Sofort!« Schluchzend sprang Gilda auf, zerrte ihre Unterhose hoch und rannte zur Tür hinaus, die Myrtle hinter ihr zuwarf. Atemlos lehnte sie sich dagegen. »Ich hasse dich von ganzem Herzen! Nicht nur die Patientinnen – oh, die meisten erwarten es von dir und zahlen sogar dafür ... Aber auch noch das Hausmädchen!«

Hastig schloss Malcolm seinen Hosenschlitz und stand auf. »Zum Teufel mit dir! In alles musst du dich einmischen! Um Himmels willen, du siehst aus wie ein theatralischer Stummfilmstar! Leider weißt du nicht, was das Wort ›stumm‹ bedeutet.«

»Am liebsten würde ich dich rauswerfen, genauso wie Gilda.«

»Offenbar verstehst du nicht, dass es nur eine einzige Möglichkeit gibt, so ein Mädchen zu beruhigen. Seit sie hier ist, stellt sie mir nach. Und als ihr heute Nachmittag alle weggegangen seid, ohne mir ein Wort zu sagen ...«

»Einmal zu oft, Malcolm Lennox. Jetzt hast du es einmal zu oft getan.«

»Und deshalb wolltest du mich mit diesem siedend heißen Tee zur Enthaltsamkeit verurteilen ...« Unbehaglich unterbrach er sich, als in der Halle Stimmen erklangen.

»Wohin gehen Sie, Gilda?«, fragte Boris.

»Ich habe soeben gekündigt. Ich verlasse dieses Haus.« In Gildas Antwort schwang ein gewisser Triumph mit, der Boris nicht zu beeindrucken schien.

»Nicht im Pelzmantel meiner Schwester«, entgegnete er in entschiedenem Ton. Erst jetzt merkte Myrtle, dass er den Stimmbruch schon hinter sich hatte.

Nun wiesen ausdrucksvolle Geräusche auf ein verbissenes Gerangel hin. Myrtle wollte die Tür öffnen. Aber Malcolm nahm ihr grinsend die Klinke aus der Hand und drückte ihren umfangreichen Körper gegen das Holz. »Wirklich, Malcolm, wir sollten eingreifen«, wisperte sie.

»Das schafft Boris sicher auch ohne unsere Hilfe.« Er lehnte seine Stirn an ihre. »Wolltest du mich tatsächlich kastrieren?«

»Ja. Wenn du dann aufhörst, andere Frauen zu lieben ...«

»Die *liebe* ich nicht. Ich möchte sie nur ...«

»Wage es bloß nicht, dieses Wort in meiner Anwesenheit auszusprechen, Malcolm Lennox!«

»Natürlich nicht. Ich liebe nur dich, Myrtle Lennox. So ist es doch. Wir lieben uns. Und wir machen Babys.« Sein Atem wehte in ihren Mund und erinnerte sie an Cass, die ihr einmal erklärt hatte, man könnte mit einem Pferd Freundschaft schließen, wenn man in seine Nüstern bläst.

»Schön und gut. Aber es missfällt mir, dass du das – wie immer du's nennst – mit allen Frauen in deiner Nähe tust. Sogar mit dem Dienstmädchen!«

»Nein, mein Häschen, Gilda hat's mit *mir* getan.«

»Klar ...« Sie versuchte, kühl zu wirken und ihren Körper zu versteifen. Aber dann erinnerte sie sich, wie sie die Teetasse auf die beiden geschleudert hatte, und ein Kichern erschütterte das Baby in ihrem Bauch.

»Myrtle, Myrtle, Myrtle, Myrtle.« Jedes Mal, wenn er ihren Namen flüsterte, küsste er sie. Und jeder Kuss war anders. Oder verführerischer.

»Alles in Ordnung, Myrtle?«, rief Boris. »Was ist eigentlich los?«

Malcolm hob den Kopf. »Soeben haben wir das Hausmädchen gefeuert, alter Junge. Myrtle und ich räumen gerade das Behandlungszimmer auf. Kommst du noch eine Weile allein zurecht?«

Nach einer kurzen Pause erwiderte Boris: »Okay – wenn's dir recht ist, Schwesterchen ...«

Kraftlos lehnte sie an der Tür. Aber sie zwang sich, in beiläufigem Ton zu antworten: »Ja, sicher.« Und dann lag Myrtle auf dem Behandlungstisch und streifte ihre Unterhose nach unten. »Schaffst du's?« Besorgt musterte sie Malcolms glutroten Penis.

»Frag mich in zehn Minuten noch mal.«

In dieser Zeitspanne gingen ihr mehrere Gedanken durch den benebelten Sinn. Erstens – wenn Malcolm auch zu übermäßiger Sexualität neigte, sie wollte ihn gar nicht anders haben. Zweitens – es lohnte sich, ihn bei Seitensprüngen zu ertappen, denn danach beglückte er sie besonders eifrig, manchmal eine ganze Woche lang. Und drittens ... Etwas später wisperte sie: »Weißt du noch, was Gilda mit dir getan hat?«

»Verzeih mir, meine Süße. Ich bete dich an. Das musst du doch längst gemerkt haben ...«

»Soll *ich's* nächstes Mal mit dir machen?«

»O *Baby* ...«

Nachsichtig lächelte sie ihn an, als wäre er ein kleiner Junge. Vielleicht ließ sich das Problem auf diese Weise lösen – sie musste Myrtle *und* Gilda sein. Zärtlich nahm sie sein Gesicht in beide Hände, küsste ihn und blies ihren warmen Atem in seinen Mund. Ja, daran musste sie denken. Und an etwas anderes. Wenn sie ihm Schmerzen zufügte, schien es ihn kein bisschen zu stören und seine Leidenschaft sogar zu schüren. Leise begann sie zu lachen.

»Was amüsiert dich denn, du unartiges Mädchen?«

»Jetzt könnte ich eine möglichst heiße Tasse Tee vertragen. Du auch?«

Hilflos vor Gelächter klammerten sie sich aneinander.

Dann gingen sie in die Küche, wo Bessie den Kindern Lätzchen umband und Boris den Tisch deckte. Myrtle fühlte sich großartig. »Oh, meine Lieblinge, ihr seid einfach wundervoll! Falls ihr jemals Referenzen braucht ...«

»Gilda ist weg, Gilda ist weg!«, krähte Nicholas.

»Stell dir vor, Tante Myrt, sie wollte deinen Pelzmantel mitnehmen!«, verkündete Bessie empört.

»Nein! Tatsächlich?«

»O ja«, bestätigte Bessie. »Und sie sagte, du wärst ...«

»Diese unverschämte Person hat dich beleidigt«, fiel Boris ihr rasch ins Wort, »und da warf ich sie raus.«

»Gut gemacht, alter Junge.« Malcolm setzte Martin auf seinen Schoß, und Bessie füllte vier Teetassen ohne Untertassen.

»So was Gemeines! Gilda hat behauptet, Tante Myrt sei *läufig*.«

Besorgt starrte Boris seine Schwester und seinen Schwager an, die Tränen lachten. Nach einer Weile stimmten Bessie und Martin in das Gelächter ein.

»So heftig dürftest du nicht lachen, Schwesterchen«, mahnte Boris. »Damit schadest du dem Baby.«

»Hast du das gehört, Malcolm?«, japste Myrtle. »Ich schade dem Baby ...«

Für diesen Tag hatte Boris die Nase voll. »Trink deinen Tee, Myrt! Bevor du endgültig zusammenbrichst!«

Mit vereinten Kräften bereiteten sie eine einfache Mahlzeit zu und die Teestunde glich einer Party. Nur Boris war mürrisch. Doch dann besserte sich seine Laune, als Bessie erklärte: »Hier bin ich am allerliebsten, wenn ich nicht bei Grannie und Cass sein kann.«

☆

In dieser Nacht begannen – wie um Boris' Bedenken zu rechtfertigen – Myrtles Wehen. Es war ihre vierte Schwangerschaft. Sechs Monate nach der Hochzeit hatte sie eine Fehlgeburt erlitten. Sobald sie die ersten Krämpfe spürte, schreckte sie aus dem Schlaf hoch. Dann lächelte sie ins Dunkel und freute sich, weil der Liebesakt im Behandlungszimmer die Niederkunft beschleunigt hatte. Das würde sie künftig als Waffe im ständigen Kampf gegen Malcolm benutzen. Wenig später verstärkten sich die Schmerzen und Myrtles Lächeln erstarb.

Von plötzlicher Angst erfasst, umklammerte sie den Rand der Matratze. Sie bekam kaum genug Luft, um nach ihrem Mann zu rufen, und bedauerte nicht zum ersten Mal, dass er aus gesundheitlichen Gründen auf getrennten Betten bestand. Es dauerte eine halbe Ewigkeit, bis er erwachte – kein Wunder nach diesem anstrengenden Nachmittag. Keuchend zog sie die steife orthopädische Matratze hoch und hatte sie beinahe um ihren Körper gewickelt, als Malcolm endlich aufstand. »O Gott, Myrt, es ist zu früh!«, meinte er besorgt und knipste das Licht an. »Da stimmt was nicht.«

»Doktor – Klinik ...«, würgte sie hervor und versank wieder in der privaten Welt ihrer Schmerzen. Sie durfte nicht schreien, sonst würde sie Nicky und Martin wecken. Und Bessie. O Gott ... Plötzlich malte sie sich aus, wie Cass ihre Tochter geboren und das alles durchgemacht hatte, mit sechzehn Jahren, fern von zu Hause. Damals hätten sie ihr beistehen und zusammenhalten sollen. Stattdessen hatten sie ein kostbares Erlebnis verpasst, ein unzerreißbares Bindeglied.

Danach konnte sie nicht mehr klar denken. Zwei Dinge erhoben sich wie die Spitzen von Eisbergen aus dem Meer ihrer Qualen. Erstens – diesmal musste es ein Mädchen sein. Und zweitens – sie wollte Cass und Liv und Mon wiedersehen. Bessie zuliebe. Eine große Familie ...

Malcolm weckte Boris, als die Ambulanz eintraf. »So schlimm war's noch nie«, stöhnte er, vor Angst halb von Sinnen. »O Gott, Boris, sie wird sterben!«

Erschrocken sprang Boris aus dem Bett und rannte zur Treppe, beugte sich über das Geländer und sah seine Schwester auf einer Trage liegen. »Wenn sie stirbt, bist *du* schuld dran!«, schrie er seinen Schwager an. »Ich weiß, was heute Nachmittag in deinem Behandlungsraum passiert ist. So was habe ich daheim oft genug mitgekriegt – eine Vergewaltigung!«

»Das verstehst du nicht.« Verzweifelt trug Malcolm den Koffer für das Krankenhaus, den Myrtle bereits gepackt hatte, die Stufen hinab. »Ich liebe sie. Wirklich.« Den Tränen nahe, drehte er sich zu Boris um. »Pass gut auf die Kinder auf, alter Junge.«

Boris starrte Malcolm und den Sanitätern nach, bis die Haustür hinter ihnen ins Schloss fiel. Bald verhallte die Sirene auf der Oriel Road. In Gedanken versuchte er bei seiner Schwester zu bleiben und beschwor ein Fantasiebild von ihrem verzerrten Gesicht herauf, von ihrem Körper, der sich gepeinigt auf der Trage gewunden hatte. Und hinter diesem Bild sah er die erniedrigende Szene, die nach seiner Meinung im Behandlungszimmer stattgefunden hatte.

Zwischen seinen Eltern hatte sich Ähnliches abgespielt. Die Unterschiede zwischen solchen Verführungsszenen kannte er nicht. »Bitte, Ivan«, flehte seine Mutter, »ich liebe dich, ich verzeihe dir ...« Danach folgte eine Kopulation, auf ihrer Seite unterwürfig, auf seiner voller Ungeduld. Boris glaubte, der Vater würde seine Seitensprünge benutzen, um seiner Frau zu beweisen, wie haushoch er ihr überlegen war – ein kompliziertes System der Vergewaltigung. Er lehnte seinen Kopf an den Treppenpfosten. Natürlich konnte er seinen Vater nicht ermorden. Aber Malcolm – das war ein anderer Fall.

Verwirrt zuckte er zusammen, als er eine Hand auf seiner Schulter spürte. Dann wandte er sich zu Bessie.

»Was ist denn passiert?«, wisperte sie. »Du siehst schrecklich aus.« In ihrem Nachthemd aus geblümter Baumwolle, mit zerzaustem schwarzem Haar, wirkte sie viel jünger als neun Jahre.

»Gerade wurde Myrtle von einer Ambulanz abgeholt. Sie bekommt ihr Baby. Und ich glaube, es geht ihr sehr schlecht.«

»Armer Boris! Natürlich hast du Angst um deine Schwester. Wie lieb du bist ...«

»Nein, Bessie, *du bist* lieb, gut, süß und unschuldig. Und der einzige ehrliche Mensch, den ich kenne.«

Ihre großen Augen verdunkelten sich. »Weinst du?«

»Nein ...« Krampfhaft schluckte er. »Versprich mir, so zu bleiben, wie du bist – und niemals was Schreckliches zu tun.«

»O Boris, ich benehme mich meistens grauenhaft. Ich vergesse zu beten, und als Cass letztes Mal nach Hause kam, schüttete ich Salz in ihren Tee.«

»Was?«

»Es sollte ein Scherz sein. Dann wurde ihr schlecht und ich fühlte mich elend.«

»Ach, Bessie ...«

»Hör mal – mach dir keine Sorgen mehr um Myrtle und geh wieder ins Bett. Ich lese dir eine Geschichte vor. Wenn du morgen aufwachst, ist alles in bester Ordnung, und du bist noch mal Onkel geworden.«

Sie saß am Fußende seines Betts, las ihm eine Episode aus einem Abenteuerroman vor, und er schaute sie hingerissen an. Zweifellos war sie der einzige Pluspunkt auf der

Hochzeit seiner Schwester gewesen. Seither hatte er sie mehrmals im Park getroffen und stets ihre makellose Reinheit bewundert.

Allmählich vergaß er Myrtles gequältes Gesicht und schlummerte ein. Auf leisen Sohlen schlich Bessie in ihr Zimmer und wünschte, sie wäre bei Grannie und Cass.

☆

Um acht Uhr morgens wurde Myrtle in den OP gebracht und mit einem Kaiserschnitt von einem Jungen entbunden. Als sie irgendwann für ein paar Minuten erwachte, verstand sie nicht, warum Malcolm weinte. Erst einen Tag und eine Nacht später erfuhr sie, dass sie einen mongoloiden Sohn bekommen hatte.

7

Monica stieg aus dem Taxi, bezahlte den Fahrer und betrachtete das Appartementgebäude am Beekman Place ohne den üblichen Enthusiasmus. Obwohl der Nieselregen kaum der Rede wert war, eilte ihr der Portier mit einem Schirm entgegen und begleitete sie in die Halle.

»Und dabei haben wir schon Juni«, murmelte er mitfühlend. »Kann Präsident Eisenhower nichts gegen dieses Wetter tun?«

Pflichtbewusst lächelte sie über den Witz. Wie alle Bewohner dieses Häuserblocks wusste auch sie, dass Donaghue ein glühender Demokrat war. Nach dem Wahlsieg des Republikaners Eisenhower hatte er sogar Tränen vergossen. »Zu Trumans Zeiten wäre das nicht passiert«, erwiderte sie mechanisch und ging zum Lift. Inzwischen beherrschte sie die »Kunst der passenden Antworten«, wie es der liebe alte George Gosling im Albion formuliert hatte. Mit einem zynischen Lächeln nahm sie die feuchte Pelzstola von ihren Schultern.

Trotz ihres Ärgers konnte sie sich der luxuriösen, aber diskreten Atmosphäre des Appartements nicht entziehen. Am Beekman Place wohnte die New Yorker Elite. »Unspektakulär«, pflegte Bob zu bemerken. Wenn er auch über die vornehme Zurückhaltung spottete, teilte er Monicas Sehnsucht nach »Qualität«. Sie könnten sich ein Haus auf Long Island leisten, mit mehreren Brunnen im Garten und einem beheizten Pool. Aber wenn man am Beekman Place residierte, hatte man's geschafft. Fast alle Bewohner stammten von den Bostoner Pilgervätern ab, und Bob hatte den Mietvertrag nur unterzeichnen dürfen, weil er mit einer englischen Lady – möglicherweise der Tochter eines Dukes – verheiratet war.

Sie lächelte wieder. Wenigstens darauf durfte sie stolz sein: Sie hatte etwas in die Ehe mitgebracht. Und wahrscheinlich irrte sich dieser neue Doktor. Vielleicht würde sie nächstes Jahr um diese Zeit schon das Baby im Arm halten, das sie sich ebenso inständig wünschte wie Bob. Niemand konnte definitiv behaupten, sie sei nicht mehr im Stande, Kinder zu gebären. Aber sie erinnerte sich beklommen an Dr. Martins Erklärung vor all den Jahren, die Infektion habe möglicherweise die Eileiter beschädigt. Damals war ihr das egal gewesen. »Ich will ohnehin keine Kinder mehr bekommen ...«

Und jetzt erstarb ihr Lächeln. Krampfhaft klammerte sie sich an jenen tröstlichen Gedanken, sie würde Bob zu gesellschaftlichem Ansehen verhelfen, wenn sie schon unfähig war, ihm Erben zu schenken. Sie ging ins Schlafzimmer und streifte die Schuhe von den Füßen. Welch eine Ironie ... Hätte sie damals den erstbesten reichen Amerikaner geheiratet, wäre sie als Nutte in die Staaten gereist. Indem sie ihre Tochter weggegeben und für die Goslings gearbeitet hatte, war sie zur Lady geworden. Darüber würde sich Gillie köstlich amüsieren.

Nancy klopfte an, trat ein, und Monica übergab ihr den Mantel. Dann streckte sie sich erschöpft auf dem Bett aus und fand es beruhigend, die zierliche Koreanerin zu beobachten, die den Mantel auf einen Bügel hängte, die Schuhe wegräumte, die feuchten Handschuhe über Spanner zog. »Bringen Sie mir bitte Tee, Nancy. Viel heißes Wasser.«

Wie gern würde sie selbst in die Küche gehen und den Tee zubereiten ... Sie musste sich irgendwie beschäftigen. Wäre Nancy ein Dienstmädchen, dem sie sich anvertrauen könnte, würde sie sich etwas besser fühlen. Aber Nancy, ein Flüchtling aus Inschon, besaß keine ausreichenden Englischkenntnisse. Und da sie in einem japanischen Haushalt aufgewachsen war, bediente sie Monica nur, weil das der Ehefrau des Hausherrn zustand.

Der Tee wurde serviert und das Mädchen entzündete mit großem Getue die Spiritusflamme unter der Kanne. »Kein Zucker, Nancy?«, fragte Monica. Normalerweise trank sie ihren Tee ohne Zucker. Aber sie wollte jemand anderem zumindest einen Teil der Unzulänglichkeit aufbürden, die sie selbst quälte.

»Bitte?«

»Ich sehe keinen Zucker auf dem Tablett. Seien Sie so freundlich und merken Sie es sich für die Zukunft – zum Tee gehört Zucker, genauso wie Kinder zu einer Frau.«

»Bitte?«

»Holen Sie den Zucker, Nancy.« Nachdem die Koreanerin verschwunden war, sank Monica aufs Bett zurück und starrte den verschnörkelten Stuck der Zimmerdecke an. Plötzlich schämte sie sich, weil sie ihre Verzweiflung an einem bedauernswerten Geschöpf wie Nancy ausließ, das vor dem Krieg geflohen war. »Wen kümmert das schon?«, flüsterte sie. »Ich bin auch ein Flüchtling. Aber *sie* kann im South Korean Club mit anderen Flüchtlingen schwatzen. Und wohin soll *ich* mich wenden?« Dann ermahnte sie sich hastig: »Bloß kein Selbstmitleid, Mon! Nimm dich in Acht ...« Als das Mädchen mit dem Zucker zurückkehrte, fragte sie: »Gehen Sie heute Abend aus?«

»Vielleicht.« Aus schimmernden Mandelaugen warf Nancy ihr einen unsicheren Blick zu. »Wenn Mr Bob mich nicht braucht ...«

Monica verbarg ihren Ärger. Eine andere Kultur, eine andere Sprache ... »Öffnen Sie die Schublade mit meinen Schals und suchen Sie sich einen aus, Nancy.« Natürlich würde das Mädchen den Schal aus reiner Seide wählen, den Bob ihr vor vier Jahren zum »Antigeburtstag« geschenkt hatte. Aber jetzt konnte sie ihr großherziges Angebot nicht mehr rückgängig machen. »Die Farbe steht Ihnen.«

Lächelnd drapierte die Koreanerin den Schal um ihre Schultern und schaute in den Spiegel. »Sehr hübsch.«

Diese Selbstgefälligkeit war unerträglich, und Monica musste sich mühsam darauf besinnen, dass Nancy zu den bedauernswerten Kriegsflüchtlingen zählte. »Ich brauche Sie jetzt nicht mehr. Sie können ausgehen, sobald Sie das Dinner vorbereitet haben.«

Das Menü hatten sie schon am Morgen besprochen. Monica hatte ein Festmahl geplant – ein Tête-à-tête in der Küche, mit Kaffee in richtigen großen Tassen, nicht in den winzigen Mokkatässchen, und für Bob ein Steak, das über den Teller hing.

Nancy nickte und verließ das Zimmer. Langsam setzte

sich Monica auf und schwang die Beine über den Bettrand. Im Grunde wollte sie den Tee gar nicht trinken, sehnte sich nur nach dem Trost, den er ihr spenden würde, nach einem Gefühl der Normalität. Sie nahm den Deckel von der Kanne. Die Augen geschlossen, atmete sie den Dampf ein. Hin und wieder hatte sie Heimweh empfunden, aber noch nie so intensiv wie jetzt.

Früher hatte es ihr genügt, Bobs Frau zu sein, reich wie Krösus, in einer neuen Welt, die es zu erforschen galt. Mit überschwänglicher amerikanischer Großzügigkeit war sie von ihren beiden Schwägerinnen im Schoß der Familie aufgenommen worden. Gerührt hatte sie sich dafür bedankt. »Wie wundervoll, Hildie – Leone ... Hat Bob euch erzählt, dass ich adoptiert wurde? Für mich gab es keine richtige Familie. Bis heute.«

Das hatte lächerlich und sentimental geklungen. Und es stimmte nicht. Auf liebevolle Eltern hatte sie zwar verzichten müssen, aber da war ihr Bruder gewesen ... O Gott! Brennend stieg ihr der Dampf in die Augen und sie blinzelte. Warum trauerte sie Gillie und der schäbigen Hütte vom sozialen Wohnungsbau immer noch nach, obwohl sie jetzt im Luxus lebte. »Dort würde ich es nicht mehr aushalten«, sagte sie mit ruhiger Stimme. Dann schenkte sie sich Tee ein und nippte gemächlich an ihrer Tasse.

☆

An diesem Abend kam Bob früher als üblich nach Hause. Sie hörte ihn mit Nancy reden und das schrille Kichern des Mädchens. Dann klopfte er an die Schlafzimmertür und trat ein. Kein Engländer würde jemals an seine eigene Tür klopfen. Zweifellos musste sie sich glücklich schätzen.

»Hallo, Schätzchen ...« Er ging zu ihr und küsste sie zärtlich. »Wie war's heute? Du siehst erschöpft aus. Verdammt, ich könnte diesen Gynäkologen umbringen. Hat es sich wenigstens gelohnt?«

Auf diese Frage gab sie keine Antwort. »Wie ich gestehen muss, fühle ich mich ein bisschen müde. Ist Nancy schon weg?«

»Ja. Gerade habe ich ihr viel Spaß gewünscht. Was glaubst du, was in diesem Club los ist?«

»Nichts Besonderes. Musik. Tanzen. Flirten.«

Lachend schüttelte er den Kopf. »Was weißt du denn darüber? Hast du das alles auch gemacht, als du in Nancys Alter warst?«

»Um Himmels willen, Bob, ich bin noch keine neunundzwanzig.«

»Schätzchen, sie ist siebzehn. Kannst du so weit zurückdenken?«

Sie durfte nicht vergessen, dass er sie nur hänseln wollte. »So ungefähr. Liv und ich wanderten die Bristol Road entlang und hielten nach Jungs Ausschau. Seither hat sich nicht viel geändert.«

»Und die beiden anderen? Myrtle und Carol?«

»Die wollten irgendwas Weltbewegendes tun.«

»Was?«

»Nicht so wichtig. Gehen wir in die Küche und ich brate die Steaks.«

»Moment mal! Ich möchte wissen, was heute Nachmittag passiert ist. Und ich hab dir was mitgebracht.«

Schweren Herzens wich sie seinem Blick aus. Zur Feier des Tages hatte er ihr ein Geschenk gekauft. Und sie musste ihm erklären, dass es nichts zu feiern gab. Um den peinlichen Augenblick hinauszuzögern, umfasste sie behutsam sein samtweiches Ohrläppchen und zog ihn zu sich herab. »Komm her, teurer Gemahl.«

Bereitwillig folgte er der Aufforderung, und sie liebten sich so leidenschaftlich wie eh und je. Dabei gingen ihr zwei Gedanken durch den Sinn. Wie nützlich der Sex war, und dass sie ihm alles erzählen würde, über Gillie und Elizabeth. Alles. Das schuldete sie ihm – und auch sich selbst. Verdammt, sie hatte ein Baby bekommen. Also konnte sie nicht unfruchtbar sein.

Später lagen sie befriedigt nebeneinander. Er liebkoste sie immer noch und sie schloss die Augen. »War's okay, Liebling?«, flüsterte er.

»Ja. Immer noch.«

»Oh, mein Engel, hat es jemals eine Frau wie dich gegeben?«

»Sehr viele. Hör nicht auf. Küss mich.«

Nur zu gern gehorchte er. »O Gott, Monica, du machst mich ganz wahnsinnig.«

»Das habe ich ja auch vor.«

»Und ich bin so furchtbar eifersüchtig! Allein der Gedanke, dass dieser Doktor dich so sieht – das ertrage ich nicht.«

Deshalb konnte sie ihm nichts von Gillie erzählen. Sie drückte seinen Kopf an ihren Nabel, hob die Lider und starrte zur alten Zimmerdecke hinauf, zum verschnörkelten Stuck. »Du bist verrückt«, wisperte sie.

»Das habe ich doch gesagt. Verrückt nach dir.«

Automatisch reagierte ihr Körper auf die intimen Zärtlichkeiten. O ja, der Sex war sehr nützlich.

☆

Sie hatte vergessen, dass Nancy in ihrem Auftrag zum Markt gegangen war, um Austern zu kaufen. Nun scherzte Bob über die aphrodisische Wirkung dieser Vorspeise.

»Wer braucht denn ein Aphrodisiakum?«, fragte sie in gespielter Empörung.

»Wir zwei sicher nicht.« Prüfend betrachtete er ihr Gesicht. »Ich nehme an, alles war okay?«

»Tut mir Leid, Bob, ich bin nicht schwanger«, erwiderte sie leise.

»Sei nicht traurig, Schätzchen, wir haben noch viel Zeit.«

»Du findest dich leichter damit ab als ich.«

»Vorhin im Bett warst du ganz wild. Da habe ich schon mit einem negativen Resultat gerechnet. Wenn es positiv wäre, müssten wir in Zukunft vorsichtiger sein.«

»Unsinn!« Warum erweckte er den Eindruck, bei diesem Liebesakt hätte nur *sie* die Initiative ergriffen? »Außerdem weißt du gar nicht, was das Wort Vorsicht bedeutet.«

»Glaub mir, Schätzchen«, bat er und berührte ihre Hand, »sobald du mir sagst, dass du schwanger bist, werde ich ganz sanft und behutsam mit dir umgehen.«

Nun hätte sie erklären können, vermutlich würde er niemals Vorsicht üben müssen, stattdessen stand sie auf und nahm die Pfanne vom Herd.

Schweigend wartete er, bis sie die Steaks und den Salat serviert hatte. Dann fragte er: »Also, Monica? Stimmt was nicht?«

Ohne von ihrem Teller aufzublicken, erwiderte sie: »Alles okay. Oder findest du dein Steak zu blutig?«

»Dummes Ding! Ich meine deine Periode. Wann hat sie aufgehört? Wenn irgendwas nicht in Ordnung ist – um Himmels willen, sag's mir, Monica! Ich bin dein Mann. Erinnerst du dich?«

»Ach – das ...« Verblüfft über ihre eigene Erleichterung, begann sie zu lachen. »Nur die Nerven. Offenbar habe ich mir eine Schwangerschaft *gewünscht*. Wusstest du, dass der Körper manchmal auf solche Emotionen reagiert?«

Endlich lächelte er wieder und lehnte sich entspannt zurück. O Gott ... Es war so leicht, ihn zum Narren zu halten. »Vorhin dachte ich ...«

»Vergiss es.«

»Jedenfalls gibt's ein Problem. Liegt's vielleicht an mir? Es gibt doch auch Test für Männer, nicht wahr? Wenn's dich glücklich macht, lasse ich mich sehr gern untersuchen. Du regst dich viel zu sehr auf, weil wir noch kein Baby haben ...«

»Keineswegs«, unterbrach sie ihn und schnitt ein Stück von ihrem Steak ab. Daheim in Northfield, vor ein paar Jahren, hätte diese Portion für einen Monat reichen müssen. »Alles in Ordnung, du musst dich keinem Test unterziehen, Darling. Den würdest du natürlich mit Bravour bestehen. Es ist nur eine Frage der Zeit.«

So, jetzt war die Lüge ausgesprochen. Alles bestens.

Bob schaute genauso selbstgefällig drein wie Nancy vorhin im Schlafzimmer. »Mich stört's nicht, wenn wir uns noch ein bisschen gedulden müssen.«

Sekundenlang hasste sie ihn. Dann redete sie sich ein: Schon gut. Sex ist nützlich.

☆

Am späteren Abend zog er einen Brief aus der Tasche seines Jacketts. »Das habe ich ganz vergessen. Als ich nach Hause kam, sagte ich doch, ich hätte was für dich.«

Der Umschlag war an sein Büro adressiert. Verwundert las Monica den Absender. Dilly Gosling. »Warum hat sie den Brief an sein Büro geschickt?«

»Weil du ihr keine Adresse gegeben hast, Schätzchen.«

»Wir waren so lange bei Hildie.«

»Aber jetzt wohnen wir seit über einem Jahr hier. Ich

dachte, inzwischen hättest du Zeit gefunden, ihr zu schreiben. Für mich gehört sie zu deiner Familie.«

»Jedenfalls fühle ich mich mit den Goslings viel enger verbunden als mit den Cooks. Hast du den Brief gelesen?«

»Du weißt ja, wie eifersüchtig ich bin. Natürlich habe ich mich gefragt, wer Mrs Gallagher schreibt, an Mr Gallaghers Büroadresse.«

»Bob!«, rief sie erstaunt. »Auf dem Kuvert klebt eine englische Briefmarke.«

»Ganz recht. Vielleicht hast du mir einen englischen Liebhaber verschwiegen.«

Das missfiel ihr. Angenommen – nur mal angenommen, Gillie hätte ihr geschrieben. »In meinem Land werden Briefe als Privatsache betrachtet, Bob«, bemerkte sie kühl.

»Auch in deinem Land haben Ehemänner gewisse Rechte, Schätzchen.«

Ärgerlich schaute sie in seine unergründlichen grauen Augen. »Und wie ist es andersrum? Darf ich *deine* Briefe öffnen?«

»Niemals!«, entgegnete er lachend. »Darauf kannst du deinen süßen kleinen Arsch wetten.«

»Sei nicht so verdammt herablassend! Mein süßer kleiner Arsch! Also wirklich! Typisch! Für Männer und Frauen gelten verschiedene Gesetze!«

»O Gott, ich liebe dich, wenn du wütend bist!« Er nahm sie in die Arme und küsste sie. Als sie sich wehrte, hielt er sie eisern fest. »Hör mal, Mon, in diesem Brief steht eine sehr schlimme Nachricht. Wenn du schwanger wärst ... Nun, du weißt schon.«

»Geht es um Gillie – meinen Bruder?«, fragte sie tonlos.

»Nein. Letzten Winter ist der arme alte George gestorben. An einer Bronchitis. Tut mir so Leid, Mon.«

Sie begann zu weinen. Nicht um George Gosling. Zumindest nicht nur um ihn, auch um Dilly und das Albion, um Carol und Mrs Woodford. Und um ihr Baby Elizabeth. Gillies Baby. Unaufhaltsam rannen die Tränen über ihre Wangen. Bob hob sie hoch, trug sie ins Schlafzimmer und legte sie aufs Bett. Liebevoll streichelte er ihre Wange. »Ich habe eine Zitronenbaisertorte gebacken«, schluchzte sie. »Weil Hildie gesagt hat, das sei deine Lieblingstorte. Und Leone hat mir das Rezept von deiner Mutter geschickt. Stell dir vor, das Baiser ist hochgegangen wie die Alpen ...«

»O Baby ...« Mit zärtlichen Fingern strich er durch ihr Haar. »Soll ich dir die Torte ans Bett bringen? Mit einer großen Kanne Kaffee? Und dann planen wir einen wundervollen Urlaub für nächsten Monat. Was hältst du vom Yellowstone? Wir könnten einen Wohnwagen mieten. Würde dir das gefallen?«

»Ja«, flüsterte sie.

Was nun geschehen würde, wusste sie. Ein halbes Dutzend Mal kam er zur Schlafzimmertür und fragte, wo die Torte sei. Und wo verwahrte sie die Dessertteller? Nein, da waren sie nicht.

»Offensichtlich hat Nancy sie woanders hingestellt. Schau in den Schubladen vom Toilettentisch nach.«

»Sie ist erst siebzehn«, versuchte er die Koreanerin zu entschuldigen.

»Alt genug.« Sie stand vom Bett auf und ergriff Dillys Brief.

»Was machst du?«

»Nichts. Ich gehe nur ins Bad.«

Im Turves Green war das Badezimmer der einzige Raum, in dem man sich zurückziehen konnte und keine Störung befürchten musste. Also hatte sich nichts geändert. Sie setzte sich auf den Toilettendeckel und begann den Brief zu lesen.

Mein liebes, Mädchen ... so hat George dich oft genannt.

Erinnerst du dich? Sieben Jahre lang warst du unser liebes Mädchen, und meines bist du nach wie vor. Am Montag ist George gestorben. So wie früher wird es nie mehr sein. Immer wieder sage ich mir, dass ich vor meiner ersten Begegnung mit George schon fünfzig Jahre lang auf der Welt war. Wie ich das damals geschafft habe, weiß ich nicht. Vielleicht werde ich mich nach dem Begräbnis besser fühlen ... Nun, gestern fand das Begräbnis statt und ich fühle mich immer noch nicht besser. Einfach nur leer. Viele Freunde haben George die letzte Ehre erwiesen. Nun wünschte ich, wir hätten das Albion nicht verkauft, als du mit deinem netten Amerikaner in die Staaten gezogen bist. Sicher würde mir die Arbeit gut tun. Ich bin noch keine achtzig. Heutzutage ist das kein Alter. George war fünfundachtzig. Und manche Menschen werden sogar neunzig. Hoffentlich schreibst du mir, Monica. Du hast versprochen, du würdest mir deine Adresse schicken. Leider hast du's nicht getan. Wenigstens weiß ich, wo dein netter Amerikaner arbeitet. Also kann ich Verbindung mit dir aufnehmen. Letzten Mittwoch kam Mrs Woodford aus Frankreich zurück und blieb zwei Tage bei mir. Sie hatte in der Times von Georges Tod gelesen und besuchte mich, sobald sie es einrichten konnte. Was für eine nette Frau. Sie hat mich nach Frankreich eingeladen, ins Haus ihrer Tochter. Vielleicht fahre ich hin. Aber wahrscheinlich nicht. Bitte, schreib mir, Monica. Um diesen Brief zu vollenden, habe ich vierzehn Tage gebraucht. Jetzt muss ich Schluss machen.

Gott segne dich, liebes Mädchen. Deine alte Freundin Dilly Gosling.

Langsam faltete Monica den Brief zusammen und starrte vor sich hin. Arme Dilly. Warum hatte sie ihren George nicht schon viel früher kennen gelernt? Dann wäre sie länger mit ihm zusammen gewesen. Welch eine Zeitverschwendung ...

»Alles in Ordnung, Schätzchen?«, rief Bob. »Warum hast du die Tür versperrt?«

»Weil ich sonst nicht *kann*!«, stieß sie hervor.

»Okay. Jetzt habe ich alles ins Schlafzimmer gebracht!«

Seufzend zog sie an der Spülung. Sex war nützlich. Aber es gab gewisse Grenzen.

☆

Eine Woche lang blieb sie im Bett. Es war nur teilweise ein Täuschungsmanöver. Manchmal fühlte sie sich wie betäubt, und wenn sie ins Bad ging, schien der Boden unter ihren Füßen zu schwanken wie ein Schiffsdeck. Aber sie wusste, es würde ihr besser gehen, wenn ihr Leben einen Sinn hätte. Im Herbst würde sie mit Bob in den Yellowstone fahren. Hildie kam aus Connecticut, mit Weintrauben und Konzertkarten. Die Trauben aß Nancy, und obwohl Monica sich aufraffte und das Konzert besuchte, schlief sie nach der Hälfte des Programms ein.

»Soll ich dich auf die Farm mitnehmen, Darling?«, schlug Hildie vor. »Da wird Leonard dich mit guten frischen Eiern und Butter aufpäppeln.«

»Wirklich, das ist sehr lieb von dir, Hildie. Aber ich möchte deinem Mann nicht zur Last fallen.«

»Moment mal, Leonard ist unser Angestellter. Hast du den Namen meines Ehemanns vergessen?«

»O Gott, nein – tut mir Leid ...« Aber Monica konnte sich beim besten Willen nicht an den Namen erinnern. Verlor sie den Verstand?

»Wart nur, bis ich das Gordon erzähle! Und er dachte, er hätte seine englische Schwägerin tief beeindruckt.«

Da Hildie nur selten nach New York kam, mussten sie in diesen zwei Tagen möglichst viel unternehmen. Sie gingen in der Fifth Avenue einkaufen und wanderten im Macy's umher, bis Monica vor Langeweile fast geschrien hätte. Nun verstand sie nicht mehr, wie sie während des Kriegs diese endlosen Schaufensterbummel mit Liv verkraftet hatte. Vielleicht machte so was nur Spaß, wenn man es sich nicht leisten konnte, was zu kaufen. Heutzutage musste man nicht mehr einkaufen gehen. Man entdeckte ein Modell, das einem gefiel, bestellte es, und es wurde geliefert.

Plötzlich lag strahlender Sonnenschein über New York. Donaghue meinte widerstrebend: »Also hat Dwight doch noch die Kurve gekriegt.«

Als sie zum Lunch ins Saks gingen, schwatzte Hildie ununterbrochen. Sie redete gern, und Gordon war ein schlechter Zuhörer. Am liebsten unterhielt sie sich über die englische Königsfamilie, für die sie geradezu schwärmte. 1938 hatte sie den Herzog von Windsor an Bord einer Yacht im Mittelmeer sogar persönlich kennen gelernt. »Ich verstand sehr gut, warum er sich in Wallis Simpson verknallt hat, Monica. Wenn sie auch keine atemberaubende Schönheit war, sie besaß ein gewisses Flair.«

Monica dachte an Cass, die eine ähnlich lange Nase wie die Duchess hatte, aber kein Flair.

»Damals sagte Gordon, ich würde ihn an Wallis erinnern«, fügte Hildie kokett hinzu. »Nun, vielleicht hat er sich deshalb in mich verliebt.«

»Ja, vielleicht.« Monica bemühte sich aufrichtig um eine freundschaftliche Plauderei. »Hat Bob dir von den Krönungsfeierlichkeiten erzählt? Wie wir vorher die ganze Nacht an der Mall standen?«

»Natürlich. Da wussten Leone und ich, dass ihr füreinander bestimmt seid. Ich meine, nachdem ihr Lillibets und

Phil gesehen habt – was konntet ihr denn anderes tun als heiraten.«

Da musste Monica lachen und die Schwägerin tätschelte ihr die Hand.

Später, beim Kaffee, war Hildie nicht mehr so zuversichtlich. »Hör mal, Schätzchen, du bist genau die Richtige für Bob. Seit er dich kennt, schaut er keine andere mehr an. Und das will was heißen. Trotzdem solltest du ihn noch fester an dich binden und ihm ein Kind schenken. Dann wird er auch in Zukunft keine andere Frau anschauen. Das wünscht er sich brennend – eine Familie.«

»Ich auch«, murmelte Monica.

»Gewiss.« Hildie lächelte erleichtert. »Das habe ich Gordon sofort versichert, du bist der mütterliche Typ. Aber viele schöne Frauen sträuben sich gegen eine Schwangerschaft, weil sie fürchten, dabei würden sie ihre gute Figur verlieren. Wie Tansy. Nun, die Geschichte wiederholt sich nicht, habe ich Gordon erklärt, Monica ist ganz anders als Tansy ...«

»Bobs erste Frau?«, fragte Monica mit schwacher Stimme.

»Hat er sie nicht erwähnt? Kein Wunder ... Er war ziemlich verbittert, weil sie keine Kinder wollte. Einmal hat sie sogar abgetrieben. Deshalb ließ er sich scheiden.«

»O Gott ...«

»Vielleicht hätte ich es dir nicht sagen sollen.«

»Doch«, betonte Monica, »ich bin froh, dass ich Bescheid weiß.« Aber jetzt erschien ihr die Situation noch schwieriger.

»Liebes, du siehst wieder ziemlich blass aus. Fahren wir nach Hause?«

»Einverstanden«, stimmte Monica lächelnd zu. »Wenn du genug eingekauft hast ...« Sie mochte Hildie, und es wäre so wundervoll, wenn sie ihr mitteilen könnte, sie sei schwanger.

☆

Nach Hildies Abreise fühlte sie sich so schwach, dass sie es kaum noch schaffte, sich morgens an- und abends auszukleiden. Ihre ehelichen Pflichten konnte sie nicht mehr erfüllen, und Bob erbot sich sogar, im Gästezimmer zu schlafen, bis es ihr wieder besser gehen würde. Davon wollte sie nichts wissen. Aber meistens war sie längst eingeschlafen, wenn er sich zu ihr ins Bett legte.

Eines Abend, gegen Ende Juni, versuchte er mit ihr über Indochina zu reden. »Wie Korea. De Gaulle musste diesem Land die Unabhängigkeit zubilligen. Aber die Kommunisten wehren sich gegen die Teilung.«

Monica heuchelte Interesse. »Wenn man an eine Ideologie glaubt, will man sie natürlich verbreiten. Zum Beispiel die Missionare ...«

»Großer Gott, was haben die Missionare mit Ho Chi Minh zu tun? Bringen sie die Leute um, die sich nicht zum Christentum bekehren lassen?«

»Nein. Aber während des Krieges dachten wir, Gott würde auf unserer Seite stehen, und wir haben in seinem Namen getötet.«

»Offenbar bist du unfähig, logische Zusammenhänge zu verstehen, Schätzchen. Bald wirst du auch die Sarazenen und die Kreuzritter ins Spiel bringen.«

»Tut mir Leid, Bob ...«

»Denk mal an Nancy.«

»Sie ist Koreanerin.«

»Hast du nicht zugehört? Vorhin sagte ich, es ist wie in Korea. Dort hat Nancy in einem japanischen Haushalt gearbeitet. Als die Japaner verschwanden, kamen die Kommunisten aus dem Norden herunter, und sie musste möglichst schnell fliehen. Stell dir mal vor, wie viele Nancys weglaufen müssen, wenn Ho Chi Minh seinen Willen durchsetzt.«

Sie wollte nicht an Nancy denken, weil sie vermutete, das

Mädchen wäre in jenem japanischen Haushalt nicht nur ein Dienstbote gewesen. »Und was können wir dagegen unternehmen?«

»Zumindest können wir drüber nachdenken«, erwiderte er ungehalten. »Die Vereinten Nationen müssten eingreifen. Aber nach Korea ...«

In der Army hatte er einen Schreibtischjob übernommen und für den Koreakrieg war er zu alt gewesen. Sie wusste, dass sich ein Teil seines Wesens nach Aktivitäten sehnte. Als typischer Amerikaner besaß er zu viel Energie, was ihn manchmal unzufrieden stimmte.

»Gehen wir ins Bett, Darling«, schlug sie vor, und er hob die Brauen.

»Bist du wirklich bereit, Schätzchen? Wenn du zu schwach bist, warte ich lieber.«

»Nein, ich bin nicht zu schwach.«

»Und das Geschirr?«

»Nancy wird's spülen, wenn sie aus dem Club zurückkommt.«

»Am besten lege ich ihr einen Zettel hin«, sagte er nach kurzem Zögern. »Sie soll das Geschirr bis morgen stehen lassen.«

»Spar dir die Mühe, Darling, sie könnte deine Nachricht nicht lesen.«

»Also gut. Geh schon mal vor. In ein paar Minuten bin ich bei dir.«

Auf dem Weg zum Schlafzimmer wurden ihre guten Vorsätze von wachsender Erschöpfung vereitelt. Die Strumpfhalter raubten ihr fast das Bewusstsein. In ihren Augen brannten Tränen. Warum hatte Bob sich nicht erboten, sie auszuziehen?

Sie hörte Nancys Schlüssel im Schloss klirren und Bobs Stimme, die Erklärung, die das schmutzige Geschirr betraf.

Dann nichts mehr. Es war sinnlos, ein Nachthemd anzuziehen. Nackt kroch sie unter die Decke und wartete.

Eine halbe Stunde später betrat Bob das Zimmer, sah sie schlummern und löschte die Nachttischlampe.

Verwirrt schreckte sie hoch. Sie glaubte, sie wäre nur für zwei Minuten eingenickt. Aber die Uhr zeigte halb vier. Bob war nicht da – offenbar verbrachte er die Nacht im Gästeraum. Dankbar schloss sie wieder die Augen.

☆

Am nächsten Morgen hörte sie ihn im Badezimmer singen. Sie schwang die Beine über den Bettrand und fühlte sich schwächer denn je. Wie lächerlich – sie war splitternackt. Hätte Bob letzte Nacht mit ihr geschlafen, würde sie ihre Nacktheit wundervoll und sinnlich finden. Sie schlüpfte in den seidenen Morgenmantel, der sie an Ginger Rogers erinnerte, und trat ans Fenster. Normalerweise genoss sie die Aussicht auf den Fluss. Aber über dem Wasser flimmerten trotz der frühen Stunde bereits Hitzewellen, und sie wusste, sie würde an diesem Tag nicht ausgehen können. Sie seufzte bedrückt. Noch ein Tag, den sie überstehen musste ...

Bob eilte herein und roch nach Eau de Cologne. »Hi, Schätzchen! Gut geschlafen?«

»Wie ein Stein. Warum bist du nicht zu mir gekommen?«

Er sank auf einen Stuhl und kämpfte mit einem Schuhlöffel. »Natürlich war ich da. Aber du warst nicht mehr ansprechbar.« Nachdem er seine neuen Schuhe angezogen hatte, wanderte er probeweise auf dem Teppich umher. »Wieso hast du Nancy den Schal geschenkt?«

»Welchen Schal?« Es dauerte eine Weile, bis sie sich daran erinnerte. Seit sie versucht hatte, Nancy freundlich zu behandeln, waren fast zwei Monate vergangen. »Ach ja,

Darling, tut mir Leid ... Eines Tages sagte ich, sie soll sich einen Schal aussuchen. Natürlich entschied sie sich für den schönsten ... Bist du böse?«

Er ging an ihr vorbei und schloss das Fenster. »Wenn du es offen lässt, funktioniert die Klimaanlage nicht richtig ... Nein, es stört mich nicht, dass du Nancy den Schal geschenkt hast. Mit deinem Eigentum kannst du machen, was du willst.« Flüchtig küsste er ihre Wange und verließ das Schlafzimmer.

Als Nancy ihr das Frühstück servierte, verriet ein geheimnisvolles Lächeln, was geschehen war.

Lustlos musterte Monica den Brief, der an der silbernen Teekanne lehnte. Dann erkannte sie Dillys krakelige Handschrift. Eifrig riss sie das Kuvert auf.

Liebes Mädchen, begann das Schreiben, *dein Brief war Balsam für meine Seele. Ja, Monica, ich nähe immer noch sehr gut und ich habe deinen Rat sofort befolgt. Soeben ist mir ein traumhaftes Brautkleid für die Tochter einer Freundin gelungen. Wenn du es sehen könntest, wärst du stolz auf mich. Deine andere Bitte zu erfüllen, fiel mir nicht so leicht. Es war etwas schwierig, Mrs Woodford in dieser besonderen Angelegenheit zu schreiben. Bis jetzt habe ich keine Antwort erhalten. Aber wie das Leben so spielt – letzten Sonntag kam die oben erwähnte junge Dame zu mir, um das Brautkleid anzuprobieren, und bat mich, ich möge sie nach Cheltenham begleiten und gemeinsam mit ihr einen passenden Kopfschmuck aussuchen. Und wen treffe ich im Haus meiner Freundin? Niemand anderen als Myrtle Denning. Sie sah sehr schlecht aus. Offenbar ist ihr zweijähriger Sohn nicht ganz normal und scheint sie zu ermüden. Im Lauf unseres Gesprächs erwähnte sie, ohne Bessie Woodfords Hilfe würde sie nicht mit dem Kleinen zurechtkommen. Die beiden seien ein Herz und eine Seele. Also muss Elizabeth ein ganz besonderes Kind sein, Monica. Hoffentlich beantwortet das deine Frage. Und jetzt zu meiner: Wann besuchst du mich? Ihr könnt jederzeit bei mir wohnen, du und dein Mann, und ich würde mich so freuen ...*

Durch einen Tränenschleier las Monica die letzten sentimentalen Zeilen. Dann putzte sie sich die Nase, griff zum Telefon und wählte Hildies Nummer. »Ich bin's, Monica. Hör zu, Hildie – ich fliege nach England. Würdest du's Bob sagen? So dass es plausibel klingt?«

Im Hintergrund ertönten laute Geräusche. Auf der Farm ging es immer sehr lebhaft zu. »Was soll ich Bob sagen? Deine Stimme klingt viel kräftiger. Besuch uns doch ...«

»Nein, danke, Hildie, ich fliege nach Hause. Ob ich zurückkomme, weiß ich noch nicht. Ich kann keine Kinder kriegen – und ich bring's einfach nicht fertig, ihm die Wahrheit zu gestehen. Eigentlich dachte ich, mit der Zeit würde ich ihn ertragen, aber letzte Nacht schlief er mit unserem koreanischen Dienstmädchen.«

»O Gott! Bist du sicher?«

»Ja.«

»Wirf sie sofort raus! Oder hol sie an den Apparat – *ich* will sie feuern.«

»Dann würde bald eine andere auftauchen. Du hast mich zu warnen versucht. Erinnerst du dich?«

»Schätzchen, das darfst du nicht ernst nehmen. Bob liebt dich. Immer wieder versichert er mir, noch nie hätte ihn eine Frau so erregt wie du.«

»Sex ist nur bis zu einem gewissen Grad erquicklich, Hildie«, entgegnete Monica entschieden. »Und auch das nur, wenn er was bedeutet – und zu gewissen Resultaten führt. Versuch es deinem Bruder zu erklären. Und mach es ihm möglichst leicht ...«

»Warte, Monica! Liebst du ihn nicht? Gibt es einen anderen Mann in deinem Leben? Vermutlich, sonst würdest du nicht so reden. Bitte, du musst um Bob kämpfen ...«

Behutsam drückte Monica auf die Gabel und legte den Hörer neben den Apparat. Sie ging ins Bad und duschte, kehrte ins Schlafzimmer zurück und zog sich fast mühelos an. Dann begann sie zu packen. Komisch – sie war Bob fast dankbar, weil er mit Nancy geschlafen hatte. Seine Untreue befreite sie wenigstens von einem Teil ihrer Schuldgefühle.

Und als sie an Elizabeth dachte, stieg heiße Freude in ihr auf.

8

Seit dem schicksalhaften Hochzeitsfest im Jahr 1952 standen sich Liv und Myrtle sehr nahe. Liv hatte an jenem Tag ihren späteren Mann kennen gelernt. Da er mit Malcolm zur Schule gegangen war, fühlten sich die beiden Ehepaare eng verbunden. Außerdem hielten sich Myrtle und Liv für die einzigen Überlebenden des einstigen Schulmädchenquartetts. Aber sie hatten noch nie unter einem Dach gewohnt, und so war Liv einer Panik nahe, als sie Myrtle und deren Kinder in ihrem Haus in Barnt Green begrüßte. Der samtene Teppichboden in der Halle und auf der Treppe schimmerte grau und rosa, das Mobiliar in jungfräulichem Weiß. Im Salon dominierte helles Blattgrün. Der einzige Raum, der Fingerabdrücke absorbierte, war das Speisezimmer mit der Täfelung aus imitierter Eiche, versiegeltem Parkettboden und passendem Refektoriumstisch.

Hastig führte sie die Gäste in diesen Raum, schloss die Tür und lehnte sich dagegen. »Wie wundervoll, euch alle zu sehen ...«, begann sie mit schwacher Stimme und musterte sie durch blau getönte Brillengläser, die ihre Augen vergrößerten. »Eigentlich dachten wir, Malcolm würde euch hierher fahren, und Reggie hat sich so darauf gefreut, ihn beim Dinner zu treffen.«

Myrtle zog einen Stuhl, der mindestens eine Tonne wiegen musste, unter dem Tisch hervor, setzte sich und hob Mally auf ihren Schoß. Grinsend wandte er sich zu ihr und steckte seine winzige Faust in ihren Mund. Deshalb fiel es ihr etwas schwer, artikuliert zu sprechen. »Er hat den ganschen Tag Termine. Alscho konnte er unsch nur in den Zug schetzen. Eine furchtbare Reische ... Zum Glück bekamen wir schofort ein Taxschi ...«

Darüber schien sich Mally köstlich zu amüsieren. Nicky und Martin stimmten prompt in sein glucksendes Lachen ein. Eifrig stachelten sie einander an, bis sie hysterisch brüllten, und Myrtle machte alles noch schlimmer, indem sie vorgab, Mallys Finger zu verspeisen. Es waren nicht einmal saubere Finger.

»Möchtest du vor dem Dinner eine Tasse Kaffee, Myrtle?«, überschrie Liv den Lärm.

»Oh, schehr gern!«

»Schehr gern! Schehr gern!« Kreischend äffte Nicky seine Mutter nach. Martin presste eine Hand auf seinen Mund, als müsste er verhindern, dass seine inneren Organe hervorquollen. Aus einem Nasenloch drang eine große Blase.

Myrtle entfernte Mallys Hand aus ihrem Mund und zog ein Taschentuch hervor, um Martins Nase zu putzen. »Soll ich dir in der Küche helfen, Liv? Mein Gott, was für ein Krach! Ich dachte mir gleich, hier würden sie viel Spaß haben. Nicht wahr, Tante Liv?«

»Ja ... Nein ... Schon gut. Bleib nur hier und ruh dich ein paar Minuten aus, Myrt. Ich bringe dir den Tee. Und dann tragen wir euer Gepäck hinauf.«

Liv öffnete die Tür nur einen Spaltbreit, schlüpfte blitzschnell hindurch und schloss sie sofort wieder, weil sie fürchtete, eins der Kinder würde ihr folgen. Mittlerweile hatte der Taxifahrer Myrtles Gepäck in der Halle abgestellt. Flüchtlingsgepäck. Viele Reisetaschen und Koffer aus weichem Leder, prall gefüllt, in seltsamen Formen, ein Korb voller Windeln und Babyflaschen und Handtücher, die offensichtlich einen Nachttopf verhüllten. Sie fühlte sich völlig hilflos.

Seufzend eilte sie in die Küche und erhitzte das Teewasser. Der Teewagen war schon gedeckt, mit Biskuits für die Kinder und Buttergebäck für Myrtle und sie selbst. Während sie die Teekanne auf den Messingständer stellte, flitzte etwas Buntes draußen am Fenster vorbei. Wie junge Hunde stürmten Nicky und Martin durch den Garten, sprangen in die Blumenbeete, wälzten sich den mit Gras bewachsenen Hang hinab und in den tief liegenden Garten und hüpften empor, um Äpfel von einem schwer beladenen, herabhängenden Ast zu pflücken. Sie riss die Hintertür auf und wollte den Kindern befehlen, sofort ins Haus zu kommen. Aber da sah sie, dass es Myrtle irgendwie gelungen war, die Glastür des Speisezimmers zu öffnen. Nun half sie Mally die Verandastufen hinab, damit er mit seinen Brüdern spielen konnte.

Resignierend schloss Liv die Hintertür und rollte den Teewagen durch die Halle.

»O Darling, wie wundervoll!« Myrtle gab Mally einen Klaps aufs Hinterteil und bedeutete ihm, Nicky und Martin zu folgen. Dann kehrte sie in den Speiseraum zurück. »Ich habe ganz vergessen, wie himmlisch dein Garten ist. Hoffentlich bleibt das Wetter so schön. Dann werden wir nicht viel von den Kindern sehen. Schau sie doch an! Wie Sträflinge, die plötzlich freigelassen wurden. Im Zug war's so voll – einfach schrecklich, ich kann's dir gar nicht beschreiben!« Schwerfällig ließ sie sich auf einen Stuhl fallen und zog ihren Rocksaum hoch. »Stört's dich, wenn ich die Strümpfe ausziehe, Liv?« Ohne eine Antwort abzuwarten, zerrte sie an ihren Strumpfbändern und enthüllte ihre unappetitliche Unterwäsche.

Liv stellte eine Tasse Tee auf den Tisch und schloss die Glastür. »Die habe ich jahrelang nicht aufgekriegt. Wie hast du's bloß geschafft!« Angstvoll spähte sie in den Garten. »Glaubst du, sie zertrampeln die Blumen?«

»Entspann dich, Liv, und mach das Beste aus ihrer Abwesenheit.« Liebevoll lächelte Myrtle ihre Freundin an. »O Liv, es ist so nett von dir, uns aufzunehmen. Du ahnst nicht, wie inständig ich mir gewünscht habe, ich würde endlich von daheim wegkommen. Wenn Malcolm seine Patienten behandelt, muss ich dauernd aufpassen, dass die Kinder mucksmäuschenstill sind. Sicher kannst du dir vorstellen, wie schwierig das ist.«

»O ja, Myrt.« Für einen Augenblick vergaß Liv ihre Blumenbeete und erwiderte das Lächeln. »Alle bewundern dich, weil du dein turbulentes Familienleben und den Haushalt so großartig hinkriegst. Wie fühlst du dich?«

»Wie eine 108-Jährige. Natürlich habe ich's nicht leicht mit Mally. Und Malcolm ist so anspruchsvoll wie eh und je.« Doch das schien Myrtle nicht zu stören. Sie lachte sogar.

»An deiner Stelle würde ich das nicht dulden«, erklärte Liv energisch. »Malcolm müsste dir helfen. Als Reggie mir von deiner Schwangerschaft erzählte, konnte ich's nicht glauben. Gewiss, die Männer sind selbstsüchtig, aber ...«

»Liv, ich *wollte* dieses Baby ... Trotzdem wird's mir

manchmal zu viel – vor allem seit Borrie an diesem Fotokurs teilnimmt. Jetzt hat er kaum noch Zeit für uns. Wirklich, Liv, ich wüsste nicht, wie ich mich ohne Borrie und Bessie zurechtfinden sollte. Sie verstehen sich fabelhaft mit den Jungs. O Gott, wenn ich an den August denke ... Einen ganzen Monat muss ich auf die beiden verzichten ...«

»Jedenfalls hat's Boris geschafft, deinen Zwist mit Cass beizulegen. Vor ein paar Wochen bekam ich eine Geburtstagskarte. Und ich darf nicht vergessen, ihr im Winter eine zu schicken. Erinnerst du dich noch an meinen vierzehnten Geburtstag im Geisterhaus?«

»O ja. Du hast auf deiner verdammten Geige gespielt, Mon und ich bespritzten dich mit Tinte, und Cass behauptete, du seist begabt. Nur um deine Gefühle nicht zu verletzen!«

»Cass war immer so – so freundlich.« Während Liv an ihrem Tee nippte, versuchte sie, die Krampfadern in Myrtles nackten Beinen zu übersehen. »Wahrscheinlich ist sie deshalb in Schwierigkeiten geraten.«

»Das glaube ich auch. Mein Gott, wenn ich an den grässlichen Hochzeitstag denke ... Plötzlich sah sie wie eine *femme fatale* aus und ich hasste sie.«

»Nein, du hast Malcolm gehasst. Aber gegen ihn konntest du nichts ausrichten. Und so hast du Cass attackiert.« Liv schenkte der Freundin jenes besserwisserische Lächeln, über das Myrtle sich früher geärgert hatte. Jetzt erschien es ihr gerechtfertigt. »Was ich am erstaunlichsten fand – warum hat sich Cass diese Szene so zu Herzen genommen? Hals über Kopf nach Frankreich zu flüchten, das war ziemlich extrem.«

In diesem Augenblick kam Reggie ins Speisezimmer und grinste übers ganze Gesicht. »Sind die Evakuierten eingetroffen?«, fragte er und gab vor, Myrtle nicht zu sehen.

Dann starrte er sie mit großen Augen an. »Ah, einige sind schon da!«, rief er, zog sie auf die Beine und umarmte sie. »Und wo sind die anderen Zwangsvertriebenen?«

Liv dachte, er würde etwas zu weit gehen. Aber Myrtle war ihm nicht böse. »Die zertrampeln im Garten deine Blumen, lieber Reggie«, flötete sie.

Das schien ihn nicht zu beunruhigen. Er lief durch die Glastür hinaus, jagte die Jungs durch den ganzen Garten, und sie schrien wie am Spieß. Als Mally in den Fischteich fiel, brüllten sie noch lauter.

»Oh, verdammt!« Liv schluchzte beinahe, und Myrtle schüttelte missbilligend den Kopf.

»Wenn du nicht endlich zu fluchen aufhörst, wirst du nie in den Himmel kommen, Liv.«

»Also wirklich, Myrt, das ist gar nicht komisch. Der Teppichboden in der Halle ...«

Mitleidig wandte sich Myrtle zu ihrer Freundin. Manchmal hatte sie den Eindruck, Liv wüsste gar nicht, worum es im Leben ging. Sie nahm Reggie den kreischenden Mally aus den Armen, trug ihn über den kostbaren Teppichboden zur Treppe und nach oben ins Bad.

Während Reggie ihr mit den Taschen und Koffern folgte, setzten sich Martin und Nicky an den Refektoriumstisch, und Liv hielt in der Tür Wache. »So stelle ich mir eine glückliche Familie vor«, verkündete Reggie enthusiastisch, auf der Schwelle des Badezimmers. »Darf ich reinkommen und meine Hose abwaschen, Myrtle?«

»Das ist *dein* Badezimmer!«, erwiderte Myrtle. Nachdem sie Mally ausgezogen hatte, stellte sie ihn in die Badewanne, drehte die Hähne auf und vermischte das warme mit dem kalten Wasser. »Was meinst du, Reggie? Wird Liv dieses Familienleben eine ganze Woche verkraften?«

»Oh, sie wird's *lieben.* Deshalb habe ich Malcolm ja vorgeschlagen ...« Er begann den Schlamm von seiner Hose zu wischen und kehrte ihr den Rücken, damit sie sein Gesicht nicht sah. »Ehrlich gesagt, bei uns geht's ziemlich langweilig zu. Wenn wir dich und die Kinder bei uns haben – das ist wie Weihnachten. Noch schöner wär's, wenn Malcolm auch herkommen könnte.«

Myrtle schwieg sehr lange. Schließlich drehte sie die Hähne ab und setzte Mally ins lauwarme Wasser. Als er seine schmutzigen Arme um ihren Hals schlang, befreite sie sich und griff nach der Seife. Lethargisch ließ er sich waschen, und sie betrachtete ihn mit jener namenlosen Trauer, die sie seit seiner Geburt immer wieder befiel. Sein Körper war ebenso verkümmert wie der mongoloide Kopf, aber er besaß perfekt geformte Hände und Füße. Damals hatten die Ärzte versichert, es sei unwahrscheinlich, dass seine Eltern ein weiteres behindertes Kind bekommen würden und ein neues Baby könnte sie aufmuntern. Malcolm war dagegen gewesen. Aber Myrtle hatte ihren Willen durchgesetzt. Sie brauchte noch ein Baby, um – irgendetwas zu beweisen. Sie überließ Mally seinem träumerischen Zustand, richtete sich auf und streckte ihren schmerzenden Rücken. »Wie albern du bist, Reggie! Und ich dachte, nur *Liv* hätte keine Ahnung.«

»Was meinst du, Myrt?«, fragte er unbehaglich.

»Weißt du, warum du uns eingeladen hast? Erstens, weil du uns magst und uns helfen willst. Und zweitens, weil dir dein Leben öde und leer erscheint, weil du gern Kinder hättest – und hoffst, angesichts unseres fröhlichen Familiendaseins würde auch Liv auf den Geschmack kommen. Habe ich Recht?«

An diese scharfsinnige Myrtle war Reggie nicht gewöhnt. Bisher hatte er die Freundin seiner Frau einfach nur geschwätzig, lebhaft und ziemlich ungezwungen gefunden. Er setzte sich auf den Toilettendeckel und schaute sie forschend an. Unter ihren Augen lagen dunkle Schatten. Den gewölbten Bauch hatte sie mit einem weiten gekräuselten Rock verhüllt, der ihre geringe Körpergröße noch betonte, und der Pullover unterstrich die prallen Brüste. Aber sie besaß zweifellos eine starke, etwas derbe Anziehungskraft. Reggie holte tief Atem und schaute rasch weg. »Nun ja – vielleicht.«

»Was für ein Idiot du bist! Selbstverständlich habe ich Recht. Und was meinst du, warum Malcolm deine Einladung so begeistert annahm und uns dann nicht hierher begleiten wollte? Damit er freie Bahn hat, wenn seine Patientinnen in die Praxis kommen. Versteh mich nicht falsch, er liebt mich. Das weiß ich. Aber er braucht nun mal diesen Freiraum, und es ist etwas schwierig, wenn eine schwangere Ehefrau und drei Kinder im Haus herumlaufen.« Sie lachte ohne Bitterkeit, beugte sich vor und tätschelte sein Knie. »Schon gut, Reggie. Schau nicht so drein! Ich hätte mich ja auch weigern können, euch zu besuchen. Und ich bin doch da, oder?« Sie hockte sich auf die Fersen und warf dem reglosen Kind einen Blick zu. »Etwas muss ich dir noch sagen, Reggie. Mittlerweile müsstest du Liv kennen, und unsere Anwesenheit wird ihr die Mutterschaft eher vermiesen. Verstehst du das nicht?«

»Klar, am Anfang wird's ein bisschen Ärger geben.« Er lachte entschlossen und strich über seine Hosenbeine. »Natürlich war's nicht besonders clever von mir, die Jungs durch den Garten zu hetzen – bis Mally in den Teich fiel. Das gebe ich zu. Aber ganz so dumm, wie du offenbar glaubst, bin ich nun auch wieder nicht, Myrt. Liv und ich sind fast genauso lange verheiratet wie Malcolm und du. Bald sechs Jahre. Mein Gott, wie die Zeit vergeht! Liv wünschte sich eine Doppelhaushälfte in der Nähe von

Northfield, die Mitgliedschaft im Golfclub – das hat sie alles gekriegt. Jetzt will sie was anderes.«

Myrtle erhob sich etwas mühsam und wickelte Mally in ein Handtuch. »Okay, Reggie, mal sehen, was sich machen lässt.«

»Danke, Myrt.« Auch Reggie stand auf und berührte ihre Schulter. »Was für ein gutes Mädchen du bist ...«

Aus dem Erdgeschoss drang eine schrille Stimme herauf. »Um Himmels willen, was treibst du da oben, Reggie? Hilf mir doch endlich! Mit diesen Jungs komme ich einfach nicht zurecht!«

»Sofort, Darling!«, rief er. Dann fügte er im Flüsterton hinzu: »Siehst du, was ich meine, Myrt?« Lächelnd schloss er die Tür hinter sich.

☆

Am Ende des zweiten Tages schmiedeten Liv und Myrtle geheime Pläne, um die Ferienwoche zu verkürzen. Myrtle fühlte sich viel elender als daheim, wo Tom und Doris – das Ehepaar, das Gildas Platz eingenommen hatte – Nicky und Martin im Auge behielten, sodass sie sich auf Mally konzentrieren konnte. Jeden Vormittag gingen die Jungs in einen exklusiven Kindergarten. Dort wurden sie ermutigt, »ihre Umwelt zu erforschen«. Und das war plötzlich keine gute Idee mehr. Liv hielt nichts von solchen Forschungen.

»Fantastisch, Darling!«, versicherte Myrtle ihrem Mann am Telefon. »Liv und ich können endlich wieder richtig quatschen, wie in alten Zeiten.« Dann spähte sie über die Schulter in die menschenleere Halle und senkte ihre Stimme. »O Malcolm, es ist grauenvoll. Die Jungs wissen nichts mit sich anzufangen und Nicky hat schon zwei Gläser zerbrochen ... Zum Lunch gibt sie ihnen Wassergläser ... Ja, beiden ... Da beißt er einfach rein, Darling. Ja, ich weiß, das ist gefährlich. Beinahe wäre ich ausgeflippt. Ein Wunder, dass ich das Baby noch nicht verloren habe ... Was – Mally? Nun, du kennst ihn ja – er liebt *jeden.* Aber Liv!« Sie lauschte und lachte leise, dann erwiderte sie hastig: »Untersteh dich, Reggie irgendwas zu sagen! Im Ernst, Malcolm! Er ist so nett – und er hat's nicht leicht.« Die Lippen zusammengepresst, hörte sie wieder zu. »Ach, du! Offenbar weißt du nicht, wie gut es dir geht. Ich wünschte, du müsstest es mal mit Liv aushalten. So wie Reggie. Dann würdest du endlich merken, was du an mir hast. Was? Oh ... Natürlich, ich liebe dich auch. Ganz wahnsinnig ...«

Aufgeregt rannte Liv aus der Küche in die Halle. Ihre hellgrüne Leinenhose wirkte etwas feucht. »O Gott, Myrtle, dein Sohn ist schon wieder in den Fischteich gefallen. Ich hab ihn ins Gras gesetzt, um ihn trocknen zu lassen. Aber die beiden anderen wollen ihm einreden, er soll es noch mal versuchen. Wenn du nicht sofort kommst!«

»Jetzt muss ich Schluss machen, Darling. Mally ... Bis bald!« Myrtle legte auf, stürmte aus dem Haus, und Liv folgte ihr nicht.

Wie erstarrt stand sie auf ihrem exquisiten graurosa Teppichboden und betrachtete die dunklen Wasserflecken auf ihrer schönen hellgrünen Hose. Langsam rannen Tränen über ihre Wangen. Das Telefon läutete.

»Was ist mit Mally passiert?«, fragte Malcolm Lennox' Stimme.

»Oh, du bist's, Malcolm.« Sofort versiegten Livs Tränen. Seit ihrem Hochzeitstag spürte sie immer wieder seine unwiderstehliche Magie. »Tut mir Leid, dass ich dein Gespräch mit Myrtle unterbrechen musste. Bedauerlicherweise übt unser Fischteich eine fatale Anziehungskraft auf deinen jüngsten Sohn aus. Jeden Tag fällt er rein ...«

»Ist er okay?«, unterbrach er sie ungeduldig. »Könnt ihr den verdammten Teich nicht einzäunen?«

Liv lachte perlend. »Wohl kaum, mein Lieber. Unser Garten ist kein Zoo. Zumindest waren wir dieser Meinung ...«

Ohne ihre spitze Bemerkung zu beachten, stieß er hervor: »Hör mal, Liv, ist Mally okay?«

Sie dachte an das hässliche, tollpatschige Kind, das dauernd auf ihren Schoß geklettert wäre, wenn sie es nicht jedes Mal geschafft hätte, rechtzeitig aufzuspringen. Wie konnte man Mally als »okay« bezeichnen? »Natürlich nicht.« Malcolms Sorge um seinen geistig behinderten Sohn erschien ihr so liebenswert, dass sie ihm die idiotische Frage verzieh. »Genau genommen fällt er nicht rein, er *watet* ins Wasser, und das macht ihm großen Spaß.«

»O Liv, was für eine affektierte kleine Teufelin du bist!« Malcolm lachte erleichtert. »Weißt du, was ich gern mit dir tun würde?«

»Nein – was?«, fragte sie atemlos.

»Ich möchte dich übers Knie legen und dir den hübschen kleinen Hintern versohlen, gnadenlos, dass du eine Woche lang nicht sitzen könntest.«

Empört schnappte sie nach Luft. »Hör auf mit dem Unsinn, Malcolm!«

»Oh, ich habe noch gar nicht richtig angefangen. Pass gut auf, kleine Livvie Baker. Wenn du dieser Züchtigung entrinnen willst, sei nett zu Mally und nimm ihn so oft wie möglich in die Arme. Das braucht er. Man muss nun mal mit ihm schmusen. Auf andere Weise kann er sich nicht verständlich machen.«

»Verdammt, Malcolm, du würdest es nicht wagen, dich an mir zu vergreifen!«

»Nein? Komm doch her, dann wirst du's rausfinden.«

»Reggie würde dich umbringen!«

»Warum sollte er – wenn er's gar nicht erfährt?«

»Das würde ich ihm sagen.«

»Nein, sicher nicht.«

Sie stimmte in sein Gelächter ein, und als sie verstummte, drang ein monotones Summen in ihr Ohr. Also hatte er aufgelegt. Lächelnd betrachtete sie den Hörer in ihrer Hand. »Ich wette, so redest du nicht mit deinen Patientinnen«, flüsterte sie. Oder doch? Wahrscheinlich. Und das gefiel ihr.

☆

Natürlich amüsierte sich Reggie über Mallys fünftes Bad im Fischteich. Liv überlegte, ob der Junge vielleicht klüger war, als er aussah, und absichtlich ins Wasser tappte, um den neuen Onkel zu erfreuen. Frisch gepudert, im Pyjama und nach dem Dinner nur geringfügig mit Milch befleckt, saß das Kind auf Reggies Schoß, wiegte sich monoton hin und her und stieß gurrende Laute aus.

Während Myrtle ihre beiden anderen Söhne ins Bett brachte, füllte Liv die Sherrygläser und dachte an das geschmorte Huhn, das sie zum Abendessen servieren würde. Um diese Tageszeit fand sie den Besuch ihrer Freundin am angenehmsten. Bis auf Mally waren die Jungs verschwunden, sie hatte das Dinner organisiert – so perfekt, wie nur sie die Dinge zu organisieren vermochte. Reggie befand sich in sentimentaler Stimmung, was auf der eindringlichen Demonstration eines Familienlebens beruhte, und man konnte in die Zivilisation zurückkehren. Zufrieden atmete sie auf. An diesem Abend kam noch etwas dazu, das sie nicht genauer erforschte. Irgendwie fühlte sie sich erregt, spürte ihre kleinen, runden Brüste, die strammen Hinterbacken, den makellosen Teint, die langen Beine in den Nylonstrümpfen, die kurzen Locken. Sie war sich ihrer Schönheit bewusst und stolz darauf, unter dreißig, und sie erwartete noch einiges von Leben. Was sie wollte, hatte sie bekommen – einen liebevollen Ehemann, ein hübsches modernes Haus. Jetzt wünschte sie sich etwas anderes – was, wusste sie nicht. Aber es schien am Horizont zu lauern.

»Er mag mich, Liv«, verkündete Reggie. »Hast du gesehen, wie er jeden Abend zu mir läuft, wenn ich die Tür aufmache? Komisch – Myrt und Malcolm taten mir so Leid, als ich von ihrem behinderten Baby erfuhr ... Und jetzt verstehe ich, warum sie ganz verrückt nach ihm sind. Er ist so liebevoll, nicht wahr?«

»Mhm.« Liv nippte geziert an ihrem Sherry und beobachtete den sabbernden Mally. Sein Essen schluckte er mühelos. Also mussten seine Halsmuskeln einwandfrei funktionieren. Sie beugte sich vor. »Schluck mal, Mally!«, befahl sie. Zu ihrer Verblüffung blickte er auf und schluckte gehorsam. Sie zog ihr Taschentuch hervor und wischte seine Lippen ab. »Braver Junge.« Als er das Batisttüchlein ergriff, kam es zu einem sekundenlangen Tauziehen, dann kapitulierte sie. »Okay, du darfst Tante Livs Taschentuch behalten, wenn du immer schluckst, wie sich's gehört und dir danach den Mund abputzt.« Der Junge schob das Tuch zwischen seine Zähne und begann zu würgen. »O Gott – Myrtle – Reggie ...« Erfolglos klopfte sie auf Mallys Rücken. Das winzige Gesicht lief feuerrot an.

Reggie legte ihn quer über seine Knie, drehte ihn auf den Bauch und stemmte beide Hände gegen den kleinen Körper. In einem Klumpen aus erbrochenem Schleim landete das Taschentuch am Boden. Gurgelnd spähte Mally über seine Schulter und grinste breit.

»Du kleines ... Schau dir meinen Teppich an! Was für ein schlimmer Junge du bist!« Vor Erleichterung und Entsetzen geriet sie völlig außer sich. Mallys blauer Flanellette-Hintern befand sich direkt unter ihrer Hand, und sie schlug darauf. Prompt begann er zu brüllen.

Ein paar Sekunden zuvor war Myrtle ins Zimmer gestürmt. Angesichts des Erbrochenen und des Klapses, den Liv dem kleinen Jungen gegeben hatte, zog sie die falschen Schlüsse. »Du – *Biest!* Und du bist keinen Deut besser, Reggie! Wie konntest du ihn auf den Bauch drehen? Komm zu Mummy, mein Baby! O Liv, ich könnte dich umbringen! Zum Teufel mit deinem blöden Teppich! Wer kümmert sich schon um so was? Noch nie hat Mally geschrien. Kein einziges Mal! Jetzt sind wir erst zwei Tage hier – und was passiert?«

Liv beging den Fehler, diese rhetorische Frage zu beantworten. »Nachdem er mein Taschentuch verschluckt hatte, mussten wir was unternehmen. Reggie hat ihm das Leben gerettet. Beinahe wäre er erstickt.«

»Besten Dank, ich hab gesehen, was vorgefallen ist. Wenn Reggie ... Offenbar muss ich ihm danken. Aber was du getan hast, ist unverzeihlich, Liv. Ein wehrloses Kind zu schlagen ... Er ist unschuldig und ...«

»So, ist er das?« Erbost sprang Liv auf. »Als ich sagte, er soll schlucken, schien er es sehr gut zu verstehen. Dann gab ich ihm mein Taschentuch und er schob es in den Mund.«

»Hast du ihn etwa aufgefordert, dein Taschentuch zu verschlucken? Bist du *wahnsinnig?*«

»Mach dich nicht lächerlich, Myrt! Natürlich habe ich nicht ... O Gott, kannst du ihn nicht endlich zum Schweigen bringen?«

»Hör mal, Myrt«, versuchte Reggie die Wogen zu glätten, »du verstehst das falsch. Der Junge hat auf Liv *reagiert.* Wirklich, das war verblüffend ...«

»Und deshalb hat sie ihn geschlagen?«, fauchte Myrtle. »Darauf sollte er wohl auch reagieren, was?« Sie verlagerte das Gewicht ihres Sohnes von der einen auf die andere Schulter.

»Jetzt gehe ich nach oben. Ich will nichts essen. Wenn ich Mally stille, beruhigt er sich immer sofort.«

»Du machst – was?«, stammelte Liv.

»Ja, ich stille ihn. Widert dich das an?«

»Er ist fast drei Jahre alt ...«

»Die Afrikanerinnen stillen ihre Kinder noch viel länger.«

»Aber du bist Engländerin – und schwanger.«

Als Myrtle mit einem vulgären Fluch aus dem Zimmer eilte, begann Liv zu weinen. Reggie stand auf und umarmte sie. »Nur ein Sturm im Wasserglas, Darling. Unter diesen Umständen ist das begreiflich. Dieser Druck, der auf Myrtle lastet ...«

»Und ich?«, jammerte Liv und versuchte, ihr tränennasses Gesicht von seinem Anzug fern zu halten. »Was glaubst du, was *ich* durchmache? Sie braucht nur herumzusitzen und zu essen, was ich ihr serviere. Aber ich muss diese Kinder ertragen und alle fünf Minuten hinter ihnen sauber machen. Geh doch mal rauf und schau dir das Bad an, das sie gerade benutzt haben ...«

»Trotz allem hättest du Mally nicht schlagen dürfen. Schlimm genug, wenn es Nicky oder Martin gewesen wären. Aber ausgerechnet *Mally!*«

»Er hat es absichtlich getan und einen Klaps verdient. Sag mal, auf welcher Seite stehst du eigentlich?«

»Auf keiner. In so einem Fall darf man nicht Stellung beziehen. Geh hinauf und versöhn dich mit Myrtle. Bitte.«

»Ich muss das Essen servieren.«

»Wenn du sie nicht holst, wird sie wohl kaum runterkommen.«

»Geh doch du nach oben und erklär ihr, was passierst ist. Auf dich hört sie. Und bei dieser Gelegenheit ...« Sie befreite sich von seinen Armen und schlenderte zur Tür. »... schau dir mal das Bad an.« Als sie sich umdrehte, streifte ihr Blick das Erbrochene. »O Gott, wenn ich das nicht sofort wegwische, lassen sich die Flecken nie mehr entfernen.«

Entnervt eilte sie hinaus, und Reggie flüsterte vor sich hin: »So oft hast du noch nie ›O Gott‹ gesagt, Darling ...« Zum Glück hat sie das nicht gehört, dachte er, während er die Treppe hinaufstieg. Für solche Spötteleien fehlte ihr der Humor.

Die Tür des Schlafzimmers, das sich Myrtle mit den Kindern teilte, stand einen Spalt offen, und er hörte Nicky und Martin mehr oder weniger freundschaftlich streiten. Lautlos trat er näher und sah die beiden auf einem der Betten liegen, wo sie zwei Zinnsoldaten gegeneinander kämpfen ließen. In einem goldgelben Sessel saß Myrtle am Fenster, die Bluse geöffnet, und stillte Mally, der in diesem Augenblick unnatürlich groß wirkte.

Hastig wollte Reggie sich zurückziehen. Aber sie hatte ihn bereits entdeckt. »Komm doch rein«, bat sie und lächelte schwach. »Willst du mir klarmachen, was für eine dumme Kuh ich bin?«

In dieser Situation fand er die Bezeichnung so zutreffend, dass er verlegen errötete. Unsicher stieß er die Tür etwas weiter auf, blieb aber stehen. »Nein, keineswegs ... Liv lässt dir ausrichten, sie würde den Zwischenfall bedauern – und du sollst doch bitte zum Dinner runterkommen.«

»Eine richtige Entschuldigung bringt sie wohl nicht über die Lippen ... Schon gut. Natürlich komme ich runter, sobald meine Racker friedlich in den Betten liegen.« Sie seufzte und schüttelte den Kopf. »Tut mir Leid, Reggie. Für dich muss das alles furchtbar sein. Aber so ist das Familienleben nun mal. Bist du immer noch so versessen drauf?«

»O ja. Lass mich die Jungs ins Bett bringen.«

»Wenn du willst ...« Ihre Stimme klang müde, und er gab Liv Recht. Während ihrer Schwangerschaft dürfte sie das zweijährige Kind nicht mehr stillen.

Er ging zu dem Bett, auf dem die beiden Jungen spielten, und nahm noch einen Zinnsoldaten aus der Schachtel. Erfreut hießen sie ihn als »Schiedsrichter« willkommen und erlaubten ihm, den Kampf erstaunlich schnell mit einem fairen Unentschieden zu beenden. Dann stellte er die Schachtel mit den Soldaten auf den Schrank, verfrachtete die Jungs in ihre Betten und erzählte ihnen eine Gutenachtgeschichte. Obwohl er sich bemühte, väterliche oder zumindest onkelhafte Gefühle zu entwickeln, empfand er wachsende Begierde. Inzwischen war Mally eingeschlafen. Sein Kopf sank nach hinten und gab den Blick auf Myrtles pralle Brust mit der feucht glänzenden Knospe frei. Während sie aufstand und den Kleinen behutsam zu seinem Bett trug, musste Reggie seine Finger in Nickys Decke krallen. Myrtle trug keinen BH. Weil sie ihre Bluse nicht zuknöpfte, waren beide runden Brüste deutlich zu sehen, und er konnte den Drang, danach zu greifen, kaum bezähmen.

»Und wenn der Riese gar nicht tot war, Onkel Reggie?«, fragte Nicky. »Wenn er aufgesprungen und hinter Jack hergelaufen ist?«

»Ja – was dann?«, klagte Martin.

»Oh, er war mausetot«, versicherte Reggie und schluckte krampfhaft. »Er hat sich nicht mehr bewegt.«

Verächtlich runzelte Nicky die Stirn. »Jeder kann die Augen zusammenkneifen und sich tot stellen.«

»Aber seine Augen waren geöffnet. Deshalb wusste Jack, dass der Riese nicht mehr lebte. Wenn man die Augen schließt, schläft man. Aber wenn sie offen sind und man sich nicht bewegen kann, ist man gestorben.«

»Oh ...« Nun fielen dem Jungen keine weiteren Argumente ein.

Glücklicherweise war Martin schon längst vom Tod des Riesen überzeugt. Reggie breitete die Decken über beide Jungen, zog er die Vorhänge zusammen und wandte sich zu Myrtle, die ihre Bluse inzwischen zugeknöpft hatte und ihr drahtiges Haar kämmte.

»Gott segne dich, Reggie«, wisperte sie. »Ich komme gleich hinunter.«

Da er nun wusste, was sich unter ihrer Bluse verbarg, hätte sie die Knöpfe genauso gut offen lassen können. Seine Erregung verflog nicht. »Okay«, flüsterte er, flüchtete aus dem Zimmer und sperrte sich im Bad ein. Er starrte sein Spiegelbild an und atmete tief durch. Dann fiel sein Blick auf die schmutzige Wanne. Seufzend kniete er nieder und begann sie zu schrubben.

☆

Am späteren Abend schwatzten die beiden Frauen, als wäre nichts geschehen. Reggie verkündete, er würde sich den nächsten Tag freinehmen. »Wollen wir über die Lickeys fahren und picknicken? Das würde den Jungs gefallen. Euch beiden tut's auch gut, wenn ihr mal hier rauskommt.«

»O Reggie, du bist süß!«, rief Myrtle.

»Eher verrückt.« Liv lächelte ihren Mann nachsichtig an. »Stell dir vor, Myrt, letztes Jahr wollte er doch tatsächlich ungarische Flüchtlinge ins Haus holen.«

Myrtle merkte, dass sie in ihre Schranken gewiesen wurde. Aber von plötzlichem Mitleid mit Reggie erfasst, ließ sie alle Vorsicht außer Acht. »Oh, das hatte ich auch vor. Aber Malcolm – die Praxis – es ging einfach nicht.«

»Nein, natürlich nicht.« Obwohl Liv bestrebt war, möglichst wenige Kohlehydrate zu essen, nahm sie sich noch ein paar Kartoffeln. »Und wo hättest du die Leute denn untergebracht, Darling?«

Diplomatisch zuckte Myrtle die Achseln. In diesem Kosewort erkannte sie sofort ein untrügliches Zeichen für Livs Zorn. Reggie wechselte geflissentlich das Thema. »Letztes Jahr war einiges los. Suez – was für ein Fiasko! Eden hätte sich niemals zurückziehen dürfen. Mein Gott, Frankreich und Großbritannien legten den verdammten Kanal an, hielten ihn jahrelang in Stand ...«

»Fluch nicht, Reggie«, fiel Liv ihm leichthin ins Wort.

»Und dieser Chruchtschow! Grinst in einem fort, mimt den netten Weihnachtsmann, aber mit seiner Entstalinisierung beschwor er die Schwierigkeiten in Ungarn herauf. Von Polen ganz zu schweigen.«

Bevor das Gespräch wieder auf die Flüchtlinge kommen konnte, erzählte Myrtle hastig: »Als Malcolm und ich neulich in einem Restaurant saßen, sagte einer der Gäste, die Sowjets würden noch dieses Jahr eine Raumkapsel ins All schicken.«

»Quatsch!«, murmelte Liv und goss einen Löffel Sauce auf ihre Kartoffeln. Dass Myrtle und Malcolm zusammen essen gingen, ärgerte sie maßlos. Sie hatte geglaubt, sie würde Malcolms Leben ein bisschen Glamour verleihen. Eigentlich müsste seine Frau ihre Zeit damit verbringen, schwanger zu sein und das Geschirr abzuwaschen. In diesem Haus gab es keine Spülmaschine. »Erinnerst du dich an unseren Physikunterricht, Myrt? Miss Edgeworth erklärte uns, wenn irgendwas die Erdatmosphäre verlässt, würde es sofort explodieren.«

»Mhm. Aber was das Atom angeht, hat sie sich geirrt.« Myrtle lächelte Reggie an. »Weißt du, was sie behauptet hat? Wenn ein Atom gespalten wird, spaltet die freigelassene Energie auch das nächste und das nächste und nächste ...«

Während die beiden hilflos kicherten, löffelte Liv ihre restliche Sauce in den Mund, wie Mrs Cooks Gäste im Café – als würden sie verhungern.

»Okay. Seid ihr satt? Ich denke, es war zu viel für dich, liebster Reggie. Du quillst ja geradezu über. Da ist etwas Kartoffel an deinem Kinn, und ist das ein Stückchen Huhn auf deiner Krawatte? Also wirklich!«

Zum Nachtisch hatte sie einen Apfelkuchen gebacken. Im Verlauf der restlichen Mahlzeit lobte Myrtle den flaumigen Teig und den herrlichen Nelkengeschmack, der so gut zu den Äpfeln passen würde. Besänftigt holte Liv ihr Kochbuch und erbot sich, das Rezept abzuschreiben. Den Kaffee tranken sie im jungfräulichen Salon. Reggie schaltete den Fernseher ein und sie schauten sich eine Sendung mit dem Titel »Unbekannte Talente« an.

»Diesen Namen habe ich schon mal gehört.« Die Stirn gerunzelt, beugte sich Myrtle vor. »Clive Hubert. Guter Gott, das war einer von Cass' Autoren.«

»Ach ja, Cass und ihre phänomenale Karriere!«, stöhnte Liv. »Dabei bringt sie nur Bücher an den Mann. Oder die Frau. Ist es nicht so? Wie eine Verkäuferin.«

Myrtle gab keine Antwort. Ungewöhnlich konzentriert lauschte sie dem Moderator. Als er zum nächsten Talent überging, starrte sie Liv mit großen Augen an. »Hast du das gehört? Vor zwei Jahren ist Clive Huberts Manuskript in Paris verbrannt – bei einem Bombenanschlag. Und jetzt taucht plötzlich eine Kopie auf ...«

»Faszinierend«, seufzte Liv.

»Erinnerst du dich nicht an die Explosion in Paris? In Cass' Büro. Dort lag das Manuskript, in einem Schubfach. Mein Gott, kein Wunder, dass sie Bessie nicht erlaubt hat, die Ostertage in Paris zu verbringen. Womöglich waren die Attentäter sogar hinter Cass her. Ich meine, wenn sie weiß, worum es in diesem Buch geht ...«

Nach einem kurzen Schweigen sagte Liv langsam: »Clive Hubert. Nie gehört. Ist er berühmt?«

»Er ist tot, Liv. Das hat der Moderator soeben erklärt. Erst wurde Hubert erschossen – und dann sein Manuskript vernichtet.«

»Wie melodramatisch!« Liv verzog die Lippen. »Wer hätte das von unserer Cass gedacht? Nun verstehe ich, warum sie nach Südfrankreich gezogen ist. Zuerst dachte ich, wegen des Wetters. Aber offensichtlich gab es andere Gründe.« Sie nippte an ihrem Kaffee. »Hatte sie was mit diesem Clive?«

»Das spielt jetzt keine Rolle mehr. Dass eine Kopie von diesem verdammten Buch gefunden wurde, ist viel wichtiger.«

»Sicherlich kann das gut für eure Freundin sein«, meinte Reggie zögernd. »Jetzt kann das Buch publiziert werden.«

»Aber wenn jemand glaubte, wegen dieses Manuskripts würde sich ein Mord lohnen ...« Myrtle stellte ihre Kaffeetasse ohne die Untertasse auf den Tisch und Liv zückte prompt ihr Taschentuch. »Mrs Woodford und Carol werden Bessie nach England schicken. Natürlich wird Mrs Woodford ihre Tochter nicht verlassen. Da bin ich mir ganz sicher. Aber sie würden Bessie niemals in Gefahr bringen. Jetzt kann sie wieder zu mir kommen.« Bei diesem Gedanken erhellte sich ihre Miene. »Wenn Boris auch diesen Fotokurs besucht: Bessie wird wieder bei mir wohnen.«

Liv hörte auf, die Tischplatte zu polieren. »Und sie kann ja so gut mit den Jungs umgehen«, bemerkte sie trocken.

»O ja«, stimmte Myrtle zu, kein bisschen beleidigt. »Alle drei vergöttern sie. Besonders Mally ... Liv, dieses Mädchen ist einfach wundervoll. So wie Cass in der Kindheit. Alles scheint Bessie zu verstehen. Instinktiv. Ich meine – sie ist viel zu jung, um über gewisse Dinge Bescheid zu wissen. Aber sie kennt die Menschen.«

»Auf deiner Hochzeit sah ich sie zum letzten Mal, Myrt. Ich hatte nicht den Eindruck, sie würde Cass gleichen. Dafür war sie zu hübsch. Außerdem hat sie dunkles Haar.«

»Oh, ich behaupte keineswegs, sie würde wie Cass aussehen. Nur im Wesen sind sie sich ähnlich. Hoffentlich geht es Cass gut. Wie ich dieses Mädchen geliebt habe ...«

Nachdenklich steckte Liv ihr Taschentuch ein und blickte in die Vergangenheit zurück. »Unsere Freundschaft ist einzigartig gewesen, nicht wahr? Obwohl Mon und ich ganz anders waren als du und Cass, fühlten wir uns alle eng verbunden.«

Myrtle stand auf. »Heute Abend werde ich ihr schreiben. Liv – tut mir Leid, dass Mally dauernd in den Fischteich fällt. Von jetzt an werde ich ihn dran hindern.«

»Mach dir keine Sorgen, Myrtle«, bat Reggie lächelnd. »Morgen machen wir einen Ausflug und picknicken, da können die Jungs nach Herzenslust herumtoben.«

Beinahe hätte Myrtle wieder beteuert, wie süß er sei. Aber sie besann sich gerade noch rechtzeitig eines Besseren und verließ das Zimmer.

»Hör mal, Reggie – wenn Cass ihre Tochter nicht mehr zu Myrtle schicken will, die sie offenbar als Dienstmagd missbraucht, könnten wir das Mädchen doch zu uns einladen.«

Zufrieden stellte Reggie fest, dass sein Plan zu gelingen schien. Er sprang auf und zog Liv von ihrem Stuhl hoch. »O Darling, ich liebe dich.«

»Lass mich nur rasch das Geschirr in die Spülmaschine stellen, dann gehen wir schlafen.«

»Zum Teufel mit der Spülmaschine!«

»Fluch nicht ...«, flüsterte sie, aber sie erwiderte seinen Kuss. Glücklicherweise hatte sie sich schon die Zähne geputzt. Am liebsten wäre er mit ihr auf den Teppich gesunken, aber dazu konnte sie sich nicht durchringen. Atemlos lachte sie, ließ sich die Treppe hinauf und ins Schlafzimmer jagen und erlaubte ihm sogar, den Reißverschluss ihrer Hose zu öffnen. Damit war die Grenze ihrer Toleranz erreicht. Ins Bett zu gehen, ohne das Gesicht und die Hände einzucremen, war unvorstellbar ... Wenigstens musste sie ihr naturgewelltes Haar nicht auf Lockenwickler drehen. Als sie aus dem Bad kam, sorgsam eingecremt, in einem neuen seidenen Nachthemd, lag er nackt auf dem Bett und streckte ihr die Arme entgegen.

»Warum hast du dir die Mühe gemacht, ein Nachthemd anzuziehen?« Und dann zerrte er ihr die zarte Seide vom Leib. »Du bist verrückt, Olive Bradbury. Völlig verrückt. Hörst du?«

Mit einem leidenschaftlichen Kuss erstickte er die Antwort, die ihr auf der Zunge lag. Es missfiel ihr, dass er sie mit ihrem vollen Namen ansprach. Mit acht Jahren hatte sie sich für die Abkürzung Liv entschieden und den Namen Olive nie mehr gehört, außer bei ihrer Hochzeit. Indigniert kräuselte sie ihre Lippen an seinen.

Und dann begann das Geschrei.

Zunächst dachte sie, einer der Jungs wäre ins Zimmer geschlichen und würde die beiden eng umschlungenen Körper auf dem Bett beobachten. Welch ein Schock musste das für eine arme Kinderseele sein ... Doch dann erkannte sie den Irrtum – das Gebrüll kam aus dem Gästezimmer, schrill genug, um zwei Wände zu durchdringen.

Reggie wollte splitternackt hinüberlaufen. Aber sie warf ihm seinen Morgenmantel zu, bevor sie in ihren eigenen schlüpfte. Seite an Seite stürmten sie in Myrtles Zimmer.

Beruhigend wiegte Myrtle den kleinen Martin hin und her. Da sie sein ohrenbetäubendes Geschrei nicht übertönen konnte, schüttelte sie nur verständnislos den Kopf. Unglaublicherweise lagen Mally und Nicky reglos in ihren Betten. Reggie ging vor Myrtle in die Knie, berührte die Wange des Kindes, und wie durch ein Wunder verstummte das Gebrüll. Der Junge starrte ihn tränenblind an. Mühsam schluckte er. »Ich glaube, Reggie – er hat nur die Augen geschlossen – er war gar nicht tot.«

»O Gott, die Gutenachtgeschichte!«, seufzte Myrtle. »Du kleiner Idiot ...«

Reggie griff in die Tasche seines Morgenmantels, fand ein Taschentuch und wischte Martins Gesicht ab. »Hör mal, das ist nur eine Geschichte. Aber der Riese war wirklich tot. Vor dem Begräbnis wurden ihm die Augen zugedrückt.«

Verblüfft beobachtete Liv die Szene. Da kauerte Reggie, in einem halb geöffneten Morgenmantel, und Myrtle pflegte offensichtlich nackt zu schlafen. Unfassbar – das musste Reggie doch sehen. Wie unanständig ... Und Myrtle war überall gebräunt. Zog sie sich splitternackt aus, wenn sie ein Sonnenbad nahm?

»Ist jetzt alles okay?«, fragte Liv ungeduldig. »Können wir wieder ins Bett gehen?«

»Tut mir Leid.« Myrtle legte Martin in Reggies Arme, und er trug das Kind zu seinem Bettchen. Endlich schien sie ihre Nacktheit zu bemerken. Mit provozierend trägen Gesten wickelte sie einen unzulänglichen Schal um ihren Körper. »Manchmal hat er Albträume. Davor hätte ich euch warnen sollen.«

Fürsorglich deckte Reggie den kleinen Jungen zu. »Keine Träume mehr!«, flüsterte er. »Schlaf gut.« Gehorsam schloss Martin die Augen, und Reggie wandte sich zu Myrtle. »Eigentlich müsste *ich* mich entschuldigen. Solche Geschichten werde ich nie mehr erzählen.«

Plötzlich lachten sie beide. Dann wünschten sie sich alle eine gute Nacht und Liv kehrte mit Reggie in ihr Zimmer zurück.

»Armer Malcolm – mehr kann ich nicht dazu sagen.« Ohne den Morgenmantel auszuziehen, setzte sie sich mit stocksteifem Rücken auf die Bettkante. »Und wie sie aussieht! Diese Schwangerschaftsstreifen! Armer Malcolm ...« Im Spiegel sah sie, dass Reggie seinen Morgenmantel ausgezogen hatte. Seine Erregung war deutlich zu sehen. »Und dich bedauere ich auch. Sicher warst du schockiert ...«

»Eigentlich nicht. Sie stillt Mally immer noch – erinnerst du dich?« Grinsend streckte er sich auf dem Bett aus und begann ihren Schenkel zu streicheln. »Mmmm – sehr hübsch ...«

O ja, nur zu gut erinnerte sie sich daran. Und was er in Myrtles Zimmer gesehen hatte, war zweifellos die Ursache der Leidenschaft, die ihn jetzt erfüllte. »Tut mir Leid, Darling, ich kann nicht – es war zu widerlich ...« Sie ergriff ihr Nachthemd, sprang auf und floh ins Bad.

Erstaunt hob Reggie die Brauen. Und dann dachte er an Myrtle.

☆

Am nächsten Tag behauptete Liv, sie habe einen Anruf von einer kranken Freundin aus Worcester erhalten. Natürlich dürfe das Picknick nicht verschoben werden – sie hatte bereits einen Korb gepackt, dessen Inhalt eine ganze Armee sättigen würde. Aber sie müsse diese Freundin unbedingt besuchen, die sie während ihrer Arbeit bei der Post kennen gelernt habe. Das Auto brauche sie nicht, sie würde den Zug nehmen. Sie küsste erst die Jungs, dann Myrtle. »Amüsiert euch. Und passt auf meinen Mann auf.«

Myrtle drückte sie liebevoll an sich und wollte Fragen stellen. Aber Liv befreite sich von ihren Armen. Und Reggie schwieg. Als Liv in das Taxi stieg, das sie zum Bahnhof bringen würde, schien er erleichtert aufzuatmen. »Wollen wir losfahren? Seid ihr bereit?«

»Hör mal, Reggie, wenn du lieber hier bleibst ...«, begann Myrtle. »Das würde uns nichts ausmachen. Nicky sieht so gern fern. Und nachmittags fahre ich mit den Jungs nach Northfield, zu Mummy und Daddy ...«

»Das hast du für morgen geplant, Myrt. Heute erforschen wir die Hügel. Nicht wahr, Jungs? Wir zünden ein Lagerfeuer an und braten Würstchen ...«

»Liv hat einen riesigen Picknickkorb mit kaltem Essen gepackt«, protestierte Myrtle, während ihre Söhne Reggies Vorschlag bejubelten.

»Zum Teufel mit dem Korb!«, rief Reggie.

»Zum Teufel mit dem Korb!«, kreischten Nicky und Martin und Mally lachte schallend.

Myrtle schleppte den verschmähten Korb zum Auto und Reggie setzte Mally auf seine Schultern. Eifrig halfen ihm die älteren Jungs, das Angelzeug und die Bratpfannen in den Kofferraum zu laden. Aus einem verrückten Impuls heraus beugte er sich vor und drückte einen Kuss auf Myrtles Lippen. »Das wird ein wundervoller Tag.«

Verblüfft starrte sie ihn an, dann erwiderte sie den Kuss. »Ganz bestimmt.«

☆

Knisternd loderte das Lagerfeuer empor und die Würstchen brutzelten verlockend. Nach der Mahlzeit, während Mally schlief und Myrtle eine Zeitung las, spielten Reggie und die Jungs Kricket, kletterten auf Bäume und fischten im Reservoir.

Inzwischen wusste sie, dass er sie begehrte. Darauf war sie trotz ihrer Gewissensqualen stolz. Offenbar hatte er mit Liv gestritten – vielleicht ihretwegen. Warum, konnte sie sich nicht vorstellen. Verglichen mit Liv war sie hässlich, außerdem die Mutter von drei Kindern und wieder schwanger. Zu solchen Frauen fühlten sich Männer normalerweise nicht hingezogen, aber Reggie anscheinend schon. Das hatte sie deutlich erkannt und sie spürte eine betörende Reaktion in ihrem eigenen fruchtbaren Körper.

Natürlich würde sie sich zu nichts hinreißen lassen. Wenn sie nach Hause kamen, würde Liv schon wieder da sein und alles daran setzen, den Abend mit ihrem Mann zu verbringen. Und im Grunde war Myrtle auch gar nicht an einem Seitensprung interessiert. Sie liebte Malcolm. Noch wichtiger: Sie liebte Liv. Wegen seiner ständigen Untreue hatte ihre Loyalität ihm gegenüber etwas nachgelassen, aber Liv fühlt sie sich immer noch verpflichtet.

Und doch – sie genoss es jedes Mal, wenn Reggies Schulter sie wie unabsichtlich streifte. Was konnte das schon schaden?

Um sieben trafen sie zu Hause ein und hörten das Telefon klingeln. Myrtle sprang aus dem Wagen und eilte ins Haus, nahm den Hörer ab und erkannte Livs Stimme. An diesem Abend könnte sie noch nicht zurückkommen, erklärte die Freundin. Würde sich Myrtle ums Dinner kümmern? In der Gefriertruhe lagen Koteletts, im Kühlschrank würde sie Gemüse finden. Reggie brauchte jeden Tag frisches Grünzeug. Also durfte sie auf keinen Fall eine Dose öffnen. Nach dem Essen würde Reggie das Geschirr in die Spülmaschine räumen.

»Schon gut«, antwortete Myrtle. »Selbstverständlich komme ich zurecht. Was glaubst du, wie ich's daheim schaffe, fünf Mäuler zu stopfen? Hör mal, Liv – was ist zwischen dir und Reggie passiert? Du *kommst* doch zurück? Ich meine – es wäre lächerlich. Er betet dich an, das weißt du ...«

»Ich hab's dir ja gesagt – meine Freundin *braucht* mich. Sicher macht es dir nichts aus, noch einen Tag den Haushalt zu führen. Großer Gott, die ganze Woche habe ich mich abgerackert. Es ist doch wirklich nicht zu viel verlangt ...«

»Natürlich nicht«, erwiderte Myrtle müde. »Wie kann ich dich notfalls erreichen?«

Aber die Leitung war schon tot.

☆

Während Reggie das Dinner vorbereitete, brachte sie die Kinder ins Bett. Dann ging sie nach unten und fragte sich, wie sie den Abend überstehen würden. Vielleicht sollte sie ihn bitten, die Jungs zu hüten, sich den Wagen ausleihen und nach Northfield fahren. Aber er würde ihre Beweggründe wahrscheinlich durchschauen. Außerdem wollte sie ohnehin bei ihm bleiben. Ihr ganzer Körper spannte sich an, ihre Nerven flatterten. In der Halle eilte sie zum Telefon. Malcolm würde sie retten, auf seine Ansprüche hinweisen, und Reggie würde wieder Reggie sein, Livs Ehemann.

»Hallo?«, meldete sich eine weibliche Stimme.

Mit bebenden Fingern umklammerte Myrtle den Hörer und starrte den jungfräulich weißen Treppenpfosten an. »Ist – ist dort Cheltenham fünf vier sieben vier?«, stammelte sie. Sekunden später war die Leitung tot.

»Was ist los?« Reggie stand in der Küchentür, ein Geschirrtuch über einem Arm wie ein Kellner. »Mein Gott, was ist passiert, Myrt? Sag's mir! Schnell!«

Als sie zu weinen begann, lief er zu ihr und nahm sie in die Arme. Verzweifelt hielt sie sich an ihm fest. »Liv ...«, schluchzte sie, das Gesicht an seinen Hals gepresst. »O Reggie, sie ist bei Malcolm! Was soll ich tun?«

Mit einem leidenschaftlichen Kuss versuchte er, ihre grausigen Fantasiebilder zu vertreiben. Eine Zeit lang weinte sie noch. Dann erwiderte sie seine Küsse und schlang die Finger in sein Nackenhaar. Mit Sex kannte sie sich sehr gut aus. Sie taumelten ins Wohnzimmer, wo der brandneue Fernseher lief, zogen einander hastig aus und liebten sich auf dem Teppich. In der Küche erkalteten die Koteletts, die Dunkelheit brach herein. Inzwischen hatte sich Myrtles Begierde in Rachsucht verwandelt. Wann immer Reggies Verlangen gestillt war, legte sie immer wieder die Hände auf seine Brust und neigte sich über ihn, so wie damals Gilda über Malcolm.

»O Darling«, stöhnte Reggie, »ich bete dich an ...« Und es war Balsam auf einer offenen Wunde.

Irgendwann in der Nacht erschien der Priester auf dem Bildschirm und sprach von der Ewigkeit. Da standen sie endlich auf und gingen in die Küche, um zu essen. Nackt saßen sie vor dem Herd und verschlangen das kalte Fleisch wie die Tiere und lachten hysterisch. Danach warf Reggie das frische Gemüse in den Abfalleimer. »Oben oder unten?«

»Unten.« Es widerstrebte ihr, Livs Bett zu benutzen.

Und so kehrten sie ins Wohnzimmer zurück. Der Bildschirm war dunkel, der Fernseher stieß ein schrilles Summen hervor. Myrtle schaltete ihn aus, und sie sanken wieder auf den Teppich, um fortzusetzen, was sie vorhin unterbrochen hatten.

☆

Um elf Uhr hatte Liv an diesem Morgen vor dem Haus am Imperial Square gestanden. Sie redete sich ein, sie wäre nur hierher gekommen, um mit Malcolm über Myrtles Gesundheitszustand zu sprechen. In den Cotswolds, zwischen Broadway und Evesham, gab es ein Pflegeheim für geistig behinderte Kinder. Ihr Frauenclub hatte vor einiger Zeit eine Betreuerin aus diesem Heim eingeladen. Für Mally wäre es ideal. Und wenn die beiden anderen Jungs den Kindergarten besuchten, konnte Myrtle sich tagsüber ein paar Stunden ausruhen.

Die Tür wurde von Tom geöffnet, einen vor der Zeit gealterten Mann, der im Garten arbeitete. Seine Frau Doris hatte Myrtles Abwesenheit benutzt, um ihre Schwester für ein paar Tage zu besuchen. Nun musste Tom auch die Pflichten der Sprechstundenhilfe übernehmen, wusste aber nichts über die Termine. Deshalb hielt er Liv für eine Patientin und führte sie ins Wartezimmer. Glücklicherweise traf sie dort niemanden an. Vielleicht war Malcolm nicht so beschäftigt, wie Myrtle vorgab. Trotzdem musste sie fast eine Stunde warten, bis er erschien – ohne den üblichen weißen Kittel. Wild zerzaust hing ihm das dichte Haar in die Stirn. Die Frau, die er hinausbegleitete, musste um die fünfzig sein. Über ihrem Kleid aus schwarzem Crêpe de Chine trug sie ein Pelzcape. An einem Arm hing ein Gehstock. Doch sie war offensichtlich geheilt worden, denn man merkte ihr kein Gebrechen an.

Formvollendet beugte sich Malcolm über ihre Hand. »Wollen wir den nächsten Termin vereinbaren?«, schlug er vor, ohne Liv zu entdecken, und lachte leise. »Was glaubst du, wie lange du warten kannst?«

Aber sie hatte Liv gesehen. »Oh, ich wusste nicht, dass Sie noch eine Patientin haben, Dr. Lennox«, erwiderte sie in arrogantem Ton. »Ich rufe Sie an.« Den Kopf hoch erhoben, rauschte sie in die Halle und zur Tür hinaus.

Verwirrt drehte sich Malcolm um. »Was zum Teufel machst du hier?«, stieß er hervor.

Sie fühlte sich wie ein Schulmädchen. »Ich – ich wollte mit dir über Myrtle reden«, stotterte sie, »weil ich mir Sorgen um sie mache ...«

»Warum?«, fragte er beunruhigt. »Ist sie krank?«

»Nein, nur müde. Sie mutet sich einfach zu viel zu ...« Nach einer kurzen Pause platzte sie heraus: »Weißt du, dass sie Mally immer noch stillt?«

»Natürlich weiß ich das, du Dummchen«, entgegnete er grinsend. »Das tut sie, um ihn zu trösten. Manchmal macht sie's auch für mich.« Er wollte Liv in Verlegenheit bringen. Und er hatte Erfolg. Als sie feuerrot wurde und nach Luft schnappte, lachte er wieder und strich mit allen Fingern sein Haar nach hinten. Wie durch ein Wunder, innerhalb weniger Sekunden, entstand die übliche Brillantine-Frisur. Dann ergriff er einen weißen Kittel, der an einem Haken neben der Tür hing. »Bald habe ich meinen nächsten Termin. War das alles, was du mir sagen wolltest?« Er knöpfte den Kittel nicht zu und schob seine Hände in die Taschen.

»Eh – ja. Jetzt sollte ich besser gehen.«

»O nein. Bist du nicht hier, um deine gerechte Strafe zu bekommen? Doch darum kümmern wir uns später. In der Zwischenzeit kannst du dich nützlich machen. Komm mit mir!«

Zögernd folgte sie ihm in die chaotische Küche. Auf dem Tisch, im Spülbecken und am Boden türmte sich gebrauchtes Geschirr, vor einer Tür am anderen Ende lag schmutzige Wäsche, und ein unangenehmer Geruch zeugte von geöffneten, halb vollen Konservendosen. Rings um die Lampe schwirrte eine Schmeißfliege.

»Bring das alles in Ordnung und mach was zu essen«, befahl Malcolm. »Irgendwas Einfaches. Meinetwegen Rühreier. Myrt hat mir erzählt, du wärst eine fabelhafte Köchin. Würdest du's beweisen?«

Als er sie anlächelte, kapitulierte sie vor seinem unwiderstehlichen Charme. Der Mann verkörperte alles, was sie verabscheute. Und doch ... »Okay.« Irgendwie gelang es ihr, seinem Blick standzuhalten.

»Braves Mädchen ...« Er ging zu ihr und sie schloss die Augen. Atemlos wartete sie auf einen Kuss. Als nichts geschah, hob sie die Lider und sah, dass er verschwunden war.

☆

Sie trug ein neues Kleid aus grüner Baumwolle, das zu ihren apart gefleckten Augen passte. In dem engen Rock und den hochhackigen Schuhen fühlte sie sich unwohl. Und es war viel zu heiß. So hart hatte sie schon lange nicht mehr gearbeitet. Myrtles Haushaltsführung konzentrierte sich auf das Wesentliche. Für luxuriöse Annehmlichkeiten wie saubere Spülbecken oder saubere Schränke schien ihr die Zeit zu fehlen. Liv kochte nur, wenn die Küche vor Sauberkeit blinkte, und sie konnte nicht spülen, ohne vorher das Becken zu desinfizieren. Sehnsüchtig dachte sie an ihre Spülmaschine und den neuen Elektrokochtopf. Hier musste sie sich mit einem antiquierten Gasherd begnügen.

Als Malcolm in die Küche kam, lag ein Tuch auf dem Tisch, eine Blumenvase stand in der Mitte, frisch geröstete Toastscheiben dufteten verlockend, und ein Deckel hielt den Teller mit dem flaumigsten Rührei warm, das sie jemals zubereitet hatte. Aber sie fürchtete, ihr gerötetes Gesicht würde glänzen und das Deodorant nicht mehr wirken.

Lächelnd schaute er sich um und nahm am Tisch Platz. »Herzlichen Glückwunsch! Und wo ist Albert?«

»Albert?«, fragte sie mit schwacher Stimme.

»Die Schmeißfliege. Seit Monaten habe ich nicht mehr gegessen, ohne Alberts Gesellschaft zu genießen.«

»O Malcolm!« Lachend sank sie auf einen Stuhl.

»So gefällst du mir besser. Vor ein paar Sekunden hast du wie ein nervliches Wrack ausgesehen.«

»Unsinn, mir geht es gut. Aber ich verstehe nicht, wie Myrtle in diesem Durcheinander leben kann.«

»Das zeige ich dir gleich.« Er bestrich eine Scheibe Toast mit Butter und häufte ätherisches Rührei darauf. »Gibt's keine Sauce?« Er schob den Teller zu ihr hinüber. »Iss du das! Ohne Sauce schmeckt's mir nicht.« Er stand auf und holte eine Flasche Ketchup aus einem Schrank. »Hast du die Regale auch geschrubbt? Kein Wunder, dass du so erhitzt bist.«

»Danke – ich kann nichts essen.«

»Nun mach schon! Ich bin wirklich ein guter Osteopath, und das gehört zu den Gründen, warum Myrt so glücklich mit mir ist. Wenn sie durchdreht, gebe ich ihr was zu essen – und danach massiere ich sie. Also – iss was!«

Sie schob einen Bissen Rührei in den Mund. Dann noch einen. Malcolm aß heißhungrig und gierig. Acht Scheiben Weißbrot hatte sie getoastet und nicht geglaubt, sie könnten alle gegessen werden. Ein Irrtum. Zufrieden lehnte er sich zurück. »Klappt's nicht bei dir daheim? Hast du Ärger mit Mally?«

»Oh, das ist es nicht.« Sie trug die Teller zur Spüle und ließ heißes Wasser darüber laufen. »Aber da du ihn erwähnst – in der Nähe von Broadway gibt's ein kleines Kinderheim, das soll sehr schön sein.«

»Und ziemlich abgeschieden. Damit niemand sein Geschrei hört.«

»Unsinn, Mally schreit nicht.«

»Nein, er ist ein braves Kind.« Abrupt stand er auf und ergriff ein schmutziges Geschirrtuch. »Ich glaube, ohne ihn könnten Myrt und ich gar nicht mehr leben.«

»Diese Teller habe ich noch nicht richtig gespült.«

Ohne ihren Einwand zu beachten, begann er die Teller abzutrocknen. »Seltsam – bei seiner Geburt war ich entsetzt. Aber dann hörte ich, mongoloide Kinder seien sehr liebenswert. Und das stimmt.«

»Er sitzt dauernd auf Reggies Schoß. Die beiden lieben sich.«

»Und du?«

»Habt ihr keine Waschmaschine, Malcolm? Da drüben liegt ein ganzer Haufen Schmutzwäsche.«

»Erst mal will ich dich massieren, dann zeige ich dir die Waschmaschine.« Er warf das Geschirrtuch in die Richtung des Abtropfgestells und es fiel daneben. »Das müssen wir in zwei Phasen machen. Um halb drei habe ich einen Termin.«

Wollte er sie wirklich massieren? Oder wollte er sie vergewaltigen? Und *würde* er das tun? Das beschäftigte sie am meisten.

Trotzdem ging sie mit ihm in den Behandlungsraum. Er vergewaltigte sie nicht. Zögernd zog sie die unbequemen Schuhe und die Nylonstrümpfe aus, das Kleid und den Unterrock. Dann legte sie sich auf den hohen Tisch, das Gesicht nach unten. Für ihr Kinn gab es eine Mulde, die Arme hingen über den Tischrand hinab, und es war erstaunlich komfortabel. Er besprühte ihren Körper mit lauwarmem Wasser. Zu ihrer Überraschung empfand sie nicht die geringste Verlegenheit. Er wirkte so professionell, so klinisch. Als er seine Hände auf ihre Wirbelsäule legte, erkannte sie seine Fähigkeiten. Sie fühlte sich völlig entspannt und glaubte zu zerschmelzen. Vielleicht würde sie vollends zerfließen und eine kleine Pfütze am Boden bilden. Malcolms Daumen bearbeiteten die Lendenwirbel und lockerten verkrampfte Muskeln, von deren Existenz sie nichts geahnt hatte. Die Augen geschlossen, unterwarf sie sich seiner Magie. Verzweifelt hoffte sie, er würde sie küssen. Das tat er nicht.

»So, kleine Liv, das wär's fürs Erste. Zieh dich an und geh zur anderen Tür hinaus. Keine Bange, vor dem Dinner wirst du noch einmal behandelt.«

Während sie ihre Strümpfe anzog, läutete die Türglocke, und sie hörte, wie Malcolm ins Wartezimmer ging, um seinen nächsten Patienten zu empfangen. Glücklicherweise ein Mann, wie sie an der Stimme erkannte ...

Die Schuhe in der Hand, lief sie durch die Halle, wo sich niemand blicken ließ. Sie eilte in die Küche und hob das Geschirrtuch auf, das auf dem Boden lag. In der Waschküche, unter einem Berg schmutziger Wäsche, fand sie eine Maschine und begann die Kleidungsstücke zu sortieren. Während die erste Ladung in der Trommel rotierte, suchte Liv im Kühlschrank nach Lebensmitteln, fand aber nichts Erwähnenswertes. Schließlich entdeckte sie im Schrank ein paar Lachsdosen und bereitete eine Lachsmousse zu.

Um fünf kam Malcolm in die Küche und trank eine Tasse Tee. Er schwitzte heftig, was sie normalerweise verabscheute. Aber *sein* Schweiß bewies ihr seine Kraft, seine Männlichkeit. Er öffnete den Kühlschrank und musterte die Mousse und einen Obstsalat. »O Gott, bin ich hungrig! Jetzt essen wir, danach gehen wir sofort ins Bett. Du bleibst doch hier?«

Zutiefst schockiert, benahm sie sich wie ein Filmstar in solchen Situationen. Mit einer Hand griff sie sich an die Kehle, mit der anderen tastete sie nach einem Stuhl und ließ sich darauf fallen. »Sie – sie picknicken. Wenn sie nach Hause kommen, erwarten sie, mich anzutreffen.«

»Und wann kommen sie zurück?«

»Keine Ahnung. Wahrscheinlich früh genug, um die Jungs ins Bett zu bringen. Halb sieben ...«

»Ruf sie an. Und jetzt beginnt die zweite Phase deiner Massage.«

Diesmal fühlte sie sich sicherer. Wenn er glaubte, sie würde die Nacht bei ihm verbringen, würde er ihr vorerst nichts antun. Danach konnte sie den Sieben-Uhr-achtundzwanzig-Zug erreichen, voller Stolz auf ihren Erfolg. Sie brauchte keine Kinderschar, um zu beweisen, dass sie eine begehrenswerte Frau war.

Und so schlüpfte sie im Behandlungszimmer aus ihren Kleidern und legte sich auf den Tisch. Doch sie hatte die Magie seiner Hände vergessen. Zehn Minuten später war sie wieder seine Sklavin. Sie dachte nicht mehr an den Sieben-Uhr-achtundzwanzig-Zug. Noch nie hatte sie ein so heißes, sinnliches Entzücken genossen. Inbrünstiger denn je sehnte sie sich nach einem Kuss. Aber er schlenderte wie zuvor zum Waschbecken und sie verschwand hinter dem Vorhang, um sich hastig anzukleiden.

Nun war er zum Scherzen aufgelegt. »Seit ich Myrtle geheiratet habe, ist' es mir nicht mehr so gut gegangen. Eine Lachsmousse! Obstsalat! Und nach dem Essen wirst du – bestraft.« Herausfordernd zwinkerte er ihr zu. »Ich freue mich schon darauf. Deshalb bist du doch hergekommen, nicht wahr?«

»Oh – also wirklich, Malcolm! Ich weiß nicht, wovon du redest. Wird der alte Mann, der mir die Tür geöffnet hat, mit uns essen?«

»Tom? Der ist längst weg. Heute Nacht gehört das Haus uns allein und niemand wird dich schreien hören.«

»Halt den Mund, Malcolm! Ich muss nach Hause fahren.«

Gleichmütig zuckte er die Achseln. »Okay, dann ein andermal. Wenn's ein anderes Mal gibt.«

Es war so unvermeidlich wie ein Traum. Nachdem sie das Geschirr gespült hatte, trug sie ein Kaffeetablett ins Wohnzimmer. Wortlos zeigte Malcolm auf das Telefon und sie wählte die Barnt Green-Nummer und erzählte Myrtle von Marion Lonsdales Krankheit. Nachdem sie aufgelegt hatte, lachte er und ging drohend auf sie zu. Kreischend rannte sie davon und er jagte sie durch die Küche und die Halle und die Treppe hinauf. Im Kinderzimmer fing er sie ein und legte sie quer über seine Knie. Nach ein paar symbolischen Schlägen, die teilweise sogar schmerzten, stand er auf, zog sie mit sich hoch und küsste sie. Danach hatte sie sich den ganzen Tag gesehnt. Sie fühlte sich erschöpft von der Arbeit, von ihrer wachsenden Ungeduld. Beinahe brach sie in seinen Armen zusammen. Er war nicht verrückt nach ihr, so wie Reggie am vergangenen Abend. Gemächlich und ausgiebig küsste er ihren Mund, als wollte er ein Glas Wein kosten. Dabei ließ er seine Hände wie ein Bildhauer über ihren Körper gleiten, als wollte er alle Formen und Konturen genießen. Jede Geste war kalkuliert. Doch das störte sie nicht. Nach einer halben Ewigkeit hob er sie hoch und trug sie die Stufen hinab. Da er an seine schwangere Frau gewöhnt war, dachte Liv, sie müsste ihm leicht wie eine Feder erscheinen. Sofort verdrängte sie den Gedanken.

In der Halle stellte er sie auf die Füße. »Geh ins Behandlungszimmer, Liv. Ich hole eine Flasche Wein. Heute Abend wollen wir alles richtig machen.«

Während sie unschlüssig am Fuß der Treppe stehen blieb, fühlte sie sich völlig verloren. Seine Stimme sagte die falschen Dinge – schockierende, brutale Dinge. Aber seine Hände wirkten so süß und verführerisch. Inzwischen war die Hitze des Tages verglüht und Liv fröstelte.

Das Telefon klingelte. Zögernd betrachtete sie den Apparat und erwartete, Malcolm würde sich vom Wohnzimmer aus melden. Doch das tat er nicht. Vermutlich war er immer noch im Weinkeller. Als es wieder läutete, nahm sie den Hörer ab. »Hallo?«

Nach einer kurzen Pause fragte Myrtles Stimme: »Ist dort Cheltenham fünf vier sieben vier?«

Behutsam legte Liv den Hörer auf die Gabel. Im selben Augenblick kam Malcolm durch die Küchentür in die Halle. »Warum stehst du immer noch hier herum?«

Langsam ging sie in den Behandlungsraum und nahm ein Glas Wein entgegen, das sie hastig leerte. Dann ließ sie es nachfüllen.

»Willst du dir Mut antrinken?« Grinsend stellte er die Flasche beiseite.

Sie glaubte immer noch, den ungläubigen Unterton in Myrtles Stimme zu hören. Beklommen senkte sie den Kopf. »O Malcolm, tut mir Leid, ich kann nicht ...«

Aber er ignorierte ihren Protest, küsste sie wieder und begann ihr Kleid aufzuknöpfen.

»Nein, nein, nein ...«, flüsterte sie in einem fort, ohne Erfolg. Schließlich bot sie ihre ganze Kraft auf, stieß ihn beiseite und rannte zur Haustür. Ihre Schuhe waren verschwunden, das geöffnete Kleid flatterte lose um ihre Taille. Einerseits wollte sie flüchten, andererseits wünschte sie verzweifelt, er würde sie zurückholen.

Als sie die Haustür aufriss, erkannte sie, dass sie in diesem Zustand unmöglich über den respektablen Imperial Square laufen konnte. Doch das war auch gar nicht nötig. Auf der obersten Eingangsstufe stand eine Frau, die Hand zum Klingelknopf erhoben. Ihr Haar war zu einer adretten Zopfkrone hochgesteckt, ihr Make-up perfekt, die Kleidung exquisit.

Hinter Liv begann Malcolm zu lachen. Verwirrt drehte sie

sich um. Wer das war, konnte er unmöglich wissen. Und dann wandte sie sich wieder der eleganten Erscheinung zu. »Was zum Teufel machst du hier, Mon?«

»Du hast dich verändert, Liv«, bemerkte Monica lächelnd. »Früher hast du nie geflucht.« Sie spähte in die Halle. »Und Sie müssen Malcolm sein. Wahrscheinlich kümmert sich Myrtle gerade um die Kinder.« Sie beugte sich vor, eine duftende Wange berührte Livs Gesicht. »Darf ich reinkommen? Soll ich die Knöpfe deines Kleides schließen? Ich glaube, sie sind aufgegangen.«

9

An einem strahlend schönen Augustmorgen öffnete Cass die Augen und lauschte dem Glockenläuten der winzigen Kapelle weiter oben am Berghang. Die Sonne war bereits über den Zypressen aufgegangen, die das Haus Bergerie im Winter gegen den Wind abschirmten. Von den Alpen wehte immer noch kühle, klare Luft herab. Wohlig rekelte sie sich auf ihrem Himmelbett unter der Daunendecke. Sonntag, dachte sie, der Gottesdienst mit Mutter und Bessie. Lunch – Siesta – ein Spaziergang – welch ein Segen ...

Die Tür öffnete sich einen Spaltbreit und Bessies Stimme wisperte: »Kann ich reinkommen?«

Carol stöhnte theatralisch, was Bessie als Zustimmung betrachtete. Kichernd rannte sie ins Schlafzimmer. Sie trug keine Pantoffeln und die Pyjamahose reichte ihr nur bis zu den Knien. In diesem Winter wurde sie dreizehn und war für ihr Alter sehr groß.

»Mach mir keine Vorwürfe, wenn ein Splitter in einer deiner Fußsohlen stecken bleibt«, mahnte Carol. Doch das meinte sie nicht ernst. Die kahlen Bodenbretter der Bergerie waren spiegelblank poliert, und die Bewohnerinnen genossen es, die wuchtigen alten Möbel immer wieder umzustellen. Dabei wurden die Böden niemals zerkratzt.

»Kümmere dich nicht drum.« Bessie kroch unter die Decke. »Riechst du die Blumen?«

»O ja.« Carol schnupperte. »Diese kleinen Rosen. Und Geißblatt und Godetie ...«

»Die Saat habe ich aus dem letzten Jahr herübergerettet. Auch die Nicotina-Samen und alle Blumen aus Northfield – Vergissmeinnicht und Ringelblumen und Levkojen. Hier ist die Gartenarbeit viel interessanter und Grans Salat wächst *tatsächlich.*«

»Wo ist Gran?«

»Sie geht gerade zur Frühmesse.«

Wie auf ein Stichwort begann die Glocke zu läuten – blechern, aber gebieterisch. Carol stieg aus dem Bett. »Komm, wir überraschen sie mit einem guten Frühstück.« Sie schlüpfte unter ihrem Nachthemd in einen Rock. Bevor sie es auszog und ihren BH ergriff, kehrte sie dem Mädchen den Rücken. Bessie, an Myrtles zwanglose Nacktheit gewöhnt, schnitt eine Grimasse und lief in ihr Zimmer, um sich anzukleiden.

In der großen Küche trafen sie sich wieder. Früher, als noch Schäfer in der Bergerie gewohnt hatten, war dieser Raum eine Scheune gewesen. Mary Woodford hatte bereits den Wasserkessel gefüllt und Carol stellte ihn auf den Herd. Dann nahm sie die schwere Bratpfanne aus dem Schrank und holte Speck aus der Speisekammer. Inzwischen deckte Bessie den Tisch, pflückte Blumen im Garten und stellte sie in eine Vase.

So verliefen die Sonntage sehr oft, wenn Sylvie, das Dienstmädchen, nicht ins Haus kam. Die Woodfords besaßen das Talent, alltägliche Dinge in Ereignisse zu verwandeln. Seit etwa zwei Jahren bewohnten sie die umgebaute Bergerie. Carol hatte ein Büro in Marseille, arbeitete aber meistens daheim, und viele ihrer Autoren zogen es vor, sie in diesem ländlichen Idyll zu besuchen.

Im Dorf weiter unten am Berghang wurden die Engländerinnen liebevoll *les trois* genannt. Man umsorgte sie eifrig und ging tolerant auf ihre Launen ein – Zeitungen und die Post jeden Morgen vor neun, Fisch und Leber zweimal wöchentlich – für die Katze, bitte! Und die Leute waren stolz auf die junge Bessie, die wie ein Vogel sang und alle Blumen in dieser schönen Bergwelt zeichnete. Wer es sich nicht leisten konnte, den Doktor aufzusuchen, bekam von Mrs Woodford wertvolle ärztliche Ratschläge. Und Carol verstand es noch viel besser als der Notar, einen Brief zu formulieren und sämtliche Streitigkeiten diplomatisch zu schlichten.

Als Mary aus der Kirche zurückkehrte, aßen sie Eier mit Speck, tranken Tee und sprachen über die vergangene und die nächste Woche. Bessie hatte Sommerferien, und sie bat Carol, ebenfalls Urlaub zu machen, weil sie mit ihr eine Bergtour unternehmen wollte. »Es wird jetzt immer heißer werden, Cass. Wir nehmen ein Zelt mit und kampieren, wo's uns gefällt. Außerdem hast du gesagt, im August hättest du ohnehin nicht viel zu tun.«

»Möchtest du nicht zu Tante Myrt fahren, so wie in den letzten beiden Jahren?« Carol bestrich ihr Brot mit Marmelade. »Vielleicht sollten wir alle ein paar Wochen daheim verbringen. Es wird langsam Zeit, dass ich mich um meinen Patensohn kümmere.« Sie wandte sich zu ihrer Mutter. »Glaubst du, Dilly würde uns nach Frankreich zurückbegleiten?«

»Das bezweifle ich«, erwiderte Mary und schenkte sich noch mal Tee ein. Sie fühlte sich wohl in der Provence, viel jünger und lebendiger. Genüsslich nippte sie an ihrer Tasse. »Wollt ihr zwei nicht allein zu Myrtle fahren? Jedes Mal, wenn sie uns schreibt, schlägt sie es vor. Wahrscheinlich möchte sie den alten Zwist endgültig begraben.«

Carol schaute Bessie an und erwartete die Frage *welchen Zwist?* Aber das Mädchen rümpfte nur missbilligend die Nase. »Nein, trennen wir uns nicht. Lasst uns alle hier bleiben. Bei Tante Myrtle macht's keinen Spaß, wenn Boris nicht da ist. Und der hat einen Fotokurs belegt.«

Hilflos zuckte Carol die Achseln. »Mir ist's recht. In der Bergerie bin ich ohnehin am glücklichsten. Wenn ich dran denke, wie besorgt wir waren, als wir hierher zogen ...«

»Es war die beste Entscheidung, die wir jemals trafen!«, betonte Mary. Nur zu gut erinnerte sie sich an Carols Kummer vor drei Jahren. »Unser neues Heim hat uns so viel gegeben ...«

»Lasst uns zelten gehen!«, drängte Bessie. »Folgen wir dem Fluss bis zur Quelle und ...«

In diesem Augenblick kam Sylvies Ehemann Pierre mit der Milch, der Post und den zusammengerollten Zeitungen an. Desinteressiert sah Carol ein halbes Dutzend Kuverts durch. Beim Anblick eines Absenders hielt sie sekundenlang den Atem an. Dann steckte sie den Brief in die Tasche ihres Rocks. Während Bessie mit Pierre über das Blumenfest schwatzte, das vor der Ernte stattfinden sollte, stellte Mary das Geschirr in die Spüle. Sie sprach nicht so gut Französisch wie Bessie, und so lächelte sie Pierre nur an, beteiligte sich aber nicht an der Unterhaltung. »Jetzt habe ich oben zu tun, Mutter«, sagte Carol leise. »Gehst du später noch einmal in die Kirche, mit Bessie und mir?«

»Natürlich. Stimmt was nicht?«

»Alles in Ordnung. Ich bin gleich wieder da.«

Noch nie war ihr die Wendeltreppe so steil erschienen. Sorgsam schloss sie die Tür des Schlafzimmers hinter sich und trat ans Fenster. Der Brief lag bleischwer in der Tasche ihres Rocks, obwohl er nur aus dünnem Luftpostpapier bestand. Blicklos starrte sie den fernen Gipfel ihres Lieblingsbergs an. Drei Jahre lang hatte sie die Erinnerung an jene Nacht in Paris verdrängt, wo sie ihre Seele beinahe an Jean-Claude Durand verloren hätte. Dass er niemals versucht hatte, Verbindung mit ihr aufzunehmen, erleichterte sie einerseits, andererseits verletzte es ihren Stolz. Und jetzt stand er plötzlich als Absender auf der Rückseite dieses Luftpostbriefs – Algérie. In ihrer Verwirrung musste sie versuchen, sich neu zu orientieren: Sie war Carol Woodford und lebte in der Bergerie, in der Nähe von Aix-en-Durance. Jetzt ließ sie sich von niemandem mehr manipulieren oder benutzen ...

Sie sog die klare Luft tief in ihre Lungen und beobachtete Bessie, die Pierre zu den *haricots blancs* aus Northfield führte. Ja, sie hatte Bessie. Ein Geschenk von Monica. Über den Garten hinweg schaute sie zu den Terrassenfeldern von Monsieur Lassevour, dem benachbarten Bauern, hinüber. Vor dem Sommer waren seine Schafe weiter bergauf gewandert, und er züchtete Blumen für die Parfümerien in Grasse. Nur selten bauten die Franzosen etwas zur reinen Zierde an. Als sie ihm erklärt hatte, ihre Blumen seien nicht für die Parfümfabriken bestimmt, war er fassungslos gewesen.

Bei diesem Gedanken lächelte sie. Nun konnte sie den Brief gelassen aus der Tasche ziehen und öffnen. Zuerst las sie die Unterschrift. *Immer dein Jean-Claude.* Abrupt sank sie auf ihr ungemachtes Bett, schloss kurz die Augen, und dann begann sie zu lesen.

Meine liebe Carol ... Seine Handschrift wirkte nicht französisch. Statt der schrägen Schnörkel, an die sie sich während der Korrespondenz mit französischen Autoren und Geschäftspartnern gewöhnt hatte, betrachtete sie jetzt aufrechte, kühne Buchstaben. *Bitte, wirf den Brief nicht weg, bevor du ihn gelesen hast – ich flehe dich an. Es ist sehr wichtig, nicht nur für dich, sondern auch für deine Familie. Wie du siehst, bin ich wieder in Algerien, und ich habe einige Zeit auf dem Plateau der Salzsümpfe verbracht. Letzte Woche ging ich mit den Berbern, die Clive Hubert kannten, auf Reisen. Ich könnte nicht erklären, wie sehr es mich drängte, den Boden zu betreten, den seine Füße berührt hatten. Natürlich nicht um seinetwillen, sondern deinetwegen. Den einseitigen Dialog über jene Nacht will ich nicht führen, Carol. Bitte, glaub mir – ich wusste nicht, wie viel dir Hubert bedeutet hat. Aber du musst auch erkannt haben, was ich für dich empfinde, und ich glaube, dein Entschluss war richtig. Bis jetzt habe ich deinen Wunsch, Paris und mich zu verlassen, respektiert. Carol, die Berber führten mich zu einem Sufi-Mystiker. Wusstest du, dass Hubert zum Islam übergetreten ist, speziell zum Sufismus? Ich unterhielt mich sehr lange mit diesem Mystiker. Schließlich übergab er mir eine Blechdose und erklärte, sie habe dem Pascha gehört. Darin fand ich das Original von Huberts Manuskript, nach all der Zeit fast unleserlich, aber im Grunde das Gleiche wie jenes, das ich dir damals nach Paris gebracht habe. Carol, dieses Original wollte ich dir unbedingt überreichen, um dich zu beeindrucken. Du siehst, ich bin immer noch liebeskrank und benehme mich lächerlich! Aber ich dachte, damit würde ich jeden Verdacht zerstreuen, den du vielleicht gegen mich hegst. Andererseits müsstest du wissen, dass ich nichts mit der Explosion zu tun hatte. Niemals hätte ich dir das Manuskript überlassen, hätte ich auch nur geahnt, in welche Gefahr du dadurch geraten würdest. Erst später, in einem Ge-*

spräch mit Freunden, erfuhr ich von der Verschwörung. Aber es gab so viel Gerüchte, dass ich nicht sicher sein konnte. Wie ich sehr bald erkannte, würde ich dich erneut gefährden, wenn ich Huberts Buch in deine Hände lege. Und so widerstand ich der Versuchung, schickte es an deine Verleger nach London und bat sie, es zu verwahren, bis die Probleme hier gelöst werden. Allzu lange wird es nicht mehr dauern. Angeblich will man de Gaulle auffordern, aus seinem Ruhestand zurückzukehren und den Krieg zu beenden. Aber du wirst den Zeitungen entnehmen, dass jemand die Presse über die Existenz des zweiten Manuskripts informiert hat. Offen gestanden, meine Liebe, ich halte das Risiko für gering. Trotzdem musst du dich in Acht nehmen. Würdest du dein Haus für eine Weile verlassen? Könntest du in England Urlaub machen? In Frankreich darfst du auf keinen Fall bleiben. Da wärst du nicht sicher. Demnächst fliege ich nach London, um die Lage zu sondieren. Ich werde in einem kleinen Hotel namens Albion wohnen, in der Nähe der Paddington Station. Dort kannst du mich erreichen. Nach der Explosion waren Gaby und ich nie mehr zusammen. Immer dein Jean-Claude.

Als sich Carols heftige Herzschläge etwas beruhigt hatten, versuchte sie zwischen den Zeilen zu lesen: In Algerien tobte ein Krieg, die Front de Libération Nationale, die hauptsächlich aus Arabern bestand, forderte die Franzosen mit ihren Gräueltaten zu ebenso grausamen Vergeltungsmaßnahmen heraus. Nach Clives Tod im Jahr 1955 hatten nur wenige ausländische Journalisten in das Land reisen dürfen. Aber jetzt wurden die Restriktionen etwas gelockert. Sie wusste, dass Jean-Claude aus Ägypten über den neuen Präsidenten Nasser und seine Nationalisierung des Suezkanals berichtet hatte. Während jenes verhängnisvollen Krieges hatte sie stets die Listen der Opfer studiert, ohne sich ihre Angst einzugestehen. Anscheinend hatte Jean-Claude in der Redaktion sofort nach der Rückkehr aus Ägypten um die Erlaubnis gebeten, nach Algerien reisen zu dürfen.

Und Gaby ... Gaby, die sie für seine Komplizin gehalten hatte ... Gaby und Jean-Claude »waren nie mehr zusammen«. Was genau bedeutete das? Carol schloss die Augen und wünschte, er hätte Clives Originalmanuskript nicht entdeckt. Sie wollte endlich jene schreckliche Episode vergessen.

Ein paar Minuten später ging sie mit ihrer Mutter und Bessie zur Kirche. In ihrer Bergerie führten sie ein seltsam ruhiges Leben, so ähnlich wie drei Ladys auf dem englischen Land vor fünfzig oder sechzig Jahren. Hier genossen sie natürlich etwas mehr Freiheiten, aber Bessies Unterricht in der Klosterschule, die Teilnahme an Dorffesten, das Interesse an ihrem Garten – das alles verlieh ihrem Leben einen langsamen, angenehmen Rhythmus. Dass Carol und ihre Mutter diesen geruhsamen Alltag zu schätzen wussten, war kein Wunder. Doch es mochte etwas ungewöhnlich anmuten, wie begeistert ein zwölfjähriges Mädchen die Gefühle der erwachsenen Frauen teilte. Vielleicht sorgten Bessies regelmäßige Besuche in Myrtles chaotischem Haushalt für den nötigen Ausgleich.

Nach dem Gottesdienst wanderten sie im Sonnenschein über den Dorfplatz und unterhielten sich mit Bekannten. Solange und Brigitte Metier schlenderten hinter ihren Eltern her, und Bessie lief zu ihnen, um zu fragen, was sie in den Ferien machen würden.

Seufzend schnitt Brigitte eine Grimasse. »Grandmère kommt zu uns. Also müssen wir dauernd nähen und beten.«

»Die ganze Zeit?«, fragte Bessie erstaunt.

»O nein!« Solange grinste boshaft. »Manchmal beten wir

zuerst und nähen dann.« Die drei kicherten, dann fragte sie: »Ich nehme an, du fährst wieder nach England, so wie üblich? Wie ich dich beneide, Bessie ...«

Nun verzog Bessie die Lippen. »Das weiß ich noch nicht. Am liebsten würde ich hier bleiben und zelten. Keine Ahnung, was Cass vorhat ... Wartet mal – wenn wir zelten, wollt ihr mitkommen? Wären eure Eltern einverstanden?«

Dramatisch hoben die beiden Französinnen ihre Brauen, was Zweifel und Hoffnung zugleich ausdrückte. Bessie lief zu Carol, die den fernen Gipfel anstarrte, und brachte ihr Anliegen vor. Offensichtlich fiel es Carol schwer, die Worte zu begreifen. »Solange und Brigitte ... Was, Bessie? Ah – ja, natürlich. Morgen brechen wir auf. Okay? Heute Nachmittag wär's zu früh.«

Verblüfft starrte Bessie ihre große »Schwester« an, die in Wirklichkeit eine Tante war und stets alle Pläne für die Familie machte. »Ich dachte ...« Hastig besann sie sich anders und nickte. »Ja, morgen. Redest du mit Madame Metier?«

Und so wurde alles arrangiert.

☆

Wie üblich nahmen sie ein Zelt mit. Aber sechs Meilen weiter oben, am Hang der Montagne Sainte-Victoire, stand eine alte Schäferhütte, die in den Nächten einen besseren Schutz vor der Kälte bot und in der man kochen konnte. Auf der einen Seite schauten sie bis zur Camargue, auf der anderen nach Nizza. Doch die schönste Attraktion war die Vielfalt der wilden Blumen. Die Landschaft erweckte den Eindruck, die Hütte wäre aus dem Himmel herabgefallen, auf einen Teppich aus Akeleien, Enzian, Steinbrech, Gänseblümchen und Myriaden winziger anderer Blüten. Stundenlang würden Bessie und Mary sie identifizieren und pressen.

Am Tag der Ankunft erschien es ihnen wie ein Sakrileg, mit ihren schweren Rucksäcken über die Wiese zu gehen, und sie wagten es nur im Gänsemarsch, auf Zehenspitzen. Als Carol die Hüttentür öffnete, schauten sie zurück. »Hinter uns wachsen sie wieder!«, rief Solange.

»Als wären wir durchs Rote Meer gegangen«, meinte Bessie ehrfürchtig.

»Nicht ganz«, erwiderte Mary lachend. »Und ich glaube, Schwester Michael würde dieser Vergleich nicht gefallen. Kommt, helft mir, die Fensterläden zu öffnen!« Sie betraten die Hütte und sahen Carol vor dem Herd stehen. »Alles in Ordnung, Darling? Hier sehe ich nichts, was dir Angst einjagen könnte. Erzähl mir bloß nicht, am Boden liegen lauter tote Vögel!«

Carol schien sich zusammenzureißen. Sie lachte leise. »Nein, Mutter. Ich glaube, seit wir zuletzt hier waren, hat niemand in der Hütte übernachtet. Bessie hat Brennholz gestapelt und da ist es immer noch – unberührt.«

»Wunderbar.« Mary öffnete die Fensterläden und heller Sonnenschein erfüllte den einzigen Raum der Hütte. »Was ist los, Carol? Fühlst du dich nicht gut?«

»Tut mir Leid, ich habe geträumt.« Lächelnd ging Carol zum Tisch, wo sich fünf Rucksäcke stapelten. »Was machen die Mädchen?«

»Sie laufen herum und schreien.«

Mühsam brachte Carol ein leises Lachen zu Stande. Dann schlenderte sie um den Tisch herum und inspizierte die rustikalen Betten: ehemalige Futtertröge. »Ich bin froh, dass wir hergekommen sind. Hier ist alles so – normal.«

»Zwei Engländerinnen und drei kleine Mädchen auf einer Hochebene, mit minimalem Proviant?« Belustigt hob Mary die Brauen. »Das findest du normal? Du musst verrückt sein.«

»Für uns ist es normal.« Carol rollte die Schlafsäcke auseinander. »Wenn die Wäscheleine hinter dem Haus immer noch existiert, hänge ich das Bettzeug zum Lüften drauf. Die Mädchen sollen frisches Heu holen. Irgendwie müssen wir sie beschäftigen.« In der Tür blieb sie stehen. »Wir müssen ziemlich normal sein, Mutter. Sonst hätten uns die Metiers ihre Töchter nicht anvertraut.«

»Oder sie wollten die beiden loswerden«, bemerkte Mary ironisch. »Wo sie doch mit Grandmère alle Hände voll zu tun haben ...«

Lachend eilte Carol aus der Hütte und beauftragte die Mädchen, Heu zu holen. Inzwischen war Pierre mit den beladenen Maultieren und dem restlichen Gepäck eingetroffen. Mary versicherte ihm mehrmals, ihnen würde nichts zustoßen, der nächste Bauernhof liege nur eine Meile entfernt, und außerdem würden fast täglich Wanderer vorbeikommen. Schließlich ging er davon und Friede sank herab. Mary wusste, dass Carol schlechte Nachrichten erhalten hatte und davor in die Berge geflohen war. Voller Sorge beobachtete sie, wie ihre Tochter energisch die Hütte sauber machte, als hing ihr Leben davon ab. Sekundenlang schloss sie die Augen und flehte stumm: *Bitte, John, lass sie glücklich sein. Immer.*

☆

Nach der Sommerhitze am Fluss verlieh ihnen die Bergluft neue Kräfte. Sie stiegen zu ihrem Lieblingsgipfel hinauf, entdeckten neue Aussichten, einen Wasserfall, eine sprudelnde Quelle, unbekannte Blumen. Jeden Abend saßen sie vor der Hütte und bewunderten den spektakulären Sonnenuntergang. Dann legten sie Zeitungen auf das Heu in den Futtertrögen und krochen kichernd in die Schlafsäcke. In den ersten beiden Nächten erwachten sie alle, wann immer sich eine in ihrem knarrenden Trog umdrehte. Dann übte die Bergluft ihre Wirkung aus, und sie schliefen tief und fest, bis Mary um sechs aufstand, Feuer machte und Tee aufbrühte.

Die drei Mädchen verkündeten, sie würden wie die »Eingeborenen« leben. Aber nachdem sie eine Stunde lang barfuß umhergelaufen waren, zogen sie ihre Sandalen wieder an. Den größten Spaß machte es allen dreien, im Bach zu baden. Am Montag waren sie angekommen, am Donnerstag brachte Pierre ihnen Lebensmittel und die Post. Ein Brief kam aus London und teilte Carol mit, was sie bereits wusste, und der Verlag ersuchte sie, Huberts Originalmanuskript durchzusehen und die unleserlichen Passagen eventuell zu ergänzen.

Sobald sie den Brief gelesen hatte, gab sie ihn ihrer Mutter, die ihn seufzend überflog. »Ich wusste es ja – diese Ferien sind zu schön, um etwas länger zu dauern. Wann wirst du abreisen?«

»Oh, es eilt nicht. Die wissen, dass ich Urlaub habe. Genauso gut könnte ich in Timbuktu sein. Eine Woche haben wir noch Zeit und die wird uns allen gut tun. Und – dann sollst du mich mit Bessie begleiten. Ich weiß, nach deinem Besuch bei Dilly Gosling hast du keine Lust, schon wieder nach England zu fliegen. Aber ...«, Carol räusperte sich, »wenn ich Myrtle wiedersehe, musst du dabei sein.«

»Dafür brauchst du mich nicht. Bessie ist deine Botschafterin in Cheltenham.« Nach einer kurzen Pause fragte Mary: »Worum geht es denn *wirklich,* Cass?«

»Jean-Claude ist in London. Und stell dir vor, er wohnt im alten Albion. Wie seltsam das Leben sein kann ... Seit Jahren habe ich nichts von Monica gehört, aber die Verbindung ist sicher nicht für immer abgerissen.«

»Natürlich nicht. Unsere Bessie wird stets als Bindeglied fungieren.«

»Nun – kommst du mit mir?«, fragte Carol zögernd.

»O ja, sicher.«

☆

In dieser Nacht hörten sie Kuhglocken – ein ungewöhnliches Geräusch in der Dunkelheit. Carol öffnete die Tür und spähte in die Richtung, aus der es herandrang. Plötzlich fürchtete sie sich. Wenn sie in der Bergerie »gefährdet« gewesen waren, so wurden sie hier erst recht bedroht. Die Sicherheit der Hütte hing von ihrer geheimen Lage ab. Und Carol hatte die Metiers nicht gebeten, Stillschweigen zu bewahren. Außerdem kam Pierre jeden vierten Tag herauf ...

Am anderen Ende des Plateaus flackerten Lichter. Schmerzhaft hämmerte Carols Herz gegen die Rippen. Sie griff hinter die Tür nach einem der Holzscheite, mit denen die Fensterläden zusammengehalten wurden. Sollte sie die Mädchen wecken und zum Bauernhof schicken?

Und dann stieß Bessies Kopf gegen ihren Arm. »O Cass, welch eine Freude! Angélique kriegt ihr Kalb! Solly! Gitte! Wacht auf *mes petites!* Schnell! Die Jacken – die Socken – wo sind sie denn?« Mary entzündete eine Lampe und schaute sich erschrocken um. »Gran, haben wir es dir nicht gesagt? Eine von den Kühen wird kalben! Ist das nicht wundervoll? Der alte Beppo, der Kuhhirt, hat gesagt, wir dürften hingehen. Kommt ihr mit?«

Ohne eine Antwort abzuwarten, rannten die Mädchen davon. Inzwischen hatten sich Carols Augen an die Finsternis gewöhnt und sie erkannte die Silhouette des stämmigen Beppo, der die Kuh bei den Hörnern hielt, während

Mrs Beppo und die kleinen Beppos um ihn herumschwirrten.

Erleichtert lehnte sie sich an den Türrahmen und schloss die Augen.

»Alles okay, Darling?«, fragte Mary.

Carol wollte das Wort Gefahr nicht erwähnen, nicht einmal denken. Doch es ließ sich nicht verdrängen. Bedrückt erinnerte sie sich an die Nacht, als das Gebäude bei der Avenue Foch explodiert war und Henri einen sinnlosen Tod gefunden hatte. Irgendwie trug sie eine Mitschuld an jenem Ereignis. »Ja, Mutter. Aber ich glaube, in England wäre es etwas friedlicher.« Sie versuchte in scherzhaftem Ton zu sprechen.

Aber Mary lachte nicht. »Wie Professor Joad betonen würde: Es hängt davon ab, was man unter Frieden versteht.«

☆

Sie nannten das Kalb Bluebell und Bessie sprach den Namen so aus wie ihre französischen Freundinnen – Bleu-bil. Da die Mutter neurotische Besitzansprüche stellte und nur die drei Mädchen an ihr Junges heranließ, brachte Beppo Mutter und Kind in ein Gehege. Mary fotografierte die beiden und Bessie zeichnete sie mit länglichen Disney-Augen und lächelnden Mäulern.

»Die Blumen zeichnest du viel naturgetreuer«, meinte Mary.

»Ja, ich weiß, Grannie. Aber Angélique und Bluebell sind so *komisch*!«, erklärte Bessie.

An ihrem letzten Ferientag unternahmen die Mädchen einen ausgedehnteren Streifzug als zuvor. Sie kletterten durch eine lange Schlucht zu einem bisher unentdeckten Plateau hinauf. Nach dem mühsamen Aufstieg rangen sie nach Atem. Und da sah Gitte die Hütte. »Noch eine Hütte!«, rief sie erstaunt. »Aber warum hier? Da gibt es kein Gras, nicht einmal für Schafe.«

Neugierig musterten sie das verfallene Holzhäuschen. Es enthielt nur einen einzigen Raum, der kleiner war als der »ihrer« Hütte, und es gab keine Futtertröge, auch keinen Herd.

»Ein Quartier für Bergsteiger«, verkündete Solange. »Vielleicht auf halber Höhe zur Sainte-Victoire?«

»Jetzt beanspruche ich die Hütte im Namen von S. B. B.«

»S. B. B.?«, wiederholten die beiden anderen wie aus einem Mund.

»Solange, Brigitte und Bessie!«

Alle lachten. Und dann bekräftigte Solange in ernstem, feierlichem Ton: »Ja, die Hütte gehört uns. Hier wollen wir uns jeden Sommer treffen, bis wir ganz alt sind.«

»Oh, wie schön!«, jubelte Bessie. »Ein geheimer Treffpunkt!«

»Wo wir alle unsere Geheimnisse teilen?«, fragte Brigitte.

»Wenn du willst ...« Bessie runzelte die Stirn. »Aber ich habe keine Geheimnisse.«

»Wir schon«, erwiderte Brigitte kichernd. »Sollen wir's sagen, Sollie?«

Verlegen zuckte Solange die Achseln. »Es geht nur um unsere Eltern. Die haben wir gesehen – verstehst du? Als sie sich im Bett herumwälzten. Was dich angeht, du hast das allergrößte Geheimnis, *chérie,* weil du adoptiert wurdest.«

Immer noch verblüfft über das Geheimnis der Schwestern Metier, schüttelte Bessie den Kopf. »Nein, ich wurde – *erwählt*!«, prahlte sie.

»Ja, aber wer hat sich vor deiner Geburt im Bett herumgewälzt?«, fragte Brigitte kichernd. Dann seufzte sie, verärgert über Bessies Begriffsstutzigkeit und das hochrote Gesicht ihrer Schwester. »Wer sind deine *richtigen* Eltern?«

»Spielt das eine Rolle?«

»*Naturellement!* Und – Maman glaubt, Carol ist deine richtige Mutter. Als sie blutjung war, hatte sie eine stürmische *affaire de cœur,* und nach deiner Geburt wurdest du von Mrs Woodford adoptiert. Ist das nicht romantisch?«

»Cass – meine Mutter?«, flüsterte Bessie verwirrt. »Dafür ist sie zu jung. Bei meiner Geburt – müsste sie sechzehn gewesen sein.«

Ausdrucksvoll hob Solange die Schultern. »Das wäre durchaus möglich.«

»Aber warum hat sie es mir verschwiegen? Es ist doch großartig.«

»Nun ja ...« Gitte verdrehte die Augen. »Immerhin war es eine Schande.«

Ebenso wie ihre Schwester lachte sie über die Dummheit der Erwachsenen und nach einer Weile stimmte Bessie ein. Aber sie lachte vor lauter Freude. Nie zuvor hatte sie an ihre Herkunft gedacht. Grannie und Cass bewahrten gewisse Familienanekdoten in ihrer Erinnerung und ließen auch Bessie daran teilhaben. Aber wenn Cass ihre richtige Mutter war, hätte sie ein Recht auf diese Anekdoten. Vor lauter Glück glaubte sie, ihr Herz müsste zerspringen. Sie stand am Rand des Plateaus, betrachtete eine steil abfallende Geröllhalde und schrie aus Leibeskräften: »Das alles gehört mir! Mein Plateau! Meine geheime Hütte! Mein Berg!« Ihre Stimme hallte von den Wänden der Schlucht wider. Bevor das Echo verhallte, wandte sie sich zu ihren beiden Freundinnen. »Und ich habe einen Freund! Noch ein Geheimnis, das ihr niemandem erzählen dürft! Ich habe einen Freund, der mich ganz toll findet!«

Weil sie Englisch sprach und sehr schnell, verstanden sie nicht alles. Ehe sie fragen konnten, was sie meinte, hockte sie sich auf die Fersen und rutschte die Geröllhalde hinab. Als sie am Fuß des Hangs ankam, war ihr Baumwollrock zerrissen. Aber sie lachte immer noch.

☆

Carol stieg den Bergpfad hinab, um Pierre zu bitten, er möge die Maultiere in der nächsten Woche nach oben bringen, damit sie das Gepäck nach unten transportieren konnten. Von Monsieur Lassevours Blumenterrassen aus betrachtete sie die Bergerie und den Garten. Alles sah genauso aus wie vor zehn Tagen. Keine zerbrochenen Fensterscheiben, keine verwüsteten Pflanzen. Offenbar hatte Pierre die Blumen am Vorabend gegossen.

So leise wie möglich steckte sie den Schlüssel ins Schloss, öffnete vorsichtig die Tür und blieb stehen. Während sie lauschte, zählte sie bis sechzig. Dann ging sie von einem Raum zum anderen und tat alles, was sie in Kriminalromanen gelesen hatte, schnüffelte und schaute in die Schränke und unter die Betten. Nichts.

Erleichtert atmete sie auf, verließ das Haus und ging ins Dorf. Unterwegs traf sie Pierre, und nachdem sie ihr Anliegen vorgetragen hatte, warf er aufgeregt die Arme hoch. »Also wird die kleine Bessie das Blumenfest versäumen!«, klagte er.

Das hatte Cass ganz vergessen. Hoffentlich würde ihr Bessie keine Schwierigkeiten machen. »War während unserer Abwesenheit irgendjemand in der Bergerie, Pierre?«, fragte sie möglichst beiläufig.

»Niemand, Madame.«

»Davon müssten Sie nichts merken. Sie kommen ja nur hin und wieder vorbei, um die Blumen zu gießen.«

»Doch, ich würde es wissen, Madame. Zur Bergerie gibt's nur einen einzigen Weg. Und wenn ihn jemand benutzt, würden es mir die Leute sofort sagen.«

Zufrieden nickte sie. »Ja, gewiss. Danke, Pierre, vielen Dank. Kommen Sie am Donnerstag möglichst früh. Inzwischen fange ich schon mal an, unsere Sachen zu packen. Und wir müssen noch alles sauber machen. Also – so früh wie möglich.«

»*Certainement,* Madame.« Respektvoll nahm er seine Mütze ab und sie kehrte zur Bergerie zurück. Er war ihr ein Trost und eine große Hilfe. In diesem Augenblick liebte sie alle Dorfbewohner, die ihr Haus im Auge behielten, wenn auch nur aus reiner Neugier.

Sie stellte ihre Koffer auf ihr Bett und öffnete sie. Bald war der erste mit Unterwäsche und Nachthemden gefüllt, der zweite mit Blusen, Röcken und Sommerkleidern. Im dritten transportierte sie ihre Akten. Sie ging zum Schreibtisch, der in einer Ecke stand. Abrupt hielt sie inne. Das zweite Schubfach war nicht geschlossen.

Hatte sie bei ihrer Inspektion vor einer Stunde hineingeschaut und die Schublade offen gelassen? Eine andere Erklärung gab es nicht. In dieser kurzen Zeit konnte niemand hier gewesen sein, das hätte sie bemerkt. Oder Pierre hätte jemanden gesehen. Andererseits – wenn sie ein Schubfach schloss, wartete sie immer, bis es klickte.

Krampfhaft schluckte sie und zwang sich, ganz normal weiterzugehen, falls sie beobachtet wurde. Sie schaute über ihre Schulter in den Spiegel vor dem Toilettentisch, der ihr das Fußende des Betts zeigte. Darunter schien sich niemand zu verstecken. Erleichtert erreichte sie den Schreibtisch und suchte das Schubfach nach einem verräterischen Draht ab. Nichts. Schließlich ging sie nach unten und holte einen Besen. Auf dem Herd stand Marys riesige gusseiserne Bratpfanne und Carol griff danach.

Noch einmal durchsuchte sie das ganze Haus und sah sich selbst in diversen Spiegeln, die Bratpfanne in der einen Hand, den Besen in der anderen. Was für ein lächerlicher Anblick ... Aber sie fand es nicht lustig. Endlich kehrte sie in ihr Zimmer zurück und atmete tief durch. Während sie ein Kissen vor ihr Gesicht hielt, schob sie den Besenstiel in das halb offene Schubfach und zog daran. Krachend landete die Schublade am Boden und Carol zuckte erschrocken zusammen. Sonst passierte nichts. Erst nach ein paar Sekunden ließ sie das Kissen sinken und starrte das leere Schubfach an. Sie wusste, sie sollte lachen. Doch es gelang ihr nicht, obwohl sie sonst sehr gern über sich selbst lachte. Stattdessen kämpfte sie mühsam mit den Tränen.

Obwohl alles darauf hinwies, dass sie das Schubfach selbst geöffnet hatte, wusste sie, dass sie es nicht getan hatte.

☆

Alles verlief nach Plan. Obwohl die Französinnen wünschten, die wunderbaren Ferien würden etwas länger dauern, akzeptierten sie, dass Carol aus beruflichen Gründen nach London reisen musste und Bessie und Mrs Woodford mit ihr fahren würden. Carol wusste, ihre Mutter würde sie sehr gern begleiten, sobald sie ihr anfängliches Widerstreben überwunden hatte. Aber von Bessie hatte sie einen energischen Protest erwartet, weil Boris Denning derzeit nicht bei Myrtle wohnte. Seltsamerweise freute sich das Mädchen auf die Rückkehr nach England. »Familien halten immer zusammen, nicht wahr? Gemeinsam gehen sie durch dick und dünn.« Sprüche dieser Art hatte sie sehr oft drauf, doch diesmal war es anders, und Carol konnte nicht herausfinden, was es war.

Sie war nervös und fühlte sich wie die Katze auf dem heißen Blechdach. Langsam stieg sie hinter den beladenen Maultieren den Hanghang hinab zur Bergerie, schaute sich unentwegt um, und als sie den benachbarten Bauernhof erreichten, rannte sie voraus.

»Alles in Ordnung!«, verkündete sie keuchend, nachdem ihr die anderen gefolgt waren. »Da ist ein Brief von Liv ...« Sie hielt ein Kuvert hoch.

»Natürlich ist alles in Ordnung«, erwiderte Mary leicht verärgert. »Du warst doch erst vor ein paar Tagen hier.«

»Cass, ich gehe mit Solly und Gitte ins Dorf! Zum *déjeuner* bin ich zurück!«, verkündete Bessie.

»Wenn wir morgen abreisen wollen, haben wir noch viel zu tun, Bessie«, wandte Mary ein. Aber Carol schien erleichtert aufzuatmen.

»Dann können wir in aller Ruhe die Sachen packen.«

Zu Carols Verblüffung lud Liv in ihrem Brief die ganze Familie nach Barnt Green ein und erklärte, sie könnten dort bleiben, solange sie wollten. »Im Augenblick wohnt Myrtle auch bei Liv. Sie ist wieder schwanger ... Wundervoll! Wenn wir alle versammelt sind, wird's viel einfacher ... Wie nett von Liv!«

☆

Nach einem ereignislosen Flug landeten sie in Stansted. Pünktlich zur Teestunde hielt das Taxi vor dem Albion. An diesem schwülen Augusttag braute sich ein Gewitter zusammen, und der Schwefelgeruch, der von der Paddington Station herüberwehte, drehte Carol den Magen um.

Die neuen Hotelbesitzer hatten die Halle mit Blumen geschmückt und in jeder Türöffnung hingen bunte Plastikstreifen. Überall fanden sich solche Widersprüche – Vorhänge und Bettdecken aus irischem Leinen, Papierhandtücher in den Toiletten. Doch die einladende Atmosphäre war immer noch vorhanden. »Früher wurde dieses Hotel von deiner Tante Monica geleitet, Bessie«, erklärte Mary. »Sie hat die Halle vergrößert. Hübsch, nicht wahr?«

Bessie kannte Tante Monica nur aus wenig aufschlussreichen Geschichten, die Cass und Mary erzählten. Desinteressiert schaute sie sich um. »Es ist schon in Ordnung, aber ich mag es nicht besonders. So zwischen den Straßen ...«

»Aber der Park ist ganz in der Nähe«, fiel Carol ihr hastig ins Wort. »Außerdem fährst du morgen mit Grannie nach Northfield. Da wirst du deine alten Freunde wiedersehen.«

Gleichmütig zuckte Bessie die Achseln. Ihr *esprit de corps* gehörte bereits der Vergangenheit an. »Jetzt haben sie Ferien. Sicher sind sie alle verreist. Und Boris ist noch nicht da und Tante Liv wohnt nicht in Northfield.«

»Du hättest bei Solange und Brigitte bleiben können, Bessie«, betonte Mary und warf ihrer Tochter einen kurzen Blick zu. »Aber du wolltest uns unbedingt begleiten.«

»Ja, damit wir drei zusammenbleiben. Ich wusste nicht, dass du in London zu tun hast, Cass.«

»Nur ein paar Tage – höchstens eine Woche ...«, entgegnete Carol unbehaglich.

Sie sah die vergrößerte Halle zum ersten Mal. Große Glastüren führten in den kleinen, ziemlich ungepflegten Garten. Draußen saßen ein paar Leute und schlugen nach Insekten. Sie blickte sich um, konnte aber niemanden sehen, den sie kannte. Nun bereute sie ihren Entschluss, im Albion abzusteigen. Ihr Gefühl für Fairness hatte sie glauben lassen, sie müsste ein Treffen mit Jean-Claude herbeiführen. Doch offenbar war dieser Entschluss ein Fehler gewesen.

Mindestens zum dritten Mal erklärte sie Bessie ihre Pläne: »Ich muss ein ganz besonderes Manuskript prüfen, das plötzlich aufgetaucht ist, Darling. Es wird nicht allzu lange dauern.« Hilflos musterte sie das Gepäck. »Ich dachte, Mrs Arlen würde jemanden holen, der unsere Sachen nach oben trägt.«

»Das tut sie, meine Liebe«, erwiderte Mary besänftigend. »Sei nicht so ungeduldig. Hör mal, ich kümmere mich um das Gepäck, setz du dich inzwischen mit Bessie in den Garten.«

»Nein, geh du mit ihr hinaus, Mutter. Bitte. Ich bin so nervös ... Wahrscheinlich liegt es an diesem Haus. Wir hätten nicht herkommen sollen ...«

»Warum denn nicht? Ich fühle mich immer noch sehr wohl in diesem alten Hotel. Und du bist hier, um deinen Monsieur Durand zu treffen.« Aufmerksam beobachtete Mary ihre Tochter. Mit dieser Begründung war Carol im Albion abgestiegen.

»Komm schon, Grannie!«, drängte Bessie. »Allmählich habe ich's satt, wie eine Topfpalme in einer Patisserie herumzustehen.«

Wie sie es beabsichtigt hatte, lachten die beiden, und Carol ging auf die Suche nach Mrs Arlen.

Jean-Claude tauchte weder an diesem Abend noch am nächsten Morgen beim Frühstück auf und Carols Nervosität wuchs. Jedes Mal, wenn sich eine Tür öffnete, zuckte sie zusammen. Kurz bevor sie ihre Mutter und Bessie zur Paddington Station brachte, eilte sie zur Rezeption, um sich nach ihm zu erkundigen.

»Ah, Mr Durand. Er ist für den Rest dieser Woche nach

Paris gefahren, Miss Woodford. Offenbar möchte er seine Frau sehen.« Lächelnd hob Mrs Arlen die Brauen. »Kennen Sie den Gentleman?«

»Ja, wir sind Kollegen ...«, Carol schluckte krampfhaft, »in der Verlagsbranche ...«

»Und ich habe mich gefragt, ob er vielleicht ein Filmstar ist.« Nun nahm das Lächeln kokette Züge an. »Weil er so gut aussieht.«

Carol zwang sich, das Lächeln zu erwidern. »Ja ...« Inständig wünschte sie, Jean-Claude wäre nicht so attraktiv. Seine klassische, verführerische südländische Schönheit schien alles zu entwürdigen, was sie in jener Nacht vor zwei Jahren empfunden hatte. War es nur die Schwärmerei eines unreifen Schulmädchens für einen hübschen Mann? Erschrocken über ihre eigenen Gedanken, wandte sie sich ab. »Heute komme ich nicht zum Lunch, Mrs Arlen. Ich gehe ins Büro und werde dort bis zum Abend bleiben.« Der Abschied von ihrer Mutter und Bessie fiel ihr schwer, und sie hoffte, die Arbeit würde sie von ihrem Kummer ablenken. Und in zwei oder drei Tagen würde sie die beiden bei Liv wiedersehen.

Auf der Taxifahrt zum Verlag versuchte sie, Jean-Claude und seine Rückkehr zu Gaby zu vergessen. Also hatte er sie in seinem Brief belogen. Doch das sollte sie nicht verwundern. Nichts an der menschlichen Natur durfte sie überraschen. Und sie war glücklich, denn sie hatte Bessie. Sie hatte ein Kind gewollt, keinen Ehemann. Sie hatte ohne Zweifel das bessere Los gezogen.

In dem winzigen Foyer wurde sie von Ralph Morrish begrüßt. Die Besucher, die zum ersten Mal hierher kamen, konnten sich nicht vorstellen, dass dieses alte Gebäude im Charles-Dickens-Stil einen der größten europäischen Verlage beherbergte. Aber Carol freute sich, weil die beiden Brüder nichts modernisierten. Freundschaftlich schüttelte sie Ralphs Hand. Vor sechs Jahren hatte er ihr die neue französische Niederlassung anvertraut und nach der Explosion ihre Übersiedlung nach Marseille arrangiert.

»So früh haben wir Sie nicht erwartet, Carol. Monsieur Durand hat sich ein paar Tage freigenommen, um seine Familie zu besuchen. Wie er ausdrücklich erklärt hat, möchte er dieses Buch gemeinsam mit Ihnen redigieren.« Er beugte sich vor und küsste ihre Wange. »Wie schön, Sie wiederzusehen, meine Liebe! Sind Sie allein? Oder in der Begleitung ihrer Mutter und der kleinen Bessie?«

»Ja und nein. Wir sind gestern angekommen und heute Morgen fahren die beiden zu Freunden. Sobald meine Arbeit hier erledigt ist, werde ich ihnen folgen. Natürlich schicken sie Ihnen herzliche Grüße, Ralph. Wie geht es Ihnen?«

»Ausgezeichnet. Und Ihnen offensichtlich auch. Sie sehen fabelhaft aus – diese wunderbare Sonnenbräune ...«

Von Ralph konnte sie solche Komplimente bedenkenlos akzeptieren. »Ja, wir haben fast zwei Wochen in den Bergen verbracht, im Zelt oder in einer alten Schäferhütte. Das hat uns allen sehr gut getan.« Dann erkundigte sie sich nach seiner Familie und den Kollegen. Eine Sekretärin brachte ihnen Kaffee. Etwas später stiegen sie die Treppe zu seinem Büro hinauf und setzen sich ans Fenster, das einen spektakulären Ausblick auf den Fluss bot.

»Also, dieses Buch, Carol ...« Eifrig beugte sich Ralph vor. »Welch eine Entdeckung! Für den Verlag ist es fantastisch – aber wie ich höre, könnte es für Sie gefährlich werden. Deshalb wollte Monsieur Durand ursprünglich verhindern, dass Sie sich damit befassen. Aber für uns wäre es natürlich wichtig, wenn Sie das Manuskript durchsehen würden. Haben Sie die erste Fassung gelesen?«

»Nur zur Hälfte. Ich glaube, jetzt droht mir keine Gefahr

mehr, und Sie können das Buch unbesorgt veröffentlichen. Aber Monsieur Durand befindet sich vermutlich in einer unangenehmen Lage. Seiner Redaktion wird es missfallen, dass er Ihnen das Manuskript übergeben hat. Außerdem vertritt er imperialistische Ansichten und Clive Hubert hat sich für die algerische Unabhängigkeit eingesetzt.«

»Sorgen Sie sich wirklich nicht um Ihre Sicherheit?«

»Nicht im Mindesten. Ich bin nur ein winziges Rädchen im Getriebe.«

»Das sehe ich etwas anders. Aber ich stimme Ihnen zu – Sie persönlich schweben wohl kaum in Gefahr. Sonst hätten wir Sie nicht hierher gebeten, Monsieur Durand muss allerdings mit ernsthaften Schwierigkeiten rechnen. Trotzdem hat er darauf bestanden, zu kommen.«

»Tatsächlich?« Carol dachte an ihre Panik auf dem Plateau, an die fürchterliche halbe Stunde in der Bergerie. Hatte Jean-Claude ihr absichtlich Angst und Schrecken eingejagt, um ein Wiedersehen zu erzwingen? Oder wurde sie vom Wunschdenken eines schwärmerischen Schulmädchens erfasst? Sie holte tief Atem. »Wie auch immer, ich werde an diesem Manuskript arbeiten – hier im Büro, wenn Sie es erlauben, Ralph. Am liebsten würde ich sofort anfangen. Wo ist das Manuskript?«

Ralph stand auf und öffnete einen Wandsafe. »Wie Sie sehen, gehen wir auf Nummer Sicher, um Durands düstere Prophezeiungen zu beherzigen.« Grinsend legte er ein großes Paket auf seinen Schreibtisch.

Bei diesem Anblick erinnerte sie sich an das erste Manuskript, das Jean-Claude ihr gebracht hatte. Wie unbeschwert sie damals gewesen war ... Später natürlich auch. Die Bergerie hatte ihr Trost gespendet und ihr ein neues Leben gegeben.

Und es war *Ihre* Entscheidung gewesen, nach London zu

fahren. Niemand hatte sie dazu gezwungen. »In zwei oder drei Tagen habe ich es gelesen, Ralph.«

»Das bezweifle ich, meine Liebe. Warten Sie ab, bis Sie das Paket geöffnet haben. Setzen Sie sich an den Schreibtisch, da können Sie immer noch die Flussbiegung sehen. Brauchen Sie den Ventilator? Nein? Ich schicke Ihnen noch mal Kaffee. Um eins hole ich Sie zum Lunch ab.«

Am Mittag musste sie ihm Recht geben. Um Clives Arbeit gebührend zu würdigen, musste sie sich mindestens eine Woche lang damit beschäftigen. Während sie an ihrem Kaffee nippte, kniff sie immer wieder die Augen zusammen, um die fast unleserliche Handschrift zu entziffern. Dabei versuchte sie sich an den kleinen, bescheidenen Mann mit dem enormen Gerechtigkeitssinn zu erinnern. Es war wichtig, sein Bild heraufzubeschwören und jenen anderen Mann zu vergessen, der sich so krass von ihm unterschied.

☆

Sie arbeitete auch am Wochenende. Vermutlich würde sie erst am folgenden Donnerstag das Manuskript durchgesehen haben. Da Jean-Claude weiterhin durch Abwesenheit glänzte, fiel es ihr nicht schwer, ihn zu vergessen. Und Clives wortgewaltige Beschreibung eines Landes, das noch im 18. Jahrhundert lebte, nahm ihr immer wieder den Atem. Manchmal glaubte sie sogar, den Pulverrauch zu riechen, der aus den Kanonen der Dais, der religiösen Führer, quoll, und sie spürte den ebenso entschlossenen Kampfgeist der französischen Regierung. Sorgsam bearbeitete sie ein Kapitel nach dem anderen, tippte die fast unleserlichen Stellen ab und machte sich Notizen. Schließlich hatte sie fast das gesamte Manuskript in Form gebracht, sodass es kopiert werden konnte.

Über den Londoner Straßen lag nach wie vor drückende, schwüle Hitze. Ralph schlug Carol vor, nach Maidenhead zu ziehen, in sein Haus, das am relativ kühlen Flussufer lag. Aber irgendetwas zwang sie, jeden Abend ins Albion zurückzukehren. Sie lebte in einem seltsamen Traumland, bevölkert von Clives Arabern, und die heiße Sommerluft ließ dieses Fantasiegebilde fast real erscheinen. Nach dem Dinner saß sie in der vergrößerten Halle, trank Kaffee und unterhielt sich mit den anderen Hotelgästen. Niemand erinnerte sich an Mon. Und niemand kannte die Goslings.

Zweimal am Tag wählte sie Livs Nummer und sprach mit ihrer Mutter oder Bessie. Beide wirkten seltsam distanziert. Irgendwie gewann sie den Eindruck, sie würden ihr ausweichen. Doch das führte sie auf ihren eigenen sonderbaren Seelenzustand zurück. Am Donnerstagabend teilte sie ihnen mit, sie würde das Wochenende bei ihnen verbringen.

»Oh, wie schön!«, erwiderte Bessie tonlos. »Gehen wir schwimmen? Hier ist es furchtbar heiß.«

»Ja, natürlich, was immer ihr wollt.«

»Vielleicht besinnst du dich anders. Seit du sechzehn warst, hast du dich nicht mehr mit all deinen Freundinnen getroffen. Das hat mir Tante Liv erzählt.«

»Sei nicht albern, Bessie. Sobald du im Bett liegst, werde ich mit den Mädchen schwatzen, so wie in alten Zeiten.« Am anderen Ende der Leitung herrschte tiefe Stille und Carol runzelte beunruhigt die Stirn. »Hol doch mal Grannie an den Apparat, Darling.«

Die Stimme ihrer Mutter klang genauso merkwürdig. »Natürlich ist alles in Ordnung, Cass. Wieso um alles in der Welt zweifelst du daran?«

»Nun, ich dachte nur – die Atmosphäre könnte etwas angespannt sein bei so vielen Leuten auf einmal unter Livs Dach ... Sie ist ziemlich stolz auf ihr Haus, nicht wahr?

Kannst du nicht offen mit mir reden? Sag einfach nur Ja oder Nein.«

»Nein.«

»Benimmt sich Myrtle schlecht?«

»Nein.«

»Und Liv?«

»Dieselbe Antwort.«

»Also gut, am Samstag sehen wir uns wieder. Wenn es irgendwelche Probleme gibt, ziehen wir in ein Hotel. Wie gefällt dir das?«

»Gut. Pass auf dich auf. Und mach dich auf einiges gefasst.«

»Worauf?«

Im Hintergrund erklangen gedämpfte Stimmen und ihre Mutter entgegnete hastig: »Auf alles. Bis dann, Darling.« Dann klickte es in der Leitung.

☆

An diesem Abend kehrte sie ins Büro zurück und las das restliche Manuskript. Die Schreibtischlampe warf einen Lichtkreis auf die Schreibmaschine und verstreute Papiere. Draußen schimmerte der Fluss unter einem verschleierten Mond. Die Hitze in der Nachtluft wirkte fast greifbar. Seufzend rückte Carol ihren Stuhl nach hinten und streckte sich. Ihre Augen schmerzten.

Für dieses Buch war Clive gestorben, und sie gab ihr Bestes, um seinem Tod einen Sinn zu geben. Jetzt müsste sie sich erleichtert fühlen, nachdem sie ihre Aufgabe ohne Jean-Claudes fragwürdige Hilfe erfüllt hatte. Sie konnte sogar noch früher als geplant abreisen, ein Wiedersehen vermeiden, Bessie und ihre Mutter überraschen.

Doch sie empfand keine Erleichterung. Warum hatte sie

die Arbeit schon an diesem Abend beendet? Die ganze Woche hatte sie den Wunsch verdrängt, länger in London zu bleiben und Jean-Claude zu treffen, wenn es das war, was sie wirklich wollte ...

Sie schloss die Augen und bedeckte sie mit den Händen. Tränen quollen durch ihre Finger. Sie wusste nicht, *was* sie wollte. Armer Clive. Hinter seiner bescheidenen Fassade war er ein wundervoller Mensch gewesen.

Müde tastete sie nach einem Taschentuch und wischte ihr Gesicht ab. Dann legte sie die Papiere ordentlich zusammen und verschloss sie im Wandsafe. Sie steckte eine Nachricht für Ralph in die Schreibmaschine. Vor der Rückkehr nach Frankreich würde sie noch einmal im Büro anrufen. Für den Fall, dass er sie früher sprechen wollte, hinterlegte sie Livs Telefonnummer.

Schließlich griff sie zum Telefon und bestellte ein Taxi. Um zwei Uhr nachts betrat sie das Albion. Mrs Arlen hatte ihr einen Hausschlüssel gegeben und erklärt, sie könne sich jederzeit in der Küche Tee machen. Aber Carol wollte nur noch eines: im Schlaf Vergessen finden. Als sie die Tür hinter sich schloss, bewegten sich die bunten Plastikstreifen, ehe sie sich wieder der Stille einer atemlosen Nacht unterwarfen. Lautlos stieg sie die Treppe hinauf und ging ins Bad, bevor sie ihre Tür aufsperrte.

Zunächst bemerkte sie nicht, dass Licht brannte. Sie bückte sich, um die Schnallen ihrer Sandalen zu öffnen.

Und dann erstarrte sie mitten in der Bewegung. Auch im Dunkeln hätte sie spüren müssen, dass sie nicht allein im Zimmer war. Hatten jene unbekannten Feinde, die in die Bergerie eingedrungen waren, sie bis nach London verfolgt? Nun erblickte sie zwei Füße in sehr femininen hochhackigen Schuhen. Ihr Blick wanderte an schönen Beinen in glänzenden Nylonstrümpfen hinauf, bis sie eine ganze Gestalt auf dem Stuhl neben dem Bett sitzen sah. Eine Frau mit rabenschwarzem Haar, ein aufgeschlagenes Buch im Schoß, ein seltsames, etwas verzerrtes Lächeln im Gesicht. Es war Monica.

Mit einem leisen Schrei richtete Carol sich auf. »Mon! Mein Gott – *du* bist's!« Einladend breitete sie die Arme aus. »Oh, mein liebes Mädchen – woher kommst du?« Glücklich und erleichtert warf sie sich auf die reglose Gestalt.

Nach ein paar Sekunden begann Monica zu schluchzen und schlang ihre Arme um Carols Hals. Das Buch fiel zu Boden. Irgendwie gelang es ihr, aufzustehen. Eng umschlungen tanzten sie umher, lachten und weinten und stießen abgehackte Wortfetzen hervor.

»Wie ...?«

»Überraschung ...«

»Wo?«

»Bei Liv. Schon über eine Woche.«

»Mutter ...«

»Beinahe hätte sie's verraten.«

»O Mon!« Carol rückte ein wenig von der Freundin ab, um das vertraute Gesicht zu betrachten. Vor elf Jahren hatten sie sich zuletzt gesehen. Der bräunliche Teint wirkte noch glatter, fast wie emailliert. Der Schmollmund erschien ihr noch stärker ausgeprägt, die Augen so wachsam wie immer. »Mon, du bist bildschön – wie eh und je.«

»Auch du hast dich nicht verändert.«

»Leider.«

»Dumme Gans! Natürlich bist du schön, das weißt du. Hat es dir noch niemand gesagt?«

»Red keinen Unsinn. Setz dich und erzähl mir alles.«

»Jetzt nicht. Du bist völlig erschöpft. Geh ins Bett. Ich habe mir ein Zimmer weiter unten am Flur genommen. Wir sehen uns morgen zu Mittag.«

»Nein, bleib hier, Mon. Ich kann ohnehin nicht schlafen – dafür bin ich viel zu aufgedreht. Und ich brauche dich. In diesem Augenblick ganz besonders ...«

»Okay.« Mon wandte sich zum Nachttisch. »Da steht eine Thermoskanne mit Kaffee. Den habe ich getrunken, um mich wach zu halten. Möchtest du eine Tasse?«

»Ja, bitte. Du hättest nicht auf mich warten sollen. Aber ich bin froh, dass du da bist.«

»Beinahe wäre ich ins Bett gefallen. Und dann machte ich mir Sorgen. Eine Stunde hätte ich dir noch gegeben, und dann die Polizei verständigt.«

»Hättest du doch im Büro angerufen.«

»Daran dachte ich auch. Aber ich wollte dich überraschen.«

»Das ist dir auch gelungen.«

Als Carol eine gefüllte Tasse entgegennahm, brach sie in hysterisches Gelächter aus. »Und ich befürchtete, du wärst ein Terrorist. Großer Gott!«

»Davon haben deine Mutter und Myrtle erzählt. Hättest du dich bloß nicht in diese FLN-Machenschaften verwickeln lassen, Cass! Denk doch an Bessie.«

»Schon gut, ich weiß. Inzwischen habe ich nichts mehr damit zu tun. Die Sache ist erledigt. Endgültig.« Die Augen halb geschlossen, nippte Carol an ihrer Tasse. Dann setzte sie sich auf die Bettkante und nach kurzem Zögern nahm Monica neben ihr Platz. Lächelnd hob Carol die Lider. »Da bist du wieder – und du hast alles geändert.« Kichernd fügte sie hinzu: »Irgendwie bestimmst du den Lauf des Schicksals. Wie ein Deus ex Machina.«

»Meinst du, ich werfe dir einen Knüppel zwischen die Beine?« Monica lächelte nicht.

»Keine Ahnung. Jedenfalls hast du die Albträume vertrieben, die ganze Unsicherheit.«

»Bist du groggy?«

»Völlig groggy.« Carol leerte die Tasse und stellte sie beiseite. »Wie schön, dich endlich wiederzusehen, Mon.« Sie schaute in die schwarzen Augen, die sie fast schmerzlich an Bessie erinnerten. »Wie lange bleibst du hier?«

»Das hängt von dir ab.«

»Und dein Mann? Bob?«

»Der hat eine andere.«

»Oh, das tut mir Leid.« Vergeblich suchte Carol, in dem schönen, perfekt geschminkten Gesicht eine Gefühlsregung zu erkennen. »Komm doch mit uns in die Bergerie, da wird es dir gefallen.«

»Jetzt habe ich ein eigenes Haus, Cass. Und – mit Elizabeth wäre es ein Heim.« Nach einer kurzen Pause fügte Monica leise hinzu: »Cass – ich will meiner Tochter ein Zuhause bieten. Dazu bin ich mittlerweile fähig. Du hast betont, ich könnte sie jederzeit zu mir holen.« Sie stand auf, ergriff ihre Handtasche und ging zur Tür. »Ihr wollte es dir sofort sagen, obwohl du so müde bist. In den letzten Tagen war ich oft mit Elizabeth zusammen und wir verstehen uns sehr gut.« Seufzend öffnete sie die Tür. »Tut mir Leid. Wie du dich vielleicht entsinnst, habe ich es schon immer vorgezogen, die Bombe möglichst schnell platzen zu lassen. Geh schlafen. Morgen reden wir über alles. Gute Nacht.«

Unglaublich, sie war einfach gegangen. Carol versuchte nicht, sie zurückzuhalten. Wie erstarrt saß sie auf dem Bett und begann trotz der Hitze zu frösteln. Wenn die beiden Kaffeetassen nicht auf dem Nachttisch stünden, könnte sie sich einreden, sie hätte dieses Gespräch nur geträumt.

Nach endlos langen Minuten zog sie sich aus und schlüpfte in ihr altmodisches Nachthemd. Und dann lag sie auf dem Bett und schloss die Augen.

10

Als Carol in einen unruhigen Schlaf fiel, graute bereits der Morgen. Sie spürte, wie das Hotel zum Leben erwachte, hörte das Wasser in den Bädern rauschen, das Frühstücksgeschirr klirren. Doch ihr fehlte die Kraft, aus ihrer nebligen Halbwelt emporzusteigen und der Realität ins Auge zu blicken. Schließlich zwang sie sich, auf die Uhr zu schauen. Aber sie verdrängte die unangenehmen Tatsachen, die außerhalb ihres Blickfelds lauerten. Vielleicht jenseits der Haarbürste, die auf dem Toilettentisch lag. Halb zehn ... Hastig schloss sie die Augen, sonst würden sie womöglich an der Haarbürste vorbeiwandern. Stattdessen dachte sie an die Bergerie, an die kleine Schäferhütte auf halber Höhe der Sainte-Victoire. Erst vor ein paar Tagen war sie dort gewesen.

Nach fünf Minuten quollen Tränen unter den gesenkten Lidern hervor und rannen salzig in ihren Mund. Verärgert über ihre eigene Schwäche, setzte sie sich auf. »Sentimentale Gans!«, schimpfte sie. »Wärst du in Frankreich geblieben, hätte sich nichts geändert ... Von Anfang an wussten wir, Mutter und ich, dass Bessie nur eine Leihgabe ist. Zwölf Jahre lang durften wir sie behalten. Sollten wir nicht dankbar dafür sein?« Zitternd rang sie nach Atem. »Und Monica ist meine Freundin – meine beste Freundin.«

Sie schwang die Beine über den Bettrand und blieb sitzen, den Kopf in die Hände gestützt. Flüchtig erinnerte sie sich an die Aufregung um Clives Buch, an das Herzflattern angesichts der Frage, ob sie Jean-Claude wiedersehen würde. Jetzt erschien ihr das alles nebensächlich. Während jener Ängste hatte das Schicksal bereits zu einem grausamen Schlag ausgeholt, und der war schlimmer als jede Explosion.

In ihren Schläfen pochte es schmerzhaft und sie fühlte sich elend. Bevor sie am vergangenen Abend ins Büro zurückgekehrt war, hatte sie zum letzten Mal etwas gegessen. Vielleicht war sie einfach nur hungrig.

Wie um diesen Gedanken zu beantworten, klopfte es an der Tür, und Mrs Arlen trat mit einem Tablett ein. »Geht es Ihnen nicht gut, Miss Woodford?« Neugierig musterte sie das zerwühlte Bett, die achtlos verstreute Kleidung. Im Lauf weniger Tage hatte die Hotelbesitzerin festgestellt, wie ordentlich dieser Gast normalerweise war. »Ihre Freundin, Mrs Gallagher, sagte mir, nach der harten Arbeit würden Sie sich nicht wohl fühlen. Deshalb bat sie mich, das Frühstück um zehn in Ihr Zimmer zu bringen. Und ich soll Ihnen diesen Brief übergeben.« Verwirrt starrte Carol das Tablett an und die Frau stellte es beiseite. »Legen Sie sich wieder hin.«

»Nein, ich stehe lieber auf«, erwiderte Carol und lächelte gequält. »Nur eine leichte Migräne ... Möchte Mrs Gallagher abreisen?«

»Oh, sie ist schon weg. Sie wollte aufbrechen, bevor der Verkehr noch dichter wird. Sicher hat sie Ihnen alles in diesem Brief erklärt. So, jetzt schenke ich Ihnen einen schönen, heißen Tee ein. Danach wird es Ihnen besser gehen. Brauchen Sie ein Aspirin?«

»Danke, nein ...« Carol ergriff die Tasse und nahm einen zu großen Schluck. Schmerzhaft brannte ihr Gaumen.

»Dann will ich Sie jetzt allein lassen ...«

Nachdem Mrs Arlen die Tür hinter sich geschlossen hatte, seufzte Carol erleichtert und kroch wieder unter die Decke. Sie würde noch eine Weile liegen bleiben. Vorerst fühlte sich zu schwach, um Monicas Brief zu lesen.

Eine Stunde später, immer noch von Kopfschmerzen geplagt, öffnete sie das Kuvert und zog ein einzelnes Blatt heraus. Ihr Blick streifte die Wörter *Tut mir Leid* und *unfrucht-*

bar. Dann blinzelte sie und zwang sich, Zeile für Zeile zu lesen – ein mühsames Unterfangen. Monicas Handschrift war schon immer eine Zumutung gewesen.

Liebe Cass, ich kann dir einfach nicht gegenübertreten, und so reise ich am frühen Morgen ab. Ich laufe nicht schon wieder davon. Nur beinahe. Tut mir Leid, Darling, ich wusste nicht, wie hart es dich treffen würde. Aber sie ist nun mal meine Tochter, und die Ärzte in New York haben mir erklärt, ich könne nicht mehr schwanger werden. Weißt du, wie das ist – unfruchtbar zu sein und ein Kind zu haben? Meine Ehe ist gescheitert. Außer Elizabeth gibt es niemanden in meinem Leben. Verstehst du das? Bitte, komm nach Barnt Green, sobald du dazu fähig bist, und schlag ihr vor, einen Urlaub mit mir zu verbringen. Oder irgendwas anderes. Verzeih mir, Cass. Mon. P. S. Du hast immer noch deine Mutter.

Die Augen geschlossen, völlig reglos, lag Carol im Bett. Unwillkommene Fantasiebilder von Monica glitten an ihr vorbei, wie hastig umgeblätterte Seiten eines Fotoalbums. Mon, die Liv mit ihrem Schulranzen schlug – Mon, die ohne Umschweife verkündete, sie habe ihre Jungfräulichkeit verloren – Mon, die von ihrer Schwangerschaft erzählte ... Wie skrupellos sie war! Wenn sie glaubte, sie müsste irgendetwas erledigen, tat sie es möglichst schnell. Als würde sie einen Verband abreißen oder eine Nessel aus einem Blumenbeet zupfen.

Plötzlich läutete das Telefon. Mit bebenden Fingern nahm sie den Hörer ab. Sicher würde sich Bessie melden, tausend Fragen stellen. Wütend oder nur neugierig?

Aber dann erkannte sie Ralphs Stimme. »Wie ich sehe, haben Sie das Manuskript zu Ende gelesen, Carol. Vorerst werden wir Sie wohl nicht wiedersehen.«

»Ich muss so schnell wie möglich zu meiner Familie fahren, Ralph.«

»Offenbar haben Sie die halbe Nacht gearbeitet und heute Morgen verschlafen.«

»Mehr oder weniger.«

»Hören Sie, Carol, Sie waren einfach großartig. Ich schicke Ihnen die Korrekturfahnen in die Bergerie. Und wenn ich irgendwas für Sie tun kann, was nicht mit unserem Job zusammenhängt – ich wäre so gern Ihr Freund.«

»Danke, Ralph, ich halte Sie schon längst für einen guten Freund.« Beinahe hätte sie wieder geweint. Brütete sie womöglich eine Krankheit aus?

»In dieser letzten Woche haben Sie sich einiges zugemutet, Carol. Sind Sie auch wirklich okay? Marion drängt mich dauernd, ich soll Sie endlich nach Maidenhead bringen und Ihnen eine Erholungspause gönnen. Natürlich sind Ihre Mutter und Bessie auch eingeladen.«

»Nein, vielen Dank, Ralph ...« Sie wollte ihm alles erzählen. Aber dann besann sie sich anders. »Ich muss nach Birmingham fahren und ein paar familiäre Probleme lösen.«

»Vielleicht ein andermal.«

»Ja, ganz sicher ...«

Sie legte auf und biss in eine kalte Toastscheibe. Dann brachte sie das Zimmer in Ordnung. Kurz nach zwei ging ein Zug. Den musste sie unbedingt erreichen – bevor Monica irgendetwas zu ihrer Tochter sagen würde. Am Telefon hatten Bessies und Mutters Stimmen so merkwürdig geklungen. Warum? Jedenfalls musste sie so schnell wie möglich in Barnt Green eintreffen.

Sie stellte den Koffer neben die Tür. Später würde Mrs Arlen ihn hinuntertragen lassen. Sie hängte die Handtasche über die Schulter und rückte sorgfältig ihren Hut zurecht, sodass er den Haarknoten im Nacken berührte. Bevor sie die

Tür öffnete, ließ sie ihren Blick ein letztes Mal durch das Zimmer wandern. Und dann stand ihr Jean-Claude gegenüber, die Hand erhoben, um anzuklopfen.

Einige Sekunden lang starrten sie sich wortlos in die Augen. Er hatte sich verändert. Durch das dichte schwarze Haar zogen sich graue Strähnen, der Ausdruck in den Augen wirkte nicht mehr besserwisserisch und zuversichtlich, sondern abgeklärt und sehr müde. In den drei Jahren seit jener Nacht war er merklich gealtert.

Als er seine erhobene Hand bemerkte, steckte er sie hastig in die Tasche seines Jacketts, das am Ellbogen mit Lederflecken besetzt war. Kein bisschen französisch. Auch die Flanellhose wäre auf den Champs-Élysées deplatziert. Dazu trug er ein Hemd mit offenem Kragen.

»*Du bist* es«, sagte sie leise.

»Ja, ich wollte ... Tut mir Leid ... Du möchtest abreisen. Und ich sollte dich – gehen lassen.«

»Gestern habe ich das Buch zu Ende gelesen und jetzt muss ich nach Birmingham fahren.«

»Ach ja, deine Mutter und deine kleine Schwester – ich verstehe ...« Er ließ die Schultern hängen, als würde er sich einer stärkeren Macht beugen. Aber er trat nicht zurück.

»Geht es Gaby gut?«

»Ja. Sie sträubt sich gegen eine Scheidung, obwohl wir nur standesamtlich geheiratet haben.«

»Also willst du sie verlassen? Davon wusste ich nichts ...«

»Weil ich nur *dich* liebe. Das *weißt* du.«

»Nein!«, protestierte sie. Aber es klang nicht wie ein Widerspruch. »Du hast keine Ahnung – da ist Bessie ...«

»Natürlich, dein Kind – das war mir von Anfang an klar. Vielleicht hast du dich aus diesem Grund geweigert ...«

»Nein!«, rief sie noch einmal. Und dann vergrub sie weinend das Gesicht in den Händen. »Bessie ist die Tochter meiner Schulfreundin. Jetzt möchte ihre Mutter sie zu sich nehmen, und ich kann sie nicht daran hindern. Sie hat mir Bessie nur auf Zeit anvertraut. Und jetzt will sie ihre Tochter wiederhaben, weil sie keine Kinder mehr bekommen kann ...« Verzweifelt wischte sie mit dem weichen Glacéleder der Handschuhe die Tränen von ihren Wangen.

Und dann lag sie in Jean-Claudes Armen, spürte seine Wange an ihrer, und er flüsterte ihr besänftigend ins Ohr: »Wein dich nur aus, *ma pauvre* ...« Unaufhaltsam rannen die Tränen an seinem und ihrem Hals hinab. Als sie herzzerreißend zu schluchzen begann, hob er sie hoch und trug sie ins Zimmer, schloss die Tür hinter sich und setzte sie aufs Bett. »Beruhige dich, *chérie*.« Er zog ein Taschentuch hervor und betupfte ihr nasses Gesicht. »Sag nichts. Du sollst einfach nur weinen – das tut deiner Seele gut. Hättest du bloß schon damals deine Tränen vergossen – in der Nacht nach der Explosion ... Zu viel Selbstbeherrschung ist schädlich.«

Ihr Hut hing an einer Haarnadel. Ungeduldig riss sie ihn vom Kopf. »O Gott, sicher sehe ich schrecklich aus!«, jammerte sie. »Einerseits wollte ich dich sehen, andererseits nicht. Und jetzt – das!«

»Carol, liebstes Mädchen, für mich bist du immer schön. Auf diskrete Weise.«

Ihr Schluchzen ging in ein Kichern über. »So diskret, dass es keiner merkt.«

»Dauernd machst du dich über dich selber lustig. Hör mir zu, Carol, du bist ein ganz besonderer Mensch. Und besondere Menschen können nicht in banalen Körpern wohnen, mit banalen Haaren und banalen Gesichtern. Dieses Besondere braucht einen asketischen Rahmen, um seine ganze Kraft auszudrücken.«

»O Jean-Claude ...«, wisperte sie und küsste ihn.

Es war ein flüchtiger, sehr englischer Kuss. Trotzdem brachte er ihn zum Schweigen. Worte, konventionelle Gesten, Trost und Fürsorge – das alles spielte keine Rolle mehr. Er ließ das Taschentuch fallen und starrte sie an, eine Hand auf ihrer Schulter, die andere an ihrem Hals. Und nach langen Minuten, als sie sich nicht rührte und kaum zu atmen schien, flüsterte er: »Dann soll es wohl so sein.«

Langsam neigte er sich zu ihr. Die ersten Küsse erschreckten sie, und sie musste den Impuls bekämpfen, aufzuspringen und wegzulaufen. Dann spürte sie eine gewisse Ehrfurcht in seiner Zärtlichkeit und diese Erkenntnis ermutigte sie. Immer wieder berührte sein Mund ihre geöffneten Lippen, als wollte er süßen Wein kosten, und sie entspannte sich allmählich. Mit geschlossenen Augen legte sie ihren Kopf in seine Hände und schlang die Arme um seinen Hals. Ihre Finger strichen über seine Ohren und das kurze Nackenhaar. Flüchtig erinnerte sie sich an Malcolm Lennox, der auf seiner Hochzeit über sie hergefallen war. Jetzt empfand sie ganz andere Gefühle. Es war kein Angriff, keine gebieterische Forderung. Gemeinsam schmeckten sie den köstlichen Wein.

Irgendwann löste er die Nadeln aus ihrem Haar, und es fiel in tiefen Wellen auf ihre Schultern, immer noch von der Sonne gebleicht nach dem Urlaub in den Bergen. Das gab ihr Selbstvertrauen. Unglaublich – in Jean-Claudes Armen fand sie sich schön.

»Oh, Carol ...« Behutsam zeichnete sein Daumen die Konturen ihres Gesichts nach. »Wie ich mich nach der Erfüllung deiner Liebe sehne ... Aber ich kann dir nicht versprechen, dich ehrbar zu machen.«

Da musste sie lachen. Mit dieser typisch französischen Attitüde versuchte er eine triviale Verführungsszene zu vermeiden. Als sie seine Unsicherheit bemerkte, dachte sie belustigt an den selbstbewussten Pariser, den sie vor zwei Jahren kennen gelernt hatte. »Oh, Jean-Claude ...«, imitierte sie ihn. »Die ganze Welt kannst du mir bieten. Was soll ich mit Ehrbarkeit?«

»Werde ich dich jemals wirklich kennen, Carol?« Er lächelte wehmütig. »Wirst du mich immer wieder völlig verblüffen?« Er schlüpfte aus seinem Jackett und berührte ihre Hand. »Bist du dir auch wirklich sicher, mein Liebling? Dich jetzt noch einmal zu verlieren, das würde ich nicht ertragen.«

Entschlossen erhob sie sich, knöpfte ihre Bluse auf und zog sie aus. Dann öffnete sie den Reißverschluss ihres Rocks und ließ ihn zu Boden fallen. Als seine Hände ihre Schultern umfassten, spürte sie, wie seine Wärme ihre Kälte schmolz, und sie wusste, das könnte nicht geschehen, wäre Monica nicht aufgetaucht, um Bessie zu beanspruchen. Irgendwie milderte das strahlende Glück diese schreckliche Tatsache. Und jetzt erkannte sie auch, dass ihr das Kind niemals weggenommen werden konnte. Mochte es auch woanders leben, es würde immer zu den Woodfords gehören.

Und alles, was in ihrem Leben geschehen war, schien diesen besonderen Augenblick anzustreben. Die bösen Dinge verbanden sich mit den Guten und bildeten ein Ganzes – der ekelhafte Mussolini-Typ, der tragische Tod des Vaters, Bessies Adoption. Und das Grauen der Explosion nahe der Avenue Foch, die ihr so sinnlos vorgekommen war ... Jetzt wusste sie, dass jene Katastrophe Jean-Claude veranlasst hatte, nach Algerien zurückzukehren, um Clives Manuskript zu finden – nur damit sie nicht mehr an seiner Liebe zweifelte.

In diesem Augenblick bildeten alle diese Gedanken einen harmonischen Kreis und dann fanden Carol und Jean-Claude wie zwei Reisende am Ende eines langen Weges zueinander.

☆

Er wollte sie nach Birmingham begleiten, aber sie war nicht damit einverstanden. »Natürlich gehöre ich zu dir, Liebster. Aber es wäre unfair, von Mutter, Bessie und den anderen zu erwarten ... Nein, vorerst kann ich sie nicht mit einem *fait acclompi* konfrontieren. Was keineswegs heißen soll, ich würde mich für unsere Liebe schämen. Verzeih mir ...«

Verständnisvoll nickte er. »Nein, *ich* muss mich entschuldigen. Ich bin selbstsüchtig, Carol. Ich will mich nie wieder von dir trennen. Und ich habe Angst, du wirst dich anders besinnen.« Die Hände hinter dem Kopf ineinander verschlungen, lag sie völlig entspannt neben ihm. Er berührte eine helle, blau geäderte Armbeuge, die Brüste, eine sanft geschwungene Hüfte. »Mein Liebling, ich glaube es noch immer nicht. Du warst so lange in meinem Herzen, in meinen Gedanken. Und jetzt bist du hier. Obwohl ich dachte, du würdest die Flucht ergreifen.« Er presste sein Gesicht an ihren Hals und sie drückte seinen Kopf an sich. Blicklos starrte sie zur Zimmerdecke hinauf und lächelte, von einem namenlosen, unbeschreiblichen Glück erfüllt.

Schließlich vereinbarten sie, er würde in London bleiben, während sie an diesem Abend nach Birmingham fuhr. Er wollte mit Ralph reden, das Manuskript durchsehen, auf Carols Rückkehr warten. Danach würden sie weitere Entscheidungen treffen.

»Alles in Ordnung, *chérie?* Wird diese Monica deine Bessie wirklich zu sich nehmen?«

»Ja, ich denke schon«, erwiderte sie bedrückt. »Sie war schon immer – sehr energisch.«

»Aber sie muss auch die Wünsche des Kindes berücksichtigen. Bessie will deine Mutter und dich sicher nicht verlassen. Und – wird sie mich akzeptieren? Oder könnte ich sie aus deinem Leben vertreiben?«

»Keine Ahnung ...«

»Carol, ich will dein Leben in der Provence nicht durcheinander bringen. Wenn ich dich nur ab und zu besuchen darf – wenn du es erlaubst ...«

»Eine heimliche Affäre?« Belustigt schüttelte sie den Kopf. »Das passt nicht zu mir.«

»Ich weiß. Aber ich möchte, dass du weißt, dass du es mir sagen kannst, wenn ich gehen soll. Ich werde es verstehen.«

Beinahe brach sie wieder in Tränen aus. Sie küsste seine Lider, seine Nase, seine Lippen.

Wie alle Liebenden dachten sie, die Zukunft würde sich von selbst regeln.

☆

Liv glaubte zu sterben: vor Erschöpfung oder beklemmender Einsamkeit. Vor zwei Wochen war sie mit Monica nach Hause zurückgekehrt. Aus unerfindlichen Gründen – denn sie war Malcolms bezwingendem Charme nicht erlegen – fühlte sie sich entehrt. Sie hatte Monica irgendeine Erklärung gegeben, und Monica hatte diese Erklärung akzeptiert und Malcolm angelächelt, der zurückgelächelt hatte.

»Fahren wir zusammen nach Northfield, Darling?«, schlug Monica vor. »Vielleicht kann ich dir helfen, Mally vom Fischteich fern zu halten. Mach dir keine Sorgen um Myrtle. Ich glaube, sie kommt in allen Lebenslagen sehr gut zurecht.«

Da brach Malcolm in schallendes Gelächter aus, und Liv bemerkte indigniert: »Immerhin erwartet sie ihr viertes Kind. Das alles wird ihr einfach zu viel. Ich dachte, Malcolm würde meinen Rat befolgen und Mally in ein Pflegeheim bringen. Aber er ist genauso verrückt wie Myrtle ...«

»Daheim ist Mally am besten aufgehoben«, verteidigte sich Malcolm. Für ihn war das Thema längst abgeschlossen. »Aber es war nett von dir, mich zu besuchen, Liv«, fügte er hinzu und schenkte ihr ein strahlendes Lächeln. »Das weiß ich zu schätzen. Keine Reue?«

Wieder einmal stieg ihr das Blut in die Wangen. *Doch, ich bereue es,* wollte sie erwidern, *weil ich so dumm war. Wie eine läufige Hündin habe ich mich benommen. Und dann wie ein frigides Schulmädchen. Wäre ich bloß nie hierher gekommen ...* Doch das sprach sie nicht aus.

»Nein, keine Reue, Malcolm.« Sie wandte sich zu Monica, wich aber dem amüsierten Blick ihrer Freundin aus. »Wir – Malcolm und Myrtle, Reggie und ich – sind seit Jahren befreundet, eine große glückliche Familie.«

»Das dachte ich mir. Es tut mir so Leid, dass ich einfach hereingeplatzt bin. Ich habe bei Dilly Gosling gewohnt, und sie meinte, vielleicht würde ich Carol und Elizabeth hier antreffen.«

»In diesem Jahr nicht. Myrtle hat irgendein Buch erwähnt, das Cass veranlassen könnte, ihren Verlag in London aufzusuchen.« Allmählich gewann Liv ihre Fassung wieder. »Jetzt muss ich zurückfahren, Reggie erwartet mich. Hast du dir in Cheltenham ein Hotelzimmer genommen, Mon?«

»Nein.«

»Komm doch mit zu mir! Wir haben genug Zimmer. Und wir drei Mädchen müssen uns so viel erzählen.« Livs Gelächter klang ein bisschen hysterisch.

»Was für eine gute Idee!«, meinte Mon. »Draußen steht

mein Mietwagen. Fahren wir zusammen? Aber wenn es geht, erst morgen. Ich bin völlig erledigt ...«

Liv straffte die Schultern. Wozu die ganze Aufregung? Es war einfach idiotisch ... Selbstverständlich würde sich alles zum Guten wenden.

☆

Zu Hause angekommen, fühlte sie sich nicht mehr so zuversichtlich. Obwohl sie nichts verbrochen hatte, machte Reggie den Eindruck, er würde ihr irgendetwas verübeln. Auch Myrtle war seltsam distanziert. Beide küssten Monica – erfreut, aber nicht sonderlich überrascht. Am ersten Abend fühlte sich Liv zu erschöpft, aber am nächsten schlang sie ihre Arme um Reggies Hals und fragte in neckischem Flüsterton, ob sie ihr Nachthemd ausziehen sollte.

»Nein, danke, Darling«, erwiderte er, als hätte sie ihm ein Biskuit angeboten. »Ich bin viel zu müde. Heute ging es im Büro drunter und drüber.«

»Und ich wette, am Dienstag hat Myrtle dich alle fünf Minuten hinter den Kindern hergejagt.« Sie wünschte, er würde Myrtle kritisieren und versichern, eine kinderlose Ehe sei viel angenehmer.

»Wir *beide* sind ihnen nachgerannt, Liv«, betonte er kühl. »So ist das nun mal mit Kindern. Es war sehr amüsant und es hat mich kein bisschen ermüdet.«

Liv hingegen fühlte sich völlig erschöpft, so sehr sie die Gesellschaft der beiden Freundinnen auch genoss. Auf Monicas Vorschlag schrieb sie an Cass und lud sie ein.

Mon hatte viel zu erzählen und teure Geschenke mitgebracht, exquisite Wäsche und Kosmetika. Lebhaft beschrieb sie die Fifth Avenue und das Macy's, das wundervolle Appartement am Beekham Place. Ihren Mann erwähnte sie kaum. Liv fand, sie hätten immer noch viel gemeinsam, so wie früher, als sie zu zweit durch die Straßen von Northfield geschlendert waren.

Sie hätte sich gern allein mit Mon unterhalten, doch dazu bot sich vorerst keine Gelegenheit. Es gab so viel zu organisieren, so viel zu arbeiten. Die Mahlzeiten dauerten endlos, ebenso die Stunden, in denen man die Kinder baden, mit ihnen spielen und Geschichten vorlesen musste.

Und dann rief Carol an. Also hatte Myrtle Recht: Cass war wegen dieses Buchs nach England gekommen. Worum es dabei auch gehen mochte, Carol und Bessie und Mrs Woodford würden nach Hause fahren und Carol hatte vor, sich bei Liv einzuquartieren.

Bisher hatte Bessie immer bei Myrt gewohnt, und nun verkündete Carol, sie würde ihre, Livs, Einladung annehmen. Das gab Liv Myrtle gegenüber ein Überlegenheitsgefühl.

»Sicher wird sich Mrs Woodford freuen, wenn sie in Northfield ihre alten Freunde wiedersieht«, meinte Myrtle.

»O ja.« Nun konnte sich Liv ein großzügiges Lächeln leisten. »Vielleicht können wir eines Nachmittags zum Geisterhaus gehen. Das wäre doch eine perfekte Wiedervereinigung, nicht wahr?«

»Sag Carol nicht, dass ich hier bin«, bat Mon hastig. »Ich will sie überraschen.«

»Okay«, stimmte Myrtle zu, drückte Mally an ihre Schulter und schaute über seinen Kopf hinweg. »Wenn ich mir vorstelle, wie sie sich freuen wird ... Ihr beide habt euch immer so gut verstanden.«

Und Liv fühlte sich wieder einmal ausgeschlossen.

☆

Mrs Woodford sah anders aus. Nicht jünger, aber fröhlicher und ungezwungen wie nie zuvor. Früher war sie eine Frau mit einer mütterlichen Figur und einer ebensolchen Ausstrahlung gewesen. So wirkte sie jetzt nicht mehr. Ihr graues Haar schimmerte im Sonnenlicht aschblond, und sie trug es kurz wie Ingrid Bergman, und wenn sie lächelte, wiesen alle Fältchen in ihrem Gesicht nach oben. Doch die Veränderung, die mit Bessie vorgegangen war, verblüffte Liv noch viel mehr.

Seit Myrtles Hochzeit hatte sie das Mädchen nicht mehr gesehen. Sie hatte Bessie stets für das Resultat einer unglücklichen Liebesaffäre gehalten, in die Cass als Teenager irgendwie hineingeschlittert war. Aber jetzt, wo sie Bessie und Monica nebeneinander sah, war klar, wer zu wem gehörte.

Fast gierig beobachtete Monica das Kind, hing an seinen Lippen und lachte begeistert über alle seine Scherze. Im Lauf der Zeit benutzte sie immer weniger Make-up, ließ ihr langes schwarzes Haar offen auf die Schultern fallen, und so wurde die Ähnlichkeit zwischen Mutter und Tochter von Tag zu Tag offensichtlicher.

Das konnte – oder wollte – Myrtle nicht wahrhaben. »Nur ein Zufall. Wahrscheinlich stammen Bessies Eltern gar nicht aus Northfield. Es muss so gewesen sein, wie es Cass damals gesagt hat: Als sie in Bristol studierte, brauchte ihre Mutter einen neuen Lebensinhalt. Deshalb hat sie ein Baby adoptiert.«

»Diesen Unsinn behauptest du nur, weil du vergessen willst, wie lächerlich du dich auf deiner Hochzeit gemacht hast!«, fauchte Liv.

Myrtle war kein bisschen beleidigt. Nachdenklich musterte sie ihre Freundin. Dann bestätigte sie sanft, als würde sie Liv bemitleiden: »Ja, vermutlich hast du Recht.«

Irgendwie überredeten sie Mrs Woodford und Bessie dazu, Mons Anwesenheit vor Carol geheim zu halten, obwohl die beiden keinen Sinn darin sahen. Mrs Woodford schien diese kleine Intrige sogar zu missbilligen. Ob sie mit Mon unter vier Augen sprach, wusste Liv nicht. Aber am Donnerstag nach ihrer Ankunft verkündete Mon plötzlich, sie würde Freunde in London besuchen, stieg in ihren Mietwagen und fuhr davon, ehe irgendjemand protestieren konnte. Liv, die in der Küche so diskret wie möglich schwitzte, fühlte sich erneut einsam, fast verlassen. Keines der Kinder mochte sie wirklich. Nicht einmal Bessie.

Plötzlich erklang ein schriller Schrei im Garten und Bessie stürmte am Küchenfenster vorbei. Minuten später tauchte sie in der Tür auf, einen triefnassen Mally im Arm.

»Ich nehme an, deine Tante Myrt sonnt sich irgendwo«, bemerkte Liv bissig und stopfte die nassen Kleider in die Waschmaschine.

»Oh, sie liest dieses Buch von Iris Murdoch.« Grinsend blickte Bessie von dem ebenfalls grinsenden kleinen Jungen auf. »Du weißt schon – das ist dieser Roman, in dem alle Eheleute ihre Partner tauschen.«

Mit schmalen Augen starrte Liv in das dunkle, ausdrucksvolle Zigeunergesicht. »Von solchen Büchern dürftest du gar nichts wissen.«

»Allzu viel weiß ich nicht darüber. Aber ich habe gehört, wie Cass mit einer ihrer Autorinnen darüber sprach. Und da lachten alle beide.«

»Nun ja, in Büchern kommt so was vielleicht vor.« Liv kräuselte die Lippen. Immerhin hatte Bessie schon vier oder fünfmal in Myrtles Haus gewohnt. Dabei musste sie beobachtet haben, wie Malcolm – gewisse Dinge tat. »Im wirklichen Leben ist so was gar nicht komisch.«

Darauf gab Bessie keine Antwort. Sie trug Mally ins Badezimmer, und als sie ihn später zum Lunch nach unten brachte, sah sie wie ein unschuldiger Engel aus. Verwirrt fragte sich Liv, was dieser 13-Jährigen durch den Kopf gehen mochte. Sie selbst war zu Malcolm gefahren, in der Hoffnung, er würde sie verführen? War das etwa nicht komisch?

An so tief schürfende Gedanken nicht gewöhnt, begann sie noch heftiger zu schwitzen. Am liebsten wäre sie in Tränen ausgebrochen.

»Heute gehen Bessie und ich ins Dorf«, erklärte Mrs Woodford. »Sollen wir die Jungs mitnehmen? Dann könnt ihr beide euch ausruhen.«

Entzückt beteuerten Liv und Myrtle, Mrs Woodford sei ein Schatz. Und die Jungs jubelten laut, sogar Mally.

☆

Liv schlief den Schlaf der Erschöpften. Gegen sechs Uhr hörte sie Reggies Auto vorfahren. Vielleicht auch Monicas Mietwagen. Immer noch halb benommen, wartete sie darauf, dass eine Tasse Tee den Weg zu ihr finden möge. Sie würde ein kühles Bad nehmen und ihrem Mann ein gemütliches Dinner in einem Restaurant vorschlagen. Dann konnte Myrtle das Regiment in der Küche übernehmen und ihre ekligen Bohnen auf Toast oder Rühreier vorbereiten. Wohlig streckte sie sich im Bett aus. Eine sanfte Brise bewegte die Vorhänge. Wie würden sie zurechtkommen, wenn Cass da war? Alle unter diesem Dach vereint, war das Chaos vorauszusehen. Lächelnd überlegte sie, ob sie mit Reggie für eine Weile ausziehen und die anderen ihrem Schicksal überlassen sollte. Aber das war unmöglich. Das würde er nicht witzig finden und stattdessen wieder einmal die Freuden einer großen Familie preisen.

Leider kam kein Tee. Schade, denn ihre Zunge klebte am Gaumen. Seufzend drehte sie den Kopf zur Seite und betrachtete den Nachttisch, auf dem immer noch das Glas Wasser von der letzten Nacht stand. Inzwischen hatten sich Luftbläschen darin gebildet, und das Wasser sah genauso müde aus, wie sie sich fühlte. Widerstrebend richtete sie sich auf. Sie musste sich ihren Tee eben selbst machen. Wie immer.

Als sie durch den Flur ging, hörte sie ein Stöhnen, das aus Myrtles Zimmer drang. Wahrscheinlich hatte sie einen bösen Traum. Geschieht ihr recht, dachte Liv. Dann schämte sie sich. Arme alte Myrt, von der vierten Schwangerschaft verunstaltet, ein behindertes Kind und zwei temperamentvolle kleine Jungen am Hals. Liv klopfte an die Tür. »Wach auf, Myrt! Wie wär's mit einer Tasse Tee?«

Keine Antwort. Nur ein sonderbares, raschelndes Geräusch.

Von plötzlicher Angst erfasst, riss Liv die Tür auf und sah Reggie aus dem Bett springen. In seinem Geburtstagsanzug. Hastig warf sie die Tür zu und eilte die Treppe hinab. Drei Minuten später kam Reggie in die Küche, ziemlich derangiert, und murmelte etwas Unverständliches.

»Alles in Ordnung, Darling?«, fragte sie und hob die Brauen. »Ich wusste nicht, dass du schon zu Hause bist. Gerade wollte ich Tee für Myrtle und mich kochen. Möchtest du auch eine Tasse?« Wortlos starrte er sie an, schnappte nach Luft, und sie kicherte albern.

Irgendwie gelang es ihr, Tassen auf ein Tablett zu stellen, heißes Wasser in eine leere Kanne zu gießen und alles nach oben zu tragen. Reggie rührte sich noch immer nicht. Schweigend schaute er ihr nach.

Sie ging nicht zu Myrtle. In der düsteren Stille ihres Zimmers schenkte sie sich eine Tasse heißes Wasser ein, schüttete etwas Milch dazu und nippte daran, den kleinen Finger automatisch abgespreizt. Nein, in Wirklichkeit war nichts geschehen. Es war nur ein Traum.

In diesem Moment glaubte sie, an ihrer verzehrenden Einsamkeit zu sterben.

☆

Nach der Rückkehr aus London begann sich Monica wieder zu schminken. Ihr Blut schien mitten im Hals stillzustehen, ihre sonnengebräunte Haut sah wie alter Teig aus. Jeden Morgen lächelte sie sich entschlossen im Spiegel an, betupfte die Wangen mit Rouge und puderte ihr Gesicht, bis sie den erforderlichen Glamour erzielte.

Als Cass an jenem Tag nicht aufgetaucht war, hatte sich Monica dankbar und zugleich verzweifelt gefühlt. Dankbar, weil sie nach ihrem Gespräch im Albion und ihrem Brief die unvermeidliche Auseinandersetzung fürchtete – und verzweifelt, weil Carol sich womöglich etwas angetan hatte. Oder vielleicht war sie krank. Nur zu gut erinnerte sich Monica, wie bleich Cass in jener Donnerstagnacht gewesen war, und ihr wurde fast übel, wenn sie überlegte, was sie getan hatte – was sie tun musste. Ja, sie würde es durchstehen. Immerhin hatte Carol von Anfang an gewusst, dass Elizabeth nicht *ihr* Kind war.

Monica versuchte Mrs Woodford aus dem Weg zu gehen. In Livs überdimensionalem Haushalt fiel ihr das nicht schwer. Manchmal fing sie einen prüfenden Blick von Mrs Woodford auf, und sie spürte, dass die ältere Frau mit ihr allein reden wollte. Wahrscheinlich würde sie sich nur nach Mrs Goslings Befinden erkundigen oder fragen: *Weißt du noch, wie wir in Rhyl Monopoly gespielt haben?* Oder sie würde auf Bob zu sprechen kommen. Aber Monica durfte sich keiner direkten

Frage ausliefern. Carol würde ihrer Mutter alles erklären. Sicher wusste sie am besten, wie sie es ihr beibringen müsste. Vielleicht würde sich Mrs Woodford sogar erleichtert fühlen. Sie wurde nicht jünger. Womöglich sorgte sie sich um Elizabeths Ausbildung – und andere Dinge.

Immer wieder redete Monica sich ein, sie sei Bob nicht davongelaufen. Was er von der ehelichen Treue hielt, hatte sie stets gewusst, und seine zahlreichen Vorzüge glichen diese kleine Schwäche aus. Nein, sie war vor sich selbst geflohen – weil sie ihrem Mann keine Kinder schenken und ihm die Wahrheit nicht gestehen konnte. Wenn Cass und Mrs Woodford das Versprechen hielten, das sie ihr vor dreizehn Jahren gegeben hatten, würde sie zu Bob zurückkehren – mit einem Kind.

Aber vorher musste sie Bessie für sich gewinnen.

Angestrengt dachte sie über dieses Problem nach, bis ihr Kopf schmerzte. Die Lösung war natürlich ganz einfach. Wenn sie das Kind in die Staaten mitnahm, wären alle alten familiären Beziehungen und Freundschaften beendet. Bessie würde eine neue Welt erforschen, neue Leute kennen lernen. Mit ihrem Charme würde sie Bob betören, und sobald er sie ins Herz geschlossen hatte, würde Monica ihm erklären, das Mädchen sei auch seine Tochter. Zweifellos würde Bessie ihn lieben. Und Hildie und die ganze Verwandtschaft.

Monica fand mehrere Gründe, warum Bessie in Amerika leben müsste. Zum Beispiel war Carols Verstrickung in die Aktivitäten der FLN unverantwortlich, um es gelinde auszudrücken. Und ein Haushalt, der nur aus Frauen bestand, würde dem Kind schaden. In Amerika würde es eine bessere Ausbildung genießen als in Frankreich. Und von jetzt an würde Monica ihre Tochter nur mehr Elizabeth nennen. Bessie – das klang furchtbar und erinnerte sie an nette alte Dienstboten oder treue Hunde. Bis jetzt hatte sie Bessie immer nur mit »Schätzchen« angesprochen, aber sie wollte fragen, wie ihr Liz oder Ellie gefallen würden. Und in den Staaten würden sie einander bald näher kommen.

Allmählich würde sich das Mädchen an den Gedanken gewöhnen, dass sie Monicas Tochter war. Nach ein paar Monaten würden sie eine richtige Familie sein – Monica und Elizabeth und Bob.

Am Freitag, kurz vor dem Lunch, knirschten die Reifen eines Taxis auf Livs makellosem Kies, und Bessie kreischte: »Das ist Cass!«

Ehe Carol anklopfen konnte, flog die Tür auf, und Bessie fiel ihr um den Hals – so vehement, dass der Hut verrutschte und ein Handschuh von ihren Fingern glitt.

»O Cass, Cass! Ich habe dich so vermisst!«

»Aber wir haben uns erst vor einer Woche getrennt, Darling. Wenn du in der Schule bist ...«

»Diesmal kam es mir wie eine Ewigkeit vor! Außerdem ist es was anderes – ich meine, wir sind eine Familie, und in einem fremden Land müssen wir zusammenhalten.«

»In einem fremden Land? Was redest du denn da, Bessie?« Lachend drückte Cass das Mädchen an sich, dann holte sie ihr Gepäck und bezahlte den Taxifahrer.

Von heftigem Neid erfasst, beobachtete Monica die Szene. Nach all den Sorgen und Schuldgefühlen, die sie unentwegt gequält hatten, erschien Cass auf der Szene und meisterte die Situation bravourös.

Nun umarmte Mary Woodford ihre Tochter und Bessie. »Alles ist wieder in Ordnung. Endlich.«

Es klang wie eine Frage. Und Monica bemerkte, dass Cass keine Antwort gab. Stattdessen küsste sie Monica, die Mrs Woodfords gerunzelte Stirn sah und sich wie eine von Carol entlarvte Verräterin fühlte. Ein Judaskuss.

»Also, was ist los?«, begann Monica. Wie Bob, wenn er

nach Hause kam und seine Frau wieder einmal im Bett antraf. Eine bedeutungslose Frage, die sich ebenso nichts sagend beantworten ließ. *Eine schreckliche Fahrt,* könnte Carol antworten. Oder: *Hier ist es fast noch heißer als in London.* Oder Myrtle könnte mit dem kleinen Mally herumalbern. Oder Liv könnte Reggie beauftragen, das Gepäck hinaufzubringen.

Stattdessen wandten sich alle zu Monica, schauten sie eigenartig an, und Carol erwiderte nach einem langen Schweigen: »Vielleicht möchtest du Bessie ein paar Wochen in die Staaten mitnehmen, Mon.« Lächelnd erklärte sie dem kleinen Mädchen: »Tante Mon und ich haben uns in London getroffen. Hat sie es dir erzählt? Oder ist es eine Überraschung? Wir haben uns unterhalten, und ich sagte ihr, du wüsstest nicht, wie du die restlichen Ferien verbringen sollst. Da schlug ich vor ...«

»Nein, das will ich nicht«, fiel Bessie ihr tonlos ins Wort.

»Warum nicht, Darling?«

Hastig mischte sich Monica ein. »Ich würde mich so freuen, Eliza... Bessie. Wirklich, du würdest mir einen großen Gefallen tun.«

»Was für eine gute Idee«, meinte Liv. »Dann würdet ihr euch besser kennen lernen.«

»Aber ich wäre lieber in der Bergerie.« Bessie schaute Mrs Woodford an, die mühsam zu schlucken schien, bevor sie voller Begeisterung sagte: »Bessie, das ist die Chance deines Lebens! Stell dir vor! New York! Keine deiner Schulfreundinnen könnte am Ende der Ferien behaupten, sie wäre nach New York geflogen.«

Bessie starrte sie an. Schließlich drehte sie sich Hilfe suchend zu Carol um.

»Niemand wird dich dazu zwingen, Bessie«, sagte Monica leise.

Diesen Worten folgte ein sonderbares Schweigen, das von

einem gellenden Schrei im Garten unterbrochen wurde. »Mally ist wieder in den Teich gefallen!«, kreischte Nicky triumphierend.

»Oh, ich würde sehr gern nach Amerika fliegen, Tante Monica«, beteuerte Bessie. »Aber Ende September muss ich zurück sein.«

Monica holte tief Atem. »Ja, selbstverständlich, Schätzchen.«

»Nun will ich mich um Mally kümmern. Inzwischen kannst du mit Cass reden.« Erleichtert floh das Mädchen in den Garten.

☆

Etwas später telefonierte Monica mit Hildie und fragte, ob sie Elizabeth für eine Woche auf die Farm bringen dürfte. Hildie war entzückt. »Natürlich, Darling! Bob vergeht schon fast vor lauter Sehnsucht nach dir. Wenn du zurückkommst, ist alles wieder in Ordnung!«

Monica schöpfte neue Hoffnung. So weit, so gut. Bob hatte ihr Taschengeld weiterhin auf ihr Konto überwiesen. Zweimal hatte er ihr an Dilly Goslings Adresse geschrieben und versichert, er würde ihre Reaktion »verstehen«. Vielleicht würde es ihr gelingen, den Anschein zu erwecken, alles wäre »in Ordnung«. Dann würde Elizabeth einen steinreichen Vater bekommen. Also könnte sich das Kind wirklich nicht beklagen. Das redete sich Monica zumindest ein.

☆

An diesem Abend sprach Carol mit ihrer Mutter und Bessie im gemeinsamen Schlafzimmer. »Ich habe jemanden kennen gelernt, einen Franzosen. Ich hatte ihn schon früher getroffen und mich gefragt, ob wir uns lieben könnten. Jetzt bin ich mir sicher. Seinetwegen liebe ich euch mehr denn je. Versteht ihr das?«

In Mary Woodfords Augen glänzten Tränen. Eine Hand streckte sie nach Bessie aus, die andere nach ihrer Tochter. »Ja, Carol, das verstehe ich. Jetzt verschenkst du die Liebe *zweier* Menschen. Genauso liebe ich dich und Bessie. Für mich selber und für Daddy.«

»O Mutter ...«

»Willst du deshalb, dass ich mit Tante Monica nach Amerika fliege?«, fragte Bessie. Erschrocken wandten sich die beiden Frauen zu ihr und sie fügte anklagend hinzu: »Du schickst mich weg. Damit du mit diesem Mann allein sein kannst.«

Carol begann zu protestieren. Aber Mary fiel ihr ins Wort. »In gewisser Weise hat sie Recht, Cass. Natürlich schickst du sie nicht weg. Aber du brauchst etwas Zeit für dich selber. Das ist sehr wichtig.« Bedeutsam drückte sie Carols Hand und lächelte Bessie an. »Du wirst wundervolle Ferien mit Tante Mon verbringen. Inzwischen möchte ich ein paar alte Freunde in Northfield besuchen.«

»Nicht nötig«, seufzte Carol. »Jean-Claude und ich können nicht heiraten. Gewissermaßen sind wir nur Freunde.«

»Wird er nicht bei uns wohnen?«, fragte Bessie atemlos. »Gehört er nicht zur Familie?«

»Nein, er wird nicht bei uns wohnen.«

»Ah, Jean-Claude ...«, sagte Mary leise.

»Ja. Jean-Claude Durand, der Auslandskorrespondent von *La Planète.* Der Mann, der Clive Huberts Manuskript in Algerien gefunden und gerettet hat.« Diese Erklärung schien Bessie etwas milder zu stimmen. »Ein Abenteurer?«

»Hoffentlich nicht.« Carol stand auf, trat ans Fenster und sah Liv am Ufer des Fischteichs stehen. Es sah aus, als starre sie gedankenverloren ins Wasser. »Aber er muss sich sehr oft in gefährliche Gebiete wagen, um seine Reportagen zu schreiben.«

»Fotografiert er auch?«, fragte Bessie unvermittelt.

»Normalerweise begleitet ihn ein Fotograf. Warum fragst du, Darling?«

»Vielleicht kenne ich einen guten Fotografen, der ihm helfen könnte.« Bessie folgte Carol ans Fenster. »Tut mir Leid, dass ich wegen Tante Mon so eklig war. Später könnte ich in Amerika leben, als Auslandskorrespondentin.«

»Nun, warum nicht?« Carol lächelte wieder und verdrängte die Angst vor den Konsequenzen, die sich eventuell aus Bessies Besuch in New York ergeben könnten. Am nächsten Tag würde sie Jean-Claude wiedersehen. Wenn ihre Mutter in Northfield blieb, konnte er sie in die Bergerie begleiten. Wie gut sie mittlerweile die Selbstsucht aller Liebenden verstand ...

»Großer Gott, was macht Tante Liv?«, rief Bessie.

Jetzt eilte auch Mary ans Fenster. Ungläubig starrten sie in den Garten hinab. Liv watete in den Fischteich, rutschte im Schlamm aus und fiel vornüber.

»Um Himmels willen ...« Entsetzt stürmte Mary aus dem Schlafzimmer.

Aber Carol und Bessie sahen keinen Grund zur ernsthaften Sorge. Sie beobachteten, wie Mary durch die Küchentür in den Garten rannte.

Dann klammerten sie sich aneinander, von kaltem Grauen erfasst.

Taumelnd richtete sich Liv auf und begann mit Marys Hilfe an irgendetwas zu zerren. Nach einem kraftvollen Ruck ließen die Wurzeln der Wasserlilien ihr Opfer los und wenig später lag Mallys schmutziger kleiner Körper am Ufer.

11

Das Begräbnis schien die ganze Woche zu dauern. Einen Tag nach der Tragödie fand eine polizeiliche Untersuchung statt. Gramgebeugt klammerte sich Malcolm an Myrtle, ein bedauernswerter Ex-Don Juan. Dreimal täglich wurde Carol aus London angerufen. Liv wiederholte in einem fort: »Hätte ich ihn bloß früher gesehen! Ich stand endlos lange am Teich. Hätte ich doch ...«

Leichenblass, wie betäubt, wanderte Myrtle umher. Mrs Woodford und Carol lasen Nicky und Martin stundenlang Geschichten vor, um die beiden von ihrer konfusen Trauer abzulenken. Unterdessen kümmerten sich Monica und Bessie um den Haushalt.

»Tut mir Leid, Myrtle, so schrecklich Leid«, sagte Reggie immer wieder, ohne genauer zu erläutern, was er meinte.

Nachbarn kamen zu Besuch – nach außen hin freundlich und mitfühlend, hinterrücks moralisch entrüstet. Während Bessie in der Metzgerei Schlange stand, um Leber zu kaufen, hörte sie jemanden tuscheln: »... zu sehr mit Mrs Bradburys Mann beschäftigt ...« Sollte sie Tante Myrt verteidigen? Aber sie wusste nicht genau, ob dieser Kommentar eine Beleidigung war. Draußen wartete Tante Mon neben Mallys Sportwagen, in dem sie das Gemüse transportierten.

Als Bessie erzählte, was sie mit angehört hatte, runzelte Monica seufzend die Stirn. »Wahrscheinlich glauben die Leute, die arme Myrtle hätte wissen müssen, dass er nicht in seinem Bett lag. Aber sie konnte nicht ständig auf ihn achten. Und er liebte diesen verdammten Teich.« Plötzlich schimmerten Tränen in ihren großen schwarzen Augen. »Wir vier Freundinnen sind da gewesen, Darling. Gewissermaßen gehört ihr Kinder uns allen. Also waren wir alle für Mally verantwortlich.« Das gefiel Bessie. Manchmal erschien ihr die kleine Familieneinheit – Grannie, Cass und sie selbst – irgendwie überfordert. Mit diesen Worten hatte Monica sie vervierfacht.

Bessie legte das Päckchen mit der Leber auf die Feuerbohnen. »Dann ist's ja gut. Man darf niemandem die Schuld dran geben. Komm, gehen wir nach Hause. Das müssen wir Tante Myrt sagen.«

Verwirrt hob Monica die Brauen, dann lächelte sie. »Mein Gott, Elizabeth, du bist genauso wie deine Mutter.«

Das gefiel Bessie noch besser. Allmählich freundete sie sich mit dieser amerikanischen Tante an. Nur eins passte ihr nicht. »Ich wünschte, du würdest mich mit meinem richtigen Namen anreden.«

»Okay, Bessie«, erwiderte Monica und lachte leise.

☆

Monicas Erklärung, von Bessie eifrig wiedergegeben, konnte die düstere Stimmung im Barnt Green-Haus nicht aufhellen. Nach Mallys Tod hatte Liv jedes Interesse an ihren graurosa Teppichböden und den empfindlichen Möbeln verloren und der makellose Glanz der Räume war längst erloschen. Noch elender sahen die Menschen aus, die sich darin aufhielten. Livs Naturlocken hingen strähnig herab, Monica legte keinen Wert mehr auf ihre kultivierte Erscheinung.

Nur aus Carols Augen sprach immer noch – wenn auch etwas gedämpft – das eben erst errungene Glück. Sie kniete vor Myrtle nieder und wiederholte, was Bessie erzählt hatte. »Verstehst du es, Myrt? Es war ein Unfall. Daran darfst du nicht zweifeln. Wir vier waren da ...«

Plötzlich fiel Myrtle ihr ins Wort. »Cass, ich will dieses neue Baby nicht. Wenn ich Mally nicht haben kann, möchte ich überhaupt kein Kind mehr haben. Weder Nicky noch Martin ...« Hysterisch schwoll ihre Stimme an und Carol schlang ihre langen Arme um die zuckenden Schultern. Malcolm, der zusammengesunken neben seiner Frau saß, schlug schluchzend die Hände vors Gesicht.

»Mutter, Bessie – geht mit den Jungs in den Garten«, bat Carol. Beruhigend strich sie über Myrtles zerzaustes Haar. »Hört mal zu, ihr beiden. Mit der Zeit werdet ihr eure Trauer überwinden. Jeden Tag wird es ein bisschen besser.«

Ermunternd klopfte Reggie auf Malcolms Rücken und Monica wechselte einen kurzen Blick mit Liv. »Gehen wir spazieren? Du müsstest mal für fünf Minuten aus diesem Haus rauskommen, Myrt. Wandern wir über die Heide.«

»Ohne mich«, murmelte Malcolm. »Nach dem Begräbnis und der polizeilichen Untersuchung ... Nein, ich will niemanden sehen.«

»Okay, alter Junge.« Reggie nickte verständnisvoll. »Lassen wir die Mädchen allein. Vielleicht gönnen wir uns später einen Drink im Swan, das bringt uns auf andere Gedanken.« Bedeutsam schaute er Liv an. »Nehmt euch nur Zeit, Mädchen, trinkt irgendwo Tee.«

Zum ersten Mal seit zwei Wochen erwiderte Liv seinen Blick und lächelte schwach. Irgendwie gelang es ihnen, Myrtle auf die Beine zu ziehen und eine Strickjacke über ihr formloses geblümtes Kleid zu drapieren. Monica wartete mit ihr in der Halle, während die beiden anderen ins Bad gingen. Mit sanfter Gewalt führte sie die Freundin zum Spiegel, und Myrtle starrte ihr Gesicht an, als hätte sie es nie zuvor gesehen.

Monica ergriff eine Bürste, begann Myrtles drahtiges Haar zu entwirren und lächelte aufmunternd. »Glaub mir,

Darling, Cass hat Recht. Allmählich wirst du drüber wegkommen.«

»Niemals«, wisperte Myrtle. »Ich werde mich in mein Schicksal fügen. Wie jemand, der ein Bein verloren hat. Aber es wächst nicht nach. Und die Wunde wird nie verheilen.«

»Gut, dann fügst du dich eben in dein Schicksal.«

»Aber ich will dieses Baby nicht. Immer würde es zwischen Mally und mir stehen ...«

»Gib's doch mir«, schlug Monica leichthin vor. »*Ich* will's.«

Sekundenlang richteten sich Myrtles leblose Augen auf Monicas Filmstargesicht. »So wie deine Mutter dich weggegeben hat? So wie du Bessie Cass gegeben hast?« Monicas Atem stockte und Myrtle versank wieder in ihrer privaten Hölle. »Schon gut«, fuhr sie mit dumpfer Stimme fort. »Liv hat's zuerst gemerkt, und ich sagte, sie soll keinen Unsinn reden. Keine Bange, wir verraten nichts.«

Monica starrte eine Zeit lang in den Spiegel, dann legte sie ihre Stirn auf Myrtles Schulter. »Oh, mein Gott ...«

»Der wird uns wohl kaum helfen«, entgegnete Myrtle, von uncharakteristischer Bitterkeit erfüllt.

☆

Über eine Stunde lang wanderten sie schweigend über die Heide. Es war nicht mehr so heiß wie die Woche zuvor. Aber Myrtle nahm die Strickjacke von den Schultern und schleifte sie hinter sich her wie ein widerspenstiges Kind. So bald wie möglich verließen sie die Straße, kletterten über einen Zauntritt, umrundeten den Golfplatz und kehrten auf die Heide zurück. An einer der schmalen Landstraßen stand ein schwarzweißes Cottage, in dem Tee serviert wurde. Liv erinnerte sich an Reggies Vorschlag und führte ihre Freundinnen zu einem der kleinen eisernen Tische im Garten. Als sie sich setzten, spürten sie plötzlich ihre Erschöpfung.

»O Gott, nun müssen wir den ganzen Weg zurückgehen«, klagte Myrtle. »Seht euch meine Füße an!«

Sie betrachteten ein Bein, dass sie ungraziös emporhob. Über den dünnen Riemen ihrer Sandalen war der nackte Fuß angeschwollen.

»Das verstehe ich nicht«, bemerkte Liv. »Den ganzen Vormittag hast du die Beine hochgelegt.«

»Zu viel Wasser«, meinte Monica. »Was sagt der Arzt dazu?«

»Da war ich noch nicht.«

»Dumme Gans!«

Besänftigend mischte sich Carol ein. »Wisst ihr was? Wir bestellen ein Taxi. Nun sind wir lange genug über die Heide gelaufen. Lasst uns Tee trinken. Dazu essen wir weich gekochte Eier und Brot und Butter. Und wenn die ersten Mücken herumschwirren, fahren wir nach Hause.«

»Klingt verlockend.« Myrtle brachte ein Lächeln zu Stande. »So schlimm ist's gar nicht mit meinem Fuß. Es war eine großartige Wanderung. Und dafür möchte ich euch danken, Mädchen.«

Verlegen schauten sie zu Boden, und Monica rettete die Situation, indem sie stöhnend die Augen verdrehte. »Ach, halt doch den Mund!«

Die rundliche Wirtin kam aus dem Haus und sie bestellten ihren Tee und einen üppigen Imbiss.

Dann beugte sich Monica eifrig vor. »Diese Gegend kenne ich. Wir müssten querfeldein gehen, dann würden wir unseren Teil von der Heide erreichen. Falls Myrtle sich das zutraut, könnten wir unser Geisterhaus besuchen und in Northfield ein Taxi nehmen. Was haltet ihr davon?«

»Wie weit ist es denn?«, fragte Liv skeptisch. »Ich finde, Myrtles Füße sehen wirklich beängstigend aus.«

»Ein oder zwei Meilen. Wenn die Wirtin den Tee bringt, frage ich sie. Vor drei oder vier Jahren war ich im Geisterhaus. Als ich nach Northfield zurückkehrte, wollte ich nicht denselben Weg nehmen, auf dem ich hingegangen war. Also verließ ich den Bach. Wisst ihr noch, aus welcher Richtung dieser Mussolini aufgetaucht ist? Schließlich kam ich hierher, zu dieser Straße.«

»Vor drei oder vier Jahren warst du hier?« Liv starrte Monica mit großen Augen an. »Warum hast du dich nicht bei uns gemeldet? Du bist einfach verschwunden.«

Unbehaglich senkte Monica den Kopf. »Ich musste mit den Cooks reden. Bevor ich Bob geheiratet habe. Nur um ihnen Bescheid zu sagen.«

»Wäre es nicht wundervoll, das Geisterhaus wiederzusehen?«, meinte Carol. »Dort haben wir uns vor dreizehn Jahren zum letzten Mal getroffen.«

Als die Wirtin ein Tablett mit Tee, Brot und Butter auf den Tisch stellte, erkundigte sich Monica, ob sie zur West Heath Road gelangen würden, wenn sie die Felder überquerten. Lächelnd nickte die Frau. »Ich denke schon. Mein Mann hat eine Landkarte. Die bringe ich Ihnen, wenn ich die Eier serviere. Drei Minuten?«

»Drei Minuten«, bestätigte Carol.

Nach der Mahlzeit beugten sie sich interessiert über die Karte, auf der alle Fußwege eingetragen waren. Der Nachmittag hatte plötzlich ein Ziel, vielleicht sogar eine Bedeutung, die sich erst später offenbaren würde. Jedenfalls war es wichtig, das Geisterhaus wiederzufinden.

»Was glaubt ihr, wie lange wir gehen müssen?«, fragte Myrtle.

»Da bin ich mir nicht sicher. Wahrscheinlich hängt's vom

Zustand der Wege ab.« Monica nahm einen Bleistift aus ihrer Tasche. »Hat jemand ein Stück Papier? Ich will diesen Teil von der Karte kopieren. Hier – dieses Wäldchen müssen wir durchqueren ... Allzu weit wird's nicht sein.«

Liv gab ihr eins von den Papiertaschentüchern, die sie stets bei sich trug, falls es auf öffentlichen Toiletten kein Papier gab. Irgendwie gelang es Monica, die wesentlichen Details zu übertragen. Die Wirtin brachte ihnen eine Flasche Limonade. »Nehmen Sie das mit. Heute ist's ziemlich heiß. Und Sie haben einen weiten Weg vor sich.«

»Wenn wir am Geisterhaus ankommen, prosten wir uns mit Limonade zu«, schlug Carol vor und umfasste Myrtles Arm. »Erinnerst du dich an die Nacht, die wir dort verbrachten?«

»Und wisst ihr noch, wie ich Mons Haar hochgesteckt habe?«, ergänzte Liv. »Aber dann zog sie alle Nadeln wieder raus.«

»Und als wir das Haus zum ersten Mal sahen ...«, seufzte Monica. »Da waren wir alle klatschnass, und ich dachte, an meinem ganzen Körper würden Blutegel hängen.«

»Damals waren wir so glücklich, wir vier«, sagte Myrtle leise. »Nur wir. Sonst niemand.«

Es dauerte nicht lange, bis sie den Fußweg fanden. Das hielten sie für ein gutes Zeichen. Am Ende eines schwefelgelben Rapsfeldes stiegen sie über einen Zauntritt und einen steilen Hang hinab, zum Ufer eines Bachs.

»Auf der Karte war eine Brücke eingezeichnet.« Die Augen zusammengekniffen, studierte Monica das Papiertaschentuch. »Hier, an dieser Stelle.«

»Jetzt ist sie nicht mehr da.« Myrtle setzte sich ins Gras und ließ ihre Füße mitsamt den Sandalen ins kristallklare Wasser hängen. »Oh, tut das gut!«

Lachend wateten sie durch den Bach und dachten an die

Zeit, als sie zwölf Jahre alt gewesen waren. Die Jahre dazwischen schienen nicht mehr zu existieren.

»Ist das nicht viel besser, als auf der Bristol Road den Jungs nachzulaufen, Cass?«, rief Myrtle.

Carol dachte an den armen Malcolm, der mit Reggie zu Hause saß, dann an Jean-Claude, der in London auf sie wartete. Statt zu antworten, zuckte sie nur die Achseln.

Erstaunlicherweise entgegnete Liv, die ihre Erfolge bei den Jungs wie ein britischer Jagdflieger seine Abschüsse notiert hatte: »O ja, viel besser.«

Und Monica stimmte lebhaft zu: »Mit euch dreien auf dieser Heide ist viel schöner, als anderswo zu sein.«

Sie überquerten noch zwei Felder und zwei Zauntritte. Allmählich näherte sich die Sonne dem Horizont. »Da ist das Wäldchen!«, verkündete Mon triumphierend. »Auf der anderen Seite müssten wir *unsere* Heide finden.«

Neue Lebensgeister erwachten und sie eilten in den Wald. Seine düsteren Schatten, die unheimlich zu atmen schienen, brachten die vier Frauen wieder zum Schweigen. Sie verlangsamten ihre Schritte und wanderten paarweise dahin, zeigten einander Buschwindröschen und rote Beeren in fleischigen grünen Blattscheiden, die seltsam und gefährlich aussahen. Monica, die hinter Carol ging, registrierte wieder einmal die immer noch schlaksige Figur, das braun und beige gestreifte Haar, etwas weiter oben am Kopf hochgesteckt – ein kleines Zugeständnis an die Mode.

Und Liv beobachtete Myrtles breite, schwankende Hüften unter dem geblümten Rock. Entschlossen versuchte sie, den schrecklichen Nachmittag zu vergessen, an dem Mally gestorben war. Myrtle blickte auf und begegnete Carols großen grauen Augen. Lächelnd stellte ihr Blick eine Frage. Jetzt brauchte sie Carol mehr denn je, dringender als ihre Eltern oder Malcolm. Jener Streit war so lächerlich gewesen. »Tut mir Leid, Cass«, wisperte sie. »Verzeih mir.«

Bereitwillig erwiderte Carol das Lächeln. Ihr strahlendes Glück musste sie verbergen, seit der kleine Mally einen so tragischen Tod gefunden hatte. Doch sie spürte es – so intensiv wie am ersten Tag. »Da gibt's nichts zu verzeihen«, beteuerte sie und legte Myrtles Hand auf ihren Arm.

Abrupt erreichten sie das andere Ende des Waldes und schauten sich, auf einen Zaun gestützt, verwirrt um. Die welligen Felder mit den Hecken und Zauntritten waren verschwunden. Aus einer schlammigen Wüste ragten Ziegelberge und Metallskelette, lange Abwasserleitungen warteten auf ihre Beerdigung.

»O Gott, das Land wird bebaut!«, rief Liv bestürzt.

»Davon hat Daddy erzählt«, erinnerte sich Myrtle. »Hier sollen einige Leute aus den Birmingham-Slums angesiedelt werden.«

»Unser Geisterhaus!«, jammerte Monica. »Dem Erdboden gleichgemacht!«

Eine Zeit lang hielten sie vergeblich nach einem vertrauten Merkmal Ausschau, dann zeigte Carol auf eine lange, schmale Schlucht. »Unser Bach! Da wächst noch eine von den Weiden. Vielleicht steht dieser Baum in der Nähe des Geisterhauses.«

»Sehen wir nach!« Myrtle kletterte bereits über den Zaun. »Das würde ich nicht ertragen. Irgendwas von unserem Cottage muss doch übrig sein.«

Es war mühsam, die Baustelle zu überqueren. In der Hitze hatte der Schlamm harte, manchmal scharfkantige Brocken gebildet. Carol und Monica nahmen Myrtle in die Mitte und stützten sie, während sie zum Bach hinabgingen.

Weit und breit ließ sich keine Menschenseele blicken, niemand arbeitete auf den Gerüsten oder bediente die Baumaschinen.

»Vermutlich ist es schon spät«, keuchte Liv. »Etwa sieben Uhr. Wann wird's dunkel?«

»Bald. Und wir wollen uns nicht auf dieser Baustelle erwischen lassen.« Monica half Myrtle über eine kleine Grube hinweg. »Jedenfalls müssen sie eine Straße gebaut haben. Also sind wir auf dem richtigen Weg.«

Sie erreichten die Weide und versuchten festzustellen, wo das Geisterhaus gestanden hatte. Schließlich fand Liv zerbrochenes Holz und Glas. »Aus diesem Holz war ein Küchenschrank – und da liegen ein paar Dachziegel.«

Plötzlich stieß Myrtle einen schrillen Schrei aus. »Schaut doch, was ich gefunden habe, Mädchen!« Triumphierend hielt sie einen flach gedrückten Farbkanister hoch und die anderen umringten sie unbeeindruckt. Da drehte sie den Kanister herum und zeigte ihnen eine verblasste Aufschrift aus Kriegszeiten. »Diesen Kanister haben wir in der Schule geklaut und dann hier im Garten vergraben, Cass. Jetzt wurde er von einem Bagger ausgebuddelt. Erinnerst du dich? Wie wir eine Parole an die Mauer vom Postamt gemalt haben?«

»Natürlich!«, rief Carol begeistert. »Der Farbkanister! Das belastende Beweismaterial! O Gott – und in der Nacht kamen Liv und Monica zu uns ins Geisterhaus ...«

Monica holte die Limonadenflasche hervor. »Darauf trinken wir! Phönix aus der Asche und so weiter!«

»Phönix aus der Asche!«, wiederholten sie wie aus einem Mund, und Monica schüttelte die Flasche, bis die Limonade schäumte und in der sterbenden Sonne funkelte.

»Gib Bessie den Kanister, Cass«, bat Myrtle. »Und erzähl ihr von unserem Abenteuer.«

Lächelnd nahm Carol den Kanister entgegen, neigte sich hinab und küsste Myrtles Scheitel. »Danke, Myrt.«

☆

Die Geschichte vom Kanister faszinierte Bessie. »Komisch, Cass ... Jetzt macht's mir gar nicht mehr so viel aus, dass ich mit Tante Mon nach Amerika fliegen werde.«

Hastig verdrängte Carol ihre bösen Ahnungen. »Nur wegen eines alten Farbkanisters?«

»Nein. Oder ja. Irgendwie. Ach, ich weiß nicht – ich habe das Gefühl, sie gehört zu unserer Familie.«

»Das stimmt.«

»Außerdem bin ich froh, wenn ich von hier wegkomme. Dieses Haus – ist so grässlich, Cass.«

»Weil der arme kleine Mally gestorben ist.«

»Schon vorher hat's mir nicht gefallen. Hier waren alle unglücklich.« Bessie fuhr mit bebenden Fingern durch ihr dichtes schwarzes Haar. »Wahrscheinlich wird Tante Myrt mich nicht mehr nach Cheltenham einladen. Das tat sie immer nur Mallys wegen.«

»Unsinn! Sie wollte dich aus vielen Gründen bei sich haben. Dass du so gut mit Mally zurechtgekommen bist, war eine angenehme Draufgabe. Wirklich.« Ermutigend lächelte Carol das Mädchen an.

Da fiel ihr Bessie um den Hals und erwürgte sie beinahe. »Hör mal«, flüsterte sie ihr ins Ohr, »ich möchte so werden wie dieser Mann von der Zeitung. Jetzt weiß ich alles, verstehst du?«

»Ja ...«, antwortete Carol zögernd und drückte sie an sich. »Wer hat's dir erzählt?«

»Niemand. Nun ja, in gewisser Weise – Solange. Und das macht einen gewaltigen Unterschied.«

»Wovon redest du?«

»Von dir und mir. Deshalb bin ich eifersüchtig auf deinen Freund. Aber ich muss lernen, ihn zu mögen. Und das will ich tun.« Jetzt rückte Bessie ein wenig von Carol ab. »Sorg dich nicht um mich, wenn ich in Connecticut bin. Tante Mon gehört ja zur Familie. Vielleicht nehme ich den Farbtopf mit, wenn du's erlaubst.«

»Ja, sicher.«

Wehmütig beobachtete Carol, wie das Kind den Kanister in seinen Koffer legte. Bessie war so pragmatisch. Wie ihre Mutter. Seltsam – Bessies geheimnisvolle Worte beruhigten sie und das Gefühl des Verlustes war nicht mehr so schmerzlich. Vielleicht würde das Mädchen mit einem amerikanischen Akzent zurückkehren und Monica »Mom« nennen.

Doch das wird keinen »gewaltigen Unterschied« machen, dachte Carol lächelnd. »Darf ich Jean-Claude erzählen, was du gesagt hast?«

Widerstrebend nickte Bessie. »Okay.« Dann fügte sie grimmig hinzu: »Hoffentlich wird er auch versuchen, mich zu mögen.«

☆

Zwei Tage später kehrte Carol zu Jean-Claude zurück. Sie übernachteten im Albion und liebten sich mit einer unersättlichen Leidenschaft, die Carol insgeheim erschreckte. Von solchen Gefühlen hatte sie bisher nichts gewusst. Jean-Claude musste sie nur berühren, um ihren ganzen Körper zu entflammen. Plötzlich verstand sie Malcolm Lennox und Myrtle, Monica und ihren Gillie, den Sohn ihrer Adoptiveltern, sogar die eigenen Eltern. Die sexuelle Liebe war keine isolierte Emotion zwischen einem Mann und einer Frau, denn sie erfüllte das ganze Universum.

Sie wollte mit Jean-Claude »Flitterwochen« in der Bergerie verbringen. Danach würden sie sich vielleicht für lange Zeit trennen. Deshalb mussten sie Erinnerungen sammeln. »Wenn wir nur ein paar Tage in der Bergerie wohnen, wird es unser Zuhause. Und später, wenn wir uns nur gelegentlich treffen, werde ich dich in diesen Bergen immer spüren.«

Allein schon der Gedanke an die künftige Einsamkeit trieb ihr Tränen in die Augen. Er küsste sie und presste sie fest an sich. »Allzu lange müssen wir nicht leiden, *chérie.* Eines Tages wird Bessie ihr eigenes Leben führen und deine Mutter würde uns ohnehin verstehen. Oder?«

»Ja, gewiss.« Carol lächelte unter Tränen. »Irgendwie wird's schon klappen. Ich habe nur so ein dummes Gefühl. Mit einem so überwältigenden Glück habe ich nie gerechnet – nichts davon gewusst. Es erschien mir zu kostbar – zu flüchtig, um länger anzuhalten. Verzeih mir ...«

»Jetzt droht uns keine Gefahr mehr, Carol. Das Buch wird veröffentlicht, niemand kann's verhindern.«

»Aber man könnte sich rächen, Jean. Du bist so angreifbar. Dauernd besuchst du irgendwelche Kriegsgebiete ...«

»Hör mal, Carol, ich war weder ein Reaktionär noch ein Mitglied der FLN. Ich war nur in Algerien, um über die Ereignisse zu berichten. Klar, meine Zeitung ist nationalistisch eingestellt. Damals war ich's vielleicht auch. Vergiss nicht – nur meine Liebe zu Frankreich half mir, die Kriegsjahre zu überstehen. Aber weder die eine noch die andere Seite können eine Bedrohung in mir sehen.«

»Wenn jemand herausfindet, dass du das Originalmanuskript von diesem Sufi-Mystiker bekommen hast ...«

»Wie sollte man das erfahren?«

»Da du das Manuskript gefunden hast, könnten auch andere davon wissen.«

»Aber ich hatte einen sehr wichtigen Grund, um danach zu suchen.« Lächelnd schaute er in ihre Augen. »Das politische Klima ändert sich immer wieder. Nun wurde de Gaulle zurückgerufen und beauftragt, die Probleme zu lösen. Ich stehe in enger Verbindung mit ihm. Glaub mir, *chérie,* mir wird nichts passieren.«

☆

Sie flogen nach Nizza und nahmen einen Zug nach Marseille, wo Carol ihren Renault abgestellt hatte. Langsam fuhren sie nordwärts, nach Aix-en-Durance, kauften Lebensmittel und Paraffinöl und folgten der schmalen Straße zum Fuß der Montagne de Sainte-Victoire. Die Blumenernte dauerte von April bis Oktober. Vor jedem Tor warteten große, gefüllte Körbe auf den Transport. Auf den Hängen an der Südseite des Gebirges hatte die Weinlese begonnen, überall spürte man das nahe Ende des Sommers. »Der glücklichste Sommer meines Lebens ...«, seufzte Carol. Dann wandte sie sich erschrocken zu Jean-Claude. »Wie kann ich das sagen – wo doch der kleine Mally eben erst gestorben ist, praktisch vor meinen Augen? Und Monica nimmt Bessie nach Amerika mit ...«

»Deshalb ist dieser Sommer so kostbar. In Furcht und Trauer ist unser Glück aufgeblüht. Stell keine Fragen, Carol, nimm einfach, was dir geboten wird, und freu dich dran.«

Was blieb ihr anderes übrig? Ihr eigenes Leben entglitt ihrer Kontrolle. Als sie die Haustür aufgesperrt hatte, sah sie weder Telegramme noch Briefe am Boden liegen. Die Außenwelt hatte sich zurückgezogen, Vergangenheit und Zukunft lagen in nebelhaftem Schatten, und diese winzige Lebensspanne mit Jean-Claude war die einzige Realität.

Ungetrübtes Glück erfüllte die Bergerie. Um ihre Mutter

und Bessie zu schützen, wollte sie Jean-Claudes Anwesenheit geheim halten – wenn sie auch glaubte, dass Pierres scharfen Augen nur wenig entging. Trotzdem verzichtete sie auf Sylvies Hilfe im Haushalt, entfachte selbst ein Feuer im Herd und kochte. Jean-Claude bewies unerwartete häusliche Fähigkeiten, schrubbte den großen Tisch und rollte einen Kuchenteig aus, der auf der Zunge zerging. Dann erntete er die Bohnen aus Northfield und legte sie in den Tongefäßen ein, die Mary so liebte. An dunklen Abenden entzündete er Kerzen, kurbelte das antiquierte Grammofon an, und sie tanzten auf den unebenen Fliesen, während die Zwiebeln für seine Lieblingssuppe schmorten. Doch die Auswahl an Tanzmusik war begrenzt. Mary bevorzugte Offenbach – viel zu lebhaft. Und Bessie mochte Tommy Steele. Und so mussten sie sich mit einem halben Dutzend zerkratzter Schallplatten aus den Schultagen begnügen wie Cole Porters »Dancing in the Dark«. Wenn Carol den Kopf an Jean-Claudes Schulter legte und sich langsam im Rhythmus der schwermütigen Melodie wiegte, wusste sie, dass diese Klänge immer schmerzliche Erinnerungen an diese wunderbare Zeit wecken würden.

»Wie der Farbtopf«, flüsterte sie.

»Einer deiner signifikanten unlogischen Kommentare, *chérie*?«

»Ein Symbol. Beim Anblick dieses Farbtopfs erwacht eine ganze Ära zu neuem Leben. Und wenn ich in Zukunft ›Dancing in the Dark‹ höre, werde ich in Gedanken stets hierher zurückkehren. Ich werde die Kerzen flackern sehen, die Schatten, den Duft der verbrennenden Apfelbaumzweige riechen – und dich spüren.« Die Augen geschlossen, genoss sie die Gegenwart, die sich viel zu schnell in eine Erinnerung verwandeln würde.

»Was du jetzt denkst, weiß ich, Carol. Ein flüchtiges

Glück. Aber so empfinde ich's nicht. Ich sehe uns beide alt werden. Vielleicht wird Gaby sich anders besinnen und in die Scheidung einwilligen. Und dann heiraten wir.«

»Reden wir nicht über die Zukunft«, bat sie, öffnete die Augen und legte den Kopf in den Nacken. »Übrigens – das habe ich ganz vergessen, Bessie ist wild entschlossen, dich zu mögen. Und sie hofft, du wirst sie ebenfalls lieb gewinnen.«

Lachend erwiderte er ihren Blick. »Das hört sich so an, als würde sie bald hierher zurückkommen. Obwohl sie weiß, dass Monica Gallagher ihre Mutter ist?«

»Keine Ahnung, ob sie's schon erfahren hat, Jean.« Carol seufzte. »Mit Mutter habe ich noch nichts besprochen. Aber sie scheint alles froh und zufrieden hinzunehmen. Sie ist ja auch ein ganz besonderer Mensch. Immer wieder ist es ihr gelungen, den diversen Schicksalsschlägen etwas Gutes abzugewinnen. Daddys Tod und Monicas Schwangerschaft, der Bombenanschlag in Paris – und wie sie in der Bergerie ein neues Zuhause geschaffen hat ... Erstaunlich ...«

Sie wandte sich ab, stellte den Suppentopf auf den Tisch, und sie inszenierten noch einmal das erste gemeinsame Dinner in der Reine Blanche. Bei der Mahlzeit erzählte sie von ihren Freundinnen, von ihrem Vater und seiner langen Krankheit, von den Großeltern, an die sie sich kaum erinnerte. Und von Mon und der Familie Cook.

»Was für eine traurige Geschichte«, meinte er. »Wie hat sie's geschafft, die kleine Bessie wegzugeben?«

»Sie wollte das Baby gar nicht sehen. Und ich glaube, sie hat sich eingeredet, sie würde einfach nur eine innere Blutung erleiden. Vermutlich hat sie niemals aufgehört, Gillie zu lieben. Letzte Woche erzählte sie uns, sie wäre kurz vor der Hochzeit mit Bob nach Northfield gefahren. Da muss sie

Gillie wiedergesehen haben und mit ihm ins Geisterhaus gegangen sein.«

»War dieses Haus wichtig für euch?«

»Noch ein Symbol. Wie der Farbtopf.«

Darüber mussten sie beide lachen. Und dann erzählte Jean-Claude von seiner Familie, seiner strengen Erziehung. »Mein Bruder und ich sollten Priester werden, und ich kam gar nicht auf den Gedanken, dagegen zu protestieren. Als Frankreich von den Deutschen besetzt wurde, besuchte ich bereits ein Seminar. Damals war ich sechzehn. Noch am selben Tag rannte ich davon und schlug mich zur Küste durch. Sobald de Gaulle in London ankam, trat ich den Freien Französischen Truppen bei. Wahrscheinlich brach ich meinem Vater das Herz. Meine Eltern wurden erschossen, weil sie Juden versteckt hatten. Jetzt steht mein Bruder im Dienst des Vatikans. Sicher wären sie stolz auf ihn.«

»Auf dich auch, mein Lieber.« Carol berührte seine Hand. »Glaub mir, du hast keine Herzen gebrochen und nur getan, was dir richtig erschien. Alles andere wäre falsch gewesen, das wussten deine Eltern.«

»Vielleicht. Was meine Beweggründe angeht, bin ich mir nicht so sicher. Für mich war es ein grandioses Abenteuer, genauso wie meine Arbeit nach dem Krieg. Als ich dich traf, war mir nichts wirklich wichtig. Kurz nachdem du Gaby eingestellt hattest, kam ich ins Büro – erinnerst du dich? Damals schrieb ich Reportagen über Indochina und erzählte dir von einem Reporter, der ein Buch verfassen wollte. Weißt du's noch?«

»O ja.« Lächelnd entsann sie sich, wie entschlossen – und vergeblich sie sich gegen seine Anziehungskraft und seinen Charme gewehrt hatte.

»Natürlich sprach Gaby sehr oft von dir. Zum ersten Mal, seit ich sie kannte, interessierte sie sich für was anderes außer ihrer Frisur und ihrem Make-up und den Kleidern. Deshalb wusste ich, dass du etwas ganz Besonderes warst. Ein englischer Blaustrumpf, dachte ich am Anfang. Eine Akademikerin. Aber du hast niemals in irgendwelche Schablonen gepasst, Cass. Als du damals im Büro meinen Blick erwidert hast, sah ich sofort deine Seele. Ich horchte Gaby aus und erfuhr, dass du tatsächlich ein Blaustrumpf warst, aber herzensgut, von inniger Liebe zu deiner Familie erfüllt. Wie sehr ich dich liebte, merkte ich erst in jener Nacht – nachdem ich gehört hatte, welche Gefahr dir drohte. Und an unserem ersten gemeinsamen Abend schwebte ich im siebten Himmel. Bis zu Explosion. Da sind wir beide auf der Erde gelandet, und zwar ziemlich hart.«

Eine Zeit lang schaute sie ihn schweigend an. Er hielt ihre Hände fest, und sie gewann den Eindruck, er würde an ihren Fingern ziehen, um sie durch die Ereignisse der letzten Jahre zu führen.

Schließlich fragte er zögernd: »Und du, Carol? Hast du damals irgendetwas für mich empfunden?«

Lachend warf sie den Kopf in den Nacken. »Jetzt fischst du nach Komplimenten, Jean-Claude! Was ich empfunden habe, weißt du doch – das wusstest du schon, bevor ich es selber erkannte. Aber wie konnte ich es wagen, meine Gefühle einzugestehen? Der unscheinbare englische Blaustrumpf – und du, der Rudolph Valentino von Paris ...« Mit einem leidenschaftlichen Kuss brachte er sie zum Schweigen. Danach flüsterte sie atemlos: »Bedenk doch – ich verglich mich dauernd mit Gaby. Sie war so hübsch und temperamentvoll, ganz anders als ich. Außerdem dachte ich, du hättest ihr irgendwie den Job im Morrish-Verlag verschafft, damit sie dir von unseren Manuskripten erzählen konnte ...«

»Das hast du nicht im Ernst geglaubt!«

»Natürlich kam's mir in den Sinn ...«

Wieder unterbrach er sie mit einem Kuss. »Tut mir Leid, meine Liebste. Meine einzige Liebste. Hätte ich dir von Anfang an die Wahrheit über Gaby erzählt, wärst du mir vielleicht etwas offenherziger begegnet. Aber es ist einfach nicht richtig, so über die eigene Ehefrau zu reden. Nicht einmal jetzt ...«

»Schon gut, Jean. An jenem Abend hat sie – etwas gesagt, das mir zu denken gab. Aber ihr wart immer noch zusammen, sie kochte dein Essen und ...«

»Nach der Explosion hast du in *meinem* Zimmer übernachtet, Carol«, fiel er ihr ins Wort. »Gaby und ich schliefen nicht miteinander. Was immer sie dir erzählt hat, sie wollte nicht für mich kochen. Gewissermaßen war es eine Vernunftehe. Bevor ich dich kennen lernte, sah ich keinen Grund, aus dem Appartement auszuziehen. Für mich war's billiger, bei ihr zu wohnen. Und sie hätte sich ohnehin nicht scheiden lassen. Vielleicht hatte sie Angst, irgendwelche Patrioten würden sich an ihr rächen, weil sie im Morrish-Verlag gearbeitet hat, und sie glaubte, ich würde sie schützen.«

In dieser Nacht wurde ihre Liebe nicht mehr von der Vergangenheit überschattet. Aber kurz bevor Carol einschlief, fragte sie sich, was die Zukunft bringen könnte. Was würde geschehen, wenn ihre Mutter ihn nicht mochte? Oder wenn Bessie ihre Eifersucht nicht überwand?

☆

Am nächsten Morgen übergab Pierre ihr ein Telegramm von Ralph. »Bitte, rufen Sie mich an«, lautete die knappe Mitteilung. Sie eilte in den kleinen Raum, den Jean-Claude als Arbeitszimmer benutzte, und erklärte, was geschehen war. Voller Angst, ihrer Mutter oder Bessie wäre etwas zugestoßen, fuhr sie den Renault in die Gänseblümchen vor der Küchentür, raste den Sandweg hinab und überholte Pierre auf seinem Fahrrad, noch bevor er die Straße erreichte.

Wie üblich drängten sich zahlreiche Kunden im Postamt, wo ein Telefonapparat stand und alles verkauft wurde, was die Dorfbewohner brauchten. Wenigstens sprach niemand Englisch. Während sie auf die Verbindung mit London wartete, hörte sie, wie zwei Frauen über die Engländerin und ihren Liebhaber tuschelten. Wie diskret, dachte sie ironisch.

Zum Glück klang Ralphs Stimme beruhigend, wenn sie ihn auch kaum verstand. »Um Sie geht's gar nicht, Carol. Die *Planète-Redaktion* vermutet, Durand würde immer noch hier arbeiten. Vor ein paar Tagen erzählte er mir, er würde in der Provence Urlaub machen und Sie vielleicht besuchen. Falls er bei Ihnen ist, sagen Sie ihm, er wird in Paris gebraucht. Sofort.«

Schmerzhaft krampfte sich ihr Herz zusammen und sie wollte wütend protestieren. Erst vor fünf Tagen waren sie in der Bergerie angekommen. Aber sie erwiderte nur: »Danke, Ralph. Ist sonst alles in Ordnung? Das Buch ...«

»Unsere PR-Experten denken sich gerade eine Strategie aus. Wie geht's Ihnen, Carol?«

»Bessie ist mit meiner Freundin nach Amerika geflogen, meine Mutter besucht Freunde in Birmingham, und ich erhole mich.«

»Würden Sie noch einmal Verbindung mit Demetier aufnehmen?«

Maurice Demetier, der Dramatiker, verbrachte den Sommer in Antibes, einer von Carols weniger erfolgreichen Schriftstellern. »Ja, vielleicht.« Wusste Ralph, dass Jean-Claude bei ihr wohnte? Wollte er ihr eine Beschäftigung verschaffen, falls Jean-Claude für *La Planète* verreisen musste?

»Das eilt nicht. Nehmen Sie sich den restlichen Sommer frei, wenn Sie noch ein bisschen Ruhe brauchen. Mit der Arbeit an Clive Huberts Manuskript haben Sie Ihre Pflicht und Schuldigkeit erst mal getan.«

»Danke, Ralph.« Sie verabschiedete sich, dann ließ sie sich mit der *Planète-Redaktion* verbinden und erklärte einer Sekretärin, sie könne alle erforderlichen Informationen an Mr Durand weiterleiten. In dem kleinen Postamt herrschte tiefe Stille. Das Mädchen bat sie zu warten und wenige Minuten später meldete sich eine Männerstimme auf Englisch.

»Madame Woodford? Nächste Woche soll Durand über die Bürgerrechtsdemonstration in Washington berichten. Die Flugtickets haben wir schon besorgt.«

Also hatte die gefürchtete Zukunft bereits begonnen. Carol holte tief Atem. »Gut, ich sag's ihm.«

Langsam legte sie den Hörer auf die Gabel – fest entschlossen, das Postamt hoch erhobenen Hauptes zu verlassen. Zu ihrer Verblüffung lächelten alle Leute wohlwollend, als wollten sie ihr gratulieren. Erleichtert trat sie in den Sonnenschein hinaus und sank auf den heißen Ledersitz ihres Autos. Die Franzosen waren eben – anders. Diesmal durfte sie stolz sein, weil sie Jean-Claude Durands *chère amie* war.

☆

Monica überlegte, warum sie sich nicht glücklicher fühlte. Sie hatte ihr Ziel erreicht und Bessie nach Amerika mitgenommen. Noch viel wichtiger – sie waren bereits gute Freundinnen. Und das verdankte sie keineswegs Mallys Tod. Schon vor der schrecklichen Tragödie hatte Bessie sich bereit erklärt, mit ihr in die Staaten zu fliegen. Auch Carol verdankte sie nichts. Vor der Abreise aus Barnt Green hatte Cass offen und ehrlich gestanden, sie sei verliebt. Also nahm sie die Trennung von Bessie nicht ganz uneigennützig hin. Monica freute sich über das Glück der Freundin. Nun wusste sie, warum Cass die polizeiliche Untersuchung und das Begräbnis viel besser überstanden hatte als alle anderen.

Trotzdem fühlte sich Monica unbehaglich, vielleicht, weil sie Schwierigkeiten mit Bob befürchtete. Aber sobald er Bessie kannte, würde er sie akzeptieren. Sie war zauberhaft, unverdorben und schön, und ihr Humor würde Bobs Herz sofort erobern.

Der Flug verlief sehr angenehm. Vom ersten Moment an schien Bessie ihr altes Leben hinter sich zu lassen. Sie war eine ideale Reisegefährtin – einerseits freudig erregt, andererseits still und zufrieden, wenn Monica ein bisschen Ruhe brauchte. In Gander landete die Maschine, um aufzutanken. Danach schlief das Kind bis zur Ankunft in La Guardia. Vor sechs Monaten hatte Monica das Land verlassen. Jetzt sah sie es mit Bessies Augen und die großartige Funktionalität des Flughafens beeindruckte sie erneut. Außerdem war sie als Versagerin abgereist. Jetzt kehrte sie höchst erfolgreich nach New York zurück, mit ihrer Tochter. Gordon holte die beiden ab und fuhr sie in seinem riesigen Oldtimer, der sich so perfekt für den Transport der Jungs und der Hunde eignete, zur Farm.

Entzückt streichelte Bessie die Bluthunde Douglas und Fairbanks, die sie aus dankbaren Triefaugen anstarrten. Sie sollten Hildie und die Kinder in Gordons Abwesenheit beschützen, waren aber völlig harmlos – abgesehen von ihrem ohrenbetäubenden Gekläff, das stets erklang, wenn sich ein Fremder in die Nähe der Farm wagte.

»Hildie wäre gern mitgekommen«, entschuldigte Gordon seine Frau. »Leider ging's ihr heute Morgen ziemlich schlecht. Ich hoffe, sie ist inzwischen auf den Beinen. Und wenn nicht – ich glaube, ihr zwei wollt ohnehin nur Tee trinken und dann ins Bett fallen.«

»Klingt himmlisch«, meinte Monica. »Machen wir euch wirklich keine Umstände? Wir könnten in einem Hotel absteigen. Aber ich möchte Bessie die Farm zeigen und mit euch reden, bevor ich Bob wiedersehe.« Als er einen fragenden Blick auf das Kind warf, erklärte sie: »Das versteht Bessie.«

Sie hatte ihrer Tochter nichts von Bob erzählt. Erstaunlicherweise hatte sich weder Mrs Woodford noch Carol nach ihm erkundigt. Cass gegenüber erwähnte Monica nur, ihre Ehe sei beendet. Wahrscheinlich war die Freundin zu taktvoll, um das Thema zu verfolgen. Und irgendwie musste sie die anderen zum Stillschweigen verpflichtet haben.

Nun wandte sich Monica zu ihrer Tochter. »Sicher wirst du dich mit Bob anfreunden, Darling. Vor meiner Abreise hatten wir eine kleine Meinungsverschiedenheit. Deshalb habe ich ihn vor meiner Rückkehr nicht angerufen. Aber nun wird alles wieder gut.«

»Klar!«, bekräftigte Gordon und grinste in den Rückspiegel. »Hildie und ich freuen uns, dass du wieder da bist und diese junge Dame mitbringst. Warum hast du nicht gesagt, wir müssten uns auf eine Miniaturausgabe von Jane Russell gefasst machen?«

Bessie kicherte. In der Klosterschule hielt man Jane Russell für schrecklich verworfen. Sie konnte es kaum erwarten, Solange und Brigitte zu erzählen, sie würde wie Jane Russell aussehen. Wohlig lehnte sie sich zurück, ließ den Atem der Hunde in ihre Ohren wehen und dachte an Carol und Grannie. Ihre Mutter und ihre Großmutter. Wir wundervoll, dass sie *wirklich* zu den beiden gehörte ... Müde schloss sie die Augen. Und auf diesen Franzosen musste sie nicht eifersüchtig sein. Dafür würde Cass sorgen ... Mit diesem Gedanken schlief sie ein.

☆

Amerika war »fantastisch«. Noch nie hatte Bessie eine so kultivierte Farm gesehen. Ohne Schlamm und Mist. Eigentlich waren Tante Hildie und Onkel Gordon gar keine richtigen Farmer. Die früheren Besitzer hatten ihnen das Anwesen unter der Bedingung verkauft, dass sie weiterhin hier wohnen und arbeiten dürften. Meistens hielt sich Onkel Gordon in New York auf, wo er eine Immobilienagentur betrieb. Zusammen mit Aggie kümmerte sich Tante Hildie um den Haushalt und die beiden Kinder, während Aggies Mann Jim die Farm verwaltete und Gordons Gäste herumführte. Das Ehepaar bewohnte ein Appartement mit eigenem Bad über der Garage.

Im Haupthaus, das Salt-Box hieß, gab es sechs Schlaf- und drei Badezimmer und im Keller befand sich ein großer Hobbyraum. Noch war die Familie nicht reich genug, um sich einen eigenen Swimmingpool zu leisten, und teilte sich einen mit den Nachbarn.

Bessie liebte Tante Hildie, die so tat, als würde sie ihre neunjährigen Zwillinge Leo und Ossie grässlich finden. Aber nachdem sie in ein Ferienlager gefahren waren, telefonierte sie jeden Tag mit ihnen. Auch Bessie vermisste die Jungs, obwohl sie die beiden nur eine Woche vor deren Abreise kennen gelernt hatte. Mit den kichernden, schwatzenden Freundinnen in der Klosterschule ließen sie sich nicht vergleichen, ebenso wenig mit Boris, der alles verstand, selbst wenn man's nicht erklären konnte.

Jeden Tag erwachten sie mit einem »Programm«. Erst ein Bad im Pool, dann eine Inspektion aller Tiere auf der Farm, gemeinsam mit Jim. Und vor dem Lunch rannten sie herum, bis sie keine Luft mehr bekamen. »Wie die Hunde!«, schimpfte Onkel Gordon und zauste liebevoll ihre Haare. Eines Tages brachte Leo eine verletzte Taube nach Hause. Nachdem sie gestorben war, liefen die Jungs umher, als hinge ihr Leben davon ab. Bessie ging in ihr Zimmer hinauf, beugte sich aus dem Fenster und beobachtete, wie sie über ein Stoppelfeld stürmten.

»Irgendwie müssen sie sich abreagieren«, meinte Tante Hildie und seufzte.

»Schön und gut, aber wo nehmen sie die Energie her?«, fragte Tante Mon.

»Von guten amerikanischen Steaks. Und ihr zwei seht so aus, als könntet ihr die auch vertragen.«

☆

Weil Tante Hildie sie beide nicht nach New York fahren lassen wollte, erklärte sie Tante Mon: »Bessie ist nun mal ans Land gewöhnt.« Bei diesem Wetter würde sie sich auf den Gehsteigen und in den Kaufhäusern nicht wohl fühlen. Warten wir lieber ab, bis es kühler wird.«

Tante Mon schwieg, bis sie glaubte, Bessie würde sich auf die Beverley Hillybillies im Fernsehen konzentrieren. Dann fragte sie leise: »Warum willst du nicht, dass wir Bob sehen? Ist er immer noch mit Nancy zusammen?«

»Nein, Schätzchen, das habe ich dir doch gesagt. Nachdem du weggelaufen warst, drehte er fast durch. Er warf sie sofort raus. Und er hat dir geschrieben ...«

»Ja. Übrigens bin ich nicht *weggelaufen.* Ich musste Bessie sehen, als sie in Gefahr war ... Das kann ich dir nicht erklären, es ist zu kompliziert.«

In der Mattscheibe des Fernsehers sah Bessie das undeutliche Spiegelbild der beiden Frauen. Es dauerte eine Weile, bis Tante Mon ihre Frage wiederholte: »Warum willst du nicht, dass wir Bob sehen?«

»Ich will, dass nur *du* ihn siehst. Beim Anblick – einer gewissen Person könnte er einen Schock erleiden.« Nun entstand eine weitere Pause. Schließlich seufzte Tante Hildie. »Verstehst du das nicht, Schätzchen?«

»Doch. Aber wenn er mich liebt ... Hör mal Hildie, wenn er mich vor die Wahl stellt, dann würde ich mich für *sie* entscheiden.«

»Um Himmels willen, sie hat schon eine Familie. Vielleicht würdest du letzten Endes mit leeren Händen dastehen. Und falls es zum Schlimmsten kommt, müsste Bob nicht einmal deinen Lebensunterhalt bestreiten. Unter diesen Umständen ...«

Tante Mon sprang auf und trat ans Fenster. »Schau mal, Bessie, Jim fährt gerade mit dem Traktor aufs Stoppelfeld. Willst du mitfahren?«

»Gleich«, erwidert Bessie und ließ Ellie May nicht aus den Augen, scheinbar in die Fernsehsendung vertieft.

Nach einer Weile kehrte Tante Mon zu Tante Hildie zurück, die auf dem Sofa saß und ihre Nägel lackierte. »Entweder mach ich es so, wie ich es geplant habe, oder gar nicht. Und ich will es endlich hinter mich bringen. Begleitest du uns Hildie? Oh, bitte!«

Tante Hildie lachte. »Glaubst du, so etwas lasse ich mir entgehen?« Als ob es ein Stierkampf oder das Wimbledon-Turnier wäre.

☆

Und so stiegen sie alle in Onkel Gordons Oldtimer und fuhren nach New York. Bessie trug ihr Baumwollkleid mit dem

Gänseblümchenmuster und den Taschen zu beiden Seiten des Rocks, in die sie gern ihre Hände hineinschob. Das letzte Mal hatte sie dieses Kleid Anfang August getragen, auf der Reise nach England. Möglicherweise war das ein gutes Zeichen und sie würde bald nach Frankreich zurückkehren. Ja, vielleicht war das ein Reisekleid.

Aber Amerika gefiel ihr immer noch. Die Fifth Avenue war fabelhaft. Mit den gigantischen Wolkenkratzern hatte sie gerechnet, mit den Bäumen nicht. Auch nicht mit den Straßenhändlern und den freundlichen Verkäuferinnen in den Läden, mit eleganten Frauen und kleinen Hunden und dem ohrenbetäubenden Verkehrslärm. Sie kauften einander Geschenke. Von Tante Hildie bekam Tante Mon schöne Ohrringe und Tante Mon beglückte Bessie mit einem goldenen Armband.

»Lassen wir die Sachen zum Beekham Place schicken?«, fragte Tante Hildie neckisch und Tante Mon schüttelte den Kopf.

»Mach bloß kein Aufhebens«, mahnte sie. »Bob war sehr nett am Telefon und freut sich schon auf Bessie. Also müssen wir keinen besonderen Anspruch auf das Appartement erheben, indem wir unsere Einkäufe hinschicken lassen. Und außerdem möchte ich meine neuen Ohrringe gern tragen, wenn's dir recht ist.«

»Klar. Und du, Bessie?«

Und so legte Bessie das Armband an. Dann kauften sie ein paar Sachen für das neue Baby, das Tante Hildie viel erfolgreicher versteckte als Tante Myrtle während ihrer Schwangerschaft.

»Oh, ihr ahnt gar nicht, wie ich diesen Tag genieße«, seufzte Tante Hildie, als sie in einem Restaurant saßen und zu Mittag aßen. »Keine Kinder, kein Ehemann ... Wisst ihr eigentlich, dass Aggie und ich die einzigen Frauen auf der

Farm sind? Abgesehen von den Kühen.« Da brachen sie alle in Gelächter aus und die Leute drehten sich nach ihnen um. Bessie legte ihre Hand auf die Armstütze ihres Sessels, damit jeder das Armband sehen konnte.

»Amüsierst du dich, Bessie?«, fragte Tante Mon.

»O ja«, versicherte Bessie und grinste.

Nach dem Lunch wanderten sie durch den Central Park. Auf den Wegen rannten Leute dahin, genauso grundlos wie Leo und Ossie. Aber zwischen Bäumen und Büschen waren große, menschenleere Wiesen. Sie mieteten eine Pferdekutsche. Langsam fuhren sie eine breite Espenallee entlang. Der farbige Kutscher entblößte lächelnd seine schönen weißen Zähne und erklärte, um spätestens vier Uhr nachmittags müssten sie den Park verlassen. »Da beginnt eine Demonstration, Ladys. Zur selben Zeit wie in Washington. Da wird's ein furchtbares Gedränge geben.«

»Und warum demonstrieren die Leute?«, fragte Bessie.

»Weil sie für die Freiheit kämpfen wollen«, erklärte Tante Mon.

»Ich dachte, Amerika wäre schon frei.«

Immer noch lächelnd, drehte sich der Fahrer um. »Hier sind nicht alle Menschen frei, kleine Lady. Unten im Süden dürfen Leute wie ich nicht dieselben Restaurants besuchen wie die Weißen. Und farbige und weiße Kinder gehen nicht in dieselben Schulen.«

»Bei uns in der Klosterschule haben wir viele farbige Mädchen«, erwiderte Bessie erstaunt. »Die meisten kommen aus Marokko.«

»In Frankreich ist das anders, Schätzchen«, entgegnete Tante Hildie hastig.

Als sie den Park verließen, trafen bereits die ersten Demonstranten ein, mit Flaggen und Transparenten, die in Großbuchstaben verkündeten: MENSCHENRECHTE. Aus unerfindlichen Gründen erinnerten sie Bessie an die düsteren zwei Wochen in Barnt Green, nach Mallys Tod. Bei diesen Gedanken vergaß sie ihr hübsches Kleid und das neue Armband und ergriff Tante Mons Hand.

»Alles okay, Baby?«, fragte Tante Mon.

»Ich frage mich nur, was Carol gerade macht«, antwortete Bessie leise.

»Wahrscheinlich bereitet sie in der Bergerie alles für den Winter vor, mit Grannies Hilfe.«

Bessie überlegte, ob Tante Mon über Jean-Claude Durand Bescheid wusste. »Hast du schon mal von einer Zeitung namens *La Planète* gehört, Tante Monica?«

»Flüchtig. Eine Pariser Zeitung, nicht wahr?«

»In New York gibt's eine Zweigstelle«, erklärte Tante Hildie, winkte ein Taxi heran, und sie stiegen ein. Tante Mon nannte die Adresse am Beekman Place. Plötzlich wirkten beide Frauen sehr nervös, und keine fragte Bessie, warum sie sich für *La Planète* interessierte. Die Hände in den Rocktaschen, lehnte sie sich in die Lederpolsterung zurück. Bald hielten sie vor einem großen Tor unter einer Markise und ein Concierge – so ähnlich wie in Paris – eilte heraus. Offenbar freute er sich, Tante Mon zu sehen. »Mrs Gallagher! Ich habe Sie schon vermisst! Was sagen Sie zu den Demonstrationen? Das kommt davon, wenn ein Republikaner auf dem Präsidentenstuhl sitzt.«

»Ist Mr Gallagher zu Hause, Donaghue?«

»O ja, Mrs Gallagher. Vorhin fuhr er im Lift hoch, mit dem größten Rosenstrauß, den Sie je gesehen haben. Und er grinste von einem Ohr bis zum anderen!«

»Danke, Donaghue«, erwiderte Tante Monica und Tante Hildie verdrehte die Augen.

»Diese Vertraulichkeit ...«

Die Fahrt im Lift dauerte endlos und Bessie warf keinen

einzigen neugierigen Blick auf die Anzeigetafel. Sonst hätte sie sich noch schlechter gefühlt. Ausgerechnet sie, die die Montagne de Sainte-Victoire erklommen hatte, hasste Aufzüge. Als die Türen auseinander glitten, sah sie einen Mann im eleganten Flur stehen, der strahlend lächelte und einen Blumenstrauß in der Hand hielt. Vielleicht hatte Donaghue ihn angerufen.

»Hallo, hallo, hallo, hallo! Ist das nicht wunderbar. Hallo, Schwesterchen, hallo, mein Schatz. Und ich dachte schon, ich würde nie mehr Hallo zu dir sagen. Wie fabelhaft du aussiehst! Wie war die Reise? Wie geht's Gordon und den Jungs?«

Anscheinend konnte er gar nicht zu reden aufhören, und er gab Tante Monica gar keine Chance, Bessie vorzustellen. Schließlich gingen sie zu einer riesigen geschnitzten Tür mit einem Knauf und einem Briefkasten aus Messing. Von den Blumen halb verborgen, ließ Onkel Bob ihnen den Vortritt. Dann folgte er ihnen, schloss die Tür und lehnte sich dagegen – falls irgendjemand die Flucht ergreifen wollte.

»Wie ordentlich die Wohnung aussieht, Bob«, bemerkte Tante Mon. »Offensichtlich hast du eine Haushaltshilfe.«

»Hör mal, Darling, sie ist schon achtundvierzig und geht abends nach Hause. Ehrlich. Sie heißt Mrs Bergdorf und sie wurde mir von einer Agentur vermittelt. Das kann Hildie beschwören.«

»*Pas devant l'enfant,* bitte, Bob.« Dann fing Monica einen Blick von Bessie auf und lachte. »Oh, Darling, ich habe ganz vergessen, dass du diese Sprache wie eine Einheimische beherrschst. Komm her, nun musst du deinen Onkel Bob kennen lernen. Ich habe dir von meiner Freundin erzählt, Carol Woodford. Das ist ihre kleine Schwester, Bessie Woodford, und sie verbringt einen Teil ihrer Ferien bei mir. Ende September muss ich sie nach Hause bringen.«

Dankbar erwiderte Bessie ihr Lächeln. So wohl sie sich in Amerika auch fühlte und selbst wenn Carol einen Freund hatte, wenn Onkel Bob genauso nett war wie Tante Hildie das prophezeit hatte – in zwei Wochen wollte sie nach Hause zurückkehren. Höflich streckte sie ihre Hand aus, an der das Armband funkelte. »Guten Tag«, sagte sie höflich.

Endlich legte er die Blumen beiseite und ergriff Bessies Hand. »Was für ein tolles Armband.«

»Das hat Tante Monica mir gekauft.«

»Ja, von schönem Schmuck versteht sie was.« Er hielt ihre Hand fest und führte sie alle in ein überdimensionales Wohnzimmer, dessen Fenster zum Fluss hinausgingen. Am liebsten hätte Bessie sich wie ein kleines Kind benommen, wäre überall herumgerannt und auf die üppigen Sofas gesprungen.

»Könnten wir bitte Tee trinken, Bob? Wir waren den ganzen Tag in der Stadt. Jetzt sind wir völlig erschöpft.«

»Tee, natürlich«, versprach er und drückte Bessie auf ein Sofa und wandte sich zu Tante Mon. »Hilfst du mir, Schätzchen?«

»Mit Vergnügen.«

Als sie hinausgingen, murmelte Tante Hildie: »Hm ...«

»Haben sie sich versöhnt?«, fragte Bessie.

»Wenigstens vorerst.« Nachdenklich musterte Tante Hildie die geschlossene Tür. »Sie hat gekniffen.«

»Wovor?«

»Nun, sie hat ihm was Wichtiges verschwiegen. Hoffentlich raufen sie sich wieder zusammen. Wenn du mich fragst – mein Motto lautet: Je weniger man sagt, desto besser. Und was meinst du?«

Bessie dachte an Carol, die ihr Geheimnis gezwungenermaßen seit Jahren hütete, und nickte.

Nach einer halben Stunde waren Tante Mon und Onkel Bob noch immer nicht zurückgekehrt und Tante Hildie zeigte Bessie das Appartement. Sie besichtigten das Bad, ein Schlafzimmer und noch eins, in dem Tante Hildie eine Schiebetür öffnete. »Tante Mons Kleider«, verkündete sie, als würde sie mehrere Personen vorstellen. Der Schrank nahm eine ganze Wand ein. »Probier doch welche an! Sicher hat Monica nichts dagegen. Ich muss mal ins Bad.«

Eigentlich hatte Bessie keine Lust, irgendwas anzuprobieren. Aber sie schob die Kleider und Röcke und Kostüme und Blusen auseinander, um sie etwas genauer zu betrachten. Da hing ein langes weißes Satinkleid mit Fischbeinen in der Korsage. So etwas hatte Bessie noch nie gesehen. Sie knöpfte ihr Gänseblümchenkleid auf, zog es über den Kopf und schlüpfte in das Ballkleid.

Dann trat sie vor den Spiegel. Die Korsage berührte ihren Körper gar nicht. In einer Schublade fand sie Taschentücher. Damit stopfte sie das Oberteil aus. So war's besser. Kichernd starrte sie in den Spiegel. Auf dem Toilettentisch lagen Lippenstifte und Rougetöpfchen in einer Glasschale. Bessie schminkte sich verschwenderisch. Als sie einen blauen Schal entdeckte, der über einer Sessellehne hing, zog sie ihn durch ihr Armband. Nun sah sie fantastisch aus. Wie Jane Russell. Sinnlich. Die Augen halb geschlossen, schürzte sie die Lippen. Wenn Solange sie so sehen könnte. Oder Boris. Aber sie würde auch Tante Mon gefallen. Mit gespreizten Fingern bauschte sie ihr Haar und eilte zur Küche.

Am Anfang war es furchtbar peinlich. Tante Mon wurde von Onkel Bobs kraftvollen Armen umschlungen. In ähnlichen Situationen hatte Bessie auch ihre Tante Myrtle und

Onkel Malcolm gesehen. Aber Tante Myrt war größer als Tante Mon, die beinahe in Onkel Bobs Körper zu verschwinden schien. Trotzdem entdeckte sie Bessie und zwinkerte ihr zu. »Darling, da ist Bessie.«

Verwirrt hob er den Kopf und drehte sich um. Er schien sich nicht zu erinnern, wer Bessie war. Wie einen Geist starrte er sie an und Tante Mon lachte nervös.

»Schatz, das ist Bessie! In meinem Kleid.«

Aber er gaffte und gaffte, und Bessie begann, eine Entschuldigung zu stammeln. Da befreite sich Tante Mon von seinen Armen und eilte zu ihr. »Schon gut, Darling, ich bin dir nicht böse. Das Kleid steht dir ausgezeichnet.«

Und dann platzte Onkel Bob heraus: »Großer Gott, sie ist doch dein Kind. Das kannst du nicht leugnen. Heiliger Himmel ...«

»Geh ins Schlafzimmer und zieh dich um, Bessie«, fiel Tante Mon ihm ins Wort. »Gleich trinken wir Tee.« Während Bessie die Flucht ergriff, hörte sie Onkel Bob fluchen. Und bevor die Küchentür ins Schloss fiel, erklang Tante Mons schrille Stimme: »Halt den Mund, Bob!«

Wie ein Automat kehrte Bessie ins Schlafzimmer zurück, schlüpfte aus dem Ballkleid, ließ es am Boden liegen, mitsamt den zerknüllten Taschentüchern. Dann zog sie ihr Gänseblümchenkleid an und strich mit zitternden Händen ihr Haar glatt. In einer ihrer Rocktaschen fand sie ein Taschentuch und wischte ihr Gesicht ab. Ohne zu zögern, verließ sie das Appartement und drückte auf den Knopf neben dem Lift. Wenige Sekunden später glitten die Türen lautlos auseinander. Bessie betrat die Kabine und kniff die Augen zusammen. Nach unten zu fahren, war noch schlimmer. Doch das störte sie nicht.

»Wohin, kleine Lady?«, fragte der nette Concierge.

»Ich gehe spazieren«, erwiderte sie und eilte aus dem

Haus. Der Concierge rief ihr etwas nach und sie begann zu laufen. Als sie um eine Ecke bog, hörte sie seine Stimme nicht mehr.

Irgendwie musste sie zu Carol gelangen. Oder zu Grannie. Ja, Grannie würde ihr alles erzählen, die ganze Wahrheit.

12

Nach dem ersten überwältigenden Impuls, einfach wegzulaufen, fragte sich Bessie, was sie tun sollte. Der Einkaufsbummel und die Besichtigung einiger New Yorker Sehenswürdigkeiten hatten sie nicht darauf vorbereitet, öffentliche Verkehrsmittel zu benutzen. Von der mysteriösen U-Bahn wusste sie nichts, die gelben Taxis, die vor den Hotels warteten, kosteten Geld, und sie besaß keins. Also ging sie einfach weiter. Wenn sie stehen blieb, würde man sie womöglich ansprechen, und sie wusste noch nicht, wie sie die unvermeidliche Frage beantworten sollte: *Hast du dich verirrt, kleines Mädchen?*

Rings um den Beekman Place sahen alle Straßen gleich aus. Schließlich entdeckte sie einen Polizisten. Er sprach mit einer alten Dame, die einen weißen Pudel an der Leine führte. In einer Hand hielt er einen Knüppel, mit der anderen schob er die Mütze aus der Stirn. Er sagte irgendetwas über das Wetter.

Als Bessie näher kam, hörte sie die alte Frau sagen: »Normalerweise fahre ich im Sommer immer nach Norden. Aber dieses Jahr beschloss ich, hier zu bleiben. Das musste ich bitter bereuen. Was für eine Hitze!« Bei diesen Worten wandte sie sich ab, erblickte das hübsche kleine Mädchen im Gänseblümchenkleid und lächelte. »Hallo, Schätzchen! Bist du neu in dieser Gegend?«

»Ich bin nur zu Besuch hier«, erklärte Bessie, bückte sich und streichelte den Pudel.

Mit ihrem Akzent erregte sie helle Begeisterung. »Oh, eine Engländerin! Haben Sie das gehört, Officer?«

Der Polizist grinste freundlich. »Willkommen in New York, kleine Lady. Aber du solltest nicht ganz allein herumlaufen.«

Endlich wusste Bessie, was sie tun musste. Die Entscheidung fiel ihr schwer, aber die Rückkehr zum Beekman Place wäre noch schlimmer gewesen. Entschlossen richtete sie sich auf und schaute den Polizisten an. »Ich suche meinen Onkel. Gerade wollten wir in sein Büro gehen. Da traf er einen Bekannten, unterhielt sich mit ihm, und ich bog um die nächste Ecke. Irgendwie – verlor ich ihn aus den Augen.«

»Das ist aber keine gute Idee, in einer großen Stadt wie New York allein davonzuspazieren.« Besorgt hob die alte Dame ihren Pudel hoch, als fürchtete sie, er würde sich losreißen und ebenfalls weglaufen. »Am besten kommst du mit mir in meine Wohnung, Schätzchen, und der Officer lässt deinen Onkel suchen.«

»Danke, nicht nötig. Wenn Sie mir den Weg zu seinem Büro zeigen, Sir, kann ich ihn dort treffen.«

Dieser Vorschlag schien dem Polizisten zu missfallen. »Weißt du, wie seine Firma heißt?«

»O ja, er arbeitet für *La Planète,* eine französische Zeitung.«

»Nie gehört.«

»Die Redakteure teilen sich ein Büro mit einer amerikanischen Zeitung. An den Namen erinnere ich mich nicht ...«

Allmählich geriet Bessie in Panik. Irgendwie musste sie zu Cass zurückkehren. Und *La Planète* war die einzige Verbindung ...

»Hör mal, Schätzchen, wir gehen zu einer Telefonzelle, und ich bestellte einen Streifenwagen, der dich zum Büro deines Onkels bringen wird. Nur keine Angst, das kriegen wir schon hin.«

»Oh, ich fürchte mich nicht«, log sie. »Als ich ein kleines Mädchen war, sagte meine Großmutter, wenn ich mal Schwierigkeiten habe, soll ich mich einfach an die Polizei wenden.«

Der Polizist lächelte geschmeichelt und die alte Dame rief: »Ist das nicht süß? Wie heißt du denn, Schätzchen? Das muss ich in meinem Frauenclub erzählen – dass ich eine kleine Engländerin kennen gelernt habe.«

»Elizabeth Durand«, erwiderte Bessie und schluckte krampfhaft. »Ich bin Engländerin. Aber mein Onkel stammt aus Frankreich.«

Höflich verabschiedete sie sich von der alten Dame und folgte dem Polizisten zu einer Telefonzelle. Wenige Minuten nach dem Anruf hielt ein Streifenwagen am Straßenrand und Bessie stieg ein. Der Fahrer sprach per Funk mit jemandem namens Frank und beauftragte ihn, das Büro von *La Planète* ausfindig zu machen. Dann brausten sie mit heulender Sirene durch den dichten Abendverkehr, und der Fahrer schrie in den Fond, nächstes Mal solle sie besser aufpassen. Offenbar verstand niemand, dass sie sich nicht in Gefahr begeben hatte, sondern einer bedrohlichen Situation entronnen war.

Das *La Planète-Büro* lag im gigantischen Herald-Gebäude an der Thirty-Second Street. Im Eingang hörte die Drehtür nicht zu rotieren auf. Der Polizist packte Bessies Hand und stürmte mit ihr hindurch, in eine angenehm kühle Halle.

»Jetzt komme ich allein zurecht«, beteuerte Bessie. »Vielen Dank.«

»O nein, ich lasse dich erst aus den Augen, wenn ich dich einer respektablen Person übergeben habe«, erwiderte der Beamte, nur halb im Scherz. Nachdem er sich am Empfang erkundigt hatte, in welcher Etage *La Planète* residierte, führte er Bessie zum Lift. »Wenn ich meinem Chef diese Geschichte erzähle, nimmt er mir meinen Dienstausweis weg«, behauptete er grinsend. »Zehn Minuten hat's gedauert, bis wir hier waren. Und nun werde ich noch eine halbe Stunde brauchen, um meinen Bericht zu schreiben.«

»Tut mir Leid«, murmelte sie zerknirscht. Wie viel Zeit würde er für den Bericht opfern müssen, wenn die Leute von *La Planète* erklärten, sie sei ihnen unbekannt?

In dem kleinen Raum am Ende des Korridors trafen sie nur eine einzige Person an, einen bebrillten kleinen Mann, der hinter einer Schreibmaschine aufstand. »Kann ich Ihnen helfen, Officer?« Obwohl er Englisch sprach, bemerkte sie sofort den französischen Akzent.

»Diese kleine Lady habe ich an der East Side aufgelesen. Sie sagt, sie will ihren Onkel in diesem Büro treffen, einen gewissen Durand.«

Entschlossen trat Bessie einen Schritt vor. »Jean-Claude Durand. Ich bin Elizabeth Durand.« Und dann wartete sie, ohne sich allzu große Hoffnungen zu machen.

Die Augen des kleinen Mannes leuchteten auf. »Ah, Jean-Claude Durand, einer unserer besten Auslandskorrespondenten! Vor kurzem ist er in die Staaten gekommen, um über die Demonstrationen in Washington zu berichten. Wenn ich mich vorstellen darf, Officer – Louis Gotthard. Ich leite unsere New Yorker *dépendance.* Vielen Dank, dass Sie Elizabeth hierher gebracht haben.«

»Washington?« Der Polizist runzelte die Stirn. »Ist er in Washington?«

»Dort war er«, entgegnete Monsieur Gotthard, ohne mit der Wimper zu zucken. »Hast du dich verlaufen, *chérie*?«

Trotz ihrer Verwirrung verstand Bessie das Stichwort und antwortete auf Französisch. »Onkel Jean-Claude zeigte mir die Stadt. Dabei traf er einen Bekannten und sprach mit ihm. Ich ging nur ein paar Schritte weiter. Und plötzlich – sah ich ihn nicht mehr.«

»Was hat sie gesagt?«, fragte der Polizist in scharfem Ton.

»Sie erzählte mir, wie sie sich verirrt hat. Da Jean-Claude Durand nicht lange in New York bleiben wird, will er ihr natürlich die Sehenswürdigkeiten zeigen ... Wartest du hier auf ihn, Elizabeth? Sicher wird er bald zurückkommen – voller Sorge um dich.«

»Ja, bitte – ich warte hier.« Sie ging zum Fenster, kniff die Augen zusammen und begann stumm zu beten.

»Okay. Aber das muss ich dem Jugendamt melden. Die wollen sich sicher genauer informieren.« Der Polizist zog ein Notizbuch hervor, und Monsieur Gotthard musste eine Unterschrift leisten, als wäre Bessie ein soeben abgeliefertes Paket. Endlich schloss sich die Tür hinter dem Beamten.

»Danke, Monsieur«, sagte Bessie kleinlaut. »Vielleicht – dürfte ich hier übernachten.«

»Kennst du Jean-Claude tatsächlich?«

»Gewissermaßen. Er kennt meine Mutter.«

»Ah, ich verstehe.« Nun hörte sie sonderbare Geräusche. Sie drehte sich um und beobachtete, wie Monsieur einen Wasserkessel füllte und ein Kabel anschloss. Ehe sie sich wieder abwenden konnte, hob er den Kopf und zwang sie, seinen durchdringenden Blick hinter den funkelnden Brillengläsern zu erwidern. »Bei diesem Spiel mache ich nur mit, weil ich glaube, daraus könnte sich eine gute Story für unsere Zeitung ergeben. Habe ich Recht?«

Krampfhaft schluckte sie. Würde er sie doch noch der Polizei ausliefern? »Ja – das heißt, ich kann's Ihnen nicht erklären. Jedenfalls muss ich möglichst schnell nach Frankreich zurückfliegen und ich erinnerte mich an Jean-Claudes Zeitung ... Ist er wirklich in Amerika?«

»In Washington. Von dort berichtet er über die Demonstration.«

»Ja, ich weiß. Heute habe ich diesen anderen Aufmarsch im Central Park gesehen.«

»Was für ein kluges Kind du bist ...« Er musterte sie eine Zeit lang, dann fasste er einen Entschluss. »Trinken wir erst mal Tee. Dabei erzählst du alles, was du mir verraten willst.«

Bessie schaute aus dem Fenster. Von diesem hoch gelegenen Stockwerk aus konnte sie die Straße nicht sehen. *Danke, lieber Gott,* dachte sie und ging auf zitternden Beinen zu dem Sessel, den Monsieur Gotthard ihr anbot.

☆

»Entscheide dich«, verlangte Bob zum zehnten Mal. »Das Kind oder ich. Um Himmels willen, wenn ich mir das vorstelle – die ganze Zeit hast du diese seelische Belastung mit dir herumgeschleppt ... Kein Wunder, dass du krank warst!«

Mühsam bekämpfte Monica ihre Panik. »Bob, jetzt muss ich zu ihr ... Bevor du es vorhin gesagt hast, wusste sie nichts. Sicher regt sie sich furchtbar auf.«

Aber er gab den Weg zur Tür nicht frei. »Nein, du bleibst hier, bis du dich entschieden hast. Das meine ich ernst, Monica. Du hast mich um den Finger gewickelt, bis ich nicht mehr klar denken konnte. Nun weiß ich, wie ich mich zu verhalten habe. Wenn ich dir etwas bedeute, wird dir die Entscheidung nicht schwer fallen. Und wenn du nur einen Vater für deinen Bastard suchst, muss ich dich enttäuschen. Großer Gott, was geht eigentlich in deinem Gehirn vor?«

»Dauernd stellst du mir Fragen und lässt mich nicht antworten. Hör doch mal zu ...« Sie malte sich unentwegt aus, wie eine verwirrte, verängstigte Bessie das Satinkleid auszog. Doch sie verdrängte diese qualvollen Fantasiebilder und konzentrierte sich auf das Gespräch mit Bob. »Als ich sechzehn war, schlief ich mit dem Sohn meiner Adoptiveltern. Und dann ...«, sie holte tief Atem, »... musste ich mein Baby weggeben. In diesem Sommer erklärte mir der Arzt, ich sei unfruchtbar. Aber ich habe schon ein Kind – eine Tochter. Und ich wollte sie wiedersehen. Verstehst du das?«

»O Gott, das Kind deines Bruders! Inzest ...«

»Er ist mein Adoptivbruder, das sagte ich doch!«

»Dann war es moralischer Inzest. Hast du mich jemals geliebt, Monica – oder von Anfang an geplant, mir dein uneheliches Kind aufzuhalsen? Wenn ich dran denke, wie du mich verführt hast – Nacht für Nacht ...«

Darüber sollte sie lachen. Aber sie konnte es nicht. »Hör auf, Bob! Reden wir ein andermal darüber. Wenn wir beide ruhiger sind. Jetzt muss ich zu meiner Tochter ...«

Er rührte sich nicht von der Stelle. »Erst wenn du dich zwischen ihr und mir entschieden hast ...« Hinter ihm klopfte es an der Tür. Er öffnete sie einen Spalt breit, als er Hildies Stimme erkannte. »Schwesterherz, wir haben was zu besprechen. Lass uns noch eine halbe Stunde in Ruhe und kümmere dich um das Kind.«

»Wo *ist* Bessie? Ich habe überall nachgesehen und sie nirgends ...«

»O nein!«, stöhnte Monica.

»Such sie, Hildie«, befahl Bob, »und halt sie im Wohnzimmer fest ...«

»Um Himmels willen, sie ist weggelaufen!« Verzweifelt schob sich Monica zwischen Bob und Hildie hindurch und stürmte ins Schlafzimmer. »Bessie, Darling – ich bin's, Tante Mon! Wo steckst du?«

Offensichtlich war Bessie verschwunden. Hildie folgte ihr, genauso aufgeregt wie Monica. »Tu was, Bob! Ruf Donaghue an!«

Er wählte die Nummer und erfuhr, Bessie habe das Haus »vor fünf Minuten« verlassen.

»Um Gottes willen«, würgte Monica hervor, »wenn sie in dieser Stadt herumirrt! Ganz allein ...«

»Was ist passiert?«, fragte Hildie. »Warum ist sie weggelaufen?«

Monica wandte sich nicht zu ihr. Unablässig schaute sie Bob an. »Bring mir meine Tochter zurück!«, schrie sie. »Und danach siehst du mich nie wieder!«

Die Sinne schwanden ihr und er fing sie hastig auf.

☆

Sobald Bessie ihn sah, verstand sie, warum Cass ihn liebte. Und wenig später erriet sie auch, dass er ihr Vater war. Jetzt erschien ihr alles offensichtlich. Zweimal konnte Cass nicht geliebt haben, das würde ihrem Wesen widersprechen. In diesen Mann hatte sie sich verliebt. Dann war er fortgegangen und Cass hatte ein Baby bekommen. Schließlich hatten sie sich wiedergefunden. So einfach war das. Er hatte schwarzes Haar und dunkle Augen wie Bessie. Irgendwie wirkte er vertraut. Ihr Körper und ihre Seele kannten ihn.

Nachdem Mr Gotthard ihn angerufen hatte, kehrte er

nach New York zurück, und sie holten ihn vom Flughafen ab. Er trug Kameras bei sich, denn die Nachricht hatte so mysteriös geklungen, dass er glaubte, bei der Demonstration in New York wäre es zu Gewaltaktionen gekommen, über die er berichten sollte.

Mit Bessie konfrontiert, begriff er noch immer nichts. Dann begann er sich zu wundern, weil Louis sie als »Miss Elizabeth Durand« vorstellte. »Tut mir Leid, ich bin Cass' Tochter – Bessie Woodford«, platzte sie heraus. »Ich wusste nicht, wie ich Sie erreichen sollte. Und ich muss unbedingt zu Cass zurückkehren. Aber ich hatte keine Ahnung, wie ...« Tränen verschleierten ihren Blick und sie blinzelte heftig.

Allzu viele Fragen stellte er nicht. Offenbar war die Kleine völlig verwirrt und zog falsche Schlüsse, was ihre Herkunft betraf. Jedenfalls liebte sie Cass und Cass liebte Bessie. Nur das zählte. Lächelnd streckte er seine Hand aus. »Ich wollte dich schon lange kennen lernen, Bessie, und fühle mich geehrt, weil du mich um Hilfe bittest.«

Höflich wollte sie seine Hand schütteln. Die sich so warm und tröstlich anfühlte, aber die Tränen rannen unaufhaltsam über ihre Wangen. Da zog er sie an sich und sie presste ihr Gesicht an sein Hemd und schluchzte wie ein Baby. Nun wusste sie endgültig, dass er ihr Vater war.

Sie verabschiedeten sich von Louis Gotthard, gingen in ein Café, aßen Sandwiches, tranken Kaffee und Limonade. Dabei schilderte Bessie die Ereignisse der letzten Zeit und erzählte, welch schrecklichen Tod der kleine Mally gefunden hatte, wie unglücklich sie alle gewesen waren.

»Je eher wir in die Bergerie zurückkehren, desto besser«, meinte er. »Einverstanden?«

»O *ja,* Monsieur.«

»Nenn mich lieber Jean. Schaffst du das?«

»Natürlich. O Jean, Grannie und Cass werden so enttäuscht von mir sein, weil ich davongelaufen bin. Würden Sie's ihnen erklären? Monicas Mann erkannte mich nicht wieder, als ich mich verkleidet hatte – und ich schämte mich so – und irgendwie hatte ich Angst.« Inzwischen waren die Tränen versiegt. »Keine Ahnung, warum. Und es war einfach – nach Mallys Tod ...«

»Und nachdem Cass dir von mir erzählt hat?« Brennend stieg ihr das Blut in die Wangen. »Deshalb musst du dich nicht schämen, *chérie*. Cass gehört zu dir, und du dachtest, ich würde sie dir wegnehmen. Nicht wahr?« Er wartete keine Antwort ab. »So ist es nicht, Bessie. Stell dir mal vor, alle Liebe und sämtliche Freundschaften von dieser Welt sind in einem großen See vereint ...« Lächelnd unterbrach er sich. Sie war erst dreizehn. Wahrscheinlich würde sie in seinem See voller philosophischer Gedanken ertrinken.

Aber sie erwiderte sein Lächeln. »Wie Mally. Dauernd ist er bei Tante Liv in den Fischteich gewatet. Vielleicht, weil er Liebe gesucht hat.«

Nachdenklich nickte er. »Ja, wahrscheinlich.«

Er ließ sich von der Auskunft die Nummer der Farm in Connecticut geben und erklärte Aggie, Bessie habe sich in New York verirrt und von der Polizei in sein *La Planète-Büro* bringen lassen. Nun würde er mit ihr zur Farm fahren. Mit großen Augen starrte Bessie ihn an und fürchtete, er hätte sie verraten.

»Versteh doch, *chérie*«, bat er und legte auf. »So ist's am besten. Diese Aggie telefoniert mit deiner Tante Monica, und wenn wir uns auf der Farm treffen, werden sich alle beruhigt haben. Ich stelle mich als Cass' Kollege vor und erkläre, ich würde dich am Wochenende nach Frankreich mitnehmen. Auf diese Weise könnten wir unangenehme

Spannungen zwischen Cass und Monica vermeiden. Alles klar?«

»Ja, gewiss. Aber ich fürchte, das wird Tante Mon nicht zulassen. Sie will, dass ich bei ihr und Onkel Bob bleibe.«

»Das bezweifle ich, Bessie. Vertrau mir. Wenn sie dich bittet, bei ihr zu bleiben, sag einfach, du möchtest nach Hause. Dann rede ich mit ihr.«

Und Bessie vertraute ihm. Sie hätte ihm gern erzählt, sie sei dahinter gekommen, dass er ihr Vater war. Aber ein Instinkt riet ihr, damit noch zu warten. So nickte sie nur und setzte sich wieder auf den Barhocker, während er telefonisch einen Mietwagen bestellte. Wie überlegen er war ... Sicher würde er sich um alles kümmern.

☆

Monica wusste nicht, was sie denken oder unternehmen sollte. Noch nie im Leben war sie bewusstlos gewesen. Und jetzt hatte sie durch ihre Ohnmacht wertvolle Zeit verloren. Den Kopf zwischen den Knien, saß sie auf einem Stuhl neben der Wohnungstür und starrte den Teppich an. Unvermittelt dachte sie an Myrtle und das ungeborene Baby. Kein Wunder, dass Myrtle dieses Kind nicht mehr haben wollte ... Alles würde Monica aufgeben, auf alles in der Welt verzichten, wenn Bessie in diesem Augenblick zur Tür hereinkäme.

»Hör mal, Schätzchen ...« Hildie kauerte neben ihr und drückte ihre Hand. »Ich suche sie. Sofort. Inzwischen fährst du mit Bob zum Jugendamt. Wenn ich zurückkomme und sie nicht gefunden habe, soll Bob hier im Appartement auf einen Anruf warten, und wir zwei klappern mit einem Taxi die ganze Umgebung ab. Okay?« Sie stand auf. »Allzu weit kann Bessie nicht gelaufen sein. Also werde ich sie sicher bald aufspüren. Okay, Bob?«

Monica hörte ihn irgendwas murmeln, mit der Stimme eines schmollenden Schuljungen.

»Was du gesagt hast, um dieses Kind in die Flucht zu schlagen, weiß ich nicht, Bob«, fügte Hildie in scharfem Ton hinzu. »Aber jetzt solltest du dich zusammenreißen. Verdammt noch mal, sie ist erst dreizehn – und New York eine riesige Stadt!«

Sobald sie das Appartement verlassen hatte, stand Monica auf und ging zum Telefon – viel zu schnell. Ringsum schienen sich die hellen Wände zu drehen.

»Setz dich, das mach ich schon.« Bevor er telefonierte, ging er erst einmal in die Küche und kehrte mit einem Glas Whiskey zurück. Angesichts der Verzögerung wäre sie fast in Tränen ausgebrochen. »Trink das.« Er drückte ihr das Glas in die Hand, dann ging er endlich zum Telefon. Zunächst wurde er mit der Vermisstenabteilung verbunden, nachdem er den Zwischenfall geschildert hatte – nicht besonders dramatisch –, verwies man ihn ans Jugendamt. »Eine Beschreibung? Nun – sie ist groß für ihr Alter, dunkles Haar, dunkle Augen ... Die Kleidung?« Fragend schaute er über seine Schulter. »Was hatte sie denn an, Mon?«

Monica stellte das Glas auf den Boden und eilte zum Apparat. Widerspruchslos übergab er ihr den Hörer. »Ein blaues Kleid mit weißen Gänseblümchen. Und weiße Sandalen – ja, Socken. Und ein goldenes Armband. Nein, sonst keinen Schmuck.« Sie begann zu zittern. »Nicht einmal einen Mantel hat sie – und wenn die Sonne untergeht ... Ja, ich weiß, es ist erst eine Stunde her ... Nein, es gab keinen Streit. Nicht direkt ... Ja, vielleicht hat sie sich aufgeregt ... Nein, hier im Appartement versteckt sie sich nicht. Wir haben überall gesucht.« Schließlich legte sie auf und wandte sich zu Bob. »Sie glauben, sie spielt Verstecken. Um uns zu bestrafen.«

»Genau das tut sie doch, nicht wahr? Sie ist wütend, weil ich sie angeschrien habe, und sie mag mich nicht.«

»Daran liegt's nicht«, erwiderte sie müde. »Sie hat deine Worte gehört. Und sie will nicht mein Kind sein. Viel lieber gehört sie zu Cass und Mary Woodford. So wie ich zu Gillie gehören wollte.«

»Warum hast du ihr nicht die Wahrheit gesagt? Wolltest du uns beide belügen? Für den Rest unseres Lebens?« Sein Zorn war noch nicht verflogen.

»Bitte, Bob! Du wolltest mich zurückhaben. Und ohne Bessie wäre ich nicht hierher gekommen. Hättest du sie akzeptiert, wäre ich bei dir geblieben. Eines Tages hätte ich ihr alles erzählt. Oder die Zusammenhänge wären ihr allmählich klar geworden.« Gequält schluchzte sie auf. »Ach, ich weiß es nicht ... Anfangs wollte ich mir Bessie nur – ausleihen. Zuerst wegen meiner Selbstachtung, und dann, weil ich sie lieb gewann. Ich redete mir ein, bei Cass wäre sie in Gefahr, und ich würde ihr einen Gefallen tun, wenn ich sie aus Europa wegbringe ... Ich dachte, wir könnten zusammenleben. Wie eine richtige Familie ...« Monica unterbrach sich und lauschte. »Ist das der Lift? Vielleicht hat Hildie sie gefunden ...«

»Nein, das ist der Kühlschrank.« Zögernd ging Bob zu ihr. »Hör mal zu, Mon. Nancy hat sich an meinen Hals geworfen – eine belanglose Affäre ...«

»Aber Hildie hat mir erzählt, wie sehr du dir Kinder wünschst. Und ich kann keine bekommen.«

»Du genügst mir. Und ich dachte, ich würde auch dir genügen.«

Bedrückt senkte sie den Kopf. Sie wusste, dass er sie in die Arme nehmen und trösten wollte. Wenn sie es erlaubte, würde sie ihn bald veranlassen, Bessie zu akzeptieren. Doch sie hatte ihn lange genug manipuliert. »Darüber kann ich jetzt nicht nachdenken«, entgegnete sie leise. »Nicht über *uns.*«

»Schon gut, Schätzchen. Trink deinen Whiskey, dann wird Hildie mit dem Kind zurückkommen.«

»Mit Bessie.«

»Okay, mit Bessie.«

Sie leerte das Glas und wie durch ein Stichwort surrte der Lift. Sie eilten in den Flur, die Türen glitten auseinander – Hildie war allein.

☆

In seinem Übereifer wendete der Taxifahrer den Wagen jedes Mal, wenn er ein Kind auf einem Gehsteig entdeckte. Sie fuhren zum Central Park. Aber es war hoffnungslos, in den geordneten Reihen der Demonstranten, die mit Fahnen und Transparenten feierlich dahinmarschierten, ein kleines Mädchen zu entdecken. »Hier ist sie sicher nicht«, erklärte Hildie und der Chauffeur stimmte ihr zu.

»Versuchen wir's beim Empire State Building. Da gehen sie alle hin.«

Monica schwieg. Vielleicht war Bessie doch in den Central Park gelaufen. Auf der Suche nach Freiheit? Ein paar Sekunden lang senkte sie, von einer plötzlichen Übelkeit erfasst, den Kopf. Doch sie blickte sofort wieder auf, weil sie fürchtete, womöglich eine kleine Gestalt im blauen Gänseblümchenkleid zu übersehen.

Eine Stunde später fuhren sie zum Beekman Place zurück, um herauszufinden, ob sich die Polizei gemeldet hatte. Doch Bob konnte nichts Neues berichten. Als er ihnen zum Lift entgegeneilte, sog er heftig an einer Zigarette. Inzwischen hatte er Zeit gefunden, um nachzudenken – ohne ein Ergebnis zu erzielen. Am liebsten hätte er angewidert geschrien: »*Frauen!*« Und sich dann in der nächstbesten Bar verkrochen. Diesem Impuls durfte er natürlich nicht nachgeben.

Hildie rief das Jugendamt an. »Mehr konnten wir nicht tun«, verkündete sie in energischem, fast gebieterischem Ton. Sie schaute Monica an und gleich wieder weg, weil sie den Eindruck gewann, in eine offene Wunde zu starren. »Wohin geht ein zwölfjähriges Mädchen in einer fremden Stadt? Die Restaurants und Cafés rings um den Beekman Place haben wir abgeklappert. Sogar zum Central Park sind wir gefahren ... Nein, es ist hoffnungslos, in dieser Menschenmenge ... Hören Sie mal, Sie haben viel mehr Leute zur Verfügung als wir. Klar, ich weiß, das Kind ist nicht Ihr einziges Problem. Trotzdem sollten Sie die Initiative ergreifen ... Ob sie versucht hat, nach Hause zurückzukehren? Dieses Kind ist in Frankreich und England daheim ... Okay, vielleicht hat sie versucht, zu unserer Farm zu gelangen. Das werden wir feststellen.« Ohne sich zu verabschieden, legte sie auf und wählte sofort eine andere Nummer. »Gordon ...« In knappen Worten schilderte sie die Ereignisse.

»Gehen wir in die Küche«, schlug Bob vor. »Essen und trinken wir was.«

Sie wollte den Kopf schütteln. Aber dann dachte sie, alles wäre besser, als auf diesem Stuhl in der Diele zu sitzen. Automatisch folgte sie ihm in die Küche und füllte den Wasserkessel. Dabei dachte sie an Nancy und – eine sonderbare Gedankenverbindung – ihre Adoptivmutter Nelly Cook.

»Trinken wir Tee«, sagte sie und es klang wie eine Zeile aus irgendeinem Theaterstück. Dann wandte sie sich an Bob und bemerkte seine Verwirrung. »Tut mir wirklich Leid. Du warst so gut – nein, viel besser – wundervoll. Damals im Albion wollten viele Männer meinen Panzer durchbrechen. Und du hast ihn einfach nicht bemerkt ...« Mit zitternden Lippen lachte sie. »Oder zerschmettert!«

»So als hätte ich Dornröschen geweckt?«

»Vielleicht.« Sie schwenkte das heiße Wasser im Teekessel wie Liv in ihrer makellosen Küche. »Glaub mir, ich wollte dich nicht hintergehen, Bob. Ich liebte dich. Vor unserer Hochzeit fuhr ich nach Hause und traf meinen Bruder. Wäre irgendwas von den alten Gefühlen übrig geblieben – ich hätte dich nicht geheiratet.« Sorgfältig maß sie den Tee ab. »Aber er liebte mich nicht. Von Liebe verstand er gar nichts. Für ihn war's nur Spaß – all diese Nächte. Obwohl er Bessies Existenz ahnte, wollte er sich nicht genauer informieren, aus Angst vor Schwierigkeiten. Einen solchen Mann konnte ich nicht mehr lieben. Also kehrte ich nach London zurück und wurde deine Frau.«

Unbehaglich wich er ihrem Blick aus. Es missfiel ihm, wenn sie von Gillie sprach. »Und das war großartig. Nicht wahr, Schätzchen?«

Einen Teewärmer gab es nicht. Die silberne Kanne war vakuumversiegelt, trotzdem wickelte Monica ein sauberes Geschirrtuch darum. Dann stellte sie drei Tassen ohne Untertassen auf ein Tablett und nahm Milch aus dem Kühlschrank. »O ja.«

Sie wusste noch sehr gut, wie verzweifelt sie sich Bob hingegeben hatte. Als könnte sie mit solchen Exzessen die Erinnerung an Gillie und Bessie verdrängen.

»So könnte es wieder sein.« Monica wollte protestieren, aber er hob hastig eine Hand. »Schon gut, ich weiß – jetzt kannst du noch nicht über die Zukunft reden – solange du dich um Bessie sorgst. Aber – es gibt eine Zukunft, Schätzchen. Und wie sie aussehen wird, liegt ganz allein bei dir.«

Sie fragte nicht, ob sein Ultimatum immer noch galt. Mit erstaunlich sicherer Hand füllte sie die Teetassen und stellte das Tablett auf den Tisch.

In diesem Augenblick kam Hildie in die Küche. »Gerade habe ich mit Gordon telefoniert.« Schwerfällig sank sie auf einen Stuhl.

Da erinnerte sich Monica an die Schwangerschaft ihrer Schwägerin und legte ihr eine Hand auf die Schulter. Hildie griff danach – ein Ersatz für Cass. Oder Myrt. Oder Liv.

Eine Stunde später rief das Jugendamt an und Hildie lauschte angespannt. Dann legte sie eine Hand über die Sprechmuschel. »Ein Mädchen in einem blauen Kleid wurde von einem Polizisten zu den Büros im Herald gebracht. Dort wollte die Kleine mit jemandem von der *La Planète-Redaktion* reden – das ist eine französische Zeitung. Sie sprach mit einem gewissen Louis Gotthard und stellte sich als Elizabeth Durand vor. Glaubst du, das ist Bessie, Monica? Hat sie heute nicht nach dieser Zeitung gefragt?«

Verständnislos runzelte Monica die Stirn. Der Name Durand sagte ihr nichts und an die Zeitung erinnerte sie sich nur vage.

»Lass dir die Adresse geben, Hildie«, drängte Bob, »wir fahren sofort hin.«

Hildie setzte ihr Telefonat fort, dann drehte sie sich um. »In ein paar Minuten rufen sie wieder an. Sie wollen der Sache nachgehen.«

Im nächsten Telefongespräch erfuhr Hildie vom Jugendamt, in der französischen Redaktion würde sich niemand melden und der Mann am Empfang des Herald-Gebäudes habe erklärt, vor einer halben Stunde sei Monsieur Gotthard mit einem Kind weggegangen. »Angeblich ist dieser Gotthard vertrauenswürdig.«

»Und was tun sie jetzt?«, fragte Monica atemlos.

»Sie sehen sich in der Redaktion um. Vielleicht finden sie irgendwelche Notizen.«

Und so warteten sie wieder. Die Dunkelheit brach herein. Herzlos schienen die Lichter der Stadt zu funkeln. Sie tranken Tee, und Bob schaltete den Fernseher ein, um die Nachrichtensendung zu sehen. Wenigstens waren an diesem Tag keine Leichen gefunden worden.

Gordon rief an. Inzwischen war Bessie nicht auf der Farm eingetroffen. Jemand vom Jugendamt hatte alle Gebäude durchsucht.

Ein halbe Stunde später meldete sich die Polizei. Ein Officer wartete vor Gotthards Apartmenthaus in Brooklyn. Bis jetzt war der Mann nicht nach Hause gekommen. Sobald man ihn sprechen könne, würde man die Gallaghers informieren.

Um halb zehn kehrte Monsieur Gotthard heim und eine wichtige Nachricht wurde zum Beekman Place weitergeleitet. Die kleine Elizabeth Durand hatte tatsächlich ein goldenes Armband und ein blauweiß gemustertes Kleid getragen und den Wunsch geäußert, mit ihrem Onkel Jean-Claude Durand zu sprechen. Daraufhin hatte Monsieur Gotthard ihn in Washington angerufen und ihn gemeinsam mit dem Kind vom Flughafen abgeholt. Bevor die beiden in ein Café gegangen waren, hatte er sich verabschiedet. Gotthard sei ein angesehener Journalist, ebenso wie Durand, versicherte die Polizei. Also bestehe kein Grund zur Sorge. Aber vielleicht wäre es besser, wenn sich Mr und Mrs Gallagher auf dem Revier melden würden – für alle Fälle. Außerdem müsse man feststellen, warum das Kind weggelaufen war und zu wem es gehörte.

Zehn Minuten, nachdem Hildie den Hörer aufgelegt und die allgemeine Verwirrung noch nicht nachgelassen hatte, läutete der Apparat wieder. Diesmal meldete sich Gordon und verkündete, Bessie und ihr französischer Onkel würden gerade nach Connecticut fahren.

☆

Auf der Farm angekommen, waren alle erschöpft. Obwohl Bob die Hand des Franzosen schüttelte, zuckte ein Muskel in seinem verkrampften Kinn.

»Offenbar erinnerte sich Bessie an meinen Auftrag in Amerika«, erklärte Jean-Claude Durand. »Die Demonstration im Central Park und – eh – und so weiter. Als sie spazieren ging, verirrte sie sich und ließ sich von der Polizei zur *La Planète-Redaktion* bringen.«

»Tut mir Leid, dass Sie solche Unannehmlichkeiten hatten«, beteuerte Monica mit schwacher Stimme. »Wer sind Sie? Bessie hat niemals einen Onkel erwähnt ...«

»Ein alter Freund von Carol. Wir haben zusammengearbeitet. Letzten Monat traf ich sie in London, als sie ein Manuskript redigierte. Vielleicht hat sie's erwähnt.«

»Ja ...«

»Und von mir hat sie nicht gesprochen?«, fragte Jean-Claude und setzte sein charmantestes Lächeln auf. Cass hatte erklärt, Monica sei schön. Aber diese hagere Gestalt mit dem bleichen Gesicht und den glanzlosen Augen erschien ihm eher bedrohlich. Wann würde es ihm gelingen, Bessie von dieser Atmosphäre zu erlösen, die ihr empfindlich schaden könnte? Die Schwägerin wirkte normal. Doch die Gallaghers schienen mit ernsten Eheproblemen zu kämpfen. Falls Bessie diese Schwierigkeiten ausgelöst hatte, musste er sie möglichst schnell wegbringen. »Wahrscheinlich gab's genug andere Dinge zu besprechen. Wie ich hörte, haben Sie Ihre drei Freundinnen zum ersten Mal seit zwölf Jahren wiedergesehen. Und Bessie erzählte mir auch vom tragischen Tod dieses kleinen Jungen. Es war sehr freundlich von Ihnen, Mrs Gallagher, ihr einen erholsamen Urlaub auf der Farm zu bieten.«

Er schaute in ihre Augen und sie starrte zurück. Noch ein Grund, warum Bessie in Amerika bleiben müsste. Erst die Gefahr, die das mysteriöse Buch heraufbeschwor – und jetzt Cass' Liebhaber ...

Nach Jean-Claudes Worten entstand eine lange Pause. Alle schienen Monica zu beobachten und sie spürte die durchdringenden Blicke fast körperlich. Beklommen wandte sie sich zu ihrer Tochter. Das Kind sah bleich und müde aus, das Kleid war zerknittert. Wie Rattenschwänze hingen die Haare herab. Sie schien den Atem anzuhalten.

Und plötzlich wusste Monica, was sie tun wollte – was in diesem Augenblick am wichtigsten war. »Monsieur Durand, ich muss mit Bessies Mutter telefonieren. Verstehen Sie das? Wenn sie einverstanden ist, sehe ich keinen Grund, warum Bessie Sie nicht nach Frankreich begleiten sollte.« Sie fühlte Bobs Arm, der ihre Schultern umfing, sah Bessies Lächeln. Natürlich hätte sie Mrs Woodford als »Bessies Mutter« bezeichnen können. Aber jeder wusste, wen sie meinte.

Nur Hildie lächelte nicht. »Glaubst du, das wäre richtig, Schätzchen? Bist du dir sicher?«

»O ja.«

»Bevor die Schule wieder anfängt, muss ich noch einiges erledigen, Tante Mon ...«, begann Bessie diplomatisch und Hildie unterbrach die sorgsam gewählten Worte.

»Trink ein Glas Milch und iss ein paar Kekse. Und dann ab ins Bett.«

☆

Natürlich nahm Bob an, sie hätte sich für ihn entschieden. Er wusste, welch ein Opfer sie ihm brachte. In dieser Nacht weinte er, wiegte sie wie ein Kind in seinen Armen und flüsterte ihr ins Ohr: »Danke, mein Schatz. Ich liebe dich. Nie wieder werde ich eine andere Frau anschauen.«

Im milchigen Dunkel lag sie auf dem Rücken und wünschte, sie könnte erwidern: »Ich liebe dich auch, Darling.« Doch das war unmöglich. Jetzt fiel es ihr noch viel schwerer, Bessie ihrer Freundin zu überlassen als vor dreizehn Jahren. Damals hatte sie das Baby nicht gesehen, es war ein anonymes Geschöpf gewesen. Jetzt kannte sie Bessie. Hatte sie die Entscheidung des Kindes wegen getroffen? Oder Carol zuliebe? Sie wusste es nicht.

Lange, nachdem Bob eingeschlafen war, starrte sie immer noch in die Nacht. Um vier Uhr hörte sie Jim über den Hof zu den Kuhställen gehen, wo er die Melkmaschine einschaltete. Der Alltag auf dieser Farm erinnerte sie schmerzlich an ihre Unfruchtbarkeit, und sie glaubte, zu schrumpfen, zu vertrocknen. Wenn man ein Opfer brachte, musste man doch eine gewisse Genugtuung empfinden. Aber sie spürte nichts dergleichen.

☆

Monicas Anruf war rätselhaft gewesen, um es milde auszudrücken. Erst als Carol das Kind an Jean-Claudes Seite über die Rollbahn von Marseille gehen sah, konnte sie glauben, dass Bessie unbeschadet zu ihr zurückkehrte.

Offensichtlich mochten sich die beiden instinktiv. Auf dem langen Flug nach Frankreich hatten sie anscheinend nicht über die Vergangenheit gesprochen. Wie Carol dem lebhaften Geplauder des kleinen Mädchens entnahm, hatte sie Jean-Claude nach seinem Job gefragt. »Weil Boris Fotograf werden möchte«, erklärte sie nun, während sie mit Jean-Claude im Fond des Renault saß. Zwischen den beiden herrschte nicht die geringste Befangenheit. Wären sie nicht zwei Menschen gewesen, die sie liebte, hätte Carol sich ausgeschlossen gefühlt. Eifrig beugte sich Bessie über die Lehne des Beifahrersitzes, schilderte die Ereignisse der letzten zwei Tage und erweckte den Eindruck, das alles wäre fast normal gewesen.

Carol folgte dem Nordufer der Rhône. Im Rückspiegel sah sie Jean-Claude entspannt lächeln. Unglaublich. Erst vor einer Woche hatte sie sich von ihm verabschiedet und das heimtückische Gefühl verdrängt, sie würde ihn nie wiedersehen. Ihre Mutter war in die Bergerie zurückgekehrt – endlich. Vor lauter Erleichterung hatte Carol geweint und geklagt: »Ich weiß, irgendjemand wird ihn umbringen, Mutter. Das spüre ich. Ein sorgloses Leben an seiner Seite ist mir einfach nicht vergönnt. Tut mir Leid – gegen diese Angst kann ich nichts tun ...«

Und nun saß er in ihrem Renault. Mit Bessie. Der irreale Wunsch hatte sich erfüllt. Wäre sie ein Kind gewesen, hätte sie tagelang gebetet: *Lieber Gott, lass Bessie und Jean Freunde sein. Lass sie einander in Amerika begegnen und wohlbehalten zusammen heimkehren.* Als Erwachsene hätte sie eine solche Bitte lächerlich gefunden. Und doch – es war geschehen.

»Warum schaust du so belustigt drein, Cass?«, fragte er. »Glaubst du, Bessie übertreibt? Sei versichert, eine gütige Vorsehung hatte ihre Hand im Spiel. Die Demonstration im Central Park hat sie an mich erinnert, der freundliche Polizist sprach mit der Frau, die einen Pudel an der Leine führte ...«

»Ganz meine Meinung!« Carol drehte den Kopf ein wenig zur Seite, um beide anzulächeln. »Gerade dachte ich, der Allmächtige müsste meine Gedanken gelesen haben. Eigentlich wollte ich ihn nicht mit einem so unbescheidenen Ansinnen belästigen. Aber er wusste, was ich wollte. Und – da seid ihr!«

Alle drei lachten. *So* ein unfassbares Wunder war es nun auch wieder nicht.

☆

In der Bergerie wurden sie von Mary Woodford erwartet. Falls sie der Zukunft skeptisch entgegenblickte, zeigte sie's nicht. Höflich schüttelte Jean-Claude ihr die Hand, dann sprang Bessie dazwischen und umarmte ihre Grannie temperamentvoll wie eh und je. Dabei flüsterte sie ihr ins Ohr: »Gib ihm einen Kuss! Ich wünsch mir so sehr, dass du ihn magst.«

Verwirrt starrte Mary das Kind an. Wie Cass konnte sie kaum an diese innige Beziehung zwischen den beiden glauben. Immerhin hatte Bessie sehr zurückhaltend auf die Neuigkeit von Carols »Freund« reagiert. Was mochte in Amerika geschehen sein? Wie auch immer, Mary durfte dem Kind diese inständige Bitte nicht abschlagen. Sie schaute in die klugen dunklen Augen des Mannes, der Carol völlig überwältigt hatte, und lächelte wehmütig. »Oh – kommen Sie her!« Sie nahm sein Gesicht in beide Hände, fühlte die kraftvollen Kinnmuskeln, die sich unter ihren Fingern anspannten. »Leider hatte ich niemals einen Sohn ...« Ihre Stimme drohte zu brechen. »Also sollten wir ein bisschen mehr tun, als nur Hände zu schütteln.«

Sie hatte befürchtet, Carol würde sich nur sexuell zu ihm hingezogen fühlen. Aber in seinem glücklichen Lächeln erkannte sie die tiefe Verbundenheit zwischen Jean-Claude und ihrer Tochter.

In diesem Augenblick schleppte Carol den letzten Koffer ins Haus. »Vielen Dank für eure Hilfe!«, seufzte sie vorwurfsvoll und alle brachen in Gelächter aus.

13

Ende Januar brachte Myrtle in einem Entbindungsheim nahe der Trinkhalle von Pittsville wieder einen Jungen zur Welt. Die Geburt verlief komplikationslos und das Baby erschien ihr wie eine perfekte Kopie von Nicholas und Martin. Aber sie sah es neben sich in seinem Segeltuchbettchen liegen und empfand gar nichts.

Umso glücklicher war Malcolm. »Wie sollen wir ihn nennen, Darling?« Über alle seine Söhne hatte er sich maßlos gefreut, was zu seinen liebenswerten Eigenschaften zählte. Offenbar hatte er Mally vergessen, denn er kniete völlig hingerissen an der Seite des Bettchens, hielt dem Baby einen Finger hin und suchte in dem verschrumpelten Gesichtchen nach einer Ähnlichkeit mit sich selbst.

»Wie du willst. Bloß nicht Malcolm.«

»Natürlich nicht, Schätzchen. Mally können wir nicht ersetzen. Aber nun haben wir die Chance auf einen neuen Anfang. Wollen wir's noch mal versuchen, Myrt?« Mit flehenden Augen schaute er zu ihr auf. Nun sehnte er sich nach seiner turbulenten Ehe zurück, die er seit dem letzten August schmerzlich vermisste. Nie mehr hatte Myrtle ein Teetablett ins Behandlungszimmer gebracht, und ob er sie mit seinen Patientinnen betrog, interessierte sie nicht.

»Das müssen wir wohl oder übel«, erwiderte sie und

lächelte gezwungen. »Es ist nur – ich bin so müde, Malcolm.«

»In diesem Sommer machen wir mal richtig Urlaub, Darling. Wir besuchen alte Freunde in Bournemouth, wohnen in einem Luxushotel, sitzen am Strand ...«

»Wir haben keine Freunde mehr in Bournemouth, weil ich nie Zeit fand, um Briefe zu schreiben. Aber da war ohnehin niemand, mit dem wir in Verbindung bleiben wollten.«

»Dann fahren wir eben woandershin. Du verdienst ein bisschen Erholung.«

»Erholung? Mit Nicky und Martin und dem neuen Baby?«

»Dann fahren wir eben nur zu zweit weg und engagieren ein Kindermädchen, das bei den Jungs bleibt? Wollen wir Cass in Frankreich besuchen?«

»Vielleicht sollte ich allein fahren«, erwiderte sie zögernd. »Im Augenblick bin ich keine gute Gesellschaft.«

Er schaute sie an, mit jenem Blick, der in früheren Zeiten ihr Herz geschmolzen hätte. »Würdest du mich mit einem Kindermädchen allein lassen? Obwohl du mich kennst?«

Darauf ging sie nicht ein. »Außerdem ist Cass sehr beschäftigt, und sie wäre sicher nicht begeistert, wenn wir in ihrem kleinen Liebesnest auftauchen würden.«

Ihr Desinteresse beunruhigte ihn, und er wünschte, er könnte endlich wieder einen heftigen Streit vom Zaun brechen. Aber der Doktor hatte irgendetwas von »postnatalen Depressionen« erwähnt. Also musste Malcolm sehr vorsichtig mit ihr umgehen. »Okay«, sagte er friedfertig, »im Sommer sehen wir weiter.« Nun wandte er sich wieder zu dem Baby. »Wie schön er ist, Myrt! Und du bist ein verdammt tolles Mädchen. Eigentlich sind wir ein verdammt tolles Paar.« Ihre Augen verdunkelten sich, und er wusste, dass sie wieder an Mally dachte. Hastig fügte er hinzu: »Denken wir uns einen Namen aus. Wie wär's mit Ivan, nach deinem Vater? Oder mit Chester, nach meinem?«

»Was immer du willst.«

»Mein zweiter Vorname lautet Chester. Und der Kleine sieht mir ähnlich. An solchen Dingen erkennt der Mensch seine Unsterblichkeit. All die Jungs ... Bei diesem Gedanken erwacht meine Sinnenlust. O Myrt, ich liebe dich.«

»Hör mal, ich will keine Kinder mehr«, erklärte sie energisch. »Das war mein letztes Baby.«

»Schon gut, Häschen«, murmelte er lächelnd. Er würde sie bald umstimmen. Schließlich war es immer Myrtle gewesen, die sich Nachwuchs gewünscht hatte.

Weil die Krankenschwester »Chester« zu pompös für ein so winziges Geschöpf fand, kürzten sie »Chester Lennox« zu »Lennie« ab.

Myrtle redete das Baby nie an. Irgendetwas stimmte nicht mit ihr, das spürte sie. Aber sie wusste nicht, was sie dagegen tun sollte. Daheim würde sich alles wieder zum Guten wenden, hoffte sie. Andererseits fürchtete sie die Rückkehr in ihr Haus. Ohne Mally wirkte das große Gebäude am Imperial Square so leer. Die Küche war so düster, das Schlafzimmer – wo sie zuletzt den Großteil ihrer Zeit verbracht hatte – so kalt. Nachdem sie Livs häuslichen Luxus genossen hatte, erschienen ihr die eigenen vier Wände doppelt trostlos. Aber Reggies wegen konnte sie sich nicht mehr bei Liv einquartieren. Und die anderen Freundinnen? Monica versuchte im fernen New York ihre Ehe zu retten, Carol hatte zu ihrer glücklichen kleinen Familie noch einen Liebhaber dazugewonnen – und Myrtle fühlte sich schrecklich einsam.

In der Guy-Fawkes-Nacht hatte sie mit den Jungs im lang gestreckten, schmalen Garten gestanden, wo Malcolm und Tom ein Feuerwerk inszenierten. Krampfhaft bemüht, irgendetwas zu fühlen, nahm sie eine ausgebrannte Wunderkerze aus Nickys Hand, umfasste sie an dem Ende, das immer noch rot glühte, und ließ sie hastig fallen. Aber sie schrie nicht. Erst später entdeckte Malcolm die Brandblasen und verband ihre Hand.

Nach Mallys schockierendem Tod hatte sie auf eine Fehlgeburt gehofft. Daran dachte sie unentwegt während der langen, mühsamen Wanderung zum Geisterhaus, die sie zusammen mit ihren Freundinnen unternahm. Aber ihr stämmiger kleiner Körper besaß Kräfte, die ihren Willen besiegten.

Obwohl sie niemals klagte, beteuerte Malcolm in einem fort: »Sobald das Baby auf der Welt ist, wird alles wieder gut, Häschen.« Wen er trösten wollte – Myrtle oder sich selbst –, wusste sie nicht. Eines Nachts, als sie sich von ihm abwandte, fragte er traurig: »Liebst du mich nicht mehr?«

»Doch, natürlich«, antwortete sie automatisch, »ich bin nur müde.« Aber wie konnte sie wissen, ob sie ihn liebte, wenn sie überhaupt nichts mehr empfand?

Sie hätte ihre Freundinnen gern wiedergesehen. Zumindest *das* wusste sie. Auf jenem Ausflug zu viert hatte sie Mally fast vergessen und sich wieder wie ein menschliches Wesen gefühlt.

Hast du was von Monica gehört?, schrieb Carol. *Bessies Urlaub in New York wurde abgekürzt. Vor ein paar Tagen kam sie mit Jean-Claude nach Frankreich zurück. Ich glaube, du wirst ihn mögen. Das hoffe ich sogar, denn wir wollen heiraten, wenn seine Frau in die Scheidung einwilligt. Bist du jetzt schockiert?*

Myrtle war tatsächlich schockiert. Mit diesen Plänen entfernte sich Carol gewissermaßen von den Freundinnen, gehörte nicht mehr zu ihnen. Wenn sie einen Mann heiraten wollte, musste sie ihn über alles lieben. Und Liv, Monica und Myrtle liebten ihre Ehemänner offenbar nicht mehr über alles. Sie saß auf der Bettkante und riss den Brief in winzige Fetzen, die am Boden liegen blieben, bis Doris nächste Woche Staub saugte.

☆

Als sie mit Baby Lennie nach Hause kam, schneite es. Sie saß im Wohnzimmer am Fenster und beobachtete, wie Doris die Jungs durch die jungfräulich weißen Imperial Gardens zu einer Geburtstagsparty im Queens Hotel führte. Anscheinend war das ein ganz besonderes Fest. Doris hatte Anzüge, Hemden und winzige Fliegen gekauft. Vor dem Aufbruch waren sie ins Wohnzimmer gelaufen, wo sie neben Lennies Bettchen saß, und hatten sich voller Stolz präsentiert.

»Wirklich, ihr seid sehr hübsch.« Myrtles Lob klang wie auswendig gelernt.

Gequält verdrehte Nicky die Augen. »Mummy, Jungs sind nicht hübsch, höchstens attraktiv.«

»Also gut. Attraktiv.« Vor dem letzten Sommer hätte sie darüber gelacht.

»Verabschiedet euch von Mummy und Lennie«, mahnte Doris.

»Auf Wiedersehen, Mummy, auf Wiedersehen, Lennie«, krähte Martin.

Nicky zerrte ihn zum Bettchen hinüber und imitierte seinen Vater: »Bye-bye, Baby. Sei schön brav, wenn wir weg sind.«

In etwas natürlicherem Ton versprach Martin: »Nächste Woche zeige ich dir, wie man Fußball spielt, Lennie.« Dann pflanzten sie Küsse auf Myrtles Wangen und rannten in die Halle, wo sie Stiefel anzogen und Mützen aufsetzten.

»Was für nette Jungs«, hatte Myrtle geflüstert. »Ich liebe sie – ich muss sie lieben.«

Jetzt schlitterten sie durch den Schnee, drehten sich um und winkten zu ihrem Fenster hinauf. Malcolm steckte den Kopf zur Tür herein. »Hast du die Jungs gesehen? Gerade winkte ich ihnen vom Behandlungsraum aus, mit einem Handtuch. Das merkten sie und winkten zurück. Ein Ritual, das wir uns während deiner Abwesenheit angewöhnt haben. Ich will ihnen die Zeichensprache beibringen.«

Als er verschwand, lächelte sie beinahe. Also hatten die Jungs nicht *ihr* gewunken. Sie können ohne mich leben, dachte sie, so wie ich ohne sie. Und das war gut so. Malcolm kehrte mit einem Teetablett zurück und erklärte, nun müsse er eine langwierige Behandlung vornehmen und würde vorerst nicht nach ihr sehen. »Alles okay, Häschen?«

»Natürlich.«

Er kauerte vor ihrem Sessel nieder. »Warum versuchst du nicht, Lennie zu stillen, Myrt? Für die anderen hattest du so viel Milch. Sicher ist was da. Und es würde dir helfen, mütterliche Gefühle zu empfinden.«

»Lieber nicht ...«

»Wie du meinst«, seufzte er. Inzwischen hatte er es aufgegeben, ihr jene verführerischen Blicke zuzuwerfen. »Vor nicht allzu langer Zeit hast du *mir* Tee gebracht. Ins Behandlungszimmer. Um mich im Auge zu behalten.« Sie schwieg und er fragte leise: »Hast du keine Angst, dass in der nächsten Stunde was passieren könnte?«

Nach einer längeren Pause entgegnete sie: »Nein.« Das leidenschaftslos ausgesprochene einsilbige Wort bedeutete nicht, dass sie ihm misstraute – nur dass sie sich nicht für seine Aktivitäten interessierte. Beinahe schreckte er zurück. Er wollte sie anschreien und beschimpfen und verkünden,

Mrs Herron sei seine nächste Patientin. Doch das würde keinen Unterschied machen. Schließlich stand er auf, pflanzte einen keuschen Kuss auf ihre Wange wie die Jungs und ließ sie allein.

☆

Nach einer Weile begann das Baby zu wimmern. Sie wickelte das Fläschchen aus einer sauberen Windel und schob den Schnuller in den winzigen Mund. Kraftvoll saugte Lennie daran. Als das Fläschchen leer war, stellte sie es beiseite und rückte näher zum Feuer. Wenig später weinte er wieder. Wahrscheinlich litt er an Blähungen. Wenn er noch lauter schrie, würde Malcolm nachsehen, was da los war, das musste sie verhindern. Und so legte sie die Windel über das Gesicht des Babys, stand auf und trat ans Fenster. Das Geschrei erklang immer noch, aber gedämpft.

Hinter Mrs Herrons Wagen parkte ein Auto, das ihr vage bekannt vorkam. Dann fuhr es langsam weiter und bog in die Seitenstraße, die zu den Garagen führte.

Lennie schob sein Gesicht unter der Windel hervor und brüllte immer lauter. Widerstrebend kehrte sie zu ihm zurück und betrachtete ihn. Er sah nicht wie Mally aus. Aber wer würde jemals wie Mally aussehen? Sie wollte ihn nicht ersetzen. Entschlossen legte sie mit sanftem Druck die Windel wieder auf das kleine Gesicht.

In diesem Augenblick öffnete sich die Tür. Jemand trat ein, zunächst zögernd, dann mit schnellen Schritten. Myrtle wurde nach hinten gerissen, die Windel fiel zu Boden. Jetzt schrie das Baby wie am Spieß, und Myrtles Arme schlugen gegen einen Mantel aus jenem dicken Kamelhaar, den alle Auktionatoren liebten. »Reggie!«, rief sie erstaunt.

Und Reggie brach fast in Tränen aus. »Oh, mein liebstes Mädchen! Was ist mit dir geschehen?« Er drückte sie an sich, und sie konnte der Umarmung nicht widerstehen – eine Umarmung, die so kalt war wie der Schnee da draußen und so warm wie der Sommertag, an dem sie sich zum ersten Mal geliebt hatten.

Dass sie innerlich gestorben war, wusste er nicht. Immer wieder küsste er sie, ihre Lider, ihre Ohren, ihre Lippen. Dann strich er über ihr zerzaustes, drahtiges Haar und presste sein Gesicht an ihren Hals. »Reggie, Reggie ...« Aber es war kein Protest, nur ein Ausdruck ihrer Verblüffung.

»Ich sah dich am Fenster stehen, und ich dachte, du würdest mich erkennen. Dann ging ich durch die Hintertür hinein, damit Malcolm mich nicht sieht. Oh, mein Schatz, ich musste dich einfach besuchen – ich liebe dich so sehr. Unentwegt denke ich an dich, an Mally. Und ich mache mir solche Vorwürfe, Darling. Es war meine Schuld. Hätten wir uns an jenem Nachmittag nicht geliebt, wärst du bei Mally gewesen. Alles habe ich versucht, um mich von dir fern zu halten, aber ...«, schluchzte er und schüttelte den Kopf.

Wie aus weiter Ferne hörte sie sich versichern, er sei nicht verantwortlich für Mallys Tod. Er spürte, wie ihre Hände ihn in einen Sessel drückten, wie ihre Arme seine zitternden Schultern umfingen. Und sie küsste sogar seinen Scheitel, atmete den vertrauten Geruch seiner Haare ein. Allmählich wurde sie in jene wundervolle Zeit zurückversetzt, als sie sich von Malcolm befreit und jemand anderen geliebt hatte. Als Mally noch am Leben gewesen war. »Vielleicht sind wir beide schuld, Liebster.« Und dann begann sie auch zu weinen.

Schließlich war es Reggie, der sich um das Baby kümmerte. Das Geschrei hallte durch das ganze Haus. Und bald würde irgendjemand ins Wohnzimmer kommen. Mit sanfter Gewalt schob er Myrtle von sich und setzte sie auf den Teppich vor dem Kamin. Den Kopf an die Sesselkante gelehnt, schluchzte sie unaufhaltsam. Reggie stand auf, hob das Baby hoch und legte es an seine Schulter. Nach wenigen Sekunden rülpste es kräftig, Milch rann über seinen Mantel. Die plötzliche Stille war ein Segen. Seufzend schloss Myrtle die tränennassen Augen.

»Wie schön er ist, Myrt. Wie heißt er?«

Es dauerte eine Weile, bis sie antwortete – bis sie sich erinnerte. »Chester.«

»Ah, nach Malcolms Vater.«

»Ja.« Nun hob sie die Lider und schaute ihn an. »Er ist Malcolms Sohn. Wie Nicky und Martin. Mally war mein Kind.«

»Auch Malcolm hat Mally geliebt. An jenem Tag war er so verzweifelt, und ich wusste gar nicht, was ich mit ihm machen sollte.«

»Jetzt trösten ihn seine Patientinnen.«

»O Myrtle ...«

»Das stört mich nicht. Irgendwie bin ich sogar froh darüber.« Sie schaute ihn immer noch an. Seltsam – in letzter Zeit hatte sie niemanden so lange angesehen. »Seit damals war ich nicht mehr mit ihm zusammen.«

Er hielt den Atem an, dann legte er Lennie ins Bettchen zurück. »Und ich nicht mit Liv.«

»Irgendwie werden wir's überwinden, Reggie«, sagte sie mit einem Anflug ihres alten fröhlichen Realismus. »Das müssen wir.«

»Nein.« Er setzte sich wieder und musterte Myrtle, die immer noch am Boden kauerte. Sie sah so krank aus, bleich wie ein Geist. »Warum wolltest du Chester ersticken?«

»Keine Ahnung. Vielleicht verliere ich den Verstand.«

»Unsinn! Du bist der vernünftigste Mensch, den ich kenne. Liebst du dein Baby nicht?«

»Nein. Nach Mallys Tod hat es mir nichts mehr bedeutet.« Sie lachte freudlos. »Stell dir vor, ich hab sogar versucht, eine Fehlgeburt zu erzwingen ...«

»Warum?«

»Weil alles anders ist, seit ich Mally verloren habe. Und dieses Baby zwingt mich, wieder so zu werden, wie ich mal war. Ich muss mich um ihn kümmern und mit Malcolm schlafen, Nicky und Martin zur Schule bringen, Dinnerpartys geben und ...« Sie unterbrach sich und warf einen kurzen Blick auf das Bettchen. Inzwischen war Lennie eingeschlafen. »Vielleicht dachte ich, wenn es ihn nicht mehr gäbe, könnte ich fortgehen, bei Cass oder Mon leben. Ach, Reggie, ich weiß es nicht.«

»Würdest du mit mir kommen, Myrtle?«, fragte er leise.

Bestürzt starrte sie ihn an. »Mit dir? Und Liv? Wünschst du dir denn keine Familie? Ich will nie mehr Kinder, Reggie.«

»Mit Liv verbindet mich nichts.«

»Nur wegen meiner Kinder hast du dich in mich verliebt. Und weil ich schwanger war.«

»Okay, ich geb's zu. Aber jetzt – kann ich nur noch an dich denken. Geh mit mir fort, Darling. Ich suche mir irgendwo einen anderen Job. Am Anfang werde ich nicht viel verdienen, aber wir wären zusammen.«

»O Reggie ...« Mutlos ließ sie die Schultern hängen. »Das schaffe ich nicht. Mir fehlt sogar die Kraft, das Baby zu stillen, geschweige denn, meine Sachen zu packen und meinen Mann zu verlassen. Und – ich will es Liv nicht antun.«

»Als sie bei Malcolm war, hast du es ihr auch angetan. Inzwischen hat sich nichts geändert.«

»Aber ich *kann's* einfach nicht!« Neue Tränen rannen über ihre Wangen.

Da kniete er nieder und umarmte sie. Sie glaubte, er würde sich wie Malcolm verhalten und versuchen, sie mit wiederholten Küssen und Zärtlichkeiten zu verführen. Doch er tat nichts dergleichen, er hielt sie einfach nur fest wie vorhin das Baby, flüsterte Koseworte in ihr Haar und wiegte sie behutsam hin und her. Als sie sich beruhigt hatte, setzte er sie in den Sessel und breitete eine Decke über ihre Knie.

Dann fiel sein Blick auf das unberührte Teetablett. »Ich mache frischen Tee, danach will ich Malcolm begrüßen. Was ich dir vorgeschlagen habe, meine ich ernst. Aber ich sag's nicht noch mal. Falls du nicht mehr an unsere Liebe denken möchtest, bleiben wir Freunde.« Ohne eine Antwort abzuwarten, verließ er das Zimmer.

Nachdenklich starrte sie die Tür an, die sich hinter ihm geschlossen hatte. Er war ein guter Mensch – ein Mann, den sie brauchen würde, den auch ihre Mutter gebraucht hätte. Schluchzend vergrub sie ihr Gesicht in den Händen. Diesmal weinte sie nicht um Mally.

☆

Vielleicht wäre nichts dabei herausgekommen, hätte Liv nicht die Initiative ergriffen. Der Winter erschien ihr unerträglich lang. Mit ihrer alten Routine vermochte sie die Tage nicht auszufüllen. Meistens lag der Golfplatz unter einer dicken Schneedecke, aber dieser Sport bedeutete ihr ohnehin nichts, es war nur der gesellschaftliche Status, der sich damit verband. Sie sah ihre Eltern sehr oft. Doch die Wohltätigkeitsbasare und Whist-Runden, die zum Leben der Gemeinde gehörten, interessierten Liv nicht mehr. Die Eltern vertraten immer noch die engstirnigen Ansichten, die wenig mit dem Christentum zu tun hatten, dafür umso mehr mit gewissen unabdingbaren Standards. Aufmerksam registrierte Mrs Baker, wie oft die Pfarrersfrau die Gardinen wusch, und Mr Baker mähte seinen Rasen regelmäßig, um sein öffentliches Image zu pflegen. Weder die Wäsche noch der untadelige Rasen bereiteten ihnen ein persönliches Vergnügen.

Entsetzt hörte sich die Mutter an, was Myrtles Kinder auf dem Teppichboden des Barnt Green-Hauses angerichtet hatten. »Hättest du bloß einen Dampfreiniger benutzt, Darling«, seufzte sie, kniete auf dem graurosa Flausch nieder und berührte ihn mit einem manikürten Finger. Plötzlich hob sie den Kopf und lächelte. »Oder willst du Reggie neue Teppichböden entlocken?«

Das hätte Liv früher beabsichtigt. Jetzt starrte sie den Fleck, den die Mutter ihr zeigte, gleichmütig an. »Natürlich nicht. Dieser erstklassige Teppich wird sogar meine Ehe überleben.«

Jetzt war Mrs Baker ernsthaft schockiert. Sie stand auf und sank in einen Sessel. »Mein liebes Mädchen, kein Teppichboden übersteht ein ganzes Leben!«

»Wer redet denn von einem ganzen Leben?« Aber Liv beherrschte sich gerade noch rechtzeitig, weil sie keinen hysterischen Anfall heraufbeschwören wollte. »Ich will einfach keinen neuen Teppichboden, Mutter«, schloss sie das Thema ab.

Ihrem exquisiten Haus konnte sie nichts mehr abgewinnen. Und Reggie schien nicht mehr in seinem Körper zu existieren. Dieser Körper kam nach Hause, wurde ernährt, gesäubert und gekleidet. Aber der Mann befand sich woanders. Er beantwortete Livs Fragen, schenkte den Gästen Drinks ein, arbeitete an den Wochenenden im Garten, begleitete sie sogar sonntagabends in die Kirche. Aber abgesehen von einem vagen Lächeln nahm er seine Frau nicht zur Kenntnis. Sie versuchte zu ihm durchzudringen, mit – nach ihrer Meinung – billigen erotischen Methoden, kaufte durchsichtige kurze Nachthemden, tupfte Chanel No 5 hinter die Ohren, bevor sie ins Bett ging.

Auf diese Weise erzielte sie tatsächlich eine Reaktion, allerdings nicht die gewünschte. Zwei Tage später klagte Reggie über Halsschmerzen und übersiedelte in ein Gästezimmer – in den Raum, in dem Myrtle mit ihren Kindern geschlafen hatte. Diese besonderen Erinnerungen konnte Liv nicht länger verdrängen. Seit dem letzten Sommer stand sie nicht mehr mit Myrtle in Verbindung und nach Lennies Geburt hatte sie ihr nur Blumen geschickt, keine persönliche Nachricht. Irgendwie war es ihr gelungen, die Erinnerung an Myrtle auf jene Wanderung zu beschränken – die alte Myrtle, schwanger und vergammelt und erdhaft. Aber als sie Reggies frisch gewaschene Hemden in diesen Raum trug, glaubte sie wieder, die fruchtbare, nackte Myrtle zu sehen. Und ihren Mann, der aus dem Bett sprang.

An einem Mittwochnachmittag im Mai, als ein eisiger Wind über die Lickeys wehte und die Langeweile fast greifbar das blitzblanke Haus erfüllte, läutete das Telefon. Erfreut über die hochwillkommene Störung ihrer »Nachmittagsruhe«, nahm Liv den Hörer ab. Wenn sich ihre Mutter meldete, würde sie ihr einen Kinobesuch in Northfield vorschlagen. Dort lief gerade ein alter Film mit John Wayne, »Red River«.

Aber es war Ron Jameson, einer der Büroangestellten. »Ich wollte nur fragen, ob Mr Bradbury morgen Früh den Verkauf dieser Farm abwickeln wird, Mrs Bradbury. Copse Elms draußen in Bitton.«

Also hielt sich Reggie nicht im Büro auf. Liv hatte ihn

gefragt, was er an diesem Tag tun würde, und seine gemurmelte Antwort nicht verstanden. »Das nehme ich an. Sicher werden Sie ihn früher sehen als ich. Wenn er nach Haus kommt, werde ich nicht da sein, weil ich ins Kino gehen will.«

»Heute ist sein Golftag, da kommt er nicht mehr ins Büro. Vielleicht würde Sie ihm eine Nachricht hinterlassen.«

Seit wann hatte Reggie einen Golftag? Ihr Stolz verbot ihr, Fragen zu stellen. »Ja, natürlich.«

Sie ging nicht ins Kino. Stattdessen wartete sie auf Reggie und überlegte, was sie ihm sagen sollte, verwarf alle Pläne und schmiedete neue. Manchmal hasste sie ihn, weil er ihren Stolz so schmerzlich verletzte. Oder sie gewann den Eindruck, einen schrecklichen Verlust zu erleiden, einsam und verzweifelt am Rand der Ewigkeit zu stehen. Was er Mittwochs trieb, spielte keine Rolle mehr. Nur eins zählte: Er führte ein Leben, an dem sie nicht teilnahm. Sie würde ihn anschreien und schütteln und zwingen, ihr endlich wieder seine Aufmerksamkeit zu schenken.

Aber als er um sieben Uhr nach Hause kam, erweckte er nicht den Anschein, er hätte sich amüsiert. Sein Gesicht war fahl vor Erschöpfung. Plötzlich erkannte sie, wie stark er in diesem letzten Jahr gealtert war. Vor lauter Sorge beschloss sie, ihm erst einmal das Dinner zu servieren, bevor sie den Streit entfachte, der ihre Ehe retten oder beenden würde.

Offensichtlich war nicht einmal ihre Kochkunst gut genug. Sie hatte einen Severn-Lachs poschiert und winzige neue Kartoffeln gebraten. Nach ein paar Bissen schob er den Teller beiseite. »Köstlich«, murmelte er. »Wollen wir mal schauen, was im Fernsehen läuft?«

»Zum Nachtisch gibt's Rhabarberkompott.«

»Fabelhaft«, erwiderte er im selben Ton und ging zur Tür.

Sie folgte ihm ins Wohnzimmer und zog das Kabel des

Fernsehers aus der Steckdose. Dann wandte sie sich zu Reggie. »Ich will wissen, wo du heute warst. Setzen wir uns? Oder bleiben wir stehen?«

Mit diesen Worten durchbrach sie die Barriere. Verwirrt starrte er sie an, dann wirkte er fast erleichtert. Er holte tief Atem. »Setzen wir uns, Liv.« Die Ellbogen auf die Knie gestützt, beugte er sich vor. In die Polsterung ihres Sessels gelehnt, versuchte Liv entspannt zu erscheinen. Aber sie spielte mit einem Kissen, bis sie ihre Finger zwang, still zu halten. »So kann ich nicht weiterleben, Liv ...«, begann er langsam und wich ihrem Blick aus. »Sicher willst du es auch nicht ... Sollen wir Schluss machen?«

Als die entscheidenden Worte ausgesprochen waren – von ihm, nicht von ihr –, erschrak sie zutiefst. *Sie* könnte so weiterleben, denn sie verstand es sehr gut, unangenehme Gedanken zu verdrängen. Darin hatte sie eine gewisse Übung. Statt die erste Frage zu wiederholen, stellte sie eine andere: »Warum hat dir das Dinner nicht geschmeckt? Frischer Lachs von Prewett's.«

»Ich habe schon gegessen. Pommes mit Nicky und Martin.«

»Pommes? Nennst du das eine Mahlzeit?« Ihr Mund war staubtrocken. Mühsam schluckte sie und glaubte zu ersticken.

»Da gab's eine ganze Menge. Mit Salz und Essig und Brot und Butter und Tomatensauce.« Als sie schwieg, blickte er auf. Sie war so hübsch mit ihren Locken und den großen Augen. »Da gehe ich jeden Mittwoch hin, Liv«, fuhr er leise fort. »Um Myrtle zu besuchen. Sie ist krank. Und weil du sie nicht sehen willst, möchte ich mich ein bisschen um sie kümmern.«

Daran konnte sie sich klammern. »Also gehst du an meiner Stelle hin? Nun, von ihrer Krankheit wusste ich nichts.

Das hast du nie erwähnt. Wenn du willst, fahre ich nächste Woche zu ihr. Eigentlich dachte ich, sie hätte genug von uns. Nach Mallys Tod ...«

»Ja, vielleicht. Aber ich kann mich einfach nicht von ihr fern halten. Ich liebe sie. Das musst du wissen, Liv. Jetzt ist sie der einzige Mensch in meinem Leben, der mir etwas bedeutet. Tut mir Leid. Es lässt sich nicht ändern. Das habe ich versucht. Nach der Geburt ihres Babys traf ich sie wochenlang kein einziges Mal. Dann erzählte mir Malcolm, sie sei krank, und ich fürchtete, sie würde sterben, bevor ich sie wiedersah. Also fing ich an ...«

»Halt den Mund!«, fauchte sie. »Merkst du nicht, das du alles noch schlimmer machst? Sie ist mit Malcolm verheiratet. Und die beiden haben drei Söhne. Du bist *mein* Mann – in guten wic schlechten Tagen. Erinnerst du dich?« Sie wollte aufstehen, den Fernseher einschalten und sich einen Drink eingießen. Aber dafür fehlte ihr die Kraft. Schluchzend brach sie zusammen. »Dann kriegen wir eben ein Baby, wenn's unbedingt sein muss! All dieser Unsinn, nur weil du dir eine Familie wünschst ...«

Energisch fiel er ihr ins Wort. »Danach habe ich mich früher gesehnt, jetzt nicht mehr. Myrtle möchte nie wieder ein Kind zur Welt bringen. Aber wenn sie mit mir fortgeht, würde ich bis an mein Lebensende für sie sorgen und nichts anderes verlangen.«

Gepeinigt schrie sie auf. Dann kam ihr endlich bitterer Zorn zur Hilfe. »Du dreckiges Schwein!«, kreischte sie. »Unter deinem eigenen Dach! Glaub bloß nicht, ich hätte keine Ahnung, was hier passiert ist! In meinem schönen Haus ... Oh, mein Gott!« Sie sprang auf und begann umherzulaufen wie eine Tigerin in ihrem Käfig.

»Freut mich, dass wir endlich darüber reden. Jetzt kann ich dir nämlich erklären, warum es passiert ist. Daran gebe ich dir keine Schuld. Myrtle und ich sind selber dafür verantwortlich. Aber sie hätte es nicht so weit kommen lassen. An jenem Tag wusste sie, wie mir zu Mute war. Dir zuliebe hätte sie mich abgewiesen. Doch dann rief sie Malcolm an und erkannte deine Stimme. Das war's.«

»Damals ist überhaupt nichts passiert!«, stieß sie hervor. »Das musst du mir glauben. Gar nichts! Frag Monica! An jenem Abend kam sie an – sie wird's dir bestätigen ...« Erschöpft sank sie wieder aufs Sofa. »Als ich nach Hause zurückkehrte, wusste ich sofort, dass irgendwas nicht stimmte – dass du mir böse warst ...«

»Nein, ich war dir nicht böse, Liv.«

»Okay, ich versuchte mit Malcolm zu flirten. Das gebe ich zu. Er steht nun mal in einem gewissen Ruf und ich war neugierig. Außerdem fielen mir Myrtle und die Kinder auf die Nerven. Aber als er sich ernsthaft an mich heranmachte, ertrug ich's nicht und rannte davon. Im selben Augenblick stand Monica vor der Tür. Frag sie doch, wenn du mir nicht glaubst!«

»Natürlich glaube ich dir«, erwiderte er müde. »Und ich kann nur eins sagen, es tut mir Leid.«

»Dass ich *nicht* von deinem besten Freund verführt wurde?«

»Keineswegs – nur, dass Myrtle das alles falsch verstanden hat. Nein – eigentlich tut es mir nicht Leid. Ich gehöre zu Myrtle. Wie es dazu kam, spielt keine Rolle.«

Durch einen Tränenschleier starrte sie ihn an. »Aber Myrtle gehört zu Malcolm.«

»Früher gehörte sie zu ihm. Sogar in jenen Tagen, als wir uns liebten. Jetzt nicht mehr. Sie lebt in einem Niemandsland und gehört zu niemandem, nicht einmal zu sich selber. Sobald sie dieses Land verlässt, will ich bei ihr sein.«

»Daraus kann nichts werden, Reggie! Begreifst du es denn nicht? Myrtle hat drei Kinder. Die kannst du Malcolm nicht wegnehmen und Myrtle wird sie nicht verlassen.«

»Da bin ich mir nicht so sicher. Sie war noch nie ein eigenständiger Mensch. An meiner Seite wird sie sich vielleicht dazu entwickeln.«

»Bitte, Reggie, das darfst du nicht tun – die beste Freundin deiner Frau von ihrem Ehemann weglocken. So etwas Schreckliches passt nicht zu dir!«

»Offenbar kennst du mich nicht. Bevor ich Myrtle zu lieben begann, kannte ich mich selber nicht. Ich würde alles für sie tun. Wenn sie nichts von mir wissen will, werde ich sie nie wiedersehen. Aber wenn doch ...« Er schaute ihr in die Augen. »Als ich sie im Februar besuchte, nach der Geburt des Babys ... erwog ich sogar, Malcolm zu töten. Hätte es eine Möglichkeit gegeben ...«

»Sei still!«, unterbrach sie ihn und hielt sich die Ohren zu. »Davon will ich nichts wissen!« Für zwei unerträglich lange Minuten lag tiefes Schweigen im Raum, nur Livs Atemzüge waren zu hören. Langsam ließ sie ihre Hände sinken und legte sie auf die Armstützen des Sessels. »Was sollen wir tun?«

»Was *ich* tun werde, das steht fest. Aber was *wir* tun sollen – keine Ahnung ...«

»Okay. Was tust du?«

»Ich werde Myrtle weiterhin besuchen. Bis sie sich besser fühlt. Und dann möchte ich sie bitten, mit mir fortzugehen.«

»Denkst du eigentlich auch an *mich*?« Plötzlich klang ihre Stimme scharf und sarkastisch. Trotz seiner vorgetäuschten Gleichmut stieg ihm das Blut in die Wangen.

»Natürlich. Immerhin waren wir sieben Jahre verheiratet.

Ich werde meinen Anteil an der Firma verkaufen und du bekommst die Hälfte. Natürlich auch das Haus.«

»Natürlich. Natürlich. Natürlich.« Einem hysterischen Anfall nahe, zitterte sie am ganzen Körper. Mühsam zwang sie sich zur Ruhe. »Vielleicht sollte ich zu Malcolm ziehen. Ein perfekter Partnertausch.«

»Willst du das?«

Schaudernd dachte sie an jenen peinlichen Tag in Cheltenham. »Nein.«

»Ich geb dir genug Geld, damit du hier bleiben kannst. Für dich wird sich nichts ändern. Vielleicht möchtest du irgendwann noch mal heiraten.«

»Wenn ich hier bleibe, würden Mummy und Daddy vor Scham sterben. Ich müsste aus dem Golfclub austreten. Nie wieder würde ich mich auf die Straße wagen.«

»Mach doch erst mal Urlaub bei Cass.«

»Soll ich das fünfte Rad am Wagen spielen? Nein, danke.«

»Liv – unsere Ehe ist am Ende. Schon bevor ich Myrtle zu lieben begann, waren wir beide nicht besonders glücklich. Sei doch ehrlich! Aber wenn Myrtle mich wegschickt und du haben willst, was von mir übrig bleibt ...«

»Oh, mein *Gott*!« Wütend stürzte sie sich auf Reggie und zerkratzte sein Gesicht. Blut rann über seine Wangen. »Du elender, arroganter Schuft! Glaubst du, ich bleibe noch eine Minute länger hier?« Mit aller Kraft wehrte er sie ab und sprang auf. »Ich hasse dich, Reggie, ich hasse Myrtle ... Jahrelang waren wir Freundinnen ... Es gab sehr viel, was uns verband ... Loyalität, Zuneigung ... Das alles hast du uns genommen ... Dieses Biest – diese läufige Hündin ...« Mit einer Hand hielt er ihren Arm fest, mit der anderen schlug er sie ins Gesicht, und beide sanken auf den misshandelten Teppichboden.

»Tut mir Leid, Liv – tut mir so Leid.«

Wenigstens hatte er sie von ihrer Hysterie erlöst. Ihre Stimme klang beinahe traurig. »Jetzt ist wirklich alles zu Ende.«

☆

Monica freute sich, Liv wiederzusehen. Inzwischen hatte Hildie ihr Baby bekommen und sie verließ die Farm nur selten. Monica und Bob waren einem exklusiven Club beigetreten, der alles zu bieten hatte, was reichen oder vornehmen Leuten Spaß machte – vom Reiten bis zum Poker. Das wusste Bob zu schätzen. Er verführte einige seiner Tennispartnerinnen und genoss die Anziehungskraft, die Monica auf andere Männer ausübte, wenn sie im Pool schwamm. Umso heftiger verabscheute sie diese Atmosphäre.

Irgendwie befand sie sich jetzt in einer schlechteren Position als vor ihrer Flucht nach England. Bob behandelte sie wie ein wertvolles Eigentum oder – noch schlimmer –, als könnte sie jeden Augenblick einen Nervenzusammenbruch erleiden. Als sie Bessie zu Cass zurückgeschickt hatte, vermisste sie ihre Freundinnen und jenen Zustand, den sie insgeheim das »wahre Leben« nannte. Mallys tragischer Tod hatte sie von allem oberflächlichen Unsinn befreit. Aufrichtig hatten sie Myrtles Trauer geteilt. Und jetzt, im Rückblick, erschienen ihr jene zwei Monate in der alten Heimat wie das richtige Ale unter dem Schaum. Mochte es auch bitter schmecken – es hatte etwas zu bedeuten. Sie schrieb keine Briefe, hörte aber gelegentlich von Carol und schickte Myrtle eine Glückwunschkarte, als das neue Baby zur Welt gekommen war.

In dieses Dunkel drang Livs Bitte wie ein erlösender Lichtstrahl. Monica telegrafierte zurück: »Besuch mich und bleib da, so lange du willst.« Gemeinsam mit Mrs Warren, der neuen Haushälterin – hilflos und völlig überfordert –, schmückte sie das Gästezimmer mit Blumen und einer neuen Bettdecke aus kostbarer Spitze und Kissen mit Schleifen. Natürlich war das sentimental und albern, doch es entsprach dem Stil von Barnt Green und würde Liv gefallen.

Aber Liv nahm weder die Blumen noch die Schleifen zur Kenntnis. Angespannt und verzweifelt, stand sie kurz vor einem Nervenzusammenbruch und ignorierte die exklusive Eleganz des Appartements am Beekman Place. Sie absolvierten die üblichen Besichtigungstouren. Auf dem Empire State Building schaute sie sich um und murmelte: »Ein fremdes Land. Das wusste ich nicht. Ein fremdes Land. Und ich bin eine Fremde.«

»So darfst du dich nicht fühlen, Liv«, erwiderte Monica. »Bobs Familie und seine Freunde nahmen mich mit offenen Armen auf. Hier kam ich mir nie wie eine Ausländerin vor.« An ihre Krankheit im letzten Jahr wollte sie sich ebenso wenig erinnern wie an den Monat nach Bessies Abreise.

Aber Liv schüttelte den Kopf. »Ich meine nicht Amerika – nur was es mir alles vor Augen führt ...«

»Was denn?« Besorgt musterte Monica ihre Freundin. Jetzt wirkten die großen Kinderaugen nicht nur müde, sondern verängstigt.

»Ach, nichts.« Plötzlich lachte Liv. »Übrigens, ich schwimme im Geld. Wollen wir was kaufen?«

»Warum nicht, Darling? Da unten, in einer kleinen Boutique, habe ich ein pinkfarbenes Cocktailkleid gesehen, in Ballerinalänge. Und Pink war immer deine Farbe. Wenn es dir gefällt, geben wir eine Party, damit du's vorführen kannst.«

Ob Liv das Kleid schön fand, ließ sich nicht feststellen. Jedenfalls kaufte sie es und Monica bestellte einen Partyservice für eine exklusive kleine Dinnergesellschaft. Daran nahmen Hildie und George teil, ein geschiedener Kollege von Bob, Rosa und Jerry Palmer, ein Ehepaar aus dem Club. Wie Bob zugab, wollte er mit Rosa »flirten«. Das klang so harmlos. Und für ihn war es auch nur ein Spiel, aber Monica wusste es besser. Bald würden die beiden im Bett landen.

Aber an diesem Abend waren die Palmers immer noch ein glückliches Ehepaar. Sie wichen kaum von Livs Seite, fassten sie unentwegt an und küssten sie. Dann gingen sie mit ihr zum Fenster, um ihr die Aussicht zu zeigen, und legten die Arme um ihre Schultern. In ihrem pinkfarbenen Kleid fühlte sie sich wie rosa Zuckerwatte, und sie überlegte, wann die beiden ein Stück von ihr abbeißen würden.

»Und wie gefällt Ihnen unsere kleine Stadt, Liv?«, fragte Jeremy Palmer.

»Davon habe ich mein Leben lang geträumt«, antwortete sie wahrheitsgemäß. Eigentlich hätte sie hinzufügen müssen: *Und ich träume immer noch davon, weil das alles nicht Wirklichkeit sein kann.*

Alle Gäste mochten sie. Mit ihrer mädchenhaften Schönheit entzückte sie nicht nur die Männer, sondern auch die Frauen. Hildie fand sie unschuldig und charmant. Und als sie nach der Party das Konzert eines russischen Geigenvirtuosen besuchten, saß Danny Connell – Bobs geschiedener Kollege – neben ihr in der Loge und hielt ihre Hand. Da sie Handschuhe trug, störte sie das nicht sonderlich. »In Ihrer Nähe beginne ich wieder zu leben«, gestand er, während das Orchester die Instrumente stimmte. »Seit Margaret mich verließ, war ich halb tot. Niemand wollte meine Klagen hören, nur Sie leihen mir Ihr geneigtes Ohr.«

Erstaunt hob sie die Brauen. Hatte sie ihm zugehört? Wohl kaum. Aber sein Interesse tröstete ihren verletzten

Stolz. Und so lächelte sie in der Dunkelheit und erlaubt ihm, ihre Hand zu streicheln, während sich der junge Russe verbeugte und seinen Platz neben dem Dirigenten einnahm.

»Wie verwirrt er aussieht, armer Mann«, wisperte Monica und Liv nickte.

☆

Reggie nahm sich ein Zimmer an der Bath Road. Nach der Arbeit fuhr er jeden Abend nach Cheltenham und besuchte Myrtle, was Malcolms Ego für ein persönliches Kompliment hielt. »Nett von dir, alter Junge. Klar, seit Liv in Amerika ist, fühlst du dich einsam. Aber täglich nach uns zu sehen, das ist echte Freundschaft.«

In seiner Sorge um Myrtle gestattete sich Reggie keine Schuldgefühle. »Allmählich geht's ihr besser. Findest du nicht auch?«

»Sie ist nicht krank. Nur ein bisschen genervt – nach allem, was passiert ist. Hätte sie Lennie bloß gestillt ... Nun wird's lange dauern, bis sie mütterliche Gefühle entwickelt.«

»Wahrscheinlich mag sie Lennie nicht.«

»Ihr eigenes Baby? Von Müttern verstehst du nichts!« Malcolm versuchte zu lachen. »Was würdest du denn vorschlagen? Sollen wir den armen kleinen Wurm ertränken?«

»Für Myrtle wär's am besten, sie würde sich eine Zeit lang von den Kindern trennen. Hast du gemerkt, wie oft sie ihnen aus dem Weg geht?«

Soeben hatte Malcolm seine beiden älteren Söhne aus der Schule abgeholt, und jetzt half er ihnen in die Krickett-Kleidung, bevor er sie zu einem Match in Dean Close kutschieren würde. Ungeduldig schüttete er den Rest seines Drinks in sich hinein. »Ja, verdammt noch mal, es ist mir aufgefallen!« Von einem Hustenanfall geplagt, zog er ein Taschentuch aus der Brusttasche seines Jacketts, und Reggie schlug ihm auf den Rücken. »Tut mir Leid, alter Junge.« Mit tränennassen Augen starrte Malcolm seinen Freund an. »Dagegen kann ich nichts tun. Glaub mir, ich hab's wirklich versucht. Ich dachte, bei dir und Liv könnte sie sich besser erholen. Aber davon wollte sie nichts hören. Hat Liv mit dir gestritten?«

»Nicht, dass ich wüsste. Eigentlich müsstest du ihre Gefühle verstehen. In Barnt Green ist Mally gestorben.«

Malcolm zuckte sichtlich zusammen. »Ja. Deshalb schlug ich ihr vor, mit Liv wegzufahren. Nach Bournemouth oder irgendwohin. Nun, jetzt amüsiert sich Liv in Amerika. Und Carol ist offensichtlich viel zu sehr mit ihrem Liebhaber beschäftigt.«

»Wenn ich sie überreden könnte, mit mir zu verreisen – wärst du damit einverstanden?«

»Mit *dir*?« In Malcolms Hand erstarrte das Glas, das er gerade wieder füllen wollte. »Um Himmels willen, Reggie, was geht hier vor?«

»Die königlichen Hoheiten übergeben eins ihrer Schlösser im Nordosten dem National Trust. Hardfanger Castle. Unsere Firma hat um die Erlaubnis gebeten, den Katalog zu erstellen. Da gibt's massenhaft Antiquitäten aus Lindisfarne. Ein ganz großer Job. Daran sind vier Firmen beteiligt.«

»Gratuliere, alter Junge. Und was zum Teufel hat das mit Myrtle zu tun?«

»Nun, das ist ein wunderbares Schloss. Diese Kunstschätze hat die Öffentlichkeit noch nie gesehen. Myrtle könnte mir bei der Arbeit zuschauen – oder in einem Auto die Umgebung erforschen.«

»Hör mal ...« Malcolm schenkte sich noch einen Drink

ein. »Nicht einmal im Sommer würde ich meine Frau an die Nordostküste schicken.«

»Alnwick ist nur eine Autostunde entfernt. Und Berwick-on-Tweed, Holy Island, der Hadrianswall ... Unsere Firma quartiert sich in einem schönen Hotel in Alnmouth ein.«

»Okay, okay.« Diesmal leerte Malcolm das Glas etwas langsamer. »Jetzt muss ich mich beeilen und die Jungs wegbringen. Danach habe ich zwei Termine im Behandlungsraum.« Seufzend fuhr er fort: »Wirklich, Reggie, ich möchte deine Gefühle nicht verletzen. Das ist wirklich eine fantastische Idee. Aber sie braucht eine Freundin.«

»Darf ich's ihr vorschlagen, während du arbeitest?«

»Wenn's sein muss ... Aber bedräng sie nicht, alter Junge!«

»Natürlich nicht.«

☆

Anfangs lachte sie ihn aus. Wenn er sich bemühte, brachte er sie manchmal zum Lachen. »Sei nicht albern, Reggie! Ich muss mich um Nicky und Martin kümmern. Außerdem lässt Malcolm mich ohnehin nicht wegfahren.«

»Doch, er wäre einverstanden. Nicky und Martin brauchen dich nicht, die haben Doris.« Lennie wurde nicht erwähnt.

»Ich weiß, du meinst es so gut, liebster Reggie. Aber es hätte keinen Sinn. Begreifst du es denn nicht? Ich bin nicht mehr die Myrtle, in die du dich verliebt hast, und ich könnte unmöglich mit dir schlafen.«

In wilder Verzweiflung wollte er sie an seine Brust reißen. Aber seit jenem Besuch im Februar hatte er sie nicht mehr angerührt. »Habe ich dir nicht gesagt, wir würden Freunde bleiben? Das war ernst gemeint, Myrtle.« Seufzend begann er die Zeitungen einzusammeln, die am Boden lagen. »Du brauchst eine Erholungspause, fern von deiner Familie. Und wir müssten uns nicht den ganzen Tag sehen. Der Strand von Alnmouth ist fabelhaft, mit weißem Sand und rauschenden Wellen.« Dann erzählte er vom Hardfanger Castle, den Farne Islands und dem ruhmreichen Hadrianswall. Als er verstummte und Myrtle ansah, lächelte sie.

»Wie sehr du deiner Frau gleichst ... Für jedes Problem gibt's einen geeigneten Ort, und sobald man ihn findet, ist alles wieder gut.«

Enttäuscht senkte er den Kopf. Sie hatte ihm einfach nicht zugehört.

Aber dann fügte sie hinzu: »Ich würde sehr gern mit dir wegfahren, Reggie. Vielen Dank für die Einladung.« Vor lauter Glück hätte er fast geweint. Für sie war es nur ein kurzer Urlaub, für ihn eine neue Hoffnung. Mit seiner Hilfe würde sie genesen. Und danach wollte er sie umwerben. Beinahe hätte er sie geküsst. In letzter Sekunde hielt er sich zurück. »Ich danke *dir,* Myrtle. Sicher wirst du's nicht bereuen.«

☆

Hätte er den Brief gelesen, den sie Monica an Dilly Goslings Adresse schickte, wäre er ziemlich verblüfft gewesen.

Meine liebe Mon, erinnerst du dich an dein Angebot, mein neues Baby großzuziehen? Willst du's immer noch haben? Jetzt wiegt Lennie sechzehn Pfund, viel zu viel. Aber er wird mit dem Fläschchen ernährt. Deshalb nimmt er so schnell zu. Er ist kerngesund. Meistens betreut ihn Doris. Ich werde mit Reggie verreisen. Nur ein kurzer Urlaub – bis es mir besser geht. Aber ich glaube, ich werde nicht zurückkommen. Ich liebe Malcolm nicht mehr. Und Nicky und

Martin sind ihm viel zu ähnlich. Keine Ahnung, wie du das alles hinkriegen sollst, Mon. Aber bis jetzt hast du dein Ziel immer erreicht. Alles Liebe, Myrtle.

14

In diesem Sommer wurde Boris achtzehn. Einen Tag, bevor er abreisen wollte, um mit Bessie die Sainte-Victoire zu ersteigen, erhielt er seine Einberufungspapiere. Am 10. September musste er seinen Wehrdienst in Corsham, Wiltshire, antreten, was seine Mutter als weitere Katastrophe betrachtete. »Erst Myrtle – und jetzt du!«, jammerte sie. »Ausgerechnet jetzt, wo du den Studienplatz an der Kunstakademie bekommen hast! Wie fürchterlich!«

»Myrtle macht einfach nur Urlaub und die Kunstakademie läuft mir nicht davon.« Er musterte seine Bahnfahrkarte. »Ein Glück, dass ich ein paar Wochen vorher verständigt wurde! Wenn ich auch dieses Jahr nicht nach Frankreich käme, wär's schrecklich.«

»Ja, du hast Bessie Woodford schon immer gemocht. Hoffentlich ist es eine *normale* Zuneigung. Letztes Jahr wolltest du Mönch werden. Das habe ich noch immer nicht verwunden. Du bist doch *okay?*«

»Je nachdem, was du damit meinst«, erwiderte er kühl. »So wie Vater oder Malcolm Lennox möchte ich nicht sein.« Dass er seiner Schwester und Bessie nach Mallys Tod nicht beigestanden hatte, lastete immer noch bleischwer auf seiner Seele. In jenem Winter hatte er befürchtet, Myrtle würde sterben oder den Verstand verlieren. Und Bessies offenkundiges Glück in Frankreich – mit Cass und Mrs Woodford und diesem Jean-Claude – war ihm wie eine Zurückweisung erschienen. Deshalb hatte sein natürlicher Hang zur Askese die Vermutung nahe gelegt, er würde sich für das Klosterleben eignen.

Dann hatte Bessie ihm zu Weihnachten einen ihrer grandiosen »Pläne« erklärt. Vielleicht würden sie eines Tages zusammenarbeiten, er mit seiner Kamera, sie mit ihren Zeichnungen und Texten. Von einer Sekunde auf die andere verwarf er die mönchischen Bestrebungen. »In der Schule interessiere ich mich vor allem für Botanik und Kunst«, verkündete Bessie.

»Botanik ist langweilig. Allerdings – wenn wir gemeinsam durch die Welt reisen und seltene Pflanzen suchen, das wärc fantastisch. Aber wer bezahlt uns dafür?«

»Da fällt mir schon was ein«, hatte sie versichert.

Nun lächelte er die Mutter an, um seinen Worten den Stachel zu nehmen. »Übrigens, Bessie ist nicht allein in der Provence, und ich dachte, du würdest gern Neuigkeiten von den anderen hören.«

»O ja. Vor allem will ich wissen, wie Mary mit dieser heiklen Situation fertig wird.«

Obwohl Boris nicht beabsichtigte, irgendwelche Einzelheiten zu verraten, nickte er. Da er die drei Woodfords sehr gut kannte, wusste er bereits, dass sie die »heikle Situation« mühelos meisterten.

☆

Inzwischen gehörte Jean-Claude zur Familie. An den meisten Wochenenden fuhr er von Paris zur Bergerie. Wenn er von Auslandsreisen zurückkehrte, flog er nach Marseilles, wo ihn Carol oder ihre Mutter abholten.

Cass sorgte sich unentwegt um ihn. Während er für *La Planète* über die Unruhen in Paris berichtete, fürchtete sie um sein Leben. Die alten imperialistischen Ansichten hatte er zwar längst aufgegeben, aber die Öffentlichkeit erinnerte sich daran und der neue französische Liberalismus könnte ihm gefährlich werden. Als de Gaulle wieder an die Macht kam und die Verfassung änderte, schrieb Jean-Claude einen Leitartikel, in dem er die neue Politik unterstützte, und der Präsident gewährte ihm ein Interview. Da Jean-Claude im Krieg der Freien Französischen Armee angehört hatte, gelang es ihm, die steife Zurückhaltung des Generals zu überwinden.

Dank dieser Kontakte beruhigte sich Cass ein wenig. Einen Anhänger de Gaulles konnte man nicht für eine Bedrohung halten. Trotzdem lauerte im Hintergrund ihres Bewusstseins die Angst, sie würde eines Tages für ihr unverhofftes Liebesglück bezahlen müssen. Dass Bessie und ihre Mutter den Franzosen ins Herz geschlossen hatten, war ein zusätzlicher, wichtiger Pluspunkt.

Bald ersetzte er dem jungen Mädchen den Vater. »Schau mal, Jean, ich habe das Innere einer Anemone gezeichnet. Glaubst du, das wäre gut genug für ein Blumenbuch?« Wenn sie solche Fragen stellte, wollte sie natürlich die Antwort eines Profis hören. Aber es steckte noch mehr dahinter, das wusste Carol. Sorgsam hob Bessie ihm die ersten Northfield-Bohnen auf, die jungen Zwiebeln »für seine Suppe«, ein Gedicht über die Freiheit, das sie verfasst hatte. Längst war aus dem instinktiven Einvernehmen in New York eine innige Zuneigung geworden. Manchmal glaubte Carol, sie würde vor lauter Glück bersten – und sie fragte sich immer öfter, welchen Preis das Schicksal dafür fordern würde.

☆

»Hoffentlich bleiben wir diesmal länger hier«, meinte Bessie, während sie einen dicken Stängel von einer Bohnenstaude abschnitt, um ihn als Wanderstab zu benutzen. »Letztes Jahr mussten wir früher nach England fliegen – wegen dieses Buchs, das du gefunden hast, Jean.«

»Verzeih mir, Bessie«, bat er ernsthaft. »Aber ohne das Buch hätte ich Carol nie wiedergesehen und dich nicht kennen gelernt. Und weder Mary noch Boris ...« Grinsend drehte sich Jean-Claude zu den beiden um.

»Weder Tante Mon noch Tante Hildie«, ergänzte Bessie, »Onkel Gordon, Leo und Ossie ... Ach nein, die waren ja im Ferienlager.«

»Komisch, dass du da drüben so viele Leute kennst«, bemerkte Boris.

»Und komisch, dass du sie *nicht* kennst«, konterte sie schlagfertig. »Aber du kennst ja auch viele hundert Leute, die ich nie gesehen habe. Und in der Navy wirst du einigen tausenden begegnen. O Boris, ich hasse den Gedanken, dass du zur Navy gehen musst! Da wird man dich ständig kontrollieren und du bist nicht mehr frei.«

»Mich freut's auch nicht. Aber jetzt steige ich erst mal die Sainte-Victoire hinauf und das ist wundervoll!«

Als sie die Schäferhütte erreichten, füllten sie die Futtertröge mit frischem Heu. In diesem Jahr war es sehr angenehm, auf die Arbeitskraft zweier Männer bauen zu können. Mary öffnete die Fensterläden. Dann ging sie auf Entdeckungsreise und überließ es den anderen, den Herd zu reinigen und Feuer zu machen. Sie hatte bereits einen Speiseplan für die zwei Wochen aufgestellt, die sie hier verbringen würden. Wenn sie auf dem Bauernhof Mehl kaufen konnte, wollte sie sogar selber Brot backen.

»Hier ist Mutter ganz in ihrem Element«, wandte sich Carol an Jean-Claude, der gerade Anzündholz in den Herd schob. »Sie glaubt, sie würde die Uhr zurückdrehen, weil sie das alles an die romantischen Seiten der Kriegsjahre erinnert.«

Er nickte. »Das verstehe ich. Das Überleben – ein Kampf mit den einfachsten Mitteln.«

Lächelnd schauten sie sich in die Augen. Er berührte sie nicht. Anfangs hatte er aus Rücksicht auf Mary und Bessie darauf verzichtet. Jetzt fand er es überflüssig, weil sie ohnehin völlig ineinander aufgingen.

Bessie verlor keine Zeit und führte Boris zu der winzigen Hütte, die sie im Vorjahr zusammen mit den Schwestern Metier entdeckt hatte. Bedauerlicherweise war der Weg viel weiter als in ihrer Erinnerung, und der Rucksack mit dem Proviant – sie hatte darauf bestanden ihn zu tragen – schlug bei jedem Schritt unangenehm gegen ihren Rücken, während sie die Geröllhalde hinaufkletterten. »Letztes Jahr muss meine Kondition besser gewesen sein«, keuchte sie. Oben angekommen, ergriff sie Boris' Hand und ließ sich auf das Plateau ziehen.

»Obwohl ich erst ein Teenager bin, altere ich rapide!«

»Armes altes Mädchen. Was schleppst du eigentlich mit dir herum?« Bessie ließ den Rucksack ins Gras fallen. »Was zu essen. Gestern hat Grannie mir gezeigt, wie man kornische Kuchen backt, und dann habe ich vier gemacht.« Entschlossen ignorierte sie sein theatralisches Stöhnen. »Außerdem sind meine Zeichensachen drin. Und ein Farbtopf.«

Wie auf ein Stichwort nahm er seine Kamera aus dem Kasten, eine funkelnagelneue mit Teleskop. Blinzelnd spähte er hindurch und sah das grandiose Panorama bereits in diversen Fotorahmen.

Bessie räusperte sich. »Und ein Farbtopf, sagte ich.«

»Willst du zeichnen *und* malen?«, fragte er, ohne den Apparat zu senken.

»Nein, der Farbtopf ist leer.« Sie wartete, bis er sie verblüfft anstarrte, und grinste selbstgefällig. »Den vergraben wir hier. Oder bei der Hütte.«

»Vor oder nach den kornischen Kuchen?«

»Manchmal könnte ich dich umbringen!« Aber sie kicherte. »Hat Tante Myrt dir die Geschichte vom Farbtopf erzählt? Gewissermaßen ist er ein Familienerbstück. Er gehört meiner Mutter und deiner Schwester. Und so habe ich Cass gefragt, ob ich ihn hier auf dem Berg vergraben darf. Da wollte ich dich dabeihaben. Eigentlich ist er kein Familienerbstück, eher ein Symbol für ewige Freundschaft.«

»Das klingt wie ein Satz aus einem Kinder-Comic. Und was redest du da von deiner Mutter?«

»Nun, Carol ist meine Mutter«, erklärte sie kategorisch. »Wusstest du das nicht? Sogar Solange und Brigitte haben's gemerkt. Ich dachte, du hättest es vielleicht von Jean-Claude oder deinen Eltern erfahren.« Wortlos starrte er sie an. »Schau nicht so drein! Ich weiß, was du denkst – ich bin ein uneheliches Kind. Aber das bin ich liebend gern, wenn Cass meine Mutter ist. Verstehst du das, Borrie? So viel Liebe – das beweist doch, dass wir vom selben Fleisch und Blut sind.«

»Bist du sicher? Hat Cass wirklich gesagt ...«

»Natürlich nicht!«, unterbrach sie ihn ungeduldig. »Sie muss mir nichts *gestehen.* Und so habe ich ihr nur verraten, ich würde es wissen. Das genügt.«

Die Stirn gerunzelt, erinnerte er sich an Gespräche zwischen seinen Eltern. Und er wusste noch sehr gut, wie Monica ausgesehen hatte, als sie in Bessies Alter gewesen war. Die beiden könnten eineiige Zwillinge sein.

»Selbstverständlich habe ich Jean nicht erwähnt«, fuhr sie fort. »Sobald ich ihn sah, spürte ich, dass er mein Vater ist. Seither habe ich ein paar unverfängliche Fragen gestellt. Alles passt zusammen. Neunzehnhundertvierzig kam er nach England, um sich der Freien Französischen Armee anzuschließen. Damals war er erst sechzehn. Wahrscheinlich hat er Cass auf einem Tanzfest kennen gelernt. In dieser Zeit gingen die jungen Leute sehr oft tanzen.« In ihren Augen erschien ein träumerischer Ausdruck. »Und da verliebten sie sich. Dann wurde Paris befreit und Gaby schleppte ihn irgendwie aufs Standesamt. Das ist seine Frau. Vergiss nicht, er war erst zwanzig.« Sie setzte sich ins Gras und schlang die Arme um ihre angezogenen Knie. »Jedenfalls gibt's keine andere Möglichkeit. Cass würde nur einen einzigen Mann lieben. Nachdem sie Grannie und mir von Jean erzählt hatte, fiel's mir nicht schwer, zwei und zwei zusammenzuzählen. Dann traf ich ihn auf dem Flughafen von New York und da wusste ich's.« Bessie schwenkte eine Hand durch die Luft.

»Hm – ich verstehe ...« Boris schluckte verlegen. Von Bessies Aufenthalt in New York wusste er nicht viel. Myrtle sprach nicht mehr so freimütig mit ihm wie früher. Und Bessie war ziemlich verschlossen gewesen.

Rücken an Rücken saßen sie in der Sonne, die heiß herabschien. Aber die Luft war klar und kalt – eine Schwindel erregende Kombination. Bessie glaubte, ihr Hinterkopf würde Boris' Nacken berühren, wenn sie sich weiter zurücklehnte. Vor allem wenn auch er das Gesicht der Sonne entgegenhob. »Wann heiraten wir, Boris?«, fragte sie leise.

An ihrem Rücken spürte sie, wie sich seine Muskeln anspannten. Aber wenigstens lachte er sie nicht aus und er rutschte auch nicht zur Seite. Nach einer halben Ewigkeit antwortete er: »Am zehnten September muss ich mich in Corsham melden.«

»Oh ...«

»Hör mal, Bessie, du bist erst dreizehn«, mahnte er mit rauer Stimme.

»In drei Monaten vierzehn. Und ich werde immer älter.«

»Bald wirst du andere Jungs kennen lernen.«

»Klar. Und du andere Mädchen.«

»Bei mir ist das nicht so.«

»Nur weil du fünf Minuten lang ein Mönch werden wolltest? Damals warst du wütend. In der Nacht, als Mally geboren wurde. Für dich war's ein Schock, nicht wahr?«

»Großer Gott, wieso wusstest du das? Mit neun Jahren!«

»Erzähl mir nicht dauernd, wie alt ich war. Auf Myrtles Hochzeit habe ich mich in dich verliebt. Was dich angeht, bin ich schon immer erwachsen gewesen.«

»Ja, aber – das ist nicht dasselbe. Wenn man verheiratet ist, genügt die Liebe nicht. Da gibt's noch was.«

»Das wird schon klappen, Borrie. Weil wir uns schon lange so gut kennen. Und wir haben sehr oft Mummy und Daddy gespielt, also sind wir in Übung.«

Jetzt lachte er und sein Rücken an ihrem entspannte sich. »Ich liebe dich, Bessie. Immer will ich für dich sorgen und dich beschützen.«

»Dann ist's ja gut. Du bist wie Jean-Claude. Von solchen Dingen verstehst du nichts. Da sind die Frauen viel klüger. Cass wusste Bescheid. Und ich weiß es auch. Bevor du fortgehst, will ich alles klären.« Sie holte tief Atem. »Verloben wir uns, Borrie.«

»O Bess! Manchmal redest du wie eine dreißigjährige Frau. Und ein paar Sekunden später benimmst du dich wie ein *Kind*!«

»Jedenfalls will ich Klarheit haben. Deshalb habe ich den Farbtopf mitgenommen. Und das da.« Ihre Hand tastete nach seiner und er nahm das goldene Armband entgegen. »Das hat Tante Mon mir letztes Jahr in New York gekauft. Es ist mein einziges wertvolles Schmuckstück. Am besten trägst du's an einer Kette um den Hals. Unter deinem Hemd wird's niemand sehen. Das bedeutet, dass du zu mir gehörst und keine andere heiraten darfst. Ist das klar?«

»O Bess, das geht nicht ...«

»Ist das *klar*?«, fauchte sie.

Er betrachtete das Armband in seiner Handfläche, das ihr die richtige Mutter geschenkt hatte. Und Bessie wusste es nicht einmal. Eines Tages würde sie ihn wirklich brauchen. So viele Gefahren lauerten in der Zukunft, so viele Schiffbrüche drohten ihr ... Seine Finger schlossen sich um das Gold. »Völlig klar«, antwortete er.

Blicklos lächelte sie in den Sonnenschein, neigte den Kopf nach hinten, und er kam ihr entgegen. Wie selbstverständlich stützten sie einander. Als sie aufstanden, um zu essen, war das Gras ohne erkennbare Trennungslinie platt gedrückt.

☆

Myrtles Brief überraschte Liv nicht. Fast anklagend hielt Monica ihr das Blatt vor die Augen. »Was war da los? Ich dachte, du hättest dich mit Malcolm amüsiert? Aber Myrt und Reggie? Das ergibt keinen Sinn.«

Desinteressiert betrachtete Liv das dünne Luftpostpapier. »Ich war sehr dumm, Mon. Wenn's um Jungs ging, war ich schon immer dumm. Erinnerst du dich, wie ich die Namen der Jungs abhakte, die mit mir ausgehen wollten? Wie ein Jagdflieger seine Abschüsse ...«

»Jetzt reden wir nicht von Jungs, sondern von Männern, Liv.«

»Das ist es ja. Für mich sind es immer noch Jungs, die man erobern und abhaken kann. An jenem Tag fuhr ich nach Cheltenham, um Malcolm abzuhaken.« Liv zuckte die Achseln. »Wahrscheinlich habe ich nicht bedacht, dass eine erwachsene Frau ...« Errötend verstummte sie.

»Und Malcolm ging ein bisschen zu weit, nicht wahr? Du hast gehofft, er würde dich nur küssen und auf den Knien um deine Gunst flehen. Und dann wolltest du ihn zurückweisen.« Seufzend faltete Monica den Brief zusammen. »O Gott ...«

»Hätte Myrtle das bloß verstanden! Aber sie ist erwachsen geworden. Und als sie in Cheltenham anrief und meine Stimme erkannte ...« In Livs Augen schimmerten Tränen. Zu ihrem Pech wirkte das ziemlich theatralisch. »Jedenfalls sank sie willig in Reggies Arme. Er weiß sehr gut, wie man Frauen tröstet. Und er muss furchtbar wütend auf mich gewesen sein. So hat's angefangen.«

»Und deshalb bist du hierher gekommen.«

»Ich musste einfach weg. Du ahnst nicht, wie es war. Er ist besessen von ihr. Ohne sie kann er nicht leben. Ausgerechnet Myrtle!«

Schweigend starrte Monica durch das Fenster auf die Stadt und erinnerte sich an Nancy. Nur ihr Stolz war verletzt worden. Mehr nicht. Hatte Liv das auch so empfunden? Schließlich fragte sie: »Ist dir jemals aufgefallen, dass wir beide keine Liebe zu verschenken haben? Seit unserer Schulzeit spielen wir mit den Jungs. Daran hat sich nichts geändert. Carol und Myrtle waren anders. Schon damals erkannte ich, dass Cass ein ganz besonderer Mensch ist. Und Myrtle war – so großzügig.«

Liv brach in spöttisches Gelächter aus, das bald in ein Schluchzen überging.

»Im Grunde interessierst du dich nicht für Männer, Liv. Nicht wirklich. Materielle Dinge sind dir viel wichtiger. Gib's doch zu.«

»Okay. Aber ich liebe Reggie. Oder ich liebte ihn. Ach, keine Ahnung ... Er hat mich so tief gekränkt, Mon.« Unaufhaltsam rannen die Tränen über Livs Wangen. »Stell dir vor, er sagte, wenn Myrt ihn abweisen würde, könnte ich kriegen, was von ihm übrig wäre. Da versuchte ich ihm die Augen auszukratzen.«

»Tatsächlich?«, fragte Monica interessiert.

»Ja«, bestätigte Liv. »In jenem Augenblick hasste ich ihn abgrundtief und Myrtle ist meine Freundin. Und nicht einmal hübsch. Der Gedanke, dass diese beiden mich betrogen haben – das ertrug ich einfach nicht.«

Fast geistesabwesend tätschelte Monica ihre Schulter, während sie sich das Szenario auszumalen versuchte. Irgendwie fand sie die Geschichte nicht sonderlich tragisch – es sei denn, der arme Reggie und Myrtle wurden von Schuldgefühlen geplagt. Nun, sie liebten sich und waren zusammen fortgegangen. Nur das zählte. Die Probleme, die nun gelöst werden mussten, betrafen nur mehr Myrtles Familie und Liv.

Während Liv ihre Lider mit einem Taschentuch betupfte, stand Monica auf und begann umherzuwandern. »Begleitest du mich?«

Unglücklich putzte sich Liv die Nase. »Wohin?«

»Natürlich nach England. Cheltenham. Wir müssen uns um die Jungs kümmern.« Stöhnend schnitt sie eine Grimasse. »Und vermutlich auch um Malcolm – der wird uns mehr Ärger machen als die drei Kinder zusammen.«

»*Ich* soll mit dir Myrtles Haus betreten? Sei nicht albern, Mon. Wie könnte ich?«

»Ganz einfach. Was willst du denn sonst tun? Vielleicht hier bleiben? Unmöglich! Außerdem willst du's Myrtle und Reggie heimzahlen, nicht wahr? Und wo würde dir das besser gelingen als in Cheltenham?«

Liv starrte Monica entgeistert an. »Wie kaltblütig du bist! Das ist kein Schachspiel.«

»Vielleicht solltest du's aus einem anderen Blickwinkel

betrachten. Hör mal, Liv, so schlimm bist du gar nicht dran. Wahrscheinlich hast du Reggie und die arme alte Myrtle verloren. Aber du hast *mich.*« Monica setzte sich auf die Armlehne eines Sessels und schaute eindringlich in Livs große Augen. »Wie stark ich bin, weißt du. Ich war erst sechzehn, als ich Bessie bekam. Acht Jahre lang habe ich geschuftet, um das Albion auf Vordermann zu bringen. Der einzige Mensch, der mir jemals am Herzen lag, war Bessie. Und letzten Sommer habe ich sie Carol zurückgegeben. Das beweist doch, wie viel Kraft in mir steckt. Also kannst du dich an meine Schulter lehnen, bis du lernst, auf eigenen Füßen zu stehen.«

Verblüfft über diese plötzlichen Geständnisse, erwiderte Liv den Blick ihrer Freundin. Und nach einer langen Pause flüsterte sie: »Danke, Mon.«

Nun stand Monica wieder auf und spürte, wie sich prickelnde Energie in ihrem ganzen Körper ausbreitete. »Okay, wir ziehen also nach Cheltenham und betreuen Myrtles Kinder. Was für eine Herausforderung!«

»Und Bob?«

»Für Bob und mich ist es wahrscheinlich das Ende. Im Augenblick ist er ohnehin mit Rosa beschäftigt. Deshalb wird er nicht allzu heftig protestieren, wenn ich mit dir nach England fliege.«

»Und falls er dich dran hindern will?«

Lächelnd warf Monica einen Blick über die Schulter. »Er hat mir schon einmal ein Ultimatum gestellt – und sich für den Sieger gehalten. Jetzt glaubt er, ich hätte Bessie ihm zuliebe aufgegeben. Was natürlich nicht stimmt. Diesmal wird er merken, dass er verloren hat.«

Liv schaute sich fassungslos im luxuriösen Wohnzimmer um. »Auf das alles willst du verzichten?«

»Klar, ich werde es vermissen. Und – Hildie und die

Jungs und das neue Baby. Aber nur für eine Weile. Bald werde ich alle Hände voll zu tun haben und gar nicht mehr dran denken.« Als Liv weinend die Hände vors Gesicht schlug, fügte Monica hinzu: »Ich koche jetzt Tee. Heul dich inzwischen aus, dann musst du deine Entscheidung treffen.« Ohne ein weiteres Wort eilte sie aus dem Raum.

Eine Zeit lang weinte Liv gehorsam, dann wischte sie die Augen ab und flüsterte vor sich hin: »Du bist nicht nur kaltblütig, Mon, sondern auch hartherzig.« Weil sie im Grunde gar keine Wahl hatte, musste sie Mon Recht geben. Bei Bob konnte sie nicht bleiben, und sie wollte nicht nach Birmingham zurückkehren, wo sie die blamable Rolle einer verlassenen Ehefrau spielen müsste. Vielleicht würde sie später bei Carol wohnen. Aber nicht jetzt. Im Augenblick war Monica ihre einzige Stütze.

Und während sie eine Tasse Tee trank, gewöhnte sie sich an den ungeheuerlichen Gedanken, in Myrtles Haus zu leben, Myrtles Ehemann und Myrtles Kinder zu versorgen. Welch eine Ironie ... Zweifellos würde sie Reggie und Myrtle in tiefste Verlegenheit stürzen.

☆

Während dieses regnerischen Sommers lernte Myrtle ganz langsam, Reggie zu lieben. In Barnt Green hatte es keine Zweifel an der körperlichen Anziehungskraft gegeben, und es war ihnen schwer gefallen, die Finger voneinander zu lassen. Nicht einmal der schreckliche Nachmittag, an dem sie von Liv ertappt worden waren, hatte die Affäre beendet. Noch am selben Abend war Reggie wieder in Myrtles Zimmer geschlichen. Nach dem ersten atemlosen Protest (»Unmöglich, Darling – jetzt, wo Liv alles weiß ...«) nahm sie ihn bereitwillig in die Arme. Aber wenn sie an jenem frühen

Abend nicht mit ihm zusammen gewesen wäre, hätte sie vielleicht gemerkt, dass Mally ganz allein im Garten herumlief. Später versuchte Reggie, ihr das auszureden. Wie konnte sie wissen, dass die Jungs über den Zaun geklettert waren, um auf dem Golfplatz zu spielen, und Mally sich selbst überlassen hatten? Wenn jemand die Schuld an der Tragödie trug, dann nur er. Wenn er früher von der Arbeit nach Hause gekommen war, hatte er stets eine Stunde lang mit den Jungs gespielt. Nun verbrachte er diese kostbare Zeit mit Myrtle. Vor dem Dinner hatte Liv stets auf der Veranda gesessen, um sich von der Hausarbeit zu erholen.

Und jetzt, während des Urlaubs an der Nordostküste, wies Myrtle ihn entschieden zurück. »Ich kann nie wieder mit dir schlafen, Reggie, so viel du mir auch bedeutest. Mit dir bin ich lieber zusammen als mit sonst jemandem auf der Welt, aber ich kann nicht mit dir schlafen. Verstehst du das?«

»Ja, Liebste, ich weiß, was du empfindest. Was immer du willst ...«

Wenn sie so gern mit ihm zusammen war, musste sie ihn hinter ihrer kalten, starren Fassade lieben. Daran zweifelte er nicht. Für ihn war der Ehebruch im letzten Sommer nicht nur eine flüchtige sexuelle Affäre gewesen. Seit er Myrtle auf ihrer Hochzeit begegnet war, hatte er sie gemocht – den umgänglichen guten Kumpel. Später bemerkte er den vorteilhaften Einfluss, den sie auf Liv ausübte. Myrtles Mutterglück musste Liv alle Vorzüge des Familienlebens vor Augen führen und ihr beweisen, dass Kinder keineswegs eine Belastung waren. Dann, etwas später, spürte er den starken sexuellen Reiz. Was Liv widerlich fand, erregte Reggies Verlangen – die schweren Brüste, die von drei gierigen Babys zeugten, der gewölbte Bauch, die diagonalen Schwangerschaftsstreifen an den Schenkeln, das alles verlieh Myrtle eine Realität, die Liv irgendwie verloren hatte. Und in jener ersten gemeinsamen Nacht spendeten sie einander Trost.

Vielleicht hätte die Affäre bald ein Ende gefunden, wäre Mally nicht ertrunken. Reggie hätte seine intensiven Gefühle auf Liv übertragen und ihre Prüderie irgendwie besiegt. Und Myrtle wäre zu Malcolm zurückgekehrt und hätte ihren Stolz mitgenommen, voller Selbstbewusstsein, weil ein anderer Mann sie schön und begehrenswert fand.

Aber Mally ertrank im Fischteich. Und alles war durcheinander geraten.

Anfang Juni folgten sie der endlosen A 1 nach Norden, vorbei an Scotch Corner und Newcastle und Straßenschildern, die Newbiggin-on-Sea und Seahouses ankündigten. In einem kleinen Lokal mit Ausblick auf den Hafen und die Boote, die zu den Farne Islands fuhren, tranken sie Tee.

Lächelnd schaute Reggie in Myrtles blicklose Augen. »Eines Tages fahren wir da hinüber, beobachten die Papageientaucher und die Seehunde und stellen uns vor, wir wären von der Außenwelt abgeschnitten.«

»Das gefällt mir, Reggie. Von der Außenwelt abgeschnitten ... Weit weg von allem.«

»Ja, ich weiß, Darling. Schon jetzt bist du weit weg von allem. Mit mir. Bald wirst du's merken.«

»Wie lieb du bist ...«

»Das bildest du dir ein. Aber für mich zählt nur deine Meinung.«

So sehr hatte Malcolm sie niemals geliebt. Das wusste sie, und sie versuchte Reggies Gefühle zu erwidern, indem sie seine Hand ergriff. Er zog ihr den Handschuh aus. Mit warmen Fingern umschloss er ihre kalten, und sie wünschte sekundenlang, er hätte diese Geste unterlassen. Und dann dachte sie, es wäre ohnehin belanglos. Weil ihr nichts mehr wichtig erschien.

Am Abend trafen sie in Alnmouth ein, wo sie sich sofort wohl fühlte. Die wenigen Häuser und Hotels, von Dünen gegen die Nordsee und den Wind abgeschirmt, sahen gemütlich und einladend aus. Eine wundervolle Zufluchtsstätte. Reggie hatte getrennte Zimmer in einem Hotel namens Lobster Pot bestellt. Hier wohnten auch die anderen Mitglieder seines Teams. Aber Myrtle musste niemanden kennen lernen, wenn sie das nicht wollte. Er würde sie als eine Freundin seiner Familie vorstellen, damit er sie nicht in Verlegenheit brachte.

Auch das Zimmer gefiel ihr. Der Lärm aus der Hotelbar drang nur gedämpft herauf und machte ihr bewusst, dass ihre Isolation erwünscht war, nicht erzwungen. Durch ein großes Erkerfenster blickte sie aufs Meer. Dunkles Fachwerk durchzog die weißen Wände. Nachdem sie ihren Koffer ausgepackt hatte, strich sie über einen der Balken, spürte das raue Holz, und schwacher Teergeruch stieg in ihre Nase – tröstliche Sinneseindrücke.

Als sie sich mit Reggie traf, erklärte sie ihm, sie würde aufs Dinner verzichten. »Ich bin immer noch satt von diesem gekochten Ei. Wo haben wir das gegessen?«

»In Seahouses. Dort haben wir uns über die Farne Islands unterhalten. Weißt du's noch?«

»O ja«, erwiderte sie lächelnd. »Heute gehe ich früh ins Bett. Wenn's dir recht ist ...«

»Natürlich.« Er nahm ihr Gesicht in beide Hände und küsste ihre Stirn. »Möchtest du vorher den Strand entlangwandern und frische Luft atmen?«

»Oh, das wäre wunderbar.«

»Und wenn ich dich wieder küsse – wirst du dich wehren?« Er lachte leise. »Bitte, glaub mir, Myrtle, ich will dich zu nichts drängen.«

Sie schlenderten die Sandstraße hinab zum weißen Sandstrand und beobachteten die grauen Wellen, die unentwegt heranrollten. In der feuchten Kälte begann Myrtle zu frösteln.

»Komm, laufen wir!« Reggie ergriff ihre Hand und zog sie mit sich.

Bleischwer bewegten sich ihre Beine und sie geriet sofort außer Atem. »Halt, Reggie, ich kann nicht ...«

»Das tut dir gut, Myrt. Los, zum Meer!«

»Da werden wir nass ...«

»Spring auf diesen Felsen!«

Er bemerkte ihr Schluchzen nicht. Vielleicht, weil sie nur selten weinte. Ihre weißen Sandalen versanken im feuchten Sand. Plötzlich strömte eine Welle den Strand herauf und umspülte Myrtles Beine bis zu den Knien. Da begann sie zu schreien. Reggie hob sie hoch und drückte sie an seine Schulter. »Beruhige dich, Myrtle, es ist nur das Meer. Ich wollte die Gefühle deiner Kindheit wiedererwecken. Wenn du am ersten Ferientag ins Meer gewatet bist ...«

»O Reggie!« Sie umklammerte seinen Hals so fest, dass er beinahe zu ersticken glaubte. »So muss es für Mally gewesen sein. Immer höher kroch das Wasser an ihm empor – und dann stürzte er ...«

Er trug sie zu einem Felsblock und lehnte sie dagegen. Bestürzt betrachtete er ihr tränenüberströmtes Gesicht. »Tut mir Leid, Darling, daran hätte ich denken müssen.« Zärtlich küsste er ihr Haar. »Wein dich nur aus. Das tut dir gut. Du hast viel zu wenig geweint.«

Schließlich beruhigte sie sich und sie kehrten langsam ins Lobster Pot zurück. Er begleitete sie zu ihrer Zimmertür und flüsterte: »Gute Nacht, Myrtle. Zieh sofort die nassen Schuhe aus. Und dann geh ins Bett wie ein braves Mädchen.«

In ihrem Zimmer bemerkte sie den unebenen Bretterboden, der Mally sicher gefallen hätte. »Mein erster Ferientag«, wisperte sie.

☆

Reggie begann nicht sofort zu arbeiten. Stattdessen zeigte er ihr das Bamborough Castle und Alnwick. In den kleinen, teuren Läden von Alnwick kaufte sie ein neues Kleid und Schuhe. Beides suchte er für sie aus – ein ärmelloses, lindgrünes Leinenkleid mit Mandarinkragen und Bahnenrock, dazu lächerliche hochhackige Sandalen, die sie größer machten. Bis jetzt hatte sie nur gekräuselte Röcke und flache Schuhe getragen. Das raffiniert geschnittene neue Kleid betonte ihre schmale Taille und die üppigen Brüste, der Bahnenrock kaschierte die breiten Hüften, und die grünen Schuhe wirkten Wunder für ihre Beine, aber nicht für ihr Gleichgewicht. An Reggies Arm geklammert, trug sie ihre neuen Sachen, während sie das Schloss besichtigten.

Am nächsten Tag fuhr er zum Hardfanger Castle und hielt eine Besprechung mit seinen Mitarbeitern ab. Myrtle beschloss, in ihrem Zimmer zu bleiben. Nach dem Lunch besann sie sich anders und ging spazieren. Es war ein grauer, windiger Tag. Allzu weit konnte man in dem winzigen Dorf nicht wandern, und so setzte sie sich in ein Café, wo sie Tee und Kuchen bestellte. Die Wirtin, eine Frau in mittleren Jahren, servierte beides auf einem Silbertablett.

Plötzlich hatte Myrtle eine Idee. »Gibt's hier im Dorf einen Friseursalon?«

»Aye, meine Liebe, sogar zwei. Jeannie macht Dauerwellen daheim bei ihren Kundinnen – falls Sie das möchten.«

»Was ich will, weiß ich eigentlich gar nicht. Irgendwas anderes ...«

»Dann ist Meggie genau richtig für Sie. Über der Schneiderei, ein paar Schritte die Straße runter. Aye, Meggie hat viel Fantasie.«

Das klang etwas skeptisch, und Myrtle fragte sich, was Meggie für sie tun würde. Aber dieses Problem beunruhigte sie nicht sonderlich. Wenn sie einen Friseursalon besuchte, wäre Reggie hellauf begeistert. Er war so gut zu ihr und sie wollte ihm eine kleine Freude bereiten.

Sobald Meggie das drahtige Haar ihrer neuen Kundin sah, fühlte sie sich inspiriert. Sie schnitt die alten Dauerwellen heraus, bis nur noch Myrtles weiches Schulmädchenhaar übrig war, das den Kopf wie eine glatte Kappe umgab. Nach einer gründlichen Wäsche verpasste sie Myrtle einen modischen Bubikopf. Und da kam das Mädchen zum Vorschein, das Myrtle einmal gewesen war – nicht mehr plump und übergewichtig. Seit Lennies Geburt interessierte sie sich nicht mehr fürs Essen und war viel schlanker als in den letzten Jahren. Und jetzt, im neuen Kleid, mit dem kurzen Haar, sah sie völlig verändert aus. Als sie sich im Spiegel betrachtetc, empfand sie ein Gefühl, das beinahe an Vergnügen grenzte.

»Sie sind zufrieden, Madam?«, fragte Meggie unsicher.

»Das wird Reggie gefallen«, erwiderte Myrtle.

☆

Und Reggie war tatsächlich entzückt. Es war ein gutes Omen für Myrtles Erholung. Am Abend trafen sie einen seiner Kollegen im Speiseraum des Hotels, und er riskierte es, ihn mit Myrtle bekannt zu machen, was sie widerstandslos akzeptierte. Höflich schüttelte sie seine Hand und lächelte sogar.

Danach fragte er, ob sie ihn am nächsten Tag ins Hardfanger Castle begleiten und sich die Bibliothek anschauen wollte, die er zusammen mit Alan Forrester katalogisierte. Sie stimmte genauso zu, wie sie auf seinen Vorschlag eingegangen war, diese Reise mit ihm zu unternehmen – ein gehorsames Kind, das seine bittere, aber offenbar notwendige Medizin schluckte.

Doch in der schönen, hohen Bibliothek mit der Galerie und den beweglichen Leitern ging eine seltsame Veränderung mit Myrtle vor – so subtil, dass Reggie zunächst nichts merkte.

Er erklärte das System, das sie anwandten, und zeigte ihr verschiedene Bücher und die Katalogkarten. Ihr Interesse mochte auf der Höflichkeit beruhen, die sie in diesen Tagen zu zeigen pflegte. Erst in der Kaffeepause beobachtete er, wie sie die von ihm beschrifteten Katalogkarten mit den entsprechenden Büchern verglich.

»Wollen wir zu Mittag in einem Pub essen, Myrtle?«, fragte er.

»Hast du nicht gesagt, die Haushälterin würde einen Snack in der Schlossküche vorbereiten?«

»Ja, aber ich dachte, du möchtest vielleicht meine anderen Kollegen kennen lernen.«

»Lieber nicht. Aber geh nur zu ihnen, Reggie. Inzwischen schaue ich mich hier um, wenn's dir recht ist. Dieses Schloss gehörte dem König von Northumbrien, als die Dänen nach England kamen. Wusstest du das?«

»Ja. Deshalb ist es ja so bedeutend.« Er ergriff ihren Arm und führte sie durch die gewölbte Halle ins Treppenhaus. »Siehst du? Es sieht aus wie ein umgestülptes Boot. Alles an dieser Architektur hängt irgendwie mit dem Meer zusammen.«

»In deinen Eintragungen habe ich was über diesen Benediktinermönch Beda gelesen.«

»Heute Nachmittag suche ich dir Material über ihn heraus. Würde dir das gefallen?«

»Davon verstehe ich nichts, Reggie. In der Schule war ich ein hoffnungsloser Fall.«

»O Darling, sag niemals, du wärst hoffnungslos«, bat er heiser. »Wo du doch meine einzige Hoffnung bist.«

In ihren Augen brannten unerwartete Tränen. Sie blinzelte hastig. Und während sie die Stufen zur Schlossküche hinabstiegen, hatte sie plötzlich das Gefühl, sie würde dahinschmelzen.

☆

Fast jeden Tag begleitete sie ihn ins Hardfanger Castle. Sie lernte einige Frauen kennen – die Ehefrauen der Kuratoren, Sekretärinnen und Verwaltungsangestellte. Manchmal luden sie Myrtle zu einem Einkaufsbummel ein, waren aber nicht beleidigt, wenn sie das ablehnte. Sie merkte, dass sie einfach unfähig war, jemanden zu kränken. Nun entsann sie sich, wie oft sie Malcolms hysterische Patientinnen besänftigt hatte – oder deren Ehemänner. Lächelnd musterte sie das bunt gemischte Volk, das sie oft in der Schlossküche traf, und erkundigte sich, ob dieser oder jener Tischgenosse die Ausflüge nach Lindisfarne oder Schottland genossen habe. Man respektierte ihre Zurückhaltung, freute sich aber, wenn sie an den Gesprächen teilnahm. Hin und wieder half sie Reggie, verwandelte seine gekritzelten Notizen in lesbare Eintragungen, sortierte Katalogkarten und teilte seinen Enthusiasmus, wenn er kostbare Erstausgaben oder alte Handschriften fand.

»Allmählich verstehe ich Carols Begeisterung für Bücher«, erklärte sie eines Tages, als sie durch Hexham zum Hadrianswall fuhren. »Mit Hilfe von Büchern können wir in die Gedankenwelt anderer Menschen eindringen und sie überbrücken die verschiedenen Zeitalter. Und sie geben einem fast das Gefühl, man könnte die Ewigkeit begreifen.«

Reggie nickte. »Weißt du noch, was Carol über dieses Buch sagte, das ihr Freund aus Algerien herausgeschmuggelt hat? Es würde dem Autor Unsterblichkeit verleihen.«

Nach einer langen Pause fragte sie: »Was willst du damit ausdrücken, Reggie? Mally konnte seinen Namen nicht schreiben, nicht einmal einen Bleistift halten.« Bei diesen Worten klang ihre Stimme erstaunlich ruhig.

»Aber du kannst schreiben. Versuch doch eine Geschichte über Mally zu verfassen – damit würdest du ihm gewissermaßen Unsterblichkeit schenken.«

»Unmöglich, das würde ich nicht ertragen.«

Er verfolgte das Thema nicht weiter, und sie schwiegen, bis sie Haltwhistle erreichten und einen Parkplatz fanden. In den letzten drei Wochen hatte sich das Wetter gebessert, aber es war immer noch windig, und das Haar umwehte Myrtles Kopf wie eine Gloriole. Sie stiegen eine Anhöhe hinauf und betrachteten den Wall und eine ferne Festung.

»Gehen wir an der Mauer entlang«, drängte Myrtle. »Tun wir so, als würden wir zu den römischen Legionen gehören.« Das war ihr erster positiver Vorschlag seit dem Beginn der Ferien. Erfreut folgte er ihr. Auf einer wackligen Leiter drehte sie sich lächelnd zu ihm um. »Das würde Nicky gefallen, nicht wahr?«

Eine Hand auf einer Sprosse hielt er inne. Zum ersten Mal erwog er die Möglichkeit, ihre »Genesung« könnte die Rückkehr zu ihren Kindern bedeuten.

»In einem Brief würde ich dir alles über Mally schreiben, Reggie.« Dann wandte sie sich hastig ab und ging den grasbewachsenen Weg auf der Mauer entlang.

Am liebsten hätte er ihr nachgerufen: *Du musst mir nicht schreiben, weil ich immer bei dir bin. Sprich mit mir!* Aber er schwieg. An einem Strebepfeiler der Festung angekommen, wandte sich Myrtle zu ihm und salutierte.

Als sie sein Gesicht sah, schlang sie beide Arme um seine Taille und legte den Kopf an seine Brust. »Ich liebe dich, Reggie«, flüsterte sie.

Diese Worte hatte er herbeigesehnt. Und er wusste nicht, warum er ihr kurzes seidiges Haar so keusch küsste, als wollte er Abschied nehmen.

☆

Einige Stunden verbrachte sie allein. Vorsichtig fuhr sie mit Reggies Auto nach Newcastle, parkte am Stadtrand und fuhr dann mit dem Bus ins Einkaufszentrum. Dort kaufte sie noch ein paar Kleider und rief zu Hause an. Monica meldete sich in ihrem üblichen energischen Ton. »Willst du nicht mit Malcolm reden, Myrt? Gestern Abend hat er sechsmal in deinem Hotel angerufen und du warst nicht da.«

»Doch. Aber ich ging schon um acht ins Bett. Ich bin immer noch sehr müde.« Durch die Glaswand der Telefonzelle sah Myrtle die vergoldete Kuppel des Universitätsgebäudes und die Newgate Street. Eigentlich müsste sie sich fremd und einsam fühlen, aber sie empfand nichts dergleichen. »Was machen die Jungs?«

»Nun hast du zum ersten Mal nach ihnen gefragt. Liv geht gerade mit Nicky und Martin spazieren.«

»Warum sind sie nicht in der Schule?«

»Weil sie Ferien haben, du Dummchen.«

»Oh, das hatte ich ganz vergessen. Sind sie okay?«

»Hast du Angst vor Liv? Keine Bange, sie wird deine Söhne nicht ersticken, falls du das meinst.«

Erschrocken zuckte Myrtle zusammen. Aber dass sie eine Windel auf Lennies Gesicht gelegt hatte, konnte Mon natürlich nicht wissen. »Ich – ich wollte nur fragen, ob alles in Ordnung ist.«

»O ja. Eins muss man Malcolm lassen, er ist ein guter Vater.«

»Das stimmt.«

»Und du bist eine fabelhafte Mutter. Mach dir keine Sorgen, daran zweifeln deine Kinder und dein Mann keine Sekunde lang.«

»O Mon ...«

»Hier gefällt's mir. Ich bin jeden Abend todmüde. Wenn du nach Hause kommst, könnte ich noch eine Weile dableiben und dir helfen.«

»Und Liv?«

»Die wird natürlich ausziehen.«

»Ist sie – sehr unglücklich?«

»Allerdings.«

»O Mon, es ist schrecklich ...«

»Nun, das hängt davon ab, was man vom Leben erwartet. Die meisten Menschen sind nicht besonders glücklich. Aber Liv wird's schon schaffen.«

»Wie soll ich dir nur danken, Mon? Beinahe wäre ich verrückt geworden.«

»Jetzt bist über den Berg, nicht wahr?«

»Ich denke schon. Monatelang hat es mich gar nicht interessiert, was mit den Jungs los ist.«

»Überleg dir, ob du mein Angebot annehmen willst. Wenn du zurückkommst, würde ich dir sehr gern helfen.«

Myrtle betrachtete die goldene Kuppel und versuchte sich vorzustellen, wie Malcolm und die Jungs im Wohnzimmer saßen und auf die Imperial Gardens blickten. »Das weiß ich noch nicht, Mon. Inzwischen habe ich mich verändert. Ich gehöre nicht mehr zu den Jungs. Und zu Malcolm schon gar nicht.«

»Zu Reggie?«

»Nein, zu mir selber.«

Plötzlich klang Monicas Stimme viel energischer. »Sehr gut! Dann kannst du deine eigenen Entscheidungen treffen.« Nach einer kurzen Pause verabschiedete sie sich. »Alles Gute, Myrtle. Ruf wieder an.« Und dann war die Leitung tot.

Langsam hängte Myrtle ein und wartete auf irgendwelche Emotionen. Schuldgefühle, mütterliche Sorge oder schlichtes Heimweh. Nichts geschah. Weiter unten an der Newgate Street entdeckte sie eine Buchhandlung, und sie fragte sich, ob sie dort irgendwas über Beda finden würde. Sie blickte in den kleinen Spiegel über dem Telefon und vergewisserte sich, dass ihre Nase nicht glänzte. Eine paar Sekunden später stieß sie mit einer Schulter die Tür der Telefonzelle auf und trat in den Sonnenschein hinaus.

Bevor sie an diesem Abend schlafen ging, rief Malcolm an. In jovialem Ton verkündete er, daheim gäbe es keine Probleme und Monica habe alles im Griff. »Ich will dich nicht bitten, deinen Urlaub abzukürzen, Häschen, aber könntest du uns ungefähr sagen ...«

»Nein, Malcolm.« Ihre Stimme klang so entschieden, dass sie selber staunte. Malcolm offenbar auch, denn die Jovialität verwandelte sich in gebieterische Ungeduld.

»Hör mal, altes Mädchen, es schickt sich einfach nicht, mit dem Ehemann der besten Freundin wegzulaufen! Liv sitzt hier herum, sieht elend aus und bläst Trübsal. Um es milde auszudrücken: Das finde ich etwas peinlich. Und Monica ist zwar ein guter Kerl, aber furchtbar autoritär.«

Beinahe wäre Myrtle in Gelächter ausgebrochen. »Solange sie für dich und die Jungs sorgt ...«

»Verdammt, Myrtle, du bist meine Frau! Es ist deine

Pflicht, heimzukommen. Selbst wenn du wieder einen Schweinestall aus diesem Haus machst – das ist mir egal. Morgen kommst du zurück. Das ist ein Befehl. Oder übermorgen. Spätestens am Wochenende.«

»Malcolm, ich bin müde«, erwiderte sie sanft. »Gute Nacht.« Sie drückte den Hörer in Reggies Hand und stieg die Treppe hinauf.

In den nächsten Tagen nahm Reggie alle Anrufe für Myrtle entgegen. Nur wenn sich Monica meldete, übergab er ihr den Hörer. An den meisten Abenden zuckte er die Achseln, lauschte eine Zeit lang, und nach ein paar nichts sagenden Bemerkungen legte er auf.

Mit strahlendem Sonnenschein verabschiedete sich der Juni und der Juli begann mit einem Gewitter. Um der schwülen Hitze zu entrinnen, suchte Myrtle täglich Zuflucht in den dicken Mauern von Hardfanger Castle. Malcolm rief immer seltener an und Myrtle telefonierte nur mit Monica, wenn sie wusste, dass er sich im Behandlungsraum aufhielt. Eines Tages erklärte Monica, Malcolm habe sich mit Reggies Auktionsfirma in Verbindung gesetzt und erfahren, die Katalogisierungsarbeit im Hardfanger Castle würde bald beendet sein.

»Wenn Malcolm nächstes Mal anruft, lass mich mit ihm reden, Reggie«, bat Myrtle.

»Hältst du das für eine gute Idee, Darling? Ich will nicht, dass du dich aufregst. Inzwischen hast du dich so gut erholt.«

»Was ich dir verdanke. Trotzdem will ich mit ihm sprechen.«

»Kehrst du zu ihm zurück, Myrtle?«, fragte Reggie bedrückt.

»Nein.«

»Aber – zu Nicky und Martin und dem kleinen Lennie?«

»Auch das nicht. Monica bleibt bei meiner Familie. Vielleicht lässt sie sich von Bob scheiden und heiratet Malcolm. Jedenfalls wird sie meinen Jungs eine gute Mutter sein.«

Ungläubig starrte er sie an. »Heißt das – du bleibst bei mir, Myrtle?«

»Willst du mich haben?«

»O Myrtle ...«

»Okay.«

Damit musste er sich vorerst begnügen. Es war nicht die rückhaltlose Hingabe, die er erhofft hatte. Doch sie wartete nicht auf Malcolms Anruf. An diesem Abend wählte sie die Cheltenham-Nummer selbst. Reggie wollte sich diskret entfernen. Aber sie hielt ihn am Arm fest. »Hallo, Malcolm, hier ist Myrtle. Tut mir Leid, mein Lieber, ich komme nicht mehr nach Hause. Nachdem mein Entschluss feststeht, wollte ich es dir sofort sagen.«

Reggie hörte nur Geräusche, keine Worte. Vielleicht tobte Malcolm vor Wut. Oder er schluchzte.

»Warum?«, entgegnete Myrtle in ruhigem Ton. »Weil ich Reggie liebe. Deshalb. Das müsstest du mittlerweile erraten haben.« Eine Zeit lang hörte sie höflich zu. Aber sie sagte nichts mehr. Schließlich legte sie auf. »Er ist völlig verwirrt«, erklärte sie, ohne Reggie anzuschauen. Als sie die Treppe hinaufstieg, folgte er ihr. Vor der Tür ihres kleinen Zimmers blieb sie stehen und schien kurz zu zögern. »Kommst du zu mir herein?«

»Nur wenn du es wirklich willst.«

Sie nickte, betrat das Zimmer und hielt ihm die Tür auf.

So wie früher war es nicht. Die wilde Leidenschaft war verflogen. Danach legte Myrtle den Kopf auf Reggies Schulter und strich mit einem Finger von seiner Stirn bis zum Kinn. So wie an jenem Tag auf dem Hadrianswall beteuerte sie: »Dir könnte ich einen Brief schreiben, Reggie.

Meine Orthografie und die Grammatik würden dich sicher nicht stören. In der Schule war ich eine Katastrophe.«

»Natürlich würde mir das alles nichts ausmachen, Darling«, erwiderte er heiser, drückte sie fest an sich, als wollte er mit ihr verschmelzen. Nach einer kurzen Pause flüsterte er: »Aber du musst mir nicht schreiben, Myrtle. Erzähl mir einfach, was ich wissen sollte.«

»Ja, ich weiß.« Zärtlich streichelte sie seine Wange.

☆

Trotzdem verspürte sie den Wunsch, ihre Erlebnisse niederzuschreiben. Zunächst schickte sie kurze Briefe an Carol, beschrieb das Hardfanger Castle und Alnwick, den weißen Sandstrand von Alnmouth.

Eines Tages fügte sie ein Postskriptum hinzu: *Hier würde es Mally gefallen. Es ist so ruhig und friedlich und es gibt so viel Wasser. Erinnerst du dich an Miss Edgeworth, die uns erklärt hat, alles Leben würde aus dem Meer stammen? Vielleicht wollte Mally zum Beginn unserer Existenz zurückkehren, als er immer wieder in Livs Fischteich watete.*

Kurz vor der Abreise aus Alnmouth erhielt sie eine Antwort. *Myrtle, so wie du liebe ich einen verheirateten Mann. Wie seltsam dieses Leben ist ... Ich glaube, auch du spürst die Zerbrechlichkeit des Glücks. Deshalb schreibst du mir, um dies alles für die Ewigkeit festzuhalten – was immer geschehen mag. Genauso erinnerst du dich an Mally und bewahrst deine Liebe zu ihm. Die beiliegende Zeichnung von Mally hat Bessie in Barnt Green gemacht. Mit sehr viel Liebe und in der Überzeugung, sie würde dir nicht wehtun. Über Liv will ich mich nicht äußern. Offensichtlich liebt Reggie dich über alles, und er bemüht sich, dich zu schützen. Du bist glücklich, Myrtle, so wie ich.*

Zwischen zwei Pappdeckeln lag die Zeichnung, die Mally von hinten zeigte. Aber er war es unverkennbar. Die Hände erhoben, den Kopf gesenkt, strahlte die kleine Gestalt herzzerreißendes Entzücken aus, als sie einen Fuß, mit einer Sandale bekleidet, ins Wasser tauchte.

15

Auf seltsame Weise war Monica im Sommer 1958 so glücklich wie noch nie. Sie meisterte eine unmögliche Situation, die keine persönlichen Seelenqualen hervorrief. Unter außergewöhnlichen Umständen strebte sie nach Normalität. Täglich verband sie unsichtbare Wunden, die vorerst nicht verheilten, fühlte sich wie Malcolms und Livs Krankenschwester, wie Nickys und Martins und Lennies Mutter. Indem sie Malcolms Berufsleben organisierte, beschränkte sie Klatschgeschichten und Spekulationen auf ein Minimum. Die meisten Patienten wussten, dass Myrtle nach Mallys Tod und Lennies Geburt krank gewesen war. Und so klang die diskrete Erklärung, sie würde sich auf dem Land erholen, völlig logisch. Natürlich war es lobenswert, wie gut ihre beiden besten Freundinnen für Malcolm und die Jungs sorgten.

Die Popularität des verlassenen Ehemanns wuchs sogar. Neuerdings ließen sich Patientinnen, die Myrtle in einer Irrenanstalt wähnten und – was Malcolm betraf – in ihre Fußstapfen treten wollten, besonders oft Termine geben. Einige Ärzte in Cheltenham, die seine paramedizinischen Methoden verachtet hatten, bekundeten, von Monicas Charme betört, tiefes Mitgefühl und verwiesen ihre unheilbaren Fälle an den Osteopathen. Wenn er diese Kranken auch nicht zu heilen vermochte – seine sanften Hände und hohen Honorare gaukelten ihnen vor, sie würden allmählich genesen.

Glücklicherweise hatten sich Nicky und Martin schon in Tante Livs Haus mit Monica angefreundet und ihre geradlinige, offenherzige Art zu schätzen gelernt. Jetzt, nach den schmerzlichen Begegnungen mit ihrer lieblosen Mutter, hießen sie Monica umso freudiger willkommen. Eines Tages bemerkte Nicky: »Wenn wir Mummy nicht haben können, haben wir eben dich, Tante Mon.« Nach Monicas Ansicht war das ein riesiges Kompliment.

Am liebsten befasste sie sich mit Lennie. Er war etwa um die gleiche Jahreszeit zur Welt gekommen wie Bessie, und nun glaubte sie nachzuholen, was sie damals versäumt hatte. Jeden Tag bemerkte sie eine Veränderung an dem Baby. Bei ihrer Ankunft hatte er flach in seinem Bettchen gelegen, nur mühsam den Kopf gehoben und grässliche Grimassen geschnitten. Wenn sie ihn aufgerichtet hatte, war er seitwärts auf die Matratze gefallen. Zwei Wochen später saß er im Kinderwagen, wenn sie ihn durch den Park schob, um den Jungs entgegenzugehen. Und nach einem Monat konnte er am Boden sitzen, ekstatisch strampeln und mit dicken Händchen in die Luft greifen. Als Myrtle anrief und Malcolm mitteilte, sie würde nicht zurückkommen, krabbelte Lennie bereits überall umher. Sobald Monica in seinem Blickfeld erschien, streckte er ihr die Arme entgegen. Was immer ihm zwischen die Finger kam, steckte er in den Mund.

Prüfend schaute sie in Malcolms fahles Gesicht. »Sorg dich nicht. Myrtle kann sich nicht für immer von den Kindern trennen. Irgendwann wird sie zurückkommen und bis dahin bleibe ich hier.« Sie sah ihn zusammenzucken, und da erkannte sie, wie grausam ihre Worte klingen mussten. Hastig fügte sie hinzu: »Glaub mir, es kann nur eine vorübergehende Affäre sein – eine Verirrung nach Mallys Tod und Lennies Geburt. Sie ist nach wie vor deine Frau.« Nur zu gern ließ er sich überzeugen, vor allem, weil er den Gedanken, jemand könnte ihm einen Mann wie Reggie Bradbury vorziehen, unvorstellbar fand.

Umso erboster haderte Liv mit dem Schicksal. »Das halte ich nicht aus, Mon. Als die beiden mit Malcolms und meinem Segen wegfuhren, war es halbwegs erträglich. Aber jetzt ist es ihnen egal, was aus uns wird. Sie sind voneinander besessen ...«

»Hör mal, Liv, dieses Feuer wird erlöschen. Begreifst du es nicht? Das passiert bei allen intensiven Affären. Myrtle wird nach Hause kommen. Und Reggie auch.«

»Ich *will* ihn nicht mehr!«

Beinahe hätte Monica gefragt, welche Alternativen es gäbe. Doch sie besann sich eines Besseren. An ihre eigene Zukunft dachte sie auch nicht. Für die Rückkehr nach England hatte sie einen perfekten Vorwand gefunden. Eine kranke Freundin brauchte ihre Hilfe. Das sah Bob ein. Außerdem war er mit Rosa Palmer beschäftigt. Aber sein Verständnis hatte gewisse Grenzen. Er schrieb ihr immer seltener – und immer kürzere Briefe. Da Monicas Glück die berechnende Seite ihres Wesens nicht vollends verdrängt hatte, überlegte sie, ob sie nach Amerika fliegen sollte. Wenn sie Bob auch nicht leidenschaftlich liebte, sie mochte ihn und fühlte sich wie ein Teil seiner Familie.

Die seltsame Dreieckskonstellation wurde zunächst in den August hinübergerettet. Im Herbst sollten die Jungs eine andere Schule besuchen, deshalb gingen Monica und Liv mit ihnen ins Cavendish House, um weinrote Uniformen zu kaufen. Monica trug Lennie auf der linken Hüfte und hielt

Martins Hand fest, während Liv mit Nicky vorausging und ostentativ erwartete, er würde ihr alle Türen öffnen. An diesem heißen Tag war Lennie ungewöhnlich quengelig. Die Jungs standen in ihren neuen Blazern vor den Spiegeln und klagten, der Wollstoff würde überall kratzen.

»Wenn wir alle Einkäufe erledigt haben, essen wir Eis in der Gloucestershire Dairy«, schlug Monica vor. »Und danach gehen wir ins Lido.«

»Wir haben keine Badesachen dabei«, maulte Nicky.

»Dann fahren wir eben heim und holen sie«, erwiderte sie freundlich.

Als sie im Dachgarten des Cafés Eis löffelten, war es Liv, die plötzlich aufbegehrte. »Den Lärm im Lido ertrage nicht. Da bleibe ich lieber zu Hause.«

Aufmerksam musterte Monica das bleiche Gesicht ihrer Freundin, die schweißnassen Shirley-Temple-Löckchen. »Wie du willst«, stimmte sie zu. »Am besten legst du dich hin.«

Daheim zog sie einen Badeanzug unter ihrem Kleid an, packte alle nötigen Sachen zusammen und schob eine Nachricht für Malcolm unter das Teetablett in der Küche.

Ohne Liv war alles viel einfacher. Die Jungs schlenderten zu beiden Seiten des Kinderwagens dahin und schwatzten ununterbrochen. Hin und wieder mischte sich Monica in das Gespräch ein, aber meistens lächelte sie Lennie an, der fröhlich gluckste. Bis zum Pool mussten sie nur eine knappe Meile gehen, und jetzt, am späteren Nachmittag, brauchten sie nicht mehr allzu lange an der Kasse anzustehen. Monica kaufte die Eintrittskarten und wartete, bis das Tor für den Kinderwagen geöffnet wurde. Aber die Jungs wollten sich unbedingt durch das Drehkreuz zwängen, in dem Martin prompt stecken blieb. Nachdem sie ihn befreit hatte, suchten sie sich einen Platz in der Nähe des Pools. Lennie begann wieder zu wimmern. Während sie ihn auszog, schlüpften die Jungs in ihre Badehosen und rannten zum Kinderschwimmbecken. Dann streifte Monica ihr Kleid über den Kopf und packte alle Sachen in den Kinderwagen. Als sie in den Pool stieg, Lennie im Arm, kreischten Nicky und Martin vor Vergnügen.

»Das mag er, Tante Mon!« Nicky schaute in das verblüffte Babygesicht. »Jetzt schreit er nicht mehr.«

»Ich will ihn nur ein bisschen abkühlen«, erklärte Monica und schwenkte Lennie vorsichtig im Wasser umher. »Vielleicht will er danach ein Sonnenbad nehmen.«

»Wartest du am Ende der Rutschbahn auf uns, Tante Mon?«, fragte Martin.

»Musst du etwa *aufgefangen* werden?«, spottete Nicky.

»O nein, er will Lennie und mich nur anspritzen«, verteidigte Monica den gekränkten Jungen. Nachdem seine Ehre wiederhergestellt war, rannte er mit Nicky zur Rutschbahn, an deren Ende Monica Stellung bezog. Hin und wieder tauchte sie Lennie ins Wasser. Ja, sie war glücklich. Hoffentlich würde Myrtle niemals nach Hause zurückkehren.

☆

Zu ihrem Leidwesen konnte Liv nicht schlafen, nicht einmal still liegen. Sie sei nur wegen ihres verletzten Stolzes so verzweifelt, hatte Monica behauptet. Aber woher der Kummer rührte, spielte letzten Endes keine Rolle. Er quälte sie unentwegt und zehrte an ihren Kräften. Manchmal fühlte sie sich sterbenskrank.

Als sie aufstand, um das Fenster etwas weiter zu öffnen, schlug die Kirchturmuhr fünfmal. Nun würde Malcolm den letzten Patienten verabschieden und in der Küche Tee trinken. Schade, dass sie seine Nähe nur in Gesellschaft ertrug, denn jetzt hatten sie etwas gemeinsam. Er sah so aus, wie ihr zu Mute war – erschöpft, verängstigt und völlig verwirrt. Vor zwei Wochen hatte Myrtle aus Alnmouth angerufen und verkündet, sie würde nicht mehr nach Hause kommen. Seither ging es ihm immer schlechter. Schon dreimal hatte er Termine kurzfristig abgesagt und sich im Behandlungsraum eingeschlossen.

Ihr Fenster ging zum hinteren Garten hinaus, wo der alte Tom gerade die Rabatten stutzte. In einer Ecke stand ein alter Apfelbaum, an dessen Ästen eine Schaukel hing. Ein zertrampelter Rasenstreifen zeigte an, wo die Jungs herumsprangen, wenn sie ihren Fußball gegen die Mauer schmetterten. Wehmütig betrachtete Liv den Nachbargarten, die Pergola, die Rosenbüsche und die Hängematte. Daheim in Barnt Green gab es auch eine Hängematte. Und Rosen. Vergeblich kämpfte sie mit den Tränen.

Die Küchentür öffnete sich. Eine Teetasse in der Hand, schlenderte Malcolm durch den Garten. Liv wich ein wenig zurück. Aber sie beobachtete ihn, von morbider Neugier erfasst. Beinahe kam es ihr so vor, als würde sie sich selber zuschauen. Ziellos wanderte er umher, blieb hin und wieder stehen, um die Blumen anzustarren. Schließlich setzte er sich auf die Schaukel und nippte an seinem Tee.

Nun beugte sich Liv wieder vor. Er hatte den weißen Kittel abgelegt. Auf seinem Hemd zeichneten sich dunkle Schweißflecken ab. Nie zuvor hatte sie Malcolm schwitzen sehen – auch sie schwitzte nur selten. Aber an diesem Tag klebte ihr Haar am Kopf, und obwohl sie Schweißblätter trug, war ihr Moygashel-Kostüm sicher ruiniert. Malcolm nahm noch einen Schluck Tee. Dann stand er auf und ging zum anderen Ende des Gartens. Sein Kopf war gesenkt, die Sonne glänzte auf seinem untadelig frisierten gewellten Haar. Auch die rötlichen Härchen auf seinem Handrücken schimmerten. Er besaß große, starke, tüchtige Hände. Schmerzlich erinnerte sie sich, wie er letztes Jahr ihren Rücken massiert hatte. Wenn sie damals nicht hierher gekommen wäre – wenn – wenn ... Plötzlich blieb er stehen und starrte ein leuchtendes Godetienbeet an, als würden ihn die Farben beleidigen, und goss heißen Tee auf die Blüten, die sofort in sich zusammensanken.

Offenbar hatte Liv einen leisen Schrei ausgestoßen, denn er schaute zu ihr herauf und musterte sie misstrauisch wie einen unerwünschten Eindringling. »Hast du schon Tee getrunken? Monica hat eine Kanne in die Küche gestellt.«

»Nein, ich habe mich ausgeruht.«

»Komm doch herunter. Trinken wir eine Tasse zusammen.« Er betrachtete die versengten Blumen. »Gerade hab ich meinen Tee weggeschüttet.«

Sie wollte nicht mit ihm zusammen sein. Aber irgendetwas bewog sie zu nicken – Schuldgefühle oder Mitleid, sie wusste es nicht. Hastig strich sie mit einem Kamm durch ihr Haar. Ein paar Sekunden lang blieb es glänzend in Form, dann hing es wieder schlaff herab. Vielleicht sollte sie die Leinenjacke mit einer Bluse vertauschen. Doch die Mühe schien sich nicht zu lohnen.

In der Küche war es wenigstens angenehm kühl. Monica und Liv hatten den Raum in Ordnung gebracht und bis zur Unkenntlichkeit verwandelt. Wenn die Gartentür geöffnet war, wirkte er sogar gemütlich. Malcolm bereitete frischen Tee zu. Seltsamerweise war er viel häuslicher als Reggie. Vielleicht, weil er daheim arbeitete. Oder weil sie Reggie niemals eine Chance gegeben hatte. Sie nahm zwei Tassen und Untertassen aus dem Schrank und stellte sie zusammen mit dem Milchkännchen auf den Tisch.

»Warum bist du nicht mit Monica und den Jungs ins Lido

gegangen?« Schwerfällig sank er auf einen Stuhl und füllte die Tassen.

»Dafür war ich zu müde und ich hätte den Anblick der vielen Menschen nicht ertragen. Du weißt schon ...«

»O ja, ich weiß«, bestätigte er und lachte freudlos. »Wir beide wissen Bescheid – wenn wir einander auch nicht helfen können ...«

Sein Einfühlungsvermögen überraschte sie. In all den Jahren hatte sie stets geglaubt, es wäre seine animalische Anziehungskraft, die Myrtle faszinierte. Daran begann sie allmählich zu zweifeln. »Es war meine Schuld, Malcolm. Tut mir Leid.«

»Nicht nur deine ... Seit jenem verhängnisvollen Tag frage ich mich immer wieder, ob es nicht besser gewesen wäre, dich sofort wegzuschicken. Aber – verdammt noch mal, Liv, ich hätte Myrtle *jedem* anvertraut. Und Reggie war mein bester Freund!« Abrupt sprang er auf und sein Stuhl fiel krachend zu Boden. »Ich werde niemals vergessen, wie er mir im Mai mitteilte, er würde mit Myrtle wegfahren – damit sie sich erholen könnte. Damals klang das alles so vernünftig. Aber – er ist *skrupellos*!«

Die Ellbogen auf den Tisch gestützt, starrte sie vor sich hin. »So hat er auch mich behandelt. Skrupellos.«

»Sie war ihm hilflos ausgeliefert, krank und schwach. Hätte ich ihn bloß hinausgeworfen. Als er ihr jenen Vorschlag machte, dachte ich, sie würde ihn auslachen. Aber sie besaß keinen eigenen Willen mehr. Das hat er ausgenutzt und sie einfach – *entführt*!«

»Ja, ich weiß ...«, würgte Liv hervor. Ausgerechnet Myrtle ...

»Und mir redete sie ein, es würde nichts passieren. All die Wochen in diesem verdammten Hotel da oben! Gar nichts, hat sie behauptet, sie würde ihm nur bei seiner blöden Arbeit helfen und er wäre so besorgt um sie. Die ganze Zeit machte sie mir weis, sie würde bald nach Hause kommen. Nur ein Urlaub. Danach würde sie wieder die alte Myrtle sein. Und dann – o Gott!« Wütend trat er gegen den umgestürzten Stuhl, beugte sich über den Tisch und starrte Liv an. »Ohne sie kann ich nicht leben. Verstehst du das?«

Schweigend zuckte sie die Achseln. Der Gedanke, wieder mit Reggie zusammenzuleben, erschien ihr widerwärtig.

»Seit sie mit Reggie davonlief, habe ich keine Frau angerührt«, gestand er mit gepresster Stimme. »Dafür interessiere ich mich nicht mehr. Als hätte sie mich kastriert!« Plötzlich glänzten Tränen in seinen Augen. »Niemand kann mir helfen. Nur Myrt. Nur Myrt. Nur Myrt ...« Fast hysterisch begann er zu schluchzen.

Und da wusste sie, was sie tun musste. Diesmal würde sie sich Malcolm hingeben. Rückhaltlos. Damit würde sie sich selbst beweisen, dass sie immer noch begehrenswert war und Malcolm klarmachen, er könnte auch ohne Myrtle leben. Dieses Opfer würde sie ihm bringen. Sie berührte seine Hand und stand auf. »Schon gut, Malcolm, schon gut. Wein doch nicht ... Wir sitzen im selben Boot. Eines Tages werden die beiden zurückkommen. Und dann zeigen wir ihnen, wie wenig sie uns bedeuten. Das wird ihnen die Augen öffnen, und sie werden sich hüten, wegen dieser törichten Leidenschaft alles aufzugeben. Glaub mir ...« Ohne seine Hand loszulassen, ging sie langsam um den Tisch herum. Ganz sanft massierte sie seine Fingerknöchel. »Helfen wir einander, Malcolm«, fuhr sie leise fort, als sie vor ihm stand. »Myrtle hat dich nicht ...« Da sie das Wort »kastriert« nicht über die Lippen brachte, suchte sie hektisch nach einem Ersatz, etwa drei Sekunden lang. »Sie hat dich nicht – zerstört. Natürlich bist du immer noch ein attraktiver Mann. Sehr attraktiv.« Sie zog ihr Taschentuch hervor, betupfte seine Lider und – weniger erfolgreich – seine Nase. Schwankend hielt er sich an ihren Schultern fest. An diese Berührung erinnerte sie sich nur zu lebhaft und in ihrem Bauch breitete sich ein unerwartetes Zittern aus.

»Du und Mon«, schluchzte er atemlos aus, »ihr seid so gut zu mir. Aber nur du überwältigst mich ganz und gar. Jetzt bin ich nichts mehr – ein Niemand ...«

Lächelnd hauchte sie einen keuschen Kuss auf seine Lippen und er starrte sie verwirrt an.

»Liv?«

»Ja, ich weiß«, wisperte sie, als wären es magische Worte.

»Das kannst du nicht. Erinnerst du dich? Damals ...«

»Jetzt ist es anders. Wir brauchen einander.«

Behutsam strichen ihre Finger über seine Lippen und er öffnete automatisch den Mund. Seine Zähne hielten eine Fingerspitze fest, sanft und zärtlich. Dann zerrte er an ihren Schulterpolstern, Knöpfe flogen nach allen Seiten, und die Kostümjacke fiel Sekunden später auf den umgekippten Stuhl. Irritiert hob Liv die Brauen. So plötzlich, so vehement ... Offenbar musste sie die Hoffnung begraben, sie würden einander trösten. Stattdessen stand ihr ein wilder, animalischer Geschlechtsakt bevor. Entschlossen redete sie sich ein, das würde sie nicht stören. Diesmal würde sie alles tun, was er von ihr erwartete. Und die Schweißflecken hatten ihre Jacke ohnehin schon ruiniert. Ehe er die Träger ihres BHs zerreißen konnte, streifte sie beide hastig von den Schultern.

Seine Hände umfassten ihre kleinen, festen Brüste. Dann neigte er sich herab und das Zittern kroch durch ihre Beine. Hätte er sie nicht festgehalten, wäre sie zusammengebrochen. Seine Finger gruben sich in ihre Hinterbacken, zwischen ihre Schenkel. Das ertrug sie nicht. Doch sie konnte und wollte ihn nicht abwehren. Und sie ergriff seinen Löwenkopf, drehte sein Gesicht nach oben – voller Angst vor seinen nächsten Aktivitäten. Das war ein Fehler. Wie ein Kind hatte er die Augen zusammengekniffen und rang keuchend nach Luft, als würde er an einem Wettlauf teilnehmen. Hätte sie ihn nicht unterbrochen, wäre er vielleicht ans Ziel gelangt. Aber nun öffnete er die Augen und schaute sie an. Schmerzlich verzerrte sich sein Gesicht. Auch Liv sank, von ihrer Kleidung behindert, auf die Knie. Der umgestürzte Stuhl zerkratzte ihren Rücken. »Schon gut, Malcolm – es stört mich nicht«, stammelte sie. »Was immer du willst ...«

Jetzt weinte er wieder, laut und schrill, den Kopf in den Nacken gelegt – wie ein Hund, der den Mond anheulte. Was er schluchzend hervorstieß, konnte sie kaum verstehen. »Unmöglich ... Ich kann nicht ... Nur Myrtle – Myrtle ...« Dann gab er ihr einen Stoß, so kraftvoll, dass sie gegen die Stuhlbeine prallte, und sprang auf. Wütend schlug er seine Faust auf den Tisch und die Teekanne hüpfte über das blank polierte Holz und kippte um. Offenbar hatte er sich verbrannt, denn er wandte sich zu Liv und erklärte: »Einmal hat sie mich verbrüht. Mit kochend heißem Tee.«

Und dann stolperte er aus der Küche. Liv hörte die Tür des Behandlungsraums ins Schloss fallen. Verschmäht und erniedrigt blieb sie zurück – allein mit der umgekippten Teekanne, ihren zerfetzten Kleidern, dem unanständig entblößten Körper. Einsam und unbefriedigt.

☆

Als Monica zurückkam, hatte Liv die Küche in Ordnung gebracht. Sie lag auf ihrem Bett, gebadet, in ihrem schönsten Nachthemd. Würde sie den Verstand verlieren? Schon einmal hatte sie alles aus ihren Gedanken verbannt – was es gewesen war, wusste sie nicht mehr. Auch jetzt versuchte sie, die Erinnerung auszulöschen. Was in der Küche geschehen war, musste irgendwie aus ihrem Leben gerissen werden. Sonst würde sie es nicht ertragen. Sie durfte sich niemals daran entsinnen, dass sie versuchte hatte, Myrtles Ehemann zu verführen. Und dass er sie abgewiesen hatte. Sie durfte niemals in ihrer Fantasie den umgekippten Stuhl sehen, den schluchzenden Mann, den verschütteten Tee, die verkommene nackte Frau. Niemals ... Sie presste ihre Faust an den Mund, biss hinein, und während der Schmerz wie Balsam in ihr Bewusstsein drang, klopfte Monica an die Tür.

»Alles okay, Liv?«

»Ja.« Erstaunlich, wie normal ihre Stimme klang ...

»Kommst du zum Dinner runter?«

»Nein.« Eine Ausrede fiel ihr nicht ein. Also wiederholte sie nur: »Nein.«

Monica seufzte vernehmlich, dann rief sie durch die geschlossene Tür: »Ich mache mir Sorgen um Lennie – seine Stirn fühlt sich so heiß an. Und Malcolm will nicht aus dem Behandlungsraum kommen und ihn untersuchen. Gerade hat er mich angeschrien, ich soll verschwinden.«

»Komm herein.« Liv schwang ihre Beine über den Bettrand. Wäre sie bloß niemals von zu Hause fortgegangen ... Dort hätte sie wenigstens ihre Ruhe.

Sichtlich bestürzt eilte Mon ins Zimmer. »Was ist eigentlich los? Gehst du schon ins Bett? So früh?«

»Du hast doch gesagt, ich soll mich hinlegen.« In Livs Schläfen pochte es schmerzhaft. Mühsam riss sie sich zusammen. »Sag Malcolm, dass Lennie krank ist. Das wird ihn zur Vernunft bringen.«

»Was meinst du? Hast du mit ihm geredet? Fehlt ihm irgendwas?«

»Das weiß ich nicht, Mon – ich bin keine Ärztin«, erwiderte sie und tastete mit nackten Füßen nach ihren Pantoffeln. »Warte – ich helfe dir, die Jungs ins Bett zu bringen.«

»Nein, schon gut ... Du hast Recht, Malcolm muss sich um Lennie kümmern. Wenn er krank ist, braucht er selber einen Arzt.«

»Inzwischen sorge ich für Nicky und Martin«, versprach Liv. Das war ein hartes Stück Arbeit, denn die Jungs gehorchten ihr nicht so widerspruchslos wie Monica. Aber wenn sie im Zimmer der beiden blieb, ersparte sie sich wenigstens ein Wiedersehen mit Malcolm. »Wollt ihr eine Geschichte hören?«, fragte sie zögernd.

»Nein, danke, Tante Liv«, entgegnete Martin.

»Dürfen wir unsere Bücher selber anschauen?«, fragte Nicky.

»Natürlich.«

»Wann kommt Mummy nach Hause, Tante Liv?«, erkundigte sich Martin.

»Bald.« Widerstrebend dachte Liv an Myrtle und Reggie. Wie grausam sich die beiden verhielten – bösartig –, aber wenn sie zurückkehrten, würden ihnen alle verzeihen. Sogar sie selbst. »Hoffentlich bald.«

Nach einer Weile ging sie in den Flur. Sie trug einen alten Morgenmantel, weil sie ihre schöneren Sachen gefährden würde, wenn sie die Jungs ins Bett brachte. Aber der Anblick des verwaschenen Satins deprimierte sie. Und so lief sie in ihr Zimmer und warf den Morgenmantel aufs Bett. Dieses Nachthemd hatte sie letztes Jahr nach ihrer Rückkehr aus Cheltenham angezogen – um Reggie zu betören. Seither hatte es, in Seidenpapier gehüllt, im Schrank gelegen.

Als sie Monicas Schritte auf der Treppe hörte, kroch sie hastig ins Bett. Keine zehn Pferde würden sie dazu bringen, Malcolm beim Abendessen gegenüberzusitzen. Ohne anzuklopfen, stürmte Monica ins Zimmer. »Schnell, Liv – komm runter!«

»Oh, mein Gott! Lennie? Nicht schon wieder ... Bitte, nicht schon wieder ...« Liv schob die Füße in ihre Pantoffel und ergriff den Morgenmantel.

»Nein, nicht Lennie – Malcolm ...« Monica holte tief Atem. »O Liv, er hat ein ganzes Röhrchen Tabletten geschluckt und sich im Behandlungszimmer eingesperrt! Jetzt könnte man nichts mehr tun, hat er gesagt, es ist zu spät. Ich wollte nicht schreien – die Jungs dürfen nichts merken. Und so klopfte ich nur an die Tür. Tom und Doris sind nirgends zu finden ...«

»Heute Abend haben sie frei. Das ist schon in Ordnung.« Plötzlich spürte Liv, wie ihr altes Organisationstalent zurückkehrte. Sie ärgerte sich über Malcolm, der dieses Theater machte, und sie war überrascht, weil Monica so leicht die Fassung verlor. In ihren alten Morgenmantel gehüllt, rannte sie die Treppe hinab und klopfte an die Tür des Behandlungsraums. »Malcolm? Hier ist Liv. Ich will mit dir über diesen Nachmittag reden. Bitte, lass mich rein.«

Ein Ohr an der Tür, lauschte sie. Tiefe Stille.

»Seit einer halben Ewigkeit hat er nichts mehr gesagt«, keuchte Monica hinter ihr. »Deshalb habe ich den Notarzt gerufen. Liv, wenn ihm was zustößt – oder den Jungs, bin ich dran schuld. Verstehst du das? Ich habe mich hier einquartiert, ohne Malcolm zu fragen, und dich da mit reingezogen. Mein Gott, niemals hätte ich gedacht ...« In ihren schönen dunklen Augen war aller Glanz erloschen. Sie packte Livs Arm, ihre Fingernägel gruben sich in den zerknitterten Satin. »Liv – hier war ich glücklich! Glaubst du das? Während du so verzweifelt warst und Malcolm immer tiefer in seinem Elend versank, war ich *glücklich*!«

»Ja, ich weiß ... Jetzt haben wir ein anderes Problem. Wie sollen die Sanitäter diese massive Mahagonitür einschlagen?«

»Malcolm hat gesagt, es ist ohnehin zu spät.«

»Das meint er nicht ernst. Nicht Malcolm.« Liv runzelte die Stirn. »Vielleicht hat er wegen der Hitze die Fenster des Wartezimmers geöffnet. Die gehen zum Garten hinaus.«

»Nein, alle Fenster sind geschlossen.«

Aber Monica täuschte sich. Eigentlich war Liv nicht überrascht. Dass Malcolm Tabletten geschluckt hatte, verstand sie sehr gut. Wäre ihr diese Möglichkeit geboten worden, hätte sie es vielleicht auch getan. Sie rannte in den Garten, rückte eine Bank unter ein geöffnetes Fenster des Wartezimmers und zog sich mühsam am Sims hoch. Dabei verlor sie ihre Pantoffeln und ein Fingernagel brach ab. Schließlich saß sie triumphierend auf dem Fensterbrett, dann sprang sie ins Zimmer. Von Malcolm war nichts zu sehen. Hoffentlich hatte er die Tür zum Behandlungsraum nicht auch versperrt. Liv neigte sich aus dem Fenster. »Mon, ich lasse dich durch die Tür herein, die in die Halle führt. Sperr die Haustür auf! Schau nach, ob die Ambulanz kommt!«

Liv schloss die Tür zur Halle auf. Dann eilte sie zum Behandlungsraum. Glücklicherweise war die Tür nicht verschlossen und sie trat ein. Malcolm lag auf dem Behandlungstisch. Um das Licht der Abendsonne zu verdunkeln, waren die Jalousien herabgelassen. Unerträgliche Hitze erfüllte den Raum. Überall lagen Instrumente. In der Seifenschale neben dem Waschbecken entdeckte sie ein leeres Tablettenröhrchen.

Seufzend betrachtete sie das bleiche, im Schlaf entspannte Gesicht. »Also hast du für alles gesorgt, Malcolm.«

Er rührte sich nicht und atmete röchelnd. Aus einem

Mundwinkel rann Speichel. Monica stürzte ins Zimmer. Mit einem Blick erfasste sie die Situation und stöhnte laut auf.

»Beruhige dich, Mon. Er lebt noch. Da drüben hat er das leere Tablettenröhrchen für die Sanitäter liegen lassen. Also muss es ein Gegenmittel geben.«

»Was sollen wir tun? Der Krankenwagen ist noch immer nicht da.«

»Vielleicht können wir ihn wecken.« Liv zerrte an einem der schlaffen Arme. »Hilf mir, er ist so schwer.«

Mit vereinten Kräften richteten sie ihn auf und sein Kopf fiel in den Nacken. Liv erinnerte sich, was sie in verschiedenen Filmen gesehen hatte, schüttelte Malcolm, redete ihm gut zu und schlug – keineswegs widerstrebend – in sein Gesicht. Nach einer Weile stieß er unartikulierte Laute hervor.

»Oh, er kommt zu sich!«, keuchte Monica. »Mein Gott, Liv, du hast's geschafft!«

»Hallo, Malcolm!« Liv verabreichte ihm eine weitere schallende Ohrfeige. »Wach auf!«

»Jetzt höre ich die Sirene ...« Mon hielt den Atem an und lauschte. Wenige Sekunden später rannten zwei Sanitäter mit einer Bahre ins Behandlungszimmer. »Kommen Sie mit uns, Madam?« Einer der Männer sprach Monica an, weil sie angezogen war. Hilflos wandte sie sich zu Liv.

»Geh nur, ich kümmere ich mich um die Jungs, Mon. Wenn Malcolm die Augen öffnet, will er *mich* ganz sicher nicht sehen.«

Und dann waren sie alle verschwunden. Wundervolle Stille erfüllte das Haus, als Liv nach den Jungs schaute. Inzwischen waren sie eingeschlafen. Lennie sah wie ein kleiner Engel aus. Und plötzlich wusste sie, dass Myrtle ihre Kinder nicht für immer verlassen konnte.

Liv ging in ihr Zimmer und zog sich an. Wenn Monica

zurückkam, mussten sie miteinander reden. Aber Livs Entschluss stand bereist fest. Nun war sie lange genug vor ihren Problemen davongelaufen. Morgen würde sie nach Alnmouth fahren und ein ernsthaftes Gespräch mit Myrtle führen.

☆

Ob das richtig war, wusste Monica nicht. Aber mittlerweile wusste sie überhaupt nichts mehr. Außerdem fand sie gar keine Zeit, um über Livs Absichten nachzudenken. Es gab so viel zu tun. Zwei Stunden saß sie neben dem Telefon, Malcolms Terminkalender auf dem Schoß, und rief die Patienten an, während Doris mit den Jungs spazieren ging. Dann besuchte sie Malcolm in der Klinik und versuchte erfolglos, mit seinem ausdruckslosen Gesicht zu reden. Er musste nur bis zum nächsten Tag im General Hospital bleiben. Weil seine Söhne ihn nicht in diesem Zustand sehen durften, brachte sie ihn in ein nahe gelegenes privates Pflegeheim. Seine Abwesenheit nutzte sie, um im Behandlungszimmer sauber zu machen, alle Instrumente zu sterilisieren und die Laken für den Behandlungstisch zu waschen.

Als sie das Hotel in Alnmouth anrief, erfuhr sie, Mr Bradbury und Mrs Lennox seien vor einer Woche abgereist. »Mrs Bradbury? Ja, vorgestern hat sie hier übernachtet. Ich glaube, sie ist nach Süden gefahren, zur Fähre.«

»Zur Fähre?«, wiederholte Monica und traute ihren Ohren nicht.

»Sie hat eine Pariser Adresse hinterlegt«, erklärte die Stimme ungehalten. In kleinen Hotels im Nordosten hielt man nichts von melodramatischen Problemen, und Livs Ankunft musste den Eindruck erweckt haben, Myrtle und Reggie wären durchgebrannt.

»Würden Sie mir die Adresse geben?«

»Tut mir Leid ...«

»Hören Sie, ich kümmere mich um Mrs Lennox Kinder«, fiel Monica der Frau mit gebieterischem Ton ins Wort. »Ihr kleiner Sohn ist krank, ihr Mann liegt in einer Klinik. Das sollte sie wissen.«

»Hm, eh – ja – einen Augenblick, bitte.« Am anderen Ende der Leitung erklangen gedämpfte Stimmen, dann meldete sich die Frau wieder. »Hotel Crillon. Place de la Concorde.«

»Danke.« Monica legte auf und starrte vor sich hin. Das Crillon. Wie das Savoy oder das Ritz. Was zum Teufel bildete sich Myrtle eigentlich ein?

Ein Schlüssel klirrte im Schloss, die Haustür schwang auf, und Doris kam mit Nicky und Martin in die Eingangshalle. Schreiend rannten die Jungs zu Monica.

»Gehen wir wieder schwimmen, Tante Mon?«

»Zuerst will *ich* auf die Rutsche!«

Offenbar glaubten sie, die geheimnisvolle Krankheit des Vaters und Tante Livs Abreise würden Regelverstöße gestatten, die an Anarchie grenzten.

»Vielleicht«, erwidert Monica. »Esst erst mal zu Mittag. Im Kühlschrank steht eine Schüssel mit Salat, Doris. Ich muss ein Ferngespräch führen, mit Frankreich.«

»Salat?«, beschwerte sich Nicky. »Hasenfutter! Igitt!«

Stöhnend verdrehte Doris die Augen. »Soll ich ein paar Pommes frites machen, Mrs Gallagher?«

»Meinetwegen. Und behalten Sie Lennie im Auge.«

Monica meldete ein Gespräch mit dem Crillon und dann mit Carol an. Seit kurzem gab es ein Telefon in der Bergerie. Dann ging sie in die Küche. Lennie saß in Mallys hohem Kinderstühlchen, schrie aus Leibeskräften und hämmerte mit einem Löffel auf die Tischkante. Ohne das

Gebrüll zu beachten, stand Tom an der Spüle und wusch sich die Hände. Unter schallendem Gelächter streuten Martin und Nicky Salz auf den Tisch. Und die arme Doris machte Pommes frites.

»Seid still!«, überschrie Monica den Lärm, was eine sofortige Wirkung auf die Kinder ausübte und Doris fast zu Tode erschreckte. Tom zuckte mit keiner Wimper. In den nächsten Sekunden durchbrachen nur das rauschende Wasser und das brutzelnde Fett das tiefe Schweigen. »So ist es besser.« Monica ergriff den Salzstreuer und nahm den Löffel aus Lennies Hand. »Geht hinauf und wascht euch die Hände.«

»Die haben wir schon gewaschen, Tante Mon.«

»Dann tut's noch mal. Putzt eure Fingernägel mit der Nagelbürste und kämmt euch.« Monica ging zum Schrank und öffnete ein Gläschen Babynahrung. »Von jetzt an gehen wir nur ins Lido, wenn ihr euch anständig benehmt.«

Kleinlaut rannten die beiden Jungs aus der Küche.

Tom drehte den Wasserhahn ab und trocknete seine Hände. »Gut gemacht, Mrs Gallagher. Man kann nicht früh genug anfangen, kleine Kinder zu erziehen.«

Aber Doris, die offenbar immer noch unter Schock stand, bemerkte missbilligend: »Mrs Lennox hatte niemals Ärger mit den Jungs.«

Monicas Augen verengten sich. »Je früher sie nach Hause kommt, desto besser.« Zum ersten Mal sehnte sie Myrtles Heimkehr herbei. Als sie Lennie einen gefüllten Löffel hinhielt, wandte er sich beleidigt ab.

☆

Im Crillon kannte man niemanden, der »Blackberry« hieß. Verwirrt fragte Monica, ob sie jemanden sprechen könne, der die englische Sprache etwas besser beherrschte. »Ja, unsere englische Sekretärin.« Sorgfältig buchstabierte sie die Namen Bradbury und Lennox.

»Hier wohnt kein Mr Bradbury, auch keine Mrs Lennox. Aber eine Mrs Bradbury hat ein Zimmer gebucht. Im Augenblick ist sie nicht da. Soll ich sie bitten zurückzurufen?«

»Ja, das wäre nett ...« Ohne sich große Hoffnungen zu machen, nannte Monica die Cheltenham-Nummer.

Der Anruf in der Bergerie war etwas erfolgreicher. Mit klarer, deutlicher Stimme meldete sich Mrs Woodford. »Carol ist ins Dorf gegangen, um einzukaufen. Gerade sind wir von unserem Camping-Ausflug in die Berge zurückgekehrt ... Ja, es war wundervoll ... Bessie? Natürlich – sie genießt ihre Ferien in vollen Zügen. Boris Denning ist bei uns und die beiden verstehen sich sehr gut. Manchmal frage ich mich, ob sie vielleicht später ... Cass meint, ich wäre eine unverbesserliche Romantikerin!« Wie tröstlich und normal ihr Gelächter klang ... In ernsterem Ton fuhr sie fort: »Natürlich wissen wir, wie schwierig die Situation für dich ist – und für Liv. Carol würde euch gern helfen. Aber sie glaubt, Myrtle wird bald nach Hause zurückkehren. Die beiden schreiben sich regelmäßig.«

Als Monica die neuesten Ereignisse schilderte, verschaffte ihr Mrs Woodfords Entsetzen eine gewisse Genugtuung.

»Bist du jetzt ganz allein? O Mon, tut mir so Leid! Hör mal, Jean-Claude ist gerade in Paris. Vielleicht kann er mit Myrtle reden. Ich fürchte, Liv eignet sich nicht zur Vermittlerin ... Ja, meine Liebe, ich werde Carol alles erzählen, und sie wird sich so bald wie möglich bei dir melden.«

Also mussten sie an diesem Nachmittag auf das Lido verzichten. Monica wollte Doris nicht schon wieder bitten, mit den Kindern auszugehen. Stattdessen trug sie Nickys aufblasbares Schwimmbecken in den Garten. Weil Tom ihr nicht anbot, mit dem Gartenschlauch Wasser hineinzulassen, füllte sie mehrmals Eimer an der Spüle, schleppte sie hinaus und ignorierte die Pfützen auf dem Küchenboden. Kreischend plantschten die Jungs in dem kleinen Gummibecken und verwandelten den Rasen in einen Sumpf. Lennie saß in seinem Kinderwagen und heulte.

Als das Telefon läutete, stürmte sie in die Halle und riss den Hörer von der Gabel. »Carol?«

»Nein, hier spricht Mrs French von nebenan. Verzeihen Sie, wenn ich Ihnen auf die Nerven falle – ich weiß, Sie tun Ihr Bestes. Aber ich gebe gerade eine Teeparty und wollte Sie bitten ... Könnten die Jungs etwas leiser sein?«

Als Monica sich entschuldigte, schluchzte sie beinahe. Dann rannte sie wieder in den Garten. Irgendwie brachte sie die Jungs dazu, Papierboote zu falten und im Wasser schwimmen zu lassen. Dieses Spiel erzeugte weniger Lärm.

Endlich rief Carol an. »Am besten fahre ich selber nach Paris, Mon. Jean-Claude kennt Liv nicht. Und da Myrtle und Reggie unter falschem Namen im Hotel abgestiegen sind, würde er sie nicht aufspüren. Sicher war's ein Fehler, dass Liv den beiden gefolgt ist. Aber sie hat's wahrscheinlich nicht mehr ausgehalten.«

»Keine Sekunde länger«, seufzte Monica schuldbewusst. »Ich habe nicht gemerkt, wie sehr sie litt – wie genervt sie war, Cass. Nachdem Malcolm die Tabletten schluckte, blieb sie ruhig und gelassen und wusste genau, was zu tun war.«

»Boris würde nach Cheltenham kommen und dir helfen, aber nächsten Monat beginnt sein Wehrdienst in Corsham. Und Mutter muss sich hier um Bessie kümmern ...«

»Keine Bange, Cass, ich schaff's schon.«

»Offenbar nicht. Ich fliege von Paris aus nach London. Hoffentlich kann ich alle drei mitbringen.«

»O Cass, das würdest du auf dich nehmen?«

»Natürlich. Mach dir keine Sorgen mehr.«

»O Cass ...«

Erleichtert legte Monica auf und hörte neues Geschrei, das Mrs Frenchs klirrende Teetassen übertönte. Inzwischen waren die Papierboote in eine wilde Seeschlacht verwickelt.

Monica brachte Martin und Nicky zum Schweigen, stieg auf eine Bank und spähte über die Gartenmauer. »Tut mir schrecklich Leid, Mrs French – meine Damen. Jetzt werden wir Sie nicht mehr stören.« Sie setzte ihr charmantestes Lächeln auf, das nur sehr wenige Herzen schmolz. Dann eilte sie zu Nicky und Martin. »Das war's für heute, Jungs. Marsch – ins Bad und ab ins Bett!«

»Aber es ist erst Nachmittag, Tante Mon!«, jammerte Martin.

Lennie fing wieder zu brüllen an, als sie ihn aus dem Kinderwagen hob. »Und wenn's Vormittag wäre! Das ist mir völlig egal!«

Entschlossen scheuchte sie die Kinder ins Haus und ignorierte die Proteste. Wenn Myrtle zurückkam, würde sie ihr gründlich die Meinung geigen. Sie war so müde, dass ihr Kopf schmerzte. Und sie fühlte sich schrecklich einsam.

Während sie zur Treppe gingen, läutete die Türglocke. Flankiert von zwei schmutzigen nackten Jungen, das Baby auf dem Arm, öffnete sie die Haustür. Bob stand vor ihr. »Was – was um alles in der Welt ...«, stammelte sie.

»Hör mal, ich muss mit dir reden«, platzte er heraus. »Rosa Palmers ist schwanger und ich will mich scheiden lassen.«

Bestürzt zuckte sie zurück, als hätte er sie geschlagen, und Martin brach in Schluchzen aus. »Bitte, geh nicht weg, Tante Mon! Wir werden immer ganz brav sein!«

Und Nicky klammerte sich mit seinen schlammigen Händen an ihren Rock. »Bleib bei uns, Tante Mon! Wir haben dich lieb!«

Da begann sie lautlos zu weinen.

16

Die Fenster des riesigen Zimmers im Hotel Crillon gingen zur Place de la Concorde hinaus. Fasziniert schaute sich Myrtle um. »Kannst du dir das leisten, Reggie?« Sie wanderte vom breiten Bett mit dem Baldachin zum Empire-Schreibtisch und strich über das Rosenholz, dann öffnete sie die Tür des luxuriösen Badezimmers. »Goldene Wasserhähne! Und was ist denn *das?*«

»Ein Bidet, Schätzchen«, erklärte er, hoch erfreut über den Erfolg seiner Extravaganz. Wie anmutig sie sich bewegte ... In ihrem schmal geschnittenen Leinenkleid mit dem Bolerojäckchen, das ihren vollen Brüsten schmeichelte, glich sie einem jungen Mädchen. Vor lauter Liebe hätte er fast geweint, weil er sie so glücklich und unbeschwert sah.

Sie bemerkte seinen Blick, eilte zu ihm und rieb ihre Wange an seiner, eine vertraute Liebkosung, die jeden Kuss übertrumpfte. »O Darling, ich liebe dich. Nie hätte ich gedacht, dass das Leben so schön sein kann. Du bietest mir so viel.«

»Von dir bekomme ich mehr, als ich dir jemals geben kann.«

»Nein, das Geben und Nehmen ist ausgeglichen.« Sie streichelte sein Gesicht und schaute ihn eindringlich an.

»Eine Zeit lang habe ich immer nur genommen und dir nichts gegeben. Jetzt schenken wir einander gleich viel. Ich glaube, wir wurden füreinander geboren. Wenn ich von Geschenken rede, meine ich natürlich nicht dieses Zimmer ...«

»Das weiß ich«, erwiderte er und zog sie an sich. »Bevor ich dich liebte, war ich ein Nichts, Myrtle, eine leere Hülle.«

»Genau wie ich.« Ihr Gelächter klang immer noch fremd und entzückte ihn. »O Reggie, wollen wir uns lieben? Auf diesem kostbaren Bett? Jetzt?«

Das taten sie.

Letztes Jahr, in Barnt Green, war ihm stets bewusst gewesen, dass sie ihre Liebeskünste von Malcolm gelernt hatte. Aber seit ihrer Liebeserklärung vor einem Monat in Alnmouth dachte er nicht mehr daran. Nichts und niemandem verdankten sie ihre Sinnenlust. Die Myrtle, die er aus der Asche ihrer Verzweiflung geholt hatte, brachte eine seltsame Unschuld ins gemeinsame Bett mit. Zuerst hatte sie passiv auf dem Rücken gelegen und an seinem Kopf vorbeigeschaut. Wenn er sie erregte, klammerte sie sich an ihn und keuchte seinen Namen wie eine Ertrinkende. Dann begann sie ihn zu beobachten, wenn er sich auskleidete. Eines Abends berührte sie seine Blinddarmnarbe. »Davon wusste ich nichts«, sagte sie, als ob es wichtig wäre. Und etwas später gestand sie: »O Reggie, ich brauche dich. Alles von dir. Ohne dich bin ich ein Nichts. Deshalb muss ich dich ganz genau kennen.« Und so erforschte sie seinen Körper, sogar die Fingernägel. Nie zuvor hatte er ein so erotisches und zugleich spirituelles Erlebnis genossen. Sie führte ihm das heilige Wunder seines eigenen Körpers vor Augen. Und wenn er ihr Verlangen geweckt hatte, war es ihm wie ein Sakrament erschienen.

Aber in Paris, unter dem exquisiten Baldachin, verflog das ernsthafte Element ihrer Leidenschaft. Wie Kinder tobten sie im Bett herum, und er kitzelte sie, bis sie hilflos kicherte.

Reggie hatte sich einen falschen Namen ausgedacht. Während der Fahrt nach Dover waren sie auf die verrücktesten Ideen gekommen. Der Honourable und Mrs Dalrymple, schlug Myrtle vor, und Reggie plädierte für Alf und Gladys Mudd. Schließlich bestellte er vom Railway Hotel in Dover ein Zimmer in Crillon, für Mr und Mrs Turner Stubbs. »Meine beiden Lieblingsmaler«, hatte er an Bord der Fähre erklärt.

Damit schien er das Hotelpersonal tief zu beeindrucken, das ihn im Stil der Vorkriegszeit behandelte, wie er sich ausdrückte. In seinem Tweedjackett und den derben Schuhen mit Lochmuster sah er wie ein typischer englischer Gentleman aus und Myrtles üppige Weiblichkeit wirkte eindeutig französisch. Und so verbanden sie das Beste aus beiden Welten – das Ansehen und den Respekt, den die Franzosen den unbesiegbaren Briten widerstrebend zollten, und den Esprit einer charmanten Frau. Reggie mietete ein Auto und sie fuhren durch die ländliche Umgebung von Paris. Als Liv an der Rezeption nach ihnen fragte, besichtigten sie gerade Versailles, und sie kehrten erst ins Hotel zurück, nachdem sie ins Bett gegangen war. Am nächsten Morgen schliefen sie sehr lange und frühstückten in ihrem Zimmer. Später wanderten sie durch die Tuilerien, während Liv in benachbarten Hotels Erkundigungen einzog. In der riesigen Eingangshalle des Crillon hätten sie sich gleichzeitig aufhalten können, ohne einander zu entdecken. Drei Tage lang wohnten sie im selben Haus, kamen und gingen zu verschiedenen Zeiten. Am vierten Tag traf Carol ein und fragte nach Liv, die gerade Kunstgalerien absuchte, zielstrebig wie schon lange nicht mehr – in der festen Überzeugung, Reggie würde sich alle verfügbaren Bilder anschauen.

Carol erwartete sie in der langen blauweißen Galerie des Hotels, trank Kaffee und sah Korrekturfahnen durch. Dabei stellte sie sich vor, wie sie Jean-Claude am Abend in der Reine Blanche überraschen würde. Dort würde er jeden Abend essen, hatte er ihr erzählt, um Erinnerungen an den ersten gemeinsamen Abend heraufzubeschwören. Sie hatten einander versprochen, eines Tages wieder einmal Zwiebelsuppe in diesem Lokal zu essen, doch bisher war es nicht dazu gekommen. Sie nahm sich die nächste Korrekturfahne vor und kaute an ihrer Unterlippe. Plötzlich meldete sich ihr Gewissen, weil sie nicht ganz uneigennützig nach Paris gefahren war.

Seufzend blickte sie sich um und hoffte, Liv würde endlich auftauchen und sie wieder in das Netz verstricken, das sich nach Mallys Tod so unerbittlich geknüpft hatte. In ihrem Glück war sie selbstsüchtig geworden, und irgendwie stand sie immer noch unter dem Eindruck, sie wäre dem Schicksal etwas schuldig. Sie hatte alles so leicht bekommen – Bessie als Tochter, Jean-Claude als Geliebten, die Zuneigung zwischen Bessie und Jean-Claude, zwischen Jean-Claude und ihrer Mutter. Jedes Mal, wenn er die Bergerie verließ, fragte sie sich immer noch, ob sie ihn wiedersehen würde. Den gewaltigen anonymen Hass hinter jenem Bombenanschlag würde sie nie vergessen.

Als ein Kellner vorbeiging, bestellte sie noch einmal Kaffee. Jetzt konnte sie sich nicht mehr auf die Korrekturfahnen konzentrieren und schob sie beiseite, um Platz für das Kaffeetablett zu machen. Sie zwang sich, an Monica zu denken – allein in Myrtles Haus, für Myrtles drei Kinder und den selbstmordgefährdeten Ehemann verantwortlich. Wie schrecklich das alles war ... Trotzdem vermochte sie

Myrtle nicht so zu verdammen wie die beiden anderen Freundinnen. Myrt schrieb ihr regelmäßig, mindestens einmal pro Woche. Anfangs waren die Mitteilungen zusammenhanglos gewesen, von unbewusstem Pathos erfüllt. Jetzt ging es nur noch um Reggie. Jeder Außenstehende hätte diese Briefe furchtbar unreif gefunden – Carol nicht.

Sie schenkte sich Kaffee ein und griff nach dem *Paris-Match,* der neben ihr auf dem Damastbezug des Sofas lag und anschauliche Illustrationen von den Studentenunruhen rings um die Sorbonne enthielt. Mit schmalen Augen betrachtete sie die Bilder. Jean-Claude hatte einen weiteren Termin bei General de Gaulle bekommen. Dabei wollten sie über die gegenwärtige Lage sprechen. Wann würde man die Probleme lösen? Großbritannien war anscheinend eher bereit, die Kolonien aufzugeben als Frankreich. Vielleicht hatte die demütigende Kapitulation von 1940 Frankreichs traditionellen Patriotismus in ein Krebsgeschwür verwandelt.

Schaudernd schlug sie den Modeteil auf. Yves St. Laurent hatte das Haus Dior übernommen und schockierte die Welt mit seinen maskulinen Entwürfen. Lächelnd musterte sie das Foto eines Mädchens in schwarzem Leder. Dann erlosch ihr Lächeln und sie schaute genauer hin. Das Model war Gaby Durand, Jean-Claudes Frau. Blicklos starrte sie vor sich hin. Dieselbe Gaby, die damals am Fenster des Büros nahe der Avenue Foch gesessen und so eifrig getippt und ihre Brigitte Bardot-Frisur vor dem winzigen Spiegel zurechtgezupft hatte. Warum war Carol schockiert? Nur ein Zeitungsfoto, ein unbedeutender Zufall.

Aber sie fror trotz der Sommerhitze und nahm einen Schluck Kaffee, so bedächtig, als würde sie eine Medizin schlucken. Sie schaute auf ihre Uhr. Fast Mittag. Noch mindestens sechs Stunden, bevor sie in die Reine Blanche gehen konnte.

Und dann erblickte sie alle drei auf einmal. Es war unglaublich. Liv war den anderen um einige Schritte voraus, offenbar auf der Suche nach Carol, nachdem sie in der Halle die Nachricht erhalten hatte. Allem Anschein nach ahnten Reggie und Myrtle nicht, dass ihr geheimes Versteck aufgespürt worden war. Hand in Hand wanderten sie die Galerie entlang, auf dem Weg nach draußen oder zum Lunch, und hatten nur Augen füreinander. Reggie sah genauso aus wie bei seiner Begegnung mit Carol im letzten Jahr – mit Tweedjackett und weißem Hemd und dunkelblauer Krawatte. Aber Myrtle war schlanker, hatte einen Byron-Haarschnitt, der Carol an Gabys Frisur erinnerte. Und der Mandarinkragen ihres gerade geschnittenen erdbeerfarbenen Kleids ließ sie größer wirken.

Carol richtete sich auf. Als Liv sie entdeckte, eilte sie zu ihr. Die plötzliche Bewegung erregte Myrtles Aufmerksamkeit. Verwirrt wandte sie sich von Reggie ab und beobachtete, wie sich Carol und Liv liebevoll umarmten. Cass bedeutete ihr hektisch zu verschwinden. Ein paar Sekunden lang zögerte Myrtle. Schließlich flüsterte sie Reggie etwas zu und beide flüchteten in die Halle.

»Was um alles in der Welt machst du hier, Cass?«, fragte Liv. »Wusstest du es? Natürlich, Mon hat dich angerufen. Sicher sorgt sie sich halb zu Tode.«

»Allerdings. O Liv ...« Hilflos zuckte Carol die Schultern.

»Setz dich, trink diesen Kaffee – den habe ich eben erst eingeschenkt ... Nein, ich habe genug von dem Zeug. Oh, ich bin so froh, dass ich dich gefunden habe!« Lächelnd schaute sie zu, wie Liv mit dem üblichen affektierten Getue Platz nahm. »Trotz allem siehst du gut aus. Ich hatte Angst, und Monica wusste nicht, wie du dich fühlen würdest.«

»Jetzt geht's mir besser«, beteuerte Liv, nachdem sie ihren Rock lange genug geglättet hatte. »Ich hätte Mon nicht im Stich lassen dürfen. Aber ich habe so viel durchgemacht. Nie zuvor war ich auf mich selber gestellt. Davon verstehst du nichts, Cass – du bist so unabhängig ...«

»Inzwischen nicht mehr ...«

»Nein, aber – trotzdem. Weil ich die Einsamkeit nicht mehr ertrug, flog ich zu Mon und bürdete ihr alle meine Sorgen auf. Was sie von mir erwartet hatte, weiß ich nicht. Wie üblich fand sie eine Lösung des Problems. Leider war's die falsche für mich. O Cass, ich habe einen grauenhaften Sommer hinter mir. Als hätte ich in New York einen Tagtraum erlebt – und dann einen Albtraum in Cheltenham.« Sie nippte an der Kaffeetasse. Vorsichtig betupfte sie ihre geschminkten Lippen mit der Serviette. »Mon dachte, wenn ich ihr helfe, die Kinder zu betreuen, würde Myrt sofort von heftigen Schuldgefühlen getrieben nach Hause kommen. Aber unsere Aktivitäten veranlassten sie nur, sich ganz offiziell für Reggie zu entscheiden.« Seufzend öffnete sie ihre Handtasche, klappte eine Puderdose auf und spähte in den Spiegel. »Hast du was von Malcolm gehört?«

»Ja, Mon sagt, er ist okay.«

»Oh, natürlich. Im Grunde hatte er auch gar nicht vor, sich umzubringen.« Liv klappte die Puderdose zu. »Großer Gott, Cass, was für ein Durcheinander!«

»Und warum bist du hier? Das verstehe ich nicht.« Carol warf einen kurzen Blick zur Doppeltür. Nirgends ließ sich ein erdbeerrotes Leinenkleid blicken. Erleichtert lehnte sie sich zurück.

»Irgendwas musste ich tun. Ich weiß, Reggie ist ganz vernarrt in Myrtle. Was er alles zu mir gesagt hat ... Ich kann's noch immer kaum ertragen, daran zu denken. Aber – Myrtle *muss* doch zu ihrer Familie zurückkehren. Deshalb wollte ich ihr persönlich erzählen, was mit Malcolm passiert ist.« Eifrig beugte sie sich vor. »Was er empfindet, weiß ich ganz genau. Das hat er mir gestanden.«

Carol fand keine Worte. Ihrer Meinung nach würde Liv nichts erreichen, wenn sie mit Myrtle redete.

Nachdem Liv ihren Kaffee getrunken hatte, stellte sie klirrend die Tasse ab. »Seltsam – jetzt, wo ich den beiden auf der Spur bin, fühle ich mich viel besser. Wenn es auch herzlos klingt: Bevor Malcolm diese Tabletten schluckte, war ich unfähig, irgendwas zu unternehmen. Und es machte mich ganz krank, untätig herumzusitzen. Deshalb hat Mon mich ja auch verachtet. Bitte, versteh mich nicht falsch – sie war die Freundlichkeit in Person. Aber manchmal schaute sie mich irgendwie – kritisch an. Ich meine, sie hat's doch selber nicht leicht. Keine Familie und so ...«

Beinahe hätte Carol protestiert. Sie selbst, ihre Mutter, Dilly und George Gosling waren stets für Mon da gewesen. Stattdessen fragte sie: »Wie lange wird ihr Mann die Trennung noch hinnehmen?«

Gleichmütig zuckte Liv die Achseln. »Sie liebt ihn nicht. In dieser Weise sind wir beide uns immer noch ähnlich.« Sie lachte freudlos. »Ungeliebt, lieblos.«

»Unsinn!«, erwiderte Carol, nicht besonders überzeugend und berührte Livs Arm. »*Wir* sind immer noch Freundinnen. Wir alle.«

»Also, ich finde, Myrt hat uns die Freundschaft aufgekündigt.«

»Keineswegs«, entgegnete Carol entschieden. »Erinnerst du dich an den letzten Sommer? Als wir den Farbtopf fanden?«

»Ach, hör doch auf, Cass!«

»Das meine ich ernst. Was auch geschehen mag, irgendwas wird uns für immer verbinden.«

»Nun, wenn du damit ausdrücken willst, dass Myrtle meinen Mann kriegt und Mon Myrtles Kinder und du Mons Kind und ich beinahe Myrtles Mann erobert hätte ...« Plötzlich schimmerten Tränen in Livs Augen. »Oh, verdammt! Und ich dachte, diese Sentimentalitäten hätte ich längst überwunden – mittlerweile könnte ich mich zusammenreißen.«

»Das tust du doch. Deshalb weinst du. Weil du erkannt hast, dass du Myrtle nach wie vor hasst. Und mich. Und Mon.« Aber Livs Analyse hatte Carol schmerzlich getroffen. Verzweifelt fügte sie hinzu: »Liv, ich weiß, es klingt verrückt. Aber was du eben gesagt hast – beweist es nicht, wie viel wir immer noch miteinander teilen? O Gott, natürlich nicht unsere Ehemänner – das meine ich nicht. Keine Ahnung, was ich wirklich meine. Jedenfalls ist irgendwas da, Liv.«

»Beruhige dich.« Liv reichte ihr ein Taschentuch. »Immerhin sitzen wir im elegantesten Hotel von Paris.«

»Darauf kommt's nicht an. Was wirklich zählt – wie wollen einander nicht wehtun.« Geräuschvoll putzte sich Carol die Nase und steckte das lächerliche Batisttüchlein in ihren Ärmel. »Hör mal, Liv, ich glaube, du solltest Myrtle nicht sehen. Nicht jetzt.«

Verwundert hob Liv die Brauen. »Hat sie denn kein Recht, von Malcolms Selbstmordversuch zu erfahren?«

»Doch. Aber er soll es ihr selber sagen, wenn sie wieder in England ist. Sie war sehr krank, einem Nervenzusammenbruch nahe. Das hat sie mir geschrieben und ich konnte die einzelnen Phasen ihrer Genesung verfolgen. Wenn du sie jetzt mit diesen Neuigkeiten konfrontierst, würdest du vielleicht nicht die richtigen Worte wählen. Verzeih mir, meine Liebe – aber gerade *du* dürftest Myrt nicht über diese Ereignisse informieren, weil du es aus den falschen Gründen tun würdest. Du willst sie in Malcolms Arme zurücktreiben, damit Reggie wieder nach Hause kommt – zu dir.«

»O nein!«, protestierte Liv erbost. »Ich dachte, ich hätte es dir erklärt. Begreifst du's denn nicht? Nie wieder will ich mit Reggie zusammenleben!«

Carol betrachtete ihre Hände. So wie Monica sah sie keine andere Zukunft für Liv. »Ich wollte dich nicht kritisieren und nur zu bedenken geben, dass du nichts erreichen wirst, wenn du mit Myrtle sprichst.«

»Reden wir nicht mehr darüber ...« Liv wollte aufstehen, besann sich aber anders, als Carol eine beschwichtigende Hand ausstreckte. »Bitte, Cass ... Als ich hierher kam, fühlte ich mich einfach großartig. Ich hatte eine *Mission* ...« Ihr leises Lachen klang wie ein Schluchzen. »Dieses Gefühl will ich nicht verlieren. Bitte, versuch nicht, mich von meinem Plan abzubringen.«

»Also gut.« Carol ergriff Livs Hand. »Würdest du deine ›Mission‹ verschieben? Nur um ein paar Stunden? Essen wir irgendwo zu Mittag, unterhalten wir uns über was anderes. Welche Beweggründe du auch immer hattest – es war großartig von dir, für Myrts Kinder zu sorgen. Erzähl mir von ihnen. Und von New York.«

»Eigentlich hat sich nur Mon um die Kinder gekümmert. Nun ja, manchmal brachte ich sie ins Bett. Nicky ist ein netter kleiner Gentleman – er öffnet einem immer alle Türen ...« Hilflos hob Liv die Schultern.

»Das habe ich gemeint, als ich sagte, wir würden so viele Dinge teilen. Zum Beispiel die Kinder. Wir beide haben keine, Liv. Doch das spielt keine Rolle, denn wir haben Mons und Myrtles Kinder. Siehst du darin keinen tieferen Sinn?«

»Doch, ich denke schon.« Liv brachte ein schwaches Lächeln zu Stande. »Eins muss ich dir jedenfalls zugestehen, Cass. Ohne Mon hätte ich die letzten Monate nicht überstanden. Und jetzt hilfst *du* mir. Nach allem, was Myrt mir angetan hat, brauche ich deine Unterstützung.«

Carol dachte an die Myrtle, die sie gekannt hatte – die Myrtle in gekräuselten Röcken und weiten Blusen, die Myrtle, die mit Reggie Bradbury im Crillon wohnte, einen falschen Namen benutzte und haltungsbewusst enge Kleider trug. »Bitte, du darfst Myrt nicht hassen. Es ist – nun mal passiert.«

»O Cass, du warst schon immer eine Idealistin.«

»Eigentlich nicht. Die meisten Freundschaften beruhen auf blankem Pragmatismus – unsere nicht.« Entschlossen stand Carol auf und ergriff ihre Handtasche. »Ich weiß, was ich jetzt sage, klingt wie der Roman, den ich gerade lese. Aber ich glaube wirklich dran. Je mehr Liebe man verschenkt, desto mehr kriegt man zurück.«

Darauf gab Liv keine Antwort. Aber als Carol ihr den Arm bot, legte sie voller Zuneigung ihre Hand darauf. Seite an Seite verließen sie das Hotel, betraten die Place de la Concorde und suchten ein Café.

☆

Von Topfpalmen abgeschirmt, saßen Myrtle und Reggie in der Hotelhalle und versuchten ihre böse Ahnungen zu bekämpfen.

»Was hat das zu bedeuten?«, fragte Myrtle. »Liv ist hier. Und Carol. Warum? Offenbar wollten sie uns suchen ... Aber wieso hat Cass uns verscheucht?« Mit allen Fingern fuhr sie durch ihr kurzes Haar, das sofort zu Berge stand. »O Reggie, ich habe Angst ...«

»Ja, ich weiß.« Mit gerunzelter Stirn starrte er den beiden Frauen nach. Von allen vier Freundinnen war Carol Woodford am verlässlichsten – die standhafteste, die loyalste. Auf

Malcolms Hochzeit, vor langer Zeit, hatte er versucht, sie kennen zu lernen. Erst im letzten Sommer waren sie sich wiederbegegnet und sie hatte seinen damaligen Eindruck bestätigt. »Denk an die Briefe, die sie dir geschrieben hat. Glaub mir, sie steht auf deiner Seite.«

»Zumindest kann sie sehr gut nachempfinden, was in mir vorgeht.« Myrtles Unbehagen ließ ein wenig nach. »Aber sie wird nicht Partei ergreifen. Das würde ihrem Wesen widersprechen. Wahrscheinlich hängt Livs Ankunft mit den Kindern zusammen, und Carol will sie dran hindern, mit der Tür ins Haus zu fallen.«

»Unsinn! Wenn irgendwas mit deiner Familie passiert wäre, würde Carol dich sofort informieren.«

»Ja, natürlich. Also will Liv mich nach Hause schicken. Oder dich zwingen ... O Reggie, was sollen wir tun? Wir haben noch nie über die Zukunft gesprochen. Sicher, ich habe gesagt, ich würde Malcolm verlassen. Aber – nicht die Jungs.«

Jetzt wurde Reggie von kalter Angst erfasst. »Myrtle, du würdest doch nicht – nach allem, was wir zusammen erlebt haben ... Du sagtest ...«

»Gewiss, und es war ernst gemeint.«

»Glaubst du etwa, du müsstest ein Opfer bringen? Wenn du dein Glück opferst, zerstörst du auch meines.«

»Das weiß ich.« Sie schaute in seine Augen. Aber sie wich seinem Blick aus, ehe er das übliche innige Einvernehmen heraufbeschwören konnte. Er hatte keine Kinder, er liebte ihre, doch sie waren nicht sein Fleisch und Blut. Falls Carol und Liv nach Paris gekommen waren, um Myrtle mitzuteilen, einem ihrer Jungs sei etwas zugestoßen, würde sie keine Wahl haben.

☆

Bob lag auf Malcolms Bett, in Malcolms Pyjama, und beobachtete, wie Monica dem kleinen Lennie das Morgenfläschchen gab. »Eigentlich dachte ich, heutzutage hätten Babys ihre eigenen Zimmer.«

»Nicht, wenn sie von *mir* betreut werden.« Nur mühsam riss Monica ihren Blick von Lennies zufriedenem Gesichtchen mit den gesenkten Lidern und geblähten Backen los und schaute Bob an. Er schenkte ihr ein Lächeln, das sie nicht erwiderte. Woran er jetzt dachte, wusste sie. An das Geheimnis geteilter erotischer Freuden. Und das führte ihr noch deutlicher als seine Affäre mit Rosa Palmer vor Augen, dass die Ehe endgültig gescheitert war. Bob fand es ganz normal, mit seiner Frau zu schlafen, nachdem er sie um die Scheidung gebeten hatte, weil er seine Geliebte heiraten wollte, die ein Kind von ihm erwartete. In diesem Moment hasste sich Monica selbst für ihre widerstandslose Kapitulation. »Darin liegt mein Problem – ich bin einfach zu gut im Bett.«

Lachend nickte er. »Das bist du, Schätzchen. Aber glaub mir, es ist kein Problem.«

Als Lennie das Fläschchen leer getrunken hatte, legte sie ihn an ihre Schulter und sprach weiter, ohne Bobs Einwand zu beachten. »Ich kann Liebe und Sex nicht in Einklang bringen. Für Lennie und Martin und Nicky empfinde ich Liebe. Auch für Carol und Liv und Myrtle. Sex ist was anderes.«

Schockiert starrte er sie an. »Soll das heißen, du hast mich nie geliebt, Mon?«

»Ich weiß es nicht.«

»Und letzte Nacht?«

»Das ist es ja, was ich meine. *Jetzt* liebe ich dich ganz sicher *nicht.* Vielleicht habe ich dich früher geliebt. Keine Ahnung.«

»So redest du nur Rosas wegen. Okay, ich muss sie heiraten – ich *will* sie heiraten, verdammt noch mal! Immerhin erwartet sie ein Kind von mir. Aber ich liebe dich immer noch. Und wenn *ich's* zugebe, kannst du's auch.«

»Großer Gott, ich bin ehrlich zu dir und möchte nicht, dass du mit einer seelischen Belastung in deine neue Ehe gehst. Du bist frei. Und du darfst dich glücklich schätzen. Bald wirst du eine Familie haben.«

»Und letzte Nacht?«, wiederholte er halsstarrig.

Nun schaute sie direkt in seine Augen. »Bob, ich hatte eine schreckliche Nacht hinter mir. Eine schreckliche Woche. Und ich fühlte mich einsam. *Jeder* Mann hätte seinen Zweck erfüllt.«

Sekundenlang glaubte sie, er würde sie schlagen. Seine Augen verengten sich, die rechte Hand umklammerte die Bettdecke. Dann schüttelte er den Kopf, als wollte er Nebelwolken vertreiben. Mühelos folgte sie seinen Gedankengängen. *Monica will's mir leicht machen. Gute alte Mon. Ein typischer englischer Kumpel.*

Nachdem Lennie gerülpst hatte, legte sie ihn in sein Bettchen, lächelte ihn liebevoll an und strich seine Decke glatt. Bis neun Uhr musste er schlafen. Sie würde genug Zeit finden, um das Frühstück für die Jungs vorzubereiten. Von neuer Energie erfüllt, dachte sie an den Tag, der ihr bevorstand. Ihr Lächeln nahm wehmütige Züge an, was Bob falsch interpretierte.

»Um Himmels willen, Mon, was wirst du tun? Deine Freundin Myrtle, oder wie sie heißt, wird irgendwann zurückkommen.«

Gleichmütig zuckte sie die Achseln. »Bis die Probleme gelöst sind, bleibe ich hier.«

Bob grinste erleichtert. »Wirklich, Mon, du bist eine tolle Frau. Wenn du doch bloß ... Jedenfalls werde ich dich immer lieben. Und wenn du mich mal brauchst, schreist du einfach. Okay?«

»Okay. So was Nettes hast du noch nie zu mir gesagt, Bob. Und ich werde schreien. Eigentlich schreie ich schon jetzt.«

Er griff nach ihr. »Schon *wieder?* Du bist unersättlich.«

»Das meine ich nicht, du Idiot!«, entgegnete sie und stieß seine Hand beiseite. »Geh duschen, rasier dich und zieh dich an, solange das Bad noch frei ist. Dann wirst du mit den Jungs frühstücken und mit ihnen spazieren gehen – da kannst du schon mal für die Zukunft üben.«

Während er stöhnend im Bad verschwand, kroch sie unter die Decke. Eine Viertelstunde später beobachtete sie, wie er sich ankleidete. Zum letzten Mal. Irgendwie war es ein sehr intimes Erlebnis, im Bett zu liegen und einem Mann zuzuschauen, der in seine Hose stieg, das Hemd hineinstopfte und eine Krawatte verknotete. Als er fertig angezogen war, schlüpfte sie in ihren Morgenmantel und hauchte einen keuschen Kuss auf seine Wange. »Du bist ein netter Mann. Völlig unmoralisch. Aber sehr nett.«

»Unmoralisch? Keineswegs ...«

Sie erklärte ihm nicht, was sie darunter verstand. Langsam stiegen sie die Treppe hinab und stritten wie ein altes Ehepaar. Als sie sah, wie großartig er mit Nicky und Martin umgehen konnte, hätte sie ihn beinahe richtig lieb gewonnen. Doch das gestattete sie sich nicht. Es war zu spät. Und wenn es für irgendwas zu spät war, musste man einen neuen Anfang wagen. An diesem Tag würde Carol anrufen.

☆

Carol verschwieg Liv, dass Myrtle und Reggie im Crillon wohnten.

Beim Mittagessen sprachen sie über die Vergangenheit,

und allmählich gestand Liv, wie verzweifelt sie sich fühlte – als wäre der Schmerz eine Wunde, die in der klaren Luft von Carols Verständnis heilen würde.

Später wanderten sie die Champs-Elysées hinab bis zu den Tuilerien und saßen im Sonnenschein auf einer Bank. Allzu viel hatten sie nicht gemeinsam, aber es fiel ihnen nicht schwer, sich zu unterhalten. Carol beschrieb, was sie für Jean-Claude empfand. Und Liv gab zum ersten Mal zu, Reggies Treuebruch habe ihr klar gemacht, wie sehr sie ihn liebte.

»Wenn er nach Hause kommt, wirst du es ihm zeigen – und ihm helfen, seine Schuldgefühle zu überwinden.«

»O Cass, er kommt nicht nach Hause. Deshalb bin ich ja hier ... Ja, natürlich hast du Recht, auf diese Weise werde ich ihn nicht zurückgewinnen, aber es ist die einzige Möglichkeit. Aus eigenem Antrieb wird er niemals zu mir zurückkehren.«

»Das glaube ich schon. Verstehst du – er will mit jemandem zusammen sein, den er glücklich macht. Und wenn du daheim auf ihn wartest ...«

Unbehaglich runzelte Liv die Stirn. »Und ich wollte so gern unabhängig sein. Hartgesotten. Wie Mon.«

»So wie Mon bist du nicht. Du bist Liv. Und Liv Baker hat einiges zu bieten. Zeig Reggie die Seiten deines Wesens, die er noch nicht kennt.« Carol schob eine Fußspitze in den feinen Kies. »Sicher hast du herausgefunden, dass Reggie sehr leidenschaftlich ist. Dieses Verlangen solltest du stillen.«

»Wie du dich verändert hast!«, erwiderte Liv verblüfft. »Als junges Mädchen hättest du so was nie gesagt.«

»Wohl kaum ...«, stimmte Carol zu und errötete. »Aber Jean-Claude hat mich völlig verwandelt. Vielleicht wär es auch Bessie gelungen. Sie ist sehr – freizügig.«

Beide lachten. Dann seufzte Liv. »Du bist so glücklich ...«

»Vergiss nicht, Liv – das Glück ist nur eine Leihgabe. Wie Bessie.«

»Unsinn! Du wirst Bessie nie verlieren. Nun ja, eines Tages wird sie vielleicht erfahren, dass Mon ihre richtige Mutter ist. Aber dich und deine Mutter wird sie niemals vergessen.« Den Kopf in den Nacken gelegt, schloss Liv die Augen und hielt ihr Gesicht in den Sonnenschein. »Ebenso wenig wie ich Reggie und Myrtle vergessen kann.«

Abrupt stand Carol auf. »Genug davon! Trinken wir irgendwo Tee. Heute Abend treffe ich Jean-Claude, da werde ich ihm erzählen, was passiert ist. Und morgen fahren wir nach Cheltenham und helfen Monica.« Entschlossen zog sie Liv auf die Beine. »Hör mal, wenn Myrtle und Reggie Erdbebenopfer wären, würdest du sie gesund pflegen. Und genau das sind sie. Erdbebenopfer.«

Tapfer versuchte Liv zu lachen. Arm in Arm schlenderten sie zur Place de la Concorde zurück. Eine Studentenschar, die in die Richtung Bastille eilte, fiel ihnen nicht auf. Im Augenblick überdachte Präsident de Gaulle die Zukunft Algeriens, wo er in all den Kriegsjahren den Gedanken einer Freien Französischen Regierung aufrechterhalten hatte. Wenn irgendjemand die Probleme zu lösen vermochte, dann nur er. Studentengruppen verhielten sich immer mutwillig – ganz egal, ob sie Franzosen, Engländer, Amerikaner oder sonst was waren.

☆

Reggie stand am Fenster des Hotelzimmers und fragte sich, ob eine Demonstration stattfinden würde.

Rings um die Place de la Concorde herrschte wie immer

dichter Verkehr, wurde aber eine Zeit lang aufgehalten, als junge Leute zwischen die Autos rannten. Er holte sein Fernglas und spähte hindurch. Dann ging er zu Myrtle, die im Bett lag. »Die halten irgendein Banner hoch. Ein schwarzes. Was draufsteht, kann ich nicht lesen.«

Sie drehte sich zur Seite und stützte das Kinn in eine Hand. »Ist Cass deshalb hier? Vielleicht trifft sie diesen Reporter – Jean Durand. Und sie hat Liv ein paar Urlaubstage in Paris vorgeschlagen ...«

Erleichtert klammerte er sich an diese Erklärung. »Genau, Myrtle! Warum habe ich nicht schon längst daran gedacht? Es ist doch offensichtlich. Mit den Jungs hat es nichts zu tun. Liv hat Cass in der Provence besucht und Durand bekam diesen Auftrag in Paris. Da dachten sie, das wäre eine gute Gelegenheit, Liv die Stadt zu zeigen ...«

»Aber warum sind sie im Crillon abgestiegen? Ein so luxuriöses Hotel passt nicht zu Cass. Außerdem war sie kein bisschen überrascht, als sie uns sah.«

»Jedenfalls konnte sie nicht wissen, wo sie uns finden würde. Und wenn sie auf der Suche nach uns war, hätte sie uns nicht weggeschickt, oder?«

»Nein, sie wollte verhindern, dass Liv uns entdeckt. Angenommen, deine Frau kam hierher, um uns irgendwas über die Jungs zu erzählen. Oder über Mon. Und Cass sah sie nur ganz zufällig ...«

»Sicher wird Cass Verbindung mit uns aufnehmen. Warten wir's einfach ab.« Er trat wieder ans Fenster und schaute durch sein Fernglas. »Jetzt verschwinden die Studenten in der Metro-Station. Ich werde mal läuten und Zeitungen bestellen.«

»Hören wir doch Radio.«

»Diese Sprache verstehe ich nur, wenn ich sie lese.«

»Lass uns zum Dinner nach unten gehen, Reggie. Vom

Kellner erfahren wir viel mehr, als uns die Zeitungen verraten würden.«

Plötzlich erblickte er Liv, die soeben das Hotel betrat. Sie war allein. »Lassen wir uns lieber das Essen heraufschicken, Myrtle.« Er setzte sich zu ihr aufs Bett und küsste zärtlich ihr Ohrläppchen. »Mit all diesen Leuten will ich dich nicht teilen. Wenn ich dich niemals wiedersehe, meine Liebste, werde ich mich stets entsinnen, wie sich deine Haut unter meinen Lippen anfühlt ...«

»O Reggie, du fürchtest dich genauso wie ich«, flüsterte sie und schlang die Arme um seinen Hals. »Bitte, hab keine Angst. Wir sind hier. Genießen wir den Augenblick.«

☆

Um halb sieben überquerte Carols Taxi den Pont Neuf und wurde in der Rue Madeleine von Demonstranten aufgehalten, die ein Banner mit der Aufschrift LIBERTÉ POUR ALGÉRIE schwenkten. Sie kurbelte das Fenster herunter und hörte die Aufständischen Worte singen, die wie ein Mantra klangen. »Was bedeutet das?« Nachdem sie sich so lange mit Liv unterhalten hatte, sprach sie Englisch, und der Taxifahrer antwortete in derselben Sprache.

»Diese Leute sind jung und ungeduldig, sie wollen nicht warten. Im Augenblick gibt's viel böses Blut.« Als er hupte, handelte er sich finstere Blicke ein. »Sie versammeln sich um die Sorbonne und die Bastille herum. Am späten Abend sollten Sie nicht mehr ausgehen, Mademoiselle.«

»Danke. Das habe ich auch nicht vor.«

Doch sie konnten noch immer nicht weiterfahren, und um halb acht fürchtete sie, Jean-Claude zu verpassen.

»Nun gehe ich zu Fuß.« Sie beugte sich vor und bezahlte den Fahrer. »Tut mir Leid, jetzt sitzen Sie hier fest.«

Er ließ sie aussteigen und ermahnte sie zur Vorsicht, was sie im lauten Stimmengewirr und Gedränge rings um das Taxi kaum wahrnahm. Während sie sich einen Weg durch die Menge bahnte, hörte sie ein gellendes Hupen, drehte sich um und sah, wie der Wagen gewendet wurde und zum Fluss zurückfuhr. Plötzlich fühlte sie sich einsam und verlassen inmitten all der fremden Studenten.

Ein dunkelhaariges Mädchen sprach sie an: »Sind Sie Engländerin? Wollen Sie sich uns anschließen?«

Da Carol solche Menschenmassen hasste, konnte sie nicht mehr klar denken. Atemlos zwängte sie sich zwischen den Demonstranten hindurch. »Ich suche einen Freund.«

»Ah, einen von uns?«

»Ja, das nehme ich an.«

»*Bien.* Kommen Sie – *venez ici* ...« Die junge Frau packte sie am Arm und schob sie zwischen zwei jungen Riesen hindurch, die ein Transparent mit der Aufschrift »Maquis« trugen, rief ihnen etwas zu, und wenig später erreichte Carol das andere Ende des Gedränges.

»Vielen Dank«, keuchte Carol.

Doch das dunkelhaarige Mädchen war bereits verschwunden und die jungen Riesen schrien: »*Vive la liberté!*«

Carol eilte die Avenue hinab und lehnte sich an eine Akazie, um die Demonstranten zu beobachten. Inständig hoffte sie, Liv wäre unbeschadet im Crillon angekommen und würde weder Reggie noch Myrtle sehen.

Nachdem sie ein paar Mal tief durchgeatmet hatte, entspannte sich ihr steifer Nacken. Sie trug ein blaues Kleid mit einer dunkelblauen Strickjacke, beides schon ziemlich abgenutzt. Typisch englisch, würde Jean-Claude sagen. Aber was sollte man an einem Sommerabend anziehen? Livs elegantes Leinenkostüm und Myrtles extravagantes Kleid im chinesischen Stil würden nicht zu Carol passen.

Schließlich ging sie zur Reine Blanche. Wenn Jean-Claude nicht im Restaurant saß, würde sie nicht wissen, wo sie ihn suchen sollte. Inbrünstig hoffte sie, ihn anzutreffen. Ein sonderbares Déjà-vu-Gefühl erfasste sie. Als würde in dieser Nacht wieder irgendetwas explodieren.

Aber er war da.

In der schmalen Seitenstraße, wo sein Renault parkte, blieb sie stehen und sah die vertrauten Umrisse seiner Gestalt – hinter demselben Tisch, wo sie an jenem Abend gesessen hatten. Einige Schüsseln standen vor ihm. Wie viele Portionen Zwiebelsuppe würde er an diesem Abend schaffen? Lächelnd folgte sie dem Gehsteig. Sobald er sie entdeckte, würde er zu ihr eilen ... Erst jetzt entdeckte sie die Frau an seiner Seite. Eine Kollegin?

Irgendwie kam sie Carol bekannt vor. Sie kniff die Augen zusammen. Jetzt beugte sich die Frau lachend über eine Schüssel und schob einen Löffel Suppe in den Mund. An diesem Tag hatte Carol ein Foto von dieser Frau gesehen. Gaby. Allmählich reihten sich Sinneseindrücke aneinander. Gaby war glücklich und lachte den Mann an, der neben ihr saß – ihren Ehemann. Auch er lachte. Im Morrish-Büro hatte Gaby – stets zurückhaltend und mysteriös – niemals so fröhlich gelacht. Und diese Suppenschüsseln ... Jetzt prangte ihr Foto im *Paris-Match* und sie war sicher an exquisitere Mahlzeiten gewöhnt als Zwiebelsuppe.

Im Schutz der Akazien überquerte Carol die Straße und schalt sich eine Närrin. Aber in diesem Augenblick konnte sie den beiden nicht gegenübertreten. Auf keinen Fall wollte sie den Anschein erwecken, sie hätte Jean-Claude nachspioniert. Sie beschleunigte ihre Schritte, um ins Crillon zurückzukehren. Dort würde sie Liv treffen und mit ihr zu Abend essen. Ganz normal.

Am Pont Neuf begegnete sie den Demonstranten und

wandte sich ab. Vor lauter Enttäuschung brach sie beinahe in Tränen aus. Wie sollte sie den Fluss überqueren? Aus der Gegenrichtung näherte sich eine andere Gruppe. *Gendarmerie.* Die Polizisten hielten Gegenstände vor ihre Körper, die wie Deckel von Mülltonnen aussahen. Unbehaglich drehte sie sich wieder zu den Demonstranten um, die den Beamten mit wütendem Geschrei entgegenstürmten. Vergeblich suchte Carol zwischen den anonymen Gesichtern nach den vertrauten Zügen des dunkelhaarigen Mädchens. Sie sah nur weit aufgerissene Münder und aggressive Flaggen.

In diesem Augenblick empfand sie ein unnatürliches Entsetzen. Sie wusste, woher es stammte – von der Erinnerung an den schrecklichen Zwischenfall vor vier Jahren. Wäre sie doch in die Reine Blanche gegangen, zu Jean-Claude ... Dorthin musste sie zurückkehren, so schnell wie möglich.

Aus irgendwelchen Gründen hämmerten die Polizisten mit ihren Knüppeln auf die Mülltonnendeckel, und das Gebrüll der Demonstranten, die direkt auf Carol zustürmten, schwoll an. Da rannte sie der Gendarmerie entgegen.

☆

In der Reine Blanche saß Jean-Claude seiner Frau gegenüber und bot ihr eine Gauloise an. Was hatte er jemals in ihr gesehen? Sie war so hübsch, so selbstgefällig, so egoistisch. »Bist du auch wirklich okay, Gaby?«

Lächelnd entblößte sie ihre makellosen Zähne. »O ja. Marcel ist ein Filmstar, *chérie.* Bald wird er mir eine Rolle verschaffen.« Ihr Lächeln vertiefte sich. »Glaub mir, ich bin okay.«

Er nickte und gab ihr Feuer. »Wie du weißt, will ich mich

schon seit einiger Zeit scheiden lassen. Jetzt bin ich dir sehr – dankbar.«

»Wenn es mir nicht in den Kram passen würde, wäre ich nicht einverstanden, Jean-Claude!« Wenigstens war sie ehrlich. Langsam blies sie einen Rauchring in die Luft. »Allerdings habe ich mich nur dir zuliebe gegen die Scheidung gesträubt. Weil ich dachte, deine Affäre mit dieser Engländerin würde nicht lange dauern. Sie passt einfach nicht zu dir, *chérie,* sie ist ...« Konzentriert zog sie die Brauen zusammen und suchte nach dem richtigen Wort. »Nicht *amüsant.*«

Nur ein paar Sekunden lang überlegte Jean-Claude, ob er ihr erklären sollte, wie glücklich Carol ihn machte. Dann gab er es auf. Gaby würde es nicht verstehen. »Vielleicht kennst du sie nicht richtig – nur aus dem Büro.« Er musste diplomatisch sein, denn Gaby war kapriziös und konnte sich jederzeit anders besinnen.

Lässig zuckte sie die Achseln. »Nicht so wichtig ... Für mich war's jedenfalls sehr amüsant, dich hier zu treffen – so *mystérieux.* Du musst dich gefragt haben, wer dich sehen will. Und bei deiner Ankunft standen sechs volle Suppenschüsseln auf dem Tisch.« Lachend neigte sie sich vor. »Oder hast du meine Stimme am Telefon erkannt? Wolltest du mich wiedersehen, Jean?«

Er lächelte gehorsam. Natürlich hatte er die anonyme Anruferin erkannt, und er war in der Hoffnung hierher gekommen, Gaby hätte beschlossen, einen anderen zu heiraten. Endlich erfüllte sich sein sehnlichster Wunsch und er konnte Carol einen Antrag machen. »Solche Tricks hattest du schon immer auf Lager, Gaby. Daran hätte ich denken müssen.«

»Hast du dich deshalb in mich verliebt? Damals nanntest du mich deinen Glücksstern.«

»Ja, in der Tat.« Die Erinnerung bedrückte ihn – als würde er Carol betrügen.

»Und du hast mich vor einigen Unannehmlichkeiten gerettet, Jean«, fuhr Gaby etwas ernster fort. »Dafür bin ich dir immer noch dankbar. Ich habe den Krieg genossen. Das nahmen mir einige Leute übel. Und dann kamst du, der tapfere freie Franzose, und hast mich geheiratet. Wer konnte mich danach noch kritisieren? Pah! Nach wie vor gibt's viele Leute, die es mir verübeln, wenn ich mich amüsiere. Aber die sind mir egal.«

Er wartete, bis sie die Zigarette ausgedrückt hatte, bevor er erklärte: »Um acht kommt mein Fotograf hierher. Dann gehe ich. Wir müssen über die Studentendemonstration berichten. Schickt mir dein Anwalt die Papiere?«

»Ja, alles ist organisiert.« Sie stand auf. »Bestell mir ein Taxi, Jean. Später werde ich mit Marcel dinieren – und zwar richtig.« Mit einem süffisanten Lächeln fügte sie hinzu: »*Meine* Zwiebelsuppentage sind vorbei.«

Welch ein passendes Schlusswort, dachte Jean-Claude. Er wartete mit ihr am Gehsteigrand auf das Taxi. Vom Fluss drang das Geschrei der Demonstranten herüber. Offenbar überquerten sie gerade die Seine, um ihre Freunde von der Universität zu treffen. Wo mochte der Fotograf so lange bleiben? Jean-Claude wünschte, er hätte seine eigene Kamera mitgenommen.

Verblüfft hob Gaby den Kopf. »Sind das Trommeln?«

»Nein, Polizeiknüppel. Die schlagen mit Knüppeln gegen ihre Schilde. Auf diese Weise versuchen sie die Studenten zu zerstreuen, bevor sich die Lage zuspitzt.«

»Junge Narren«, meinte Gaby emotionslos. »Idioten, die anständigen Bürger Ärger machen ... Ah, da ist mein Taxi.« Sie stieg ein und schlug die Tür zu. »*Au revoir,* Jean. Sicher sehen wir uns bald wieder.«

Er schaute dem Wagen nicht nach. Stattdessen rannte er dem Lärm entgegen. An Gewaltaktionen war er gewöhnt, er roch sie bereits in der Luft, hörte sie aus dem Stimmengewirr und den Schlägen der Polizeiknüppel heraus. Vermutlich würde er eine interessante Story schreiben. Aber es war nicht nur ein journalistischer Instinkt, der ihn den Saint-Germain entlangjagte. Was es sonst noch war, wusste er nicht. Fast schmerzhaft hämmerte sein Herz gegen die Rippen, und ein albtraumhaftes Grauen befiel ihn, wie er es nie zuvor verspürt hatte.

Nun erblickte er die Rücken der Polizisten, eine fest gefügte Phalanx quer über den Boulevard. Dahinter drängten sich unzählige Menschen mit den üblichen Transparenten, die krampfhaft in aggressiven Händen zuckten. Mit schmalen Augen beobachtete er die jungen Leute: unklug, sogar närrisch, aber idealistisch, von einem *gefährlichen* Idealismus beherrscht.

Als er die Polizisten erreichte, flog der erste Stein heran.

»Lassen Sie mich durch«, keuchte Jean-Claude. »*La Planète* – ich rede mit ihnen. Auf mich werden sie hören. Lassen Sie mich durch!«

»Retirez, monsieur!« Ein zornrotes Gesicht wandte sich zu ihm und irgendjemand – offensichtlich ein Inspektor – packte ihn am Haar. Ein Hagel aus großen, schweren Steine verursachte eine momentane Lücke in den Polizeireihen und er sah jemanden auf sich zulaufen. Unglaublich – Carol ... Sie war doch in Sicherheit, in der Bergerie, mit ihrer Mutter und Bessie. Doch diese junge Frau trug ein blaues Kleid und eine dunkelblaue Strickjacke, und beides glich den Sachen, die Carol letztes Jahr in London gekauft hatte. Nein – es konnte nicht Carol sein ...

Und dann wurde sie von einem Wurfgeschoss getroffen. Was es war, sah er nicht. Lautlos brach sie zusammen. Einen Arm ausgestreckt, blieb sie reglos liegen. Tatsächlich – Carol!

Jean-Claudes Schrei durchbrach die plötzliche Stille. Er stürmte durch die Lücke, rannte zu Carol, und der Inspektor stieß einen Warnruf aus, doch nicht einmal ein Maschinengewehrfeuer hätte Jean-Claude aufgehalten.

Sekunden später kniete er neben Carol nieder. »Cass – meine Cass ...« Er hörte seine eigene Stimme. Hoch und schrill wie eine Kinderstimme. Aus ihrem Hinterkopf quoll Blut und verdunkelte das hochgesteckte, sonnengebleichte Haar. Hastig zog er die Nadeln heraus, voller Angst, sie könnten sich in die Kopfhaut gebohrt haben. Sie war bewusstlos. Aber sie atmete.

»Eine Ambulanz!«, rief er und richtete sich auf. Er wusste, dass er weinte. Doch das störte ihn nicht. »*Vite!* Eine Ambulanz!«

Jemand kniete an seiner Seite nieder. »Vorhin war sie schon einmal da, Monsieur und hat Sie gesucht.«

Durch einen Tränenschleier sah er das verschwommene Gesicht eines jungen Mädchens, nicht viel älter als Bessie. »Es ist nur eine leichte Verletzung – nicht wahr?«, fragte er flehend.

Doch das Mädchen war bereits verschwunden, von offiziellen Händen weggezerrt. Ringsum drängten sich Polizisten, zweifellos in erster Hilfe ausgebildet. Decken wurden geholt, eine weiße Box, mit einem roten Kreuz bedruckt. Und dann erklang die ersehnte Sirene.

»Lassen Sie mich vorbei – ich fahre mit ihr ...«

Er musste niemanden wegschieben. Wie durch ein Wunder teilte sich die Menschenmenge und gab ihm den Weg frei. Wenig später saß er im Krankenwagen neben der Trage, beide Arme schützend über der Gestalt unter der Decke.

Sicher sei sie nicht ernsthaft verletzt, meinte ein Sanitäter. Dann erklärte er, sie habe der Polizei einen großen Dienst erwiesen und die Demonstration beendet, ohne dass noch jemand verletzt worden sei. Plötzlich erkannte er, was er gesagt hatte. Sorgsam zog er die rote Decke bis zu Carols Kinn hinauf. Jean-Claude fragte sich, was sie in jenem Augenblick zum Schauplatz der Demonstration geführt haben mochte. Würde die rote Decke Blutflecken tarnen? Er versuchte sich zu entsinnen, wie er auf seinen zahlreichen Reisen ähnliche Notfälle bewältigt hatte – vor allem in Suez, wo er eine Ambulanz zwanzig Meilen weit durch feindliches Gebiet gefahren hatte. Damals war er ruhig gewesen, fast gelassen. Nicht so schwach wie jetzt, nicht so zittrig und hilflos.

»Oh, sie ist ganz nass!«, stieß er plötzlich hervor. »Offenbar blutet sie noch woanders!«

Der Sanitäter schob ihn beiseite und hob die Decke. »Nur Urin.«

Das klang einfach genug. Aber der Mann kauerte immer noch neben Carol und drückte eine Sauerstoffmaske auf das blasse Gesicht. »Halten Sie das fest!«, befahl er Jean-Claude brüsk. Irgendwie gelang es ihnen, im beengten Inneren des Krankenwagens die Plätze zu tauschen.

Nun wusste Jean-Claude, dass Carol schwer verletzt war. Im selben Augenblick spürte er, wie die Schwäche aus seinen Gliedern zu fließen schien, wie ihn neue Energien durchströmten. Er beugte sich zu Carols Ohr hinab und flüsterte: »Jetzt geht meine Kraft in dich über. Fühlst du sie, Liebste?«

Der Sanitäter begann mit einer Herzdruckmassage. Als die Ambulanz um eine Ecke bog, schwankten sie alle seitwärts. Ein paar Sekunden lang glaubte Jean-Claude, Carol würde sich Hilfe suchend an ihn schmiegen, und er schlang einen Arm um ihre Schultern.

Und da wurde ihm die schreckliche Wahrheit bewusst: Sie war tot. Er schob die Sauerstoffmaske beiseite. Mit beiden Händen umfasste er ihr Gesicht, von einem namenlosen Schmerz erfasst, der seine Seele zu sprengen drohte. Der Sanitäter hatte den Versuch aufgegeben, Carol wiederzubeleben. »Tut mir Leid, Monsieur, so Leid«, sagte er leise. Jean-Claude gab keine Antwort.

In diesem Moment geschah etwas Seltsames: Er drückte Carol an sich, und immer noch vereint, versanken sie in einem Abgrund. Und dann war er allein – und doch nicht allein, ganz und gar von *ihr* erfüllt. Einmal hatte sie erklärt, nun sei er Jean-Claude-Carol geworden, und er hatte gedacht, er würde es verstehen. Aber er verstand es erst jetzt.

Behutsam ließ er ihren Kopf auf die Bahre zurückgleiten und zog seinen Arm unter ihrem Rücken hervor. Er wollte in jenen Abgrund zurückkehren.

Doch da war sie nicht mehr. Trotzdem flüsterte seine Stimme: »Sie kann nicht tot sein, es ist nicht wahr ...« Sofort kümmerte sich der Sanitäter um den neuen Notfall, legte ihn auf eine andere Bahre, und ein Notarzt beugte sich herab. Nur dem Verhalten dieser Männer entnahm Jean-Claude, dass er sich in einem abnormen Zustand befand. In seinem Inneren war er völlig ruhig. Das wusste sonst niemand. Ganz still lag er da, ließ sich immer wieder von Carols Wesen ausfüllen. Irgendwann wurde er hochgehoben, in eine Klinik getragen und dann hörte er jemanden das Wort »katatonisch« aussprechen. Wie amüsant das klang ...

☆

Bis zehn Uhr wartete Liv in der Hotelhalle auf Cass. Den Zug hatten sie bereits versäumt. Das Gefühl der alten Angst und Einsamkeit kroch in ihr hoch. Hatte sie die Begegnung mit Carol nur geträumt? Möglich ... In einem von Malcolms osteopathischen Magazinen hatte sie einen Artikel über psychosomatische Schmerzen und Halluzinationen gelesen. Sie versuchte sich etwas genauer daran zu erinnern. Ohne Erfolg. Jetzt wusste sie nicht einmal mehr, warum sie eigentlich in Paris war. Als sie den Kopf hob und Myrtle und Reggie auf sich zukommen sah, hielt sie die beiden für Traumgestalten. Dann bemerkte sie Myrtles Tränen. Und Reggie streckte ihr einen Arm entgegen, als wollte er sie in die Trauer einbeziehen. Aber Liv wich zurück und sagte sich, sie würde ihn hassen. Und Myrtle auch, die gar nicht wie Myrtle aussah, sondern schick und seltsam französisch. Nur Reggie hatte sich nicht verändert. Und er war so grausam gewesen.

»Gerade haben wir Mrs Woodford angerufen«, erklärte er. »Ich nehme an, du hast es schon gehört – Carol ...«

Schluchzend griff Myrtle nach Livs Arm. Wie peinlich dieser unkontrollierte Gefühlsausbruch war ... »Es ist unsere Schuld, Liv. Nur unsere Schuld. Ausgerechnet Cass, die doch gar nichts dafür konnte ...«

»Was ist denn mit ihr passiert?« Wenigstens war es kein Traum. Nichts von alldem war ein Traum.

»Sie wurde getötet«, antwortet Reggie. »Gestern Abend. Während der Unruhen. Mrs Woodford erklärte uns, du seist hier – und Carol habe sich mit dir getroffen. Deshalb dachten wir, du müsstest es schon wissen.«

Nun wich Liv noch einen Schritt zurück und starrte die beiden an. Dieses Neuigkeit war unannehmbar – und unausweichlich. Ein notwendiges Opfer. Nicht Mally – sein Tod hatte die darauf folgenden Ereignisse erst ausgelöst, statt die vorangegangenen zu sühnen. Nicht einmal Malcolm – sein Selbstmordversuch erschien ihr fast lächerlich. Nein. Es war Carol. Trotzdem flüsterte sie: »Unmöglich – es kann nicht wahr sein!«

Reggie versuchte sie wieder zu umarmen. Doch sie wehrte ihn ab. »Wir haben ein Taxi bestellt, Liv. Bitte, fahr mit uns zum Krankenhaus ...«

»Nein, ich bin mit Carol verabredet!«

»Komm mit uns«, flehte er sanft. »Jetzt sollten wir beisammenbleiben.«

Die Erkenntnis, dass sie nicht mit Carol nach Hause reisen würde, traf Liv wie ein schmerzhafter Schlag in die Magengrube. Und während sie sich qualvoll krümmte, erlaubte sie Reggie endlich, ihren zitternden Körper zu umfangen. Auf der Schulter spürte sie Myrtles Hand. Ganz dicht standen sie beieinander. Carols Tod hatte sie wieder vereint.

17

Bessie blieb am Leben. Sie hatte es nicht gewollt. Monatelang hatte sie ernsthaft erwogen, einen ähnlichen Versuch zu unternehmen wie Onkel Malcolm in jenem grauenhaften Sommer – einen erfolgreichen Versuch. Doch sie war daran gehindert worden. Von Grannie, Boris und Jean, die ganz oben auf Bessies Liste standen. Gleich danach kamen die Tanten. Vor allem Tante Myrtle. Warum, wusste sie nicht. Jedenfalls hatten sich ihre Gefühle für Tante Myrtle durch Carols Tod verändert, in Mitleid und Fürsorge verwandelt. Tante Liv und Tante Mon mussten ebenfalls beschützt werden. Aber wie sie instinktiv erkannte, würden es die beiden verkraften, wenn sie Onkel Malcolms Beispiel folgte. Tante Myrtle nicht. Tante Myrtle brauchte sie alle – ihren Mann und ihre Kinder, Onkel Reggie und Tante Liv und Grannie, Tante Mon, Bessie, sogar Jean-Claude. Und als Bessie schon glaubte, die Verzweiflung würde sie in den Wahnsinn treiben, fand sie ein Gegenmittel. Sie erfand einen gelben Vorhang, den sie rings um die Ereignisse jenes Septemberabends zog. Natürlich würde Carol nicht zurückkehren. Da machte sich Bessie keine Illusionen, sie lebte nicht in einer kindlichen Märchenwelt. Aber wenn sie die Tatsache von Carols Tod einfach nicht beachtete, könnte sie beinahe ein normales Leben führen.

Diesen imaginären Vorhang versuchte sie mit Jean-Claude und Grannie zu teilen. Sie blieben in der Bergerie, nicht weil sie es wollten, sondern weil sie nicht wussten, was sie sonst tun sollten.

»Diese Farbe gefällt mir, *chérie*«, sagte Jean-Claude, nachdem sie den Vorhang beschrieben hatte. »Ich denke immer an Carol im strahlenden Sonnenschein.«

Das hatte Bessie nicht beabsichtigt. Ihre Erinnerungen waren stark, oft einfarbig, und sie wollte sie auch gar nicht verwischen. Entschlossen schlang sie beide Arme um Jean-Claude und presste ihn ganz fest an sich, als könnte sie den grässlichen Schmerz aus seiner Seele quetschen. Nur halbherzig erwiderte er die Umarmung. Sie wusste, er liebte sie noch immer, hatte sich aber von ihr distanziert. Weshalb, verstand sie nicht. Manchmal war sie nahe daran, ihm zu verraten, sie habe herausgefunden, dass er ihr Vater war. Aber irgendetwas hielt sie zurück. Etwas, das mit Tante Mon zusammenhing. Etwas, das sie ebenfalls in ihrer Erinnerung verhüllt hatte.

Als sie Grannie von dem gelben Vorhang erzählte, nickte die alte Frau verständnisvoll. »Als würdest du ein verletztes Bein verbinden, nicht wahr? Es ist nach wie vor da, aber es tut nicht mehr so weh.«

Offenbar wandte Grannie ähnliche Methoden an.

☆

Alle überlebten die Tragödie. Myrtle blieb nichts anderes übrig. Nicht einmal die liebe Mon konnte für Nicky, Martin und Lennie so gut sorgen wie die Mutter. Sie vereinbarte mit Reggie, dies sei ein vorübergehendes Arrangement – bis die Jungs erwachsen wären. Doch sie wussten beide, dass es ihnen nie wieder gelingen würde, einen so gewaltigen Schritt in die Freiheit zu tun.

Sie schrieb ihm jede Woche. Im Herbst 1962 ging Lennie in den Kindergarten. Von einem seltsamen Gefühl der Erleichterung erfasst, brachte Myrtle ihn dorthin. Jetzt konnte ihn niemand mehr als Ersatz für Mally betrachten, denn Mally war nie im Kindergarten gewesen. Und Lennie führte nun sein eigenes Leben. Zuversichtlich sah sie ihn mit anderen Kindern über den Spielplatz laufen und wünschte, er würde bald Freunde finden.

An diesem Nachmittag schrieb sie Reggie: *Lennie war heute Morgen zum ersten Mal im Kindergarten und ich beobachtete ihn eine Zeit lang. Wie ähnlich er Malcolm ist ... Er würde niemals auf den Gedanken kommen, die Menschen könnten ihn nicht mögen. In seinem neuen roten Blazer wälzte er sich wie ein kleines Fass über den Spielplatz, packte die Hand eines kleinen Jungen und hatte ein Spiel organisiert, bevor sich die anderen Kinder von ihren Müttern verabschieden konnten. Um ihn sorge ich mich nie so wie um Nicky und Martin. Manchmal glaubte ich, als Mally starb, hätte er den Großteil meiner Liebe und Fürsorge mitgenommen. Du hast diese Gefühle wiedererweckt, Reggie. Ohne deine Hilfe hätte ich niemals zu Malcolm zurückkehren und mich so wie früher um die Kinder kümmern können. Das wusstest du. Wäre ich nicht krank geworden, hätte ich dich wohl kaum auf jener Reise begleitet. Es fällt mir so schwer, dir diesen Brief zu schreiben, Darling. Ich werde dich immer lieben. Aber wir müssen ehrlich zueinander sein. Würden wir es schaffen, Liv und Malcolm noch einmal wehzutun? Sicher nicht. Vielleicht werden wir in ein oder zwei Jahren ein bisschen Zeit miteinander verbringen, ohne die beiden zu verletzen. Nur einen Tag. Nur um zu reden und uns in die Augen zu schauen. Darling, als Lennie zum Kindergarten ging, ohne einen einzigen Blick zurückzuwerfen, musste ich an dich denken. Oh, mein Liebster! Wenn ich Briefe schreiben soll, bin ich ein hoffnungsloser Fall. Carol hat meine Briefe stets verstanden und ich wünschte, auch du wirst meinen Gedanken folgen. Jetzt, wo alle drei Jungs am Morgen aus dem Haus gehen, habe ich stundenlang Zeit für mich selber. Dann werde ich stets an dich denken. Nicht an Mally. Nicht an Cass. Aber an dich. Dafür bin ich dir dankbar, und es weist mich darauf hin, dass ich leben möchte. Liebster Reggie, ich hoffe inständig, auch du willst leben. Immer deine Myrtle.*

☆

Regelmäßig trafen diese Briefe ein, und Liv wusste, dass sie von Myrtle kamen. Liv hob sie auf, sobald sie durch den Schlitz in der Haustür gefallen waren, und legte sie sorgfältig auf das Wandtischchen – damit Reggie sie fand, wenn er von der Arbeit nach Hause kam. Sie war überrascht, keinerlei Eifersucht zu spüren. Vielleicht sah sie Reggie nicht mehr als ihren Mann, jedenfalls schliefen sie nicht miteinander. Die Abende verbrachten sie in freundschaftlicher Atmosphäre daheim, aber sie gingen niemals miteinander aus. Die Liebe, die aufgeflammt war, als sie ihn verloren glaubte, war durch Carols Tod in Sorge um sein Wohlergehen verwandelt worden. Und auf seltsame Weise wäre sie beunruhigt, wenn Myrtle ihm nicht mehr schreiben würde.

Als sie wieder einmal einen Brief neben die Kleiderbürsten legte, merkte sie, dass er ungewöhnlich schwer war. Myrtle war keine großartige Briefschreiberin. Nur zu gut erinnerte sich Liv an die Probleme der Freundin mit der Orthografie und Grammatik, vom Anfang bis zum Ende der Schulzeit. An diesem Abend wartete sie, bis sie nach dem Dinner das Geschirr in die Spülmaschine gestellt hatte und mit Reggie vor dem Fernseher saß. »Alles okay in Cheltenham?«, fragte sie.

Misstrauisch blickte er auf. »Ja.« Er räusperte sich, dann fügte er hinzu: »Seit gestern geht Lennie in den Kindergarten.«

»Oh.« Natürlich hatte sie das gewusst. Monica hatte von Exeter aus angerufen und erklärt, sie habe ihm einen Ranzen geschickt. Nun sei es schon drei Jahre her, seit sie ihn im Kinderwagen durch den Park geschoben habe, und es würde ihr so vorkommen, als wär's erst gestern gewesen. Liv hatte zugestimmt. Aber sie hatte Lennie nichts geschickt. Im Fernsehen wurde eine Science-Fiction-Serie angekündigt. »Also hat Myrtle wieder etwas mehr Zeit.«

»Hast du ihren Brief gelesen?«, fragte Reggie leise.

»Nein. Ich habe keinen einzigen ihrer Briefe gelesen. Das müsstest du doch wissen.« Sie war nicht verärgert – eher gekränkt.

»Tut mir Leid«, murmelte er und starrte den Bildschirm an.

»Hör mal, Reggie, wenn du sie sehen willst, fahr zu ihr. Das meine ich ernst. Ich kam hierher zurück, um irgendetwas zu machen – zusammen mit dir. Was wir früher hatten, wollen wir beide nicht zurück ...« Sie rang nach Atem. »Ich habe sicher nicht erwartet, dass du dich wieder in mich verliebst.« Sie beugte sich vor und schaute ihn eindringlich an. »Reggie, ich weiß, dass du Myrtle liebst, immer noch.«

Mit ihrer Ehrlichkeit schockierte sie ihn beinahe. Sie hatte sich tatsächlich verändert. »Du bist zurückgekommen, um irgendetwas zu machen, Liv? Was meinst du damit? Was wolltest du machen?«

»Ich weiß es nicht. Doch Carols Tod muss irgendwas bedeuten. Jedenfalls hat er Myrtle zu ihren Kinder zurückgebracht. Das kannst du nicht bestreiten.«

»Natürlich nicht. Aber sie wäre so oder so zurückgegangen. Schon sehr bald.«

»Mag sein ... Aber wir beide hätten nicht mehr zueinander gefunden. Das weiß ich. Ich war zu verbittert, zu – ach, keine Ahnung ... Es ist ohnehin nicht mehr wichtig. Ich wollte nur, dass du weißt – wenn du Myrtle treffen möchtest, musst du nicht vorgeben, Golf zu spielen.«

Bedrückt erinnerte er sich an jene Lüge, mit der er den schrecklichen Winter überstanden hatte – voller Angst, Myrtle würde sterben. »Tut mir Leid, Liv.«

Erstaunt hob sie die Brauen. Seit Carols Tod vor drei Jahren hatte er sich kein einziges Mal entschuldigt. »Mir tut es auch Leid«, erwiderte sie langsam. »Es war wie ein Erdbeben, das uns alle irgendwie verletzt hat.«

»Eigentlich meinte ich – meine Lügen. Aber was das Erdbeben angeht, hast du sicher Recht. Davon hat Carol auch gesprochen.«

»Ah ...«

Sie beobachteten den Bildschirm, sahen aber nur bewegte Schatten. Nach der Nachrichtensendung stand Reggie auf und schaltete den Apparat ab. »Ich möchte Myrtle sehen. Aber sie braucht mich nicht mehr so wie früher. Und ich fahre nicht nach Cheltenham.«

Sekundenlang schloss Liv die Augen. Während er zur Tür ging, fragte sie heiser: »Wenn du gehen musst – irgendwann – sagst du es mir?«

Zögernd blieb er stehen und drehte sich zu ihr um. Zum ersten Mal sah er die grauen Fäden in den Babylöckchen. »Ja.«

☆

Monica überstand die Tragödie am besten von allen Beteiligten. Seit 1962 arbeitete sie als staatlich anerkannte Krankenschwester in einer Kinderklinik in Exeter.

Schon vor Carols Tod hatte sie erwogen, Krankenschwester zu werden. Und an jenem sonnigen Septembermorgen, nach Livs verzweifeltem Anruf aus Paris, hatte ihr Entschluss endgültig festgestanden. Schon früher war es ihr gelungen, Tragödien mit harter Arbeit zu überwinden, und das würde sie auch jetzt schaffen. Etwa zehn Minuten lang befasste sie sich mit dem Gedanken, Bessie würde sie jetzt brauchen. Dann verwarf sie ihn. Jetzt hatte sie weniger Rechte auf Bessie denn je. Wenn sie sich aufdrängte, würde das Mädchen sie womöglich hassen.

Sie war eine ideale Krankenschwester, unsentimental, aber von grenzenlosem Mitleid erfüllt. Zumindest hatte sie die Grenzen ihres Mitgefühls noch nicht erreicht. Stets erkannte sie, was die einzelnen Patienten brauchten – ein Gutenachtkuss für die Heimwehkranken bis zu unnachgiebiger Strenge mit aufmüpfigen Rekonvaleszenten. Eines Nachts begleitete sie ein fünfjähriges Kind von dieser Welt in die nächste und beendete ihren Schichtdienst zwei Stunden zu spät. Die Nachtschwester folgte ihr den Korridor hinab. »Danke, Monica. Alles in Ordnung?«

»O ja.« Die Frage überraschte Mon.

»Soll ich Ihnen eine Schlaftablette geben?«

»Nein, danke, Schwester«, erwiderte Monica lächelnd. »Ich liege niemals wach im Bett.« *Wenn ich allein bin,* hätte sie beinahe hinzugefügt. Glücklicherweise besann sie sich gerade noch rechtzeitig eines Besseren. Erschöpft sank sie ins Bett. Als sie an den kleinen Jungen dachte, der jetzt in die Leichenhalle gebracht wurde, empfand sie tiefe Dankbarkeit. Endlich war er von seinem Leiden erlöst worden. Einmal hatte sie in einer ähnlichen Situation gedacht: *Noch jemand, den du in deine Obhut nehmen kannst, Carol ...* Aber nur ein einziges Mal. Nach Monicas Ansicht waren zu viele spirituelle Gedanken albern.

☆

Mary Woodford wusste, die Trauer würde sie eines Tages einholen und am Boden zerstören. Mit verzweifelten Methoden versuchte sie, diesen Tag hinauszuzögern. Zum Beispiel mit Bessies »Vorhang«. Oder mit Arbeit. Die Gründe für dieses Hinauszögern lagen weniger in der Angst vor dem eigenen Schmerz, sondern waren ganz einfach: Bessie und Jean-Claude brauchten sie. Bessies Bedürfnisse waren offensichtlich. Allein fand sich das Kind nicht zurecht. Allerdings würde Monica ihrer Tochter sofort ein Heim bieten, doch das kam nicht infrage. Inständig betete Mary um ihr Überleben, um immer neue Kräfte, bis Bessie die Schule beendet hätte.

Ganz so offenkundig waren Jean-Claudes Bedürfnisse nicht. Sein Alltag verlief genauso wie früher, als Carol noch gelebt hatte. Er arbeitete wochenlang im Ausland oder in Paris, kehrte dann in die Bergerie zurück und genoss den häuslichen Frieden.

Mary wusste, dass er sich zu diesem Genuss zwang – so gern er auch mit Bessie und ihr selbst zusammen war. Wohin sollte er sonst gehen? Er hatte sich von Gaby scheiden lassen, war frei – und allein. In der Bergerie hatte er keine offizielle Position, weder als trauernder Witwer noch als loyaler Schwiegersohn. In gewisser Weise spielte er nur die Rolle eines Freundes.

Für dieses Problem fand Mary keine Lösung. Wenn Bessie einen Beruf ergriff oder heiratete, würde es die Situation noch erschweren. Was mochte ihm die Zukunft bringen? Diese Frage stellte er sich zweifellos selber. Mary fröstelte. Irgendwann würde sie nichts mehr für Jean-Claude tun können. Carol hatte immer befürchtet, *er* würde sterben. Doch nun war es anders gekommen. Und Carol hätte den Schicksalsschlag viel besser verkraftet, als er es jetzt schaffte.

☆

Boris Denning verbrachte zwei langweilige Jahre mit der Ausbildung zum Funker und fasste den Entschluss, nie wieder auf seine Freiheit zu verzichten. Im Herbst 1961 besuchte er Bessie in Frankreich und sie unterhielten sich so ungezwungen wie eh und je.

»Für mich ist das nichts«, gestand er. »Wenn's ernst wird, schieße ich sicher in meinen eigenen Fuß.« Um Bessie zu überraschen, hatte er sie von der Schule abgeholt. Jetzt war sie sechzehn Jahre alt, langbeinig und sehr schön, und er glich seinem Vater. Sie waren ein attraktives Paar. Kichernd und tuschelnd starrten Bessies Freundinnen den beiden nach.

Aber sie reckte ihre Nase hoch und ignorierte die Mädchen. »In einem richtigen Krieg – oder in einer Krise wie am Suezkanal – wäre es sicher anders. Dann wäre es wenigstens keine Zeitverschwendung.«

»Ich habe mir solche Sorgen um dich gemacht. O Gott, Bessie, als das alles geschah, musste ich gerade einrücken ...«

»Wahrscheinlich hättest du keinen Urlaub bekommen«, meinte sie beiläufig. »Wir sind nicht verwandt. Das hat Jean-Claude mir erklärt.«

»Trotzdem hätte ich es versuchen müssen.« Sie wanderten zwischen hohen Chrysanthemen dahin, die intensiv und herbstlich dufteten. »Wie geht's dir? Weißt du, dass wir uns zum ersten Mal seit einem Jahr wiedersehen? Und damals hatte ich nur vier Tage Urlaub.«

»Natürlich weiß ich das, du Idiot.« Ohne zu lächeln, schaute sie ihn an. »Hast du mein Armband noch? Hast du es die ganze Zeit bei dir?«

»Klar.« Er zog es aus seiner Tasche und wollte es Bessie in die Hand drücken, aber sie schob es beiseite.

»Das ist unser Verlobungsring!«, erwiderte sie ärgerlich. »Wenn ich ihn zurücknehme, werden wir nicht heiraten!«

Er lachte unbehaglich. Er war zwanzig und sie knapp sechzehn. Aber er steckte das Armband wieder in die Tasche und war froh. Er hatte befürchtet, Carols Tod hätte irgendetwas an seiner Beziehung zu Bessie geändert. Und das würde er nicht ertragen haben.

☆

Er sprach mit Jean-Claude über seine berufliche Laufbahn. Selbst wenn Bessie nicht in der Nähe war, verstanden sich die beiden Männer dank vieler gemeinsamer Interessen sehr gut. Jean-Claude billigte die Absicht seines jungen Freundes, auf die Kunstakademie zurückzukehren und sich auf die Fotografie zu spezialisieren. »In einigen Jahren wird's Designer geben wie Sand am Meer.« Bedauernd schüttelte er den Kopf. »Aber die Präzision und Unmittelbarkeit eines Fotos – insbesondere eines Fernsehfilms ... Was hältst du davon?«

»Nun ja«, erwiderte Boris grinsend, »ich habe schon ein paar Mal mit Bessie über eine gemeinsame Filmkarriere gesprochen.«

»Erst mal muss sie ihre Ausbildung beenden.« Jean-Claude erwiderte das Lächeln nicht. »Das musst du verstehen.«

»Gewiss – natürlich ...«, stammelte Boris. Beinahe hätte er Jean-Claude »Sir« genannt und sich blamiert.

»Vielleicht könnte ich dir eine Stellung verschaffen – als Kamera-Assistent bei einer Filmcrew. Dann würdest du in der Welt herumkommen.«

»Wirklich?«, hauchte Boris überwältigt. »Oh, das wäre fabelhaft!«

»Aber du müsstest oft verreisen – für mehrere Monate.«

»Das – verstehe ich.« Ohne mit der Wimper zu zucken, erwiderte Boris den Blick des älteren Mannes. »Sie wollen mich aus dem Weg haben, während Bessie heranwächst.«

»So würde ich es nicht ausdrücken, Boris. Aber das Team, an das ich denke, dreht an exotischen Schauplätzen – Filme über Perlentaucher und primitive Stämme. Du würdest für längere Zeit wegbleiben. Vielleicht für ein Jahr.«

»Also keine Ferien in der Bergerie.«

»Darauf müsstest du wahrscheinlich verzichten.«

»Sie wissen doch, dass ich zurückkommen werde? Dass ich Bessie liebe?«

»Daran zweifle ich nicht.« Jean-Claude neigte den Kopf, als wollte er sich ins Unvermeidliche fügen.

»Sicher wird sie sich über meine tolle Chance – freuen.«

»Konzentrier dich aufs Filmen, und ich werde sehen, was ich tun kann.«

»Das ist wundervoll. Ich kann Ihnen nicht genug danken.«

☆

1962 verabschiedete sich Boris von seiner Schwester. Seit zwei Wochen besuchte Lennie den Kindergarten und Myrt arbeitete in ihrem Beruf und hatte bereits einige Patienten ihres Mannes übernommen. Nun überlegte sie, ob sie einen zweiten Behandlungsraum einrichten sollte. Der Brief an Reggie hatte sie irgendwie befreit. Und obwohl Bons nichts davon wusste, spürte er, dass seine praktisch veranlagte Schwester, die mit beiden Füßen auf der Erde stand, zurückgekehrt war. Jetzt kam noch etwas hinzu – ein Gefühl der Unabhängigkeit, so als hätte sie alle Fesseln abgeschüttelt.

Nachdem er ihr von seinen Plänen erzählt hatte, beobachtete er erfreut, wie sehr sie sich dafür begeisterte. Er war von einem neuen kommerziellen Fernsehsender engagiert worden, und die erste Reise sollte ihn nach Australien führen, wo das Team rings um das Barrier Reef unter Wasser filmen würde. Auf Jean-Claudes Empfehlung hin hatte er Gespräche mit mehreren Filmfirmen geführt und letzten Endes diese Stellung bekommen – vermutlich, weil Australien so weit entfernt lag ... »Ich nehme an, Jean-Claude hat mir das Engagement verschafft. Dafür haben sich immerhin fünfzehn Absolventen von Kunsthochschulen beworben. Und die waren alle besser qualifiziert als ich.«

»Unsinn! Du konntest schon immer gut mit deiner Kamera umgehen. Außerdem – warum sollte ein Franzose jemanden vom britischen Fernsehen kennen?«

»Weil er Auslandskorrespondent ist, Myrt. Und er hat mir versprochen, an einigen Fäden zu ziehen.«

»Dann muss Bessie ihn dazu gedrängt haben«, meinte Myrtle lächelnd. »Irgendwie glaube ich, sie hat sich nur mit Jean angefreundet, um dir zu helfen.«

»Sie hält ihn für ihren Vater. Nur deshalb mag sie ihn so gern.«

»Mein Gott! Machst du Witze, Borrie?«

»Keineswegs. Das hat sie mir vor Carols Tod erzählt. Es war ihr einziger Trost.«

Entsetzt starrte Myrtle ihren Bruder an, der dem Vater so ähnlich sah und doch ganz anders war. »Borrie, du musst ihr die Wahrheit sagen. Das kannst nur du. Ich nehme an, du *kennst* die Wahrheit?«

»Dass sie Monicas Kind ist? Ja. Ich glaube, das weiß sie ohnehin. In New York muss irgendwas passiert sein ... Sie spricht nicht darüber, aber im Grunde ihres Herzens weiß sie es.«

»Und weißt du, wer ihr richtiger Vater ist? Offenbar nicht. Den kennen nur wir Mädchen – Gilles Cook, Monicas Adoptivbruder.«

Jetzt hielt Boris erschrocken den Atem an. »Dieser Nichtstuer ist Bessies Vater? O nein, Myrtle! Bist du sicher?«

»Monica hat es uns in jenem Sommer erzählt.«

Nun entstand ein langes Schweigen, während Boris die unwillkommenen Neuigkeiten zu verkraften suchte. Schließlich entgegnete er: »Bis zu diesem Augenblick hätte ich ihr erklären können, dass Jean-Claude nicht ihr Vater ist. Jetzt schaffe ich's nicht mehr. Ich müsste ihr den Namen ihres richtigen Vaters nennen und das bringe ich nicht übers Herz.«

»Was ich nur zu gut verstehe ... Und im Grunde ist es auch gar nicht so wichtig.« Myrtle schaute auf die Uhr. »Jetzt muss ich Lennie vom Kindergarten abholen, Boris. Kommst du mit?«

☆

Vor Weihnachten würde Bessie ihren siebzehnten Geburtstag feiern. Dann wollte sie die Klosterschule verlassen und eine Stellung in der Redaktion von *La Planète* antreten. Mit

Jean-Claudes Protest hatte sie gerechnet, aber nicht mit dem energischen Widerspruch ihrer Großmutter.

»So eine lächerliche Idee!«, rief Mary. »Sag's ihr doch, Jean! Sie wollte schon immer zeichnen. Damit kann sie in der journalistischen Branche nichts anfangen.«

»Als kleines Mädchen wollte ich Blumen zeichnen, Grannie. Jetzt möchte ich Karriere machen. Cass hatte mit Büchern zu tun, Jean-Claude arbeitet für eine Zeitung, also ist es offensichtlich ...«

Mit ruhiger Stimme fiel Jean-Claude ihr ins Wort. »Hör zu, *chérie*. Heutzutage ist das nicht mehr so einfach. Du müsstest Journalismus studieren. Mindestens zwei Jahre lang ...«

»So oder so, Jean ...«, begann Mary.

»Wie immer sich Bessie auch entscheidet, sie sollte studieren.« Jean-Claude warf ihr einen eindringlichen Blick zu. »Vielleicht interessiert sie sich für Botanik ...«

»Das wollte ich nur studieren, weil ich dachte, da könnten Boris und ich zusammenarbeiten«, fauchte Bessie. »Inzwischen weiß ich, dass es unmöglich ist. Also will ich mit *dir* arbeiten, Jean. Ist das nicht verständlich?«

»Gewiss – unter unseren besonderen Umständen«, stimmte Mary vorsichtig zu. »Wir alle stehen uns sehr nahe. Vielleicht zu nahe. Du wurdest adoptiert, Bessie. Juristisch betrachtet, gehörst du zu mir. Aber ...«

»Und wenn man's vom natürlichen Standpunkt aus betrachtet?«, fragte Bessie verzweifelt.

»Was ich meine – *wir* verstehen, was du empfindest. Andere Leute werden es *nicht* für natürlich halten.« Seufzend faltete Mary ihre Hände. »Tut mir Leid, Bessie. Ich finde, du müsstest einen anderen Beruf wählen. Und da du dich für Botanik interessierst ...«

»Sei still, Grannie!« Abrupt sprang Bessie auf. »Ich weiß,

Cass war meine richtige Mutter. Und Jean ist mein richtiger Vater. Auch das weiß ich. Ich bin jetzt kein Kind mehr, und ich verstehe sehr gut, wie es dazu kam. Und ich möchte in die Fußstapfen meiner Eltern treten. Ich möchte mit meinem Vater zusammenarbeiten. Warum reden wir nicht ganz offen darüber? In meiner Kindheit wolltest du mich vor der Wahrheit schützen, aber inzwischen ...«

Auch Jean-Claude erhob sich. Sein Gesicht war leichenblass, seine Stimme klang gepresst. »Sei still, Bessie! Du weißt nicht, was du redest.« Nach einem tiefen Atemzug fuhrt er fort: »Ich muss eines klarstellen, hier und jetzt: Ich bin nicht dein Vater. Ich war nicht Carols Ehemann. Für euch beide bin ich gar nichts.« Er ging zur Tür, wo er sich noch einmal umdrehte. »Sag ihr die Wahrheit, Mary. Und danach sollte sie die Schule in England beenden. Bei ihren Freunden.«

»Bitte, Jean, geh nicht!«, flehte Mary. »Für mich warst du Carols Mann – und mein Sohn. Das musst du doch wissen.«

Er schloss leise die Tür hinter sich. Bessie wollte ihm folgen. Doch dann blieb sie stehen und wandte sich zu Mary, den Tränen nahe. »Was hat er gemeint, Grannie? Was ist denn passiert?«

Stockend und tonlos begann die alte Frau, Monicas Geschichte zu erzählen.

☆

Obwohl Mary heftig protestierte, zog Jean-Claude am nächsten Tag aus. Eine Woche später bewarb er sich wieder um den Posten des Auslandskorrespondenten in Algier und bekam ihn. Endlich hatte das Land seine Unabhängigkeit erreicht und Jean-Claude – de Gaulles inoffizieller Gesandter

– hatte an zahlreichen Verhandlungen teilgenommen. Diese Arbeit betrachtete er als einen Tribut an Carol. Aber er wusste, dass seine neue Aufgabe – über die Fortschritte des freien Landes zu berichten – nicht mit ihr zusammenhing. Diesmal ging er freiwillig in die Verbannung.

Mary und Bessie kehrten nach England zurück. Vorerst ertrugen sie es nicht mehr, in der Bergerie zu leben. Zwei Wochen lang packten sie alle Sachen zusammen, die sie behalten wollten und die im Haus gelagert werden sollten. Bessie dachte an das Plateau, wo der symbolische Farbtopf begraben lag. Jetzt spielte er keine Rolle mehr. Sie fühlte sich innerlich leer und völlig hilflos.

Nachdem sie die Wahrheit erfahren hatte, war ihr jugendlicher Enthusiasmus verflogen. Sie las Shelleys Gedichte und Byrons Lebensgeschichte. Würde auch sie einem langsamen Verfall entgegengehen?

Mary wollte das alte Haus in Northfield zurückkaufen und Bessie auf das Kings Norton-Gymnasium schicken. Doch das Haus stand nicht zum Verkauf und das Herbsttrimester war bereits weit vorangeschritten. Um sich für den Kurs zu qualifizieren, der ihr ein Universitätsstudium ermöglichen würde, musste Bessie eine ganze Menge nachholen. Sie wohnten bei den Dennings und Bessie zog in Boris altes Zimmer. Voller Sehnsucht nach der Montaigne de Sainte-Victoire konnte sie sich nicht auf ihre Bücher konzentrieren, hatte aber auch nicht den Wunsch, in die Provence zurückzukehren. Sie lebte in einem sonderbaren Niemandsland, wo nichts wichtig war, und fühlte sich elend. Manchmal wanderte sie durch den Park, wo sie Boris vor all den Jahren so oft getroffen hatte.

Mary rief Monica an und sagte ihr, dass Bessie Bescheid wusste. »Es hat sie ziemlich hart getroffen. Willst du zu uns kommen und mit ihr reden?«

Am anderen Ende der Leitung betrachtete Monica ihre geröteten, rauen Krankenschwesternhände. Was für eine Ironie ... Früher hätte sie diese Chance begeistert wahrgenommen, aber jetzt? Was konnte sie einer Siebzehnjährigen bieten? Wollte sie ihre Arbeit in der Klinik aufgeben und nur noch für Bessie leben? »Möchte sie mich sehen?«

»Nein. Und diese mangelnde Neugier beunruhigt mich, Mon. Das ist unnatürlich.«

»Im Grunde ihres Herzens weiß sie es schon lange – und sie ist wütend auf sich selbst«, bemerkte Monica scharfsinnig.

»Vielleicht. Aber es steckt noch mehr dahinter. Nun hat sie Carol ein zweites Mal verloren.« Mary begann zu schluchzen. »Tut mir Leid, Mon, es ist so – grauenvoll. In Frankreich hatten wir einen schönen Traum, Jean und ich. Wie träumten, Bessie würde ihn für ihren Vater halten – eine Vaterfigur. Nicht für ihren richtigen Vater. Und jetzt hatte sie alle beide verloren, Mon. Irgendetwas muss dieses – Vakuum ausfüllen.«

»Sicher. Aber wenn ich mich Bessie aufdränge ... Würdest du sie fragen, ob sie mich sehen will? Wenn sie dazu bereit ist, besuche ich euch sofort.«

»Also gut, Mon.« Mühsam schluckte Mary ihre Tränen hinunter. »Vielen Dank.« Schon jetzt wusste sie, wie Bessie die Frage beantworten würde. Monica war der allerletzte Mensch auf Erden, dem das Mädchen begegnen wollte.

☆

Es war seit Jahren der schlimmste Winter. Schon lange vor Weihnachten begann es zu schneien, und Mitte Januar bildeten die Schneewehen abstrakte Formen, die nicht verrieten, was sich darunter verbarg.

Bessie ging noch immer nicht zur Schule und hatte noch immer nicht mit dem Lernen angefangen. In dieser Zeit hasste sie alles – den Schnee, Dr. Dennings großes Haus an der Bristol Road, den alten, vertrauten Birmingham-Akzent und vor allem sich selbst. Sie wusste, welchen Kummer sie Grannie bereitete, und Mrs Denning schaute unglücklicher denn je drein. Am Vortag war Mrs Baker zu Besuch gekommen, Livs Mutter, und Bessie hatte sie sagen hören, das Kind sei viel zu verwöhnt. Als das Mädchen den Salon betrat, gab Mrs Baker vor, sie habe den kleinen Sohn ihrer ältesten Tochter gemeint. Aber Bessie wusste, dass es nicht stimmte und fragte sich, ob sie tatsächlich zu sehr verwöhnt wurde und irgendwie bestraft werden müsste.

An diesem Nachmittag schlenderte sie wie üblich durch den Park. Niemand hatte in den letzten Stunden die Schaukeln benutzt, dicker Schnee lag auf den Sitzen, und die Ketten leuchteten weiß. Mit einem Ärmel wischte Bessie den Schnee von einem Sitz, setzte sich und schwang langsam auf und ab. Vor ihrem Mund bildeten sich Atemwolken, die Finger und Zehen schmerzten vor Kälte. Nun müsste sie nach Hause gehen und wenigstens den Eindruck erwecken, sie würde sich mit ihren Büchern befassen.

Da sagte eine Stimme: »Was macht ein hübsches Mädchen an so einem Tag außerhalb der Schule?« Verwundert drehte sie sich zu einem Mann um, der am Rand des Spielplatzes stand und seine behandschuhten Hände anblies. Er war klein und kräftig gebaut, nicht unattraktiv. Vertraulich grinste er sie an, als wären sie alte Freunde – obwohl sie ihn nie zuvor gesehen hatte.

»Oh, ich schlage nur die Zeit tot. Im Augenblick geht mir alles auf die Nerven.« Wenigstens zu diesem Fremden konnte sie ehrlich sein.

»Schwänzen Sie etwa die Schule?« Die Arme vor der Brust verschränkt, kam er näher. »Ein so nettes Mädchen wie Sie? Was soll nur aus dieser Welt noch werden!«

Nun hatte das Gespräch lange genug gedauert, das wusste Bessie. Aber aus unerfindlichen Gründen fühlte sie sich zu diesem Fremden hingezogen. »Das verstehen Sie völlig falsch, Sir. Ich gehe gar nicht zur Schule.«

»Was?«, fragte er und lachte laut auf. »Wo ist denn Ihr Puppenwagen?«

Da musste sie auch lachen. »Oh, ich wünschte, ich würde immer noch mit meinen Puppen spielen.«

»Tatsächlich?« An einen Schaukelpfosten gelehnt, zwinkerte er ihr zu. »Das habe ich mir nie gewünscht, in die Vergangenheit zurückzukehren. Verstehen Sie mich nicht falsch – ich habe auch schöne Zeiten erlebt. Aber die Gegenwart gefällt mir besser.«

So hatte auch ihre Philosophie ausgesehen. Zumindest bis zum letzten September. Traurig nickte sie.

»Kommen Sie schon, Mädchen, schenken Sie mir ein Lächeln. Ja, so ist's besser. Lange Gesichter ertrage ich nicht. Jeder Mensch sollte seinen Spaß im Leben haben. Hören Sie mal, wollen wir ins Kino gehen? Was halten Sie davon? Ich habe gerade meine Frühschicht beendet. Geben Sie mir zehn Minuten Zeit, dann ziehe ich mich um und lade sie im Longbridge zu Fisch und Chips und Cliff Richard ein.«

»Cliff Richard?«

»Sein neuester Film. ›Hallo, Mr Twen!‹ Nun, was halten Sie davon? Ich bin alt genug, um Ihr Dad zu sein. Also müssen Sie nichts befürchten. Und ich glaube, allmählich wird's höchste Zeit, dass ich mich mal wieder mit einem hübschen Mädchen blicken lasse!«

Nun musste sic wieder lachen. Er war so zwanglos und offenherzig. »Aber ich weiß nicht einmal, wer Sie sind.

Wenn meine Großmutter wüsste, dass ich mit einem Fremden ins Kino gehe, würde sie der Schlag treffen.«

Mit einer übertriebenen Verbeugung stellte er sich vor: »Gillie Cook, zu Ihren Diensten, Madam.«

Eine Zeit lang starrte sie ihn sprachlos an und er breitete lachend die Arme aus.

»Nun kommen Sie schon! Damit vergeben Sie sich nichts.«

Es war sonderbar. Sie hatte darüber nachgedacht, ihn zu besuchen. Aber nicht ernsthaft und nur flüchtig. Sie konnte keinen neuen Vater gebrauchen. Sie hatte eine neue Mutter und das war bereits zu viel. Sie betrachtete immer noch Jean-Claude als ihren Vater.

Und da stand er. Tante Mons Adoptivbruder. Ihr leiblicher Vater ...

»Also gut. Ich mag Cliff Richard. Und im Park ist es ohnehin zu kalt.«

»Ganz meine Meinung.« Er bot ihr seinen Arm und sie legte ihre Hand darauf. Warum sie das tat, wusste sie nicht. Und wieso verschwieg sie ihm, dass sie seine Tochter war? Es war, als versuchte sie, jemanden zu bestrafen. Monica? Ja – Monica, weil sie ihr das Leben geschenkt hatte.

☆

Erstaunlicherweise amüsierte sie sich. Nach dem Kino wanderten sie durch die Stadt und unterhielten sich über alberne, belanglose Dinge. Grannie hatte Gillie Cook einen »ganz gewöhnlichen Mann« genannt, was ihn nach Bessies Ansicht erniedrigte. Aber gerade weil er so »normal« war, fiel es ihr leicht, mit ihm zu plaudern. Sie hatte sich als »Lizzie Durand« vorgestellt. Für ihn war sie eine völlig Fremde.

Sie sprachen über den Film, den sie soeben gesehen hatten, und lachten über die gleichen Szenen. In gewisser Weise fand sie Gillie Cook unreif, aber gerade deshalb war er so unkompliziert.

»Das müssen wir bald noch mal machen«, schlug er vor und sie stimmte belustigt zu.

Daheim wurde sie von einer angstvollen Grannie erwartet. »Wo um alles in der Welt warst du denn, Darling? Vor drei Stunden bist du weggegangen. Ich habe dich im Park gesucht. Jetzt ist es schon dunkel ...«

»Ich habe jemanden kennen gelernt und wir waren im Kino.« Nun fühlte sich Bessie so gut wie schon lange nicht mehr. Stark und selbstbewusst. Viel zu lange war sie eine Marionette gewesen. »Sei nicht böse, Grannie. Es war ein Cliff Richard-Film. Wahnsinnig komisch.«

Mary musterte die leuchtenden Augen und rosigen Wangen, und fand es besser, keine weiteren Fragen zu stellen. Endlich sah sie wieder die alte fröhliche Bessie und das beglückte sie. Wer dieser neue Freund war, würde sie natürlich bald herausfinden.

☆

Aber Bessie verriet nur, ihr Freund würde in Northfield wohnen. Alles andere behielt sie für sich und das respektierte Mary. Außerdem gönnte sie dem Mädchen das Vergnügen. Bisher hatte Bessie nur einen einzigen Freund gehabt – Boris. Und das war ungewöhnlich für ein siebzehnjähriges Mädchen. Vielleicht würde sie ja von jetzt an ein normales Leben führen.

»Hör mal, Darling ...«, begann Mary vorsichtig. »Ich will mich in nichts einmischen. Aber du bist doch vorsichtig?«

Brennend stieg das Blut in Bessies Wangen. »Manchmal

können Erwachsene richtig ekelhaft sein, Grannie!«, zischte sie.

»Mir geht es nur um dein Wohl, Bessie«, verteidigte sich Mary. »Und keineswegs um die Schicklichkeit. Obwohl gewisse Anstandsregeln nicht zuletzt aus Sicherheitsgründen aufgestellt wurden.«

»Glaub mir Grannie, bei diesem Freund fühle ich mich völlig sicher.«

Seufzend breitete Mary die Arme aus. »Also gut. Aber wenn du wieder ins Kino gehst, will ich's vorher wissen. Außerdem würde ich den jungen Mann gern kennen lernen.«

»Oh, ich kann's kaum erwarten, dass du ihm begegnest. Und Tante Mon auch.«

»Tatsächlich? O Darling, Tante Mon würde dich so gern besuchen – und alle deine Freunde sehen. Was dich angeht, ist sie nun einmal in einer etwas unangenehmen Lage ...«

»Unangenehm! O Grannie, du bist unbezahlbar!«

Mary runzelte die Stirn. Solche Worte wählte Bessie normalerweise nicht. Hoffentlich übte dieser neue Freund keinen schlechten Einfluss auf sie aus.

☆

Sie gingen wieder ins Kino. Danach besuchten sie ein schäbiges kleines Café, das von seiner Mutter betrieben wurde. Auf Bessie wirkte die Erkenntnis, dass Mrs Cook ihre leibliche Großmutter war, wie ein Schock. Nun empfand sie ein gewisses Mitleid mit Monica, das sie aber sofort verdrängte. An allem, was sich ereignet hatte, gab sie Tante Mon die Schuld. Und jetzt genoss sie ihre süße Rache.

Rache hin oder her – Gillies Gesellschaft war tröstlich.

Und seit sie am »Projekt Gillie« arbeitete, konnte sie sich tatsächlich wieder auf ihre Bücher konzentrieren. Sie verbrachte jeden Vormittag in der kleinen Bibliothek auf dem Gipfel des Turves Green Hill. Dadurch ersparte sie sich den ständigen Ärger mit den Dennings und wich Grannies sorgenvoller Miene aus.

Wenn Gillie Nachtschicht in der Fabrik hatte, schlief er den ganzen Vormittag, und sie trafen sich erst nachmittags. Dann saß er ihr im kleinen Leseraum gegenüber und schnitt Grimassen, bis sie in albernes, schulmädchenhaftes Gekicher ausbrach und sich die Missbilligung der Bibliothekarin einhandelte. Danach wanderten sie den Hang hinab und bewarfen sich mit Schneebällen. Eines Tages sagte er wie aus heiterem Himmel: »Ist es nicht verrückt? Eine Freundin wie dich hatte ich schon sehr lange nicht mehr.«

Automatisch erwiderte sie: »Und ich keinen Freund wie dich.« Sie meinte es ernst. Sie dachte nicht an Boris, sondern an Jean. Vielleicht hatte sie sich die ganze Zeit in ihm getäuscht und er war tatsächlich ein guter Freund gewesen. Doch in diesem Stadium wollte sie nicht schwach werden und so fügte sie hastig hinzu: »Kommst du mal zu uns zum Tee, Gillie? An einem der nächsten Wochenenden will uns meine Tante besuchen und ich würde dich gern mit ihr bekannt machen.«

Erfreut nickte er. »Sag mir einfach, wann's so weit ist, Mädchen, und ich bin da.«

☆

Das Vergnügen ihrer Rache, auf das sie hingearbeitet hatte, sollte ihr nicht vergönnt werden.

Sie plante alles bis ins kleinste Detail. Kurz vor Mittag traf Monica aus Exeter ein, die im Morgengrauen aufgestanden und in Bristol umgestiegen war und die sich nun erschöpft fühlte. Mary freute sich auf einen ruhigen Nachmittag zu dritt vor dem Kaminfeuer. Glücklicherweise besuchte Mrs Denning irgendwelche Bekannten.

Um drei Uhr sah Bessie, wie Monicas Lider immer schwerer wurden, und rückte mit ihrer großen Überraschung heraus. »Ich habe meinen neuen Freund zum Tee eingeladen«, verkündete sie fröhlich. »Den musst du unbedingt kennen lernen, Tante Mon. Und da ich wusste, dass Mrs Denning heute ausgehen würde, wollte ich die Gelegenheit nutzen.«

»Großer Gott, warum hast du mich nicht vorgewarnt?« Mary war weniger verwirrt als enttäuscht. »Dann hätte ich Kartoffelkuchen gebacken.«

»Oh, er will nichts essen und euch nur kennen lernen.« In diesem Augenblick ertönte der Türklopfer und Bessie stand lächelnd auf. »Da ist er. Nur keine Aufregung! Bald wird es euch so vorkommen, als hättet ihr ihn schon euer Leben lang gekannt.« Sie wollte nur Monica wehtun. Nicht Grannie. Auch nicht Gillie. Aber es war Monica, die in schallendes Gelächter ausbrach, sobald sie den »neuen Freund« erblickte, und Grannie und Gillie starrten wie vom Donner gerührt Bessie an.

Schließlich rettete Monica die Situation, indem sie Bessie in ihrer zwanglosen Art restlos blamierte: »Da hast du wirklich eine Bombe platzen lassen, Bessie.« Grinsend ging sie zu Gillie und half ihm aus dem Mantel. »Hast du's gewusst?«

Offensichtlich nicht, wie seine Miene deutlich verriet. »Du hast gesagt, du heißt Lizzie«, warf er Bessie vor.

»Nun, ich heiße Elizabeth«, verteidigte sie sich und starrte Monica herausfordernd an. »Der Name Bessie hat dir nie gefallen. Irgendwann wolltest du mich Lizzie nennen.«

»Ja, das stimmt.« Monica legte Gillies Mantel über eine Sessellehne. »Jetzt ist es mir nicht mehr so wichtig. Setz dich doch, Gillie. Schau nicht so entsetzt drein! Auf einen Namen kommt's doch nicht an. Jedenfalls freut's mich, dass du mit Bessie Freundschaft geschlossen hast.«

»Mit Leuten, die mich belügen, will ich mich nicht anfreunden. Was hier vorgeht, weiß ich nicht, Mon. Du warst schon immer ein heimtückisches Biest. Und *sie* ist vermutlich nach dir geraten.« Verächtlich wies er mit seinem Kinn auf Bessie. »Ich gehe jetzt und will nichts mehr von dieser Sache hören. Verstanden?«

Damit brachte er sogar Monica zum Schweigen. Mary begann eine Entschuldigung zu stammeln, wurde jedoch von Bessie unterbrochen. »Und wir wollen von *dir* auch nichts mehr wissen, Gillie! Ich habe nicht gelogen. Wie ich wirklich heiße, weiß ich gar nicht. Als meinen Nachnamen gab ich Durand an, weil ich den Mann, der so heißt, bis vor sechs Monaten für meinen Vater hielt. O Gott, ich wünschte, er wäre es ...«

Ohne ein weiteres Wort floh sie in ihr Zimmer, wo es bitterkalt war, trotz der Zentralheizung. Hier würde sie sich niemals heimisch fühlen. Nach einer Weile hörte sie, wie Gillie das Haus verließ, trat ans Fenster und sah ihn durch den Schnee zur Gartenpforte stapfen. Sie hatte ihren neuen Freund nicht kränken wollen, nur ihren leiblichen Vater.

☆

Eine Stunde später klopfte Monica an Bessies Tür. »Du solltest mal runterkommen. So sehr ich mich auch bemühe, ich kann deine Großmutter nicht trösten.«

»Aber sie ist nicht meine Großmutter!«, rief Bessie. »Meine Großmutter betreibt eine grässliche kleine Snackbar an der Bristol Road!«

»So schlimm ist's nun auch wieder nicht. Hast du mal die

Würstchen mit Pommes probiert?« Und dann – noch schlimmer – stieg Monica wieder hinab, ohne eine Antwort abzuwarten.

Auch Bessie ging nach unten, denn in einer Stunde würde Mrs Denning zurückkommen und das Leben noch unerträglicher machen. Außerdem wollte sie Tee trinken und Toast essen und sich am Feuer wärmen.

Mary und Monica unterhielten sich über das Wetter. Dann erzählte Monica von einer Hochschwangeren, die ein Hubschrauber von Exmoor zur Entbindungsstation in Exeter gebracht hatte. Unglaublich, meinte Mary. Aber in elisabethanischen Zeiten habe man ja auf der zugefrorenen Themse Jahrmärkte veranstaltet, also ...

Unhöflich fiel Bessie ihr ins Wort. »Und? Was habt ihr mit mir vor? Schickt ihr mich auf eine Schule für schwer erziehbare Kinder? Schade, dass ich nicht irgendwo auf dem Land eine Tante habe, in einer abgeschiedenen Gegend ...«

Mary senkte den Kopf und Monica erwiderte nachdenklich: »In der Tat, du hast eine Tante auf dem Land. Was für eine gute Idee, Bessie!«

»Nein, bei Tante Myrt will ich nicht wohnen. Nicht ohne Boris. Außerdem will ich auf die alte Schule gehen – auf Cass' Schule.« Entschlossen runzelte Bessie die Stirn. »Ich weiß, ich habe Mist gebaut. Aber so grausam dürft ihr es mir nicht heimzahlen.«

»Eigentlich dachte ich an Tante Liv«, erwiderte Monica. »Da sieht's doch sehr ländlich aus. Die Zugverbindung nach Kings Norton ist recht gut. Außerdem würdest du genug Ruhe finden, um deinen Lernstoff nachzuholen. Und ich glaube, Tante Liv braucht dich.«

»Mich? Du meinst Grannie.«

»Grannie auch. Aber ich habe dich gemeint.«

»Warum?« Bessies Selbstachtung war so tief gesunken,

dass sie nicht glauben konnte, irgendjemand würde sie brauchen.

»Wäre sie nicht nach Paris gefahren, um Myrtle und Reggie zu suchen, würde Cass wahrscheinlich noch leben«, erklärte Monica unverblümt.

»Wie kannst so etwas Schreckliches sagen!«, protestierte Bessie. »Genauso gut könntest du Tante Myrt die Schuld geben, weil sie nach Paris geflüchtet ist. Und Cass hat ihr niemals irgendwas vorgeworfen. Sie sagte sogar, Myrtle wäre gestorben, wenn Reggie ihr nicht geholfen hätte.«

»Ich versuche dir nur klar zu machen, wie Liv sich fühlt«, erwiderte Monica in ruhigem Ton. »Nicht wie ich mich fühle. Ich habe Tante Myrt besucht, Bessie, und mit Grannie über alles gesprochen. Dort bist du willkommen. Und ich nehme an, du willst nicht mehr hier bleiben.«

»Nicht länger als nötig.«

»Dann wäre ja alles geregelt.« Monica zog ihr Zigarettenetui hervor, lächelte Mary beruhigend an und wandte sich wieder zu Bessie. »Im Augenblick fühlst du dich elend. Das verstehe ich. Alles ist schief gelaufen – zumindest kommt's dir so vor. Aber für dein Seelenleid gibt's ein Heilmittel: Arbeit. Quartier dich bei Liv ein. Das wird Reggie gefallen und er könnte Jean ebenso wie Gillie ersetzen. Glaub mir, für Liv würdest du eine Lücke füllen. Konzentrier dich auf die Schule. Und nächstes Jahr wirst du dich fragen, warum du dich so furchtbar aufgeregt hast.«

»Wohl kaum.« Bessie wandte sich zu Mary. »Ich will das alles gar nicht vergessen. Es ist zu – wichtig.« Plötzlich begann sie zu weinen und warf sich in die Arme der Frau, die sie stets Grannie genannt hatte. Nicht zum ersten Mal trösteten sie einander.

☆

Bald hatten sich Mary und Bessie im Barnt Green-Haus eingelebt und verhalfen Liv zu einem neuen Lebensinhalt. Sie genoss es, für die beiden zu kochen und ihnen ein gemütliches Heim zu bieten. Doch die Tage, als sie im Haushalt aufgegangen war, hatten ein Ende gefunden. Jetzt brauchte sie einen ganz bestimmten Grund, um eine angenehme häusliche Atmosphäre zu schaffen. Reggie verhielt sich wie eh und je, freundlich und sanftmütig. Aber wenn sie ihm jeden Tag Fisch und Chips servierte, würde er es gar nicht bemerken. Die Hälfte seines Ichs lebte immer noch bei Myrtle.

Hocherfreut hatte er die Hausgäste willkommen geheißen, denn er sehnte sich wie eh und je nach einem Familienleben. Dieses Bedürfnis stillten Mary und Bessie wenigstens teilweise. Er richtete es so ein, dass er immer dann von der Arbeit nach Hause kam, wenn Bessie nachmittags aus dem Zug stieg. Während er mit ihr heimfuhr, ließ er sich erzählen, was in der Schule geschehen war.

Einen unerwarteten Vorzug bot ihnen die zwanglose Art, wie sie über die Vergangenheit reden konnten. Die Zeit *vor* Mallys und Carols Tod. Reggie schilderte seine Kindheit mit Malcolm – Fußball und Schnitzeljagden und Ferienlager in Schottland.

»Im Urlaub sollten wir mal nach Schottland fahren, Liv«, schlug er vor. »Eine völlig unverdorbene Gegend. Da würdest du dich wohl fühlen.« Überrascht schaute sie ihn an, aber sie antwortete nur: »Ja, sicher.« Zum ersten Mal erkannte sie, dass er Malcolm ebenso vermisste wie Myrtle – vielleicht sogar noch schmerzlicher als Myrtle.

Und Liv berichtete von ihrer Schulzeit, vom Geisterhaus. »Du müsstest Tennis spielen, Bessie. Hinter den Plätzen liegt ein schönes Lindenwäldchen, da haben wir oft gesessen und uns unterhalten, oder Cass las uns Shakespeare-Sonette vor. Myrt erzählte Witze und Mon und ich ...«

Sie verstummte, und Bessie bat: »Sprich doch weiter, Tante Liv.«

»Ach, nicht so wichtig ... Mon und ich redeten dauernd über die Jungs. Das ist alles.« Seufzend fügte sie hinzu: »Mon muss so unglücklich gewesen sein, als sie herausfand, dass sie adoptiert worden war und keine richtige Familie hatte. Sie hat nie zu den Cooks gehört.«

Nun entstand ein langes Schweigen. Dann griff Mary nach ihrem Strickzeug. »Mon liebte Gillie, ganz zweifellos. Erst als Bruder, dann als Mann. Und sie war glücklich mit ihm, ohne irgendwelche Forderungen zu stellen.«

»In diesem Licht habe ich es nie gesehen«, bemerkte Reggie. »Das muss eine unmögliche Situation gewesen sein. Hätte Gillie bloß den Mut aufgebracht, Northfield mit ihr zu verlassen!«

»Das konnte und wollte er nicht – und sie wusste es.« Eine Masche glitt von Marys Nadel, und sie brauchte ziemlich lange, um sie aufzufangen. »Am Tag des Alliiertensiegs fuhr sie nach London, um einen Amerikaner kennen zu lernen, der sie heiraten würde – einen Vater für dich, Bessie. Glücklicherweise ging sie vorher ins Geisterhaus, um sich von Cass zu verabschieden. Und meine Tochter überredete sie, bei uns zu bleiben.«

»Dem Himmel sei Dank!«, betonte Reggie. »Also gab's doch noch ein Happyend ...« Er räusperte sich. »Was Monica selber entbehren musste, schenkte sie euch – eine wunderbare Familie. Und wir hatten auch was davon, Bessie Woodford. Von Anfang an!«

Da lachten sie alle und Liv ergänzte mit leiser Stimme: »So was Ähnliches hat Cass auch gesagt. Am Nachmittag, bevor sie – bevor es geschehen ist.«

Die ganze Zeit hatte Bessie das Strickzeug ihrer Grannie angestarrt. Nun setzte sie sich auf die Armlehne von Livs

Sessel. »Wäre sie auf andere Weise gestorben ...« Auch sie musste sich räuspern. »Dann hätte sie diese Zeit nicht mit dir verbracht, Tante Liv, und ich bin froh, dass es so gekommen ist. Irgendwie verbindet es uns alle miteinander, nicht wahr?«

Liv neigte den Kopf, beinahe so, als würde sie von allen Sünden freigesprochen.

☆

Am späten Abend, als sie in ihrem Bett saß und las, klopfte es an der Tür. »Herein!«, rief sie lächelnd, im Glauben es wäre Bessie. »Ich schlafe noch nicht.«

Aber es war Reggie, der zögernd die Tür öffnete. Erstaunt legte sie ihr Buch beiseite. »Liv ...«, begann er. »Bis heute Abend hatte ich keine Ahnung, was du empfindest – ich meine, was Carol betrifft.«

»Carol?«, wiederholte sie verwirrt. »Du wusstest doch, wie nah wir uns immer standen. Wir vier.«

»Ja, aber – so wie Bessie mit dir sprach ... Du fühlst dich doch nicht verantwortlich für diese Tragödie?«

Den Tränen nahe, schluckte sie. »Natürlich bin ich schuld daran. Wäre ich nicht nach Paris gekommen, um Myrt und dich zu suchen, hätte Cass den sicheren Hafen ihrer Bergerie nicht verlassen. Und sie wäre nicht in die Studentenunruhen geraten.« Krampfhaft zuckten ihre Halsmuskeln.

Reggie schloss die Tür und ging zu ihr. »Frag dich mal, *warum* du in Paris warst. Jedem von uns kann man es anlasten.«

Mit bebenden Fingern umklammerte sie die Bettdecke. »Führt nicht alles zu jenem Tag vor Mallys Tod zurück? Damals fuhr ich zu Malcolm und trieb dich in Myrts Arme ...«

»Nein«, widersprach er energisch. »Du und ich – wir

sind kein richtiges Paar gewesen. Wäre das damals nicht passiert, hätte irgendwas anderes die Ereignisse ausgelöst.« Er setzt sich auf den Bettrand. »Inzwischen ist es fast vier Jahre her, Liv. Ich behaupte nicht, die Wunden wären verheilt. Aber selbst wenn wir dahinhinken – wir hinken Seite an Seite.«

Sie hörte ein Lächeln aus seiner Stimme heraus und dachte, wie seltsam es doch war, sich in den eigenen Mann zu verlieben – und zu akzeptieren, dass sie in seinem Herzen immer an zweiter Stelle stehen würde. »Bemitleide mich nicht, Reggie«, wisperte sie.

»Warum nicht? Ich hoffe, ich tue *dir* Leid.«

Plötzlich fing sie zu schluchzen an. O ja, er tat ihr Leid. Da nahm er sie in die Arme und streichelte ihr Haar.

»Darf ich in dein Zimmer zurückkommen, Liv? Bist du so einsam wie ich?«

Es dauerte sehr lange, bis ihre Tränen versiegten. Niemals hätte sie gedacht, ein Liebesakt könnte ein so intensives Mitgefühl ausdrücken. Sehr viel später flüsterte sie: »O Reggie, Bessie hat Recht. Ich bin froh, dass ich diese Stunden mit Carol verbrachte, bevor sie starb. Und – so dankbar.«

18

In diesem Sommer machten Mary und Bessie Urlaub in der Bergerie. Um einen vorsichtig formulierten Brief von Mary zu beantworten, deutete Jean-Claude an, dass er Ende August eine Woche bei ihnen verbringen könnte.

Bessie glaubte, nun wäre alles wieder in Ordnung. Sie hatte ein Jahr in England mit der schrecklichen Wahrheit über ihre Herkunft überlebt,und sich allmählich damit abgefunden. Es war ein vernünftiger Entschluss gewesen, nach Barnt Green zu ziehen. In Reggie fand sie endlich eine verlässliche Vaterfigur und gemeinsam mit Grannie konnte sie Liv trösten. Sie respektierte Monica, die jene peinliche Konfrontation mit Gillie Cook so bravourös gemeistert hatte. Mittlerweile empfand sie sogar einen gewissen Stolz auf ihre leibliche Mutter. Und natürlich war Myrtle immer da, wenn sie gebraucht wurde – eine veränderte Myrtle, stärker und unabhängig, aber immer noch voller Liebe. Außerdem stellte sie eine Verbindung zu Boris dar, den Bessie nach wie vor für ihr Schicksal hielt.

Jetzt fühlte sich Bessie erwachsen. In der Schule war sie eine Einzelgängerin, aber nicht einsam. Nur wenige Mädchen gingen in die sechste Klasse, und als sie sich im Frühling dazugesellte, waren die Freundschaften schon geschlossen worden. Aber sie genoss allgemeine Hochachtung, nicht zuletzt wegen ihrer Kenntnisse in der französischen Sprache, Literatur und Geschichte. In gewisser Weise war sie jünger als ihre Klassenkameradinnen, in anderer Hinsicht älter. Von Sex wusste sie nichts, während einige Mädchen ihren Freunden bereits »alles« gegeben hatten. Aber an männliche Gesellschaft gewöhnt, konnte Bessie solche Gespräche mit anhören, ohne verlegen zu kichern. Wahrscheinlich fühle ich mich so wie damals Monica, dachte sie. Nicht direkt unabhängig, eher selbstgenügsam ...

Jedenfalls glaubte Bessie, sie hätte ihr Tal der Schatten endgültig durchquert.

Und dann verkündete Mary, Jean würde für eine Woche in die Bergerie kommen. »Wie in alten Zeiten«, meinte sie freudestrahlend, obwohl sie wusste, dass diese Zeiten längst vorbei waren, für immer. »Da kochen wir einen Riesentopf Zwiebelsuppe und backen seinen Lieblingskuchen.«

»Marmorkuchen«, würgte Bessie hervor.

»Ja, Marmorkuchen. Erinnerst du dich an das alberne Spiel? Wie du versucht hast, immer nur eine Farbe auf einmal zu essen?«

»Das war vor einer halben Ewigkeit, Grannie. Als ich dachte, er wäre ... Vor einer Ewigkeit.«

Wehmütig schaute Mary aus dem Fenster zum Gipfel der Sainte-Victoire hinauf. »Darling ...«, begann sie langsam, »wir drei – waren eine Familie. Auch ohne Blutsbande.«

Bessie nickte. »Weil Cass uns vereint hat.«

»Ja, Schätzchen.« In Marys Augen glänzten Tränen. Die perfekte Erklärung. Cass' wegen würden sie immer eine Familie bleiben.

Aber wenn Bessie diese Erklärung auch gefunden hatte – sie war nicht glücklich darüber. Sie hatte Carol vergöttert. Und jetzt glaubte sie – ganz plötzlich und zu ihrer tiefsten Bestürzung –, Cass könnte irgendwie zwischen die anderen Familienmitglieder treten. Sofort verdrängte sie diesen lächerlichen Gedanken.

☆

So unbefangen wie in all den Jahren konnte sie Jean nicht mehr begegnen. Einen Tag früher als erwartet, kam er in einem neuen Citroën, der wie ein Streifenwagen aussah, den Sandweg herauf. Dass er am Steuer saß, spürte Bessie sofort. Sie sah ihn von der Dorfstraße abbiegen, zwischen den Chrysanthemen. Aber sie erhob sich nicht aus der Hängematte, in der sie mit Mary saß und die Erbsen von der zweiten Ernte palte.

»Was will denn die Gendarmerie von uns?«, fragte Mary. »Eine Nachricht aus England wird's nicht sein. Dann würden sie anrufen.«

»Wegen des Renaults«, gestand Bessie hastig, als könnte sie damit den Insassen des Autos in jemand anderen verwandeln. »Gestern sah mich Pierres Vetter, dieser Polizist, durchs Dorf fahren. Und er weiß, dass ich noch nicht achtzehn bin.«

»Großer Gott, nun musst du dich tausend Mal entschuldigen und das Beste hoffen.« Mary stellte das Sieb beiseite und stand auf. Im selben Moment hielt der Citroën vor der Haustür. »O Bessie! Es ist Jean!« Erst jetzt erkannte Bessie, wie schmerzlich Grannie den Mann vermisst hatte, der gewissermaßen ihr Schwiegersohn war. Die alte Frau eilte zu dem Auto und zerrte Jean heraus. Lachend und weinend umarmte sie ihn und schimpfte, weil er sich nicht telefonisch angemeldet und weil er abgenommen hatte. Dann merkte sie, dass Bessie zwar aufgestanden war, aber reglos vor der Hängematte stand. »Bessie, es ist Jean! Schau doch, wie braun er ist!«

Tatsächlich, er war dunkel gebräunt. Irgendwie sah er wie ein Araber aus, die schwarzen Augen verengt, um sie vor der Sonne zu schützen, und sichtlich abgemagert. Beide starrten ihn an und er hob verlegen eine Hand. »Bitte! So viel Aufmerksamkeit bin ich nicht gewöhnt. Wie schön, endlich wieder hierher zu kommen ... Danke für die Einladung. Hallo, Bessie! Mary hat mir geschrieben, wie schwierig diese letzten Monate für dich waren. Aber jetzt bist du – über alles hinweg.«

Sie konnte nur nicken. Ja, sie hatte geglaubt, die Verzweiflung wäre überstanden, jetzt erkannte sie ihren Irrtum.

»Komm her«, fügte er hinzu und streckte eine Hand aus.

»Nimm mir nichts übel. Ich bleibe nur eine Woche hier und es soll eine schöne Woche werden.«

Endlich ging sie zu ihm und ergriff seine Hand, die sich warm und stark und so wunderbar vertraut anfühlte.

☆

In dieser Woche war ihr Glück schmerzhaft und fast unerträglich. Er beschloss sich so zu verhalten, als wäre nichts geschehen. Bis zu einem gewissen Grad gelang es ihm. Aber die Spontaneität in seiner Beziehung zu Bessie existierte nicht mehr. Inzwischen war sie zur Frau herangewachsen. Und sie wusste, dass sie ihn fälschlicherweise für ihren Vater gehalten hatte. Sie konnte nicht mehr die Arme um seinen Hals werfen oder neben ihm auf dem Sofa sitzen und unbekümmert schwatzen. Und doch war er ihr so lieb und teuer, dass sie sich fragte, wie sie weiterleben sollte, wenn er nach Algier zurückkehrte. So wie früher sprach er mit ihr über seine Arbeit, aber wenn die Unterhaltung etwas persönlicher wurde, behandelte er sie immer noch so duldsam wie in ihrer Kindheit.

»Was möchtest du unternehmen, *chérie?* Fahren wir zu einer Parfümerie? Oder verbringen wir einen Tag in Antibes? Was immer du willst.«

»Am liebsten würde ich auf die Sainte-Victoire steigen.«

Mary schnitt eine Grimasse. »Ohne mich! Einen ganzen Tag auf den Beinen, das verkrafte ich nicht.«

Nach kurzem Zögern nickte Jean. »Also gut, Bessie, eine Bergtour. Bis wohin?«

»So weit wir's schaffen. Um sechs brechen wir auf, und bevor es dunkel wird, kommen wir zurück.«

Lachend schüttelte er den Kopf. »Wie kannst du das von mir verlangen? Mittlerweile bin ich ein alter Mann.«

»Unsinn, du wirst niemals richtig alt. Du bist ...« Sekundenlang suchte Bessie nach dem passenden Wort. »... universell.«

»*Mon Dieu!* Und ich dachte, du würdest mich alterslos nennen. Aber ich muss sogar für fragwürdige Komplimente dankbar sein. Über das Wort ›universell‹ freut man sich nur mit sechzehn.«

»Ich bin fast achtzehn, Jean«, erinnerte sie ihn – nicht besonders nachdrücklich.

Das hatte er nicht bedacht. »Als wir uns unter so traurigen Umständen trennten, warst du sechzehn. In meinen Augen hast du dich nicht verändert.«

Lässig zuckte sie die Achseln. »Dann bin ich eben auch universell. Manchmal hat das Alter nichts zu bedeuten. Es ist nur – an Konventionen gebunden.«

Während er in ihre ernsten dunklen Augen schaute, erlosch sein Lächeln.

☆

Mit kleinen Rucksäcken und Bergstöcken gerüstet, verließen sie das Haus. Es war ein strahlend schöner Morgen. In ein paar Tagen würde der September beginnen und die Sonne spendete eine veränderte Wärme, sanft und golden. Vor dem Aufbruch hatte Jean das Radio eingeschaltet und gestöhnt, weil die wichtigste Nachricht den neuesten Hit der Beatles betraf.

»Ist das nicht besser als Kriege und Katastrophen, Jean?«, fragte Bessie. »Damit hast du genug zu tun. Hör dir doch mal die Beatles an.«

»Ja, *ma vieille*«, antwortete er in gespieltem Ernst.

Bis elf Uhr stiegen sie bergauf. Dann rasteten sie und aßen ihre Sandwiches. Vor einiger Zeit waren sie an der kleinen Schäferhütte vorbeigekommen und die Geröllhalde unterhalb des Plateaus lag nicht mehr weit entfernt.

Jean holte Wasser aus dem Bach, den der Schnee des letzten Winters immer noch speiste, reichte Bessie einen gefüllten Becher und beobachtete, wie sie durstig trank. »Ist das eine Art Pilgerfahrt für dich, *chérie?*« Während er auf die Antwort wartete, nippte er an seinem eigenen Becher. Sie nickte. »Ah, jetzt muss ich raten«, seufzte er und schlug wieder seinen toleranten Ton an. »Mal sehen. Boris.« Sie nickte wieder. »In dem Sommer, wo wir alle hier oben kampiert haben.«

»Zuerst war ich mit den Metier-Schwestern hier. Wir entdeckten dieses besondere Plätzchen. Und dann führte ich Boris herauf.«

»Oh, ein Geheimnis.« Er leerte den Becher und steckte ihn in seinen Rucksack. *»En avant!«*

Bessie ging voraus. Warum, wusste sie nicht – aber manchmal ärgerte er sie maßlos.

☆

Gegen eins erreichten sie das Plateau. Die Köpfe auf den Rucksäcken, lagen sie im Gras. Inzwischen hatte die Sonne ihre Mittagshitze verströmt und sie genossen die milde Nachmittagsluft. Nach einer Weile öffnete Bessie ihren Rucksack und nahm einen kleinen Spaten heraus. Zu Jeans Verblüffung begann sie im Erdreich zu graben. Sie erinnerte sich nicht genau an die Stelle, und sie musste ihr Glück mehrmals versuchen, bis der Spaten gegen Metall stieß. Schließlich zog sie den zerquetschten Farbkanister aus der Grube.

»Den kenne ich, Bessie«, sagte er leise.

»Ja, das dachte ich mir«, keuchte sie. »Da – ich will ihn dir schenken.«

Er starrte das verbeulte Blech an und seine Augen lächelten nicht mehr. »Nein, das ist für euch Mädchen. Nicht für mich.«

»Zu diesen Mädchen gehöre ich nicht.«

»Dann gib ihn Myrtle. Immerhin hat sie den Farbtopf zusammen mit Cass geklaut.«

Das Symbol zwischen den Beinen, saß sie reglos da und starrte es an. Aus unerfindlichen Gründen wollte sie es loswerden. Warum, wusste sie nicht – aber sie war froh, dass Jean-Claude den Kanister nicht haben wollte. »Also gut – vielleicht.« Sorgsam packte sie den Farbtopf in ihren Rucksack.

»Dieses Ritual mit Boris – war das was Besonderes?«, fragte er. »Hat er dir einen Heiratsantrag gemacht – trotz deiner Jugend?«

Lächelnd blinzelte sie in die Sonne. »Nein. Irgendwie wussten wir immer, dass wir eines Tages heiraten würden. Schon vor langer Zeit habe ich mich mit Boris verlobt. Mit dem Armband, das Tante Mon mir gekauft hat.« Nachdenklich blickte sie in die Vergangenheit. »Ein Geschenk von meiner Mutter. Damals wusste ich es noch nicht. Oder vielleicht doch.«

Nach einem langen Schweigen konnte Bessie kaum noch atmen. Schließlich sagte er: »Du bist mir böse. Weil ich Boris einen Job verschafft habe, der ihn für lange Zeit von dir entfernt.«

»Nein ...« Bessie staunte über ihre eigene innere Anspannung. »Davon wusste ich nichts. Nein, ich bin dir nicht böse.«

Natürlich hatte sie Boris vermisst. Aber ohne die schmerzliche Sehnsucht zu empfinden, die ihr Herz beim Gedanken an Jean-Claude erfüllt hatte. Offenbar fühlte er sich zu einer Erklärung verpflichtet. »Ich merkte, wie viel ihr euch bedeutet. Und ich wollte, dass du erst mal deine Ausbildung beendest, *chérie,* und auch was anderes kennen lernst – andere Leute. Das habe ich Boris klar gemacht.«

»Und was hat er gesagt?«

»Ich glaube, er versteht's. Aber er hat angekündigt, eines Tages würde er zurückkommen und dich heiraten.«

»Tatsächlich?«

»Überrascht dich das? Ich dachte, ihr hättet es besprochen.«

»Eigentlich habe nur *ich* darüber geredet.« Sie war froh, dass Boris die Verlobung ernst nahm, und sie fühlte sich enorm geschmeichelt.

»Ja, das kann ich mir denken«, bemerkte Jean trocken. Sie schauten sich an und zum ersten Mal in dieser Woche lachten sie völlig unbefangen.

Während sie bergab wanderten, in den warmen Dunst über den Blumenfeldern hinein, erkannte Bessie, warum sie so glücklich war: Weil Jean ihr Schicksal in die Hand genommen, Boris weggeschickt – und für ihre Sicherheit gesorgt hatte.

☆

Noch ehe sie darauf vorbereitet war, erfasste sie ein heftiger Trennungsschmerz, und sie versuchte ihm das Versprechen zu entlocken, zu Weihnachten wiederzukommen. Aber das machte er von seinen beruflichen Plänen abhängig. Sie misstraute ihm. Und dann hatte sie eine Idee. »Grannie bleibt hier. Bis Weihnachten sind es nur noch drei Monate. Überleg doch, Grannie, da kann Jean dich öfter besuchen, so wie früher.«

»Bessie!«, protestierte Mary automatisch. »Nicht einmal

im Traum würde ich dran denken, dich in deinem letzten Schuljahr allein zu lassen.«

Aber Bessie beharrte auf ihrem Wunsch. Auf diese Weise würde sie die Verbindung zu Jean-Claude aufrechthalten. Die wenigen Briefe, die sie wechselten, spielten keine Rolle. Wenn er die Bergerie regelmäßig besuchte, würde sie alles über ihn erfahren.

Unerwarteterweise gefiel ihm ihre Idee. »Der englische Winter tut dir nicht gut, Mary. Außerdem liebst du dieses Haus und die Küche und den Garten.«

»Keine Bange, Tante Liv und Onkel Reggie werden sich um mich kümmern, Grannie«, versicherte Bessie. »Und wenn ich mich nicht um dich sorgen muss, kann ich mich viel besser auf meine Bücher konzentrieren.« Mary zuckte unschlüssig die Achseln und das Mädchen warnte sie eindringlich: »Hör mal, Grannie, ich werde dich bedrängen, bis du Ja sagst.«

Mary und Jean stöhnten. Und dann lachten sie alle. Es war fast wie in alten Zeiten.

☆

Natürlich setzte Bessie ihren Willen durch. Wieder in Barnt Green, befolgte sie Monicas Rat und arbeitete unermüdlich. Wie im Flug verging die Zeit. Und Weihnachten war wundervoll. Allein schon das Wiedersehen mit Mary und Jean hätte ihr genügt, aber er arrangierte eine Party für das ganze Dorf. Dabei sah sie Solange und Brigitte wieder, wurde Grandmère vorgestellt und tanzte mit allen jungen Männern. Nicht mit Jean-Claude. Lächelnd schaute er zu und half Mary, Geschenke zu verteilen. Als sie in der Nacht zur Bergerie hinaufgingen, meinte er leise: »Jetzt ist wohl alles in Ordnung.«

»O ja, Jean«, stimmte Mary ohne Zögern zu.

»Was ist in Ordnung?«, fragte Bessie.

»Nun sind wir wieder eine kleine Familie. Wir gehen getrennte Wege, aber wir treffen uns manchmal. Und wir fühlen uns zufrieden – nicht wahr?«

Statt zu antworten, starrte Bessie zu den funkelnden Sternen hinauf, bis sie stolperte. Hätte Jean ihren Ellbogen nicht festgehalten, wäre sie gestürzt.

»Da oben ist sie nicht, Bessie«, erklärte er, »sondern hier bei uns. Das weißt du.«

»Ja ...«

Er hatte Recht. In allem hatte er Recht, und sie staunte, weil sie sich nicht darüber freute.

☆

Nach Bessies Abschlussprüfungen kam Monica für einige Tage nach Barnt Green. Mary Woodford war bereits nach den Osterferien mit Bessie zurückgekehrt. Wieder einmal wurden Livs vier Gästezimmer bewohnt und sie schien es zu genießen. Belustigt erinnerte sich Monica an die alte Liv.

An Bessies letztem Schultag beobachteten sie alle in der Aula, wie sie ihr Abschiedsgeschenk entgegennahm – eine Ausgabe der umstrittenen neuenglischen Bibel. Danach standen sie Schlange, um der Direktorin vorgestellt zu werden. Erleichtert stellte Monica fest, dass die alte Miss Jenson durch eine viel jüngere Frau ersetzt worden war, die sogar hin und wieder lächelte.

»Meine Großmutter«, murmelte Bessie. »Ein Onkel, eine Tante.« Bei diesen Worten wies sie auf Reggie und Liv. »Und meine Mutter.« Monica ergriff die ausgestreckte Hand. Das Gesicht der Direktorin konnte sie nicht mehr sehen, sie unterdrückte nur mühsam ihre Tränen. Bessie führte sie beiseite zu einer kleinen Ausstellung von Kinderzeichnungen. »Ich habe noch nie jemanden Mutter genannt«, flüsterte sie ihr ins Ohr. »Also wird's Zeit, dass ich es lerne.«

Monica wusste, dass die Geste nicht spontan gewesen war, sondern das Mädchen gründlich darüber nachgedacht hatte. Wehmütig erinnerte sie sich an die Zeiten, in denen sie so inständig gehofft hatte, dieses Kind ihre Tochter zu nennen. Nachdem sie Bessie weggeschickt und praktisch von sich gestoßen hatte, war ihr Wunsch nun trotzdem erfüllt worden.

Zitternd umklammerte sie Bessies Arm, sonst wäre sie wahrscheinlich zusammengebrochen.

☆

Eigentlich wollten sie zur Feier des Tages essen gehen. Aber es regnete und im Haus war es warm und gemütlich.

»Bleiben wir hier«, bat Bessie. »Spielen wir Monopoly. Als ich Tante Myrtle zu Ostern besuchte, waren die Jungs ganz verrückt danach, und wir hatten so viel Spaß.«

Liv nickte. »Warum nicht? Ich könnte die Steaks braten, die ich für morgen gekauft habe. Dazu gibt's Chips. Und eine Flasche Wein.«

Regentropfen rannen an der Glastür herab, und im tief liegenden Rosengarten, wo sich früher der Fischteich befunden hatte, stieg das Wasser. Liv servierte eine köstliche Mahlzeit. Danach spielten sie Monopoly.

»Das letzte Mal haben wir's in Rhyl gespielt, Mary«, bemerkte Monica. »Erinnerst du dich?«

»O ja.« Lächelnd nickte Mary der Frau zu, die endlich ihren rechtmäßigen Platz einnahm. »Und du hast natürlich immer gewonnen.«

»Weil ich gemogelt habe«, gestand Monica und grinste schelmisch.

»Das kann ich bestätigen.« Liv schüttelte den Würfel so heftig, dass er zu Boden fiel. Hastig hob sie ihn auf. »Oh – tut mir Leid ... Ihr zwei solltet euch gegenseitig adoptieren. Wo ihr euch doch so gut versteht und Bessie liebt – ihr seid füreinander geschaffen.«

»Happyends gibt's nur in Romanen, Liv«, warf Reggie ein und sie errötete.

»Oh, ich habe nicht gemeint ...«

»Natürlich hast du nicht gemeint, Monica könnte Cass ersetzen«, fiel Mary ihr mit ruhiger Stimme ins Wort. »Monica war mir immer eine zusätzliche Freude.« Lächelnd blickte sie in die Runde. »Ich finde deinen Vorschlag großartig, Liv. Und du, Mon, hast ohnehin keine Wahl. Du bist Bessies Mutter, ich bin ihre Großmutter. Also ist es ...«

»Glasklar«, ergänzte Bessie.

»Mein Gott, hab ich nicht nur eine Tochter, sondern auch eine Mutter bekommen?« Monica versuchte zu lachen. »Oh, das ist einfach zu viel.«

»Damit meint sie, dass sie in Zukunft immer *zwei* Geburtstagsgeschenke kaufen muss«, witzelte Bessie.

☆

An diesem Abend sprach Monica mit Cass, wie so oft, wenn sie allein war.

»Vielen Dank für Bessie, Darling. Nun muss ich dir auch für Mary danken. Keine Ahnung, was ich sagen soll ... Tiefe Gefühle konnte ich noch nie in Worte fassen, nicht wahr? Aber ... Nun, du weißt ja, wie schrecklich ich es immer fand, niemanden auf dieser Welt zu haben. Später. Wenn ich nicht mehr arbeiten kann.« Sie lachte leise. »Ja, ich bin morbide, Darling. Tut mir Leid.« Nach einem tiefen Atemzug fuhr sie fort: »Irgendwie will ich dir das alles vergelten, Cass. Was kann ich tun? Eigentlich möchte ich den armen alten Gillie besuchen und ihm versichern, jetzt sei alles in Ordnung. Aber das kann ich nicht, Cass. Zwischen uns wird's niemals klappen. Trotzdem schafft er's immer noch, mit diesem schiefen Grinsen mein Herz zu schmelzen. Also? Was soll ich tun?« Sie schwieg eine Weile. Dann seufzte sie. »Okay. Ich werde drüber schlafen. Jedenfalls war das der schönste Tag in meinem Leben, Cass.«

☆

Am nächsten Morgen ging sie zu Liv in die Küche. Es regnete immer noch, und die anderen planten eine Fahrt nach Birmingham, um Geschenke zu kaufen. In diesem Sommer würde Boris nach Hause kommen. Und Bessie wollte wie üblich Myrtle und Malcolm besuchen, um ihren Freund zu sehen. In Birmingham würde sie einen Kricketschläger für Lennie und Angelzeug für die beiden anderen Jungs erwerben. Ursprünglich hatte sie beabsichtigt, eine Speziallinse für Boris' Kamera zu besorgen. Jetzt entschied sie sich für einen Schirm. »Den wird er brauchen und er hat keinen. Darüber wird er sicher lachen«, prophezeite sie Reggie und Mary im Wohnzimmer.

»Liv, vielen Dank für diese wundervollen Tage«, begann Monica.

Überrascht wandte sich Liv zu ihr. »Diese schönen Tage sind *dein* Werk, Mon. So wie immer. Du strotzt vor Energie und reißt uns alle mit. Jedes Mal, wenn ich dich sehe, fühle ich mich besser. Und für Bessie war's einfach großartig.«

Monica lehnte sich an die neue Gefriertruhe. »Vermutlich überlegst du gerade, wie du die Steaks ersetzen sollst, die für heute vorgesehen waren. In wenigen Minuten wirst du einen fabelhaften Lunch produzieren, dann wird die Spülmaschine ihren Job erledigen ...«

»Ja, ich weiß«, fiel Liv ihr ins Wort. »Immer dieselbe alte Liv. Das lässt sich nun mal nicht ändern, Mon. Mir macht's Spaß.«

»Mein Gott, ich wollte dich nicht kritisieren! Und du bist nicht dieselbe alte Liv. Früher hat es dir keinen Spaß gemacht. Gib's doch zu!« Nun lachten beide, dann fuhr Monica in ernstem Ton fort: »Natürlich will ich niemandem auf die Zehen treten – aber könntest du Myrtle endlich verzeihen? Immerhin ist es sechs Jahre her. Eine lange Zeit. Und ich glaube, Cass würde sich freuen, wenn wir alle wieder zueinander finden.«

Nachdenklich runzelte Liv die Stirn. Sie besaß immer noch ihr Babygesicht, aber paradoxerweise sah es nicht mehr jung aus. »Ja, darüber würde ich mich auch freuen. Aber da gibt es gewisse Hindernisse.«

»Reggie?«

»Ich fürchte, er würde es nicht ertragen.«

»Zweifellos wird es ihn schockieren. Aber für ihn war Myrtle nur ein Traum. Inzwischen hat sie sich verändert, Liv. Sie ist kein Traum mehr, sondern sehr, sehr real.«

Nun entstand ein langes Schweigen. Liv vergaß ihre Vorbereitungen für den Lunch. Ans Spülbecken gelehnt, blickte sie in die Vergangenheit zurück, die sich links von Monicas Knie zu befinden schien. »Ach, ich weiß es nicht ... Er wäre nicht damit einverstanden. Und selbst wenn – wir müssen auch an Malcolm denken. Seit damals will er nichts mehr von Reggie wissen.« Mit einem schwachen Lächeln hob sie den Kopf. »Übrigens, Reggie vermisst ihn sehr.«

»Unglaublich.« Monica richtete sich auf. »Am besten fahre ich mit Bessie nach Cheltenham und mische mich ein bisschen ein.«

»Nimm dich bloß in Acht, Mon! Die beiden könnten dir wehtun.«

»Das spielt keine Rolle«, erwiderte Monica und setzte ihr unerschütterliches Grinsen auf. »Wenn ich Cass' Mutter und Cass' Tochter erbe, muss ich tun, was *sie* getan hätte. Je früher, desto besser!« Sie eilte in die Halle. »Seid ihr bereit? Fahren wir los und laden wir Liv zu einem Lunch im Rackham's ein. Wer ist dafür?«

»Alle!«, rief Bessie.

☆

Boris hatte sich verändert. Darauf war Bessie gefasst gewesen, nachdem er zwei Jahre im australischen Buschland verbracht hatte, aber nicht auf eine so starke Veränderung. Er wirkte verschlossen, in sich gekehrt. Sie hatte erwartet, einen selbstbewussten, zuversichtlichen Boris anzutreffen, vom unbeschwerten Leben in der freien Natur geprägt. Stattdessen beobachtete sie eine seltsam distanzierte Haltung, die sie nicht direkt aussperrte und ihr trotzdem undurchdringlich erschien. Zum Beispiel nahm er den Schirm entgegen wie den Heiligen Gral, ohne ein einziges scherzhaftes Wort. »Dieses Geschenk werde ich stets in Ehren halten.«

»Ich dachte, du würdest einen dieser Spezialhüte tragen, um den Regen abzuhalten.«

»Einen Hut?«

»Wie die australischen Cowboys.«

»Oh – ja, natürlich. Eigentlich halten sie damit die Fliegen ab.«

»Das weiß ich, du Idiot.« Lachend küsste sie seine Wange, und die Jungs, die mit den Angelruten und dem Kricketschläger um die beiden herumtanzten, gaben anzügliche Kommentare ab. Dann fragten sie, ob Bessie und Boris wieder Mummy und Daddy spielen würden, so wie früher.

Boris' Wangen färbten sich dunkelrot und Bessie scheuchte die Kinder aus dem Zimmer. In diesem Augenblick verabschiedete Myrtle ihren letzten Patienten und schickte die Jungs in die Küche, wo Monica gerade zu kochen begann. »Lasst Boris und Bessie in Ruhe!«, befahl sie lachend. Bevor sie die Tür des Wohnzimmers schloss, flehte sie: »Um Himmels willen, Bessie, red ihm seinen neuesten Plan aus! Wenn es irgendjemand schafft, dann nur du!«

»Ein neuer Job?«, fragte Bessie, als sie mit Boris allein war. Vor lauter Wiedersehensfreude konnte sie nicht länger still stehen. Sie ergriff seine Hand und schwenkte ihn herum wie in der Kindheit. »Komm schon, erzähl es mir!«

»Später. Darüber müssen wir in Ruhe reden. Aber nicht jetzt, nicht hier.«

Das respektierte sie, weil sie ahnte, dass es um ernsthafte Dinge ging. Trotzdem bedrängte sie ihn und genoss die Rückkehr zur alten Kameraderie. »Gib mir wenigstens einen Hinweis. Ist es ein Job?«

»O Bessie!«

»Komm schon! Ein anderes Leben?«

Wie eine Wespe umschwirrte sie um ihn und er beobachtete sie stöhnend. »Ja – es wäre ein anderes Leben. Aber ich weiß es noch nicht. Bitte, Bessie, stell mir keine Fragen.«

Abrupt blieb sie stehen. Jetzt lachte sie nicht mehr. »Wäre es für uns beide das Ende, Borrie?« Als er krampfhaft schluckte, sah sie seinen Adamsapfel hüpfen. Dann entgegnete er entschieden: »Ich werde niemals aufhören, dich zu lieben.«

»Auch ich werde dich immer lieben«, beteuerte sie ebenso feierlich. »Dann ist ja alles in Ordnung. Trinken wir mit den anderen Tee. Und lachen wir wieder.«

Lächelnd umfasste er ihren Arm auf die alte kameradschaftliche Art. Während sie die Halle betraten, kam Malcolm aus seinem Behandlungsraum. »Ah, die himmlischen Zwillinge!«, begrüßte er die beiden, hauchte einen keuschen Kuss auf Bessies Stirn und drückte Boris' Hand. »In eurer Gesellschaft fühle ich mich sicher.« Er schüttelte den Kopf. »Mein Gott, ihr habt schwierige Zeiten mit uns erlebt.« Je einen Arm um ihre Schultern gelegt, führte er sie zur Küche. Dort sah es aus wie üblich, düster und nicht besonders komfortabel und sehr gemütlich.

☆

Nach zwei Tagen beschloss Mary, Dilly Gosling zu besuchen und dann nach Frankreich zurückzukehren. Mon würde das Regiment in der Küche übernehmen. So wie Bessie genoss sie die alte, vertraute Atmosphäre, die Herausforderung, aus dem antiquierten Raum das Beste zu machen.

Inzwischen war Nicky fast zwölf. Wie sein jüngerer Bruder Martin hatte er die häusliche Ader des Vaters geerbt und so wurden sie zur Küchenarbeit herangezogen. Lennie, mittlerweile ein ungebärdiges kleines Monster, war Mitglied in zahlreichen Vereinen und ließ sich kaum blicken. Jeden Morgen brachte Doris ihn aus dem Haus und Monica räumte in seinem Zimmer zuletzt auf.

Myrtle beklagte, das sei kein richtiger Urlaub für Mon.

»Hier bin ich ganz in meinem Element, Myrt!« Sorgsam rollte Monica ihren Blätterteig aus. »Nächsten Monat ziehe ich in meine eigene kleine Wohnung. Dafür kann ich jetzt schon mal üben.«

»O Mon, du bist fabelhaft. Nur du hast uns über diese schweren Zeiten hinweggeholfen.«

»Jedenfalls war ich immer da.« Monica bestrich die Teigrolle mit Mehl und unterbrach ihre Arbeit. »Und in Zukunft möchte ich euch viel öfter sehen.«

»Natürlich bist du uns jederzeit willkommen, Darling.«

»Wir alle sollten öfter zusammen sein«, meinte Monica, rollte den Teig zu einem Rechteck aus und schnitt ihn in drei Teile. »Du, ich, Liv. Und die anderen. Aber wir bilden den Mittelpunkt.«

Bedrückt sank Myrtle auf einen Stuhl. »Nichts wäre mir lieber. Aber wie kann ich erwarten ...? Nach allem, was geschehen ist ... Niemals könnte Liv ... Und Malcolm hasst Reggie.«

»Daran zweifle ich. Liv würde sich sehr gern mit dir versöhnen. Und Reggie vermisst Malcolm.«

»Will Liv mich tatsächlich wiedersehen – und die Freundschaft erneuern?«

»Klar, sie sorgt sich um Reggie. Was hältst du davon?«

»Das alles gehört der Vergangenheit an. Wie Mally. Wie Cass.«

»Ja, das finde ich auch. Also geht es nur noch um Malcolm.«

Myrtle beobachtete, wie Monica den Blätterteig auf ein Backblech mit Apfelscheiben legte. »Willst du mit ihm reden, Mon?«

»Warum nicht? Zu verlieren habe ich nichts – und viel zu gewinnen.«

»Wenn du glaubst ... Oh, es wäre so wundervoll. Liv fehlt

mir. Früher hat sie uns sehr oft mit Reggie besucht und uns eingeladen. Selbstverständlich ohne die Jungs.«

»Jetzt hat sie sich geändert und sie würde die Jungs mit offenen Armen aufnehmen. Sogar Lennie.«

Darüber mussten beide lachen.

»Hör mal, Myrt, wir sollten keine Zeit mehr verlieren. Sag Malcolm, der Kaffee ist fertig.«

»Oh, mein Gott!« Aber Myrtle stand auf und holte ihren Mann. Dann ging sie in ihren Behandlungsraum und räumte ihre Instrumente weg. Hätte sie Monica bloß von Boris erzählt ... Er war mit Bessie zum Devil's Chimney hinaufgestiegen, einer Felsnase am Leckhampton Hill. Was würde dabei herauskommen? Und bei Monicas Gespräch mit Malcolm?

☆

Sie saßen am Berghang und blickten auf ganz Cheltenham und Tewkesbury hinab. Ausnahmsweise ohne Nicky und Martin. An diesem bewölkten Tag wehte ein kalter Wind und die Jungs hatten sich zu einem Kinobesuch entschlossen. Bessie holte tief Atem. »Eine wunderbare Aussicht. Aber kein Vergleich mit der Sainte-Victoire, nicht wahr, Borrie?«

»Nein. Hier schmeckt die Luft anders. Und die Sonne scheint nicht.«

»Sehr englisch. Und die Victoire ist sehr provençalisch. Wegen der Blumen.«

»Wanderst du nächste Woche auf die Victoire? Wenn du mit Mary in die Bergerie zurückkehrst?«

»Was meinst du? Ich mit Mary? Du begleitest uns doch?« Bestürzt schaute sie ihn an.

Auf einen Ellbogen gestützt, lag er im Gras, den Kragen

seiner Jacke hochgeklappt. »Das weiß ich noch nicht. Möglicherweise könnte ich in die Prinknash Abbey gehen, als eine Art Zufluchtsort.«

Vergeblich wartete sie auf weitere Erklärungen und runzelte verwirrt die Stirn. »Prinknash ist römisch-katholisch, Boris. Da kannst du nicht hingehen.«

»Darüber wollte ich mit dir reden, Bessie. Im Januar bin ich zum katholischen Glauben übergetreten.«

»Davon hast du mir nichts geschrieben.« Das kränkte sie, aber sie war nicht überrascht. Schon seit Jahren fühlte er sich zu dieser Religion hingezogen. Sie neigte sich hinab. »Warum hast du mir nichts davon erzählt? Ist es ein Geheimnis oder was? Schämst du dich etwa, weil du konvertiert bist?«

Hastig richtete er sich auf. »Nein, keineswegs – ich bin stolz darauf«, versicherte er, pflückte einen Grashalm und inspizierte ihn. »Was geschehen ist, kann ich dir nicht sagen, weil ich es nicht weiß. Das verstehe ich noch immer nicht. Jedenfalls habe ich's mir gewünscht – was auch mit meiner Seele passiert sein mag. Und ich wollte mich von nichts beeinflussen lassen.«

»O Borrie, niemals hätte ich versucht, dich zu beeinflussen. Ich war in einer Klosterschule. Und meine Freundinnen in Frankreich sind alle katholisch.«

Schweigend nickte er und begann, den Grashalm zu zerreißen.

»Steckt noch mehr dahinter, Borrie? Früher wolltest du ins Kloster gehen.«

Nur eine kleine Bewegung hinter seinem Ohr verriet ihr, dass er lächelte. »Wie gut du mich kennst, Bessie ...«

Sie atmete noch einmal tief durch, der Wind füllte ihre Brust und schien sie zu ermutigen. »Dachtest du, ich würde mich weigern, unsere Verlobung zu lösen?«

»Natürlich nicht«, entgegnete er und lachte leise. »Das wäre nicht dein Stil, Bessie Woodford.« Nun wandte er sich zu ihr, und sie las so viel Liebe in seinen Augen, dass sich ihr Puls beschleunigte. »Jetzt sehe ich es dir sogar an. Du suchst gerade nach Worten, um mir – wie nennt man das? – meine Freiheit wiederzugeben.«

Bessie erwiderte sein Lächeln nicht. Seit so vielen Jahren plante sie ihre Zukunft mit Boris. »Wir waren Kinder, Borrie. Also hatte es nichts zu bedeuten. Du warst immer frei.«

Unverwandt schaute er sie an und schließlich wich sie seinem Blick aus. In plötzlicher Panik dachte sie: *So sehr liebe ich ihn gar nicht ... Ich könnte niemals mein Leben für ihn opfern ...*

»Wie gern würde ich dich heiraten, Bessie«, beteuerte er. »Aber Gott hat mich gerufen – buchstäblich gerufen. So etwas kommt hin und wieder vor. Aber ich kann dich nicht aufgeben. Weil ich dich mehr liebe als den Allmächtigen. Möchtest du mich heiraten?«

Welch ein überwältigender Moment ... Ihr Herz schlug wie rasend, der Wind ließ ihr Haar flattern. An ihrer Ferse begann eine Blase zu brennen. Und in ihrer Seele hallten Boris' unfassbare Worte wider – er liebte sie mehr als den Allmächtigen.

Dass sie ihre Gedanken und Gefühle ordnete und eine Entscheidung traf, wurde ihr nicht bewusst. Aber da war Boris, so lieb und vertraut, stets etwas Besonderes. Und da war sie, die ihn verstand, weil sie sich Carols Einfühlungsvermögen angeeignet hatte. Trotzdem würde sie immer und unwiderruflich Monicas Tochter bleiben, die mit beiden Füßen auf der Erde stand.

»O Borrie, ich liebe dich«, seufzte sie. »Von Anfang an habe ich dich geliebt. Und ich werde dich immer lieben.

Aber ich kann dich nicht heiraten. Weil ich Jean liebe ... Hilf mir doch, wenn du es kannst ... Bis jetzt wusste ich es nicht. O Boris – Borrie ...« Schluchzend sank sie ins Gras. Nach kurzem Zögern nahm er sie in die Arme und hielt sie fest wie ein Hirte ein kleines Lamm.

19

Eine Woche später reisten Mary und Bessie nach Frankreich, ohne Boris. Er blieb bei Myrtle und Malcolm. Langsam tauchte er aus dem seltsamen Schwebezustand auf, in dem er sich monatelang befunden hatte. Bessies Geständnis erleichterte ihn in vieler Hinsicht. Nun wusste er, dass er für die irdische Liebe nicht geschaffen war. Vielleicht hatte er es schon kurz nach Mallys Geburt erkannt, in jener schrecklichen Nacht. Jetzt verflog seine Angst vor der weltlichen Liebe und das verdankte er Bessie. Sie hatte seinen Heiratsantrag abgelehnt – und ihn befreit. Voller Neugier blickte er der Zukunft entgegen, fragte sich, was ihm die Liebe zu Gott bringen würde, und wartete ungeduldig auf die Antwort der Mönche.

Monica fuhr nach Exeter zurück. Vor lauter Wut hätte sie Malcolm fast geohrfeigt. »Noch geb ich's nicht auf«, hatte sie Myrtle gewarnt. »Und du darfst die Hoffnung auch nicht begraben. Sobald du einen Riss in seinem Panzer entdeckst, musst du ihn attackieren. Ich bin fest entschlossen, uns alle wieder zusammenzubringen – das ist die Mission meines Lebens.«

Beinahe empfand Myrtle Mitleid mit Malcolm. »Er kann

furchtbar stur sein. Und wenn man bedenkt, was geschehen ist ...«

»Das hat er sich selber zuzuschreiben.« Monica ließ nicht locker. »Versuch doch mal, ihm seine ehelichen Rechte vorzuenthalten.«

Lachend schüttelte Myrtle den Kopf. »O Mon, das wäre Erpressung.«

»Und wenn schon ...« Monicas Groll gegen Malcolm verebbte bald. In diesen Tagen fühlte sie sich so glücklich, dass sie sogar erwog, an Bob zu schreiben und nach seinem kleinen Sohn zu fragen. Und vielleicht – nur vielleicht – würde sie Gillie wiedersehen. Nein, besser nicht. Aber es war bedauerlich. Das hatte sie Malcolm mehrmals erklärt – allmählich wurden sie alle zu alt, um an alten Ressentiments festzuhalten.

☆

Liv stand am Fenster und wartete auf Reggies Rückkehr aus Malvern, wo eine Farm verkauft worden war. Sobald das Dach des Humber Snipe über der Ligusterhecke des vorderen Gartens erschien, rannte sie in die Küche und rührte die Hollandaise an. Der Lachs lag bereits auf dem Teller. Im Backofen trockneten die Baisers, die Schüssel mit der Schlagsahne stand im Kühlschrank. Die Auswahl des Weins würde sie ihrem Mann überlassen. Ob es einen Grund zum Feiern gab, wusste sie nicht.

Erschrocken sah sie ihm an, wie müde er war. Seit Marys und Bessies Abreise wirkte er bedrückt. Fand er das Haus ohne die beiden unerträglich? Hatte er sich Bessies Besuch bei Myrtle ausgemalt? Er blieb in der Küchentür stehen und lockerte seine Krawatte. »Stört's dich, Liv? Es ist so verdammt heiß. Stinke ich? Wir mussten hauptsächlich Schafe versteigern. Diesen Geruch kriege ich einfach nicht aus der Nase.«

»Du stinkst kein bisschen, Reggie. Aber nimm doch vor dem Dinner ein Bad. Soll ich dir eine Tasse Tee bringen?«

»Das würdest du tun?« Erstaunt hob er die Brauen, obwohl sie das Gesetz, im Bad dürfe nichts gegessen oder getrunken werden, schon vor langer Zeit abgeschafft hatte. »Wie ich zugeben muss, klingt dein Angebot sehr verlockend.« Erst mal sank er auf einen Stuhl und beobachtete, wie sie in der Sauce hollandaise rührte. Fehlte ihm die Kraft, die Treppe hinaufzusteigen? Oder wollte er ihr etwas sagen? Ihr Herz schlug schneller. Konnte er nicht mehr ohne Myrtle leben? »Darf ich ein paar Minuten hier sitzen, Liv? Es ist so beruhigend, dich kochen zu sehen.«

»Bleib da, so lange du willst«, erwiderte sie, nahm eine Karaffe mit Limonade aus dem Kühlschrank und füllte ein Glas. »Trink das. Aus frischen Zitronen. Mary hat mir gezeigt, wie man's macht. Diesen Saft trinken sie immer in Frankreich.«

Dankbar nahm er das Glas entgegen, und sie wünschte, sie hätte Mary nicht erwähnt. Nun befasste sie sich wieder mit der Hollandaise. Reggies forschender Blick zerrte an ihren Nerven. Während er an der Limonade nippte, ließ er Liv nicht aus den Augen. Offenbar versuchte er seinen ganzen Mut aufzubieten, um ihr etwas mitzuteilen.

»Heute gibt's deine Lieblingsspeise«, verkündete sie in munterem Ton. »Lachs mit Sauce hollandaise.«

»Wundervoll.«

»Nach dem Essen könnten wir uns in den Garten setzen. Im Fernsehen läuft nichts Besonderes ...«

»Das wäre nett«, meinte er, stand auf und ging zu ihr. Als er das Glas auf die Arbeitsfläche stellte, roch sie die Schafe. Am liebsten hätte sie beide Arme um seinen Hals geschlungen und ihn gezwungen, die Vergangenheit zu vergessen. Er nahm wieder am Küchentisch Platz. »Weißt du eigentlich, wie sehr du dich verändert hast?«

»Ja«, antwortete sie leise.

»Gewiss, wir alle haben uns verändert. Einige etwas mehr, andere weniger. Aber ich glaube, niemand bemerkt deine Veränderung. Sie glauben, du wärst genauso wie eh und je. Und das stimmt nicht.«

»Ich weiß ...«

»Irgendwie bist du eine Künstlerin, Liv.«

Verblüfft drehte sie sich zu ihm um. »Ich dachte, du würdest auf meine grauen Haare und Falten hinweisen.«

»Falls du nach Komplimenten fischst«, entgegnete er belustigt, »du hast nur zwölf graue Haare, die diese schöne blonde Farbe noch hervorheben. Und ich sehe keine einzige Falte. Jetzt bist du sogar noch schöner als bei unserer ersten Begegnung. Damals warst du nur hübsch.«

»O Reggie – Reggie ...« Plötzlich füllten sich ihre Augen mit Tränen, und er vergaß, was er ihr mitteilen wollte.

»Was hast du, Liv?«

»Nichts. Gar nichts. Aber – ich spüre, du suchst nach Worten, um mir irgendwas zu sagen. Bringen wir's hinter uns. Bitte, Reggie ...«

»Liebes, ich habe nur an dich gedacht. Wie verändert du bist. Früher hättest du mich gnadenlos aus der Küche gescheucht und in die Badewanne geschickt, bevor sich mein Schafsgestank im ganzen Haus ausbreiten würde.« Nach einer kurzen Pause lachte er leise. »Nun bist du keine Superhausfrau mehr und willst es uns nur noch gemütlich machen. Du hast Mary und Bessie eine wunderbare Zufluchtsstätte geboten. Auch mir, nach der Rückkehr aus Paris. Damals hab ich es natürlich nicht gemerkt. Ich konnte nur an Myrtle denken. Aber als ich sah, wie gut du Bessie betreut hast, erkannte ich, was du für *mich* tust.« Lächelnd bekräftigte er: »Ja, du bist eine Künstlerin.«

Während sie den Saucentopf vom Herd nahm, fragte sie unsicher: »Wenn Bessie uns für immer verlässt – wirst du dann hier bleiben? Wird es so sein wie jetzt?«

Es dauerte lange, bis er sein Schweigen brach. Plötzlich verstand er, wie wichtig dieser Augenblick war, und er musste die richtigen Worte finden. Schließlich entgegnete er: »So lange du mich haben willst, bleibe ich bei dir, Liv. Dass ich dich liebe, weißt du doch.«

»Und Myrtle?«

»Sie ist ein Teil von mir und ich kann sie nicht aus meinem Herzen reißen. Aber jetzt wäre ich nicht mehr fähig, mit ihr zu leben. Keine Ahnung, wie ich es erklären soll, Darling ... Würdest du mir einfach vertrauen?«

Erfolglos versuchte sie zu lachen. »Deiner *Ehrlichkeit* traue ich rückhaltlos.«

Woran sie dachte, erriet er sofort – an das brutale Geständnis seiner Liebe zu Myrtle. »Tut mir so Leid, Liv.«

»Nein, du musst dich nicht entschuldigen. Hätten sich die Dinge anders entwickelt, wären wir jetzt nicht hier. Verschwenden wir keine Zeit mit unserer Reue.« Vergeblich sehnte sie sich nach einer Umarmung.

»Sechs Jahre sind inzwischen vergangen. Was meinst du – wäre Carol enttäuscht von uns?«

Hastig wandte sie sich ab. Tränen tropften in die Hollandaise. Nun war sie ungenießbar. »Wohl kaum. Bessie wird Boris heiraten, Myrtle arbeitet als Osteopathin, Monica ist glücklich – sogar *sehr* glücklich.«

»Und du, Liv?«

»Hör mal, Reggie ...«, wisperte sie. »Du sollst dich nicht an mich gebunden fühlen. Aber – ich bin schwanger.«

Er schrie nicht, er sprang nicht auf. Eine ganze Weile reagierte er überhaupt nicht. Dann erhob er sich langsam, trat hinter sie und umfing ihre Taille. In ihrem Haar spürte sie seinen Atem. »Darling, ich weiß, du willst kein Kind. Trotzdem wirst du glücklich sein – und die beste Mutter von der Welt. Glaub mir. Du besitzt so viele Talente, die du nutzen musst – nicht nur für mich. Bitte, Liv, sei glücklich. Etwas Besseres konnte uns gar nicht passieren.«

»Oh, du Idiot!«, schluchzte sie. »Ich platze beinahe vor lauter Glück. Ich dachte nur – du würdest an Myrtle denken. Und das wäre unerträglich. Dieses Baby wünsche ich mir sehnlicher als sonst was. Aber nur, wenn du es auch möchtest. Es ist *dein* Baby. Endlich habe ich ein Geschenk für dich. Begreifst du das?«

Zärtlich strich er über ihre Locken, und als er sie zu sich herumdrehte, sah sie, dass auch er weinte. Die Küsse schmeckten nach Salz, und sie klammerten sich aneinander, als fürchteten sie in ihren Tränen zu ertrinken.

☆

Im Vorjahr hatte Bessie bei der Rückkehr nach Frankreich geglaubt, alles wäre wieder in Ordnung.

Und diesmal, von frischer Bergluft und Blumenduft umweht, fühlte sie sich ganz anders. Sie wusste auch, warum. Wie lange mochte sie Jean-Claude schon lieben? Seit der ersten Begegnung in New York, wo sie sofort eine innige Verbundenheit gespürt hatte? War Cass durch diese Liebe eine Art Hindernis geworden? Unterschied sich Boris' Liebe von ihrer? Warum war sie überglücklich und im nächsten Moment verwirrt und verängstigt? Was sollte sie tun? Wem konnte sie sich anvertrauen?

Auf die letzte Frage gab es nur eine einzige Antwort. Monica. Sie hatte Boris eingeweiht, der keinen Rat wusste. An

Grannie durfte sie sich nicht wenden – Carols wegen. Solange und Brigitte würden albern kichern und das wäre grässlich. Also kam nur Monica infrage. Wie Bessie mittlerweile wusste, würde ihre Mutter Gillie Cook für alle Zeiten und völlig hoffnungslos lieben. Monica würde verstehen, was in der Tochter vorging, und eine praktische Lösung finden.

In der Zwischenzeit schwankte Bessie zwischen widersprüchlichen Emotionen. Heißes Glück, wenn Jean sie in vernünftige Gespräche verwickelte, wenn er *mit* ihr lachte und nicht *über* sie oder einfach nur da war. Oder tiefe Verzweiflung, wenn er in ihre strahlenden Augen schaute und sofort den Onkel hervorkehrte.

Sie wandte weibliche Tricks an, die sie gewissen Zeitschriften entnommen hatte. Eines Tages fuhren sie nach Nizza und schwammen im glatten, ziemlich trüben Mittelmeer. Dabei trug sie einen dieser modernen Bikinis, nach einem Atoll in den Marshall Islands benannt, wo die Amerikaner Atombomben testen. Als sie später ein Sonnenbad nahmen, reichte sie Jean-Claude das Sonnenöl und legte sich wortlos auf den Bauch. Gehorsam rieb er ihren Rücken ein.

»Die Beine auch, Jean«, bat sie, die Stimme von ihren Armen gedämpft. Und während er ihre Waden bearbeitete, öffnete sie ihren BH.

Eine halbe Stunde später drehte sie sich auf den Rücken. Zunächst warf er ihr nur einen kurzen Blick zu, dann fauchte er: »Zieh dich an, Bessie! Oder willst du verhaftet werden?«

»Das machen doch alle«, verteidigte sie sich wie ein trotziges Schulmädchen.

»Und was würde Mary davon halten? Wäre sie hier, statt einkaufen zu gehen, würdest du nicht im Traum an so was denken ...«

»Wie altmodisch du bist, Jean!«

»Allerdings! Besonders, wenn's um dich geht!«

Sie schlüpfte in einen Bademantel, setzte sich auf und schlang die Arme um ihre angezogenen Knie. »Für seinen Körper muss man sich nicht schämen.«

»Doch – wenn man ihn benutzt, um andere Leute zu provozieren.«

Flammende Röte stieg ihr ins Gesicht. Hatte er sie durchschaut?

Von da an waren sie nur mehr selten allein. Wenn Mary in die Küche oder in den Garten ging, folgte er ihr und bot ihr seine Hilfe an, die sie gar nicht brauchte. Schließlich merkte sie, dass irgendwas nicht stimmte. »Hast du mit Jean gestritten, Bessie?«, fragte sie eines Morgens, während sie die letzten Tomaten ernteten. »Er kauft nur ungern ein. Aber das wollte er heute unbedingt übernehmen. Als könnte er es gar nicht erwarten, von uns wegzukommen.«

»Vielleicht hat er mit dir gestritten«, konterte Bessie.

Marys Lippen verkniffen sich. »Unsinn! Ich frage noch einmal: Habt ihr gestritten.«

»O Grannie, er ist mir nur ein bisschen böse.«

»Warum?«

Immerhin besaß Bessie genug Anstand, um zu erröten. »Am Strand von Nizza nahm ich mein Bikini-Oberteil ab, weil ich überall braun werden will. Wie Brigitte Bardot.«

Der erwartete Tadel blieb aus. Sorgfältig wischte Mary etwas Erde von einer Tomate und legte sie in den Korb. »Darling, es ist schwierig zu erklären. Aber ich glaube – er sieht Cass in dir.«

Das missfiel Bessie. »Obwohl ich ganz anders bin?«

»So wie du es auffasst, meine ich es nicht.« Mary holte tief Atem und versuchte es noch einmal. »Irgendwie *verehrt* er dich. Er stellt dich auf ein Podest. Weil du der Teil von

Cass bist, der bewahrt werden – und rein bleiben muss ...« Jetzt fehlten ihr die Worte.

»Rein?«, wiederholte Bessie ungläubig. »*Mon Dieu!* Soll ich in eine Vitrine steigen?«

»Sei nicht albern! Was dich betrifft, reagiert er eben – etwas übertrieben.«

»Scheint so.« In entschiedenem Ton fuhr Bessie fort: »Dann springe ich eben von diesem Podest runter. Er soll mich so sehen, wie ich wirklich bin. Und im Grunde bin ich nicht Bessie Woodford, sondern Bessie Cook.«

Langsam legte sie eine Tomate in den Korb, als wollte sie ihren Worten Nachdruck verleihen. Dann verließ sie den Garten und wanderte zwischen den Rosenbüschen dahin, die gerade für die Parfümfabriken abgeerntet wurden. Einige Pflücker begrüßten sie. Aber sie ignorierte die Männer.

Mary beobachtete, wie Bessie den Berghang erreichte und den Sonnenhut abnahm. Schwarz wie Monicas und lockig wie Gillies Haar, flatterte ihre fast taillenlange Mähne im Wind. Sie trug ein altes Baumwollkleid und Espadrillos. Aber nichts an ihrer schlanken Gestalt wirkte kindlich. Mary seufzte. Dann brach sie zu ihrer eigenen Verblüffung in Gelächter aus.

☆

Bessie stieg bergauf, bis sie nicht mehr gehen konnte. Wie immer, wenn sie keine richtigen Wanderschuhe trug, entstanden Blasen an ihren Füßen und brannten protestierend. Trotz der körperlichen Anstrengung bildete sich in der kühlen Luft des Spätnachmittags eine Gänsehaut an ihren Armen. Sie fand den Bach, dessen Wasser sie schon so oft getrunken hatte, und setzte sich ans Ufer – hypnotisiert vom rauschenden Glitzern, das über die Steine rieselte und Miniaturwasserfälle erzeugte. Um ihre Lebensgeister zu wecken, rutschte sie die Böschung hinab und tauchte ihre Füße in die Wellen. Doch sie waren zu kalt und danach passten ihre Füße nicht mehr in die Schuhe. Mühsam kletterte sie den Hang wieder hinauf, und als sie am Rand der Böschung ankam, brach die Dunkelheit herein.

»Verdammt, verdammt, verdammt!«, fluchte sie, wollte den Kopf in den Nacken werfen und ihren ganzen Frust in den Himmel schreien. Doch in diesen Bergen konnte man das Echo weithin hören und in der Nähe lagen einige Bauernhöfe.

Irgendwie gelang es ihr, ihre Füße in die Espadrillos zu zwängen. Dann setzte sie ihren Sonnenhut auf und trat den Rückweg an.

Wie ihre Mutter begann sie, mit Cass zu reden. »Ich will ihn dir nicht wegnehmen. Bestimmt nicht! Was ich will, weiß ich gar nicht. Jedenfalls missfällt es mir, dass er dauernd an dich denkt. Und er soll nicht glauben, ich wäre wie du. So bin ich nicht. Wir waren seelenverwandte Schwestern – aber wir glichen uns nicht. Er soll *mich* sehen. Wenn das bedeuten würde, er müsste dich vergessen, schafft er's natürlich nicht.« Sie blieb stehen und rief so laut, wie sie's wagen durfte: »Oder, Cass? Warum antwortest du nicht? Schick irgendeinen Gedanken in mein Gehirn! Merkst du nicht, was passiert? Du verfolgst uns! So wie Mally die arme Myrtle verfolgt! Das ertrage ich nicht. Trotzdem möchte ich dich nicht vertreiben, Cass.« Verzweifelt begann sie zu weinen. »O Cass, ich liebe dich. Ich werde dich immer lieben. Aber Jean-Claude liebe ich auch. Was soll ich nur tun?«

Sie sank ins Gras, umklammerte ihre frierenden Beine und ließ Tränen auf die Knie tropfen. Eine Zeit lang wartete sie vergeblich auf eine Antwort, dann kam sie sich lächerlich vor. Entschlossen stand sie auf und ging weiter. Wenn

Cass ihr nicht half, würde sie das Problem eben selber lösen.

Als Jean-Claude ihr an der Grenze des Lassevour-Anwesens entgegeneilte, war es schon fast dunkel. Sie hinkte, über ihre Wangen zogen sich Tränenspuren, was er in der Finsternis nicht sah. »Eigentlich dachte ich, inzwischen wärst du erwachsen«, stieß er erbost hervor. »Aber du nimmst überhaupt keine Rücksicht auf deine Großmutter. Wenn sie mir auch nichts erzählen will – ich nehme an, ihr habt gestritten, und du bist wie ein verwöhntes Balg weggelaufen!«

Trotz ihres Zorns über die ungerechte Anklage verteidigte sie sich nicht und humpelte in möglichst würdevoller Haltung weiter.

Behände sprang er über die Mauer und erwartete, sie würde seinem Beispiel folgen. Doch sie zog sich mühsam hinüber. Auf der anderen Seite fiel sie ins Gras. Dabei zerkratzten die Rosendornen ihren Arm und sie konnte einen Schmerzensschrei nicht zurückhalten.

»Lass es mich mal anschauen!«, befahl Jean-Claude. Als Bessie aufstehen wollte, drückte er sie ins Gras zurück und leuchtete ihr mit einer Taschenlampe ins Gesicht. »*Mon Dieu!* Du siehst ja schrecklich aus!« Seine Stimme nahm einen etwas sanfteren Klang an. Dann entdeckte er das Blut, das die Ferse eines Espadrillos tränkte. »In diesen Dingern bist du auf den Berg gestiegen? Dann verdienst du diesen elenden Zustand, kleine Närrin!«

Da verlor sie den letzten Rest ihrer Geduld. »Wie kannst du es wagen, mich zu beschimpfen? Mit welchem Recht kritisierst du mich? Auf mich hast du kein Recht – das hast du immer wieder betont! Ich weiß, du bist mir nur Grannie zuliebe entgegengegangen. Jetzt hast du mich gefunden, also lauf zu ihr und sag ihr, alles ist okay.«

Als sie aufstehen wollte, brach sie sofort wieder zusammen. Aber Jean-Claude verschwendete kein Zeit mit weiteren Diskussionen und hob sie wie einen Kartoffelsack hoch. An dieser Szene wirkte nichts romantisch – es gab nichts, woran sie sich später genüsslich erinnern könnte. Ihr Kopf baumelte in der Höhe seiner Taille und in panischer Angst umklammerte sie seine Hosenbeine. Um ihr Gewicht auszubalancieren, zog er sie etwas weiter nach oben und streifte die Espadrillos von ihren Füßen. Die kalte Luft auf der blutenden Ferse war ein Segen. Sekundenlang schloss sie die Augen und fügte sich ins Unvermeidliche. Während er sie durch die Rosenbüsche trug, schwankte sie hilflos hin und her. Bei jedem Schritt hasste sie ihn leidenschaftlicher.

Behutsam nahm Mary sie aus seinen Armen entgegen, setzte sie aufs Sofa und stellte ihre Füße in eine Schüssel mit lauwarmem Wasser. Dann füllte sie eine zweite Schüssel und wusch ihr das Gesicht und die Hände. Als Bessie die Augen öffnete, sah sie Grannie lächeln – kein bisschen vorwurfsvoll. »Heute hast du dir etwas zu viel zugemutet, Darling. Am besten gehst du sofort ins Bett. Ich bringe dir eine Tasse Kakao und ein Sandwich. Du hast immer so gerne im Bett gegessen.«

Dieses Angebot wollte Bessie ablehnen, um zu beweisen, dass man sie nicht mehr für ein Kind halten durfte. Aber sie war halb verhungert und fand den Gedanken an ein gemütliches Dinner im Bett einfach zu verlockend. Geflissentlich wich sie Jean-Claudes Blick aus. Er saß am Küchentisch, ein geöffnetes Buch vor sich. Als sie an ihm vorbeihumpelte, wünschte er ihr keine gute Nacht. Mühsam schleppte sie sich die Treppe hinauf. Am liebsten wäre sie auf allen vieren nach oben gekrochen. Der Anblick ihres Betts mit der zurückgeschlagenen Decke und den Kissen war zu viel. Unwillkürlich brach sie in Tränen aus. So oft wie letzter Zeit hatte sie schon lange nicht mehr geweint. Natürlich war das seine Schuld.

Als Grannie mit einem Tablett ins Zimmer trat, hatte Bessie die Tränen weggewischt. Doch das nützte ihr nichts.

»Bessie – Bessie ... Du darfst nichts erzwingen, Darling. Bald wird irgendwas passieren, und dann merkt er, dass du eine Frau bist.«

»Was – was meinst du?«, stammelte Bessie verwirrt. »Was hat er gesagt? Beschwert er sich hinter meinem Rücken über mich?« Inzwischen hatte sie sich einigermaßen erholt. Kampflustig wollte sie wieder in das Kleid schlüpfen, das sie soeben ausgezogen hatte, und hinuntergehen.

Lachend stellte Mary das Tablett auf den Nachttisch. »Gar nichts hat er gesagt. Aber seine grimmige Miene spricht Bände. Er hatte Angst um dich. Klar, er behauptet, er hätte dich nur mir zuliebe gesucht. Aber das stimmt nicht. Weil ich weiß, wie gut du die Victoire kennst, habe ich mir gar keine Sorgen gemacht. Notfalls hättest du um Hilfe gerufen. Er liebt dich sehr, Darling«, fügte sie leise hinzu und verließ das Zimmer.

Entgeistert starrte das Mädchen die geschlossene Tür an. Selbst wenn Grannie nicht so schnell verschwunden wäre, hätte Bessie keine weiteren Fragen über die Lippen gebracht. Liebte Jean sie tatsächlich?

Während sie heißhungrig ihr Dinner verspeiste, beschloss sie, am nächsten Morgen zeitig aufzustehen, Feuer im Herd zu machen und das Frühstück vorzubereiten – und sich fabelhaft zu benehmen. Würde Jean-Claude das überhaupt bemerken? Oder würde er nur ein reumütiges Kind in ihr sehen, das seine Missetaten wieder gutmachen wollte?

Plötzlich fiel ihr ein, dass sie vergessen hatte, die Zähne

zu putzen. Leise stand sie auf und schlich über den Flur zum Bad. Aus der Küche drangen Marys und Jeans Stimmen herauf. Wie üblich sprach Mary in sanftem, beruhigendem Ton. Und dann erwiderte Jean: »Sie ist noch ein Kind, Mary. Vielleicht haben wir sie zu sehr behütet. Sie ist nicht nur unschuldig, sondern auch naiv.«

Seltsam, wie er das sagte, nicht verächtlich, aber auch nicht liebevoll. In seinen Worten schwang eine sonderbare Müdigkeit mit. Als hätte er das ganze Problem gründlich satt.

Nachdem Bessie aus dem Bad in ihr Zimmer zurückgekehrt war, saß sie aufrecht in ihrem Bett und lauschte. Zuerst ging Mary schlafen. Bald danach Jean. Eine Zeit lang knarrte es im alten Haus, schließlich herrschte tiefe Stille.

Um Mitternacht stieg Bessie aus dem Bett, ignorierte ihre Pantoffeln und den Morgenmantel und eilte auf Zehenspitzen in den Flur. Jean schlief in Cass' altem Zimmer. Vorsichtig drückte sie auf die Klinke und öffnete die Tür. Er saß im Lichtkreis der Nachttischlampe im Bett, ein Buch auf den Knien. Schweigend starrte er sie an. Alles wäre besser gewesen als – gar nichts. Unschlüssig stand sie da, wie gelähmt. Dann erklärte sie mit hoher, schriller Stimme: »Meine Ferse tut weh.«

»Geh wieder ins Bett, Bessie. Sofort.«

»Aber – Jean, meine Ferse tut weh. Und ich kann nicht schlafen.« Sie betrat den Raum und schloss die Tür hinter sich. Da schlug er die Bettdecke zurück und schwang die Beine über den Bettrand. Er trug den elfenbeinweißen Pyjama, den sie schon oft auf dem Bügelbrett gesehen hatte. Aber an ihm wirkte er ganz anders. Sie konnte kaum atmen. Zwischen ihren Schenkeln entstand ein eigenartiges Gefühl und strömte durch die Beine hinab.

»Geh sofort in dein Zimmer, Bessie!«, stieß er hervor.

»Nein«, wisperte sie. »Ich bin kein Kind. Was immer du

auch glaubst, ich bin eine erwachsene Frau. Und ich will mit dir schlafen.«

Ungläubig starrte er sie an und hörte auf, mit den Zehenspitzen nach seinen Pantoffeln zu tasten. »Was?« Seine Stimme klang gefährlich.

Aber sie wich nicht zurück. »Was du denkst, ist mir egal. Als ich den BH abnahm, tat ich's für dich. Schau mal – ich tu's wieder!« Hastig zerrte sie ihr Nachthemd über den Kopf. Die Knöpfe blieben in den Haaren hängen, zogen schmerzhaft daran. Doch sie riss das Hemd los und warf es zu Boden. Dann musste sie einen Messingknauf am Fußende des Betts umklammern, weil sie fürchtete, sie würde zusammenbrechen.

Mit glühenden schwarzen Augen schaute er sie an. Er rührte sich nicht. Trotzdem war sie sich ihres Körpers bewusst, als würden seine Hände über ihre Haut gleiten. Wie Eva schämte sie sich ihrer Nacktheit.

Schließlich sagte er tonlos: »Zieh dein Nachthemd an und geh in dein Zimmer zurück, Bessie. Darüber werden wir niemals sprechen. Aber versuch dir vorzustellen, was Cass davon halten würde.«

Er griff wieder nach seinem Buch und Bessie war entlassen – ihre Liebe, ihre Sehnsucht zurückgewiesen. Carols wegen. Gegen einen Geist konnte sie nicht kämpfen.

Zitternd schlüpfte sie in ihr Nachthemd, verließ das Zimmer und floh ins Bad. Über das Waschbecken gebeugt, erbrach sie den Kakao und die Sandwiches, voller Ekel vor sich selbst.

☆

Noch vor ihrem Brief traf sie in Exeter ein, aber Monica rechnete mit Bessies Ankunft. Einen Tag zuvor hatte Mary verzweifelt angerufen. Offenbar hatte Bessie die Bergerie am frühen Morgen verlassen, mit zweitausend Francs und einer Reisetasche, die zwei Strickjacken, einen Regenmantel, ein Paar Schuhe und eine Zahnbürste enthielt. Auf dem Küchentisch lag eine Nachricht für Mary. Niemand solle sich Sorgen machen, sie sei alt genug, um allein zu verreisen, und sie würde zu ihrer Mutter fahren.

Monica beruhigte Mary und versprach, sich zu melden, sobald sie etwas von Bessie gehört habe. Aber da sie nicht wusste, welche Route das Mädchen wählen würde, blieb ihr nichts anderes übrig, als abzuwarten. Sie bewohnte ein kleines Haus auf dem Gelände der Klinik. Es war eines in einer Reihe einstiger Armenhäuser, die man gegen Ende des letzten Jahrhunderts gebaut hatte. Jedes Mal, wenn sie nach einer Nachtschicht die Tür öffnete, hatte sie das Gefühl, heimzukehren.

In dieser windstillen Nacht erfüllte Levkojenduft die Luft. Ein paar Sekunden lang lehnte sie sich an die geschlossene Tür und holte tief Atem. Sie war todmüde. Aber an Schlaf war nicht zu denken. Sie ging in die Küche und setzte den Wasserkessel auf.

»Klar, das ist wundervoll«, seufzte sie. »Einfach nach Hause zu laufen, zur Mutter. Großartig! Aber ich habe keine Ahnung, was ich tun soll, Cass.«

Der Kessel blubberte und sie brühte den Tee auf. Dann trug sie das Tablett ins kleine Wohnzimmer. In diesem Raum war es viel zu kalt. Sie schaltete die elektrische Heizung ein und zog ihre Strickjacke enger um die Schwesterntracht. Kraftlos sank sie in einen Sessel und schenkte sich die erste Tasse Tee ein, die köstlich schmeckte. Die Augen geschlossen, atmete sie den Dampf ein – ebenso lustvoll wie zuvor den Blumenduft.

»Weißt du, worin das Problem liegt, Cass? Ich bin so verdammt zufrieden. Heute wurden zwei Kinder mit Meningitis eingeliefert. Ich nahm eine Lumbalpunktion vor ... Am Abend wurden die Resultate bestätigt. Ich hab's den Eltern mitgeteilt, ihnen Tee und Toast gebracht und alle beruhigt. Inzwischen reagieren die Kinder auf das Penicillin. Dem Himmel sei Dank fürs Penicillin, Cass.«

Die Augen noch geschlossen, nippte sie an ihrer Tasse.

»Wenn ich jemals Zeit finde, werde ich einen Artikel schreiben und erklären, wie notwendig es wäre, in solchen Fällen die ganze Familie zu betreuen. Wenn Mummy und Daddy da sind, genesen die Kinder viel schneller. Wusstest du, dass afrikanische Patienten ihre ganze Verwandtschaft mitbringen, wenn sie ins Krankenhaus gehen?« Sie nahm noch einen Schluck und riss hastig die Augen auf, ehe sie einnicken konnte. »O Cass, warum ist sie davongerannt? Das muss ich wissen. Natürlich wird sie mir irgendwas erzählen. Aber wahrscheinlich nicht die Wahrheit. Und ich sollte die Wahrheit kennen, Cass. Sonst kann ich ihr nicht helfen.« Sie trank die Tasse leer und füllte sie noch einmal. »Was du tun würdest, weiß ich. Du würdest einfach nur zuhören, keinen Rat geben, dich nicht einmischen. Aber ich bin nicht wie du, Cass. Ich muss immer irgendwas *unternehmen.* Auch wenn es falsch ist. Vielleicht hätte ich Bob niemals heiraten und mich nicht um Myrtles Familie kümmern dürfen. Und wahrscheinlich war es auch ein schwerer Fehler, die arme alte Liv mit mir herumzuschleppen. Hätte ich's nicht getan, würdest du vermutlich noch leben, Cass.« Die zweite Tasse Tee schmeckte nicht so gut wie die erste. Nun müsste sie ins Bad gehen, die Zähne putzen, duschen ...

In diesem Augenblick klopfte es an der Tür.

»O Gott«, seufzte sie müde.

☆

Allzu schlimm sah Bessie nicht aus. Ihr Haar war gekämmt, das Gesicht und die Hände sauber. Auf einem ihrer französischen Espadrillos stand – mit Bleistift geschrieben – der Name »Paul«, auf dem anderen »Ringo«. Über einen Schuh zogen sich Blutspuren. Sie stand in der Tür, eine kleine Reisetasche in der Hand, und schien zu frösteln. »Hast du meinen Brief gekriegt?«

»Nein.« Monica führte sie ins Wohnzimmer zur elektrischen Heizung. »Aber ich wusste, dass du zu mir kommen würdest.«

»Stört's dich? Ich musste einfach weg. Und Boris ist immer noch bei Myrtle. Vorerst will ich ihn nicht sehen. An Liv kann ich mich nicht wenden – nach allem, was mit ihr und Onkel Reggie passiert ist.«

»Nein, es stört mich nicht. Nach der nächsten Schicht habe ich vier Tage frei. Falls dir das was hilft.«

»O ja. Ach, Mon ...« Zitternd sank sie neben dem Heizgerät zu Boden. »Ich habe was Schreckliches getan.«

»Davon hat Mary nichts gesagt. Also kann es nicht so furchtbar sein.«

»Sie weiß es nicht.«

»Sicher würde sie es wissen.«

»Nein. Mit ihr hat es nichts zu tun.« Bessie legte ihre Stirn auf die angezogenen Knie. »Wenn sie es erfährt – o Gott, sie würde sterben!«

Monica nahm den Teewärmer von der Kanne, die sich immer noch warm anfühlte, goss etwas Tee in ihre Tasse und hielt sie Bessie hin. »Trink das. Dann bringe ich dir was zu essen. Ich nehme an, du bist halb verhungert.«

»Nein ... Bleib hier, Mon, ich muss es dir sofort erzählen.« Bessie hob den Kopf und die schwarzen Augen wirkten unnatürlich groß in ihrem bleichen Gesicht. »Als Boris mir sagte, dass er Priester werden will, hat es mir nichts ausgemacht. Gar nichts. Das verstand ich sehr gut, weil er schon immer – irgendwie anders war. Er hätte längst ins Kloster gehen sollen.«

»Boris? Ein Priester? Ich hatte keine Ahnung ... Stört es dich wirklich nicht? Ich meine, ihr habt euch immer so gut vertragen ...«

»Ich war sogar erleichtert. Und sobald ich es gehört hatte, erkannte ich die Wahrheit.« Bessie nahm einen Schluck Tee und wischte über ihr Kinn. »Natürlich hätte ich es längst merken müssen. Es war so offensichtlich. Wann immer ich in Frankreich war ... O Mon, niemals hätte ich gedacht, ich würde mir wünschen, Cass könnte einfach verschwinden ...« Dann brach sie in Tränen aus. Monica nahm ihr die Tasse aus der Hand und setzte sich zu ihr auf den Teppich. Sollte sie das Mädchen umarmen? Nein, vorerst nicht ...

»Warum hast du dir gewünscht, Cass würde verschwinden? Erklärst du es mir? Oder soll ich raten?« Als Bessie keine Antwort gab, fuhr Monica unverblümt fort. »Du liebst Jean-Claude. Und du dachtest, das würde Cass ärgern. Wie dumm du bist, Bessie Woodford! Cass wäre überglücklich, wenn die beiden Menschen, die sie auf dieser Welt am meisten liebt, zueinander finden. Denk doch mal nach, Mädchen!«

Verwirrt runzelte Bessie die Stirn. »Wieso hast du es gewusst? Mein Gott, merkt man es mir so deutlich an?«

»Nein. Aber da Cass ein Hindernis für dich war, musst du geglaubt haben, du würdest in ihr Territorium eindringen.« Monica neigte sich zu ihrer Tochter und nahm ihr Gesicht in beide Hände. »O Darling, wie unrecht du ihr tust ...« Da begannen neue Tränen zu fließen und Monica nahm das Mädchen ganz fest in ihre Arme. »Weine nicht, Bessie. Es ist ganz natürlich, jemanden zu lieben. Und sehr schön. Deshalb musst du wirklich nicht weinen.«

»Aber er – er verachtet mich. Weil ich mich unmöglich benommen habe! Ich ging in sein Zimmer, zog mein Nachthemd aus und bat ihn, mit mir zu schlafen. Da sagte er, ich sollte mir mal vorstellen, was Cass ... O Mon, ich habe mich so geschämt. Am liebsten wäre ich gestorben. Vor lauter Ekel übergab ich mich, dann versuchte ich zu schlafen. Schließlich lief ich nach unten, schrieb einen Brief an dich und Grannie und verließ die Bergerie. Ich fuhr per Autostopp nach Marseille, dann ging ich auf dieses grässliche alte Schiff, das Kurs auf Plymouth nahm, und ...«

»Mein Gott, Bessie – wie leichtsinnig du warst! Man hätte dich entführen können ...«

»Und in die Sklaverei verkaufen?« Nun schwang ein Lächeln in Bessies Stimme mit. »So dumm bin ich nun auch wieder nicht, Mon. Das Schiff hat nur nach gepökeltem Fisch gestunken. Sonst war es sehr respektabel. Sogar ein Priester war an Bord.«

Monica versuchte zu berücksichtigen, dass sie die ganze Nacht gearbeitet hatte. Nur deshalb erschien ihr das Gespräch wie ein bizarrer Traum. »Ein Priester?«, wiederholte sie mit schwacher Stimme.

»Ja, und er hat mir alle alten griechischen Sagen erzählt.«

»Bitte, Darling, setz dich auf einen Stuhl. Jetzt muss ich was essen. Eine Scheibe Toast oder irgendwas ...«

»Warte, ich bring dir was. O Mon, dein kleines Haus gefällt mir. Und ich bin so froh, dass du was – in deinem Leben hast ...« Bessie begann wieder zu schluchzen.

»Um Himmels willen!« Mühsam kam Monica auf die Beine. »Hör mal, mein Mädchen, ich habe *alles*. Und wenn du deinen Jean-Claude nicht kriegst, kannst du trotzdem alles haben. Du musst nur danach suchen, dann findest du es. Hör zu weinen auf, Bessie. Vielleicht musst du ohne ihn leben, vielleicht auch nicht. Jetzt weiß er, was du empfindest.

Gib ihm Zeit. Wenn du in zwei oder drei Jahren immer noch frei bist ...«

»In zwei oder drei *Jahren?* Außerdem hasst er mich, ich widere ihn an und ...«

»Halt den Mund, Bessie.« Monica ging zur Tür. »Lass nur, ich mach uns selber was zu essen. Und danach schlafen wir. Wenn wir ausgeruht sind, reden wir noch einmal in aller Ruhe über dein Problem.«

Während sie in ihrer Küche das Brot toastete und Rührei-er briet, fragte sie sich, warum sie weinen und zugleich lachen wollte. Ein hysterischer Anfall? Nein, wohl kaum.

»Das alles hast du vorausgesehen, nicht wahr, Cass?«, flüsterte sie.

Ein paar Minuten später trug sie das Tablett ins Wohnzimmer. Unter der Haustür wurde ein Brief durchgeschoben und sie erkannte Bessies runde Handschrift. Nun musste sie möglichst bald in der Bergerie anrufen.

Bessie blickte auf, das Gesicht tränenverschmiert. Aber sie weinte nicht mehr. »Was du mir sagen wirst, weiß ich schon, Mon. Damit habe ich auch damals meinen Kummer überwunden, nach Cass' Tod – mit harter Arbeit. O ja, du hast mir einen guten Rat gegeben.« Sie ergriff das Tablett und stellte es vor dem elektrischen Herd auf den Boden. »Aber ich werde ihn niemals vergessen. So wie du deinen Gillie nie vergessen hast.«

Verblüfft hielt Monica den Atem an. Dann kniete sie nieder und verteilte die Rühreier auf den Toastscheiben.

20

Zwei Tage später ging Bessie, ermuntert und zugleich ein wenig bedrückt, zur St. David's Station in Exeter und nahm einen Zug nach Birmingham. Sie rief Monica an und teilte ihr mit, sie sei gut angekommen und habe ihr Zeugnis – mit sehr guten Noten – aus der Schule geholt. Nun würde sie an der Bristol University Zoologie studieren. Wie Cass.

Nach zwei Stunden rief sie wieder an. »Tante Liv hat gesagt, ich darf es dir erzählen, Mon! Stell dir vor, sie kriegt ein Baby! Ist das nicht wundervoll? Ja, natürlich kannst du mit ihr reden. Einen Augenblick ...«

Und dann sprach Monica mit Liv und gratulierte ihr von ganzem Herzen. »Also ist alles wieder okay, Liv. Hat sich die lange Leidenszeit gelohnt?«

»Das weiß ich noch nicht, Liebes. Aber es sieht so aus, als würde es das Schicksal gut mit uns meinen – mit uns allen. Ohne dich hätte ich's nicht überstanden, Mon. Und ohne Cass. Auch Myrt hat mir geholfen. Ganz besonders Myrt.«

Zehn Minuten lang unterhielten sie sich, ziemlich zusammenhanglos, dann kam Bessie wieder an den Apparat. »Hör mal, Mon, sagst du es Grannie? Irgendwie – fühle ich mich erleichtert. Neben dieser großartigen Neuigkeit verblasst das – Drama in der Bergerie. Verstehst du, was ich meine?«

»Ja, ich glaube schon. Auch für Malcolm wird es einen großen Unterschied machen.«

»Für Malcolm?«

»Ich wollte eine grandiose Versöhnung inszenieren. Ohne Erfolg. Malcolm ist zu unsicher, und er fürchtet, Myrtle noch einmal zu verlieren. Aber jetzt ... Bessie, Darling –

wenn es mir gelingt, Mary für eine Weile nach England zu locken, könnten wir uns alle wiedersehen. Wie findest du das?«

»Fabelhaft – falls die anderen einverstanden sind.«

»Glaubst du, Boris ...«

»Das hab ich dir doch gesagt, ich freue mich für Boris.«

»Vorher hast du erklärt, Boris' wegen würdest du nicht zu Myrt fahren.«

Bessie lachte leise. »Wie könnte ich einem künftigen Priester gestehen, was ich getan habe.«

»Tut mir Leid, Schätzchen, dann ist ja alles in Ordnung. Mal sehen, was ich zu Stande bringe. Willst du die anderen bearbeiten?« Monica legte auf. Selbst wenn der Plan scheiterte – er würde Bessie vorerst von ihrem Kummer ablenken. Allein schon deshalb war es der Mühe wert.

☆

Mit einem überwältigenden Déjà-vu-Gefühl rief sie in Frankreich an. Wieder einmal schienen sich die Ereignisse zu überstürzen. Und inzwischen müsste sie etwas klüger geworden sein. Doch das war sie nicht.

Sie hatte ihre freien Tage verschoben, weil sie in absehbarer Zukunft Zeit brauchen würde. Nach jenem Frühstück hatte Bessie vierundzwanzig Stunden geschlafen. Wie üblich war Monica um acht Uhr abends zur Arbeit gegangen. Erst am nächsten Morgen hatte sie drei Stunden geschlafen. An diesem Tag fragte sie sich, ob ihre Augen noch funktionierten. Zwei Tassen Tee hatte sie verschüttet – und ihren Toast verbrennen lassen.

In der Bergerie meldete sich Jean. Erst zweimal hatte sie ihn getroffen, auf der Farm in Connecticut und bei Cass' Begräbnis. Carols und Bessies wegen glaubte sie, ihn gut zu kennen. Aber vielleicht irrte sie sich. »Hier ist Monica Gallagher. Dürfte ich Mary sprechen?«

»Natürlich, sie ist da ...« Sie hörte, wie er nach Mary rief, dann sagte er: »Monica, wir waren so froh, weil Bessie wohlbehalten bei Ihnen gelandet ist. Offenbar bedeuten Sie ihr sehr viel. Zum Glück hatte sie jemanden, an den sie sich wenden konnte.«

»O ja!« Plötzlich vergaß Monica ihren Entschluss, vorsichtig zu taktieren. »Als sie sich gezwungen fühlte, wegzulaufen, irgendwohin – da war es gut, dass sie zu mir kam.« Sie hörte, wie scharf und sarkastisch ihre eigene Stimme klang. Doch sie vermochte sich nicht zu beherrschen. »Wie clever von Ihnen, genau die richtige Methode zu wählen, um Bessie zu verletzen! Darin sind Sie sicher geübt.«

Nun entstand eine lange Pause, und Monica überlegte, ob der Hörer irgendwo baumelte. Nach einer Minute drang wieder Jeans Stimme aus der Leitung. »Da ist Mary. Später würde ich gern noch mal mit Ihnen reden, Monica. Soll ich zurückrufen?«

»Das liegt ganz bei Ihnen«, erwiderte sie kühl.

»Hallo, Mon«, meldete sich Mary. »Vorhin habe ich mit Barnt Green telefoniert. Also weiß ich, dass Bessie gut dort angekommen ist. Jetzt klingt ihre Stimme viel ruhiger – und das danken wir dir.«

»Mit mir hat es nichts zu tun. Sie ist einfach nur vernünftig. Und wie du weißt, zählt Vernunft nicht gerade zu meinen Stärken«, bemerkte Monica und versuchte zu lachen. »Hat sie sonst noch was erwähnt? Über Liv und Reggie?«

»Nein.«

»Liv ist schwanger.«

Von einem lang anhaltenden Echo begleitet, tönte Marys Freudenschrei aus dem Hörer. Die Küche in der Bergerie musste sehr groß sein – oder mit einem Fliesenboden ausgestattet.

»Vielleicht sollten wir uns alle wieder mal treffen«, fügte Monica hinzu. »Ich finde, es wäre – richtig. Würdest du nach England kommen? Fahr direkt zu Myrtle, ich werde alles arrangieren. Nur für ein paar Tage. Was meinst du?«

»Warum nicht? Ich wollte Bessie ohnehin wiedersehen. Außerdem kann Myrtle jederzeit Hilfe gebrauchen. Diese chaotische Küche – und Lennie ... Überlass das mir, Mon, ich rufe Myrtle an. Wirklich, eine gute Idee!«

Sie verabschiedeten sich, und nachdem Monica aufgelegt hatte, blieb sie eine Zeit lang neben dem Telefon sitzen. Aber es läutete nicht. Sie kochte und toastete eine Scheibe Brot. Wenn Jean in der nächsten halben Stunde nicht anrief, würde sie schlafen gehen.

Fünfunddreißig Minuten später klingelte der Apparat. »Ich musste warten, bis Mary in den Garten ging. Was ich Ihnen zu sagen habe, soll sie nicht hören. Offenbar hat Bessie Ihnen erzählt, was passiert ist, Monica. Und jetzt sind Sie mir böse.«

»Allerdings«, bestätigte sie frostig.

»Mein Verhalten war grausam, das weiß ich. Aber letzten Endes wird sie mir dankbar sein.«

»Wofür?«

»Bitte, Monica, ich bin zwanzig Jahre älter als Bessie.«

»Und weil Sie vermutlich vor ihr sterben werden, wird sie Ihnen danken, dass Sie keine Witwe aus ihr gemacht haben? Meinen Sie das?«

»Was ich meine, wissen Sie sehr gut, Monica. Das Kind liebt mich wie einen Vater.«

»Oh – und deshalb wollte Bessie Sie verführen?«

»Sie ist verwirrt. Und was Sie noch nicht wissen, Mon ...« Jetzt klang seine Stimme nicht mehr flehend, sondern kalt und entschieden. »Ich liebe Bessie nicht wie meine Tochter. Hätte ich sie in jener Nacht nicht schleunigst weggeschickt, wäre sie vermutlich in meinem Bett gelandet. Und das könnte ich mir nicht verzeihen.« Die Augen geschlossen, schwieg sie. »Sind Sie noch da, Monica? Verabscheuen Sie mich? Denken Sie an Cass?«

»Nein, an Gillie, meinen Adoptivbruder – Bessies Vater.« Sie holte tief Atem. »Jean, da sie meine Tochter ist, kenne ich sie instinktiv, und ich weiß es ganz einfach: Sie liebt Sie nicht wie einen Vater und umso inniger, weil Sie mit Cass zusammen waren. Wenn Sie Bessie wirklich lieben, müssen Sie es ihr sagen. Danach können Sie meinetwegen nach Timbuktu gehen. Aber sie hat ein Recht auf die Wahrheit.«

»Die werde ich ihr nicht gestehen – niemals.«

»Hören Sie, Jean, vor einiger Zeit beschloss ich, mich nie wieder in die Angelegenheiten anderer Leute einzumischen. Früher habe ich es oft getan und meistens kam nichts Gutes dabei heraus. Aber wenn Sie Bessie verschweigen, was Sie empfinden, werde ich es ihr sagen. Auf Wiederhören.«

Ohne eine Antwort abzuwarten, legte sie auf und räumte das Frühstücksgeschirr weg. Später würde sie Liv und Myrtle anrufen, ihren Urlaub in der nächsten Woche arrangieren und ein neues Kleid für Cheltenham kaufen. Jetzt musste sie erst einmal schlafen.

☆

Die große Wiedervereinigung begann steif und förmlich. Kurz vor der Teestunde kamen Liv, Reggie und Bessie am Imperial Square an. Da war Mary bereits eingetroffen. Die Jungs trugen ihre besten Anzüge. Während Malcolm noch einen Patienten behandelte, hatte Myrtle ihre Termine schon absolviert. Hastig zog sie sich im Schlafzimmer um. Sie wollte nicht schön aussehen, so wie früher für Reggie (nie wieder), sondern nur – okay. Trotzdem versuchte sie, in das lindgrüne Kleid zu schlüpfen, das sie in Alnwick gekauft hatte. Aber vor ihren prallen Brüsten ließ es sich nicht mehr zuknöpfen. Nun, vielleicht war es gut so.

Als sie sich für einen der üblichen gekräuselten Röcke und ein Top mit V-Ausschnitt entschied, betrat Malcolm das Schlafzimmer. »Also, ich weiß nicht, ob das eine gute Idee ist«, seufzte er und erinnerte sie an einen nervösen Schuljungen. »Du solltest sie mal plaudern und lachen hören. Offenbar fühlen sie sich wie zu Hause.«

»Genau das wollen wir doch, Darling. Verhalten wir uns ganz normal. Keine Bange, die Jungs und Mary werden uns helfen. Und nach ein paar Tagen werden wir uns alle viel besser fühlen.«

»Einfach lächerlich, das Haus mit Gästen voll zu stopfen – ausgerechnet jetzt, wo wir wahnsinnig viel zu tun haben.«

»So schlimm ist es gar nicht. Ich musste nur zwei Termine absagen. Heute Abend stellen Doris und Tom das Doppelbett hier herein. Also gibt's keine Probleme.«

»Für dich nicht. Du lässt alles an dir abprallen. Aber ich muss arbeiten ...«

Sie ging zu Malcolm und küsste ihn. »Glaub mir, Darling, ich bin genauso nervös wie du. Nimm dich bitte zusammen, mir zuliebe. Früher war Reggie dein bester Freund – bis ich mich zwischen euch stellte ...«

»Nein, *er* war es, dieser Bastard! Wenn ich dran denke, könnte ich ihn umbringen, immer noch, nach all den Jahren.«

Sie küsste ihn wieder, spürte sein wachsendes Verlangen und war erleichtert, weil die Zeit drängte. »Sei vernünftig, Schatz – bis heute Nacht dauert es nicht mehr lange.«

»Oh, mein Häschen, ich liebe dich. Nur für dich nehme ich's auf mich. Ist das klar?«

»Völlig klar.«

Hand in Hand stiegen sie die Treppe hinab.

Sobald sie das Wohnzimmer betraten, trommelte Mary unglücklicherweise die Jungs zusammen und ging mit ihnen in geradezu unanständiger Hast hinaus. Lennie, der an einer Sommergrippe litt und nicht schwimmen durfte, begann lauthals zu protestieren, und Nicky brachte ihn mit einem verstohlenen Fausthieb zum Schweigen. Und so blieben die beiden Paare allein zurück. Liv und Reggie waren aufgesprungen, Malcolm und Myrtle schienen zu vergessen, wo sich die Sessel befanden. Wortlos standen sie alle da.

Myrtle schaute Reggie kaum an und hatte nur Augen für Liv, von der alles abhing. Zumindest, soweit es Myrtle betraf. Und Liv hatte Angst. Offenbar fürchtete sie immer noch, Reggie zu verlieren. Das sah Myrt ihr an. O Gott ...

»Tut mir Leid, dass ich dir wehgetan habe, Liv«, begann Myrtle. »Und – ich freue mich so auf dein Baby.«

Als wäre sie plötzlich von Fesseln befreit worden, schrie Liv auf und rannte zu Myrtle. Lachend und weinend umarmten sie sich, schwankten umher und schienen einen seltsamen Tanz zu vollführen.

Malcolm räusperte sich. »Nun – Reggie ...«

»War wirklich nett von dir, uns einzuladen, alter Junge.«

»Eigentlich war's Myrtles Idee.«

»Aber du musst zugestimmt haben.«

»Sieht so aus.«

»Erstaunlich, was Babys alles zu Stande bringen.«

»O ja ...«, murmelte Malcolm.

»Jedenfalls – das alles tut mir sehr Leid. Können wir wieder Freunde sein?«

»Keine Ahnung. Wahrscheinlich nicht.«

Inzwischen hatten die beiden Frauen ihren Foxtrott beendet, ließen einander los und kicherten verlegen.

»Setz dich, Liv«, bat Myrtle. »Trinken wir Tee. Während deiner Schwangerschaft musst du dich möglichst oft entspannen, das ist sehr wichtig.« Sie riskierte einen kurzen Blick auf den Ehemann ihrer Freundin. »Nimmst du immer noch Zucker, Reggie?«

»Sie hatten schon ihren Tee«, warf Malcolm ein. »Das habe ich gesehen, als ich aus meinem Behandlungsraum kam.«

»Dann trinken wir beide unseren Tee.« Myrtle setzte sich vor den Teewagen und füllte zwei Tassen. Auch Liv nahm Platz. Die beiden Männer blieben stehen.

Dann öffnete sich die Tür und Bessie steckte ihren Kopf herein. »Alles okay? Tut mir Leid, dass wir bei eurer Ankunft nicht da waren, Tante Liv und Onkel Reggie. Ich war mit Boris spazieren. Jetzt wollen wir Grannie in der Küche helfen ...«

»Nein«, fiel Malcolm ihr rasch ins Wort, »komm her und trink Tee mit Myrtle und mir. Ist Borrie da? Borrie, hol noch zwei Tassen und setz dich zu uns.« Beinahe trug er Bessie ins Zimmer. Während der schwierigen Zeiten war sie allen Beteiligten eine gute Freundin gewesen, und als sie neben Myrtle saß, konnten auch die beiden Männer endlich Platz nehmen.

Myrtle lächelte Liv an. Es würde nicht leicht sein. Aber sie hatten immerhin einen Anfang gemacht.

☆

Während Myrtle an diesem Abend ins Bett ging, dachte sie an Reggie und die gemeinsamen Zeiten. Kurz nachdem Lennie zum ersten Mal den Kindergarten besucht hatte, war ihr klar geworden, dass sie die Beziehung zu Reggie nicht mehr idealisieren konnte. Die Perfektion lag einzig und allein in der Kürze des Glücks und im Mangel jeglichen Verantwortungsgefühls. Wahrscheinlich hatte Reggie ihren Verstand gerettet. Mit seiner Hilfe war sie genesen. Und wenn es ihr gut ging, lebte sie nicht in der Vergangenheit, sondern in der Gegenwart. Jetzt betrachtete sie jene drei Monate so, als wären sie von anderen Menschen erlebt worden – von Schauspielern in einem aufregenden Drama. Mit der Myrtle, die sich hier oben auszog, und mit dem Reggie, der sich unten im Gästezimmer auszog, hatte die Episode nichts zu tun. Hoffentlich würde er das auch so sehen. Sie saß auf dem Bettrand und rollte ihre Strümpfe hinab. Längst waren die Tage entschwunden, als sie im Sommer ihre nackten Beine gezeigt hatte. Mittlerweile zogen sich zahlreiche bläuliche Adern durch die Waden. Sie streckte ein Bein aus und überlegte, ob sie die Krampfadern demnächst veröden lassen sollte. Bis jetzt verspürte sie keine Schmerzen. Sie entsann sich, wie Reggie ihre Beine gestreichelt hatte, von den Oberschenkeln bis zu den Knöcheln.

Lieber Reggie ... Könnte er sie jetzt sehen, würde er merken, dass sie nicht mehr dasselbe Mädchen war.

Malcolm kam ins Zimmer und sie lächelte ihn über die Schulter an. Nun sah er viel besser aus. Der Zölibat war ihm nicht gut bekommen. »Aus deinem Behandlungsraum dringen seltsame Geräusche, Häschen«, verkündete er.

Überrascht hob sie die Brauen. »Ja, natürlich. Da schlafen Liv und Reggie. Hast du's vergessen? Damit Monica im Zimmer ...«

»Ich weiß, wo sie schlafen«, unterbrach er sie. »Aber diese Geräusche – einfach widerlich!« Offenbar war er ernsthaft schockiert. Sie begann zu lachen. »Hör mal, Myrt, das ist wirklich nicht komisch. Unter unserem Dach!«

Kichernd wälzte sie sich auf dem Bett herum wie ein Schulmädchen. »So redest ausgerechnet du, Malcolm Lennox! Der Ostheopath, der seinen Behandlungsraum in ein Boudoir umfunktioniert hat ...«

»Die beiden amüsieren sich in *deinem* Zimmer! Nicht in meinem! Und es ist viele Jahre her, seit ... Würdest du bitte zu lachen aufhören, Myrtle? Unter diesen Umständen ist es geschmacklos, was sie treiben. Sogar *du* solltest das zugeben.«

Sie stand auf und ging zu ihm. »Darling, sie erwarten ein Baby. Also müssen sie die Zeit nutzen, solange es noch möglich ist.« Herausfordernd küsste sie ihn. »Hast du es erzählt, um meine Reaktion zu testen? Nun, mich freut es, dass sich Liv und Reggie unter unserem Dach lieben. Würdest du meinen BH öffnen? Und – bist du zu müde, um mich zu massieren?«

»Nein«, erwiderte er heiser, streifte die Träger des BHs bis zur ihrer Taille hinab und küsste behutsam ihre Brüste. In seinen Liebkosungen schwang eine Ehrfurcht mit, die Myrtle zum ersten Mal spürte. »Oh, mein Häschen, wie sehr ich dich liebe«, flüsterte er.

Sie betrachtete sein attraktives Gesicht, strich über das dichte Haar. »Und ich liebe dich, Malcolm.«

☆

Am nächsten Tag traf Monica ein, kurz vor dem Lunch.

»Warum hast du nicht angerufen?« Myrtle umschwirrte sie wie eine Glucke. »Natürlich hätten wir dich vom Bahnhof abgeholt.«

»Oh, ich bin nicht mit dem Zug gefahren. Jemand hat mich mitgenommen und vor der Haustür abgesetzt.«

»Ist das nicht großartig? Endlich sind wir wieder alle zusammen, nach so langer Zeit!« Myrtles Freude wirkte fast euphorisch. »Und Liv kriegt ein Baby!«

»Du siehst müde aus, Mon«, meinte Liv. »Kein Wunder – Bessie hat uns von den Meningitis-Fällen in deiner Klinik erzählt.«

»So schlimm war's nicht. Jetzt sind die Kinder wieder gesund.«

»Nein, es liegt an der Mutterschaft!«, erklärte Bessie in melodramatischem Ton. »Die macht der armen Mon ziemlich zu schaffen.«

Darüber mussten sie alle lachen. Sie begleiteten Mon nach oben und halfen ihr, den Koffer auszupacken. Übermütig hüpfte Lennie auf dem Bett herum und seine Brüder versuchten ihn festzuhalten.

»Wo sind Malcolm und Reggie?«, fragte Monica und überlegte, ob eine Woche in Cheltenham vielleicht zu lang wäre. Ihr Kopf schmerzte schon jetzt. Sie hatte diesen Urlaub so sorgsam geplant – und die lebhaften Jungs vergessen.

»Boris und Reggie schauen sich eine Fotoausstellung im Rathaus an. Und Malcolm hat Termine.« Myrtle hängte ein marineblaues Kleid auf einen Bügel. »Offensichtlich hat Liv Recht. Du bist ziemlich müde, nicht wahr? Alles okay?«

»Hoffentlich! Wenn das Wetter es zulässt, sollten wir einen Ausflug machen.« Mit einem betont munteren Lächeln drückte Monica einen Stapel Unterwäsche in Livs Hände. »Wisst ihr – ich habe einen Freund mitgebracht. Das ist der Mann, der mich hierher fuhr, und ich habe versprochen, ihm Stratford zu zeigen. Nun, ihr wisst ja, wie diese Ausländer sind – alle wollen sehen, wo Shakespeare geboren wurde.«

»Einer von deinen angeheirateten Verwandten?« Liv legte die Unterwäsche in ein Schubfach. »Wäre das nicht amüsant, Mädchen? Obwohl wir in der Nähe von Stratford leben, waren wir immer nur auf langweiligen Klassenfahrten dort und mussten uns Aufführungen von den Stücken anschauen, die wir gerade lasen.«

Stöhnend verdrehte Myrtle die Augen. »Erinnert ihr euch an Donald Wolfit in ›König Lear‹? Cass war völlig hingerissen und du bist mit einem Schauspieler verschwunden, Liv ...«

»Gehen wir zum Fluss!«, krähte Lennie. »Da kann ich rudern!«

»Picknicken wir!«, schrie Martin. »Würstchen und Schinkensandwiches und Erdbeeren aus Evesham ...«

»Wir haben September, du Idiot«, fauchte Nicky. »Aber es gibt Pershore-Pflaumen und ...«

»Wo ist denn dein amerikanischer Freund, Mon?«, fragte Bessie.

Nach einer kurzen Pause wandte sich Monica zu ihrer Tochter. »Es ist Jean-Claude Durand. Und er wohnt im Queen's.«

»Jean?«, rief Myrtle erstaunt. »Carols Jean?« In letzter Zeit hatten weder Mary noch Bessie über ihn gesprochen. »Ich wusste gar nicht, dass du ihn kennst, Mon. Warum hast du ihn mitgebracht?«

»Weil er uns alle sehen wollte.« Monica beugte sich wieder über ihren Koffer. »Bevor er für ein Jahr nach Algerien geht.«

»Nach Algerien?«, würgte Bessie hervor. »Wann?«

»Nächste Woche.«

»Und deshalb hast du ihn eingeladen.«

»Keineswegs. Wir haben nur telefoniert. Und dann stand er auf meiner Schwelle. So wie du.«

»Wieso?«

»Nun, er hatte eine wunderbare Idee, von der er mir erzählen wollte. Da er annahm, du hättest einen Studienplatz in Bristol bekommen, dachte er, ich könnte dort im Kinderkrankenhaus arbeiten. Dann könnte ich bei Mary und dir wohnen.« Lächelnd drehte sie sich zu Mary um. »Was ihr davon haltet, weiß ich nicht. Aber mir gefällt die Idee.«

»Oh, mir auch«, beteuerte Mary freudestrahlend. »Und jetzt will er Stratford besichtigen ...« Sie hob Lennie vom Bett herunter. »Kommt, Jungs, schauen wir mal nach, was wir in der Speisekammer finden. Wir brauchen mindestens vier Brotlaibe – und mehrere Picknickkörbe.«

»Nehmen wir ein Zelt mit«, schlug Lennie vor. »Vielleicht wird's regnen.«

»Können wir schwimmen?«, fragte Martin. »Mit Tante Mon sind wir immer ...«

»Halt den Mund, Martin!«, befahl Nicky.

Nachdem sie den Raum verlassen hatten, herrschte sekundenlang tiefe Stille. Dann flüsterte Bessie: »Ich kann ihn nicht sehen.«

»Unsinn«, erwiderte Monica.

»Warum nicht?«, fragte Myrtle. »Habt ihr gestritten?«

»Ja«, sagte Bessie.

»Nein«, sagte Monica.

»Nicht noch mehr Streitigkeiten!«, flehte Liv. »Bitte ...«

»Er würde gern mit Boris reden«, erklärte Monica. »Seit der Junge aus Australien zurückgekommen ist, hat Jean ihn noch gar nicht gesehen. Und er möchte sich von Mary und Bessie verabschieden. Er will nicht wortlos verschwinden, so wie letztes Mal. Keine Bange, Bessie, wir sind alle dabei. Und vielleicht könnt ihr euch aussprechen. Das wäre wichtig.«

»O ja«, bekräftigte Liv.

»Also hat es doch einen Streit gegeben«, bemerkte Myrtle.

»Nicht direkt«, seufzte Bessie. »Nun – wenn alle dabei sind ...«

Monica umarmte sie. »Später wird es dich sicher freuen, dass du ihn wiedergesehen hast.«

☆

Nicky überredete Lennie und einen weniger widerstrebenden Martin dazu, ihn ins Queen's Hotel zu begleiten. Mit seinen zwölf Jahren war er plötzlich sehr neugierig auf die Erwachsenen, und da gab es irgendwo ein Geheimnis, das er nicht ergründen konnte. Vielleicht würde ihm dieser Monsieur Durand wertvolle Anhaltspunkte liefern.

Selbstbewusst gingen sie zur Rezeption und wurden in den Salon geführt, wo Jean-Claude Tee trank und enttäuschend englisch aussah. Nicky stellte seine Brüder und sich selbst vor. Nachdem Jean ihnen Platz angeboten hatte, setzten sie sich an den niedrigen Tisch.

»Wir dachten, wir sollten mal herkommen und Ihnen von dem Picknick erzählen, dass wir für morgen geplant haben«, begann Martin. »Lennie will lieber rudern. Aber das geht natürlich nicht, er ist erst fünf. Aber wenn Sie die Stadt gesehen haben, wär's vielleicht ein gute Idee, am Fluss zu kampieren. Bevor das Ganze zu langweilig wird.«

»Klingt verlockend«, meinte Jean. »Ein Picknick am Avon.«

»So aufregend wie in Algerien ist's natürlich nicht, Monsju«, warf Nicky ein. »Ich hab mal einen Film gesehen, der in Algerien spielte. Da nahm ein Messerstecher englische Ladys gefangen und verkaufte sie.«

»Ja, das Land hat eine sehr interessante Geschichte«, bemerkte Jean. »Die alte Kasbah gibt's immer noch, das einstige Hauptquartier der Piraten.«

»Super!«, meinte Martin. »Dürfen Sie da reingehen, Monsju?«

»O ja.«

Ehrfürchtig starrten sie ihn an, und Jean nutzte die Gesprächspause, um frischen Tee und Biskuittörtchen zu bestellen. Seine Popularität wuchs zusehends. Eine Zeit lang unterhielten sie sich über Algerien, die Dais und Piraten. Dann fragte Martin hoffnungsvoll: »Irgendwie sind Sie verwandt mit uns, nicht wahr? Wenn Sie mit Tante Carol verheiratet waren, müssen Sie eine Art Stiefvater von Bessie sein und ...«

»Bessie wurde adoptiert«, unterbrach Nicky ihn verächtlich. »Und sie ist gar nicht unsere richtige Kusine.«

»Leider war ich nicht mit Carol verheiratet«, erklärte Jean leise. »Wir hatten es vor ...«

»Ach so«, murmelte Nicky verlegen. Eigentlich glaubte er, Männer würden niemals weinen. Aber vor nicht allzu langer Zeit hatte er Tränen in den Augen seines Vaters gesehen und das hing auf irgendeine Weise mit Carol zusammen. »Wenn Sie Tante Mon heiraten«, platzte er unüberlegt heraus, »wären Sie wirklich Bessies Stiefvater ...«

»Trotzdem ist sie nicht unsere richtige Kusine«, betonte Martin triumphierend. »Also wäre der Monsju nicht mit uns verwandt.«

Jean reichte die Platte mit den Biskuittörtchen herum. »Obwohl ich Monica *nicht* heiraten werde, könnte ich euch nach Algerien einladen, wenn ihr etwas älter seid.«

»Oh, das wäre toll!«, jubelte Martin mit vollem Mund. »Vielen Dank, Monsju!«

Jean-Claude wischte ein paar Biskuitkrümel von seinem Hemd und Nicky entschuldigte sich. »Tut mir Leid, Monsju. Manchmal benimmt sich Martin wie ein Schwein.«

»Vielleicht solltet ihr mich Jean nennen. Oder John, wenn ihr es besser aussprechen könnt.«

»Toll!«, stimmte Martin erfreut zu. »Französisch ist ohnehin eine blöde Sprache, nicht wahr?«

☆

Am nächsten Tag, einem Samstag, hatte Malcolm keine Termine. Der Himmel war leicht bewölkt. Doch das konnte den Ausflug nicht verhindern. Jean-Claude hatte in Exeter ein Auto gemietet, in das er Boris und die drei Jungs verfrachtete. Reggie nahm Malcolm, Mary und Bessie in seinem Humber Snipe mit, während Liv und Monica in Malcolms Auto stiegen, das von Myrtle gesteuert wurde. In Broadway hielten sie, um im Lyon Arms Kaffee zu trinken. Bessie und Jean schauten sich nicht an. Aber wie Monica betont hatte, waren sie zusammen, und das musste etwas bedeuten.

Ganz langsam durchquerten sie Willersey, damit Jean die Enten bewundern konnte.

»Als Bessie und ich zum ersten Mal bei Myrtle wohnten, fuhr mein Vater mit uns hierher«, erzählte Boris, »und wir fütterten die Enten. Irgendwie habe ich das Gefühl, das wäre noch gar nicht so lange her.«

»Nur neun Jahre«, bemerkte Jean.

»Eine Ewigkeit, Monsju – John«, erwiderte Martin. »Damals war Lennie noch gar nicht auf der Welt. Ein Leben ohne Lennie, einfach himmlisch ...«

Während auf dem Rücksitz ein kleiner Faustkampf ausgefochten wurde, meinte Boris nachdenklich: »Die Zeit ist relativ. Für Sie sind neun Jahre nicht lang, Jean. Und für Bessie macht es den Unterschied zwischen Kindheit und Reife.«

»Was weißt du schon ...«, murmelte Jean.

»Dass Bessie Sie liebt. Das weiß ich, weil ich einiges von der Liebe verstehe.«

»Den Job in Australien habe ich dir verschafft, um euch zu trennen«, seufzte Jean. »Und die ganze Zeit ... Wenn ich mir das vorstelle ...«

»Auch Sie haben sich von Bessie fern gehalten. Im Unterbewusstsein müssen Sie Ihre Liebe zu ihr erkannt haben ...«

»Wer liebt wen, Monsju – John?«, rief Martin. »Falls Sie sich's überlegt haben und Tante Mon doch heiraten wollen, sollten wir Sie warnen. Sie ist sehr streng.«

»Aber sehr nett«, ergänzte Nicky.

Grinsend drehte sich Boris auf dem Beifahrersitz um. »Haltet die Klappe, Jungs.«

☆

Nachdem sie die Autos auf dem Parkplatz abgestellt hatten, besichtigten sie Shakespeares Geburtshaus. Rastlos sprangen die Jungs umher. In der Kirche wurden sie noch unruhiger.

»Anne Hathaways Haus heben wir uns für später auf«, entschied Myrtle. »Jetzt wollen wir erst mal picknicken.«

In drei Skiffs fuhren sie auf dem Fluss dahin, am Memorial Theatre vorbei. Unter den tief hängenden Weidenzweigen gerieten sie in romantische Stimmung. Lächelnd saßen Bessie und Monica im Heck des ersten Boots und ließen ihre Hände durchs Wasser gleiten. Boris ruderte die Jungs, Malcolm und Reggie hatten die beiden anderen Boote übernommen.

An einer Landebrücke flussaufwärts stiegen sie aus. »Auf der Rückfahrt muss jemand anderer rudern«, keuchte Boris.

»Ich! Ich!«, erbot sich Nicky.

»Nein, ich!«, kreischte Lennie. »Im Club fahren wir Kanu, das ist ganz einfach.«

»Aber du bist erst fünf«, wandte Martin ein. »Künstlerpech ...«

Freundschaftlich balgten sie sich im Gras, während Bessie und Boris die Picknickkörbe auspackten. Jean-Claude kühlte ein paar Flaschen im seichten Wasser am Rand des Flusses. In idyllischer Atmosphäre begannen sie zu essen, und es fiel ihnen immer noch leicht, Konfrontationen zu vermeiden.

Nach dem Lunch brauten sich dunklere Wolken zusammen. »Donnergrollen«, prophezeite Myrtle. »Jetzt kriegt Lennie gleich einen Anfall.«

»Lennie?«, fragte Jean ungläubig.

»Wie sein Vater«, erklärte Malcolm. »Nur Fassade, kein Rückgrat.« Als er in lautes Gelächter ausbrach, stimmte Reggie ein, und sie klopften einander sogar auf die Schultern. Myrtle zwinkerte Liv triumphierend zu.

Hastig packten sie die Sachen zusammen. Die Jungs spielten Kricket. Dabei zog Lennie eine große Schau ab. Dramatisch schwenkte er den Schläger, kämpfte immer wieder verbissen um den Ball und fiel den beiden anderen gewaltig auf die Nerven. Als das Spiel beendet war, atmeten sie erleichtert auf.

»Ihr seid nur sauer, weil ich so tapfer bin«, bemerkt Lennie beiläufig. »Ich habe das Herz eines Löwen.«

»Und das Hirn eines Esels«, ergänzte Nicky bissig. »Übrigens, Lennie Löwenherz – Mutter packt schon alles ein, weil's bald donnern wird.«

Zur Freude seiner Brüder begann Lennie am ganzen Körper zu zittern.

Während die Skiffs beladen wurden, wandte sich Jean-Claude an Malcolm. »Ich würde gern am Ufer entlanggehen mit Bessie. Dann ist das Boot leichter und ihr könnt Lennie schneller in Sicherheit bringen. Treffen wir uns im Hotel beim Parkplatz.« Er berührte Bessies Arm. »Komm, wenn wir uns beeilen, sind wir genauso schnell da wie die anderen.«

Sie fand den Trick viel zu offensichtlich. Aber niemand schien Verdacht zu schöpfen. Malcolm ruderte das letzte Boot in die Flussmitte und Lennie vergrub sich in den Armen seiner Mutter.

»Sei nicht so abweisend, Bessie«, bat Jean. »Du musst doch wissen, warum ich Monica nach Cheltenham begleitet habe – um dich zu sehen.«

Mühsam versuchte sie, ihre rasenden Herzschläge zu bezwingen. »Mon dachte, wir könnten uns aussprechen. Aber ich finde – je weniger wir reden, desto besser.«

»Da bin ich anderer Meinung. Nächste Woche fliege ich nach Algerien ...«

»Mon hat's mir erzählt. Nicht einmal ein gelegentliches Wochenende in der Bergerie?«

»Nicht mal das. Außerdem fühle ich mich in der Bergerie nur heimisch, wenn ihr da seid – du und Mary.«

»Oh ... Eigentlich war sie Carols und dein Zuhause.« Sie pflückte einen langen Wiesenkerbel, und als sie daran schnupperte, stieg ihr der Geruch des Flusses in die Nase.

»Cass ist tot, Bessie. Übrigens, ich wollte dir zu deinem guten Schulabschluss gratulieren«, fuhr er fort. »Hoffentlich fühlst du dich wohl in Bristol. Freut mich, dass ihr alle zusammenwohnen werdet – Mary und Monica und du.«

»Erspar mir dieses förmliche Gerede und sei ehrlich, Jean! Du hoffst, ich würde auf der Universität junge Männer kennen lernen und dich nicht mehr in Verlegenheit bringen.«

»Nein, das hoffe ich nicht. Weil ich ziemlich egoistisch bin. Aber wenn es trotzdem passiert, werde ich auf deiner Hochzeit tanzen.«

Wütend warf sie den Wiesenkerbel beiseite. »Ach, halt doch den Mund!«

Unglaublicherweise lachte er. Am liebsten hätte sie sich umgedreht und ihn geohrfeigt. Stattdessen beschleunigte sie ihre Schritte und rannte beinahe. Er blieb ihr auf den Fersen und keuchte: »Wenn du auf den Altersunterschied zwischen uns hinweisen willst – das ist dir gelungen. Allzu lange kann ich dieses Tempo nicht durchhalten.«

Als sie abrupt stehenblieb, prallte er beinahe gegen sie. »Ich fürchte, ich hasse dich, Jean.«

»Ah, *chérie,* sag so was nicht.«

»Natürlich sag ich es! Denn du spielst mit mir! Du behandelst mich schon wieder wie ein Kind, obwohl du weißt, dass ich dich liebe und dich heiraten will. Obwohl ich Carols wegen ein schlechtes Gewissen habe, sehne ich mich ganz schrecklich nach dir. Weil ich erst neunzehn bin, hältst du mich für ein kleines Mädchen. Ich habe Boris geliebt, jetzt liebe ich dich, und nächste Woche werde ich jemand anderen lieben. Aber so ist es nicht, Jean. Ich habe immer nur dich geliebt. Seit ich dich auf dem New Yorker Flughafen zum ersten Mal sah. Damals dachte ich, du wärst mein Vater und ich würde dich wie einen Vater lieben. In Wirklichkeit waren es andere Gefühle. Schon mit zwölf Jahren verliebte ich mich in dich, Jean-Claude. Und ich wusste es gar nicht.« Sie wandte sich zu ihm und sah ihn an. »Wenn ich dich auch nicht zwingen kann, mich zu lieben, verdiene ich vielleicht ein bisschen mehr als einen Klaps auf den Hintern und die besten Wünsche für eine glückliche Beziehung mit meinem nächsten Freund.«

Jean senkte den Kopf und schien zu erwarten – sogar zu hoffen, sie würde ihn schlagen. »O Bessie, ich ertrag es nicht, dich anzuschauen. Du bist zu schön. Und es tut zu weh. In jener Nacht *musste* ich dich wegschicken. Sonst hätte ich dich geliebt, wie du es wolltest, und das wäre falsch gewesen. Nicht Carols wegen, sondern weil ich so lange ein Vater für dich war. Das solltest du verstehen, Bessie. Es wäre mir wie ein Vertrauensbruch vorgekommen.«

Die letzten Worte hörte sie kaum. »Was meinst du, Jean?«

»Dass ich dich liebe und begehre und jetzt fortgehe, um dir Zeit zu geben – um uns Zeit zu geben. Weil das der richtige Weg ist.«

»Also liebst du mich«, hauchte sie. »Schau mich an und sag's noch mal.«

Da trafen sich seine und ihre schwarzen Augen. »Ich liebe dich, Bessie. Obwohl ich zwanzig Jahre älter bin als du, kann ich nicht anders – ich liebe dich.«

Sie spürte seine Hilflosigkeit, die beinahe an Angst vor einer zweiten totalen Hingabe grenzte. Zärtlich schlang sie die Arme um seinen Nacken. »Nun ist alles gut, mein Liebster. Andere Männer wird es nicht geben. Ich warte auf dich, Jean, werde eifrig studieren, und du wirst stolz auf mich sein. Und wenn du mich dann immer noch liebst, werden wir zusammenleben.« Seltsam, wie sich ihr heißes Glücksgefühl plötzlich in das Bedürfnis verwandelte, ihn zu beschützen. Sie schmiegte sich fester an ihn. »Vertrau mir, *chéri*. Von jetzt an wird dir nichts mehr wehtun.«

Seine Tränen spürte sie noch vor ihren eigenen. Und während er sie an seine Brust presste, begann die Freude, die Monica ihr versprochen hatte.

21

1967 heirateten Jean-Claude und Bessie in derselben Kirche, wo vor fünfzehn Jahren Myrtles Hochzeit stattgefunden hatte – auf dem Gipfel des Hügels in Northfield, der einen Ausblick auf die große neue Siedlung bot. Dort hatte früher das Geisterhaus gestanden.

Boris führte die Braut zum Altar. Noch hatte er sein Studium am Priesterseminar nicht begonnen, sondern stattdessen ein paar Jahre in einem kleinen Franziskanerkloster bei Bristol verbracht. Seine braune Kutte und die Sandalen brachten ein rührendes Element der Schlichtheit in die festlich geschmückte Kirche. Natürlich hatte er Bessie das goldene Armband zurückgegeben und nun trug sie es über der weißen Manschette ihres Brautkleids. Während sie langsam durch den Mittelgang schritten, legte er seine Hand auf ihre. Sein Glück hatte er ebenso mühsam errungen wie einige der anderen Anwesenden. Und das Armband war eine wehmütige Erinnerung an Zeiten, als er beinahe einen anderen Lebensweg gewählt hätte. Lächelnd betrachtete er das schöne Zigeunergesicht unter dem duftigen weißen Schleier. Das Mädchen, mit dem er auf der Hochzeit getanzt hatte, schien ihm kaum verändert. Mit Bessie fühlte er sich genauso verwandt wie mit Myrtle – vielleicht noch inniger verbunden.

Empört hatten sich Nicky und Martin geweigert, den Schleier zu tragen, und die weniger »peinlichen« Rollen von Platzanweisern übernommen. Lennie folgte Bessie in einem exquisiten Samtanzug mit Jabot. Hinter ihm ging Liv, die Brautjungfer. Statt eines Blumenstraußes hielt sie Helen im Arm. Darauf hatte Bessie bestanden. »Wir dürfen sie nicht ausschließen, Liv. Sicher bringt sie mir Glück.« Und die zweieinhalbjährige Helen, die den Lockenkopf ihrer

Mutter und die Herzenswärme ihres Vaters geerbt hatte, schien sich dieser Verantwortung bewusst zu sein. Mit strahlenden Augen sah sie sich in der Kirche um.

An Malcolms Seite stand Myrtle, wieder rundlich und schwerfällig, und lächelte unaufhörlich. Eine Zeit lang hatte sie bedauert, dass aus Bessie und ihrem Bruder kein Paar geworden war. Wie ihre Mutter fand sie, die Familie hätte Boris »verloren«. Aber seine Anwesenheit an diesem Tag verscheuchte solche Ängste und verlieh Bessies und Jean-Claudes Hochzeit eine besondere Bedeutung. Irgendwie waren sie alle an dieser Verbindung beteiligt – sogar Carol. Wie sehr sie sich freuen würde ... Dadurch bekam ihr schrecklicher Tod wenigstens einen gewissen Sinn.

Während der Pfarrer die Worte sprach: »Wenn es einen Grund gibt, warum diese Ehe nicht geschlossen werden sollte ...«, spürte Myrtle, wie Malcolm zwischen den Falten ihres Rocks nach ihrer Hand tastete, und drückte seine Finger. Er war so emotional, so abhängig von ihr. Manchmal erschien er ihr beinahe wie ein vierter Sohn. Als wäre Mally zurückgekehrt.

Lächelnd beugte sie sich vor und betrachtete ihre Mutter, die neben dem Vater stand und so angstvoll dreinschaute wie eh und je. Nein, *diese* Familiengeschichte hatte sie niemals fortsetzen wollen. Und sie hatte es nicht getan. Boris auch nicht. Irgendwann würde sie mit Mutter reden und ihr erklären, Borrie sei nun mal fürs Klosterleben geschaffen. Er war etwas ganz Besonderes. Früher hatte sie es nicht bemerkt, jetzt wusste sie es.

Da Jean keine Familie hatte, war Reggie sein Trauzeuge. Zufrieden betrachtete er seine Frau und seine Tochter, dann das Brautpaar. Zweifellos würden die beiden eine gute Ehe führen. Obwohl der Franzose viel älter als Bessie war, gab es keinen Generationsunterschied, denn Bessie hatte zwischen zwei Generationen das Licht der Welt erblickt. Und wenn Probleme auftauchen sollten – der Gedanke an Cass würde sie alle lösen.

Lächelnd schaute Reggie zu Mary Woodford hinüber. Was mochte sie denken? Vor acht Jahren hatte sie Carol beerdigt, zutiefst verzweifelt. Doch sie hatte das Leid überwunden und drei erfreuliche Jahre mit Bessie und Monica in einer kleinen Wohnung an der Whiteladies Road in Bristol verbracht. Wie würde sie sich jetzt zurechtfinden? Er entsann sich, dass vor acht Jahren auch sein Leben beinahe ins Chaos geführt hätte. Die Affäre mit Myrtle ... Wie war es dazu gekommen? Nun sah er sie mit Malcolm Händchen halten. Wie ein Liebespaar ... Myrtle war vierzig und wirkte älter – und sehr energisch. Sie hatte alles unter Kontrolle, Malcolm inklusive. Reggie dachte an die unglückliche, verängstigte Frau am Strand von Alnmouth, die zitternde Geliebte im Hotel Crillon. Beide existierten nicht mehr – *das* hier war die echte Myrtle.

Malcolm spähte über die Köpfe hinweg und begegnete Reggies Blick. Sekundenlang fühlte er sich unsicher, fast erschrocken. Dann hob Reggie grinsend eine Hand, und Malcolm entspannte sich neben der unerschütterlichen Schulter, die seinen Arm berührte. Nie wieder würde er seine Ehe mit Myrtle für selbstverständlich halten, daran brauchte Reggie ihn nicht zu erinnern. Und er hoffte, Reggie würde sein Zusammenleben mit Liv genauso betrachten. Er schaute zu Liv, einer zierlichen Gestalt an Lennies Seite. Da bewegte sich Helen im Arm ihrer Mutter, damit sie ihren Daddy sehen konnte. Malcolm, ein sehr liebevoller Vater, erkannte die innige Beziehung zwischen Reggie und dem kleinen Mädchen. In diesem Moment verflogen die letzten Ressentiments gegenüber diesem Mann. Weder Reggie noch er selbst verdienten so viel Glück. Und wie um diesen Gedanken zu unterstreichen, erklang die sonore Stimme des Priesters. »Was Gott zusammengefügt hat, soll der Mensch nicht trennen.«

Auch Mary lauschte diesen Worten und empfand tiefe Dankbarkeit, weil Cass und Jean nicht verheiratet gewesen waren. Sie erinnerte sich an Carols Überzeugung, das Liebesglück mit Jean könnte nicht von Dauer sein. Damit hatte sie Recht behalten – aber in gewisser Weise setzte Bessie jene wunderbare Beziehung fort. Noch weiter wagte Mary den Gedanken nicht zu verfolgen. Nur eins überlegte sie noch: Wären die ehrwürdigen Worte damals ausgesprochen worden, würden sie für immer zwischen Jean und Bessie stehen. Denn diese Worte durfte man nur einmal im Leben hören.

Langsam ging sie mit Monica zur Sakristei, wo sie sich als offizielle Brautmutter ins Register eintragen musste. Dabei schaute sie sich um und entdeckte Gillie Cook. Also war er in die Kirche gekommen, weil er die Hochzeit seiner Tochter miterleben wollte. Aus einem Impuls heraus eilte sie durch den Mittelgang, ergriff seinen Arm und zog ihn mit sich. »Begleiten Sie mich«, flüsterte sie. »Monica soll mit Boris gehen.«

Vor Freude errötete er. Und sein Entzücken wuchs noch, als Bessie ihm in der Sakristei ein strahlendes Lächeln schenkte. »Wie schön, dass du da bist, Gillie! Alles okay?«

Tief gerührt, brachte er kein Wort über die Lippen und nickte nur.

☆

Monica fühlte sich wie eine Fremde, von allen Anwesenden getrennt. Drei Jahre lang hatte sie mit Bessie und Mary ein Appartement geteilt und in fast perfekter Harmonie gelebt. Sie würde auch weiterhin bei Mary wohnen, also gab es keinen Grund zur Sorge. Aber während sie in einer Ecke der Sakristei stand und die lächelnden Gesichter sah, kam sie sich wie eine Außenseiterin vor. Warum, wusste sie nicht.

Als Mary mit Gillie eintrat, spürte Monica den üblichen Schmerz in ihrem Herzen. Ist Gillie vielleicht doch mein Schicksal, fragte sie sich? Nein, es war zu spät. Schon vor der Ehe mit Bob war es zu spät gewesen.

Liv drückte ihr Helen in die Arme. »Hältst du Nellie? Nur ein paar Minuten. Bessie meint, ich soll mich auch ins Register eintragen.«

Behutsam drückte Monica ihr Patenkind an sich, wurde mit einem Lächeln belohnt – und plötzlich wusste sie, was sie tun wollte. Nun konnte sie es kaum erwarten, Mary davon zu erzählen. Auch Mary liebte Kinder. Sicher würde ihr die Idee gefallen.

Gillie ging zu ihr. »Hübsches Kind«, meinte er verlegen. »Wem gehört's denn?«

»Meiner Freundin Liv. Erinnerst du dich? Liv Baker.« Grinsend kitzelte er Helen unterm Kinn, was sie zu vertraulich fand. Hastig presste sie das Gesicht an den Hals ihrer Patentante. »Ich wollte dich besuchen, Gillie ... Hoffentlich warst du nicht allzu verstört, damals vor vier Jahren. Ist es zu spät für eine Entschuldigung?«

»Oh, Bessie hat sich längst entschuldigt«, verkündete er erstaunlicherweise. »Schon nach wenigen Monaten, hat sie's dir nicht erzählt?«

»Nein.«

»Ein tolles Mädchen. Sogar zu ihrer Hochzeit hat sie mich eingeladen. Eigentlich dachte ich, hier hätte ich nichts verloren. Aber dann wollte ich's doch nicht versäumen.«

Beinahe hätte Monica geweint. Wie lieb und gut Bessie war ...

»Nun hat sie uns genug Chancen gegeben, wieder zueinander zu finden, Mon«, fuhr Gillie unverblümt fort. »Aber das klappt wohl nicht, oder?«

Eine Wange an Helens Löckchen gepresst, schluckte sie krampfhaft. »Nein.«

»Ich meine – wenn du willst ...«

»Nein.«

»Dann ist's okay. Inzwischen bin ich ziemlich festgefahren in meiner Lebensweise. Nach dir konnte ich mich für keine andere erwärmen und ich wollte mir auch keine Beziehung aufhalsen. Verstehst du das?«

»Sehr gut.«

»Also war's richtig, dass ich mit Mrs Woodford hier reingekommen bin. Sonst hätten sich die Leute Gedanken gemacht. Und das sollten wir vermeiden.«

»Ja.«

☆

Wenig später versammelten sich alle um das Auto, das Bessie und Jean zum Flughafen bringen würde.

»Glaubst du wirklich, man wird uns erlauben, Pflegekinder aufzunehmen, Monica?«, fragte Mary. »Ich dachte, da müsste es eine Vaterfigur geben?«

»Nicht, wenn wir nur vorübergehend Kinder betreuen – schwierige Kinder. Was hältst du davon?«

»Natürlich müssten wir ein Haus kaufen«, sagte Mary nachdenklich. »Oder einen Bungalow.«

Monica drückte den Arm der alten Frau. »Wäre es nicht wundervoll, wenn wir wieder eine Familie hätten?«

»Hast du es nur mir zuliebe ausgeheckt? Dein Job im Krankenhaus ...«

»Vor allem *mir* zuliebe. Wie selbstsüchtig ich bin, weißt du ja. Aber ohne dich würde ich's nicht schaffen. Und wir hätten den Kindern so viel zu bieten – eine Pflegemutter und eine Pflege-Grannie.«

Erfreut stimmte Mary in Monicas Gelächter ein.

Bessie hatte sich umgezogen. Nun trug sie eine Hose und eine Bluse. In drei Stunden würde sie mit Jean in der Bergerie sein. Beim Abschied bekamen sie noch einige Instruktionen: Noch vor Monatsende würden die meisten der hier Anwesenden in die Provence kommen.

»Mach bloß nichts im Haushalt, Darling«, mahnte Mary. »Ich bringe alles in Ordnung und koche ...«

»Seid ihr wirklich sicher?«, fragte Monica. »Wollt ihr nicht allein sein?«

»Oh, wir sind uns völlig sicher«, erwiderte Jean lächelnd. »Und vielleicht werden wir gar nicht da sein. Morgen will Bessie mich auf den Berg schleppen. In aller Herrgottsfrühe. Ich glaube, wir nehmen ein Maultier mit.«

Alle lachten, dann warf Bessie einen kurzen Blick auf Boris. »Ich habe da was. Vor langer Zeit haben Borrie und ich es verbuddelt. Zusammen mit Jean habe ich es wieder ausgegraben. Es ist einfach zu wichtig, um immer am selben Ort zu bleiben. Deshalb soll's die Runde machen. Wie ein Talisman.«

»Was ist es denn?«, fragte Myrtle neugierig.

»Dein Farbtopf, Tante Myrt. Eine Art – Beweis. Für Cass. Für Mally. Für alles.«

Plötzlich legte Liv einen Arm um Myrtles Schultern. Monica gesellte sich hinzu. Schweigend standen die drei Frauen im Sonnenschein beisammen, und Bessie küsste alle der Reihe nach, bevor sie sich ihrer Grannie zuwandte.

Es überraschte sie nicht, dass Jean bereits zu Mary gegangen war und sie liebevoll an seine Brust drückte. »Cass ist immer noch hier«, flüsterte er. »In unseren Herzen werden wir sie niemals verlieren.«

Sekunden später stieg das Brautpaar in den Wagen und fuhr davon.

Aus irgendeinem Grund hörte sich Mary sagen: »Es ist nicht vorbei. Und es wird nie ein Ende finden.«

»Stört's dich?«, fragte Monica.

»O nein. Es gibt viele Arten von Glück. Und ich habe ein ganz Besonderes gewonnen.«

»Ich auch.«

»Und wir genauso«, ergänzte Liv. Statt Reggie und Helen anzuschauen, fügte sie hinzu: »Nicht wahr, Myrt?«

Myrtle zog ein großes Männertaschentuch hervor, wischte ihre Augen ab und putzte sich die Nase. »Klar.« Sie grinste und war wieder die alte Myrt, die mit Carols Hilfe die Böschung am Ufer des Bachs hinaufgeklettert war.

Seither hatten sich die drei Freundinnen kaum verändert. Genauso gut könnten sie wieder dreizehn sein und das Leben noch vor sich haben.

☆

Bessie stellte eine schwere Terrine mit Zwiebelsuppe neben den Brotkorb auf den Küchentisch. Als sie sich setzte, zitterten ihre Hände ein wenig, und sie legte sie hastig in den Schoß.

»Auch ich habe Angst, Bessie«, gestand Jean. »Was wir empfinden, sollten wir einander nicht verheimlichen.«

»Du fürchtest, ich könnte zwischen Cass und dich treten«, erwiderte sie und versuchte zu lächeln. »Das verstehe ich, Darling, und ich will sie niemals aus deinem Herzen verdrängen. Die Liebe zwischen dir und mir ist – was anderes.«

Seufzend zuckte er die Achseln und schien zu bekunden, er sei unfähig, seine Gefühle in Worte zu fassen.

»Essen wir deine verdammte Suppe, solange sie noch heiß genug ist, um unsere Zungen zu verbrennen«, mahnte sie in entschiedenem Ton. »Und – lassen wir einfach alles auf uns zukommen.«

»Jetzt redest du wie Monica«, meinte er belustigt. »Wie konnten dich die Leute jemals für Cass' Kind halten?« Bestürzt zuckte sie zusammen und er griff nach ihrer Hand. »Tut mir Leid, ich wollte dich nicht kränken. Natürlich stand sie dir näher, als es eine Mutter jemals vermocht hätte.«

In ihren dunklen Augen schimmerten Tränen. »Ich weiß, ich weiß. Aber – wäre ich wirklich ihre Tochter, würdest du mich auf andere Weise lieben.«

Fast schmerzhaft drückte er ihre Finger. »Dann wär's vielleicht – eine Art Inzest.« Ohne ihre Hand loszulassen, sprang er auf und eilte um den Tisch herum zu ihr. Er zog sie von ihrem Stuhl hoch und presste ihr Gesicht an seine Brust. »Wein dich nur aus. Und hör mir zu, *chérie*«, flüsterte er in ihr Ohr. »Du glaubst, du müsstest eins mit Carol werden, damit ich dich liebe. Aber so ist es nicht. Ganz im Gegenteil. Nun muss ich dir was sagen – und mir fehlen die Worte.« Er lachte kurz auf. »Unfassbar – Jean-Claude Durand findet keine Worte. *Mon Dieu, c'est incroyable!*«

Vergeblich bemühte er sich, Bessie zum Lachen zu bringen. In ihrer Tränenflut schienen sich ihre ganze Liebe und ihr Kummer zu vereinen. Zärtlich strich er ihr das Haar aus der Stirn. Dann trug er sie zum alten Sofa neben dem Herd, setzte sich und hielt sie auf seinem Schoß fest. Es dauerte eine Weile, bis ihr Schluchzen verstummte.

»Bessie, Liebste – ich möchte mit dir über Carols Tod reden. Würdest du es ertragen?« Als sie schwieg, küsste er ihren Scheitel und fügte mit sanfter Stimme hinzu. »Darüber habe ich noch nie gesprochen. Mit niemandem. Damals glaubte der Notarzt, ich hätte einen Schock erlitten. Vielleicht war's so. Aber als Carol starb, kam es mir so vor, als wären diese Augenblicke die realsten meines Lebens gewesen. Bis jetzt.«

Langsam und zögernd schlang sie ihre Arme um seinen Hals.

»Ich wollte sie begleiten, Bessie, mit ihr sterben. Doch das ließ sie nicht zu. Sie schickte mich weg. Aus einem ganz bestimmten Grund. Und den kennen wir, nicht wahr?«

Nach einer langen Pause nickte sie.

»Und so kehrte ich ins Leben zurück – nicht mit leerem Herzen, nicht ohne Cass.« Er holte tief Atem. »O Bessie, das ist am schwierigsten zu erklären. Und doch so einfach. Cass und ich, wir waren eins – und wir sind es immer noch. Der Mensch, der dich liebt, ist nicht nur Jean-Claude Durand, sondern Jean-Claude-Carol Durand. Verstehst du das?«

Ganz fest schmiegte sie sich an ihn und nickte wieder.

»Begreifst du jetzt, warum Cass nie zwischen uns stehen und trotzdem niemals der Vergangenheit angehören wird?«, flüsterte er. »Weißt du, warum uns eine so starke, große Liebe verbindet?«

»Ja ...«, würgte sie hervor.

Eine Zeit lang schwiegen sie und klammerten sich aneinander, als fürchtete jeder, ohne die Stütze des anderen zusammenzubrechen. Dann stöhnte Jean. »Offenbar habe ich mich schlecht ausgedrückt. Jetzt fürchtest du dich erst recht.«

Da richtete sie sich auf, die Augen immer noch voller Tränen. Aber ihr eindringlicher Blick beruhigte ihn. »Nein, Jean«, wisperte sie, »ich habe keine Angst. Ich bin nur – erstaunt. Was geschehen ist – alles scheint hierher zu führen, zu diesem Moment.«

Auch in seinen Augen glänzten Tränen. Sie nahm seinen Kopf in beide Hände, küsste seine Lider, seine Nasenspitze, seine Lippen. Ohne Hast, ohne Verlegenheit, ganz natürlich verschmolzen sie miteinander. Sie zogen sich aus und liebten sich auf dem Sofa, während die Zwiebelsuppe erkaltete und gerann.

Und sämtliche Wege, die vom Geisterhaus in die Welt hinausgeführt hatten, schienen sich tatsächlich in der Bergerie zu vereinen, in diesem Augenblick. Zu einem Zeitpunkt, als alles Gelächter und alle Tränen einen wunderbaren Sinn bekamen. Mehr noch: eine beglückende Unsterblichkeit.

Mitreißender Schicksalsroman aus der Toskana –

Als die attraktive Designerin Chiara den gut aussehenden Grafen Paolo kennenlernt, ist es für beide die große Liebe. Chiara folgt Paolo als seine Frau auf sein Weingut in den toskanischen Hügeln. Doch dort findet sie nicht das erwartete Glück, denn Paolos Familie scheint nicht angetan von der Schwiegertochter. Bald überschatten Feindseligkeiten und Intrigen die junge Ehe. Dann lernt Chiara den undurchsichtigen Fabio kennen, einen Mann, der verstörend leidenschaftliche Gefühle in ihr auslöst. Wenig später geschieht ein schreckliches Unglück ...

ISBN 3-404-14891-6

BASTEI LÜBBE

Hope und Jack Langley sind frisch verheiratet, bis über beide Ohren verliebt und verbringen romantische Flitterwochen in einem alten Cottage. Als Hope nach ihrer Rückkehr feststellt, dass sie schwanger ist, scheint das Glück des jungen Paares perfekt.

Doch dann wird Hope mit Ereignissen konfrontiert, die ihre Idylle zerstören – und bald ist ihr einziger Zufluchtsort das alte Cottage von damals ...

ISBN 3-404-14643-3

BASTEI LÜBBE